▲臺灣師大國文所碩士班同學會（1987）

前排：西銘律子；次排右起：董健彥、吳煥瑞、李周龍、莊雅州、林炯陽、鍾克昌

▲淡江大學謝師宴（1986）

三排右起：康來新、莊雅州、李威熊、張定成伉儷、張佛千、王仁鈞、林炯陽、劉文起、王甦、申時方

▲代表中正大學文學院簽訂學術合作協議（1995）
右起：莊雅州、法國遠東學院龍巴爾、越南漢喃學院潘文閣

▲中正大學退休（2002）
前右起：劉文起、陳耀南、莊雅州；後右起：陳益源、黃錦珠、黃靜吟、
蔡榮婷、張慧美、竺家寧、鄭阿財、李麗娟、陳韻、江寶釵、許東海

▲玄奘大學戶外教學（2005）

右起：6 莊雅州、8 沈謙、13 何淑貞、14 鄭明娳

▲元智大學外籍生鄧瑞蓮論文口試（2010）

右起：蔣秋華、莊雅州、鄧生、陳廖安

▲中正大學博士生葉書珊論文口試（2020）

前右起：莊雅州、蘇建洲、許學仁、宋建華；後右起：黃靜吟、葉生、
洪燕梅

▲主持陳師伯元學術演講

右起：許錟輝、莊雅州、陳師伯元

▲中正大學創校三十周年學術演講（2019）

▲第十一屆全國聲韻學研討會（1993，中正大學）
右起：何大安、吳聖雄、莊雅州、林炯陽、龔煌城、林慶勳

▲第十二屆中國文字學國際學術研討會（2001，銘傳大學）
右起：莊雅州、季旭昇、林慶勳、陳師伯元、李國英

▲陳新雄先生逝世三周年紀念研討會（2015，北京師大）
臺灣：陳師母、吳師仲寶（璵）、姚榮松、許學仁、李添富、莊雅州等；
大陸：郭錫良、王寧、李國英等

▲中國文字學會理監事會議（2013）

前右起：宋建華、許學仁、朱歧祥、蔡信發、王初慶、柯淑齡；後右起：季旭昇、金周生、許文獻、黃靜吟、李淑萍、柯明傑、莊雅州、巫俊勳、沈寶春、李綉玲、施順生、高佑仁

▲越南學術交流之旅（2001）

右起：鄭阿財、莊雅州、陳益源

▲蘭州大學百年校慶絲路之旅（2008）

右起：張蕙慧、莊雅州、朱鳳玉、王國良、楊果霖

▲莊門師生聚餐（2020）

前右起：林煜真、陳溫菊、莊雅州、林淑貞、李綉玲、李淑婷；後右起：
鄭芳祥、吳智雄（本輯主編）

會通養新樓學術研究論集
卷二·語言文字學編

莊雅州　　著
吳智雄　主編

總序

　　如果從一九六九年負笈臺灣師範大學國文研究所作為學術研究的起跑點，那麼這條逾半世紀的學術之路真是崎嶇而多變化。

　　在碩士班就讀，除了修習各類課程外，還要忙著圈點《尚書注疏》、《詩經注疏》、《禮記注疏》、《左傳注疏》、《論語注疏》、《孟子注》、《說文解字注》、《史記》、《漢書》、《荀子集解》、《文心雕龍》、《文選注》等十二部要籍，蒐集碩士論文資料，能用在論文寫作的時間十分有限。當時所發表的論文，如〈左傳史論〉、〈荀子禮學初探〉、〈孟子禮學初探〉、〈劉勰的文原論〉、〈駢散相通論〉等幾乎都是期末報告，由老師們介紹發表的。修業一年多時，左師松超推薦我參加程師旨雲（發軔）主編的《六十年來之國學》（正中書局）中〈六十年來之古文〉撰寫工作，學位論文的寫作自然就擱置下來。等到任務完成之後，才在成師楚望（惕軒）的指導下，繼續撰寫《曾國藩文學理論述評》，一九七二年口試通過。這兩篇論文都屬於文學性質，由於中學時喜歡新文藝，大學時逐漸轉向古典文學，這樣的發展方向十分合理。

　　早在師大大學部修業時，各種文體課程幾乎都要背誦名篇，都有習作。到了研究所時，規定學位論文都要用文言文撰寫，所以當時對文言文的寫作真是紮紮實實下了不少功夫，不僅每篇報告、論文都自己修改得滿江紅，連上課的筆記也用淺近的文言文記錄。這樣的苦心真是功不唐捐，此後的論文寫作，至少都能做到文從字順，有時還能

展現一些文采呢！碩士論文的口試委員于師長卿（大成）才高八斗，眼高於頂，但每次相見時對我的文筆都謬賞有加，真是令人受寵若驚。我常在想，現在的研究生在撰寫論文時，常因文字表達問題，讓自己和指導老師都大傷腦筋，這時，如果能在文筆錘鍊方面多下功夫，不是兩全其美的事嗎？

　　一九七三年進入母校博士班深造，為了拓寬眼界，將研究重點轉向經學。在高師仲華（明）、周師一田（何）指導下，本擬以「大戴禮記研究」為題，撰寫博士論文，後來因為內容龐雜，疑難層出，遂將範圍縮小為《夏小正研究》，但時程已相當匆促，只寫了十二萬餘言書錄，二十萬言校釋及一萬言的緒論，可說偏重於文獻學及訓詁學的研究，不免有「逮乎篇成，半折心始」（《文心雕龍‧神思》）的遺憾。所以一九八一年獲得博士學位，次年進入淡江大學任教，就立意要寫一本《夏小正析論》來彌補此一缺憾。該書觸及的範圍有天文、曆法、生物、氣候、人文，一方面要儘量吸收《夏小正研究》的成果而避免重複，另一方面又得研讀不少專門書籍而融會貫通，寫來真是煞費苦心。全書七章，除主體五章外，前有〈夏小正之經傳〉，後有〈夏小正月令異同論〉，有一部分篇章是七十三學年度擔任漢城誠信女子大學客座教授時撰寫的，又是一九八五年教授升等的代表作，所以在個人的著作中具有特殊的意義。而更重要的是，我此後的著作，幾乎都是從〈夏小正〉出發的。

　　我常將自己的學術研究劃分為四個領域，除了古典散文萌芽最早，疏離亦最早外，其他三個領域幾乎都與〈夏小正〉的研究脫離不了關係：

　　（一）經學：經學是中國學術的源頭，中華文化的百科全書，體大思精，內容豐富。經孔子採為教科書，開創了先秦諸子百家爭鳴的黃金時代，到了漢武帝獨尊儒家，立五經博士之後，更是影響深遠，

無與倫比。一九八九年中正大學創校，我應聘前往任教，有機會開設
「尚書研究」、「詩經研究」、「三禮研究」、「經學專題研究」、「經學史
研究」等課程，教學相長，很自然地將經學研究從〈夏小正〉擴大到
其他經學，所寫的論文多半屬於經學或與經學科際整合，尤以《詩
經》、《爾雅》為大宗。在本論集《經學編》收入二十五篇，除三篇出
自《夏小正析論》外，其餘都是發表於期刊或研討會的論文，第一次
輯印成書的。附錄門人陳溫菊教授的〈莊雅州教授傳略及其經學論著
概述〉對這些篇章都有扼要介紹。此外，《經學入門》有臺灣書店專
書行世，〈經學史導讀〉收入三民版《國學導讀》，讀者如有興趣，不
妨按圖索驥。

（二）語言文字學：語言文字學為一切載籍之始基，歷史文化之
津涉，前人所以垂後，後人所以識古，端賴於是。我在學期間，修習
不少語言文字學課程，受過紮實的訓練，也產生濃厚的興趣，將它當
作治學的利器。在《夏小正研究》中有大半的篇幅是在校釋經傳，從
實際研究中也獲得不少經驗與啟發。我在大學開設的第一門課程竟然
是一般人視為畏途的「聲韻學」，專任之後，「文字學」、「聲韻學」、
「訓詁學」、「說文研究」、「古籍訓解研究」等更是經常講授的課程。
所以也陸續發表不少語言文字學方面的論文，尤以《爾雅》、《說文》
為大宗。收入本論集《語言文字學編》的有十七篇，其中有不少是屬
於科際整合的。此外，商務印書館出版的《爾雅今注今譯》是臺灣第
一本由本地學者撰寫、本地書局出版的《爾雅》類專書，是科技部多
年研究計劃的成果，單行已久，讀者可以參閱。

（三）古代科技：科技文化是中國傳統文化中極為重要的一環。
由於近代中國的積弱落後，許多人都誤以為中國古代科技一定乏善可
陳。其實，中國古代除了四大發明外，還有許多輝煌的科技成就，特
別是西元三世紀到十三世紀之間始終保持了一個西方所望塵莫及的科

學知識水準，這一點是英國學者李約瑟皇皇巨帙的《中國之科學與文明》及不少科技史專書所充分證明的。傳統科技文化的研究，涉及的領域十分廣泛，是一個需要高度科際整合的學門。我在《夏小正析論》中所探討的天文、曆法、生物、氣候、農業等，偏重於自然科學，都是相當專業，需要吸收許多科學新知及相關資料，才足以蕆事，而在臺灣研究此一領域的學者寥若晨星，獨學而無友，鑽研的過程十分辛苦。在〈夏小正〉的研究告一個段落之後，我的研究重點還是大同小異，而尤以天文為大宗。所以門人鄭月梅博士才會有〈以典籍中的天文研究發揚傳統科技文化〉專文來代表我在這方面的努力。收在本論集《古代科技編》中的二十四篇論文正是幾十年來的一些成績。而《夏小正析論》的各篇也就散見於本論集之中了。

至於文學方面的論文在後〈夏小正〉時期，只發表過五、六篇，如〈詩經文學價值析論〉、〈從文字學與文學角度探討詩經重章疊詠藝術〉、〈論漢字與中國文學美感的關係〉，分量太少，即使加上少作，也不足以獨立成為一編，更何況這些篇章因為採取科際整合的關係，都已收入本論集之中，不便再行重複。

綜觀這五十年來的學術研究主要有兩大蘄向，一個是重視科際整合，另一個是強調求新求變。本論集以《會通養新樓學術研究論集》名書，其故在此。至於各分編的內容，都另有自序介紹，與總序有詳略互補的關係，在此不贅。

莊雅州　謹識於臺北
二〇二一年元旦

自序

　　「小學不小」，這是二〇一〇年六月國科會《人文與社會科學簡訊》十一卷三期，楊儒賓教授為「小學專刊」所寫的前言標題，當時我發表的論文是〈臺灣目前訓詁學研究的特色與瓶頸〉。語言文字學舊稱小學，其名雖小，實則範圍寬廣，功用宏偉。我接受語言文字學教育雖為時甚早，但從事研究則起步較晚，成績尚有可觀。

　　小學為解經而作，因經學而興起，但後來以附庸蔚為大國，訓詁學、方言學、文字學、詞源學、聲韻學、文法學、詞彙學相繼產生，而每一個學門也有不少分支出現，如文字學有《說文》學、俗文字學、古文字學，聲韻學有《切韻》學、等韻學、古韻學等。漢唐是中國兩大盛世，而小學也鼎盛，名家輩出，著述如林。清代是另一個顛峰，幾乎家家賈、馬，戶戶許、鄭。到了近現代，由於西方語言學的輸入及地下文獻的出土，使語言文字學的發展又展開新局，具有多元發展、兼顧實用、求新求變、整合科際等特色，但也有風氣猶未大開、方法有待突破、團隊仍須強化等問題亟須解決。由於文字是語言的紀錄，任何著作都須以文字為載體，所以語言文字學的功用並非侷限其本身的學術研究，而是滲透到經、史、子、集四部要籍的內部，著名的經學家周予同曾說「因聲求義是清代樸學的最高成就。」（《周予同經學研究選集》）僅此一端，即可略窺語言文字學的重要性，這是因為古代中國沒有現代分章分節、綱舉目張的論文格式，除了文集、語錄、讀書筆記之外，最主要的體裁就是箋注，這種體裁的著作

有求於語言文字學之處當然就不可勝數了。

　　幾十年前，有好幾門語言文字學都是中文系的必修課程。我在師大夜間部肄業一年時，修習劉師正浩的文字學，用的課本是高鴻縉的《中國字例》。改讀日間部後，二年級修習魯師實先的文字學，他用許慎的《說文解字》，把六書都詳細舉例介紹了，引起我圈點段玉裁注的興趣，暑假花了兩個月時間，終於把段注圈點完畢，也奠定了我做學問的基礎。二、三年級，許師詩英（世瑛）的文法學、聲韻學，以《中國文法講話》及董同龢的《中國語音史》（《漢語音韻學》前身》）為課本，讓我有機會接觸一些西洋的語言學，頗能一新耳目。四年級修習胡師自逢的訓詁學，後來又旁聽了周師一田（何）的訓詁學（講稿即《中國訓詁學》的前身），對傳統的訓詁學也能有基本的認識。上了研究所後，修習林師景伊（尹）的《說文》研究、《廣韻》研究、古音研究、中國文字綜合研究、高師仲華（明）的等韻研究、《爾雅》研究，對章黃學派的語言文字學有進一步的了解。當時除了作業外，只有一些期末報告，談不上具體的成果，真正展開研究的是撰寫博士論文《夏小正研究》，其中有十二萬字的書錄、二十萬字的校釋。這種寫法雖然與原來的《大戴禮記研究》的構想相去甚遠，也非後來《夏小正析論》的模樣，但累積了文獻學與訓詁學的實作經驗，對於奠定教學與研究的基礎的確大有助益。在教學方面，我擔任聲韻學的課程比博士論文寫作的時間更早，後來還擔任過文法與修辭、文字學、訓詁學、詞彙學、中國語言學史、《說文》研究、古籍訓解研究，時間不可謂不長，範圍不可謂不廣。但在研究方面，則較集中於文字學、訓詁學及語言文字學與其它學科的科際整合，這也就是收在本論集中三輯十七篇的重點。但並不是說我在語言文字學方面的論著僅止於這十七篇，像收在《經學編》的《爾雅》之屬七篇，擬收入《科技編》的《說文》論文三篇，也都與語言文字學密切相

關，只因為科際整合的關係，收在其他論集而已。至於我與黃靜吟教授合撰的《爾雅今註今譯》，是國科會多年計畫的成果，也是個人在語言文字學方面重要的論著。我在總序中說：我的學術研究有兩個蘄向，一個是重視科際整合，另一個是強調求新求變，這個精神始終貫串我的學術研究，本論文集自然也不例外。

最後，本論集的出版要感謝相關學報、專書、研討會提供發表的園地，科技部給予八年的經費補助、研究團隊的通力合作、萬卷樓的精心編印，以及門人吳智雄教授的費神主編、校讎。

莊雅州　謹識於臺北
二〇二一年三月三日

目次

輯一　文字學之屬

輯二　訓詁學之屬

輯三　語言文字學科際整合之屬

附錄

輯一
文字學之屬

論《說文解字》之疏失

一　前言

　　許慎《說文解字》為文字學的經典著作，其價值與聲韻學的《廣韻》、訓詁學的《爾雅》相埒，其影響遠非其他任何字書所能及。尤其清代，《說文》之學盛極一時，名家輩出，著述如林，更使許書的地位達到最高峰。清末民初以後，古文字學崛起，《說文》的缺陷才逐漸暴露出來，而其書的評價也開始出現紛歧。學者或仍竭力捍衛其神聖不可侵犯的地位，或一筆抹煞其價值，這兩種態度都失之偏頗，比較可取的應該是客觀分析其優缺點，使其在中國文字學史上得到應有的地位，同時，也供文字學的研究者得到寶貴的經驗與教訓。有關《說文》的貢獻方面，論著更僕難數，高師仲華的〈對說文解字之新評價〉一文，推崇許書有十四點價值，[1]可說最為詳盡，不易再多所贅言。針對《說文》的缺失方面，論著亦不少，但或點到為止，未能深入，或侷限一隅，不夠全面，或肆意醜詆，有失平允，因此，筆者

1　詳見高明〈對說文解字之新評價〉，頁1-14。所謂十四點價值是：1.《說文》創分部之法，2.《說文》存初文之跡，3.《說文》收古籀之字，4.《說文》定篆書之形，5.《說文》明字例之條，6.《說文》見古音之實，7.《說文》為古義之匯，8.《說文》具語根之體，9.《說文》著語言之變，10.《說文》藏先民之史，11.《說文》證古地之名，12.《說文》供博物之資，13.《說文》引經典之文，14.《說文》彰天人之理。

不揣淺陋，在前人的研究成果上，進一步從事較為完整而詳細的探討，希望對學者之研究許書略有助益。

二　材料本身的缺陷

《說文解字》是中國字典的鼻祖，規模龐大，內容豐富。許慎所以能撰成此一鉅著，除了深邃的學養之外，主要是他曾花費無數的時間與精力，全面去蒐集他所需要的材料，作為立論的根據，它們包含前期字書、古代典籍、師承傳授、通人之說、當時語料、出土文物。這些材料固然翔實而珍貴，唯其本身在流傳的過程中，可能也有不少錯誤與疏漏，這當然會影響到《說文解字》論證的可靠性。

（一）字形訛變

兩漢時代通行的字體是隸書，但許慎所選擇的說解對象——字頭，卻是以小篆為主，古文、籀文為輔，而摒棄了隸書，這與其說是身為古文經學家不得不然的立場，倒不如說作為文字學家所做的正確抉擇。因為從古以來字體雖云繁複多變，而其演變的規律則不外是筆意與筆勢。[2]隸書產生於秦漢之際，它解散圓轉勻稱的篆體，變為平直方整的筆畫，省併、省略、變形之處比比皆是。這種字體雖然便於書寫，但象形字和指事字沒有象形、指事的意味，會意字和形聲字也不容易分析，可說是中國文字由筆意變為筆勢的一次最重大的變局。如果利用它來分析字形，索解字義，勢必發生《說文‧敘》所說的

2　陸宗達、王寧云：「許慎在《說文解字‧敘》中提出『厥意可得而說』的問題，黃季剛先生從『厥意』中得出『筆意』這個術語，是指能夠體現原始造字意圖的字形。與筆意相對的是『筆勢』，是指經過演變，加以符號化，從而脫離了原始造字意圖的字形。」(《訓詁方法論》，頁40)

「馬頭人為長，人持十為斗，虫者曲中也，廷尉說律，至以字斷法，
『苛人受錢』，苛之字止句也。」之類的謬論，所以許慎毅然棄去，
而採取當時所能見到的較為近古的古籀與篆文。這些字體或為戰國時
代的東土、西土文字，或為秦始皇統一天下後的官定文字，[3]比起隸
書，固然保留了較多的筆意，但較諸後代出土的鐘鼎文與甲骨文，則
顯然是筆勢居多。尤其是小篆，不僅時代較晚，而且對古籀頗多省
改，形體固定，筆畫不能隨意增損，更是高度規範化、符號化、線條
化的文字，以之作為探溯古文字的橋樑固無不可，若完全根據它們來
分析字形，解說音義，則難免會產生偏差，例如：

> 眉部：「眉，目上毛也。从目，象眉之形，上象額理也。」
>
> 矢部：「躬，弓弩發於身而中於遠也。从矢，从身。射，篆文
> 躬。从寸，寸，法度也，亦手也。」
>
> 車部：「車，輿輪之總名也，夏后時奚仲所造。象形。轃，籀
> 文車。」
>
> 行部：「行，人之步趨也。从彳从亍。」
>
> 干部：「干，犯也，从一，从反入。」
>
> 長部：「長，久遠也，从兀从匕，亡聲。兀者，高遠意也，久
> 則變化，亣者到亡也。兏，古文長。岇，亦古文長。」

眉字甲骨文作𦥑，金文作𦥑、𦥑，从目象眉毛之形，篆文訛變，許
慎誤解為「上象額理也。」躬字甲骨文从弓从矢作𢎏，金文加又作

---

3 王國維有〈戰國時秦用籀文，六國用古文說〉，見《觀堂集林》，頁305-307。許慎
《說文解字‧敘》云：「其後諸侯力政，不統於王，……言語異聲，文字異形，秦
始皇帝初兼天下，丞相李斯乃奏同之，罷其不與秦文合者，斯作〈倉頡篇〉，中車
府令趙高作〈爰歷篇〉，太史令胡毋敬作〈博學篇〉，皆取史籀大篆，或頗省改，所
謂小篆者也。」

𦥑，古文、篆文都有訛變，許慎誤解為「从矢从身」、「从身从寸」。車字甲骨文作𨍏，金文作𨏸，象馱馬車之全形，衡輈軏軛部分籀文訛變為从二戈，篆文只見輪軸及鍵之形，許慎遂無法得其真解。諸如此類，許氏說解字義雖然無誤，分析字形卻不夠準確。行字甲骨文作𠔏，金文作𧗟，象四通之衢，《說文》據訛變之篆文，解為「人之步趨也，从彳亍。」可謂望文生訓。干字甲骨文作𡴀，金文作𢆉，本象盾牌，《說文》據省變的篆文，釋為「犯也，从一，从反入。」誠乃迂曲難通。長字甲骨文作𠿒，金文作𠃲，象長髮，古文已漸失其朔，篆文更屬訛變，《說文》解為「久遠也。从兀从匕，亡聲。」真是牽強附會。[4]諸如此類，許氏之釋義析形都失之甚遠。由此可見，在「就形以說音義」方面，許慎雖有極大貢獻，但由於他未睹甲骨文，金文所見也極有限，只能根據篆文、古籀立論，以致未能登峰造極，尤以分析字形為然，這是材料的缺陷所導致的結果，實在無可奈何。早在唐代，李陽冰刊定《說文》，即已注意到篆文筆法有誤，而加以修正，元代楊桓、周伯琦也多改篆書以就己見，清代段玉裁校訂《說文》，共改篆九十，增篆二十四，刪篆二十一，謬者固然不少，純出臆測者亦所在多有。[5]在古文字學昌明的今日看來，這些工作都只是治標而已，其正本清源之道是要根據甲骨文、鐘鼎文等古文字來匡正謬誤，疏通源流。

---

4 諸字新解，眉字見李孝定《甲骨文字集釋》，頁1198；躬字見吳大澂《說文古籀補》，頁29；車字見孫詒讓《籀膏述林》三，頁22-24〈籀文車字說〉；行字見徐灝《說文解字注箋》卷二下，頁37；干字見高田忠周《古籀篇》十六，頁16；長字見商承祚《考古》，頁88。

5 蔣冀騁《說文段注改篆評議》一書，對段注改篆之成就、闕失、存疑，皆有詳細論述。

(二) 字數參差

在《說文》以前的字書，今可考知者有《史籀篇》、《倉頡篇》、《爰歷篇》、《博學篇》、《訓纂篇》、《凡將篇》、《急就篇》、《元尚篇》，其體例都是將不同文字編纂成為韻文，以便誦習識字之用，有如後世之〈千字文〉。許慎受到史游《急就篇》「分別部居不雜廁」一語的啟發，首先創立了以部首編排字書的新體例，[6]使九千三百五十三個正文，一千一百六十三個重文，都能依部相從，秩然不亂，也使後之學者便於按圖索驥，考察漢字的形音義，無論對文字學的研究或字典學的發展都可說是厥功至偉。不過，當我們一打開《說文》，很容易就發現五百四十部，每一部的字數相當參差，字數最多者如水部共收文四百六十八，重三十九，艸部收文四百四十五，重三十一，木部收文四百二十一，重三十九，字數最少者如三、凵、厶、久、才等三十六部連一個從屬字都沒有，气、告、蓐、哭、步等一百五十八部只有一個從屬字，王、珏、丨、小、半等九十七部僅有兩個從屬字，上、士、艸、又、誩等五十四部僅有三個從屬字。易言之，《說文》中單是無從屬字及只有一個從屬字的分部就佔全書五百四十部的三分之一，而其部中字數的總和，竟然不及字數較多的一個分部，尤其是沒有任何從屬字的「空立部首」，使部首之下所言「凡某之屬皆从某」一語失去著落，更是一大敗筆。固然，《說文》這種以形分部的方式符合六書的原則，也符合漢字的特點，但分部如此苛細，各部字

6　《急就篇》首章篇：「急就奇觚與眾異，羅列諸物名姓氏，分別部居不雜廁，用日約少誠快意，勉力務之必有喜。」（孫星衍《考異》本）此為《說文解字‧敘》「分別部居，不相雜廁也」一語之所從出，而在「羅列諸物名姓氏」的以義類編次的過程中，難免會將同一偏旁的字歸到一句之中，如第八章云：「絳緹絓紬絲絮緜」，第十一章云：「稟食縣官戴金銀，鐵鈇錐鑽釜鍑鍪，鍛鑄鉛錫鐙鐮錠，鈐鐼鈎鈺斧鑿鉏。」這對許慎發明部首分類法無疑是具有啟發作用的。

數如此不平衡，檢索起來十分不便，終究不能不說是一個缺憾。追根究柢，這個缺憾的形成，乃是由於文字是長期自然形成的，不是一人、一時、一地所造的，造字者各自為政，根本不曉得後代有人會將這些文字歸類分部，更不會為許慎的分部而造字，所以許慎整理歸類的結果，各部的字數自然會十分懸殊，這正是所謂「物之不齊，物之情也。」

（三）文獻不足

許慎雖博極群書，採及通人，然《說文》所收文獻仍以戰國以迄漢世居多，如古文與小篆異者五一〇字，籀文與小篆異者二二五字，而當時郡國於山川所得鼎彝寥寥無幾，許氏所見甚少，[7]他所看到的，主要還是小篆，而且比十三經多出二八〇九字，比揚雄《訓纂篇》多出四〇一三字，其中大半都是漢代創造的。[8]章季濤云：「解釋歷史較長的文字，在形音義方面有古籍可查，解說歷史較短的文字，則缺乏古籍資料，非得運用現實的語言材料不可。」[9]由此可見，許氏見聞確實有限，遺漏謬誤之處自然在所難免。除了析形、釋義、標音之疏漏，留待下文論述外，在此可以一提的是：《說文》全書中言「闕」者不下五十處，如：

7　黃侃云：「略疏《說文》字體言所出者，獨無一條稱某彝之文，詳其由來，蓋有二焉；一則古時鼎彝所出本少，見於史者獨有美陽、仲山父二鼎而已，當時拓墨之法未興，許君未必能遍見，故《說文》中絕無注出某彝器者。二則敘云：「鼎彝之銘『即前代之古文，皆自相似。』《說文》中所云古文者，必有鼎彝與壁中之相類似者，既以孔氏古文為主，則鼎彝可略而不言，若謂《說文》竟無鐘鼎，又非也。」（《黃侃論學雜著》〈說文略說〉，頁33-34）。

8　詳見朱星《中國語言學史》，頁94-95。黃侃以為「漢時字數增加之故有五：一、得之故書，二、得之方俗語，三、仍存古籀，四、漢世新增字，五、六藝群書所載。」（《文字聲韻訓詁筆記》，頁17）

9　詳見章季濤《怎樣學習說文解字》，頁16。

二部：「旁，溥也。从二，闕，方聲。」

戈部：「戠，闕。从戈从音。」

山部：「岁，入山之深也。从山，从入，闕。」

丸部：「尥，闕。」

此或缺其形，或闕其義，或闕其音，或形音義俱闕。[10]一方面固然顯示許氏「其於所不知，蓋闕如也。」(《說文·敘》)的慎重，另一方面，也實在是由於文獻不足，才導致說解上產生了盲點。

三　歸納過程的疏漏

許氏廣蒐各種文獻資料後，勢必經過再三整理歸納，始能展開《說文》的編撰工作，唯兩千年前之研究條件與今日實在不能相比，不僅無電腦可資利用，甚至可能連類似卡片的使用也都還談不上，在這種情況下，字形、字義的歸納產生偏差，毋寧是十分自然的事。

(一) 字形歸納不周

1 重出字

有些相同的字體在《說文》中會重複出現，這不僅在正文中有之，就連重文中也常有類似現象，如：

口部：「吁，驚也。从口，于聲。」于部：「吁，驚語也。从口、于，于亦聲。」

---

10 詳見葉德輝〈說文解字闕義釋例〉(《說文解字詁林》，頁277-278)、江舉謙「闕如及一曰」(《說文解字綜合研究》，頁521-532)，魯實先亦有五誤五闕之說，五闕即闕其部、闕其字、闕其形、闕其音、闕其義，可參閱許錟輝《文字學簡編》，頁135-139。

放部：「敖，出游也。从出、放。」出部：「敖，游也。从出，
　　　从放。」

金部：「鏝，鐵杇也。从金，曼聲。槾，鏝或从木。」木部：
　　　「槾，杇也。从木，曼聲。」

諸如此類不下三十八個，容或有傳鈔錯誤或後人誤增，但亦不乏許慎
歸納不周所導致者。從二徐以降，研究《說文》的學者已注意到此種
現象，紛紛提出訂正的意見。如吁字口部、于部兩見，既從于聲，則
于部之吁當據徐鍇《說文繫傳》卷九之說刪去。敖字放部、出部兩
收，王筠《說文釋例》卷十四據版本考之，以為當刪放部之敖。槾字
既見於木部，又作金部鏝字之重文，鏝之器以金作之，以木為柄，故
王筠《說文釋例》卷十四以為當刪金部之重文槾。

2 疏漏字

重出字是當刪而未刪，疏漏字則是當收而未收。《說文》比早期
字書所收字數已超過將近一倍，但疏漏未收之字仍不在少數。北宋徐
鉉校訂重刊《說文》，補錄詔、志等闕漏字十九個，增加新附字四〇
二字，清代段玉裁注《說文》，增入魗、瑿等三十一文，鄭珍《說文
逸字》網羅了蛤、襦等一六五文，王煦《說文五翼》、張鳴珂《說文
逸字考》、桂馥《說文義證》、王筠《說文釋例》卷十二、張行孚《說
文逸字》等也都各有發明，[11]江舉謙進一步確定漏奪字標準有五，並
舉實例以明之：

（1）《說文解字》前後序及許沖表中用字，而書中未收者。如

---

11 歷代對漏奪字之考訂補正情形詳見江舉謙《說文解字綜合研究》，頁249-256，丁福
　保《說文解字詁林》，頁332-340。

《說文・敍》:「雖叵復見遠流」,許沖〈上說文表〉:「六
藝群書之詁皆訓其意。」而本書無叵、藝,宜補。

（2）《說文》中偏旁屢見,而正文重文不出者。如《說文》
油、柚、抽、軸等从由得聲,晞、郗、稀、絺等从希得
聲,而本書無由、希,宜補。

（3）前此經傳習見,而全書未收者,如《禮記・樂記》:「鐘
聲鏗。」班固《漢書・五行志》引詩:「如蜩如螗。」而
本書無鏗、螗,宜補。

（4）後此載籍稱引,而今本不見者。如《北堂書鈔》酒食部
引《說文》:「鯖,煮肉也。」《一切經音義》卷十八引
《說文》:「澁,涉渡水也。」而本書無鯖、澁,宜補。

（5）《說文》說解用字,而正文闕載者。如「狗,……孔子
曰:狗,叩也,叩气吠以守。」「妜,……讀若煙火炔
炔。」而本書無叩、炔,宜補。[12]

其說集諸家大成,最為詳備,唯經傳載籍歷代傳寫,難免失真,而許
書說解本用漢世通行字體,取其易曉,亦未必盡在應收之列。是以清
儒雷浚《說文外篇》、王廷鼎《說文佚字輯說》早已對漏奪字之認定
採取從嚴的態度,以為不應輕率補入。今人蔡信發〈說文失收字之商
兌〉亦主張「視《說文》失收之字寧可失之於嚴,而不可得之於
寬。」[13]然則《說文》疏漏字之研究,仍有進一步討論的空間。

---

12 詳見江舉謙《說文解字綜合研究》,頁247-249、262-266。
13 雷浚、王廷鼎之說詳見江舉謙《說文解字綜合研究》,頁257-262,蔡信發之說見
《說文商兌》,頁89-92。

（二）字義歸納偏頗

　　許氏之說解文字，或採用載籍故訓，或擷取師承及通人之說，然師說各異，故訓不同，歸納之際，如有不慎，亦難免偏頗之失，如：

　　　告部：「告，牛觸人，角箸橫木，所以告人也。从口，从牛。
　　　　　　《易》曰：『僮牛之告。』」
　　　有部：「有，不宜有也，《春秋傳》曰：『日月有食之。』从
　　　　　　月，又聲。」
　　　酉部：「酒，就也。所以就人性之善惡。从水、酉，酉亦聲。
　　　　　　一曰：造也，吉凶所造起也。」

《周易‧大畜》六四爻辭：「童牛之牿，无咎。」牿亦作梏，即福衡，是用來固定牛角的木枷，許慎竟據孟喜《易》牿作告而曲為之說，怪不得段玉裁注要批評說：「且如所云，是未嘗用口，是告可不用口也，何以為一切告字見義哉！」魯師實先云：「告从牛、口，以示用牲 🀙 告，引申為人相告語。」[14]他所分析的，才是一般告語之義。有字據《春秋傳》「日月有食之」及《論語‧雍也》：「斯人也，而有斯疾也。」固然有「不宜有」之意，但在多數情況下，有字並沒有這種特殊含義。同樣地，酒字和就字也沒有關聯，只有根據《尚書‧酒誥》之戒酒思想，才會產生「所以就人性之善惡」的說法，章季濤批評許慎在歸納有、酒的詞義時，失之於偏頗，不夠完備，不夠準確，[15]真是一針見血之論。

14　魯實先：《轉注釋義》，頁10。
15　詳見章季濤《怎樣學習說文解字》，頁120-122。

四 編排體例的瑕疵

　　《說文》的編排方式是分全書為十四篇，每篇之下先開列部首，部首之下再開列字頭，在部首與字頭之下注明說解文字，並附錄重文，此種體例極具開創性，對後代字書影響也極大，不過，在實際操作時卻難免產生若干瑕疵。

（一）部首建立失宜

1 未貫徹分部原則

　　建立部首以統攝諸字，是《說文解字》的重要貢獻之一。其分部原則是同部之字都必須含有部首之形體，且意義範圍亦相近。《說文》中有少數部首並未貫徹此項原則，如：

> 去部：「去，不順忽出也，从到子。……㐬，或从到古文子。」
> 又：「育，養子使作善也。從去，肉聲。」又：「疏，通也。从
> 㐬，从疋，疋亦聲。」
> ｜部：「上下通也。」又：「中，內也，从○，｜，下上通
> 也。」又：「㫃，旌旗杠皃。从｜、㫃，㫃亦聲。」

去部的育字固然从去，但疏字卻从去之古文㐬，這就是從屬字沒有包含部首的形體。｜部的中所从之｜固然有下上通之義，但㫃所从之｜卻只象旗竿之形，與上下通無關，這就是從屬字與部首不屬於同一個義類。

2 部首有可刪可增者

　　《說文》分部多達五四○個，數量龐大是明顯的缺陷。固然許慎遵照六書體系，以文字學為分部原則，部數不能不較為繁多，但即以許書本身的體例檢驗，有些部首的確是當刪而未刪，相反地，有些部首卻是當立而未立。所以馬敘倫、江舉謙都有「《說文》部首有當增刪」「《說文》部首誤分誤合」之議，蔡信發更逐部加以檢驗，以為《說文》部首當省併者一一八個，當增補者三十一個，[16] 其可刪者如：

> 五部：「五，五行也。从二，㐅陰陽在天地閒交午也。」
>
> 垚部：「垚，土高皃。从三土。」又：「堯，高也。从垚在兀
> 　　　上，高遠也。」
>
> 句部：「句，曲也。从口，丩聲。」又：「拘，止也，从手、
> 　　　句，句亦聲。」
>
> 又：「笱，曲竹捕魚笱也。从竹、句，句亦聲。」又：「鉤，曲
> 　　　鉤也。从金、句，句亦聲。」

五字象縱橫交啎之形，其下並無任何從屬字，屬於空立部首。其後起字為啎，然則午可以改入啎字（午部）為重文，而刪去五部。垚為堯之初文，堯為垚之後起字，實為一字之異體，垚部既然只有堯一個從屬字，那麼將堯改列為垚之重文，而將垚字歸於土部，刪去垚部，當然也是很合理的。句部雖然有拘、笱、鉤三個從屬字，但這三個字都屬於亦聲字，許氏分部以形不以聲，然則這三個字應分別改入手、竹、金三部，一如枸之入木部，胊之入肉部，鴝之入羽部……，而句字則不妨列入口部，或移為鉤之重文，如此又可刪去一個不必要的部首。

16　馬敘倫說詳見《說文解字研究法》，頁3-14，江舉謙說詳見《說文解字綜合研究》，
　　頁176-195，蔡信發之說詳見《說文商兌》，頁21-39。

其他可增者為數較少，如：

烏部：「焉，焉鳥，黃色，出於江淮。象形。」

口部：「回，轉也。从口，中象回轉之形。㘨，古文。」

亢部：「𡕒，直項莽𡕒皃。从亢，从夋，夋，倨也，亢亦聲。」

焉字為獨體象形，不从烏構字，自不可入烏部，應獨立為一部。回字之古文及甲、金文皆象水轉之形，為獨體象形，不是从口的合體象形，既不从口，亦宜獨立為一部。𡕒字从亢，从夋，亢亦聲，其實就是从亢得聲的形聲字，許書歸入亢部，顯屬錯誤，應該將夋字自夊字中獨立出來，成為部首，而以𡕒字屬之。

(二) 歸字入部誤差

《說文》為形書，其歸字入部以形為主，各部首之下必云：「凡某之屬皆从某」，正是這種精神的體現。在實際歸字時，所有的獨體象形、獨體指事幾乎都已擔任部首，並無困難。而增體象形、省體象形、加聲象形、增體指事、變體指事、省體指事也不難依其主體入部。形聲字則依其形符歸字，只有兩百多個「亦聲字」(如暮、糾、愷)，[17]依據「形聲多兼會意」(或「形聲字之正例必兼會意」) 的原則，應視同形聲字，而不是當作會意兼形聲，並重新檢閱其入部是否妥適。因此，歸字較易引起爭議的，就只剩下會意字了。固然，會意字的歸字在許書中主要是依據「取義之所重」及「取其有部首」兩項

17 亦聲字大徐本計二二二字，小徐本計一八七字，段注本計二五〇字，詳見弓英德《六書辨正》附錄〈段注說文亦聲字探究〉，頁1-21。

原則，[18]但實際上，輕重主從之間的衡量，有時難免失之偏差，如：

> 攴部：「牧，養牛人也。从攴、牛。」
> 丌部：「典，五帝之書也。从冊在丌上，尊閣之也。莊都說，
> 　　　　典，大冊也。」
> 木部：「梟，不孝鳥也，故日至捕梟磔之。从鳥在木上。」

牧字从牛，从攴，以牛為主，應入牛部。典之本義為大冊，應入冊部，許書入丌部，不啻買櫝還珠。梟从鳥在木上，以鳥為主，則入鳥部為是。諸如此類，蔡信發〈說文會意字部居之誤〉一文，曾歸納錯誤類型為九，舉例多達一一三個，最為詳盡。[19]

（三）正文重文錯亂

　　透過正文與重文來處理異體字是許慎歸納漢字的一項重要法則，對研究字形的變化、字音的通轉及語源的追溯都具有積極的功用。但有關正文重文的編排，許慎卻往往顧此失彼，王筠《說文釋例》卷七「異部重文」就曾補置重文二百四十一個，他的朋友許瀚在卷末又補正了若干字，許錟輝《說文重文形體考》一書更對重文形體作了徹底的研究，在〈序篇〉中即曾指出《說文》重文之廁列，有四種訛誤，其說云：

> 1.誤分：國、或古當為一字，國乃或所孳乳之後起形聲字，依
> 　　許書之例，當列國於或下為重文。今《說文》國字屬
> 　　口部，或字屬戈部，歧為二字，此宜叕實一也。

18　詳見江舉謙《說文解字綜合研究》，頁204-207。
19　詳見《說文商兌》，頁113-132。

2.誤合：續、賡古當為二字，此由《爾雅・釋詁》以續訓賡可以知之。今《說文》系部列賡於續下為重文，注云：「古文續从庚、貝」，合二字為一，此宜覈實者二也。

3.誤廁：🔣當為子之異體，此由金文子作🔣（番君鬲）可知之，當列子下為重文，今《說文》保下有古文🔣（人部），孟下又有古文作🔣（子部），張冠李戴，此宜覈實者三也。

4.誤羼：🔣當為隸體，半乃🔣之訛變，此後人所妄羼者，今《說文》斤部斯下有重文🔣，此宜覈實者四也。[20]

依循這些例證去通檢《說文》全書，則可以覈實訂正者不知凡幾，這真是所謂「前修未密，後出轉精」。

（四）檢索使用不便

在古代，使用《說文解字》有時並非易事，徐鉉就曾說：「偏旁奧妙，不可意知，尋求一字，往往終卷。」（《說文韻譜・序》）連《說文》專家的大徐都有此種感慨，一般士子自然更不待言。這倒不是許書的編排漫無體例，而是它的體例不夠統一與簡便。就分部之次第而言，《說文》是以「據形系聯」為基本原則，以「以義為次」為補充原則，而形義都無法系聯時，則只好「獨立特出」，另起一部。[21]就同部屬字之先後而言，雖以「以義相引為次」為最重要的條例，但

---

20 見《說文重文形體考・序篇》，頁28-29，又見《國文學報》二期，頁120。

21 黃季剛先生云：「許書列部之次第，據其自敘，謂據形系聯，徐鍇因之以作部敘，大抵以形相近為次，如一上示三王玉珏相次是也。亦有以義為次者，如齒牙相次是也。亦有無所蒙者，講之後次以幺，予之後次以放是也。必以為皆有意，斯誣矣！」（《黃侃論學雜著》，頁18。）高師仲華因其說析《說文》部次條例為四，即：字形連部相聚為次、字形隔部相蒙為次、字形上無所蒙則系之以誼、形誼均無可系則特起，詳見〈說文解字之編次〉，頁16-19。

又有「難曉之篆先於易知之篆」、「次字先人後物」、「凡上諱必立於
首」等十幾個條例。[22]這麼複雜的編排規則都是後人費盡苦心才整理
出來的，縱使有助於了解許慎心思的縝密，卻無補於查檢的方便，何
況在許書的條例尚未昌明的古代呢！所以早在南唐時，徐鍇就曾編輯
《說文韻譜》，打亂許書原來的分部，以韻編字，分韻查字，這種方
法對於不熟悉韻書或不知《說文》生僻字讀音的讀者而言，還是有所
不便。直到明人梅膺祚編著《字彙》，按楷書筆劃分部，並把部首簡
化為二百一十四，才在《說文》的基礎上，開創出一種部首筆劃檢字
法。這種檢字法拋棄了許慎兼顧形義的立部原則，只偏重於部首的形
體筆劃對於從屬字的統轄作用，同時，同一部首內諸字的順序也完全
按照筆劃多少排列。雖然破壞了六書體系，卻較便於查索。所以從清
代《康熙字典》採用了這種檢字法後，它就成為一般字典最常使用的
編輯方式。今日坊間印行《說文段注》，往往根據這種檢字法重新編
製索引，作為附錄。有的則是完全拋棄部首，只採用筆劃或者改依四
角號碼編製索引，甚至有注音符號索引。基本上，檢索《說文》在現
代已經不再是難事了。

五　說解內容的失當

　　在《說文》之前的字書，只是便於識字的韻文。許慎參考了《爾

22　《說文》每部之字次條例，段玉裁《說文解字注》、王筠《說文釋例》卷九、張度
　　《說文補例》各有說，高師仲華因之更析為十四例，即：各部中之字大多以誼相引
　　為次、難曉之篆先於易知之篆、次字先人後物、次字先吉後凶、次字先美後惡、次
　　字先實後虛、次字先近後遠、凡上諱必立於首、部中字有不從部首而以類似相聚、
　　字少之部字誼無可貫串者則雜置之、兩字為名之物事必使相從、字體與部首相反者
　　列部末、疊部首以成字者列部末、有大篆所從相同並列部末。詳見〈說文解字之編
　　次〉，頁20-26。

雅》及載籍的訓詁方式，對每一個字都貫徹「以形說義」的原則，先釋其義，次析其形，有時根據需要，加注其音或補充說明。這種說解方式十分簡明，內容非常精要，而形音義三者之間的密切關係卻已顯露無遺。不過，由於見聞所囿或思慮不周，其說解內容失當之處亦屢見不鮮。

（一）字形分析錯誤

上文曾提及因字形訛變，常使許氏在分析結構時發生錯誤，此為時代使然，猶有可說。但有時篆文字形與甲、金文並無多大出入，許氏的分析卻未能精準，這可就難辭其咎了。無論是屬於哪種錯誤，字形的分析一有差錯，往往會使六書的類例也發生了問題，其例如：

> 矢部：「矢，弓弩矢也。从入，象鏑、栝、羽之形。」
> 小部：「小，物之微也。从八，丨見而八分之。」
> 宀部：「家，尻也。从宀，豭省聲。」
> 艸部：「蔭，艸陰地。从艸、陰。」

矢，甲文作🛆，金文作🛆，象箭簇、箭幹及栝、羽之形，屬於獨體象形，許書誤為合體象形。小，甲文作ハ，金文作八，象小點之形，是一種臆構的虛象，屬於獨體指事，許書誤為異文會意。家从宀、从豕會意，古時家庭人畜雜處，因以構字。自甲骨文開始，家字從無从豭得聲的，从豭省聲亦無所取義，許慎所解，誤以異文會意為形聲。《說文》中省聲字多達三〇八個，其中可議者不在少數。蔭从艸，陰聲，縱使初學者亦不難判斷，而許慎誤為會意，除非有版本上的錯誤，否則實在令人不解。

（二）字義詮釋未精

以形索義，使讀者透過字形的分析，去掌握本義，進而釐清引申義與假借義，是許慎對中國訓詁學最重要的貢獻。本義的探求是許慎念茲在茲的事。他所探求的本義，正確者固然居多，但有時因為字形的訛變，或觀念的偏差，也會產生曲解或附會，如：

> 一部：「元，始也，从一兀聲。」
>
> 𠫓部：「育，養子使作善也。从𠫓，肉聲。〈虞書〉曰：『教育子。』毓，育或从每。」
>
> 子部：「子，十一月昜氣動，萬物滋，人以為偁。古文子，从巛象髮也。籀文子，囟有髮，臂脛在几上也。」
>
> 手部：「揆，葵也。从手，癸聲。」
>
> 爪部：「為，母猴也。其為禽好爪，下腹為母猴形。王育曰：『爪象形也』。，古文為，象兩猴相對形。」
>
> 韋部：「韋，相背也，從舛，口聲。獸皮之革，可以束物，枉戾相韋背，故借以為皮韋。」

元，商代金文作，象人形而特著其首，本義為人首，《左傳》：「狄人喪其元。」（〈僖公三十三年〉）《孟子》：「勇士不忘喪其元。」（〈滕文公〉下）都用其本義，許慎據《爾雅·釋詁》釋為始，誤以引申義為本義。育，甲骨文作，與籀文形體相近，象婦人產子之形，本義應為生育，許慎釋為教育之意，也是誤以引申義為本義。子，無論古文、籀文、小篆乃至甲、金文，都象嬰兒之形。《說文》解為干支之子，乃是無本字之假借，不是本義。揆，从手，癸聲，本義不可能是葵菜，《說文》竟根據《詩·小雅·采菽》：「樂只君子，天子葵

之。」解之，也是誤以假借義為本義。段玉裁注依《六書故》所據唐本改為「度」也，足糾其謬。為，甲文作🐘，金文及石鼓文作🐘，羅振玉以為从爪从象，是役象以助勞動，故有作為之意。[23]《說文》釋為母猴，是誤以他義為本義。韋，甲文作👣、川川，从止，从屮，口聲，本義為包圍，《說文》釋為相違背，也是誤以他義為本義。

（三）讀音標注不明

黃季剛先生〈聲韻略說〉云：「反切未行以前，證音之法大抵不出七塗：一曰形聲，二曰連字，三曰韻文，四曰異文，五曰聲訓，六曰合聲，七曰舉讀。」[24]這七種方法《說文》都曾用過，[25]而其中最重要者厥為形聲、聲訓及舉讀（讀若），但都各有其弊端。除聲訓留待下文討論外，形聲及舉讀之例如：

> 壴部：「彭，鼓聲也。从壴，彡聲。」
> 頁部：「頯，頯妍也。从頁，翩省聲。讀若翩。」
> 雨部：「需，𩓣也。遇雨不進，止𩓣也。从雨，而聲。」
> 食部：「䭆，飢也。从食，㒸聲。讀若楚人言志恚人。」
> 艸部：「菨，牛藻也。从艸，君聲。讀若威。」
> 手部：「掜，挹也。从手，且聲。讀若攄梨之攄。」

彭，甲文作🥁、🥁，从壴，象鼓形，从彡或彡，表示鼓聲。《說文》解為彡聲，非是。段玉裁改為「从壴，从彡」，也不完全正確。頯，《說文》解為从頁，翩省聲，聲符翩本身也是形聲字，从羽，扁聲，

---

23 詳見羅振玉《增訂殷虛書契考釋》卷中，頁60。

24 黃侃：《黃侃論學雜著》，頁112。

25 《說文》七種證音之法，其例詳見周雙利、李元惠《說文解字概論》，頁130-133。

但頮字不僅形體寫得不完整,而且所省的又是最關鍵的聲符扁,像這樣的省聲字實在缺乏說服力。需,从而得聲,古音需屬心紐侯部,而屬日紐之部,二字聲韻畢異。怪不得段玉裁改為「从雨、而」。由此可見,《說文》中的形聲字存在不少缺點,[26]由聲母去讀形聲字的讀音有時未必可行。齔,「讀若楚人言恚人」,是用楚人罵人的聲音擬其音讀,對一個不懂漢代楚語的人而言,這種讀若法實在難以發揮作用。著,讀若威,古音著屬見紐文部,威屬影紐微部,聲韻全異。據周師一田《說文解字讀若文字通假考》統計,在《說文》八百四十三條讀若之中,聲異韻同者一四九條,聲同韻異者一一六條,聲韻全異者七十五條,[27]這些都是很難令人讀出準確讀音的。挏是生僻字,因而需要擬音,不料所據的攎也是生僻字,叫人如何能讀呢?由此可見,《說文》中的讀若法並不是很科學、很精確的注音方法。

(四)義訓失之模稜

《說文》釋義的方式有形訓、有音訓、有義訓。在義訓當中,有時是異言相代,有時則是設立界說。如再細分,則異言相代可再分為單詞相訓、多詞同訓、兩詞互訓、數詞遞訓、一詞數訓、相反為訓;設立界說可再分為直下定義、增字為訓、兩字各訓、連類並訓、集比

---

26 趙誠〈說文諧聲探索〉一文對《說文》形聲字的問題有深入的探討,其結論云:「《說文》的諧聲存在著訛誤,存在著地區的即方言的因素,存在著歷史的即不同時代的因素,存在著動態因素和靜態因素相互滲透的複雜情況,顯然並不代表同一時代同一地區的音讀系統。如果簡單地利用《說文》諧聲來構擬先秦音系或上古音系,當然不盡可信,也必然有不少很難解釋清楚的現象。」(《古代文字音韻論文集》,頁254)再加上無聲字多音的緣故,因此,形聲字與其所從聲母未必完全同音,有時有四聲之異、聲同韻異、韻同聲異甚至聲韻畢異等情形,詳見林師景伊《文字學概說》,頁132-143。又,本論文所使用之上古音聲紐韻部係以王力先生之說為據,詳見唐作藩《上古音手冊》、郭錫良《漢字古音手冊》。

27 詳見周師一田《說文解字讀若文字通叚考》,頁127-216。

為訓、描寫形象、比況為訓。《說文》釋義的方式如此多元而有變化，固然是其優點，但在實際解釋時，除了上文所提及的字義詮釋未精者之外，也常有因義訓方式所導致的字義模稜的弊病，如：

足部：「踔，踶也。从足，卓聲。」又：「蹛，踶也。从足，帶聲。」又：「蟞，踶也。从足，敝聲。一曰：𨄔也。」又：「踶，躗也。从足，是聲。」又：「躗，衛也。从足，衛聲。」

口部：「呻，吟也，从口，申聲。」又：「吟，呻也。从口，今聲。」

亡部：「無，亡也，从亡，𣞴聲。」又：「亡，逃也。从入、𠃊。」

辵部：「通，達也。从辵，甬聲。」又：「達，行不相遇也。从辵，羍聲。」

魚部：「鮅，魚名。从魚，必聲。」又：「鱹，魚名。从魚，瞿聲。」又：「鯸，魚名。从魚，侯聲。」又：「鯕，魚名。从魚，其聲。」又：「鮡，魚名。从魚，兆聲。」又：「魤，魚名，从魚，匕聲。」

石部：「石，山石也。在厂之下，○象形。」

所謂同訓、互訓、遞訓是以同義詞訓釋的幾種不同方式，其法簡單明瞭，一目了然，為《說文》乃至古代訓詁專書及古籍注疏所廣泛使用。[28]不過，其前提必須是相關各詞完全同義，而且文字並不難懂，否

28 據馮蒸《說文同義詞研究》的統計，《說文》中的同訓有九百餘組（頁11），互訓有三五四對（頁149-179），據劉志基〈試論說文解字遞訓的價值〉（臧克和《說文解字的文化說解》，頁58引）統計，《說文》中的遞訓有二千多條，大約涉及三二九二字。

則就會造成閱讀上的障礙，如踔、蹟、蟄許慎都以「踶也」解之，是同訓，但踶是什麼，義仍不明瞭，《說文》緊接著介紹「踶，躗也」、「躗，衛也」，由於文字有脫誤，更令人難以明白。[29]呻吟二字《說文》互相解釋，是互訓，其實二字只是意思相近，並非完全同義，所以段注才會說：「呻者，吟之舒；吟者，呻之急，渾言則不別也。」而許慎採取互訓的方式，只能使人見其同而不能知其異。無、亡、逃三字《說文》輾轉相訓，是遞訓，但無、亡、逃詞義都不止一種，許慎僅就其相同者加以系聯，無、亡、逃固然可以遞訓，而無卻無法解作逃，可見遞訓有時會越行越遠，還不了原。通本是通達之義，許慎卻以「行不相遇」解釋達，詞義完全相反，這與「授受同辭」、「以亂為治」相同，是自語相違的反訓，擾亂了語言的明確性，在語言文字學史上引起不少爭議。[30]鮋、鱹、鯸、鯕、鮴、魜是各種不同的魚，《說文》卻同以範圍更大的「魚名」解之，此即「以共名釋別名」、「以種系屬」，無法給人們較明確的概念。石，《說文》釋為山石，是增字為訓，不僅在解釋的文字中含有被釋字，而且所加之字未必十分恰當，以近代辭書學的觀點衡量，也是一種有瑕疵的訓詁方式。

（五）術語流於含混

　　《說文》一書中有不少專用術語，不僅反映了全書的方法、內容和水準，同時也是讀者研讀《說文》的重要憑藉。這些術語有些是前人所流傳下來的，有些是許慎自創的。例如六書是研究文字學的鑰匙，在許慎之前，《周禮・地官》僅有六書一詞，班固《漢書・藝文志》、鄭眾《周禮注》也僅有六書的分名，到了許慎，才對六書分別加以詮釋及舉例，並且運用到每一個文字的說解上，這對文字學的貢

---

29 「躗，衛也。」段注以為當作「躗，踶也。」而踶與踏義同。
30 反訓，詳見胡楚生《訓詁學大綱》，頁105-124。

獻真是無與倫比。可惜他的詮釋文字過分簡略，舉例也未必完全恰當，以致諸如會意的會字是會合還是會悟？轉注是形轉、聲轉還是義轉？引申與假借有什麼區別？都引起許多爭議，在此姑且不論，底下僅以象、從、以為三個術語為例，來檢驗許書使用的清晰度：

> 自部：「自，鼻也。象鼻形。」刀部：「戮，刀鋻也。象刀有刃
> 之形。」
>
> 亏部：「亏，於也。象气之舒亏。从丂从一。一者，其气平
> 也。」
>
> 兄部：「兄，長也。从儿从口。」
>
> 烏部：「烏，孝鳥也。孔子曰：『烏，亏呼也。』取其助气，故
> 以為烏呼。」
>
> 网部：「罪，捕魚竹网。从网，非聲。秦以為辠字。」

象即像似，取象之意，許書常用以解說象形字，如自象鼻形，本無疑義，而指事字除上字注明「指事也」之外，其餘竟然也都使用「象……也」、「象……形」、「象……之形」之類的術語，如刃是從刀，以、表示刀刃部位的合體指事，許慎解為「象刀有刃之形」，則與象形容易混淆了。從，是根據之意，其下的文字必須獨立成文，如兄是會意字，會合儿、口二成文字，固然沒錯，而亏則是從丂加上不成文的虛象「一」構成的合體指事，《說文》以「从丂从一」解之，就與會意字無從區別了。以為是用作的意思，在《說文》中的用法十分廣泛，烏以為烏呼，是無本字的假借，罪以為辠，是為了避諱而改字，[31] 到底是哪一種用法，一般讀者實在難以明辨。

---

31 許錟輝將以為的作用分為四類：1. 以甲字為乙字（又分1借甲字為乙字2誤甲字為乙字3改甲字為乙字4通甲字為乙字），2. 以甲義為乙義，3. 以甲字為乙義，4. 以甲體

（六）引證不甚允當

　　《說文解字‧敘》云：「博采通人，至於小大，信而有徵，稽譔其說。」許慎博學多聞，在說解字形、字音、字義、字理、字史時往往引用群經、群書、方言、漢律令乃至通人之說，以加強其論證，開後代辭典書證之先聲，其慎重之態度，十分值得欽崇。[32]不過，許慎在大量使用書證時，也難免有些疏失，如：

　　　　禿部：「禿，無髮也。从儿，上象禾粟之形，取其聲。王育說：
　　　　　　　『倉頡出，見禿人伏禾中，因以制字。』未知其審。」
　　　　木部：「枖，木少盛皃。从木，夭聲。《詩》曰：『桃之枖枖。』」
　　　　　　　女部：「媄，巧也。《詩》曰：『桃之媄媄。』女子笑
　　　　　　　皃。」
　　　　女部；「姓，人姓也。从女，丑聲。《商書》曰：『無有作姓』。」

禿之構字，王育說是由於倉頡出，見禿人伏禾中，實在是穿鑿附會，令人失笑，所以連許慎都懷疑其可靠性。《詩‧周南‧桃夭》：「桃之夭夭。」夭，《說文》既引作枖，又引作媄，不僅與今本各異，其本身也不一致，可能是根據三家詩吧？在東漢時代，古書的流傳全賴口誦手抄，版本不一，固然不足為奇，但同一個文句引用了不同版本而未交代清楚，總是難免令讀者迷惑，同時也顯示當時版本觀念的缺乏。姓之本義為姓氏，《說文》所引《尚書‧洪範》「無有作姓」卻在證明姓為好之假借，兩者並不相應，像這種情形，許書屢見，段注稱

　　為乙體。烏以為烏呼屬於以甲字為乙義，罪以為辠屬於改甲字為乙字。詳見《文字
　　學簡編》，頁130-132。
32 馬宗霍曾編撰《說文解字引經考》、《說文解字引群書考》、《說文解字引通人考》，
　　專門研究許慎在引證方面的貢獻，以上三書，臺灣學生書局有影印本。

之為「引經說假借」，並列入條例，[33]就訓詁學而言，固有解經義之功，就文字學而言，終是一病。

六　時代風氣的障礙

許慎生於東漢光武帝建武末年，卒於安帝建光末年（約西元55-125年）。[34]兩千年前的時空，無論政治、經濟、社會、文化、學術各方面皆迥異於今，《說文》所呈現的思想內涵自然不能完全為今人所同意。此則時代使然，我們固然不能不去論及這些障礙，但也必須出之以「同情的了解」，才不致過分苛責古人。

（一）格於政治現實

漢代是繼秦朝而起的中國第二個中央集權的王朝，政治上雖不似秦之酷烈，但組織縝密，用法較嚴，與今日之自由民主實不可同日而語。這些情況自然反映在《說文解字》之中，如：

> 王部：「王，天下所歸往也。董仲舒曰：『古之造文者三畫而連
> 　　　其中謂之王。三者，天地人也，而參通之者，王也。』
> 　　　孔子曰：『一貫三為王。』」
> 金部：「鎦，殺也。从金，留聲。」
> 羊部：「羌，西戎，羊種也。从羊、儿，羊亦聲。南方蠻、閩

---

33 詳見呂景先《說文段注指例》，頁40-41。

34 許慎生平，嚴可均〈許君事蹟考〉、林頤山〈許慎傳補遺〉、錢大昕〈許慎傳漏略〉、蔡壽昌〈許叔重先為祭酒，後為洨長，卒於桓帝以後，非卒於安帝之世考〉、陶方琦〈許君年表考〉、諸可寶〈許君疑年錄〉均有考證，具見《說文解字詁林》前編下〈許君事蹟考〉部分。高師仲華撰有〈許慎生平行跡考〉，考證尤詳，見《政大學報》十八期，又見《高明文輯》下冊，頁499-534。此處許君生卒年依據師說。

从虫，北方狄从犬，東方貉从豸，西方羌从羊，此六種
也。西南僰人、焦僥从人，蓋在坤地，頗有順理之性，唯
東夷从大，大人也。夷俗仁，仁者壽，有君子不死之
國。孔子曰：『道不行，欲之九夷，乘桴浮於海。』有
以也。」

古人以中國為天下之中心，帝王為中國之中心，對君王加以適度美
化，本無可厚非，但許慎說君王貫通天地人之道，跡近聖人，則未免
近於阿諛。《說文》有鎦無劉，鎦無殺義，而《尚書》、《左傳》、《爾
雅》之劉字則有殺義，[35]許慎蓋因不敢觸犯國姓，而改劉為鎦，致使
劙、瀏等形聲字都失其所從，比起秀、莊、炟、肇、祜等字因避上諱
而空字、不敢作釋者顯然更為諱莫如深，用心良苦。段玉裁改鎦為
劉，並云：「殺也，从金、刀，丣聲。」縱符合造字之朔，恐非許書
之舊。自古以來，中國即經常與域外少數民族多所衝突，漢代更為匈
奴所苦，故羌、狄、蠻、閩、貉等字皆从羊、犬、虫、豸為形符，視
外族為異類，《說文》從而釋之曰：「狄之為言淫辟也。」「貉之為言
惡也。」這種尊王攘夷的心理可說由來已久，並且根深柢固。

（二）囿於陰陽五行

陰陽五行學說在漢代盛極一時，不僅無孔不入地滲透到社會的每
一個階層，就連學術界也每以陰陽災異解說經籍。尤以西漢末年以
後，讖緯崛起，王莽以符命篡漢，劉秀以讖緯得天下，更是助長了陰
陽五行的氣燄。在這種時代洪流之中，《說文》也未能免俗地大談陰
陽五行，其例如：

---

35 《尚書・盤庚》：「重我民，無盡劉。」《左傳・成公十三年》：「虔劉我邊陲。」孔
　傳、杜注皆訓劉為殺。《爾雅・釋詁》亦云：「劉、獮、斬、刺、殺也。」

亥部：「亥，荄也。十月微易起，接盛侌。从二，二，古文上
　　　字也。一人男一人女也。从乚象裹子咳咳之形也。《春
　　　秋傳》曰：『亥有二首六身。……亥而生子，復從一
　　　起。』」

甲部：「甲，東方之孟，易气萌動，从木戴孚甲之象。《大一
　　　經》曰：『人頭空為甲』。」

水部：「水，準也，北方之行。象眾水並流，中有微陽之气
　　　也。」

七部：「七，易之正也。从一，微侌从中衺出也。」

白部：「白，西方色也。侌用事，物色白，从入合二，二，侌
　　　數也。」

心部：「心，人心土臧也，在身之中，象形。博士說：以為火
　　　臧。」

許書五百四十部首，始一終亥，企圖建構一個無所不賅，終始循環的
宇宙圖式，這顯然是受到陰陽五行家「萬物生於一，畢終於亥」的影
響。為了配合這個構想，他將十個天干、十二個地支全部列為部首，
並且置於全書之末，以陰陽五行去分析其形，詮釋其義，就連子這樣
明顯的象形字，他也要說「十一月陽气動，萬物滋，人以為稱」，其
餘更不待言。此外，木火土金水等五行，四五六七九等數字，青赤白
等顏色，脾肺心肝腎等五臟，乃至笙、管、禾、麥、鷽、易、情、
性、稱、蕰等字，他也都一一以五行說之，甚至引《大一經》、《秘
書》以證之。這與《禮記·月令》之以十干、十二律、五帝、五音、
五數、五臟、五色、五穀、五方等與五行搭配，所企圖建立的宇宙圖
式並無二致。[36]問題是：陰陽五行之說是到東周才正式形成的，而

36 詳見拙著《夏小正析論·夏小正月令異同論》，頁170-174。

《說文》所收文字有許多是早在殷周以前就造成的。這樣的說解，充滿神秘色彩，缺乏科學根據，其不流於牽強附會，莫知所云者幾希，這不能不說是《說文》的一大敗筆。

（三）多言聲訓

所謂聲訓，是用音同或音近的字來解釋詞義，解釋的字與被釋字之間不僅有義的關係，也有音的關係，此種訓詁方式在先秦古籍中已屢見不鮮，在兩漢更是蔚然成風，如《尚書大傳》、《毛詩故訓傳》、《春秋繁露》、《白虎通義》、《釋名》等往往運用了不少聲訓，尤其劉熙《釋名》更是聲訓的專著。在這方面，《說文》也不能例外，其例如：

> 一部：「天，顛也，至高無上。从一、大。」
> 酉部：「酉，就也。八月黍成可為酎酒。象古文酉之形。」
> 牛部：「牛，事也，理也。象角頭三封尾之形也。」

據張建葆《說文聲訓考》一書的統計，《說文》中的聲訓共有一八二〇條，為數不少。如天，甲文作𡗓，金文作𡗗，都象人形，而特著其首。《說文》云：「顛也」，謂人頭頂上無限寬廣的空間為天，此種聲訓，在訓詁學上屬於推因之法，可以追溯事物得名之緣由，固然有其不可抹煞的價值，不過，天顛意思並不完全相同，所以還須補充說明「至高無上」，意思才算清楚。而且我們只能說「天，顛也。」卻不可倒言「顛，天也。」也就是不可互訓，這些都是聲訓的基本缺點。《說文》以就釋酉，其弊亦同。而更值得注意的是：除《說文》外，高誘《淮南子・天文篇》曰：「酉者，飽也。」《史記・律書》曰：「酉者，萬物之老也。」《漢書・律曆志》曰：「留孰於酉。」《釋

名》曰:「酉,秀也。秀者,物皆成也。」同一個字,而各家聲訓如此紛歧,幾乎只要與酉字古音相同或相近的字都可以拿來使用,真是充滿任意性。牛字,許慎既以事解之,又以理釋之,同一個人對同一個名物竟做出兩種不同的聲訓,更讓人搞不清楚牛到底是由事還是由理得名的。

(四)間雜玄理

由於受到《易》理、黃老思想及陰陽五行學說的影響,漢代學術有玄理化的傾向。許慎在說解文字時,偶爾也會拋開字源的考證、本義的探求,而借題發揮,大談玄理,以示其博雅,而企圖達到「知化窮冥」的境界,如:

> 一部:「一,惟初太極,道立於一,造分天地,化成萬物。」
> 甘部:「甘,美也。从口含一,一,道也。」
> 亡部:「無,亡也。从亡,𣞤聲。无,奇字無也。通於元者,
> 　　　　虛无道也。王育說:『天屈西北為无。』」

一為數目名,十分簡單,許慎卻根據《老子》:「道生一,一生二,二生三,三生萬物。」(〈四十二章〉)從開天闢地談起,弄得玄虛莫測。甘所含之一,不過象口中所含之物,許慎偏要解為抽象的道,在造字時代哪裡可能有這樣深奧的哲學觀念呢?无字解釋為「通於元者,虛无道也。」謂虛無之道上通於元氣寂寞,也是玄之又玄。所引王育說「天屈西北為无」,是无之別一義,謂中國地勢西北高、東南低,顯示天體傾斜,不能正圓,這種說法既不合科學,也無助於讀者的理解。

七　科學水準的限制

　　中國是世界四大文明古國之一，漢代是西元一世紀前後世界上最富強的大帝國，無論在自然科學或應用科學方面都足以傲視寰宇。不過與二十一世紀的今日相較，各方面當然還是十分落後。許慎在撰寫《說文解字》時，難免會有許多經不起科學檢驗之處，這是不必為賢者諱的。

（一）迷信怪奇

　　鬼神之有無，在科學昌明的今日，尚且見仁見智，爭論不休，在科學落後的古代，一般人信仰原始宗教，崇拜庶物，迷信巫術更是不足為奇。漢代陰陽五行及纖諱、術數思想十分盛行，更助長迷信風氣。揚雄、桓譚、王充所以為後代所推崇者就在於他們能特立獨行，強烈批判讖諱迷信之說。許慎不是傑出的思想家，我們自然不能苛求於他，所以在《說文》中就經常出現怪奇的說法，如：

> 犬部：「狐，祅獸也，鬼所乘之。有三德，其色中和，小前大後，死則丘首，謂之三德。从犬，瓜聲。」
>
> 虫部：「蚨，青蚨，水蟲，可還錢。从虫，夫聲。」
>
> 艸部：「蒐，茅蒐，茹藘，人血所生，可以染絳。從艸、鬼。」
>
> 艸部：「芸，艸也。似目宿。从艸，云聲。淮南王說：『芸艸可以死復生。』」
>
> 匕部：「真，僊人變形而登天也。从匕、目、乚，ㅐ所以乘載之。」
>
> 虫部：「蝄，蝄蜽，山川之精物也。淮南王說：『蝄蜽狀如三歲

小兒，赤黑色，赤目，長耳，美髮。』《國語》曰：『木
石之怪，夔、蝄蜽。』」

狐狸素不為人類所喜，從古以來就有各種傳說，許慎說它是「祅獸
也，鬼所乘之」，在今日，除了愚夫愚婦外，可能沒有人會同意他的
說法。青蚨，相傳塗其血於銅錢上，出外購物，銅錢可以自行飛回
來，這種說法視之為齊東野語可矣，入之於字書則不宜。說茅蒐是人
血所生，是為解說其字從鬼且色赤的理由；說芸草可以使死者還魂復
生，大概也是因為芸魂音近的緣故，都不足深信。真字解為「仙人變
形而登天」，而且變形先由耳目開始；蝄蜽解為「山川之精物」，而且
還引淮南王說，繪聲繪影，煞有介事，這些都是對客觀事物認識不夠
充分，所產生的荒唐說法，不值識者一笑。

（二）審物未諦

古人觀察生物的活動，有時不夠精細，以致產生錯覺，而留下一
些錯誤的記載，這種情形，自〈夏小正〉、《呂氏春秋・十二月記》、
《淮南子・時則篇》、《逸周書・時訓篇》、《易緯・通卦驗》、《禮記・
月令》以降往往有之。許慎博極群書，不重目驗，以致常有襲用舊
說，不加簡別之失，如：

虫部：「蜃，大蛤，雉入水所匕。从虫，辰聲。」虫部：「蛤，
蜃屬。有三，皆生於海；屬，千歲雀所匕，秦人謂之牡
厲；海蛤者，百歲燕所匕也；魁蛤，一名復累，老服翼
所匕也。从虫，合聲。」

虫部：「蜕，馬蜕也。从虫，冎象形，益聲。《明堂月令》曰：
『腐草為蜕。』」

虫部：「蠡，蠡蠃。蒲蘆，細要土蜂也。天地之性，細要純雄
　　　無子。《詩》曰：『螟蛉有子，蠡蠃負之。』從虫，𧠢
　　　聲。」

龜部：「龜，舊也。外骨內肉者也。從它，龜頭與它頭同。天
　　　地之性，廣肩無雄，龜鼈之類，以它為雄，𤱿象足甲
　　　尾之形。」

鼠部：「鼢，地中行鼠。伯勞所化也。一曰偃鼠。從鼠，分
　　　聲。」

〈夏小正〉云：「九月，雀入于海為蛤。」「十月，雉入於淮為蜃。」
秋冬之際，天候漸寒，雀雉南飛，而蛤蜃之殼適有種種花紋，古人不
察，遂產生了錯覺，《呂氏春秋》等書也有類似記載，故許書襲之。
《呂氏春秋‧十二月紀》、《淮南子‧時則篇》云：「腐草化為蚈。」
《禮記‧月令》云：「腐草為螢。」《明堂月令》並同其說，亦云：
「腐草為蠲。」故許書承之，而以為螢蟲為腐草所化，其實，螢蟲不
過是產卵於草間而已。郝懿行《爾雅義疏‧釋蟲》「螢火即炤」條曾
加以辨正。《詩經‧小雅‧小宛》云：「螟蛉有子，蜾蠃負之。」人們
因而以為蜾蠃以螟蛉之子為子，故《說文》以「天地之性，細腰純雄
無子」說之。事實上，螟蛉只不過是蜾蠃幼蟲的飼品而已，並非成為
其義子，早在《神農本草經集注》「蠮螉」條中陶弘景就已加以駁
斥。龜鼈之類，有雄有雌，極易目驗，而《說文》竟然也說：「天地
之性，廣肩無雄，龜鼈之類，以它為雄。」足見其疏於格物。〈夏小
正〉云：「三月田鼠化為鴽。」「八月，鴽為鼠。」許書所謂「鼢……
伯勞所化」，正用其說。殊不知伯勞與鼢鼠可能互為食物生態的平
衡，鼢鼠多了，伯勞無以為生，只好他遷，人們只見鼢鼠，不見伯
勞，遂誤以為伯勞化為鼢鼠了。

八　結論

綜觀上述析論，可以發現有幾個觀念值得在此一提：

（一）《說文解字》的缺陷，就其犖犖大者而言，可分為材料本身的缺陷、歸納過程的疏漏、編排體例的瑕疵、說解內容的失當、時代風氣的障礙、科學水準的限制。如再細分，至少可分二十一個子目。我們所以能發現這麼多缺陷，乃是由於現代的語言文字學乃至整個社會文化有了長足的進步；我們所以能從各種不同的角度來討論這些缺陷，顯示我們生活在自由、民主、開放的時代，這些都是值得慶幸的。

（二）許書的缺陷，就性質而言，或為材料的問題，或為方法的問題，或為內容的問題，或為形式的問題；就其責任而言，或為客觀條件的侷限，或為許氏的疏失。我們固然不必為賢者諱，但也不宜苛責古人。最好能設身處地，以知人論世的方式，進入兩千年前的時空，如此我們才能了解這些缺陷，其實是當時的其他名著也難以完全避免。而《說文》所呈現出來的，沒有更多的缺陷、更多的不完美，仍然是很值得敬佩的。

（三）在討論許書的缺陷之餘，我們更不可忘記它所開創的許多成果，所展現的許多優點，及對中國語言文字學所作出的偉大貢獻。如此，優劣並陳，我們才能在中國語言文字學史上給許慎適當的評價與定位。而更重要的是：我們應該從這些優缺點的探討中去汲取寶貴的經驗與教訓，如此才能為語言文字學的研究開創另一個黃金時代。

參考書目

一　專書

郝懿行　《爾雅義疏》　臺北市　中華書局　1960年

莊雅州　《夏小正析論》　臺北市　文史哲出版社　1985年

許慎撰，徐鉉校定　《宋刊本說文解字》　臺北市　華世出版社　1982年

徐　鍇　《說文繫傳》　臺北市　華文書局　1971年

段玉裁　《說文解字注》　臺北市　黎明文化出版公司　1985年增訂一版

王　筠　《說文釋例》　臺北市　世界書局　1984年三版

丁福保　《說文解字詁林》　臺北市　國民出版社　1960年

馬敍倫　《說文解字研究法》　臺北市　華聯出版社　1967年

江舉謙　《說文解字綜合研究》　臺中市　東海大學　1970年

陸宗達　《說文解字通論》　北京市　北京出版社　1981年

蔣善國　《說文解字講稿》　北京市　語文出版社　1988年

章季濤　《怎樣學習說文解字》　臺北市　群玉堂　1991年

周雙利、李元惠：《說文解字概論》　香港　香港新世紀出版社　1992年

蔡信發　《說文問答》　臺北市　作者印行　1993年

臧克和　《說文解字的文化說解》　武漢市　湖北人民出版社　1994年

余國慶　《說文學導論》　合肥市　安徽教育出版社　1995年

蔡信發　《說文商兌》　臺北市　萬卷樓圖書公司　1999年

許錟輝　《說文重文形體考》　臺北市　文津出版社　1973年

張建葆　《說文聲訓考》　臺北市　弘道出版社　1974年

馮　蒸　《說文同義詞研究》北京市　首都師範大學出版社　1995年

蔡信發　《說文部首類釋》　臺北市　萬卷樓圖書公司　1997年

呂景先　《說文段注指例》　臺北市　正中書局　1946

蔣冀騁　《說文段注改篆評議》　長沙市　湖南教育出版社　1993年

弓英德　《六書辨正》　臺北市　臺灣商務印書館　1966年

魯實先　《轉注釋義》　臺北市　洙泗出版社　1992年修訂版

孫星衍　《急就篇考異》，《古經解彙函》本　臺北市　中新書局　1991年

王　力　《中國語言學史》　臺北市　泰順書局　1972年

林　尹　《文字學概說》　臺北市　正中書局　1971年

許錟輝　《文字學簡編》　臺北市　萬卷樓圖書公司　1999年

黃　侃　《文字聲韻訓詁筆記》　臺北市　木鐸出版社　1983年

趙　誠　《古代文字音韻論文集》　北京市　中華書局　1991年

陸宗達、王寧　《訓詁方法論》　北京市　中國社會科學出版社　1983年

胡楚生　《訓詁學大綱》　臺北市　華正書局　1989年

羅振玉　《增訂殷虛書契考釋》　臺北市　藝文印書館　1969年再版

李孝定　《甲骨文字集釋》　臺北市　中央研究院歷史語言研究所　1991年五版

周法高　《金文詁林》　京都　中文出版社　1983年

王國維　《定本觀堂集林》　臺北市　世界書局　1983年五版

黃　侃　《黃侃論學雜著》　臺北市　學藝出版社　1969年

高　明　《高明文輯》　臺北市　黎明文化出版公司　1978年

二　期刊論文

謝雲飛　〈說文訓詁得失〉　《學粹》第8卷第6期（1966年）　頁27-29

高　明　〈對說文解字之新評價〉　《人文學報》第1期（1970年）
　　　　頁1-14

高　明　〈論說文解字之編次〉　《人文學報》第5期（1976年）
　　　　頁1-27

高　明　〈許慎生平行跡考〉　《政大學報》第18期（1968年）　頁
　　　　18

周　何　〈說文解字讀若文字通叚考〉　《臺灣師範大學國文研究所
　　　　集刊》第6號（1962年）　頁1-217

許錟輝　〈說文重文形體考序篇〉　《國文學報》第2期（1973年）
　　　　頁113-121

　　　　　　──原載於《中正中文學術年刊》第4期（2001年12月），
　　　　　　　　　　　　　　　　　　　頁143-178。

《說文解字》名物訓詁研究芻議

一 前言

「名物訓詁」是大家耳熟能詳的詞,其意蘊十分豐富,一則為名物訓詁與普通語詞訓詁同為訓詁的一部分;其二為名物常須訓詁,始能了解;其三為名物在訓詁中的分量極重,可與訓詁相提並論,正如聲韻學又稱音韻學一般。所謂名物,是指天文、地理、動物、植物、宮室、冠服、衣飾、禮器、農器、兵器等專有名詞[1]。我們只要翻開任何一本古籍,都可以看到名物詞俯拾皆是,而自古以來,訓釋的資料也足以汗牛充棟。單以古代語言文字學的四大名著來說,《爾雅》十九篇,從〈釋宮〉以下至〈釋畜〉等十五篇都與名物有關;《方言》十三卷,釋名物的有〈釋服制〉、〈釋器物〉等五卷;《釋名》二十七篇,以名物為篇名者亦有〈釋天〉、〈釋地〉等二十篇;《說文解字》五四〇部,其中人體類一九七個,由於人為三才之一,可以不計,其餘自然類、動物類、植物類、器物類的部首合計三〇九個,佔全部部首百分之五十七,[2]是許多名物詞甚至普通語詞構字的基礎,

---

1　程俊英、梁永昌:《應用訓詁學》(上海市:華東師範大學出版社,1986年),頁119。

2　鄒曉麗:〈說文解字540部首述議〉,《說文解字研究第一輯》(開封市:河南大學出版社,1991年),頁368。

其分量不可謂不重。《說文》為中國字典鼻祖，一向被奉為文字學經典，但研究名物的專書為數極少，近代相關的學位論文亦十分罕見，這與《爾雅》之衍生出許多雅學專書，《詩經》擁有不少名物專著，都不可同日而語，實在是十分憾惜的事。我曾為《爾雅》、《詩經》寫過〈論考釋爾雅草木蟲魚鳥獸的方法〉、〈多識於鳥獸草木之名〉等多篇論文以及《爾雅今注今譯》的專書，但在《說文》方面，只發表過〈從科學觀點探討說文解字〉、〈說文解字中的天文史料析論〉兩篇論文，覺得有必要寫一篇名物訓詁研究的通論，來提醒學界的注意，此為本文寫作的緣由。

二　說文解字名物訓詁的體例

許慎生於將近二千年前，卻有相當細密的科學頭腦，《說文》一書，無論材料的蒐集、整理，內容的編排、撰寫，都井然有條。全書共分十四篇，各篇之下開列部首，以五四〇個部首統攝九三五三個字頭，每個字頭都先解說字義、分析字形，再斟酌附錄重文以及其他必要資料。以下僅就其字詞訓解的體例加以介紹：

（一）探求本義

本義是指字形結構所反映的，並有史料可以印證的原始意義。許慎編寫《說文》最主要的方法是分析字形以求本義。本義確定了，引申義才有正確的出發點，叚借義也才有釐清的可能。由於漢字是表意文字，不是拼音文字，形與義的關係相當密切，所以這種方法對於名物的了解相當有效，例如：

術，邑中道也。从行，朮聲。（頁78）

雀，依人小鳥也。从小、隹聲。讀與爵同。（頁143）

豆，古食肉器也。从口，象形。（頁209）

向，北出牖也。从宀、从口，《詩》曰：「塞向墐戶。」（頁341）[3]

術是从行、朮聲的形聲字，行在《說文》是「人之步趨也。」（頁78）在甲文則象巷道，術有「巷中道」之意，引申為技術。雀从小、隹會意，故本義為依人小鳥。豆，象食肉器之形，也就是俎豆之豆，戰國以後借為穀類之豆，已非本義。向，象北面窗牖，許氏所引《詩·豳風·七月》：「塞向墐戶」乃本義僅存之書證。由此可見，探求本義是許書首要之務。

（二）因聲求源

　　未有文字，先有語言，文字不過是語言的記錄，字形是其外殼，語言才是核心；相類似的，語言的外殼是語音，核心則是語義。文字之創造，由義而音而形；文字之探求，則是由形而音而義。無論如何，音都是溝通形義的重要媒介，所以清儒主張「聲近義通」、「聲義同源」、「因聲求義」。這個道理，漢代乃至先秦已了解，因此才會有聲訓，透過語音去探討事物得名的原因，此即所謂推因。《說文》中的聲訓，多達四一六五條，[4]雖然常有牽強附會之處，但對探求名物的來源，確實有所助益。例如：

天，顛也。至高無上，从一、大。（頁1）

羊，祥也。从丫，象四足尾之形。（頁146）

3　（漢）許慎撰，（清）段玉裁注：《說文解字注》（臺北市：洪葉文化事業公司，2005年增修一版三刷），以下凡引《說文》及段注，概用此本，僅標明頁碼，不復逐字加注。

4　崔樞華：《說文解字聲訓研究》（北京市：北京師範大學出版社，2000年），頁81。

　　日，實也。太易之精不虧。从○、一象形。（頁305）

　　游，旌旗之流也。从㫃，汓聲。（頁314）

天、顛疊韻，「顛，頂也。」（頁421）「大象人形。」（頁496）謂人頭頂上無窮大的空間，所以名之為天。祥从示，羊聲。古人狩獵得羊為吉祥，正如得鹿為祿一般，故名之為羊。日、實疊韻，太陽雖偶有虧食，但經常充實光輝，故名之為日。游、流疊韻，旌旗正幅的垂飾遇風飄拂，如水之流動，故名之為游。這些推因都是相當合理的。

（三）描述性狀

　　許書在解說字義時，以本義為優先目標，或採形訓，或採聲訓，或採義訓。形訓使用有限，聲訓只能施之於探求語源，兼及通叚、方言詞、俗語和外來語，所以運用最廣者乃數義訓。義訓分直訓、義界兩大類。義界以一句話或幾句話去下定義，設立界說，或直下定義，或增字為訓，或兩字各訓，或連類並訓，或集比為訓，或描寫形象，或比況為訓，[5]這種訓詁方式，可以清楚描述名物之品種、形狀、大小、色味、生長過程、產地、用途等，所以直到現在，字、辭典仍經常使用。例如：

　　雉，有十四種：盧諸雉、鷸雉、卜雉、鷩雉、秩秩海雉、翟山雉、翰雉、卓雉、伊雒而南曰翬、江淮而南曰搖、南方曰𩿧、東方曰甾、北方曰稀、西方曰蹲。从隹，矢聲。（頁143）

　　簫，參差管樂，象鳳之翼，从竹，肅聲。（頁199）

　　霸，月始生魄然也，承大月二日，承小月三日，从月，䨷聲。《周書》曰：「哉生霸。」（頁316）

5　黃建中：《訓詁學教程》（武漢市：荊楚書社，1998年），頁168-173。

> 鼎，三足兩耳，和五味之寶器也。象析木以炊，貞省聲。昔禹
> 收九牧之金，鑄鼎荊山之下，入山林川澤者，离魅蛐蝄莫能逢
> 之，以協承天休。《易》卦巽木於下者為鼎，古文以貝為鼎，
> 籀文以鼎為貝。（頁322）

雉，《說文》介紹了十四種，足見當時對動植物的品種分類已相當注
意。簫，在先秦是排簫，非漢以後的洞簫，《說文》生動地譬況其形
象。霸，本義是初生之月，不是霸主，《說文》讓我們明白月相的變
化，以及《周書》「哉生霸」的正確意涵。鼎，在青銅器中與鐘具有
同等的重要性，《說文》具體地描繪其形狀，交代其傳說，言簡意
賅，十分充實。

（四）分析字形

漢字孳乳漸多，其主要的造字方法不外六書——象形、指事、會
意、形聲、轉注、叚借，前四種為基本方法，後兩種為輔助方法。許
慎每解一字，必注明其六書歸屬，俾使讀者明瞭形、音、義間的密切
關係。例如：

> 冊，符命也。諸侯進受於王者也。象其札一長一短，中有二編
> 之形。（頁86）
> 刃，刀鋻也。象刀有刃之形。（頁185）
> 簋，黍稷方器也。从竹、皿、皀。（頁195）
> 曐，萬物之精上為列星。从晶，从生聲。一曰象形，从○，古
> ○復注中，故與日同。（頁315）

冊，象簡牘之形，是象形字。刃，从刀，指明刀刃部位，是指事字。

簋，从竹代表其材料，从皿代表其性質，从皀代表其內容，會合在一起，表示盛黍稷之器皿，是會意字。曐从晶象列星之形，从生，表其讀音，是形聲字。明白了各字的構造方法，其本義甚至讀音也就清楚了。

（五）附錄重文

所謂重文，是音同義同，字形不同的異體字，附錄於字頭之下，與字頭重複，所以叫重文。《說文》中的重文有一一六三個，主要是以小篆為字頭，古文、籀文及其他字體為重文；間亦有古文或籀文為字頭，以小篆及其他字體為重文者。例如：

> 劒，人所帶兵也。从刃，僉聲。劍，籀文劒，从刀。（頁185）
> 觵，兕牛角可以飲者也。从角，黃聲。其狀觵觵，故謂之觵。
> 觥，俗觵，从光。（頁185）
> 倉，穀藏也，蒼黃取而臧之，故謂之倉。从食省，囗象倉形。
> 仺，奇字倉。（頁226）
> 困，故廬也。从木在口中。朱，古文困。（頁281）
> 鐘，樂鐘也，秋分之音，萬物種成，故謂之鐘。从金，童聲。
> 古者垂作鐘。鏞，鐘或从甬。（頁716）

劍，小篆从刃，籀文从刀，皆為形聲字。觵，小篆从角，黃聲，俗字从角，光聲，聲符不同，古音則無以異。倉从食省，囗象倉形，是形符不成文的半字，重文為結構奇異的奇字。困，小篆从木从口會意，古文易口為止，仍為會意。鐘，小篆从金，童聲，重文是會意兼聲的亦聲字，童聲、甬聲古音相同。這些重文，可以存初文，考古音，正

形誤，證許說，保留文獻資料，[6]在語言文字學中自有其價值。

（六）標注讀音

黃季剛先生〈聲韻略說〉中舉出東漢末年反切未發明之前，解釋讀音的方法有七種，即形聲、連字、韻文、異文、聲訓、合聲、舉讀。[7]其中最重要的是形聲和舉讀，形聲字剛造字時，聲母必與聲子同音，後世語音雖受時空的影響而有所變遷，基本上還是常有雙聲或疊韻的關係。舉讀即是採用比擬的方法，以期得到聲音的正確讀法，包括讀如、讀若、讀為、讀曰、讀與某同之類。例如：

> 玒，石之似玉者。从玉，厶聲。讀與私同。（頁17）
> 觶，鄉飲酒觶。从角，單聲。禮曰：「一人洗舉觶。」觶受四升。觝，觶或从辰。觝，禮經觶。（頁189）
> 欂，欂櫨，柱上枅也。从木，薄聲。（頁256）
> 櫨，欂櫨也。从木，盧聲。（頁257）
> 霜，喪也，成物者。从雨，相聲。（頁579）

玒从玉，厶聲，可從聲符厶及「讀與私同」知其讀音。觶，音支義切，與聲符單不同音，但可以從異文─古文禮經觝知其讀音。欂櫨是疊韻聯綿詞（連字），可從二字之聲符及聯綿詞知其音讀。霜、喪同音，聲訓，可由此及聲符相知其音讀。雖然這些標音方式並不理想，有時得不到準確的讀音，更談不上音素的分析，但在當時已是較為進步的標音方法，同時也可以看出許氏竭盡所能標注讀音的苦心。

6　許談輝：《文字學簡編・基礎篇》（臺北市：萬卷樓圖書公司，1999年），頁128。
7　黃侃：《黃侃論學雜著》（臺北市：學藝出版社，1969年），頁112-122。

（七）臚舉書證

　　《說文》為求信而有徵，在釋義、析形、標音之餘，往往博引通人、群經、群書之說及古語、俗語、方言、漢律令以至於方國地名以為補充。[8]全書書證多達一三二〇條、通人之說一〇三條，足見取材之豐富。例如：

> 瑗，大孔璧，人君上除陛以相引。《爾雅》曰：「好倍肉謂之瑗，肉倍好謂之璧。」从玉，爰聲。（頁12）
>
> 芸，艸也，似目宿，从艸，云聲。淮南王說：「芸艸可以死復生。」（頁32）
>
> 舳，舳艫也，从舟，由聲。漢律名船方長為舳艫。一曰船尾。（頁407）
>
> 閶，閶闔，天門也。从門，昌聲。楚人名門皆曰閶闔。（頁593）

瑗，引《爾雅・釋器》明其孔徑與玉質寬度之比例。芸，引淮南王劉安說，芸草可使人還魂。舳，引漢律謂船之方長者為舳艫。閶，引方言說楚國人稱門都叫閶闔。這些書證雖未盡可信，確實可以增廣見聞。

（八）並列異說

　　一字之形音義如有不同說法，無論是相因相通，或取捨難定，許氏往往以一曰、或曰、又曰並存其說，以俟後之學者。一曰之作用，歸納段玉裁之注解，可分為五項：1.義有二歧，2.形有二構，3.音有二讀，4.兼採別說，5.物有二名。[9]例如：

8　江舉謙：《說文解字綜合研究》（臺中市：東海大學，1970年），頁479。

9　蔡信發：《說文答問》（臺北市：國文天地雜誌社，1993年），頁94。

　　玖，石之次玉黑色者。从玉，久聲。《詩》曰：「貽我佩玖。」
讀若芑，或曰：若人句脊之句。（頁16）
　　榮，桐木也。从木，熒省聲。一曰：屋梠之兩頭起者為榮。
　　（頁249）
　　履，足所依也。从尸，服履者也，从彳、夂，从舟，象履形。
一曰尸聲。（頁407）
　　蛉，蜻蛉也。从虫，令聲。一曰桑根。（頁675）

　　玖，讀若芑，又讀若句，這是音有二讀。榮，一義為桐木，另一義為
屋梠之兩頭翹起者，這是義有二歧。履，从尸、从彳、从夂、从舟會
意，又或以為从尸得聲，這是形有二構。蛉，蜻蛉，又名桑根，這是
物有二名。諸如此類，許氏都兼收並蓄，足見其慎。

（九）付諸闕如

　　《說文解字・敘》云：「其於所不知，蓋闕如也。」段玉裁注
云：「許全書中多著闕字，有形音義全闕者，有三者中闕其二，闕其
一者，分別觀之。」（頁773）遇有疑難之處，許氏一本《論語・子路
篇》闕如之教，不敢強不知以為知，比起一曰，這更是一種慎重的表
現。例如：

　　棥，樵識也。从木，妖，闕。《夏書》曰：「隨山棥木。」讀若
刊。（頁251）
　　邅，高平曰邅，人所登。从辵、备、彔，闕。（頁76）
　　某，酸果也。从木、甘，闕。（頁250）
　　贏，或曰嬴名。象形，闕。（頁179）

橾，其義為槎識，其音刊，不知其形何以从㸚。邊，其義為高平之地，其形从辵、备、彔，不知其音為何。某，即今之梅，既从甘，不知何以釋為酸果。贏，段注云「『象形』二字淺人所增。……一說『或曰畺名』四字亦後人所增，義、形皆闕。」（頁179）由於古書輾轉傳抄，這些付闕有些可能為後人竄亂，已經不易抉別了。

三　《說文解字》名物訓詁之得失

《說文》是文字學的經典，不僅保存了許多先秦兩漢的文字以及古籍訓詁的材料，開創了中國字典編纂的體例以及文字研究的方法，更反映了古代社會生活與文化現象。其所以能巋然獨尊兩千年，不是沒有理由的。當然，隨著學術研究方法的進步、新材料陸續出土，《說文》也暴露了不少值得改進的空間，在名物訓詁方面正是呈現著這樣的景況。

（一）說文名物訓詁的優點

1 範圍廣袤

語言文字是人類發明的最重要的符號，也是人類文明進化的最大功臣。雖則說「言不盡意」，但名物詞十分具體，透過六書的造字方法，幾乎都可以使用文字將它記錄下來。天下萬事萬物，複雜萬端，所以名物詞的範圍也就寬廣無比。《說文》以五四〇部首統攝萬字，從其部首的統整，就可以略窺名物詞的內容包含哪些類別。名物詞主要可分自然名物和人工名物兩大類。[10]自然名物包含天文、地理、動物、植物，《說文》中的日、月、風、雨、土、水、山、石等三十七

---

10 呂華亮：《詩經名物的文學價值研究》（合肥市：安徽大學出版社，2010年），頁2。

個天文地理部首，馬、鹿、鳥、隹、虫、黽、魚、龜等六十一個動物部首，艸、木、竹、禾、麥、黍、華、瓜等三十一個植物部首，合計一二九個部首屬之。人工部首包含食、衣、住、行的民生用器及禮樂器、兵器等。《說文》中的缶、皿、豆、鬲等部屬飲食器，衣、巾、革、糸等部屬服飾器，宀、广、尸、門等部屬建築器，舟、車等部屬交通器，鼎、玉、壴、珡等部屬禮樂器，弓、矢、戈、矛等部屬兵器，合計一八〇部。所有自然名物和人工名物的部首共計三〇九部，佔全部部首百分之五十七，[11]其孳乳的從屬字屬於名物者就更難以細數了。

2 取材豐富

《說文》之初稿完成於東漢和帝永元十二年（100年），慎子許冲於安帝建光元年（121年）奉命齎上廷關，[12]補充正定的工作前後達二十二年，則從創始到成稿，更不知經多長歲月，歷幾許艱辛，一生精力，盡瘁於斯，故其書材料特別豐富，條理特別縝密。其成書之根據，主要有六：（1）前期字書：包含〈史籀篇〉、〈倉頡篇〉、〈爰歷篇〉、〈博學篇〉、〈訓纂篇〉等。如宇，籀文作寓（頁342）、麋，籀文作𪊨（頁582）、魴，籀文作鰟（頁582）。（2）古代典籍：引群經九種、古籍二十二種，近千條。如琥引《春秋傳》：「賜子家子雙琥。」（頁12）、瑱引《詩》：「玉之瑱兮。」（頁13）、菩引《楚辭》有「菩蕭」（頁46）、歲引〈律曆志〉：「五星為五步。」（頁69）（3）師承傳授：引賈侍中（逵）說十七次。如犧引賈侍中說：「此非古字。」（頁53）豫引賈侍中說：「不害於物。」（頁464）（4）通人之說：引天老、伊尹以下四十二人，百餘條。如膴引揚雄說：「鳥腊。」（頁

---

11 鄔曉麗：〈說文解字540部首述議〉，頁368-370。

12 《說文解字・後敘》，頁789。《說文解字・許冲上說文表》，頁795。

176）、典引莊都說：「典，大冊也。」（頁202）、粟引孔子說：「粟之
為言續也。」（頁320）（5）當時語料：引方言一七四處，不見於揚雄
《方言》者逾百條。如籍引「秦謂筥曰籍。」（頁194）笘引「潁川人
名小兒所書寫為笘。」（頁198）闉引「楚人名門皆曰闉闍。」（頁
593）（6）出土文物：引孔壁古文逾五百字。如瑁，古文作玥（頁
13）、鳳，古文作朋（頁149）、雲，古文作云（頁580）。如此旁徵博
引，使得其書言必有據，語不空發。

3 重視類別

　　類聚群分是理性思維的初步，也是名物研究的重要觀念。如《周
禮‧地官‧大司徒》將生物分為動物和植物兩大類別，並根據生態等
特點，把動物區分為毛物（爬行類）、鱗物（魚類）、羽物（鳥類）、
介物（龜鱉）、臝物（軟體動物）五大類；將植物分為皁物（柞栗
等）、膏物（蓮芡類）、覈物（核果類）、莢物（豆科類）、叢物（叢生
植物）五大類。[13]《爾雅》也分生物為植物、動物兩大類，植物又分
為草類、木類，動物又分為蟲類、魚類、鳥類、獸類，在每類之下還
出現屬、醜等子類概念，這種分類與現代生物分類階元基本相符。[14]
相形之下，《說文》格於字書的體例，在分類方面當然會受到許多限
制，但許慎在可能範圍內還是儘量地去加以分類，這種努力，可以從
三方面體會出來：（1）《說文》創立分部來董理群類，如有關於植物
者散見於艸、竹、木、麻、禾、韭、瓜、華……等三十一部。（2）每

13　（漢）鄭玄注，（唐）賈公彥疏：《周禮注疏》（臺北市：藝文印書館，1985年），頁
　　150。汪志國：〈博物學〉，卞孝萱、胡阿祥主編《國學四十講》（武漢市：湖北人民
　　出版社，2008年），頁69。

14　苟萃華：〈中國古代的動植物分類〉，中國科學院自然科學史研究所主編：《中國古
　　代科技成就》（北京市：中國青年出版社，1995年三刷），頁355-363。

部之中，也儘量區分異同，加以排列，如馬、牛、羊、犬等家畜都按性別、年齡、毛色、高度加以區分。（3）在釋字時，常用屬或別來點明生物的類別，如「橙，橘屬。」（頁241）「稗，禾別也。」（頁326）「麎，鹿屬。」（頁475）「蚌，蜃屬。」（頁677）甚至有時在解釋一種生物時，也會仔細地加以分類，如將雉分為十四類（頁143）、盦分為三類（頁677）。若將這些材料聚集在一起，重新按現代生物學的方法加以分類，那就是研究古代生物最好的材料了。[15]

4 體例畫一

體例是一部著作講解、表達，敘述的條例，它是在總結概括幾乎所有同類情況之後，用一固定概念或判斷形式固定下來的。[16]一本書有沒有內容，有沒有條理，端視作者撰寫時是否能在有形、無形中以完善的體例貫串於全書，《說文解字・敘》云：

> 周禮八歲入小學，保氏教國子，先以六書：一曰指事，指事者，視而可識，察而見意，二 二是也；二曰象形，象形者，畫成其物，隨體詰詘，日月是也；三曰形聲，形聲者，以事為名，取譬相成，江河是也；四曰會意，會意者，比類合誼，以見指撝，武信是也；五曰轉注，轉注者，建類一首，同意相受，考老是也；六曰叚借，叚借者，本無其字，依聲託事，令長是也。（頁762-764）
>
> 今敘篆文，合以古籀，博采通人，至於小大，信而有證，稽譔其說，將以理群類，解謬誤，曉學者，達神恉，分別部居，不

---

15 莊雅州：〈從科學的觀點探討說文解字〉，《慶祝周一田先生七秩誕辰論文集》（臺北市：萬卷樓圖書公司，2001年），頁10-11。

16 余國慶：《說文學導論》（合肥市：安徽教育出版社，1995年），頁44。

相雜厠也。（頁771）

其於所不知，蓋闕如也。（頁773）

〈後叙〉也說：

其建首也，立一為端，方以類聚，物以群分，同條牽屬，共理
相貫，雜而不越，據形系聯，引而申之，以究萬源，畢終於
亥，知化窮冥。（頁789）

可見許氏已清楚交代其書具有選擇字體、分別部居、分析字形、博采
通人、重視書證、慎於闕疑等體例。如果再看其每字說解，正如上文
所講，總是先解說字義、分析字形，間舉音讀，再斟酌附錄重文，以
及其它重要的資料，則知其書對字體的歸類、字形的分析、字義、字
音的解說，體例確實十分嚴謹，而且全書都能謹守其例，始終不亂。
宜乎顏之推曾推崇它說：

大抵服其為書，隱括有條例，剖析窮根源。鄭玄注書，往往引
其為證。若不信其說，則冥冥不知一點一畫有何意焉。[17]

《說文》所以能體例畫一，如此縝密，就是因為許氏博涉多通，慎思
明辨，對綜合、分析各種治學方法也都能嫻熟運用的緣故。

17　（北齊）顏之推撰，（清）趙曦明注：《顏氏家訓・書證篇》（臺北市：藝文印書
　　館，1967年再版），頁334。

（二）說文名物訓詁的侷限

1 收字疏漏

　　許慎博極群書，《說文》所收字頭及重文超過萬字，大抵取自早期字書及其前典籍，雖則力求完備，但是在研究工具不夠發達的古代，掛一漏萬，實在所難免，歷代考訂補正，不一而足，如北宋徐鉉重刊《說文》，補錄雓、醆、璓、峯等十九字，清段玉裁注補入璊、虒等三十一文，鄭珍《說文逸字》網羅禋、蛤等一六五文，其餘王煦《說文五翼》、張鳴珂《說文逸字考》、桂馥《說文義證》、王筠《說文釋例》卷十二、張仁孚《說文逸字》、雷浚《說文外編》、王廷鼎《說文佚字輯說》等也都各有所發明。[18]此僅就許氏當收而未收之漏奪字而言，如果跳脫時代的藩籬，以殷周甲骨文、鐘鼎文、簡牘文字、盟書等近代出土的文字衡之，則《說文》名物詞可補者更不計其數，如禮樂器方面可補盨、盞、盉、盌、鉀、鐳、甀、梩、鬹等，[19]重文方面，可補尊、匜、甌、簠、玦等的異體字。[20]隨著古文字學的昌明，此一領域還大有揮灑的空間。

2 囿於字詞

　　《說文》首開字書之體例，以形分部，凡是同部之從屬字，皆具有與部首相同的形符，在字義上也屬於同一類別，例如牛部四十五字皆與牛有關，牡、牝等言牛之性別，犢、牻等言牛之年齡，牰、犌等

18　江舉謙：《說文解字綜合研究》，頁249-262。

19　徐中舒：《漢語古文字字形表》（臺北市：文史哲出版社，1982年），頁191、201、226、79。高明：《古文字類編》（臺北市：大通書局，1986年），頁316、313、513、515、321、290、9。

20　莊斐喬：《說文解字禮樂器物形制考釋》（桃園市：中央大學中國文學系碩士論文，2014年），頁241-242。

言牛之毛色，如此以義相引，層累而下，終於宗廟之犧（頁51-53），條理井然不紊，此為其優點。但格於字典之體例，同一物類就可能會散見於多個部首，如《爾雅》以義分篇，凡是魚類、水生動物、兩棲動物，甚至與魚類有所類似的螣、蟒都收入〈釋魚〉，而這些字，《說文》則除了魚部之外，散見於玉部（如珧）、貝部（如貝）、長部（如髟）、易部（如易）、虫部（如蝸、蛭）、黽部（如黿、鼈）、龜部（如龜），彙整有所不便，此其一。其次，字書以單字為字頭，所收絕大多數為單音詞，間有複音詞，主要是聯綿詞，如玉部有瑾瑜、玲瓏、玓瓅、玫瑰、琅玕、珊瑚（頁10-19），皆是合二字成文，其構成以聲不以義，不可分訓，與單音詞實頗有相似之處。至於其他的譯音詞、複合複音詞均無法收入，如此一來，名物詞自然不夠完整，此其二。到了近代的辭典，既收單音詞，分義項詮釋其義，又收複音詞，臚列相關詞條，問題才算解決。

3 說解簡略

　　《說文》全書所收字頭九三五三文，重文一一六三文，合計一〇五一六文，解說文字則為一三三四四一字（頁789），平均每個字頭及重文只用十二多字解釋，其最簡單者如：

> 刀，兵也。象形。（頁180）
> 瓜，蓏也。象形。（頁340）
> 襦，衽也。从衣，妻聲。（頁394）
> 廦，牆也。从广，辟聲。（頁448）

短短四至六字，既釋義，又析形，有時還把讀音也交代了，將形、音、義熔於一體進行訓釋，真是精簡之至。這些都是採用直訓的方

式，也就是以一個同義字訓釋另一個字，可以單詞相訓、多詞同訓、兩詞互訓、數詞遞訓，或一詞數訓。[21] 當然，這種訓詁方式太過簡單，缺乏發揮的空間，所以大部分的情況還是採取義界或推因。例如上文所引鼎字解說長達七十二字（頁322）、雉字解說長達五十六字（頁143），或解釋名物的形制、傳說，兼及古籀的通用，或交代名物的品種，較諸直訓，可說詳細許多，但類似於此者，終究為數不多，大多數解說的文字大約只有十來字，例如：

> 珢，石之似玉者。从玉，臣聲。讀若貽。（頁17）
> 羶，羊名。从羊，執聲。汝南平輿有羶亭。讀若晉。（頁148）
> 鼤，鼤鼠也。从鼠，番聲。讀若樊。或曰鼠婦。（頁483）
> 蜙，蜙蝑，舂黍也，以股鳴者。从虫，松聲。（頁674）

珢是石似玉者，但《說文》玉部石之似玉者將近二十種，彼此之間，異同如何，完全看不出來。羶解為羊名，鼤增字為訓，到底是哪一種動物，雖解等於未解。蜙蝑解為舂黍。只是異名對位，失之籠統。諸如此類，都有待後世之專家學者翔實考辨名實，精確描述性狀，我們才能夠有較具體的認識。

4 釋義有誤

許書之釋義，限於主客觀條件，除了常有過分簡單籠統外，也時有謬誤失真，值得商榷者，例如：

> 盨，槓盨，負戴器也。从皿，須聲。（頁214）

---

21 黃建中：《訓詁學教程》，頁161-165。

狐，祆獸也，鬼所乘之。有三德，其色中和，小前大後，死
則丘首，謂之三德。从犬，瓜聲。（頁482）

蜃，大蛤，雉入水所化。从虫，辰聲。（頁677）

盨，許氏釋為「檳盨，負戴器」，是無根之言，在鐘鼎彝器中以盨為
名者為數甚多，如克盨、杜伯盨，據容庚考證，盨是盛黍稷之器，橢
圓形，與殷、簠相類而有別。[22]狐，世所習見，祇以狡猾成性，不為
人類所喜愛，從古以來就有各種傳說，許氏解為「祆獸也，鬼所乘
之。」迷信怪奇，在今日，除了愚夫愚婦外，可能沒有人會同意他的
說法。蜃確實是大蛤，但解為雉入水所化，則是審物未諦的錯誤，此
在先秦兩漢古書中往往有之。[23]

5 析形失準

漢世通行隸書，但隸書筆勢濃厚，筆意漸漓，在字形結構方面，
常改變古文字的面貌，象形字沒有象形的意味，會意字和形聲字也常
不易分析。許慎身為古文大師，在說解《說文》時固然採用隸書，但
所收字頭及重文則以小篆為主，古文、籀文為輔，旁及篆文或體、俗
體、今字、奇字，以其去古較近，保留造字之意較多，這在當時實不
失為明智的選擇。不過，小篆是秦朝統一文字的字體，古文、籀文也
不過是戰國時東土、西土文字。以漢代以後逐漸出土的鐘鼎文及近代
大量重見天日的甲骨文、簡帛文字、盟書等衡之，難免有許多演變失
真或許氏見理未瑩之處，以致在分析字形時未盡準確。例如：

---

22 容庚：《商周彝器通考》（臺北市：大通書局，1973年），頁360。

23 莊雅州：〈論說文解字之疏失〉，《國立中正大學中文學術年刊》第4期（2001年12
月），頁170-172。

行，人之步趨也。从彳、亍。（頁78）

干，犯也。从一、从反入。（頁87）

為，母猴也。其為禽好爪下腹為母猴形，王育曰：爪，象形也。（頁114）

簋，黍稷方器也。从竹、皿、皀。（頁195）

行，甲金文作 ，象四達之衢，凡行部之字如術、街、衢、衝、衕等多與通道有關（頁78），故許氏誤以引申義為本義，釋形从彳、从亍會意，亦非。[24]干，甲文作 ，金文作 等形，本象盾牌，當以盾為本義，許氏據省變之篆文，釋為犯也，从一从反入會意，誠乃迂曲難通。[25]為，甲金文及石鼓文作 ，羅振玉以為乃手牽象之形，古代役象以助勞動，故有作為之意。[26]許書據訛變之小篆，釋為母猴，顯然望文生訓。簋為盛黍稷之器皿，《說文》釋為从竹、从皿、皀會意。魯師實先以為皀乃簋之初文，形聲字以聲符為初文，故簋應从竹、从皿，皀聲。[27]足見《說文》或混淆名物詞與非名物詞，或析形有誤，或釋義未確，或形義俱失，多因所據字體發生訛變所致。

四　研究說文名物訓詁之方向

《說文》集先秦兩漢詞彙之大成，名物詞居全書之半，其訓解有同於普通語詞者，亦有特殊之處，如名實之考辨，品種之區分、形制之描述，其複雜程度不在普通語詞之下。許氏積數十年之心力，全力

24　羅振玉：《增訂殷墟書契考釋》（臺北市：藝文印書館，1969年再版），卷中，頁7。

25　李國英：《說文類釋》（臺北市：作者印行，1975年），頁10。

26　羅振玉：《增訂殷墟書契考釋》，卷中，頁60。

27　魯實先：《文字析義》（臺北市：魯實先全集編輯委員會，1993年），頁104-105。

以赴，所得頗多超越前修、沾溉後世者，但格於主客觀條件，在學術
昌明的今日看來，自然也有不少應該進一步去補苴、發揮甚至修正之
處，如果有志於斯，下列幾點芻見或許可供參考：

（一）參考相關文獻

　　許慎撰寫《說文》，博引通人、群經、群書之說，慎加取捨，然
未見徵引而可參稽之處仍然不少。例如《說文》明引《爾雅》者僅二
十八條，[28]但暗用《爾雅》或與《爾雅》大相逕庭者更不在少數，如
「虺，一名蝮，博三寸，首大如擘指。」（頁669）又：「蝮，虺也。」
（頁670）此暗用《爾雅‧釋魚》：「蝮虺，博三寸，首大如擘。」舊
說多以蝮虺為一物，郭璞云：「此自一種蛇名為蝮也。」郝懿行則據
陸璣《毛詩草木鳥獸蟲魚疏》以為蝮虺二物，郭注非；然《本草》陶
注以蝮蛇及虺與蚖分為二物，亦非，疑蚖即虺之或體[29]。足見還是有
探討的空間。又如《說文》之後，透過聲訓探討語源者，莫詳於《釋
名》，而二書之說往往不同。如弓字，《說文》云：「窮也，以近窮遠
者。」（頁645）《釋名‧釋兵》則云：「穹也，張之穹隆然也。」[30]許
言其功用可以窮遠，劉言其形狀彎曲如穹隆，各有所見，可以互參。
又如《詩經》、《周禮》之說名物，亦往往可與《說文》參看，詳見揚
之水《詩經名物新證》、劉興均《周禮名物詞研究》，[31]茲不贅。段玉
裁之注《說文》，引書多達二二六種，如薁字引大徐本、《詩經‧豳
風》毛傳、孔疏、《本草》、〈晉宮閣銘〉、《廣雅》、《齊民要術》引

---

28 馬宗霍：《說文引經考》（臺北市：臺灣學生書局，1971年），頁1023-1052。

29 （清）郝懿行：《爾雅義疏》（臺北市：中華書局，1966年），下之四，頁10。

30 （漢）劉熙撰，清畢沅疏證：《釋名疏證》（臺北市：廣文書局，1971年），頁53。

31 揚之水：《詩經名物新證》（北京市：古籍出版社，2000年）。劉興均：《周禮名物詞
研究》（成都市：巴蜀書社，2001年）。

《詩義疏》、《魏王花木志》（頁30）；蜃字引《韻會》、《爾雅翼》、鄭注《禮記》、韋注《國語》、高注《呂覽》、郭注《爾雅》、《周禮》、《左傳》、《廣韻》、〈夏小正〉、《玉篇》（頁677），皆引據浩繁，析論縝密，故清代解說許書者不下數百種，而無不公推段氏為冠首，正足以說明旁徵相關文獻乃研究名物訓詁之不二法門。近代，丁福保的《說文解字詁林》、馬敘倫的《說文解字六書疏證》、張舜徽的《說文解字約注》、朱祖延的《爾雅詁林》等，[32]在文獻上，或集大成，或出新義，更提供了我們豐富無比的研究資料。

（二）運用科學新知

　　漢代承暴秦之後，建立了空前富強安定的大帝國，是中國歷史上的黃金時代。在科技方面，戰國時代只能算是「科學之春」，漢代才是確立體系，決定中國科技走向的時代。[33]這對許慎撰寫《說文》有莫大的助益。一則，使得他有許多自然科學與應用科學的材料可以使用，再則，也可以有較細密的分析、綜合等科學方法去蒐集、整理材料，擬具體例，陳述觀點，所以在名物訓詁方面，《說文》確實有不少突破前人之處。但隨著文明的日益進步，尤其是科學日新月異的今日，重新去檢視《說文》的科技史料，一定會發現有許多疏漏之處，如在材料方面，常有審物未諦及迷信五行之弊，在方法方面也常有界說不清，牽強附會之病，這些都是值得改進的。[34]但此猶屬消極層

---

32 丁福保：《說文解字詁林》（臺北市：臺灣商務印書館，1976年）。馬敘倫：《說文解字六書疏證》（上海市：新華書店，1985年）。張舜徽：《說文解字約注》（武漢市：華中師範大學出版社，2009年）、朱祖延：《爾雅詁林》（武漢市：湖北教育出版社，1996年）。

33 汪建平、聞人軍：《中國科學技術史綱》（高雄市：復文圖書出版社，1999年），第三、四章。

34 莊雅州：〈從科學的觀點探討說文解字〉，頁13-15，頁20-22。

面，在積極層面，我們更應該使用科學的新知、科學的方法，去重新進行探討、補充、糾正的工作。例如《說文》一字：「惟初太極，道生於一，造分天地，化成萬物。」（頁1）可以用大霹靂的天文學說來加以解釋[35]。又如「藼，令人忘憂之艸也。从艸，憲聲」（頁25）藼，重文作萱，許氏未確指為何草，朱熹《詩集傳》解為合歡，李時珍《本草綱目》則以為即療愁、鹿蔥、宜男、黃花菜，依今之植物學言，屬百合科，包含萱草、黃花萱草、小萱草、黃花、黃花藥等[36]。又如「易，蜥易、蝘蜓、守宮也。象形。」（頁463）可以根據現代動物學的分類，釐清蠑螈屬兩棲綱，有尾目、蠑螈科；蝘蜓屬爬行綱，有鱗目，石龍子科；守宮，俗名壁虎，屬爬行綱，有鱗目，壁虎科，其實三者異物，只是因為它們形體相似，古人遂誤認為一物。[37]總之，對於《說文》名物訓詁的研究，不能再侷限於簡單的文字訓詁，而應以科學為指南，明確地考辨其名實，詳細地描述其性狀，才能賦古典以新義，使讀者對古典文獻中的名物有更正確、深刻而有體系的了解。

（三）採擷出土文物

近代地不愛寶，甲骨、鐘鼎、簡帛、盟書、紙卷不斷出土，禮樂器、玉器、樂器、車馬、建築也陸續重見天日，這是漢代，甚至宋代、清代都沒有的大好時機。一般人多只注意到有文字的地下文獻可以正經傳、補古史、考文字，而忽略沒有文字的地下文物也可以詳名物之形制、訂前說之謬誤、補舊史之闕漏、得故書之真解，對於名物

---

35 莊雅州：〈說文解字中的天文史料析論〉，第23屆中國文字學國際學術研討會論文，（臺中市：靜宜大學，2012年），頁514-515。

36 吳厚炎：《詩經草木匯考》（貴陽市：貴州人民出版社，1992年），頁188-193。

37 施孝適：〈爾雅蟲魚名今釋〉，《大陸雜誌》第81卷第3期（1990年9月），頁141。

訓詁而言，這兩種材料都同等重要。例如：「觚，鄉飲酒之爵也。一曰觴受三升者為觚。从角，瓜聲。」（頁189）其形制若何，許氏並未詳言，以青銅器驗之，其形如圓柱，兩端大而中小，腹以下四面有棱，有無四棱者，有腹下有小鈴者，有方者[38]。與宋代《三禮圖》所繪已不相似，可能是年代久遠，至宋代已無實物，只能憑傳世文獻想像，今得實物，則其形制可以大白於世了。又如《說文》：「斝，玉爵也。夏曰醆，殷曰斝，周曰爵，从斗，䀤象形。」（頁724）此據《禮記‧明堂位》及《詩‧大雅‧行葦》毛傳為說，醆、斝與爵似乎只是名稱不同，沒有形制上的差別。其實以出土的商周時代的酒器驗之，斝為有鋬（把手）、兩柱、三足（或四足）、圓口之器，用以貯酒，爵為飲酒器，以容量計之，則斝大於爵約十或二十餘倍。兩者判然二物，並非同物異名[39]。由此可知，只有充分採擷地下文獻與文物，才能使傳統文獻與地下文物互相印證、補充與訂正，這就是王國維所提倡的二重證據法。

（四）重視實際觀察

名物訓詁研究的主要對象屬於自然科學和應用科學的範疇，科學研究首重實證。如果只根據古書中語焉不詳的資料進行研究，往往難得真相，最好走出書房，到田野進行實地觀察，然後回過頭來，與紙面資料進行參證。程俊英、梁永昌的《應用訓詁學》所以將目驗與統計高揭為訓詁方法之一，[40]其故在此。自古以來，訓詁學家往往注意及此，如晉郭璞之注《爾雅》、宋羅願之撰《爾雅翼》，清程瑤田之撰〈釋草小記〉、〈釋蟲小記〉，郝懿行之撰《爾雅義疏》往往得之於目

---

38 容庚：《商周彝器通考》，頁401-402。

39 于省吾：《澤螺居詩經新證》（北京市：中華書局，1982年），頁157-158。

40 程俊英、梁永昌：《應用訓詁學》，頁149-154。

驗。王念孫之疏證《廣雅》，吳其濬之撰《植物名實圖考》，也培養不少標本供其觀察。段玉裁之注《說文》，常利用宰巫山縣的機會，進行田野調查，此在其薇（頁24）、芧（頁26）、梬（頁241）等字之注中皆可略窺其例。不過，《說文》還有許多名物訓詁，段氏未進一步以目驗去加以考證或訂正，如：

> 羭，夏羊牝曰羭。从羊，俞聲。（頁147）
> 鼢，地中行鼠，伯勞所化也。一曰偃鼠，从鼠，分聲。（頁483）
> 蠣，蠣蠃，蒲盧，細腰土蠭也。天地之性，細要純雄無子。《詩》曰：「螟蠕有子，蠣蠃負之。」从虫，啇聲。（頁673）

《爾雅・釋畜》云：「夏羊，牡羭，牝羖。」[41]與《說文》所說，剛好相反。後代字書、韻書異說紛紜，程瑤田既博稽群籍加以疏通證明，又仔細諮詢屠羊者，然後訂正《爾雅》之誤乙，[42]《說文》所釋，固然無訛，但段氏未能如程氏之以實證加強論述，實為可惜。鼢為伯勞所化，猶如蜃為雉入水所化（頁677）、盒為燕雀所化（頁677），此類化生之說，純屬無稽。殊不知春天時伯勞漸多，鼢鼠無以為生，只好他遷，乃是互為食物生態的平衡，段氏不喻其理，乃云：「按許氏說，伯勞化田鼠，而田鼠化鴽，物類遞嬗，有如斯矣！」（頁483）以訛傳訛，未免可笑。《詩・小雅・小宛》：「螟蛉有子，蜾蠃負之。」也是觀物不夠真切的佳例。事實上，螟蛉只不過是蜾蠃幼蟲的飼品而已，並非其義子，早在晉代，陶宏景之注《本草》就已

41 郝懿行，《爾雅義疏》，卷下之七，頁7。

42 程瑤田〈釋蟲小記〉，《皇清經解》（臺北市：復興書局，1972年），卷553，頁12-14。

加以駁斥，[43]而段注一無徵引，也是十分可惜的事。所以實際觀察的科學精神，既可提升名物訓詁的可信度，又可糾正舊說的訛誤，在科學昌明的今日，允宜多加發揮。

（五）繪製具體圖表

古人為名物作注時，只能訴諸文字，就物體的形狀、生態、部位、大小、色味等竭力描述，期使讀者有較具體的認識。不過，言不盡意，百聞不如一見，所以後來就有繪圖的產生。早在晉代，郭璞除為《爾雅》作注外，另撰《爾雅圖》十卷、《爾雅圖讚》二卷，惜先後亡佚，現在通行於世者，有圖六二二幅，乃宋、元人所繪。其後各領域都有不少圖錄出現，天文方面，宋朝蘇頌的《新儀象法要》，有圖六十三幅；生物方面，明朝李時珍的《本草綱目》有藥物圖一一○九幅，清朝徐鼎的《毛詩名物圖說》有圖二五五幅，吳其濬的《植物名實圖考》有圖一八○○餘幅；建築方面，宋朝李誡的《營造法式》有圖六卷；農業方面，元朝王禎的《農書》中有〈農器圖譜〉；器物方面，有宋朝聶崇義的《新定三禮圖》二十卷。到了科學昌明的現代，不僅繪圖更臻精密，而且有許多栩栩如生的攝影問世，如容庚的《商周彝器通考》、馬承源的《中國青銅器》、楊伯達的《中國玉器全集》、王子初的《中國音樂考古學》、潘富俊的《詩經植物圖鑑》、《楚辭植物圖鑑》、顏重威《詩經裡的鳥類》，[44]對於名物的研究助益就更

---

43 （明）李時珍：《本草綱目》（臺北市：鼎文書局，1973年），頁1268。

44 容庚：《商周彝器通考》（臺北市：大通書局，1973年）、馬承源：《中國青銅器》（上海市：上海古籍出版社，1988年）、楊伯達：《中國玉器全集》（石家莊市：河北美術出版社，2005年）、王子初：《中國音樂考古學》（福州市：福建教育出版社，2003年）、潘富俊：《詩經植物圖鑑》（臺北市：貓頭鷹出版社，2001年九刷）、潘富俊：《楚辭植物圖鑑》（上海市：上海書店出版社，2003年）、顏重威：《詩經裡的鳥類》（臺中市：鄉宇文化事業公司，2004年）。

大了。此外在古典文獻中，有許多資料十分繁瑣，倘使純用文字敘
述，不僅浪費篇幅，而且效果不彰，如果採取《史記》十表旁行直上
的方式，配合統計數字，便可網羅古今，一目了然，同時具有提綱挈
領，貫串前後的作用。這在當今名物著作中屢見不鮮，不必贅述。無
論是圖也好，表也好，在《說文》名物訓詁的研究中都是相當罕見，
也是十分需要的。除了借重其他領域的相關圖表外，也應隨文編製，
列為附錄，甚至以專書的形式出現。當然在運用時，要特別注意到智
慧財產權的問題。

（六）闡發文化意涵

　　所謂文化，是人類生活經驗的累積，智慧的結晶，範圍十分寬
廣，舉凡物質層面的民生、科技、經濟，社會層面的禮俗、宗法、政
治、教育，精神層面的學術、藝術、宗教都涵蓋其中。名物自然也脫
離不了文化，它構成文化的一部分，但反過來說，人們也往往賦名物
以文化的意涵，漢字是文化的載體，必然充滿文化的訊息。許慎對此
已有所體認，在《說文》中往往有意無意地闡發文化的意涵，例如：

> 玉，石之美有五德者，潤澤以溫，仁之方也；䚡理自外，可
> 以知中，義之方也；其聲舒揚，專以遠聞，智之方也；不撓而
> 折，勇之方也；銳廉而不忮，絜之方也。象三玉之連，丨其實
> 也。（頁10）
> 爵，禮器也。……所以飲器象雀者，取其鳴節節足足也。（頁
> 220）
> 貝，海介蟲也。居陸名猋，在水名蜬，象形。古者貨貝而寶
> 龜，周而有泉，至秦廢貝行錢。（頁281）
> 地，元气初分，輕清易為天，重濁会為地，萬物所陳列也。从
> 土，也聲。（頁688）

玉有仁、義、智、勇、潔五德，成為君子賢人的人格化身，這是古人
比德思想的反映。從古以來，玉在中國使用十分廣泛，形成了獨特的
玉文化，在《說文》中已可窺豹一斑。禮器種類繁多，但《說文》中
特別標明「禮器」者，為數至尠，爵是其中之一，爵之為器，象鳥雀
之形，取其鳴聲節節足足，也就是要人們知所節制，不可酗酒，此乃
《尚書・酒誥》之遺意。貝在古代不僅是飲食之所資，也是交易之媒
介，《說文》所釋，不啻是簡明的古代貨幣史。地，由重濁的陰氣下
沈所形成，正如天由輕清的陽氣上升所形成，這是漢人氣化宇宙論的
顯現，同時也可看出陰陽五行學說在漢代真是無孔不入，滲透到每一
個層面。許沖在〈上說文表〉中曾說：

> 慎博問通人，考之於逵，作《說文解字》，六藝群書之詁，皆
> 訓其意，而天地、鬼神、山川、艸木、鳥獸、蚰蟲、襍物、
> 奇怪、王制、禮儀，世間人事，莫不畢載。（頁794）

他對於其父以解說文字表現文化的理念顯然是深有體會。今日，漢字
文化學、人類文化學、民俗文化學、考古文化學、器物文化學等日趨
發達，採取科際整合的方式，去探討《說文》名物的文化意涵，已有
相當不錯的成績。例如臧克和的《說文解字的文化說解》、王寧等的
《說文解字與中國古代文化》、王平的《說文與中國古代科技》、黃宇
鴻的《說文解字與民俗文化研究》[45]皆是。在學位論文方面亦漸有可
觀，例如徐再仙的《說文解字食衣住行之研究》、薛榕婷的《說文解

---

45 臧克和：《說文解字的文化說解》（武漢市：湖北教育出版社，1994年）、王寧、謝
　棟元、劉方等：《說文解字與中國文化》（瀋陽市：遼寧人民出版社，2000年）、王
　平：《說文與中國古代科技》（南寧市：廣西教育出版社，2001年）、黃宇鴻：《說文
　解字與民俗文化研究》（桂林市：廣西師範大學，2010年）。

字人與自然部首之文化闡釋》、蔡欣恬的《從說文解字中探析古代農牧漁獵》[46]皆是。當然，整體而言，《說文》的文化研究還可更求深化與系統化。

五　結論

綜觀上述析論，有幾點值得特別注意：

（一）《說文解字》是中國第一本字典，也是文字學的經典，千百年來，研究成果非常輝煌，但分量占全書之半的名物訓詁並未受到足夠的重視，這是十分憾惜的事，也是可以多加留意的領域。

（二）許書以五四〇部首統攝九三五三個字頭，每個字頭之下，先解說字義，分析字形，再斟酌附錄重文及其他必要的資料。單就名物詞的訓解而言，主要為探求本義，因聲求源、描述性狀、分析字形、附錄重文、標注讀音、臚舉書證、並列異說、付諸闕如，不僅體例嚴謹，而且內容充實。

（三）在名物訓詁方面，許書得失互見，其優點為範圍廣袤、取材豐富、重視類別、體例畫一；侷限則為收字疏漏、囿於字詞、說解簡略、釋義有誤、析形失準。整體而言，大醇小疵，兩千年前的古書有如此優異的成績，誠屬難能可貴，也為後人的研究奠定了紮實的基礎。

（四）學術研究日漸昌明的今日，我們要踵繼研究《說文》的名物訓詁，可以注意的方向至少有參考相關文獻、運用科學新知、採擷

---

46 徐再仙：《說文解字食衣住行之研究》，政治大學中國文學研究所碩士論文，1992年。薛榕婷：《說文解字人與自然類部首之文化詮釋》，淡江大學中國文學研究所碩士論文，2004年。蔡欣恬：《從說文解字中探析古代農牧漁獵》，中央大學中國文學研究所碩士論文，2009年。

出土文物、重視實際觀察、繪製具體圖表、闡發文化意涵。當然，可行的途徑不僅止於此，例如考辨名實異同、訂正譌誤疏漏、描述名物性狀等，也都是相當重要的，但這些都側重於考釋的內容，在本論文已再三提及，而且只要把握了上述的六個方向，這些工作自然也就可以圓滿達成，所以不再臚舉贅述。

——原載於中國文字學會主辦、中國文化大學承辦「第25屆中國文字學國際學術研討會論文」，頁695-712。

論形聲字之功能及其侷限

一　前言

　　漢字是中國文化的瑰寶，幾千年來，無論政治、經濟、社會、教育、科技、藝術、學術、宗教……莫不以漢字作為溝通、記錄與推廣的媒介，其貢獻真是無與倫比。在漢字中，形聲字既能表聲，又能表義，既可目治，又可耳治，造字容易，運用方便，因而蓬勃發展，其數量超過象形、指事、會意總和，何止倍蓰。我們如果想正確了解與運用漢字，就不能忽略對形聲字的認識。所以在此不揣淺陋，擬從語言文字學的觀點來探討形聲字的功能及其侷限，庶幾對中國文字的研究可以略盡棉薄。先師高郵高仲華先生博涉多通，春風廣被，生前教學著述，無不諄諄以語言文字為入門之要務。今年適值先師百歲冥誕，本篇之作，亦所以聊表緬懷師恩之意。

二　造字方面

　　漢字的造字方法，主要有六，即象形、指事、會意、形聲、轉注、叚借，總名為六書，這是漢代古文經師對古文字分析歸納所得的結晶。六書一詞首見於《周禮・地官・保氏》，其目首見於班固《漢書・藝文志》，其義例首見於許慎《說文解字敘》。許敘云：「形聲

者，以事為名，取譬相成，江河是也。」[1]意思是說：以代表事物類別之文字為形符，另以取譬於語言中呼此事物之聲音為聲符，兩相配合，以成新字，就是形聲。在形聲之前，已有其他造字方法，所以還需要形聲這種方法，是因為事物的別名，有許多不能用象形、指事的方法造字，畫簡單的形狀，必致無從分別，更有許多抽象的事物，如表德之詞不能用會意的方法來造的，因此進一步發明了形聲。[2]有了形聲之後，任取已有的文字加以組合，以形符代表事物的類別，以聲符表示讀音，就能造出新字，不僅表意明確，音讀方便，而且方法十分簡單，無施而不可，所以成為最重要的造字方法。

象形、指事、會意合稱無聲字，就是沒有聲符的字，都是聲在字外，只能以形示意；而形聲字則聲在字中，形符與聲符各具功能，造字、識字都極方便，而且使得漢字的性質起了極大的變化，由表意文字向表音文字過渡。在古代的西方，如埃及、美索伯達米亞，本來也使用象形、指事、會意字，[3]甚至也發明圖繪標音文字，但他們的圖繪標音文字，只能用圖形表示語音，再由語音表意，無法如漢字的形聲字那樣半主形、半主音，能直接表達音義。所以埃及、腓尼基、巴比倫、波斯、印度乃至歐洲各國的文字後來都演變成為拼音文字。只有漢字還保持象形本質，並走上衍聲之路，而與西方文字成為迥然不同的兩大系統。

根據李孝定統計，在甲骨文已認得的千餘字中，象形占二七七字，指事占二十字，會意有三九六字，形聲有三三四字，而且有一二九字已用叚借的方法。[4]到了漢代，《說文》所列九三五三個文字中，

1　段玉裁：《說文解字注》（臺北市：洪葉公司文化公司，2005年），頁763。
2　蔣伯潛：《文字學纂要》（臺北市：正中書局，1959年），頁67。
3　林尹：《文字學概說》（臺北市：正中書局，1971年），頁59。
4　李孝定：《漢字史話》（臺北市：聯經出版公司，1977年），頁39。

象形只有三六四，指事只有一二五，會意一一六七，形聲七六九七。[5]漢代以後，除了少數文字如傘、凹、凸、尖、甦等外，幾乎都是用形聲造的，即使許多外來的科學名詞，如氫、氧、鈉、鉀……也都可輕易地用形聲造字，所以在六書之中，形聲字的造字功能可以說是最為發達的。

當然，形聲字也存在著若干缺點，[6]首先，在字形方面，由於隸變的關係，有些形聲字已難看出其結構，如布從巾，父聲；更，從攴，丙聲。[7]其次，在字音方面，由於無聲字多音及時間、空間的改變，形聲字的聲母（聲符）與聲子（形聲字）之間的讀音有時會有所出入，例如從台得聲之字，胎、殆、咍、治、笞、始、冶、貽……，在現代竟然有十四種不同的讀音。最後，《說文》的解說有時會令人困擾，如羔從羊，照省聲，聲符省略太多，完全看不出其結構；又如祐從示，從右，右亦聲，[8]容易讓人在判斷六書歸類時發生錯誤。雖然如此，整體而言，形聲字還是瑕不掩瑜，只要我們在語言文字學方面多下工夫，這些問題還是不難一一克服的。

三　表音方面

在東漢末年，反切拼音方法尚未發明之前，標音方法不一而足，即以黃季剛先生〈音韻略說〉一文所舉，即有形聲、連字、韻文、異文、聲訓、合聲、舉讀（讀若）七種。[9]這幾種方法，《說文解字》都

5　林尹：《文字學概說》，頁61。

6　王力消極指出形聲字十個缺點，參見胡楚生：《訓詁學大綱》（臺北市：蘭臺書局，1972年），頁210-213。

7　段玉裁：《說文解字注》，頁125、365。

8　同上註，頁3。

9　黃侃：《黃侃論學雜著·聲韻略說》（臺北市：九思出版社，1977年），頁112-122。

用到了，其中以形聲及讀若最為重要，因為其他方法，或零星散見，或語焉未詳，唯讀若見於《說文》者有六、七百條，以音讀相同或相近的字來比擬讀音，較為具體。而分量最多，最便於音讀者仍當首推形聲，陸宗達說：「《說文》所收一〇五一六字中，形聲字居十之七、八，其中沒有標音的字是有標音字的根源，有標音字反映了無標音字的讀音，準此以求，《說文》文字讀音問題，就渙然冰釋了。」[10]由於在《說文》中，形聲字有七、八千個，擔任聲符的無聲字有一千餘個，聲母與聲子之間或同音，或音近，互相推求，可以起提示讀音的作用，所以就漢代而言，應該是最方便的標音方法了。

　　形聲字在漢代雖然可以起標音作用，但並不是所有的形聲字都可以透過聲符讀出準確的字音，這是因為在理論上，形聲字在剛造字時，聲母與聲子應該完全同音，而實際上，到了漢代，兩者之間固然有半數左右完全同音，但也有許多或聲調不同，或聲母不同，或韻母不同，甚至聲韻畢異的。[11]其中的因素非常複雜，正如趙誠所說：「《說文》的諧聲存在著訛誤，存在著地區的即方言的因素，存在著歷史的即不同時代的因素，存在著動態因素和靜態因素相互滲透的複雜情況，顯然並不代表同一時代、同一地區的音讀系統。」[12]如果再加上聲符無聲字多音的因素，那麼漢代人要完全根據形聲字來讀出字音，多少還是會有困難，更不必說標準的讀音了。

　　隨著時間的遞嬗，形聲字繼續發揮示音的功能，但示音的功能也逐漸減弱，據曾昭德對《廣韻聲系》進行抽樣統計，發現如果不計聲調，《廣韻》中的聲符與由它構成的形聲字的讀音相同的比率是百分

10　陸宗達：《說文解字通論》（北京市：北京出版社，1981年），頁37。

11　林尹：《文字學概說》，頁132。又，《說文》形聲字中聲符與形聲字同音的，約四二〇〇字，見許錟輝：《文字學簡編‧基礎編》（臺北市：萬卷樓圖書公司，1999年），頁184。

12　趙誠：《古代文字音韻論文集‧說文諧聲探索》（北京市：中華書局，1991年），頁254。

之三十九，但如果把中古音聲韻可以相通的加進去的話，此一數字就要直線上升了。[13]至於現代國音，海峽兩岸的統計則略有差異，大抵大陸的簡化字的表音度是百分之二十六，我們的正體字是百分之三十四，若用寬的標準，簡化字是百分之三十九，正體字是百分之六十三。[14]可見「有邊讀邊，沒邊讀中間」，由聲符來判斷現代形聲字的讀音，固然不無幫助，但也有相當的風險。好在現代國語已經十分普及，工具書也非常方便，只要勤查字、辭典，想讀出形聲字的標準讀音，已經沒有什麼困難了。

四　考音方面

上古音之研究，自宋吳棫《韻補》，始有專書，他運用的材料有韻語、聲訓、古讀、諧聲、異文，（清）許瀚〈求古音八例〉所提的材料有諧聲、重文、異文、音讀、音訓、疊韻、方言、韻語。[15]雖然他們都把形聲字列為材料之一，但在清代乾嘉以前一般學者考證古音，還是以韻語為主，良以古無韻書，詩人押韻全憑口耳，歸納《詩經》、《楚辭》及其他古籍韻語，古韻分部之大概不難考索。所以吳棫只是把形聲偏旁應用於個別考證，顧炎武只是用來離析唐韻以求古音，直至段玉裁〈六書音均表〉才大量運用形聲字來歸納韻部，並將它作為考求古音的一個重要原則確立下來，他說：「六書之有諧聲，文字之所以日滋也。考周秦有韻之文，某聲必在某部，至賾而不可亂。故視其偏旁以何字為聲，而知其音在某部，易簡而天下之理得

13　曾昭德：《形聲字聲符示源功能述論》（合肥市：黃山書社，2002年），頁233。

14　竺家寧：〈形聲字聲符表音功能研究〉，收於中國文字學會，《文字論叢》第2輯（臺北市：文史哲出版社，2004年），頁52。

15　向光忠：〈古文字與古音韻之參究芻說〉，收於向光忠：《說文學研究》第1輯（武漢市：崇文書局，2004年），頁115-116。

也。許叔重作《說文解字》時，未有反語，但云某聲、某聲，即以為
韻書可也。」又說：「一聲可諧萬字，萬字而必同部，同聲必同
部。」[16]他從形聲偏旁去掌握古韻系統，不僅可以執簡御繁，而且可
以補韻語的不足。因為《詩經》韻語只有一八七〇餘個，《楚辭》及
其他古籍之韻語，為數亦有限，許多未見於先秦韻語之字，多可據此
加以增補，使古韻分部之內容充實不少。故自段氏〈古十七部諧聲
表〉之後，如朱駿聲《說文通訓定聲》、江有誥《諧聲表》、嚴可均
《說文聲類》、姚文田《說文聲系》、苗夔《說文音讀表》、張惠言
《說文諧聲譜》、張行孚《說文審音》等踵繼出現，不下十餘家，古
韻研究的成績因而更加輝煌。

　　形聲字固然是古韻研究的重要材料，但古韻的分合主要還是要依
賴韻語，如果只有形聲字及其他材料，而沒有韻語，則古韻之分部永
遠無法進行，所以形聲字數量雖多，只能擔任輔佐的角色，而無法取
韻語而代之；只能增強古韻分部的內容，並驗證其可靠性，而無法對
古韻分部提供任何修正。基本上，形聲系統與古韻系統是一致的，但
偶然也有例外，如「求」在幽部，而聲子「裘」則在之部，「立」在
緝部，聲子「位」則在物部，王了一先生稱之為「散字」。[17]這顯示形
聲造字的時代早於《詩經》時代，所以在先秦韻文中，形聲系統的讀
音有分化的現象。

　　在古韻研究方面，形聲雖然不及韻語，但在古聲的考訂方面，形
聲的重要性就遠非韻語所能及。因為韻語之運用與聲紐完全無關，而
形聲偏旁相同的字，不僅韻部相同，其聲紐也應該相同或相近，結合
聲訓、假借、古書異文，古聲的研究就大有拓展的空間了。如錢大昕

---

16 段玉裁：〈六書音均表一・古諧聲說〉，《說文解字注・六書音均表二・十七部諧聲
　　表序》（臺北市：洪葉文化事業公司，2005年），頁825、827。
17 王力：《漢語音韻》（臺北市：弘道文化公司，1975年），頁190。

的〈古無輕脣音〉、〈舌音類隔不可信〉二文就有古讀方如旁、古讀馮如憑、古音竹如篤之類的例子，但很少強調形聲的關係，到了章太炎先生〈古音娘日二紐歸泥說〉以降，古音學家才大量使用形聲字作為例證。[18]可見形聲在研究上古聲紐方面，確實是舉足輕重的。

五　表義方面

　　形聲字包含形符、聲符兩種成分，由於中國文字是表意文字，形符表意自然毫無疑義。形聲字的形符可表示事物的類別，如從山之字皆與山有關，從水之字多為水名或與水有關的事物。如果再仔細分析，還可再分表類別義、引申義、比擬義三大類，不僅本身可確定形聲字字義的範疇，而且可決定聲符表義之導向，就形聲字而言，形符實居首要地位。[19]至於形聲字的聲符是否表義，則有四種不同的看法：（一）聲符是表音成分，與意義無關，（二）聲符絕大多數只起標音作用，少數聲符偶然兼表意義，（三）凡聲符皆兼義，（四）聲符的示源作用不是個別現象，而是聲符具有的一種重要功能。[20]整體看來，應該是形聲字的聲符除了表音之外，也常兼有表義的功能，這種看法較能得到大多數人的認同。形聲字的聲符表義者可分表類別義、助成義、全義三大類。[21]首先提到聲符可以表義的，是宋代的王聖美，沈括《夢溪筆談》說：「王聖美治字學，演其義以為右文，古之字書，皆從左文。凡字，其類在左，其義在右。如木類，其左皆從木。所謂右文者，如戔，小也。水之小者曰淺，金之小者曰錢，歹而

---

18 陳新雄：《古音研究》（臺北市：五南圖書出版公司，1999年），頁529-677。
19 許錟輝：〈形聲字形符表義釋例〉，收於中國文字學會，《文字論叢》第2輯（臺北市：文史哲出版社，2004年），頁72。
20 曾昭德：《形聲字聲符示源功能述論》，頁9-12。
21 許錟輝：〈形聲字形符表義釋例〉，頁37-41。

小者曰殘，貝之小者曰賤，如此之類，皆以戔為義也。」[22]其說經過元代戴侗及清代段玉裁、王念孫、焦循、阮元等人的推闡，確立了「形聲多兼會意」的條例，如段玉裁《說文解字注》中言及「凡從某聲多有某義」者有八十餘處，今人黃永武的《形聲多兼會意考》，更旁搜遠紹，臚列六十餘家學說，一○一五條例證，如：凡從行得聲之字多有節限行止之義，凡從果得聲之字多有圓義，凡從區得聲之字多有大之義。[23]材料豐富，頗有參考價值。

　　右文說基本上可以成立，但它只著眼於文字的形體，而非文字所代表的語詞，而且把聲符兼義絕對化了，所以也暴露了不少問題。如王聖美所舉的例子，淺、錢、殘、賤乃至綫、箋、牋、棧、盞、踐等固有小義，但從食的餞（送去食）、就沒有小義；又如同聲符之字所衍之義往往有所歧別，並非只有一義。諸如此類，後代學者迭有爭論，尤以沈兼士〈右文說在訓詁學上之沿革及其推闡〉一文，對右文說進行總結，最為詳盡而中肯。[24]黃季剛先生曾歸納前人意見，建立「形聲字之正例必兼會意」的條例，並補充形聲字聲符無義可說之變例有二：（一）以聲命名，（二）形聲字聲符為叚借，[25]魯師實先進一步主張「形聲必兼會意」，其不兼意者有四：（一）狀聲之字，（二）識音之字，（三）方國之名，（四）叚借之文。[26]形聲字聲符之聲義關係至此大抵已闡發無遺了。

22 胡道靜：《夢溪筆談校證》（北京市：古典文學出版社，1957年），頁492。

23 黃永武：〈形聲多兼會意考〉，收於臺灣師範大學國文研究所，《臺灣師範大學國文研究所集刊》第9號（臺北市：臺灣師範大學國文研究所，1965年），頁116-120。

24 沈兼士：《沈兼士學術論文集》（北京市：中華書局，1986年），頁73-185。

25 林尹：《文字學概說》，頁162-165。

26 魯實先：《叚借溯源》（臺北市：文史哲出版社，1973年），頁36-65。又，蔡信發以為狀聲、方國之後起形聲字，亦由叚借造字而來，《說文商兌》（臺北市：萬卷樓圖書公司，1999年），頁145-151。至於魯段二氏形聲必兼會意與多兼會意之辨，亦見該書頁184-192。

六　溯源方面

　　在語言文字的研究中,「字根」與「語根」是一對密切相關而又有所區別的術語。所謂字根,是形聲字最初的聲符,它可能是象形字,可能是指事字,也可能是會意字,但不可以是形聲字,否則就須繼續追溯到無聲字為止。所謂語根,是章太炎先生《文始》首先提出的名稱,高本漢稱之為詞類,周法高稱之為詞群,齊佩瑢稱之為語族,王了一先生稱之為同源詞。[27]語言必有根,語根者,即最初表示概念之音,為語言形式之基礎。換言之,語根係構成語詞之要素,語詞係由語根漸次分化而成者。[28]如洪、鴻、宏、閎、弘、紅聲義相近,同出一源,就是同語根的字。字根的研究始於宋代的右文說,語根的研究,則至乾嘉年間王念孫才肇其端,經阮元、黃承吉、章太炎、劉師培、王國維、楊樹達、高本漢、沈兼士、王了一等的努力,已取得豐碩的成績,為訓詁學開拓出新的天地,宜乎王了一先生稱之為「新訓詁學」。[29]

　　因聲求義是訓詁學的重要方法之一,求字根、求語根則為其研究的重要內容。字根與語根所以可以用來因聲求義,都是建立在「聲義同源」的理論基礎上。蓋未有文字之前,先有語言,語言由聲音而表達,故未有文字之前,同義之詞多以同音表達。由於此種聲由義發、聲在義在的道理,所以聲符相同的形聲字,字義往往相近,而聲義相同或相近的字,往往可能有同源的關係。字根的判斷,有相同的聲符字形作為依據,較為容易,而語根的判斷則須在茫茫字海中去蒐尋,相當困難,所以歷來研究語根都是以字根為基礎,如王念孫的右文

27　胡楚生:《訓詁學大綱》,頁221。
28　沈兼士:《沈兼士學術論文集・右文說在訓詁學上之沿革及其推闡》,頁168。
29　王力:《同源字典・同源字論》(臺北市:文史哲出版社,1983年),頁45。

法，[30]楊樹達語源學研究三綱中的形聲字聲旁往往有義、形聲字聲類有叚借，[31]王了一先生取材於分別字、亦聲字，[32]都是與字根有直接關係。不過，字根相同，語根未必相同，在整理語根時千萬不要拘於字根，才不致為其所誤，王念孫所說：「引伸觸類，不限形體。」[33]就是十分正確的態度。

　　形聲字固然是求語根的重要材料，但同語根的條件是：（一）語音相同或相近；（二）意義相同或相近，（三）同一來源，[34]所以除了音義相同的形聲字外，還要擴大範圍，從語音方面去分析上古的聲紐、韻部，從詞義方面去分析實同一詞、同義詞、各種關係。[35]易言之，除了右文法之外，還要運用音義結合法、聲訓法、音轉法、綜合法等各種方法，[36]才有可能將零散不成系統的同源詞類聚起來，然後再形成一個更大的詞族。這種推源與繫源的工作可說工程浩大，不單靠形聲字或右文法就足以勝任，但無疑地，形聲字與右文法還是擔任了非常重要的奠基工作。

七　叚借方面

　　《說文解字注‧敘》：「叚借者，本無其字，依聲託事，令長是也。」段玉裁注云：「大抵叚借之始，始於本無其字。及其後也，既有

30　胡繼明：《廣雅疏證同源詞研究》（成都市：巴蜀書社，2003年），頁518-521。

31　楊樹達：《積微居小學金石論叢‧沈兼士序》（北京市：中華書局，1983年），頁1。

32　王力：《同源字典‧同源字論》，頁6-12。

33　王念孫：《廣雅疏證‧自序》（臺北市：新興書局，1965年），頁1。

34　王力云：「凡音義皆近，音近義同，或義近音同的字，叫做同源字。這些字都有同一來源。」據此可歸納出同源字的三個條件。王力：《同源字典‧同源字論》，頁3。

35　同上註，頁12-38。

36　胡繼明：《廣雅疏證同源詞研究》，頁512-525。

其字矣，而多為叚借，又其後也，且至後代譌字亦得自冒於叚借。」[37]
這是傳統說法中最具有代表性者。剔除譌字自冒叚借不算，則叚借有
二類：其一為本無其字的叚借，如唐本大言，借為專名，焉本黃鳥，
借為語詞，[38]都是許慎所講的叚借，也就是叚借的正例。其二為本有
其字的叚借，如矢本為弓箭，通叚為誓言之誓；軌本為車轍，通叚為
姦宄之宄。[39]這是廣義的叚借。本無其字的叚借是字與詞的關係，與
形聲字並無關聯；本有其字的叚借則為字與字之關係，故與形聲字密
切相關。蓋叚借有三條件，即：音的關係、義的安雅、其他通用的例
證。[40]形聲字之聲母與聲子，或聲子與聲子之間，不僅古音相同或相
近，而且字形亦相關，自然極易產生叚借現象。試觀林師景伊在《文
字學概說》中為廣義叚借舉例時，無論同音通叚、雙聲通叚、疊韻通
叚，都舉了不少叚聲母為聲子、叚聲子為聲母、同聲母字相借的例
子。[41]就可證明有形聲關係之字在叚借字之中所占的比例相當高。透
過形聲關係去破叚借字尋求本字，可說最為便捷。古書中同音通叚的
現象層出不窮，能掌握形聲字，就不啻掌握了一把通讀古書的鑰匙。

　　從另一個角度來看，正因為形聲字通叚十分方便，所以在判斷某
些形聲字是否確有叚借關係時，就要特別留意是否有足夠的通叚例
證，更要注意到讀破、易字之後，上下文意是否可以講得怡然理順，
否則就會犯了濫用叚借的毛病。在清代訓詁學上，被王了一先生推為
坐第一把交椅的王念孫，[42]有時尚且被批評有侈言叚借之嫌，[43]一般

37　段玉裁：《說文解字注》，頁764。

38　同上註，頁59、159。

39　同上註，頁93、228、345、735。

40　胡楚生：《訓詁學大綱》，頁172。

41　林尹：《文字學概說》，頁193-199。

42　王力：《中國語言學史》（太原市：山西人民出版社，1985年），頁162。

43　拙作：〈論高郵王氏父子經學著述中的因聲求義〉，收於中央研究院中國文哲研究所

學者更不可不慎了。

　　更嚴重的問題是，許慎對於轉注、叚借的界說不太明確，舉例也未盡妥當，所以引發許多爭議。首先，令由發號施令作縣令解，長由治理久遠作縣長解，都是引申，以致段玉裁以「引申展轉而為之」來解釋叚借，[44]這就把引申與叚借混為一談了。殊不知引申是本義的延長與擴大，叚借是因字音相同或相近而借用，兩者涇渭分明，怎能將引申當作叚借呢？至於本無其字的叚借，只是借用現有的字去替代語言中的詞，本有其字的叚借更只是借一個字去代替另一個同音字，都是用字而非造字，所以戴震、段玉裁遂主張六書有「四體二用」。[45]而堅持班固「六書皆造字之本」的學者也只能用「以不造字為造字」之類的話來替轉注、叚借解圍。到了近年，魯師實先根據章太炎、黃季剛兩先生「形聲字聲符無義可說者，乃叚借之故」的說法，進一步主張形聲字的聲符與形符、會意字的形符有不兼意者，都是造字叚借，也就是六書中的叚借，並強調六書乃四體六法，或四體二輔。[46]其說已逐漸受到學術界的重視，無論將來能否成為定論，都可看出這種造字叚借與形聲還是具有密切的關係。

八　結論

　　綜觀上述的析論，可得到如下的結論：

　籌備處，《乾嘉學者的治學方法》（臺北市：中央研究院中國文哲研究所籌備處，2000年），頁400。

44　段玉裁：《說文解字注》，頁764。

45　戴震云：「指事、象形、諧聲、會意四者，書之體止此矣！由是而之用，曰轉注、曰叚借，所以用文字者，斯其兩大端也。」戴震，《戴東原先生全集・答江慎修先生論小學書》（臺北市：大化書局，1987年）。

46　許錟輝：〈從四體六法說看形聲〉，收於輔仁大學：《形聲專題學術研討會論文》（新北市：輔仁大學，2004年），頁10-21。

（一）就功能而言，在造字方面，形聲字半主形，半主音，表意明確，音讀方便，是最重要、最進步的造字方法。在表音方面，形聲字的聲符可以提示讀音，在古代比其他標音方法具體，在現代對判斷音讀也不無助益。在考音方面，形聲字可補上古韻語的不足，並驗證古韻分部的可靠性。就古聲研究而言，更是重要的材料。在表義方面，形聲字的形符可以表示事物的類別，聲符除了表聲之外，也常兼表義，與會意字幾無二致。在溯源方面，求語根必以求字根為基礎，右文的系聯，對同源詞的推源與繫源都是十分重要的工作。在叚借方面，有形聲關係的字因古音相同或相近，字形亦相關，極易產生叚借現象。即使就叚借造字之說而言，也與形聲字密切相關。

（二）就侷限而言，在造字方面，形聲字的字形在現代有些已難看出其結構，字音有些已有出入，《說文》的解說也常令人困擾。在表音方面，漢代已有一半左右的形聲字，聲母與聲子不完全同音，後代的示音功能更與時遞減，「有邊讀邊，沒邊讀中間」，會有相當大的風險。在考音方面，形聲字只能輔佐韻語來充實古韻分部，無法取而代之。在表義方面，形聲固然多兼會意，但也有聲不兼義的例外情況，並且同聲符之字所衍之義往往有所歧別，不宜被字形所拘。在溯源方面，形聲字只能擔任奠基工作，還須多方面去蒐集語料，從語音與詞義兩方面仔細分析。在叚借方面，形聲字固然有助於字音關係的判斷，但還須特別注意通用的例證以及義的安雅，才不致淪於濫用叚借。

（三）漢字是中國文化的瑰寶，形聲字是漢字中最重要的一環，其功用不僅止於本文所論述的六種，如就校勘而言，形聲字可協助錯別字的訂正，就文學創作而言，形聲字可提供許多華美的詞藻……。我們了解形聲字的功用，就應該好好珍惜它、利用它，讓它充分發揮其功能，但是，形聲字也有不少侷限，我們就應該避其所短，用其所

長，才不致強其所難，而發生不必要的流弊。無論功能也好，侷限也好，最重要的是，我們必須在語言文字學方面多下功夫，對形聲字研究越深，收穫就越廣。

──原載於政治大學主辦「高明教授百歲冥誕紀念學術研討會」

（2008年10月），頁73-82。

論漢字教學的原則

一　前言

　　漢字是世界上使用人口最多的文字之一，與英文、西班牙文鼎足而立，其重要性早為世人所矚目，尤其近年來，隨著全球華人勢力的高漲，學習漢字更蔚為風潮。不僅海峽兩岸大學中華語教學系所之設立有如雨後春筍，歐美各國人士學習漢字更常有提前預約、一位難求之現象。職是之故，加強華語教學之師資培育，提升漢字教學之水準，實屬當務之急。

　　在舉世多使用拼音文字的現代，漢字具有獨特之象形本質、表意功能及衍聲趨勢，其本身即含有高度的科學原理與方法，故雖歷經數千年之演變，仍能提供十幾億人口作為表達思想、情感與人際溝通之主要工具，而不被時代潮流所淹沒。在華語教學的師資培育中，如何掌握漢字教學的原則，使學生提升對漢字與中華文化的了解與認識，俾便來日從事漢字教學時能夠肆應自如，實亦有其必要性。茲將漢字教學的幾個重要原則論述如下。

二　規律化原則

　　任何學術的內容與演變，經過長期的研究，都可發現其內在具有

一定的規律，掌握這些規律，就可使得學習事半功倍。漢字的學習也不例外，在教學時首須掌握的規律有二：

（一）結構的規律

　　二千多年來，大部分研究文字學的學者都公認六書是分析漢字結構，說明古人造字意圖的重要規律。這個規律雖然遲至戰國時代才出現於《周禮‧地官‧保氏》，到漢代才經劉歆、班固、鄭眾、許慎等古文經師加以具體闡揚，尤其是許慎的《說文解字》，使用六書來分析全書九三五三個文字的結構，並探求其本義，影響最為深遠。除了少數情況之外，這個規律不僅可用以說明古文、籀文、小篆以降的文字，對於後來出土的甲骨文、鐘鼎文、戰國文字也一體適用，甚至連三、四千年前埃及、美索不達米亞、克雷特等的古文字也可藉此加以理解，其重要性可說無與倫比。所謂六書包括：

1 象形

　　利用彎彎曲曲的線條，畫出物體的輪廓，就是象形。例如「自」象鼻子，「呂」象脊骨，「朋」象鳳凰，「酉」象酒器，皆是。最早的象形是從圖畫發展出來的，與物體的形狀十分相似，後來屢經簡單化、線條化、符號化的演變，難免漸失本真，但仔細分析，還是可以發現其神情相似之處。如果能將歷代不同字體排比並觀，更是可以增進學習興趣與學習效果。

2 指事

　　利用抽象的符號，表示事物的觀念、狀態、動作、名稱等，就是指事。例如「上」表示一切在基準線以上的事物；「丩」表示兩道曲折之線糾纏在一起；「入」指明從上往下，分別向兩側進入的意思；

「亦」指明人體腋下的部位，皆是。象形具體，專象一物；指事籠統，博指眾物，但兩者同為「依類象形」的獨體的「文」，也是所有漢字的基礎，值得仔細介紹。

3 會意

會合兩個以上獨立的文字，以表示造字者的意象，就是會意。例如「並」從二立，表示二人並立；「分」從八、刀，表示分開；「牧」從攴、牛，表示畜牧；「羅」從网、糸、隹，表示以網捕鳥，皆是。會意與象形、指事，字音都在字體之外，合稱為「無聲字」。不過，象形、指事是獨體的文，屬於圖畫時期的產物；會意則為合體的字，已進入表意文字的階段。

4 形聲

以代表事物類別的文字為形符，另以語言中呼此事物的聲音為聲符，互相配合，以成新字，就是形聲。例如「牷」從牛，生聲，意指完全無缺的牛；「河」從水，可聲，意指含沙量很高的黃河；「碧」從玉、石，白聲，意指青美之石；「屐」從履省，支聲，意指木屐，皆是。形聲與會意同樣都是合體的字，所不同者，會意是形與形相益；沒有聲符；形聲則是形與聲相益，含有聲符。文字的創造，到了形聲，已進入表音文字的階段，造字十分方便，成為漢字最重要的造字方法。尤有進者，形聲字的聲符具有表聲與表義的雙重功能，其表義功能是直接的；[1]外國的拼音文字則只能表音，不能直接表義，相形之下，形聲字無疑是更為進步的。

---

1 詳見林尹：《文字學概說》（臺北市：正中書局，1971年），頁131-135。

5 轉注

　　兩個以上文字，音通義同而形異，可以互相解釋，就是轉注。例如「和」與「龢」音義俱同；「更」與「改」義同聲同而韻異；「香」與「芳」，義同韻同而聲異，皆是。就個別文字而言，和、龢是形聲字；更、改也是形聲字；香是會意字，芳是形聲字。[2]但排比並觀，則是三組具有轉注關係的文字。易言之，轉注不僅可以溝通古今南北文字的不同，而且可以輔助文字的創造，在六書之中，屬於輔助條例，而不像前四種屬於基本條例。

6 叚借

　　傳統的說法，認為叚借分本無其字的叚借與本有其字的叚借兩種。在語言中，有某事物的音義，而無其字形，記錄語言時，取另一同音字之形體以寄託此一事物的音義，就是本無其字的叚借。例如「其」本義是簸箕，叚借為代名詞；「而」本義是鬍鬚，叚借為連接詞；「周」本義是周密，叚借為朝代名或姓氏，皆是。到了後來，本來已有其字，在行文時，因為一時疏忽或想不起本字，就用另一個同音字來代替，就是本有其字的叚借。例如「后」本為國君，叚借為先後的「後」；「信」本為誠信，叚借為屈伸的「伸」；「壺」本為圜器，叚借為瓠瓜的「瓠」，皆是。近代，魯師實先則以為上述兩種都是用

2　段玉裁：《說文解字注》：

　和：「相應也。从口，禾聲。」（二上頁18）

　龢：「調也。从龠，禾聲。」（二下頁33）

　更：「改也。从攴，丙聲。」（三下頁35）

　改：「更也。从攴，己聲。」（三下頁35）

　香：「芳也。从黍，从甘。《春秋傳》曰：『黍稷馨香。』」（七上頁57）

　芳：「草香也。从艸，方聲。」（一下頁42）

　（臺北市：洪葉文化事業公司，1998年。）

字叚借，只有會意字的形符不兼意，或形聲字的聲符無義可說，乃是另有本字時，才是造字叚借。[3] 例如「寡」是少之意，从宀、頒，無少義，頒當為分之叚借；祿，是福之意，从示，彔聲，彔無福義，當為鹿之叚借。無論是哪種說法，叚借也只能說是造字的輔助條例，而不是基本條例。

由於字形歷經演變，往往有所譌誤，所以分析漢字時，最好以《說文解字》為主，以甲骨、鐘鼎等古文字為輔，並貫串群籍，博採眾說，較能使六書的解說符合文字的本義。

（二）演化的規律

中國文字從甲骨文、鐘鼎文、古文、籀文、小篆到隸書、楷書，形體儘管有所改變，制作的精神則始終一貫，但對於各種字體演化的規律，也是不可不知的：

1 異化

同一字形，在組字時，因所處位置的不同，而產生了差異。例如恕、愉、慕都从「心」，但寫法不同；芝、寺、蚩都从「之」，寫法也各異。

2 同化

來源不同的字形，在構字時發生了混同。例如在小篆中，原有从日、出、廾、米，當曝曬講，以及从日、出、廾、本，當急遽講兩種字體，在楷書中卻混同為「暴」；「然」下原本从火，「魚」下本象魚尾，「燕」下本象燕尾，「鳥」下本象鳥爪，「馬」下本象馬腳，但都混同為「灬」（火）。

3　魯實先：《叚借遡源》（臺北市：文史哲出版社，1978年），頁29-68。

3 簡化

記錄同一個詞，為了書寫方便，將字形加以簡省。例如「鍼」字原本從金，咸聲，卻簡化為從十；「觥」原本從角，黃聲，卻簡化為光聲。

4 繁化

記錄同一個詞，為了便於理解，使音義明確，而將字形加以增繁。例如「从」字原本从二人，卻增繁為从辵从聲的「從」；「西」字原本象鳥棲在巢上，卻增繁為从木、妻聲的「棲」。

5 分化

多音字和多義字，為了避免混淆，而分化為不同的字。例如「莫」字原本為黃昏，叚借為否定詞之後，遂分化出「暮」字，以示區別；「臧」字本為善義，引申有寶藏、隱藏、內臟、贓私諸義，遂分化出「藏」（ㄗㄤˋ、ㄘㄤˊ二音）、「臟」、「贓」等字。

從事漢字教學時，如能掌握上列各種演化的規律，則對歷代字形的孳乳與變易，乃至異體字、古今字、區別文、正俗字……等問題，也都不難迎刃而解。

三　統整化原則

文字具有形、音、義三要素，其形成及運用，與包含文、史、哲等方面的文化密切相關。所以漢字的學習，必須注意到內在的形音義統整及外在的文化統整：

（一）形音義的統整

文字是與語言的記錄，字形只是文字的外殼，其核心是語言；而語音也只是語言的外殼，語義才是語言的核心。文字的創造是由內而外，也就是由義而音而形；文字的學習則是由外而內，也就是由形而音而義。任何文字都脫離不了形音義三要素，漢字是由圖畫文字演變出來的，具有象形的本質，有些文字睹形即可知義。漢字是表意文字，不僅獨體之文可表示具體與抽象的意義，合體之偏旁尤可統御萬事萬物之類別，稍加探索，就不難理解，其表義功能可謂不假外求。漢字以形聲字居多，具有衍聲的趨勢，但又不似外國拼音文字完全變為記錄語言的工具。由此可見，在形音義三者關係方面，漢字遠比拼音文字更為密切，簡直就有如形、影、神，或針、布、線一般。因此，漢字教學不能只是進行字形的探討，而應借助於聲韻、訓詁的統整：

1 文字與聲韻的統整

象形、指事、會意合稱無聲字，是沒有聲符的字，聲音在文字之外。但每個字現在正確的讀音如何？古代的讀音又是如何？破音字如何以不同聲音來區別意義？無聲字為何多音？諸如此類問題，都須依賴聲韻知識的協助才能得到解決。

形聲字在漢字中居十之八、九，造字之初，聲母與聲子理應完全同音，但後來固然有些還保留同音關係，有些則變成聲調不同，或聲同韻異，或韻同聲異，甚至聲韻畢異，[4]如何才能避免「有邊讀邊，沒邊讀中間」所可能發生的錯誤，那又有賴於聲韻學了。

許慎解釋轉注是「建類一首，同意相授」，解釋叚借是「本無其

4　同注2，頁132。

字，依聲託事」，其運用都有賴於聲韻的判斷。但所謂聲韻，並不是現代的語音，而是上古的聲韻，這就更非有聲韻學的根柢不可。

2 文字與訓詁的統整

訓詁是研究字義之學，字義有本義，有引申義，有叚借義。分析字形以求本義，是許慎《說文解字》的主要任務，也是文字學研究的重點。本義確定之後，以本義為出發點，去探求推引、伸展出來的引申義，以及與本義無關，卻與字音相關的叚借義，都是訓詁學重要的工作。唯有將繁雜的義項都梳理清楚，個別文字的理解與運用才能釐然得當。

不同的文字之間具有密切關係，除了本字與叚借字之外，如探求形聲字最初聲符相同的字根，探求音同義同，語言根源也相同的語根，都是研求訓詁最重要的次序，[5]這也是文字學與訓詁學可以通力合作之處。

3 聲韻與訓詁的統整

訓詁的條例有聲訓條例、義訓條例、形訓條例。其中聲訓條例最為重要，又分五點，即：以「聲義同源」為基本理論，衍生出「凡同聲多同義」、「凡字之義必得諸字之聲」，「凡从某聲多有某意」、「形聲多兼會意」。[6]最後的「形聲多兼會意」可說是最精粹的結論，例如：凡从戔得聲之字多有小義，凡从句得聲之字多有曲義，凡从敖得聲之字多有大義，諸如此類，不下千餘條，[7]具有高度的概括性，對文字的深入認識大有助益。

5　林尹：《訓詁學概要》（臺北市：正中書局，1972年），頁96-106。

6　同上注，頁122-165。

7　凡1015條，黃永武：《形聲多兼會意考》（臺北市：文史哲出版社，1976年）。

訓詁的方法，許慎主要是採取「以形索義」，這種方法影響文字學發展長達千餘年，但它只適用於探求本義，而不適用於探求引申義、叚借義；只能依據本字的字形，而不能依據叚借字的字形；只能用以分析筆意，而不能用以分析筆勢，[8]還是有其侷限。到了清代，改採「因聲求義」的方法，廣泛用來校訛誤、破叚借、明連語、考物名、求語源、通轉語、釋虛詞，[9]解決了以形索義所無法解決的許多問題，取得輝煌的成績，這也是在漢字教學時可以善加利用的。

（二）文化的統整

文化是人類生活的累積，智慧的結晶，其範圍寬廣無比，舉凡民生、經濟、科技、社會、政治、教育、宗教、學術、藝術皆屬之。文字的創造與使用有其深厚的文化背景，也有高度的文化作用。早在東漢，許沖〈上說文表〉就說：「慎博問通人，考之於逵，作《說文解字》，六藝群書之詁，皆訓其意，而天地鬼神、山川草木、鳥獸昆蟲、雜物奇怪、王制禮儀、世間人事，莫不畢載。」[10]近年，有關漢字文化方面的書籍更是屢見不鮮，[11]足見漢字的教學有必要與其他文化領域進行科際整合，今略舉例如下：

8　詳見程俊英、梁永昌：《應用訓詁學》（上海市：華東師範大學出版社，1989年），頁80-85。

9　詳見拙作：〈論高郵王氏父子經學著述中的因聲求義〉，蔣秋華主編：《乾嘉學者的治經方法》（臺北市：中央研究院文哲研究所，2000年），頁360-377。

10　同注3，頁793-794。

11　漢字文化方面的書籍如：劉志基：《漢字文化綜論》（南寧市：廣西教育出版社，1996年）；何九盈：《漢字文化學》（瀋陽市：遼寧人民出版社，2001年）；黃德寬、常森：《漢字闡釋與文化傳統》（合肥市：中國科技大學出版社，1995年）；謝棟元：《說文解字與中國古代文化》（鄭州市：河南人民出版社，1994年）；臧克和：《說文解字的文化說解》（武漢市：湖北人民出版社，1994年）；王寧、董希謙、謝棟元：《說文解字與中國古代文化》（鄭州市：河南人民出版社，2000年）。

1　文字與科技

《爾雅‧釋天》說：「載，歲也。夏曰歲，商曰祀，周曰年。」《說文解字》的解釋則是：

> 歲：木星也，越曆二十八宿，宣徧陰陽，十二月一次，从步，戌聲。〈律曆書〉名五星為五步。（二上頁41）
>
> 祀：祭無已也，从示，巳聲。（一上頁6）
>
> 年：穀熟也，从禾，千聲。《春秋傳》曰：「大有年」。（七上頁50）

古人以為木星十二年一周天，於是把全天十二等分，每一等分為一次，每次均有名稱，以木星所在紀年，是為「歲星紀年法」。後來發現木星實際上是十一點八六年一周天，累積八十四點七年就有「超辰」現象，無法準確紀年，遂廢棄不用。這種紀年法只見於《左傳》、《國語》，而《爾雅》竟推之於夏代，未免太早。祀，是祭祀鬼神，殷人迷信，祭祀不已，往往周而復始剛好一年。甲骨文稱年為祀，正可為證。年是禾穀成熟，北方禾穀一年收割一次，周人是農業民族，故以禾穀成熟作為記錄時間的單位。由此可見，古代對天文曆法十分重視，而不同的時代各有其文化特色。

2　文字與宗教

古代科學不夠發達，先民一方面震懾於風雨雷電等大自然力量的偉大，一方面對於許多自然現象缺乏正確的認識，因此原始宗教的信仰十分盛行。在《說文解字》中，有關天地鬼神、雜物奇怪的文字自然俯拾皆是。例如：

神：天神引出萬物者也，从示，申聲。（一上頁5）

魅：老物精也，从鬼，未聲。（九上頁41）

巫：巫祝也，女能事無形，以舞降神者也。象人兩袖舞形，與
工同意。古者巫咸初作巫。（五上頁26）

筮：《易》卦用蓍也。从竹、巫。（五上頁5）

祠：春祭曰祠，品物少，多文辭也。从示，司聲。仲春之月，
祠不用犧牲，用圭璧及皮幣。（一上頁10）

釁：血祭也，象祭竈也。从爨省，从酉，酉所以祭也，从分，
分亦聲。（三上頁40）

禳：磔禳，祀除癘殃也，古者燧人榮子所造。从示，襄聲。
（一上頁13）

天有天神，地有地祇，人死為鬼，山川草木莫不有精靈存在。由於絕
地天通，男覡女巫便成為人與鬼神溝通的橋樑。他們以龜卜筮算，來
測知鬼神的意向，並且協助人們春祠、夏礿、秋嘗、冬蒸以及名目繁
瑣的各種祭祀。在古代，無論征戰、祭祀、田獵、疾病、風雨、出
巡，甚至婚嫁、生育都要進行占卜，預測吉凶。而天地、山川、四
時、日月星辰、水旱、祖先幾乎也都成為祭祀的對象，馨香崇拜，善
頌善禱。其目的，無非是要禳除災害，祈求福祿，這就是古代原始宗
教的寫照。

四　實用化原則

在近代教育哲學的流派中，有所謂實用主義，主張以知識為解決
生活上之困難或問題的工具，特別強調知識的實用價值。文字學起源
於人類表情達意的需求，廣泛運用於生活各層面，在漢字教學中，當

然也須重視其實用性，底下藝術化原則將針對書法與文學方面的實際運用加以發揮，此處僅先就漢字與生活、學習的關係加以說明：

（一）生活的實用

　　實用主義大師杜威（J. Dewey）認為教育即生活，生活即經驗，經驗不斷的累積與重組，可促使個體洞見未來。漢字的學習，能扣緊生活經驗，效果可望更為良好。象形字如「云」象雲氣，「申」象閃電，「山」「丘」象大山、小丘，「止」象腳趾，「母」象哺乳的母親，「它」象長蛇，「烏」象烏鴉，「來」象麥子，「片」象剖開的樹木，「求」象皮裘，「衰」象簑衣，「戶」象單扇門戶，「向」象牆上小窗，「豆」象祭器，「其」象簸箕，這些都是日常生活中常會接觸到的實物，根據古文字字形加以分析，不難引起學生的興趣。指事字如「牟」指牛鳴，「曰」指說話，「寸」指脈搏，「本」指樹根，「毌」指禁止，「幻」指說給又不給，變幻無常，也都不難理解。會意字如「多」從二夕，表示增加；「森」從三木，表示樹木之多；「莫」從日，從茻，表示黃昏；杲從日在木上，表示清晨；「名」從夕，從口，表示黃昏時視線不佳，自稱其名，以便區別敵我；「寒」從人在宀下，以艸上下覆蓋，下有冰，表示天寒地凍，這些也很容易從生活經驗出發，去加以認識。形聲字的形符可以表示事物的類別，聲符既有表聲的功用，也有表義的功用。如女部的字多與婦女有關，「媒」從女，某聲，是媒人謀慮男女雙方，加以撮合；「妁」從女，勺聲，是媒人斟酌男女雙方，加以調適；「嫁」從女，家聲，是女子出嫁，以夫家為終身歸宿；「娶」從女，取聲，是男子娶妻，從眾女子中有所擇取；「婚」從女，昏聲，是古代嫁娶以黃昏為時；「姻」從女，因聲，是夫婿之家，為女子的終身依靠。又如古以貝為貨幣，貝部的字多與經濟相關，「貨」從貝，化聲，謂財物可以變化交易；「賞」從

貝，尚聲，謂崇尚其功，賜以財物；「販」從貝，反聲，謂買賤賣貴，轉手得利；「貶」從貝，乏聲，謂貨幣價值減損；「貧」從貝，分聲，謂財物越分越少，終至貧窮；「賃」從貝，任聲，謂僱傭人力，來分擔工作，這些情況也都是日常生活中常有的經驗，稍加點撥，即可通達。學習之後，既可增進體驗，也可實際運用。

（二）學習的實用

漢字具有完整性、統覺性、穩定性、藝術性等特質。[12]每一個字都有其個性，形音義之間的關係特別密切，而語言的關係則較為疏遠，可以使用各種方言加以解讀，而又不會隨著語言的變遷淪於僵化、死亡。表面上看起來複雜難識，其實一經分析，就不難怡然理解，而且可以根據各種條例去融會貫通，觸類旁通，所以學習起來，遠比拼音文字容易。如何正確認識每一個字的形音義，俾便解決閱讀與寫作的困難，增進溝通的能力，實乃漢字教學的首要任務。

在字形方面，須特別注意結構，避免寫錯字，如「荔」從三力，不從三刀；「初」從衣，不從示；「準」從隼聲，不從准聲；「賒」從余聲，不從余聲。形近之字，宜避免混用，如「迴」與「廻」，「母」與「毋」，「戊」與「戌」、「戌」，「己」與「已」、「巳」，否則就難免「魯魚亥豕」、「錯把馮京當馬涼」之譏了。

在字音方面，宜留意區別形近音異之字，避免唸錯讀音，如「菅」音ㄐㄧㄢ，「管」音ㄍㄨㄢˇ；「崇」音ㄔㄨㄥˊ，「祟」音ㄙㄨㄟˋ；「莠」音ㄧㄡˇ，「秀」音ㄒㄧㄡˋ；「拈」音ㄋㄧㄢˇ，「占」音ㄓㄢ。破音字使用不同讀音來區別意義，也不可忽略；如「勝」利之勝音ㄕㄥˋ，「勝」任之勝音ㄕㄥ；「率」領之率音ㄕㄨㄞˋ，效「率」之率音

---

12 同注2，頁23-27。

ㄌㄩㄟ、；「差」錯之差音ㄔㄚ，參「差」之差音ㄘ；少「尉」之尉音ㄨㄟ、，「尉」遲之尉音ㄩ、。

在字義方面，應徹底了解字詞的含義，避免誤解誤用，如一「味」的味是味道，三「昧」的昧是要訣；雲「霄」的霄是天空，元「宵」的宵是夜晚；「詎」料的詎是豈，「距」離的距是隔離的時空；「輟」學的輟是停止，點「綴」的綴是裝飾，都不能混同。至於按「部」就班的部不能寫成「步」，莫「名」其妙的名不能寫成「明」，科「際」整合的際不能寫成「技」，「故」步自封的故不能寫成「固」，那又涉及成語典故的使用，更須仔細辨認。

五　藝術化原則

藝術是人類追求真、善、美的結晶，也是各種文化產品中最能愉悅人心，最能使人樂此不疲者。古希臘時代，相傳有九位繆斯女神分掌各種藝術，足見其門類之繁多，現代通常將藝術分為實用藝術（如建築、園林、工藝、書法）、造型藝術（如繪畫、雕塑、攝影）、表情藝術（如音樂、舞蹈）、綜合藝術（如戲劇、戲曲、電影、電視）、語言藝術（如詩歌、散文、小說等文學作品），[13]其中與漢字關係最為密切者，應數書法與文學：

（一）書法藝術

符號學美學家蘇珊‧朗格（S. K. Langer）認為人類是最會發明符號的動物，語言文字邏輯性較強，屬於推論性符號，藝術情感性較

---

13 彭吉象：《藝術學概論》（北京市：北京大學出版社，1994年），頁269-393。

強，屬於表象性符號。[14]漢字本來是推論性符號，成為書法之後，卻轉變成為表象性符號，因此，書法既有理性的成分，也有感性的成分。漢字源出圖畫，迄今仍保留象形的本質，書法與繪畫、雕塑等原本都屬於造型藝術，只是由於應用十分廣泛，所以又成為一種實用藝術。

　　在字體結構方面，上古時代的漢字，如殷商時代青銅器上的圖繪文字，非文非畫，亦文亦畫，仍保留濃厚的圖畫意味。後來的甲骨文，因文見義，形式自由，不拘泥於筆畫之繁簡、向背，位置任意移易，異體極多，有許多文字狀物絕肖，有如圖畫，而實已遠離圖畫階段，成為純粹的文字。周代的鐘鼎文形聲孳乳，通叚漸行，一字異體的重文日漸減少，形式逐漸固定。到了戰國時代，東方六國的古文較為簡易，西方的籀文左右均一，稍涉繁複，南方的楚國文字則結構奇異，奧衍難識，還有刻符、鳥蟲書、摹印、署書、殳書各種美術字體，正如當時的學術一樣，呈現百花齊放的狀態。秦始皇統一天下，使李斯等以小篆統一文字，根據籀文稍加省改，結構趨於圓勻整齊，進一步減弱了古文字的象形特徵。漢代通行的隸書，解散篆體，改曲為直，省併變形之處不一而足，象形意味更淡，會意字和形聲字也有許多不容易分析，在漢字演變史上，是一個重要的分水嶺。南北朝以後通行至今的楷書，只是根據隸書筆勢稍加變化，結構大同小異，並不是截然不同的書體，而行書也不過是將隸楷寫得簡便一些，使其相間流行而已。至於草書，同樣興起於漢代，後來流變，有章草，有今草，有狂草，章草仍具波折，以一字自為起訖，今草、狂草則盤旋連綿，以一行或一節為起訖，已打破漢字方塊獨體的規格了。總而言之，漢字演進的過程是由筆意到筆勢，[15]雖然筆畫日趨簡單化、線條

14　文德培：《酒神與日神的符號──朗格情感與形式導引》（南京市：江蘇教育出版社，1993年），頁52-63。

15　筆意是指能夠體現原始造字意圖的字形；筆勢是指經過演變，加以符號化，從而脫離了原始造字意圖的字形。

化、符號化，形與義之關係逐漸疏遠，但書法取姿的作用卻越來越強烈，所以始終保留其造型美、意象美、線條美、布局美等審美特徵，[16] 具有高度的藝術價值。

在書寫工具方面，隨著時代的變遷，也有許多不同。甲骨文以刀契刻龜甲獸骨，所以筆畫纖細，刻畫工妙。鐘鼎文以蠟刻範鑄，或渾圓，或方整，或細長，或纖銳，變化極多。古文以漆書之，頭粗尾細，有如蝌蚪。籀文、小篆往往施於石刻，典麗精工，一絲不苟。早在甲骨文時代，就已有毛筆用來書寫，後來屢經改良，到了秦以後，使用更為普遍。這種圓錐形的書寫工具，配合硯、墨等文具，以及竹簡、木片、絹帛、紙張各種不同的載體，方圓粗細，撇捺轉折，無施而不可。再加上書寫者性情、素養、好惡各有不同，所以書寫出來的作品，千變萬化，各具意態，賞心悅目、美不勝收，所謂「書為心畫，字如其人」。中國書法所以能成為一種獨特的、精美的、流行甚廣的藝術誠非偶然。在漢字教學時，如能配合書法名作的欣賞，當可使學習者有如坐春風之感。

（二）文學藝術

漢字除了一如拼音文字可用以抒情、敘事、論理之外，由於其單音獨體的特質，具有相對相反、可聯可配的折合性，組合也十分簡便靈活，所以能形成各種務聲律、講對偶的文學，如詩詞曲、辭賦、駢文、對聯，乃至回文、拆字、嵌字、燈謎、酒令、繞口令等文字遊戲。其體裁之多，題材之奇，誠非外國文學所能望其項背。今僅以近體詩為例，加以說明。

中國是一個詩的民族，從《詩經》、《楚辭》以降，無論古詩、樂

---

16 韓鑒堂：《漢字文化圖說》（北京市：北京語言大學出版社，2005年），頁176-184。

府詩、近體詩、詞、曲，乃至於新詩，詩始終是文學主流，其形式儘管隨著時代有所變化，其本質則亙古如一，國人之熱衷創作與欣賞，吟詠不斷，實非其他文體所能企及。大唐盛世，是詩史上的一個高峰，當時盛行的近體詩名家輩出，佳作如林，影響後世尤為深遠。近體詩分律詩、排律、絕句三種，格律特別嚴謹，其特色主要為：

1 齊字句

近體詩限定五字一句或七字一句。絕句每首四句，律詩每首八句，排律則在八句以上。這是由於漢字是獨體的方塊字，有如積木一般，所以使得字句特別整齊。

2 調平仄

古代漢字有平、上、去、入四個聲調，平聲為平，上、去、入為仄，兩者的高低、長短有所不同。近體詩每字的平仄有定式，但又容許一三（五言）或一三五（七言）可以不論，以及拗救來補救平仄未依譜式規定者。由於平仄參伍，節奏分明，所以聽起來有抑揚頓挫、錯綜變化之美。

3 講對文

對仗講求的也是整齊對稱之美。律詩中的三、四句，五、六句，無論詞性、意義、平仄都須兩兩相對；絕句截取律詩而來，所以也常有對句，這只有單音獨體的漢字才有可能做到。

4 協韻律

單音節的漢字具有聲、韻、調三個成分。近體詩通常在雙句的末

字要押韻，韻腳的選用與情感、思緒的表現密切相關。[17]誦讀起來，音色前後呼應，不但具有迴環往復之美，而且也便於誦讀，利於記憶。

　　由此可見，近體詩的藝術美感實與漢字形、音、義的特質息息相關。今天，雖然已少有人從事近體詩的寫作，但唐詩那種生動的意象，諧和的音律，蘊藉的情趣，高妙的境界，還是可以令人咀嚼再三，回味無窮，成為人類共同的文化遺產，在漢字教學時也不妨酌加採擷。

六　結論

　　上面所舉的四個原則，有的是屬於漢字內在的層面，如規律化原則中的結構的規律、演化的規律，統整化原則中的形音義的統整，實用化原則中的學習的實用。有的則屬於漢字與外界的關係，如統整化原則中的文化的統整，實用化原則中的生活的實用，藝術化原則中的書法藝術、文學藝術。但在教學時均不宜有所偏廢，如能內外兼治，則不僅對漢字的了解可更深刻，學習可更有趣味，對漢字的運用也可望更為廣泛，更為靈活。當然，教學時，如何根據學生的程度與需要，循序漸進，因材施教，是十分重要的事。否則，盲目灌輸，不僅揠苗助長，更無法達到預期的教學目標。

　　——原載於《中原華語文學報》第1期（2008年4月），頁1-15。

---

17 謝雲飛：《文學與音律》（臺北市：東大圖書公司，1978年），頁61-64。

輯二
文字訓詁之屬

《爾雅》聯綿字淺探

　　聯綿字原名連語，近稱衍聲複詞，蓋謰謱二音，以成一義，準音以求義，綴字而成詞者也，與合義複詞之依形探旨，字字判然者頗異其趣。先秦古籍，連語繽紛，至漢賈誼《新書》始揭專篇，宋張有《復古篇》、元曹本《續復古篇》、清錢坫《詩音表》、民國王國維〈聯綿字譜〉等踵繼其事，蒐羅日廣，近人苻定一博稽群籍，勒為字典，洋洋大觀，尤稱明備。然增冰原於積水，大輅必祖椎輪，是先秦古籍，亦不可不一為回溯也。《爾雅》者，群經之檢度，字書之濫觴也。連語紛陳，媲美芭經，惜專篇介紹，邈乎未聞，因不揣檮昧，試為淺探。

一　內涵

　　王國維〈古文字學中聯綿字發題〉分連語為雙聲、疊韻、非雙聲疊韻各一類，王了一先生《中國語法理論》則釐為疊字、雙聲、疊韻三類，許師詩英《中國文法講話》定為雙聲、疊韻、非雙聲疊韻、疊字四類，周法高〈聯綿字通說〉別為雙聲、疊韻、疊字、其他四類，各家分類，互有出入，今折衷群言，分為四種（按聲紐韻部以黃季剛先生十九紐、廿八部為準）：

(一) 雙聲聯綿字

古代韻書，分韻秩然，獨於聲類，殊乏董理，故云：「疊韻易知，雙聲難明」，然雙聲之理，純出天籟，初無勉強，形容制物，何殊疊韻？《爾雅》聯綿字之屬雙聲者不下數十，可以見其端倪矣：

〈釋詁〉：蠠沒（明紐）　覭髳（明紐）　鬱陶（影紐）

〈釋天〉：螮蝀（端紐）　霡霂（明紐）

〈釋草〉：薢茩（見紐）　芺薊（見紐）　蕭蓲（端紐）　蘪蕪（明紐）　銚芅（影紐）　荎藸（定紐）　菼薍（幫紐）

〈釋木〉：枸檵（見紐）　唐棣（定紐）　常棣（定紐）

〈釋蟲〉：蠰䗥（影紐）　蛄蟴（溪紐）　蛄䗐（溪紐）　蟋蟀（心紐）　䖯蠪（端紐）　蠨蛸（心紐）　蛬蠓（明紐）

〈釋魚〉：蟾諸（端紐）

〈釋鳥〉：鴾母（明紐）　蝙蝠（幫紐）　夷由（影紐）　鷅鶹（定紐）　鸀鳿（來紐）

(二) 疊韻聯綿字

同音相成，應乎脣吻，俚歌民謠，莫非天然，疊韻之理，尤顯而易明，故《爾雅》之疊韻聯綿字為數亦夥：

〈釋訓〉：婆娑（歌戈部）

〈釋天〉：彴約（沃部）

〈釋地〉：距虛（模部）

〈釋丘〉：邐迤（歌戈部）

〈釋山〉：厜𪩘（歌戈部）　崔嵬（灰部）

〈釋草〉：茹藘（模部）　果蠃（歌戈部）　蔜芼（灰部）　委萎（灰部）　芛葟（青部）　出隧（沒部）　蘢蔬（模部）　芄蘭（寒桓部）　芙蕖（模部）　菡萏（添部）　茉莒（咍部）

〈釋木〉：樸樕（曷末部）　諸慮（模部）　無姑（模部）　魁瘣（灰部）　楸樸（屋部）

〈釋蟲〉：蟯蛝（唐部）　蜉蝣（蕭部）　蟷蠰（唐部）　虹蛵（青部）　蒲盧（模部）　蚇蠖（鐸部）　蜸蚈（青部）

〈釋鳥〉：鶭鸅（咍部）　鳭鷯（豪部）　服翼（德部）　倉庚（唐部）　商庚（唐部）

〈釋獸〉：蒙頌（東部）

（三）非雙聲疊韻聯綿字

　　王國維〈聯綿字譜〉採集非雙聲疊韻聯綿字多達七百餘條，王了一先生則視為雙音詞，摒於連語之外，然程瑤田有云：「雙聲疊韻之不可為典要，而唯變所適也。」（〈果蠃轉語記〉）此類之構成亦以聲不以義，在語義方面無法分訓，在字形方面，流衍不定，與一般聯綿字殊無二致，〈復古篇〉所纂，已有其例，似無煩另拓二字，其見於《爾雅》者如：

〈釋詁〉：權輿　俶頹　䔰離

〈釋訓〉：粵夆　戚施

〈釋宮〉：瓵瓽

〈釋器〉：不律

〈釋天〉：焚輪　扶搖

〈釋水〉：瀾漪

〈釋草〉：栝樓　蘆萉　接余　萹蓄　菥蓂　蒛葐　莃葟　夫
　　　　　須　蚍蚁　亭歷　蘷于　薪苖　蕵苢　蘢古　藗蔗
　　　　　蘴冬　萹苻　蓬蕽　蕨攗　菟絲　䕲葐　蘱姑　菟
　　　　　奚　顥冬　長楚

〈釋蟲〉：蟿螇　蜙蝑　負勞　蚍蜉

〈釋魚〉：科斗　活東　蠑螈　蝘蜓

〈釋鳥〉：鴶鵴　鷏鵜　鵹渠　鶯斯　鷤鴂　鷦鷯　爰居　雝
　　　　　鸈　伯勞

〈釋獸〉：狻麑　貍狐　盜驪

以上所舉，如菥蓂為沒部、曷部旁轉，蘷于為青部、東部次旁轉，鷏
鵜為屑部、先部對轉，蕵藜為灰部、屑部旁對轉，蚍蚁為並紐、滂紐
古雙聲，蓬蕽為定紐、透紐古雙聲……聲韻流轉多通，其不當摒於連
語之外，尤無足辯矣！

（四）疊字

　　先民摹擬情事，描繪景物，一字不能盡，則重言疊字以形容之，
疊字者，實兼雙聲疊韻而為用者也。《詩經》所見，無慮數百，《爾
雅‧釋訓》一篇，順其意義而道之，多形容寫貌之詞，故重文疊字，
纍載於篇，如：

明明	斤斤	穆穆	肅肅	業業	翹翹	桓桓	烈烈	薨薨
增增	委委	佗佗	懕懕	慥慥	夢夢	詵詵	殷殷	惇惇
絿絿	栗栗	鍠鍠	顒顒	卬卬	丁丁	嚶嚶	噰噰	喈喈
瑲瑲	皋皋	翕翕	訿訿	抑抑	秩秩			

〈釋詁〉通古今之異言，亦有：

亹亹　旺旺　皇皇　藐藐　穆穆　關關　噰噰　吭吭

其他各篇則有：

闐闐　鶒鶒　卬卬　欇欇　蜻蜻　秩秩　狒狒　猩猩

無不即聲即韻，取諧自然，可與《詩經》相互輝映矣！

二　特點

（一）特重聲韻

聯綿字義存乎聲，雖合二名，實猶單詞，渾然一體，不可分訓，若望文生義，則難免失之穿鑿，此所以覷觤、茢離，孫炎字別為義，見譏於郭注、蠨蛜、蠟蛜，劉熙釋以啜水，失笑於郝疏，此外，如《埤雅》以萊服為來麰所服，能製麵毒，冰臺乃削冰令圓，燃艾取火，尤屬自鄶以下，不足深論。清儒一掃積滯，如戴震主張「因聲求義」、王念孫主張「就古音以求古義，引伸觸類，不限形體」（《廣雅疏證・自序》），咸能振裘提領，遠邁前修，郝懿行亦深明聲義關係，故《爾雅義疏》說解連語，每云：「以聲為義」、「取其聲不論其字」，可謂得其本矣！其書駸駸欲駕邢軼邵，非無故也！

（二）字形不定

張壽林〈三百篇聯綿字研究〉云：「蓋聯綿之字，義寄於聲，意不在形而在音，義不在字而在神，聲似則字原不拘，音肖則形可不

論。」文字本為語言之記錄，時代綿邈，壤地仳離，古今南北之異，轉注假借之通，勢且難免，矧連語聲隨形命，字依聲立，或雙聲互轉，或疊韻相迆，或單複疊變，或緩急而傳，或顛倒為用，其孳乳之繁，異文之多，自更令人目眩。即以《爾雅》本書觀之，如〈釋蟲〉「次蠹」，又作「蠿䵂」、「䵂蝥」，釋鳥「倉庚」，又作「商庚」，釋山「厜㕒」，又作「崔嵬」，〈釋詁〉「嘽嘽」，〈釋訓〉又作「癉癉」。若以他書校之，如〈釋訓〉「甹夆」，《說文》作「竛竮」，《詩經‧小毖》傳作「莆蜂」，〈海外西經〉作「并封」，〈大荒西經〉作「屏蓬」，《潛夫論》作「併蟲」，〈釋畜〉「盜驪」，《廣雅》作「駣駽」，《玉篇》作「桃駽」，變化尤為陸離，是皆字隨聲轉，屢易其文而弗離其聲者也。符定一《聯綿字典‧凡例》云：「委蛇八十三形，音同而義相隨；崔嵬十有五體，音近而義無殊。」洵非虛言。

（三）名詞居多

《爾雅》聯綿字言器則有璆琳、不律，言天則有蟫蝀、靄霖，呼草則有茹藘、果臝，呼木則有枸檵、無姑，蟲名則有蜙蝑、蟷蠰，魚名則有科斗、蟾諸，鳥名則有鳭鷯、鶝鶔，獸名則有狻麑、盜驪……，誠屬博物多聞，然其餘狀事之權輿、摹景之厜㕒、表意之蠠沒、言情之鬱陶……，則不足十一。竊推其故，殆有二焉：一曰，先民日出而作，日入而息，生活單純，風氣樸質，重乎外物之種別群分，而拙於德業之描摹剖析，如燦爛以表色、辟歷以表聲、徘徊以表意、綽約以表姿、優柔以表性、繾綣以表情，壎箎迭奏，自謝不能，觀乎《爾雅》篇名，名物居多，可以思過半矣！二曰，草昧之世，山川遼闊，交通阻塞，版業流傳，諸多不便，益以《爾雅》撰者非一，體例未密，自更難以網羅無遺，如《周易》之絪縕、翩翩，《尚書》之番番、阢陧，《詩經》之踟躕、栗烈，《老子》之恍惚、強梁，皆成遺珠，是亦不必為賢者諱也。

三　功用

（一）探究語根

　　語言必有根本，物名必有源起，物名中，同類異名及異類同名，其音與義恆相關，而語言中，發音部位及發音方法相同者，意義亦每相近，如〈釋草〉之薢茩、茾茪、撅攎，皆以有圭角而得名，〈釋草〉之果蓏、栝樓、蒲盧、蠦蜰，〈釋蟲〉之果蓏、蠦蜰，皆以圓而垂得名，此王國維〈爾雅草木蟲魚鳥獸名釋例〉證述綦詳。至如〈釋詁〉之晊晊、皇皇，〈釋訓〉之桓桓、赫赫、鍠鍠，同屬喉音，皆有盛大之意，〈釋詁〉之蠠沒、蠠沒、覭髳，〈釋訓〉之懋懋、慔慔、夢夢、邈邈、儚儚、緜緜，〈釋天〉之霢霂，同屬脣音，皆有微茫之意，此理章太炎先生《文始》亦闡發至明。若斯之比，誠能得其根源，雖形體孳乳繁賾，恉趣遷貿無定，亦不難至賾不亂，一目了然也。羅振玉云：「文字有字原、有音原。字原之學，由許氏《說文》以上溯諸殷周古文止矣！自是以上，我輩不獲見矣！音原之學，自漢魏以溯諸群經《爾雅》止矣！自是以上，我輩尤不能知也。」旨哉斯言！

（二）旁證古音

　　清代以降，古音之學，蒼頭崛起，其所以得以悉拔荊榛，大闢坦途者，實緣方法秩密，材料詳備也。連語之有益於斯學，固遠遜於詩韻、諧聲，要亦不失為考古音之一助也。如〈釋詁〉「蠠蠠」，《詩經》作「勉勉」，《大戴禮》作「旼旼」，《易‧繫辭》鄭注作「沒沒」，《玉篇》作「微微」，此可證古無輕脣音也；〈釋蟲〉「蠠蠠」，方言作「蠭蝓」、「蟰蛛」，《說文》作蠠蠡，此可證古無舌上音也；〈釋訓〉「委委佗佗」，《毛詩》作「委蛇」，《韓詩》作「逶池」，〈衡方

碑〉作「禕隋」，此可證它、也、隋古韻同部也；〈釋訓〉「懕懕」，《毛詩》作「厭厭」，《韓詩》作「愔愔」，此可證厭、音古韻旁轉相通也。至如蒺藜為茨、不律為筆、鶻鵃為鳩、狻麑為獅之類，顧炎武以之上推反切原始，林語堂以之擬測古有複聲母，雖未必成為定論，亦足見古音學家不能捨是不論也。

（三）詮釋載籍

黃季剛先生〈爾雅略說〉云：「毛公釋《詩》，專據詁訓，史遷釋《書》，純用雅言，倉頡作於秦世，義多與雅相同，〈樂記〉錄自河間，訓皆本之雅故，自餘漢世經師，學無今古，其訓釋經文，無不用雅者，下至百家諸子，亦無不與雅訓同符。」《爾雅》為用之宏，可見一斑。即以聯綿字而言，如《詩‧南山有臺》毛傳：「臺，夫須。」此用〈釋草〉也；〈關雎〉毛傳：「關關，和聲也。」此出〈釋詁〉也；〈十月之交〉鄭箋：「崒者崔嵬。」此本〈釋山〉也；《書‧堯典》孔傳：「穆穆，美也。」〈牧誓〉孔傳：「桓桓，武貌。」此近〈釋訓〉也。餘如揚雄纂集《方言》，實與《爾雅》同旨，故釋鳭鷯與鶝鶔、戴鵀一物，獨能無誤；許慎編撰《說文》，亦多採取雅訓，故解薲茈、蘠蘼、蘴冬，咸同〈釋草〉，使無《爾雅》導夫先路，五經之道，文字之學，何能昭炳若此？

（四）摛灑辭章

文學作品以義蘊精深，辭藻蔥蒨為尚，聯綿字可以摹擬聲音，圖寫形象，描繪動作，《文心雕龍‧物色篇》云：「灼灼狀桃花之鮮，依依盡楊柳之貌，杲杲為出日之容，瀌瀌擬雨雪之狀，喈喈逐黃鳥之聲，喓喓學草蟲之韻，皎日嘒星，一言窮理，參差沃若，兩字窮形，並以少總多，情貌無遺矣！雖復思經千載，將何易奪？」體物寫志之

妙，有如此者。後世之作，如揚雄賦：「萬物權輿于內」，謝朓詩：「霡霂微雨散，葳蕤蕙草密。」杜甫詩：「皇皇使臣體，信是德業優。」李商隱詩：「積雨晚騷騷，相思正鬱陶。」此皆採擷《爾雅》，典麗異常，用能傳誦千古也，宜乎郭璞之序云：「夫《爾雅》者，所以通詁訓之指歸，敘詩人之興詠，總絕代之離詞，辯同實而殊號者也，誠九流之津涉，六藝之鈐鍵，學覽者之潭奧，摛翰者之華苑也。」

—— 原載於《新竹師專學報》第5期（1979年5月），頁97-102。

從《爾雅‧釋言》:「曷,盍也。」探討古代訓詁學的演變

一 前言

　　《爾雅》為中國第一部按意義分類編排的辭書,除〈序篇〉外,全書十九篇,二二一九個訓列,四三○○多個詞語,或為同義詞,或為類義詞,基本上都是以義相聚的。其書大約完成於戰國時期,到漢代續有增補。[1]不僅本身具有通經的作用,而且下開《小爾雅》、《廣雅》、《埤雅》、《爾雅翼》、《駢雅》、《通雅》……等雅學書之先河。即使對《方言》、《說文》、《釋名》等語言文字學典籍也有直接的影響,甚至連《藝文類聚》、《太平御覽》等類書,《神農本草經》、《本草綱目》等藥書,亦多多少少可以看見其身影,津逮後世,無與倫比,所以自漢魏五家注[2]以後,鑽研弗替。單以集錄在《爾雅詁林》一書中

1　《爾雅》的撰人和時代,歷來說法有十二種,即:(1)周公作說,(2)周公作,孔子等增益說,(3)孔子作說,(4)子夏作說,(5)孔子門徒作說,(6)秦漢學詩者作說,(7)漢人作說,(8)春秋後半至西漢成書說,(9)孔子刪詩書後成書說,(10)毛公後成書說,(11)興於中古,隆於漢氏說,(12)戰國末年成書說。詳見管錫華:《爾雅研究》(合肥市:安徽大學出版社,1996年),頁8-23。其結論即以為《爾雅》係完成於戰國時期,到漢代續有增補。

2　東晉郭璞以前,《爾雅》注家,據《隋書‧經籍志》、《經典釋文‧敘錄》,有犍為文學、劉歆、樊光、李巡、孫炎五家。

的，就多達九十四本專著，四六八八頁，外加《敘錄》一五八二頁，[3]
雖窮年累月，亦難以通讀一過。不得已，退而求其次，即以〈釋
言〉：「曷，盍也。」一條，探討歷代較重要之研究成果，以便由小見
大，一覘訓詁學之演變趨勢，這也不過是管窺蠡測之意罷了。

二　比較互證與以形索義的開創

　　訓詁的次序，依時代的先後，為：求證據，求本字，求語根。[4]
《爾雅》的作者，看到古代經傳中有不少字詞意義相同或相近，於是
採物以類聚的歸納法，廣泛蒐集證據，將同義詞或類義詞排比在一
起，編纂成書，稽其原始，幾乎無一字無來歷。例如《尚書・湯
誓》：「時日曷喪？」《詩・小雅・菀柳》：「曷予靖之？」《論語・公冶
長》：「子曰：『盍各言爾志？』」《楚辭・九歌》：「盍將把兮瓊芳？」
曷、盍都當疑問詞用，所以《爾雅》就以「曷，盍也。」的方式，將
這兩個同義詞類聚在一起，置於〈釋言〉之中，表示所釋乃單文起
義，與〈釋詁〉之動輒十餘文為一義者有別，與〈釋訓〉之多為雙音
節、多音節的詞、詞組或句子也有所不同。[5]

　　《爾雅》通常以通語釋罕見語，以今語釋古語，以雅言釋方俗之
言。西漢揚雄《方言》即模仿《爾雅》而作，二書之關係，由東晉郭
璞注《爾雅》多引《方言》之文，即可見一斑。[6]唯「曷，盍也。」
一條，未見於《方言》，足見與方俗之言無關。東漢末年劉熙受到
《爾雅》正名命物思想的影響，所撰《釋名》，無論篇目、內容和體

3　朱祖延主編：《爾雅詁林》（武漢市：湖北教育出版社，1998年）。

4　林尹：《訓詁學概要》（臺北市：正中書局，1972年）第五章〈訓詁的次序〉。

5　同註1，頁104-133，〈釋詁、釋言、釋訓三篇分篇的標準〉。

6　竇秀艷：《中國雅學史》（濟南市：齊魯書社，2004年），頁122。

例都明顯規橅《爾雅》，[7]唯其書側重於運用聲訓的方法探求語源，尤其是事物得名的原因，自然也就不會對「曷，盍也。」有所著墨。稍前，許慎的《說文解字》是中國第一本字典，其材料、釋義方法受到《爾雅》影響之處俯拾皆是。[8]但其體例則是建立部首，以字形為綱，透過形、音、義的詮釋，來探求文字的本義，與《爾雅》的性質有所不同。其曰部曷字云：「何也，從曰，匃聲。」皿部盍字云：「覆也，從血，大聲。」[9]古代虛字大約五〇〇左右，由於虛字抽象難造，所以像曷字這樣，本字本義就是虛字的，委實不多。[10]倒是像盍由「覆也」叚借為「何也」，這種無本字的叚借占絕大部分。此外，還有一部分虛字是由實詞之義慢慢虛化而成，如又部及字本為：「逮也，從又、人。」[11]本義為追及、趕上，引申為趁，作介詞用，又引申為和，作連詞用。以上是虛字的三種來源，在《說文》中都可略窺其線索。

《小爾雅》十三篇，舊題秦漢之際孔鮒所著，真正作者實難以考證。[12]各篇均以「廣」為名，所謂廣，就是廣《爾雅》之未備，往往古義舊制，不見於他書，而獨存於此。其〈廣言〉云：「奚、害，何

7　同前註，頁82。

8　詳見拙作：〈爾雅釋魚與說文魚部之比較研究〉，《紀念周禮正義出版百年暨陸宗達先生百年誕辰學術研討會論文集》（杭州市：中國訓詁學研究會，2005年），頁203-208。

9　（清）段玉裁：《說文解字注》（臺北市：黎明文化出版公司，1985年增訂一版），曷字見頁204，盍字見頁216。

10　如哉：「言之閒也。從口，𢦏聲。」曰：「詞也，從口，乚象口氣出也。」乃：「曳詞之難也，象气之出難也。」兮：「語所稽也。從丂，八象气越于也。」于：「於也，從一，一者，其气平也。」粵：「于也，審慎之詞也。從㝉、亏。」矣：「語已詞也。從矢，㠯聲。」本義都是抽象的語詞，分見段玉裁：《說文解字注》，頁58、204、205、206、230。

11　同註9，頁116。

12　同註6，頁62-65。

也。」[13]雖無一字提及「曷，盍」，而實足以補《爾雅》之不足，因為《尚書・湯誓》：「時日曷喪？」《孟子・梁惠王》引作「時日害喪？」而「奚」、「何」也都是與曷、盍用法相同，常見的疑問詞。三國魏張揖的《廣雅》十卷，是另外一本增廣《爾雅》的著作，除增補事類外，還擴展詞條，完善訓義，其〈釋詁〉云：「害、曷、胡、盍，何也。」[14]顯然將《爾雅》、《小爾雅》合而為一，又多出一個「胡」字，因為《詩・魏風・相鼠》：「胡不遄死？」《莊子・列禦寇》：「闔胡嘗視其良？」都是以「胡」為「何」或「盍」。《小爾雅》、《廣雅》這兩本雅學名著，對《爾雅》的增廣都有所裨益。

漢代以後，除了仿雅及廣雅之作外，《爾雅》注釋書籍也紛紛興起，漢魏五家注今皆亡佚無存，僅可從清代輯佚書看到吉光片羽。東晉郭璞的《爾雅注》，集漢魏、西晉雅書注釋之大成，補前人注解的疏漏，糾前人舊注之訛謬，是現存最早、最重要的古注本。唯其注「曷，盍也。」一條僅云：「盍，何不。」因為「盍」字除了作「何」解外，也常作「何不」解。郭注所言雖簡，對於《爾雅》詞義的理解確實有所助益。郭注之後，較重要的注解，如南朝陳陸德明的《經典釋文・爾雅音義》只注盍音為「戶臘反」，宋邢昺《爾雅疏》只加「《論語》曰：『盍各言爾志？』」的例證，陸佃《爾雅新義》只說明「甚言之詞」，[15]幾乎都無所發明，大概是「實字易訓，虛字難釋」的緣故吧！

13　（清）宋翔鳳：《小爾雅訓纂》（臺北市：鼎文書局，1972年），頁7。

14　（清）王念孫：《廣雅疏證》（臺北市：新興書局，1965年），頁82。

15　郭注以下並見《爾雅詁林》，頁1226-1227。

三　因聲求義的拓展

　　訓詁的方法主要有三,即以形索義、因聲求義、比較互證,[16]
《爾雅》以同義詞、類義詞為訓,已開比較互證的先聲。自《說文解
字》受《左傳‧宣公十二年》:「止戈為武。」《韓非子‧五蠹》:「自
環為厶。」等之啟發,開創以形索義編纂字書的風氣之後,不僅可與
《爾雅》分庭抗禮,甚至有後來居上之勢。從漢以後,一直到明朝,
以形索義一直是訓詁學最重要的方法之一。但這種方法有其侷限,那
就是只能探求本義,不適於探求引申義;只能分析本字本形,不適於
分析叚借字字形;只能分析筆意,不適於分析筆勢。[17]所以清代古音
學日益昌明之後,因聲求義的方法就異軍突起,汲取了漢儒的聲訓、
宋儒的右文說,加上清儒聲近義通的理論,廣泛運用到校訛誤、破叚
借、明連語、考物名、求語源、通轉語、釋虛詞等幾個領域,[18]也就
是打破了文字學研究的藩籬,進入了語言學研究的疆畛,取得極為輝
煌的成績。訓詁次序中的求本字、求語根,不過是其中最重要的項目
罷了。

　　清代《爾雅》新疏的代表厥為邵晉涵的《爾雅正義》及郝懿行的
《爾雅義疏》。邵氏《正義》云:「曷、盍聲近義同,《廣雅》云:
『曷、盍,何也。』」[19]雖寥寥數字,已注意到聲近義同的重要性,唯

---

16 詳見陸宗達、王寧:《訓詁方法論》(北京市:中國社會科學出版社,1983年)。

17 程俊英、程永昌:《應用訓詁學》(上海市:華東師範大學出版社,1989年),頁80-
　85。所謂筆意,指最古的漢字,它的字形結構保存了造字的筆劃意義。所謂筆勢,
　指漢字形體不斷變化,加上書寫時的取姿不同,致使原有的筆劃意義泯滅不明,這
　時已不能分析筆劃的意義。

18 拙作:〈論高郵王氏父子經學著述中的因聲求義〉《乾嘉學者治經方法》(臺北市:
　中央研究院中國文哲研究所籌備處,2000年),頁360-377。

19 (清)邵晉涵:《爾雅正義》(臺北市:復興書局,1961年)《皇清經解》,卷506,
　頁22。

僅略引其端，至於暢抽其緒，終有待於郝氏《義疏》，其說云：

盍者，《廣雅》云：「何也。」《玉篇》云：「何不也。」通作「蓋」，〈檀弓〉云：「子蓋言子之志於公乎？」鄭注：「蓋，皆當為盍，盍，何不也。」今按：「蓋从盍聲，古字通用，故〈秦策〉云：「蓋可忽乎哉？」蓋即盍也。又通作闔，《管子‧小稱篇》云：「闔不起為寡人壽乎？」《莊子‧天地篇》云：「夫子闔行邪？」《釋文》：「闔，本亦作盍。闔亦从盍得聲也。曷者，《說文》云：『何也。』」《詩》內曷字《箋》並訓何，通作害，《詩》：「害澣害否？」「不瑕有害？」《傳》、《箋》共云：「害，何也。」〈菀柳〉及〈長發〉傳並云：「曷，害也。」經典多以害為曷，故《書》「時日曷喪？」《孟子》作「時日害喪？」《書‧大誥》凡言曷，《漢書‧翟方進傳》並作「害」，《詩‧葛覃‧釋文》：「害與曷同。」《廣雅》云：「害、曷、盍，何也。」害、曷、盍俱一聲之轉。[20]

郝氏除了廣蒐四部要籍及字書實例，詳加比較互證外，又以「（盍）通作蓋」、「害與曷同」、「一聲之轉」等表述音義之通，以「蓋从盍聲」、「闔亦从盍得聲也」等點出諧聲偏旁（字根）在因聲求義中的重要性。郝氏曾自言：「邵晉涵《爾雅正義》蒐輯較廣，然聲音訓詁之原，尚多壅閡，故鮮發明。今余作《義疏》，於字借聲轉處，詞繁不殺，殆欲明其所以然。」[21] 其書所以能凌駕邵作之上，與段玉裁《說文解字注》、王念孫《廣雅疏證》齊名，其故在此。不過，比起王氏

20　（清）郝懿行：《爾雅義疏》（臺北市：中華書局，1966年）《四部備要》本，卷上之二，頁38。

21　（清）郝懿行：《曬書堂文集》（清光緒十年刊本），卷二，〈與孫淵如觀察書〉。

父子，郝氏還是略遜一籌，主要是由於他在古音學上登堂而未入室，王念孫《爾雅郝注刊誤》即曾勘正其疏誤一一八條，其中多半屬於聲韻上的錯誤，此外，引用書證不夠嚴謹，說解牽強附會之處也就不在少數。而王氏父子則精通古韻之學，其《合韻譜》分古韻為二十二部，就當時而言，可說是最精密的古韻分部了。尤有進者，他們懂得「就古音以求古義，引申觸類，不限形體。」[22]眼光敏銳，判斷精準，確實解決了許多前人無法解決的問題，宜乎王了一先生推崇王氏「在訓詁學上坐第一把交椅。」[23]在《經義述聞》中，王引之說：

> 郭曰：「盍，何不。」家大人曰：「盍之為何不，常訓也，而又訓為何。故《廣雅》曰：『盍，何也。』……曷之為何，常訓也，而又訓為何不，〈湯誓〉曰：『時日曷喪？』〈唐風・有杕之杜〉曰：『中心好之。曷飲食之。』曷皆謂何不也。（說者皆訓為何，失之。）曷為何而又為何不；盍為何不而又為何，聲近而義通也，故《爾雅》曰：『曷，盍也。』學者失其義久矣！」[24]

洋洋灑灑千餘字，以聲近義通之理證明盍、曷二字皆有何、何不二義，前人不知，往往妄改古書，以致治絲愈棼，王氏一一加以梳理，進而摧陷廓清，其結論誠碻然難以移易。更精彩的是在另一本專門探討古書虛字用法的《經傳釋詞》中，他把十幾個具有「何」意，當疑問詞用的虛字都類聚在第四卷開頭，而這些字的聲母都屬於喉音，如惡、烏屬影紐，侯、遐、瑕、號、曷、害、盍、蓋、闔屬匣紐，何屬

---

22 同註14，頁2，王念孫敘。

23 王力：《中國語言學史》（太原市：山西人民出版社，1981年），頁162。

24 （清）王引之：《經傳釋詞》（臺北市：世界書局，1956年），頁44。

匣紐，與侯、遏諸字為雙聲，與惡、烏為旁紐雙聲，故可通用。王了
一先生說：

> 王引之在《經傳釋詞》中，雖沒有明顯地主張聲近義通，實際
> 上仍然貫徹了這個原則。試看他的詞條安排：卷一、卷二是
> 影、喻母字；卷三、卷四是影、喻、曉、匣母字；卷五是見系
> 字；卷六是端系字；卷七是來、日母字；卷八是精系字；卷九
> 是照系字；卷十是脣音系字。這決不是只為了檢查的便利，主
> 要是為了體現聲近義通的原則。[25]

如果進一步考察惡、烏諸字的古韻，惡、烏、遏、瑕屬魚部，侯屬侯
部，魚侯旁轉；害、盍屬月部；盍、蓋、闔屬盍部，月、盍通轉，其
關係就更密切了。那麼，惡、烏、曷、盍諸字不僅意義相同，而且聲
近韻通，在語源上也有密切關係，這不就等於是一個虛詞的詞族嗎？
後代章太炎先生的語根研究，王了一先生的同源詞研究，可說都濫觴
於王氏父子。胡繼明《廣雅疏證同源詞研究》一書所歸納、分析的同
源詞多達三七六組，數千字，而「害、曷、胡、盍、何」正是其中的
一組，[26]可見，在同源詞的研究史上，王氏父子真是厥功至偉。

四　虛詞與同源詞研究的深化

　　清代以前，文法研究以虛字為主，而《經傳釋詞》可說是群山中
的一座高峰，在因聲求義，系聯同源詞，乃至於每一虛詞詞義的論
斷、相關虛字的窮源竟委等方面，雖然成績斐然，但對虛字的性質、

25　同註23，頁164。
26　胡繼明：《廣雅疏證同源詞研究》（成都市：巴蜀書社，2003年），頁564-565。

作用還是無法深入探討。到了清末馬建忠《馬氏文通》引進西洋文法理論之後,詞類的區分、構詞的探討、句法的剖析,才有了長足的進步。如楊樹達《詞詮》一書,仿《經傳釋詞》之體,每一字先區分其詞類,次說明其義訓,例如曷分為:

（一）疑問形容詞:何也。

（二）疑問代名詞:《說文》:「曷,何也。」

（三）疑問副詞:為「為何」、「何故」之義。

（四）疑問副詞:為「何不」之義。《爾雅》云:「曷,盍也。」郭注云:「盍,何不也。」

（五）反詰副詞:豈也。[27]

盍、闔分為:

（一）疑問副詞:用與「何」同。《廣雅》曰:「盍,何也。」按實為「為何」、「何故」之義。

（二）反詰副詞:何不也。實為「何不」二字之合聲。[28]

每一義訓之下,均舉例以明之。可說將訓詁學和文法學結合為一。材料豐富,體系井然,不僅有學術性,且具有實用價值。唯全書依國語注音符號為次,雖便於尋檢,卻較難看出虛詞之同源關係。且其說解有時難免有可待商榷之處,如盍字下謂「實為『何不』二字之合聲。」裴學海《古書虛字集釋》就說:

---

27 楊樹達:《詞詮》(臺北市:臺灣商務印書館,1977年臺三版),卷三,頁34-35。

28 同前註,卷三,頁36。

「曷」為「何弗」之合聲，故「曷」字為「何不」之義。曷又
聲轉作「盍」，故「盍」字亦為「何不」之義。《詞詮》謂
「盍」字為「何不」之合聲，失之。（古韻「不」字在「之」
部，「盍」字在「盍」部，非疊韻。且「之」、「盍」韻遠，
「盍」焉得為「何不」之合聲乎？）[29]

從古音立場對楊氏合聲之說進行了糾謬的工作，真是前修未密，後出
轉精。到了何樂士等的《古漢語虛詞通釋》出版之後，[30]虛字的研究
益臻精密，可說難以復加了。

　　民國以來，在同源詞的研究方面，經過章太炎先生《文始》、高
本漢《漢語詞類》等的辛勤拓墾，到了王了一先生的《同源字典》，
總算有了豐碩的成果展現。該書共收一〇三三組，三一六五字，以古
韻二十九部之先後為次，在盍部匣母提到：

　　hai何：hat曷（害）（歌月對轉）
　　hat曷：hap盍（月盍通轉）
　　hai何：ha胡（歌魚通轉）[31]

然後以千餘字詳細考證何、曷（害）、盍、胡各字所以同出一源之
故。對於同源字的斷定，王氏的標準是相當嚴格的。首先必須在語音
上具有相近或相同的關係（韻部、聲母都必須相同或相近）；其次，
在意義上也具有相近或相關的關係；最後，必須具有同一來源。他將

29　裴學海：《古書虛字集釋》（臺北市：廣文書局，1962年），頁269-270。

30　何樂士、敖鏡浩、王克仲、麥梅翹、王海棻：《古漢語虛詞通釋》（北京市：北京出
　　版社，1985年）。

31　王力：《同源字典》（臺北市：文史哲出版社，1983年），頁435。

三種情況排除在同源詞之外，即：（1）聲音沒有關係的同義字（如關與閉），（2）通叚字：（如蚤與早），（3）異體字（如線與綫）。[32]王引之所系聯的十二個虛詞詞族，到了他的手中，只簡選了五個，而將烏、惡a、安an、焉ian另獨立為一組，[33]分合之際，格外嚴謹。可見同源字的研究至此又進入一個新的階段，可以幫助人們更確切地了解詞的本義，更準確地理解字義，在漢語史的研究上深具意義，宜乎王先生稱之為「新訓詁學」。[34]

五 結語

訓詁的步驟，依時代先後為：求證據、求本字、求語根；訓詁的方法，主要為以形索義、因聲求義、比較互證。其中，求證據有賴於比較互證，而求本字、求語根則是因聲求義的兩項重要工作。《爾雅‧釋言》：「曷，盍也。」係採物以類聚的歸納法，以同義詞為訓的方式表述出來的一個訓列，這就是所謂的求證據和比較互證。到了漢魏，《小爾雅》、《廣雅》對《爾雅》的訓釋都有所補充，而呈現「害、曷、胡、盍、何也」的訓列，也還是比較互證的運用。東漢許慎的《說文解字》改採以形索義的方法，對曷、盍等字都透過形、音、義的詮釋，來探求其本義，讓我們對每一個虛字的由來，到底是本形本義、實詞虛化還是同音通叚都有探討的線索，這種方法一直到明代為止，都是訓詁最重要的方法之一。但終究為字形所限，常有盲點。到了清代，隨著古音學說的發達，因聲求義逐漸成熟，而比較互證的運用也更為靈活，所以邵晉涵的《爾雅正義》、郝懿行的《爾雅

---

32 同前註，〈同源字論〉，頁5。

33 同前31，頁120，魚部影母。

34 同前31，〈同源字論〉，頁43-45。

義疏》在《爾雅》的訓釋上，比起前人有更輝煌的成績。王念孫、王引之父子尤精通古音之學，專擅審辨詞氣，他們「就古音以求古義，觸類引申，不限形體」，不僅解決了許多前人無法解決的問題，而且透過聲近義通的原則，在《經傳釋詞》中，將惡、烏、侯、遏、瑕、號、曷、害、盍、蓋、闔、何十二個字組合成一個虛詞詞族，對後代的虛字和同源詞的研究都產生了深遠的影響。民國以來，楊樹達《詞詮》、裴學海《古書虛字集釋》等對虛字的探討益臻精密；章太炎《文始》、高本漢《漢語詞類》、王了一《同源字典》等對同源詞（也就是語根）的研究也更為深刻，這都是「前修未密，後出轉精」的表現。現在，隨著地下文物的不斷出現，新方法、新工具的不斷推陳出新，訓詁學的研究已到了新的階段，我們相信未來的前程應是無限寬廣。

──原載於中國訓詁學會、玄奘大學主辦「第八屆訓詁學
研討會論文」（2007年），頁1-7。

論考釋《爾雅》草木蟲魚鳥獸之方法

一　前言

　　《十三經》是中國文化的百科全書，內容包羅萬象，其中《爾雅》本為《五經》之津梁，九流之通路，卻又躋於群經之列，地位既特殊又重要。它不僅是古代訓詁名物的總匯，也是研究古代社會科學和自然科學的重要資料。像〈釋草〉以下七篇，臚列植物三三○種、動物三四○種，不啻集先秦生物學之大成，除了解釋草木蟲魚鳥獸的名稱外，對其形體特徵與習性偶亦有精簡的說明。可以廣博物之知識，可以知詩人之比興，的確稱得上是語言文化學的寶典。所以從漢代犍為文學、劉歆（子駿，？-西元23年）以降，歷代注家踵繼不絕，考釋資料也幾乎可以汗牛充棟。這些一方面固然充分顯現先賢的智慧與努力，另一方面卻也暴露了不少時代的侷限與缺點。在自然科學和語言文字學都十分發達的今日，我們實有檢視這些文化遺產，去蕪存菁，重新加以考釋與研究的必要。這時如何去吸收前賢的研究方法，並配合時代的脈動，補充一些新方法就顯得十分重要了。基於這樣的理念，用敢不揣淺陋，草就本篇論文，來就正於方家，並聊供同道參考。

二　校正譌誤

　　由於時空的隔閡，古典文獻多古音、古義、古字，而古語、借字

也屢見不鮮，解讀本來就不容易。再加上流傳的過程，不知經過多少次的傳鈔、刻版與排印，每經過一人之手，就可能會產生一些錯誤，長期累積下來，往往魯魚亥豕，俯拾皆是。這對讀者的閱讀，真是造成莫大的障礙。所以在考釋古書之前，必先經過精心的校勘，儘可能恢復原書的本來面目，才有可能去探索作者的原意。

　　漢魏時期，《爾雅》注家有犍為文學、劉歆、樊光、李巡、孫炎（叔然）等人，其著作均已亡佚。今日所見最早而完整的著作當數郭璞（景純，西元276-324年）的《爾雅注》，郭書校勘衍文訛字雖只八處，但其書能成為後代所有注家共同採用的底本，其本身應該已是參考眾本校理出來的善本。只是《爾雅》本身奧衍難讀，郭氏未能發現訂正的錯誤自然也不在少數，再加上後代傳抄的謬誤及研究者強作解人的附會，《爾雅》值得校正的空間仍然不下於其他古書。所以後代注家在從事考釋之際，往往會進行「審定經文，增校郭注」[1]的工作，甚至還出現不少以校勘為主的著作，如顧廷龍、王世偉合著的《爾雅導讀》所著錄的就有盧文弨（召弓，1717-1795）、阮元（伯元，1764-1849）、王引之（伯申，1766-1834）、江藩（子屏，1761-1830）、錢坫（獻之，1744-1806）、胡承珙（景孟，1776-1832）、嚴元照（修能，1773-1817）、繆楷、俞樾（蔭甫，1821-1906）、朱亦棟、于鬯、汪柏年等十餘家，　足見校勘工作在《爾雅》學的研究當中具有舉足輕重的地位。

　　要從事校勘工作，首先必須了解古書致誤的根源，也就是古書錯誤的類型，主要有四種：

1　邵晉涵：《爾雅正義》，收入《皇清經解》（臺北市：復興書局，1961年），卷504，頁5573。

（一）訛誤

文字發生錯誤，可能是形近而譌、音近而譌、或一字誤為兩字，二字誤為一字、或涉上下文而誤，如〈釋草〉：「葭，華。」「華」當作「葦」，形近而訛；「釋木」、「槐、小葉曰榎。」「槐」當作「楸」，此涉上文「懷槐」、「守宮槐」而誤；〈釋鳥〉：「鷹，鶆鳩。」「鶆」當作「鷞」，形近而訛。

（二）缺脫

有文字漏掉，包括脫字、脫句、脫行、脫頁、脫簡，又稱「奪文」或「闕文」。如〈釋草〉：「卉，草。」「草」上奪「百」字；又：「莪，蘿。」蘿下奪「蒿」字；〈釋畜〉在「羊屬」之後、「狗屬」之前奪「豕屬」：「豕子豬，牝豝。」三十六字，蓋後人疑與〈釋獸〉文重複而誤刪。

（三）增衍

有文字誤增，或涉上文而衍，或涉下文而衍，或涉注文而衍，或涉篇名而衍，或臆改而衍，或妄增而衍，又稱「羨文」。如〈釋草〉：「時英，梅。」「時」字衍；〈釋鳥〉：「桑鳸竊脂，棘鳸竊丹。」「桑鳸竊脂」四字涉上文而衍；〈釋獸〉：「豕子豬。」「子」字涉上文「兔子嬎」而衍。

（四）錯位

上下文字顛倒，前後次序錯亂。包括倒文、錯簡、相鄰文字互錯其位、正文、注文相混等。如〈釋木〉：「榆，白枌。」當作「枌，白榆。」上下顛倒；〈釋草〉：「椴，木槿；櫬，木槿。」係〈釋木〉文錯簡；〈釋言〉：「荄，薆也。」係〈釋草〉文錯簡。

　　「工欲善其事，必先利其器」，著手校勘之前，除了要了解古書錯誤的癥結，並精研所校之書外，還須廣泛蒐集用以比勘與佐證的資料，包含本書的異本、他書的引文及相關的資料。如阮元的《爾雅注疏校勘記》，所採用的唐、宋、元、明本共十四種，而嚴元照的《爾雅匡名》所徵引之書則有郭璞、陸德明（名元朗〔以字行〕，西元556-627年）、邢昺（叔明，西元932-1010年）等數十家，他們在《爾雅》校勘方面，成果都十分豐碩。

　　至於校勘的方法，近世最為通行者厥為陳垣（援庵，1880-1971年）的「校法四例」，這四種方法對《爾雅》而言，也是一體適用：

（一）對校法

　　即以同書之較古或精善之版本為底本，持與其他版本對讀，遇不同之處則注於其旁。又稱「版本校」。如：

1　〈釋草〉：「茛，葷草。」郭注：「即烏頭也，江東呼為葷，音靳。」

　　　邵晉涵云：「監本脫『音靳』二字，今從宋本增補。」[2]

2　〈釋鳥〉：「鶅齒艾。」

　　　阮元云：「唐石經、雪牕本同。嚴元照云：『齒亦當作鶅，鳥名。鶅艾猶蟲名鶅桑。』其說非也。」[3]

2　邵晉涵：《爾雅正義》，收入《皇清經解》卷517，頁5726。

3　阮元：《爾雅校勘記》（臺北市：藝文印書館《十三經注疏》本，1989年），卷10，頁197。

這種方法往往只校異同，不校是非，是最客觀、最機械也最穩當的做法。

（二）本校法

即以本書校本書，在本書內部尋找證據，如根據目錄與正文、附錄、注文與正文、上下文意，用韻情況等互相參校，以發現並改正訛誤。如：

1 〈釋草〉：「葭，華。」

阮元云：「按華當作葦，字之誤也。……郭注：『葭，葦』云：『即今蘆也。』注『葭，蘆』云：『葦也。』正彼此互證。」[4]

2 〈釋魚〉：「元貝，貽貝。」

王引之云：「《釋文》：『貽，顧餘之反，又作胎，他來反。』……作胎者是也，胎，黑色也。……《藝文類聚》寶部下引《爾雅》正作胎，胎與貽字相似，上下文又有貝字，故胎譌作貽。[5]

此種方法利用同書前後文字的語言與思想內容的內在聯繫進行校勘，可靠性頗高，但須對本書融會貫通，十分熟悉，才能得心應手。

（三）他校法

即根據其他文獻與本書內容相關的記載，與本書互相參證，以發現並改正訛誤。如：

---

4 阮元：《爾雅校勘記》，卷8，頁22。
5 王引之：《經義述聞》（臺北市：廣文書局，1963年），頁681。

1 〈釋木〉：「櫠樸，心。」

> 郝懿行云：「《詩》：『林有樸櫠』《正義》引孫炎曰：『樸櫠，一
> 名心。』某氏曰：『樸櫠，橀魃也，有心能濕，江河間以作
> 柱。』是《爾雅》古本依《詩》作樸櫠，惟《釋文》誤倒作櫠
> 樸，今本仍之，宜據《詩》以訂正。」[6]

2 〈釋獸〉：「猱蝯善援。」

> 阮元云：「按《釋文》知此經舊作猨，從犬。《說文》虫部云：
> 『蝯善援。』故《五經文字》、唐石經皆定作蝯。」[7]

此種方法範圍較廣，用力較勞，卻可以補對校法、本校法的不足。

（四）理校法

　　即推理的校勘，是遇到無古本可據，或數本互異，而無所適從
時，以文理、事理、義理為導向，以分析、綜合為手段，從語言、體
例、史實等方面尋找可供推理的依據。如：

〈釋草〉：「葵，蘆萉。」郭璞注：「萉宜為菔。蘆菔，蕪菁屬。
紫華大根。」

> 王引之云：「菔、萉字形相似，郭說似得之矣。及以《爾雅》
> 異物同名之例求之，而後知其不然也。《爾雅》所釋，或蟲與
> 鳥同名，密肌繫英、翰天雞是也；或木與蟲同名，諸慮山累、

---

6 郝懿行：《爾雅義疏》（臺北市：中華書局《四部備要》本，1966年），下之二，頁
　15。
7 阮元：《爾雅校勘記》，卷10，頁12。

諸慮奚相是也；或草與蟲同名，莪蘿之與蛾羅、虴蜶之與虴
蜙、果贏之與果蠃、蘆萉之與蠦蝛是也。凡此者，或同聲同
字，或字小異而聲不異，蓋物之同名者往往有之，故觀於蠦
蝛，而知蘆萉之必不誤也。」[8]

陳玉澍云：「〈釋蟲〉之七蜩、五蠡、四螳、四蠒；〈釋魚〉之
十貝、十龜；〈釋鳥〉之五鳩、三鷗、七鳳；〈釋獸〉之十三鼠
皆以類相從，不以異類廁乎其間。唯〈釋鳥〉之十四雉，而盧
諸雉之下，鷣雉之上有『鷩舂鉏』三字，致盧諸雉與鷣雉不相
接貫，遂不辨其為雉之種類。……知『鷩舂鉏』三字，古本當
在鷩唐鷵之下，盧諸雉之上，今本係錯簡。」[9]

以上二例，皆根據詞例進行考證，其法最為高妙，但也最為危險，使
用時要慎重。

三　辨別名實

　　先秦諸子語言觀的核心是「正名」、「辨名實」，如孔子（仲尼，
西元前551年-西元前479年）說：「必也正名乎？」[10]《墨子‧墨經
上》說：「名實耦，合也。」[11]身為中國第一本辭書的《爾雅》，自然

8　王引之：《經義述聞》，頁670。

9　陳玉澍：《爾雅釋例‧錯簡宜正例》，《爾雅詁林敘錄》（武漢市：湖北教育出版社，
　　1998年），頁975。

10　《論語‧衛靈公》，朱熹：《四書章句集注》（臺北市：大安出版社，1994年），頁196。

11　孫詒讓：《墨子閒詁》，收入《墨子大全》第17冊（北京市：北京圖書館出版社，
　　2002年），頁499。

以釐清事物的名實作為首要之務。[12]只是「名無固宜」、「名無固實」,[13]名實之辨並不是那麼容易的事,因為名物受到時間、空間變化的影響,有古今、雅俗之異,以致產生許多名實相混的現象,誠如鄭樵所云:「物之難明者,為其名之難明也。名之難明者,謂五方之名既已不同,而古今之名亦自差別。」[14]如果進一步追究名實之混淆,可發現主要表現在:

(一)同名異實

同一個名稱,所指的對象卻有不同,少則二物,多則數物,此為多義詞的一種,如:

〈釋草〉:「櫬,木槿。」〈釋木〉:「櫬,梧。」

〈釋蟲〉:「密肌,繼英。」〈釋鳥〉:「密肌,繫英。」

〈釋鳥〉:「雉,絕有力奮。」〈釋畜〉:「(羊)絕有力奮。」

又:「(雞)絕有力奮。」

同名為櫬,或指木槿(草名),或指梧桐(木名);同為密肌,或指蟲名,或指鳥名;雉、羊、雞之特別強壯有力者都名之為奮。

(二)異名同實

不同的名稱,所指的對象卻是相同,少則二名,多則數名,此為同義詞的一種,如:

---

12 邵晉涵說:「《爾雅》所為作者,正名協義,究洞聖人之微恉,俾學者軌於正道也。」參邵晉涵:《爾雅正義》,收入《皇清經解》卷504,頁5573。

13 《荀子‧正名》,王先謙:《荀子集解》(北京市:中華書局,1988年),頁420。

14 鄭樵:《通志‧昆蟲草木略》(臺北市:中文出版社,1978年),卷75,頁865。

〈釋草〉:「椴,木槿;櫬,木槿。」

〈釋魚〉:「蠑螈,蜥蜴;蜥蜴,蝘蜓;蝘蜓,守宮也。」

〈釋鳥〉:「倉庚,商庚。」（郭璞注:「即鸝黃也。」）又:「鵹黃,
楚雀。」

同為木槿,既稱為椴,又稱為櫬;同為守宮,又有蠑螈、蜥蜴、蝘蜓
等異稱;同為鸝黃,又有倉庚、商庚、楚雀等異名。

(三) 共名專名相混

事物的大類叫作共名（或總名）,從大類分出的小類或個別事物
的名稱叫作專名（或別名）,二者所指範圍本有大小之分,卻常有相
混的現象,如:

〈釋鳥〉:「鷹,鶛鳩。」

〈釋畜〉:「羊:牡,羒;牝,牂。」

鷹之種類極多,鶛鳩只是其中之一,而稱之為鷹;羊依色分白羊、黑
羊（夏羊）、黃羊（羖羊）等,但「羊:牡,羒。」僅指白羊而言。

以上這些例子,只是就《爾雅》本文而言,如果擴大到歷代注家
考釋的資料,那問題就更複雜了。不過,注家的責任也就在儘量將各
種名物的異稱鉤稽出來,並且竭力使名實相符。邵晉涵曾說:

> 草木蟲魚鳥獸之名,古今異稱,後人輯為專書,語多皮傳。今
> 就灼知副實者,詳其形狀之殊,辨其沿襲之誤,其未得實驗者,
> 擇從舊說,以近古為證,不敢為億必之說,猶郭氏志也。[15]

---

15 邵晉涵:《爾雅正義・序》,收入《皇經清解》,卷504,頁5573。

他所表達的正是自古以來一般注家共同的心聲。只是邵氏的努力並不
盡如人意，黃侃（季剛，1886-1935）先生曾批評他「其辨物則簡略
過甚，又大抵不陳今名。」[16]即使後出轉精的郝懿行（恂九，1755-
1823）《爾雅義疏》也沒有完全成功，對此，張永言曾有所批評：

> 《爾雅義疏》在郝氏最擅長的草木蟲魚鳥獸的考釋方面，也並
> 非沒有缺點。……對草木鳥獸的「名義」往往缺而不論。……
> 另一方面，郝氏對事物名義進行解釋時又多半不正確或不可靠
> 的。……此外，郝氏解釋事物名義有時異說歧出。[17]

足見名實的考辨殊非異事，但在語言學及自然科學都有長足進步的今
日，此一領域的發揮空間實已倍加寬廣，如徐朝華注〈釋魚〉：「蠑
螈，蜥蜴。蜥蜴，蝘蜓。蝘蜓，守宮也。」說：

> 根據現代動物學分類，蠑螈為兩棲動物，蝘蜓和蜥蜴（包括守
> 宮）為爬行動物，蝘蜓屬石龍子科，守宮屬壁虎科。蠑螈、蝘
> 蜓、蜥蜴（守宮）本非一物，但在古代，則因其形體有相似之
> 處而把它們看成是同一種動物的不同名稱。[18]

較諸邵、郝舊注，徐氏的分辨顯然更為明晰。此類名實的釐清，必須
依靠對動、植物本質的精確描述，而不能使用簡單的異名對位。

---

16 黃侃：〈爾雅略說〉，《黃侃論學雜著》（臺北市：學藝出版社，1969年），頁394。
17 張永言：〈論郝懿行的爾雅義疏〉，《中國經學史論文選集》（臺北市：文史哲出版
　社，1993年），頁584-585。
18 徐朝華：《爾雅今注》（天津市：南開大學出版社，1987年），頁312-313。

四　因聲求義

　　訓詁的方法主要有三種：以形索義、因聲求義、比較互證。[19]許慎（叔重，西元58-147年）《說文解字》採取以形索義的方法，分析字形，探求本義，獲得輝煌的成績，也產生了深遠的影響。因聲求義雖濫觴於漢代的聲訓，滋長於宋代的右文說，但直至清代音近義通理論的建立，才成為古籍訓解的主要方法，像段玉裁（若膺，1735-1815）的《說文解字注》、王念孫（懷祖，1744-1832）的《廣雅疏證》、郝懿行的《爾雅義疏》所以能鼎足而立，成為清代小學三大名著，就是因為他們善用因聲求義，多所突破的緣故。尤其是《爾雅》，屬於辭書，與字書《說文》性質不同，使用的研究方法自然也應有所差別，因聲求義的使用，對於《爾雅》的研究不啻如魚得水，所以清代以降的《爾雅》學也就有了長足的進步。

　　因聲求義運用的範圍相當廣泛，其與名物考釋有關者，除找出聲誤，加以校正外，至少可包括：

（一）考物名

　　事物的命名旨在透過語言表現命名者的意圖，因此，名物的由來常常可以透過語言的探索去加以追溯，此即訓詁學上所謂的「推因」。如劉師培（申叔，1884-1919）以為蟲屬命名之例有十二，其中蟋蟀、蜈蝷以自鳴之聲名；蛾、羅、強、蚚以音近得名；莫貈即蜉，以切語得名；翳桑即蠰，以合音得名，皆與語言有關。[20]李海霞也

19　詳見陸宗達、王寧：《訓詁方法論》（北京市：中國社會科學出版社，1983年），頁20-28。

20　劉師培：〈爾雅蟲名今釋自序〉，《劉申叔先生遺書》（臺北市：大新書局，1965年），頁535。

說：「鳥獸蟲魚四大部動物名，除去擬聲命名的，筆者已考釋出六○
二個形聲字。……統計顯示，約百分之九十的形聲字的聲符可以提示
語源義（其實是聲象），說明聲符帶義絕不是少數現象。」[21]早在漢
代，小學名著如許慎《說文》、劉熙《釋名》，就喜歡利用聲訓的方式
來推究事物得名的原因，連《爾雅》也有「蝯，善援。」（〈釋獸〉）、
「黃白，騜。」（〈釋畜〉）、「黑脣，犉。」（〈釋畜〉）之類。這種方式
固然常有牽強附會之處，但合理可信者也不在少數，所以清代學者在
考釋物名時也常使用，如：

1　〈釋木〉：「楓，欇欇。」

> 王引之云：「楓之言風也。《廣雅》曰：『風，動也。』楓木厚
> 葉弱枝而善動，故謂之楓。」[22]

2　〈釋蟲〉：「食苗心螟。」

> 郝懿行云：「螟者，《春秋‧隱五年》螟《正義》引舍人曰：
> 『食苗心者名螟，言冥冥然難知也。』……今食苗心小青蟲長
> 僅半寸，與禾同色，尋之不見，故言冥冥難知。」[23]

由於楓厚葉弱枝，遇風善動，所以稱之為楓；因為螟體小色青，幽冥
難明，所以稱之為螟，這些例子在道理上都是講得通的。

（二）求語源

　　陸宗達（穎明，1905-1988）云：「探求名物的來源，義要繫同

21　李海霞：《漢語動物命名研究》（成都市：巴蜀書社，2002年），頁226。

22　王引之：《經義述聞》，頁674。

23　郝懿行：《爾雅義疏》下之三，頁14。

源，字要明叚借，都需要以聲音為線索，所以它是『因聲求義』方法的一種綜合的特殊的運用。」[24]所謂「義要繫同源」就是要探討音義皆近，音近義同或義近音同的同源詞。在同源詞的體系中，無論源詞或滋生詞、同源詞之間都有聲近義通的關係，所以透過字根與語根去加以探討，是最便捷的途徑：

〈釋畜〉：「青驪繁鬛騥。」

> 王引之云：「蕃繁古字通，繁者，白色也，讀若老人髮白曰皤。……繁與皤同義，白蒿謂之繁，白鼠謂之鼨，馬之白鬛謂之繁鬛，其義一也。」[25]
>
> 王力云：「小犬為狗，小熊、小虎為豿，小馬為駒，小犬為羔，四字同源。《爾雅·釋獸》：「未成豪，狗。」……《玉篇》：『豿，熊虎之子也。』字亦作『狗』。《爾雅·釋獸》：『熊虎醜，其子狗。』……《說文》：『駒，馬二歲曰駒。』……《說文》：『羔，羊子也。』……《爾雅·釋畜》：『牛，其子犢。』郭注：『今青州呼犢為牰。』」[26]

蕃、皤、鼨從番得聲，繁從緐得聲，都各有其字根，但它們的古音，繁、緐、蕃、鼨屬並紐元部，皤屬並紐歌部，元、歌對轉相通；它們的字義，無論施之於人或施之於動植物都有白色之意，所以從語根來說，它們都是同源詞。狗、豿、駒同屬見紐侯部，羔屬見紐宵部，牰屬曉紐侯部，見、曉旁紐雙聲、侯、宵旁轉，各字都是動物之小者，所以也是同源詞。

---

24 陸宗達、王寧：《訓詁方法論》，頁94。

25 王引之：《經義述聞》，頁689。

26 王力：《同源字典》（臺北市：文史哲出版社，1984年），頁182-183。

（三）破叚借

在字書尚未普及甚至根本沒有標準字書的古代，用字時以音同或音近的字來替代是十分普遍的現象。如果按照字面去理解，往往會望文生訓，惟有破叚借字，易以本字，才能怡然理順。所以自古以來，叚借字的解釋成為訓詁學家的頭等大事，《爾雅》名物的考釋自然也不例外，如：

1 〈釋草〉:「瓝樓瓣。」

郝懿行云:「通作壺,《詩》:『八月斷壺』《傳》:『壺,瓝也。』又通作華,〈郊特牲〉云:『天子樹瓜華。』鄭注:『華,果蓏也。』是華讀為瓝,瓝、華古音同也。」[27]

2 〈釋草〉:「芐,地黃。」

王引之云:「邵曰:『〈公食大夫禮〉記云:「鉶芼,牛藿,羊苦,豕薇。」鄭注云:「今文苦為芐。」是古者用以芼羹也。』引之謹案:古人飲食,無用地黃者,芐乃苦之借字,謂以苦菜芼羹也。」[28]

瓝、壺、華古音同屬匣紐、魚部,〈釋草〉用本字,《詩‧豳風‧七月》作壺,《禮記‧郊特牲》作華,都是叚借字。芐,古音為匣紐、魚部,苦為溪紐、魚部,韻部相同,聲紐匣溪旁紐雙聲。《儀禮‧公食大夫禮》的苦為本字,今文作芐,為叚借字,邵晉涵以〈釋草〉地黃釋之,不得其解,王引之正之,甚是。

---

27 郝懿行:《爾雅義疏》下之一,頁4。
28 王引之:《經義述聞》,頁671-672。

（四）明連語

　　草木蟲魚鳥獸之名常以連語構詞。連語又稱聯綿詞，是只有一個詞素的雙音節衍聲複詞。在字音方面，上下二字往往有雙聲或疊韻的關係；在字義方面，不可分開來解釋；在字形方面，靈活多變而不固定，有時甚至可以倒言、單用、重疊。古人不曉得它與含有兩個詞素的合義複詞迥然不同，常常望文生訓，鬧了許多笑話，到了清儒以降，對連語才有較清楚的認識，所以考釋名物亦較能得其確解：

〈釋草〉：「其萌虇蕍。」〈釋蟲〉：「蠸輿父，守瓜。」〈釋詁〉：「權輿，始也。」

> 王國維云：「案，權及權輿皆黃色之意。黃華、黃英，雅有明文。蟲之蠸輿父，注以為瓜中黃甲小蟲。是凡色黃者謂之權，長言之則為權輿矣。余疑權即蕇之初字。《說文》：『蕇，黃黑色也。』《廣雅》：『蕇，黃也。』今驗草木之萌芽無不黃黑者；故蒹葭之萌謂之虇蕍，引申之則為凡草木之始。……始之義行而黃之義廢矣！」[29]

　　古音虇、蠸、權同屬群紐元部，蕍為餘紐侯部，輿為餘紐魚部，侯魚旁轉相通，故虇蕍、蠸輿、權輿是音近義近的聯綿詞，單言則為權，長言則為權輿。原為黃色之意，可通用於蟲草，引申為草木之始，厥後始之義行而黃之義廢。郭璞《注》不知其為聯綿詞，在〈釋草〉中將虇蕍二字割裂為二條，邢昺從之。邵晉涵《正義》據《說文》一下屮部始將二字連讀，而王國維所解最為明晰。

---

29 王國維：《觀堂集林・爾雅草木蟲魚鳥獸釋例》（臺北市：河洛圖書出版社，1975年），卷5，頁224。

（五）通轉語

　　所謂轉語就是同一個語根，由於「時有古今，地有南北」所產生的音變現象，也就是原語根的分化語，其音或雙聲而韻轉，或疊韻而聲變，而其義則仍然相通無阻。如此說來，轉語與同源詞不啻一體的兩面，只不過同源詞來自西方語源學的概念，側重於同與源，轉語則是傳統訓詁學的術語，側重於流與變而已。清代戴震（東原，1724-1777）的《轉語二十章》、程瑤田（易田，1725-1814）的〈果臝轉語記〉、王念孫的《廣雅疏證》都是斐然有成的名著，其見於《爾雅》名物考釋的如王引之云：

> 古者庶物之名多取雙聲疊韻。去蠪疊韻字也，去字古音在魚部，蠪字古音在幽部，古魚幽二部之聲相為出入，故去蠪疊韻。……再以轉語求之，去鼓聲相近，故去蠪轉為鼓造。……去屈聲之轉，故去蠪又轉屈造。……去蠪，魚幽二部之疊韻也，其魚部自為疊韻，則曰去甫；幽部自為疊韻，則曰蜦蠪。……蠪蠬同字，故去蠪亦作去蠬。《說文》蠬字注用《爾雅》之文，曰：「去蠬，詹諸也。」又釋之曰：「其鳴詹諸；其皮蠬蠬，其行去去。」去與諸為韻，蠬與諸、去為合韻，則其字之作去甚明。去去之言祛祛也。《莊子·應帝王篇》：「泰氏，其臥徐徐。」崔譔本作祛祛，司馬彪注曰：「徐徐，安穩貌。」則怯怯亦安舒貌矣！蟾諸之行，徐徐然不迫，故謂之去去。[30]

古音去屬溪紐魚部，蠪屬從紐幽部，魚幽次旁轉相通，二字構成疊韻聯綿詞。因聲紐或韻部的流轉，孳乳了鼓造、屈造、去甫、蜦蠪、去

30　王引之：《經義述聞》，頁680。

黿等聯綿詞。這些詞的字形儘管變化不定，其意思都是指蟾諸（蟾蜍）而言。王引之不為字形所惑，因聲求義，所以能將各詞的來龍去脈講得如指諸掌。

　　因聲求義就古音以求古義，確實解決了不少以形索義所無法解決的問題。唯必須對古音具有相當認識，始克為功。乾嘉學者所以能在因聲求義方面取得豐碩的成果，就是因為古音之學已日漸昌明。邵晉涵《爾雅正義》已知因聲求義，而不免諸多壅隔；郝懿行《爾雅義疏》較能觸類旁通，多所證發，但古音之學終非其長。王念孫《爾雅郝注刊誤》所訂正者多達一一三條，其中與聲韻有關者即有四十八條；黃季剛先生亦多所訂補，即黃焯（耀先，1902-1984）所編次之《爾雅音訓》[31]是也。張永言曾將郝氏聲訓的缺失歸納為九點，[32]足見古音根柢的紮實與態度的嚴謹是何等重要。清儒因聲求義所以不能盡如人意，甚至被批評為濫用聲訓，無所不通，[33]其故在此。

五　比較互證

　　陸宗達、王寧曾說：「《爾雅》首創的同義詞相互比較的方法，卻成為訓詁學的一個重要方法。在此基礎上發展起來的『雅學』，又豐

31　黃侃箋識，黃焯編次：《爾雅音訓》（上海市：上海古籍出版社，1983年）。

32　張永言歸納郝氏聲訓缺點有九，如：誤用「音同」、「音近」、「雙聲疊韻」、「合聲」、「借聲」、「音轉」或「一聲之轉」來說明詞義問題；常常破壞詞的結構，特別是割裂雙音詞，以附會所謂聲轉；討論音理或古音值往往惝怳迷離，似是而非……。詳見〈論郝懿行的爾雅義疏〉《中國經學史論文選集》，頁586-591。

33　陳紱云：「要想說明某兩字有通借關係，除了聲音上的根據之外，還必須在文獻中找到它們曾經通用的其他例證，因為孤證是很難成立的。同時，語言環境的要求也是個十分重要的條件。若原詞可以講通，就不必畫蛇添足地指它為借字了。清代假借之說大明，所以輕言假借的過失多發生在清代和清以後。這是在真理的極限上又向前跨了一步，成了荒謬了。」（《訓詁學基礎》，頁195-196）

富和發展了這個方法。[34]而所謂比較互證就是「運用詞義本身的內在規律，通過詞與詞之間意義的關係和多義詞諸義項的關係對比，較其異，證其同，達到探求和判定詞義的目的。」[35]易言之，為了避免鑿空妄談，訓詁家必須從文本的本身或其他相關的文獻材料去尋找充分而有力的證據，使用歸納、演繹、比較等邏輯方法，來闡發詞義的內涵。這種方法大大拓展了古籍訓解的空間，強化了古籍訓解的可靠性。《爾雅》是訓詁學最重要的經典，在這方面的研究成果自然特別亮麗，而其表現主要是透過三個途徑：

（一）上下對勘

同一篇文章的上下文或同一本書的不同篇章，無論字義、文法、詞例、邏輯往往會有密切關係，因此將上下文字仔細比對，可以使文意顯豁，如：

1　〈釋獸〉：「寓屬。」

嚴元照云：「《釋文》云：『舍人本作虞』，案《說文》無虞字，其曰『虞屬』者，取篇中一字標之，猶下之『鼅屬』、『須屬』也。」[36]

2　〈釋草〉：「莙，牛藻。」

郭璞注：「似藻，葉大。江東呼為馬藻。」
俞樾云：「牛藻者，馬藻之異名，凡草之以馬名者，皆以大而

34　陸宗達、王寧：《訓詁方法論》，頁24。

35　陸宗達、王寧：《訓詁方法論》，頁131。

36　嚴元照：《爾雅匡名》（臺北市：新文豐出版公司《叢書集成續編》本，1991年），卷18，頁579。

名之。上文『荂，馬帚』，郝云：『馬之言大也。』然牛馬同類
之物，義得通稱。上文『茭，牛蘄。』注云：『今馬蘄』，然則
牛藻之即馬藻，猶牛蘄之即馬蘄矣！又〈釋木篇〉『終，牛
棘。』注云：『即馬棘也。』亦與此同。必分牛藻、馬藻而二
之，以郭注為誤，殆不然矣！」[37]

「寓屬」，《釋文》本作「麌屬」，乃因篇中有「麘，牡麌。」之故，
猶下文「麚屬」乃因篇中有「麋鹿曰麚」，「須屬」乃因篇中有「魚曰
須」，嚴元照係據同篇上下文例，解說《釋文》之異文有其理據。「牛
藻」，郭注以為即「馬藻」，郝懿行《義疏》不以為然，俞樾為郭氏辯
護，其所依據，除〈釋草〉上文牛蘄、馬蘄外，又取〈釋木〉之牛
棘、馬棘，證據更見堅強。

（二）群書佐證

　　除了本書證據外，其他相關的故訓，經典異文、版本異字、經傳
實例等往往也是很好的佐證材料。這些材料來自字書、類書、古籍注
疏、通人之說乃至地下文物，值得廣泛搜羅，適當取用。如此本證與
旁證相輔相成，內外系統相互參驗印證，所得結論自然更加縝密。
例如：

〈釋鳥〉：「鶪，伯勞也。」

　　邵晉涵云：「《詩疏》引李巡云：『伯勞，一名鶪，通作鵙。』
　　〈夏小正〉云：『五月鳩則鳴。鳩者，百鷯也；鳴者，相命
　　也。』〈月令〉：『仲夏之月，鶪始鳴。』鄭注：『鶪，博勞

也。』〈通卦驗〉云：『小暑，伯勞鳴。』《藝文類聚》引〈通
卦驗〉云：『伯勞性好單棲，其飛翔，其鳴嘎嘎。夏至應陰而
鳴，冬至而止。』疑連引〈通卦驗〉舊註或所見本異也。高誘
《呂氏春秋註》云：『鵙，伯勞也。是月陰作於下，陽發於
上，伯勞夏至後應陰而殺蛇，磔之於棘而鳴其上。』《淮南‧
時則訓》註云：『五月陰極於下，博勞應陰而鳴。』是鵙之鳴
不出五月，不必定在夏至之日也。〈豳風〉云：『七月鳴鵙』鄭
箋云：『豳地晚寒，鳥物之候，從其氣焉。』《詩疏》引陳思王
〈惡鳥論〉云：『伯勞以五月鳴，應陰氣而動，陽為生仁養，
陰為殺殘賊，伯勞蓋賊害之鳥也。』〈離騷〉云：『恐鵜鴂之先
鳴兮，使夫百草為之不芳。』此鳥應陰而鳴，陰氣寖進，則草
木零落，騷人預見其兆矣！」[38]

經文只有四個字，交代鵙就是伯勞，邵氏卻用了二八〇字，對鵙之異
稱、性狀，鳴時皆有詳盡的闡發，所徵引的古籍有《詩經注疏》暨引
李巡說，曹植（子建，西元192-232年）〈惡鳥論〉、《大戴禮記‧夏小
正‧傳》、《禮記‧月令》鄭玄（康成，西元127-200年）注、《藝文類
聚》引〈通卦驗〉、《呂氏春秋》高誘注、《淮南子‧時則篇》高誘
注、〈離騷〉等將近十種，這在工具書猶未發達的清代，誠非易事。後
來郝懿行《義疏》所注多襲其說，而增列《說文解字》、《左傳疏》引樊
光說、《孟子》趙岐（邠卿，西元108-201年）注、《詩‧七月》王肅
（子雍，西元192-256年）說，刪去《禮記‧月令》引〈通卦驗〉、《淮
南‧時則篇》高誘注、〈離騷〉，固然旁徵博引，更見周詳，但因襲前

38　邵晉涵：《爾雅正義》，《皇清經解》卷521，頁5771。

賢而絕口不提，在「言公」觀念盛行的古代尚且不足為訓，[39]在智慧財產權盛行的今日，當然更應注意避免。

（三）綜合推定

比較互證所涉及的不止是訓詁而已，與以形索義，因聲求義也常脫離不了關係，有時甚至還須借助於文法、修辭、校勘、義理等，所以在使用時必須將各方面的材料都靈活運用，才能宏觀而全面地考察語言現象，探索語言規律，如：

〈釋蟲〉：「蟊，打蝱。」

> 王引之云：「蟊之言尨也，古者謂雜色為尨，或借龍字為之，故蝱之赤色斑駁者謂之蟊，義與尨同也。打之言赬也，赬，赤也，蝱色赤駁，故又謂之赬蝱。《釋文》：『打，本又作虹。』《玉篇》：『虹，丑輕切，蟊虹也。』《廣韻》『丑貞切』，丑輕、丑貞之音，並與赬同。《說文》：『經，赤色也。』或作赬，或作赬，赬、打並從丁聲，故字亦相通也。《玉篇》以蟊虹二字連讀（《集韻》同），段氏《說文注》謂蟊虹為蝱之一名，讀《爾雅》者誤以打蝱為句，皆非也。『蟊打蝱』、『蟊飛蝱』，二句文同一例，若以蝱字自為句，則與上文『小者蝱』相複矣！」[40]

---

39 王念孫說：「是書用邵說者十之五六，皆不載其名，而駁郝說者獨載其名，殆於不可，況所駁又不確乎？」（《爾雅郝注刊誤》，頁20）黃季剛先生也說：「郝書席邵、臧二家之成，凡邵所說幾於囊括而席卷之。」參黃侃：〈爾雅略說〉，《黃侃論學雜著》，頁395。

40 王引之：《經義述聞》，頁678。

短短一七四字，王引之博引《經典釋文》、《玉篇》、《廣韻》、《說文》，並根據〈釋蟲〉文例，證明螕之赤色斑駁者謂之蠹，《玉篇》、《集韻》、《說文》段玉裁注之以蠹杆連讀皆非。他不但為赤螕正名，糾正舊說之誤，而且也歸納了杆、虹、䖂、頳、經都是音義相同的同源詞，可說將因聲求義與比較互證作了巧妙的整合。

六　發凡起例

　　每一本書行文往往有其體製、規律和通例，這是讀者了解該書內容的管鑰，不過先秦的書並無例言、凡例之類的文字，所以歸納古籍中的凡例，並施之於訓解，就成為訓詁家重要的工作。在《爾雅》名物的考釋中，此一現象也屢見不鮮，如：

1　〈釋草〉：「戎菽謂之荏菽。」

　　邵晉涵云：「〈釋詁〉云：『戎、壬，大也。』壬通作任，又通作荏，是戎荏皆言大也。」[41]

2　〈釋木〉：「楔，荊桃。」

　　郭璞注：「今櫻桃。」

　　俞樾云：「楔，荊桃，旄，冬桃，榹桃，山桃，蓋別桃之異種也。猶下文『休無實李』三句別李之異種；『棗壺棗』十一句別棗之異種也。櫻桃雖有桃名，實非桃類，何得以冠桃類之首？且徧考經傳，無稱櫻桃為荊桃者，竊疑桃有荊桃，猶棗有齊棗，乃桃之別種，非櫻桃也。」[42]

---

41 邵晉涵：《爾雅正義》，《皇清經解》卷517，頁5715。

42 俞樾：《群經平議》，卷35，頁7。

3 〈釋畜〉：「夏羊，牡羭，牝羖。」

> 郝懿行云：「《說文》：『夏羊牡曰羖。』又云：『夏羊，牡曰
> 羭。』此牡字誤，段氏注改牡為牝云：『羖必是牡，知羭必是
> 牝。』其說是矣！但〈釋畜〉之例，俱先牡後牝，則此當云
> 『牡羖，牝羭。』不知何時誤倒其文，蓋郭本已然矣！」[43]

名物常別之以形，而形之最顯著者莫過於大小，邵晉涵謂戎、荏皆言
大，開啟了後人思考的空間；櫻桃雖有桃名，實非桃類，俞樾因〈釋
木〉別種之條例，而疑郭注之非；《爾雅》夏羊牡牝顛倒，郝懿行據
〈釋畜〉文例及〈說文〉段注將羖羭易位。諸如此類，足見陳玉澍
所云：

> 近儒注《爾雅》者，有邵晉涵、郝懿行、嚴元照、翟灝、臧
> 庸、錢坫、錢繹、王引之、俞樾諸家，于其例皆未之及。[44]

並不盡合實情。不過，各家所闡發之條例吉光片羽，散見全書，且略
引其端，不成體系，則是不爭的事實。職是之故，後來出現的釋例專
著，如陳玉澍的《爾雅釋例》、王國維的〈爾雅草木蟲魚鳥獸釋例〉，
才會以洞見體要見重於世。陳氏之書凡三十八例，有統貫全書的通
例，有單攝某篇的專例，其中與草木蟲魚鳥獸直接相關者為〈釋草七
篇泛言例〉、〈釋草七篇專釋例〉、〈釋畜、釋獸二篇例〉，其餘各例也
往往涉及〈釋草〉七篇。王氏之文專為〈釋草〉諸篇而作，以聲音為

---

43 郝懿行：《爾雅義疏》下之七，頁7。
44 陳玉澍：《爾雅釋例・序》，《爾雅詁林敘錄》。

線索，求其條例，[45]共得七大類，即同名異實例、異名同實例、俗異
同實例、雅俗遞訓例、雅俗同稱例、以雅別俗例、以聲為義例，較之
陳氏之書，頗有突破，更是值得注意。二家之說例如：

> 泛言於篇之末者，例之正也。若蘪薇櫬采薪之屬。非篇末而亦
> 泛言者，例之變也。〈釋蟲〉之末曰：「食苗心螟，食葉蟦，食
> 節賊，食根蟊。有足謂之蟲，無足謂之豸。」蟲豸固泛言也。
> 螟、蟦、賊、蟊亦泛言也。同此一蟲，而食心則謂之螟，食葉
> 則謂之蟦，食節則謂之賊，食根則謂之蟊，不必各有一蟲也。
> 無論何蟲，凡食心概謂之螟，凡食葉概謂之蟦，凡食節概謂之
> 賊，凡食根概謂之蟊，不必專指一蟲也。郭氏始謂分別蟲啖食
> 禾所在之名，近儒皆曲為區別，與篇末泛言之例不符。《詩‧大
> 田‧正義》所引李巡、孫炎及犍為文學之說，固不如是矣！[46]
> 凡俗名多取雅之共名，而以其別別之。有別以地者，⋯⋯有別
> 以形者，形之最著者曰大、小。大謂之荏，亦謂之戎，亦謂之
> 王；小者謂之叔，謂之女，謂之婦，婦謂之負。大者又謂之
> 牛，謂之馬，謂之虎，謂之鹿；小者謂之羊，謂之狗，謂之
> 菟，謂之鼠，謂之雀。[47]

陳玉澍根據《爾雅》篇末泛言之例，以為螟、蟦、賊、蟊皆泛言，郭
璞注所謂「分別蟲啖食禾所在之名耳」，乃曲為區別；王國維在邵晉
涵「戎、荏皆言大也」、俞樾「凡草之以馬名者，皆以大而名之」等

---

45 王氏〈爾雅草木蟲魚鳥獸釋例〉原分「雅序」、「雅例」兩部分，「雅序」主張以聲
　音為線索，求其條例，收入《觀堂集林》時，刪去「雅序」。見〈王國維爾雅草木
　蟲魚鳥獸釋例〉書目提要，《爾雅詁林敘錄》，頁185。
46 陳玉澍：《爾雅釋例‧釋草七篇泛言例》，《爾雅詁林敘錄》，頁934。
47 王國維：〈爾雅草木蟲魚鳥獸釋例〉，《觀堂集林》，卷5，頁220。

前賢的研究基礎上，[48]進一步把動植物中含有大小之義者詳加網羅，得其會通，對考釋《爾雅》名物而言，確實裨益匪淺。不過，二家篳路藍縷，有待改訂補正者自然在所難免，如陳重業〈爾雅草木蟲魚鳥獸釋例補正〉即認為王氏所謂形之大者可補：曰天、曰鴻、曰龍、曰壺、曰唐、曰枹，而虎、莧非言形之大小，乃謂草、木、鳥之類有花紋（或有刺、或有毛也）。[49]至於：

〈釋草〉：「蒚，戎葵。」

> 郭璞注：「今蜀葵也。」
> 邵晉涵云：「戎，蜀皆言其大也。」[50]
> 郝懿行云：「戎、蜀皆大之名，非自戎、蜀來也。」[51]

則是舉一反三，將《爾雅》凡例運用於郭注，可以增廣讀者之見聞。

七　根據目驗

　　草木蟲魚鳥獸都是具體可見之物，只以時有古今，地有南北，言有雅俗，名實經常混淆，加上古書記載既簡略又不夠清楚，如果只根據紙面資料，往往難得真相。所以訓詁家走出書房，到田野進行實地觀察，再回過頭來，與紙面資料進行參證，實在有其必要，這就是〈大學〉所謂的「格物致知」。早在郭璞注《爾雅》時，就注意到這

---

48 見本節上文及四、（一）上下對勘。
49 原載《語苑新論──紀念張世祿先生學術論文集》（上海市：上海教育出版社，1994年），引自管錫華《爾雅研究》，頁245。
50 邵晉涵：《爾雅正義》，《皇清經解》卷517，頁5726。
51 郝懿行：《爾雅義疏》下之一，頁26。

個問題，後來的學者如陸德明、羅願（端良，1136-1184）也都有這方面的經驗，例如：

1　〈釋魚〉：「鮥，鮛鮪。」

　　郭璞注：「鮪，鱣屬也。大者名王鮪，小者名鮛鮪。今宜都郡自京門以上江中通出鱏鱣之魚，有一魚狀似鱣而小，建平人呼鮥子，即此魚也。」[52]

2　〈釋蟲〉：「果蠃，蒲盧。」

　　郭璞注：「即細腰蠭也，俗呼為蠮螉。」
　　陸德明云：「螉，烏紅反。《廣雅》云：『蠮螉，土蜂也。』案：今俗呼細腰小蜂為蠮螉，在物中作房，用土為隔，非土蜂。」[53]

3　〈釋草〉：「荇，接余，其葉苻。」

　　羅願云：「《唐本草》云是豬蓴，全為誤也。……按：荇菜，今陂澤多有，今人猶止謂之荇菜，非難識也。葉亦卷，漸開，雖圓而稍羨，不若蓴之極圓也。花則出水，黃色，六出。」[54]

到了乾嘉年間，學者特別重視名物訓詁，目驗求真的精神更加強烈，如程瑤田〈釋草小記〉（《皇清經解》卷五五二）、〈釋蟲小記〉（《皇清

52　郭璞注：邢昺疏：《爾雅注疏》（臺北市：藝文印書館《十三經注疏》本，1989年），卷9，頁165。
53　陸德明：〈爾雅音義〉，《經典釋文》（臺北市：鼎文書局，1973年），卷30，頁431。
54　羅願：《爾雅翼》（臺北市：新文豐出版公司《叢書集成新編》本，1986年），卷5，頁707。

經解》卷五五三）就有不少實際觀察記錄。段玉裁之注《說文》，則利用出宰巫山縣的機會進行田野調查；王念孫之疏證《廣雅》，也培養了不少標本，供其觀察。郝懿行的《爾雅義疏》所以能超軼邵晉涵的《爾雅正義》，除了「就古音古義中博其旨趣」外，就是因為「今茲疏中，其異於舊說者皆經目驗，非憑胸臆。」[55]可見目驗之重要。例如：

1 〈釋畜〉：「夏羊，牡羭，牝羖。」

> 程瑤田云：「疑牝牡二字轉寫互訛，蓋牝羭牡羖也。……凡此皆徵之群經雅記，而斷牝牡二字後人轉寫易於互訛也。余更適屠羊之肆而問之，其人曰綿羊牡曰羝，羯之則曰羖。牡者多有角，亦間有無角者，百中之數頭耳。其牝多無角，亦間有有角者，亦百中之數頭耳，然即有角亦不能如牡者之角大也。夫羖之為牡也，考之於古，既為疏通而證明之，及詢之今之屠羊者復無異詞，牡羖之說定，則牝羭之說亦從之而定。[56]

2 〈釋蟲〉：「熒火，即炤。」

> 郝懿行云：「《本草》陶注，此是腐草及爛竹根所化，初時猶如蛹蟲，腹下已有光，數日便變而能飛，陶說非也。今驗螢火有二種，一種飛者形小頭赤；一種無翼，形似大蛆，灰黑色而腹下火光大於飛者，乃《詩》所謂宵行，《爾雅》之即炤，亦當兼此二種，但說者止見飛螢耳，又說茅竹之根夜皆有光，復感濕熱之氣，遂化成形，亦不必然，蓋螢本卵生，今年放螢火於

---

55 徐世昌：〈郝蘭皋學案〉，《清儒學案》第4冊（臺北市：陽明山國防研究院中華大典編印會，1967年），頁2052。

56 程瑤田：〈改正爾雅羭羖牝牡轉寫互訛記〉，《釋蟲小記》收入《皇清經解》，卷553，頁12-14。

屋內，明年夏，細螢點點生光矣！」[57]

《爾雅》：「夏羊，牝羭，牝羖。」牝牡二字互訛，而字書韻書異說紛紜，無所適從。程瑤田既博稽群籍，加以疏通證明，又仔細諮詢屠羊者，亦無異詞，然後加以訂正。此較之只憑紙面資料者，又多了一重證據，近於王國維所謂二重證據了。「熒火，即炤」《本草》陶弘景（通明，西元456-536年）注以為是腐草及爛竹根所化，郝懿行根據目驗，證明「螢本卵生」，此在今日固為基本常識，在三百年前民間迷信瀰漫的時代也算是難能可貴了。

　　要之，目驗具有客觀實證精神，既可提升名物訓詁的可信度，又可糾正舊說的訛謬，在科學昌明的今日，宜多加發揚，程俊英、梁永昌的《應用訓詁學》高揭為訓詁方法之一，誠有識見。不過，由於時空轉移，草木蟲魚鳥獸的名實不斷變遷，而且使用此種方法的學者本身也常有知識見聞的限制。如同樣利用目驗來考辨黍、稷與高粱，程瑤田《九穀考》、邵晉涵《爾雅正義》、郝懿行《爾雅義疏》的結論都不相同，[58]可見目驗必須配合典籍考證審慎運用，它只是訓詁的輔助手段，而不能成為訓詁的主要方法。

八　描述性狀

　　字詞訓釋的方式有直訓，有義界，有推因。[59]推因屬於音訓，直訓、義界則涉及形訓與義訓。《爾雅》類聚詞彙，闡明詞義，為中國辭書之祖，其以義為訓者自然遠多於音訓，尤其是直訓，以單個同義

---

57 郝懿行：《爾雅義疏》，下之三，頁12。
58 見李慈銘同治癸酉（1873年）閏六月三十日日記，《越縵堂讀書記》，頁496。
59 黃建中：《訓詁學教程》（武漢市：荊楚書社，1988年），頁157-188。

詞直接訓釋，其類型或單詞相訓，或多詞同訓，或兩詞互訓，或數詞遞訓，或一詞數訓，[60]簡潔明瞭，更為《爾雅》所常用。唯這種方法過分簡單，缺乏發揮的空間，所以《爾雅》偶亦有以一句話或數句話去下定義，設立界說，甚至婉轉描述其性狀者，此即所謂義界。如〈釋木〉：「樅，松葉柏身。檜，柏葉松身。」〈釋魚〉：「蝮虺，博三寸，首大如擘。」〈釋獸〉：「狒狒，如人，被髮，迅走，食人。」可說已開後世義界之先河。後世之考釋《爾雅》之草木蟲魚鳥獸者為了暢所欲言，自然須多借重此種訓詁方式。

義界之類型可分為直下定義、增字為訓、兩字各訓、連類並訓、集比為訓、描寫形象、比況為訓，[61]其中尤以描寫形象對考釋名物而言，更有必要。《爾雅》多以同義詞釋名，少對動、植物進行說明，所以注疏家在異名對位之餘，如何進一步去精確描述，翔實界定，就顯得特別重要了。早在晉代郭璞注《爾雅》時即已注意及此，如〈釋木〉：「楓，欇欇。」郭注：「楓樹似白楊，葉圓而歧，有脂而香，今之楓香是。」後來如宋代陸佃（農師，1042-1102）的《埤雅》、羅願的《爾雅翼》，清代程瑤田的〈釋草小記〉、〈釋蟲小記〉、〈九穀考〉、邵晉涵的《爾雅正義》、郝懿行的《爾雅義疏》，乃至群雅、本草、農書諸類著作，更是踵事增華，竭力描摹。今即以〈釋草〉：「卷耳，苓耳。」為例，臚列各家之描繪如下：

郭璞注：「《廣雅》云：『枲耳也。』亦云胡枲。江東呼為常枲，或曰苓耳。形似鼠耳，叢生如盤。」[62]

陸璣《疏》云：「卷耳，一名枲耳，一名胡枲，一名苓耳。葉

---

60 黃建中：《訓詁學教程》，頁161-165。

61 黃建中：《訓詁學教程》，頁168-173。

62 郭璞注，邢昺疏：《爾雅注疏》卷8，頁142。

青白似胡荽，白華，細莖蔓生，可煮為茹，滑而少味。四月中
生子如婦人耳中璫。今或謂耳璫草。鄭康成謂是白胡荽。幽州
人呼爵耳。」[63]

李時珍云：「其葉形如枲麻，又如茄，故有枲耳及野茄諸名。
其味滑如茶，故名地葵，與地薔同名。詩人思夫，賦〈卷耳〉
之章，故名常思菜，張揖《廣雅》作常枲，亦通。」[64]

《救荒本草》云：「蒼耳，葉青白，類黏糊菜葉。秋間結實，
比桑椹短小，而多刺，嫩苗煤熟，水浸淘拌食，可救飢。其子
炒去皮，研為麵，可作燒餅食，亦可熬油點燈。」[65]

郝懿行云：「今蒼耳葉青黃色，圓銳而澀，高二三尺，俗言稀
見其華。子如蓮實而多刺，媆時亦堪摘以下酒。未見有蔓生
者，陸疏與郭異，郭云叢生，今亦未見。」[66]

陸文郁云：「菊科。學名：Xanthium sibiricum Patrin。一年生草
本。莖高一公尺餘。葉卵形而尖，邊緣有缺刻及鋸齒。夏日，
枝梢著綠色花；花單性，雌雄同株。小蕊花之頭狀花序，在花
莖上部；大蕊花之頭狀花序，隱於結合成囊狀之總苞內。總苞
外面全面具刺，結果以後，刺更堅硬，常鉤著衣服上。」[67]

綜觀各家描述，或博稽載籍，或出自目驗，不僅詳列異名，同時對其
形狀、大小、色味、生長過程、產地、用途等也或多或少有所描述，

---

63 陸璣：《毛詩草木鳥獸蟲魚疏》解釋《毛・周南・卷耳》：「采采卷耳」，孔穎達：
　　《毛詩正義》，卷1之2，頁8引。

64 李時珍：《本草綱目》（臺北市：鼎文書局，1973年），卷15，頁577。

65 李時珍：《本草綱目》卷15，頁578引。

66 郝懿行：《爾雅義疏》下之一，頁32。

67 陸文郁：《詩草木今釋》（臺北市：長安出版社，1975年），頁3。

使讀者得到較具體的認識，這是名物訓詁最重要的特色。[68]當然在古代，這些描述有時難免不夠精確、不夠詳盡。同時，由於名實的相混，品種的複雜，也常出現說法不一，令人無所適從的現象。所以在描述之前，必先將名實考辨清楚，否則縱有詳細的描述，也會彼此枘鑿，無法吻合。如吳厚炎云：

> 卷耳（苓耳）係石竹科植物，蒼耳（枲耳）為菊科植物，二者不可相混。大抵陸璣將二物之名混一，《廣雅》釋「苓耳」為「枲耳（蒼耳）」，郭璞又據《廣雅》并參以己見後，遂使二物之名與實難分。……《本草綱目》釋枲耳為蒼耳時，將《詩》之卷耳（苓耳）與之等同，未妥。……其實，郭注「叢生」與陸疏並不相異，正好補陸疏之不足。郭注之誤，乃在名與實不相符，即以「叢生」的卷耳混為並不叢生的蒼耳，可惜郝氏未見真正的「卷耳」（苓耳），但他懷疑「蒼耳」「叢生」卻可貴。[69]

研究古生物的困難，由此可以略窺一二。

九　繪製圖影

　　無論名物的考證如何詳盡，描述如何逼真，終究是言不盡意，無法讓讀者真正了解該項名物的真面目。所謂「百聞不如一見」，最好的方法是用繪圖或攝影的方式，將它呈現在讀者眼前，則讀者不僅可以恍然大悟，如見其物，更可按圖索驥，去找尋原物進行觀賞或研究。早在晉代，郭璞在注《爾雅》之時，就已領悟此一工作的重要

---

68 參見李海霞：〈傳統動物描寫用語解析〉，《漢語動物命名研究》，頁243-262。
69 吳厚炎：《詩經草木匯考》（貴陽市：貴州人民出版社，1992年），頁17-18。

性，所以他另撰有《爾雅圖》十卷、《爾雅圖讚》二卷，物狀難辨者，都可以披圖以別之，又用四字一句的韻語來述物之德，兼寓箴規之意，此即《爾雅注・序》所謂：「別為音、圖，用袪未寤。」[70]可惜這些著作雖曾著錄於《隋書・經籍志》，卻早已先後亡佚。現在所見的重刻影宋本《爾雅音圖》三卷，載圖六二二幅，其中〈釋草〉一七六，〈釋木〉八十，〈釋蟲〉六十四，〈釋魚〉五十六，〈釋鳥〉六十八，〈釋獸〉五十二，〈釋畜〉四十八，並非郭氏原書，據清人曾燠（賓谷，1759-1830）重刊本敘云：「其圖則宋元人所繪，甚精致，疑必有所本，即非郭氏之舊，或亦江灌所為也。」

　　繪製圖影殊非易事，以致郭氏後繼乏人，獨成絕響。倒是在《詩經》方面，清人徐鼎的《毛詩名物圖說》，日人岡元鳳的《毛詩品物圖考》，近人陸文郁的《詩草木今釋》，都是圖文並茂之作。在本草方面，明代李時珍的《本草綱目》博採實考，附有藥物圖一一〇九幅，繪製工巧傳神。清代吳其濬（瀹齋，1789-1847）的《植物名實圖考》，收入植物一七一四種，插圖一八〇〇餘幅，大多是在植物新鮮狀態時所繪，根莖葉花果，無一不逼真準確，栩栩如生，可據以鑒定科、目、種。因而德國植物學家布瑞施奈德（E. Bretschneider）《中國植物學文獻評論》譽之為中國植物學書中科學價值最高之作。[71]而近代的《中國高等植物圖鑑》、《中國本草圖錄》、《植物辭典》、《動物辭典》之類的工具書也都提供了不少有用的參考資料。諸如此類，倘能博觀約取，詳加比對，對研究者而言，也是頗有助益。今即以上節所提及的「卷耳，苓耳」為例，聊舉《爾雅音圖》、《本草綱目》、《植物名實圖考》、《毛詩品物圖考》各圖羅列於下，以供參考：

70　郭璞注，邢昺疏：《爾雅注疏》，卷1，頁5。

71　參閱袁運開、周瀚光：《中國科學思想史》（合肥市：安徽大學出版社，2001年），下冊，頁632。

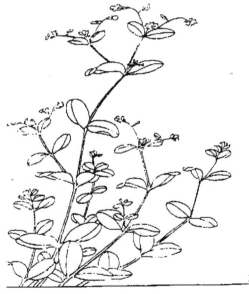

當然，近代科技發達，倘能改繪圖為攝影，則效果可以更臻完美，近年有潘富俊著、呂勝由攝影的《詩經植物圖鑑》[72]行世，如果

---

72 潘富俊著、呂勝由攝影：《詩經植物圖鑑》（臺北市：貓頭鷹出版社，2001年）。

在《爾雅》草木蟲魚鳥獸方面也有類似著作出現，那真是最好不過
的了。

十　運用新知

　　在古代，一則民智未開，迷信充斥，再則觀物未審，人云亦云，
有關動植物的一些荒謬傳說難免被援引到名物考釋之中，而部分卓爾
不群的學者又能根據目驗或推理來駁斥荒誕不經的傳說，提出獨到的
見解。不過，迷信與科學往往只是一線之隔，我們可以發現有許多學
者常遊走於真理與荒謬之間而不自知，這實在是一件弔詭的事。例如
陶弘景一方面駁斥《詩經‧小宛》:「螟蛉有子，蜾蠃負之。」舊注的
錯誤，另一方面卻又相信螢火蟲是腐草及爛竹根所化。[73]郝懿行一方
面強調「螢本卵生」、「螟、螣、賊、蟊非政惡吏貪所致」，另一方面
卻又引用「蚊母鳥……每口中吐蚊一二升。」「木瓜最療轉筋，如轉
筋時，但呼其名，及書土作『木瓜』字皆愈。」之類的謬說。[74]在生
物學、醫藥學十分發達的今日，考釋《爾雅》名物時，首先應該運用
科學新知，去批判一些荒謬的舊注，提出正確的說法。

　　其次，古籍訓解牽涉甚廣，許多訓詁家或囿於學養，或格於習
性，常產生不少流弊，[75]尤其名物訓詁，涉及專業，更存在著不少嚴
重的缺點。如李海霞即曾歸納傳統動物釋名的弊病主要有七：1. 缺乏
論證，2. 音轉義轉界限寬泛模糊，3. 意義闡述不當，4. 與動物特徵不

---

73 詳見《爾雅義疏》下之三，頁12「果蠃，蒲盧」、「熒火即炤」二條。

74 同前注，下之三，頁12「熒火即炤」；下之三，頁14「食苗心螟」；下之五，頁12
　「鷏，蟁母」，下之二，頁2「楙，木瓜」諸條。

75 如周大璞謂訓詁有十弊，即：1. 厚古薄今，2. 黨同伐異，3. 煩瑣寡要，4. 穿鑿附
　會，5. 增字解經，6. 隨意破字，7. 誤虛為實，8. 拆駢為單，9. 不懂古義，10. 不通
　語法，詳見《訓詁學要略》（臺北市：新文豐出版公司，1983年），頁188-203。

合，5.明顯地以語流釋語源，6.同時認可A和非A兩個語源，違反矛盾律，7.簡單沿襲舊說。[76]要袪除這些弊端，除了有賴於個人態度的改善外，更須靠現代語言文字學素養的加強。例如因聲求義，在古音學、方言學、語源學都日臻精密的今日，就可以訂正不少前人的錯誤，並且得出更正確、更深刻、更有體系的成果。

最後，現代學術講究科際整合，從事名物訓詁時，除了語言文字學、生物科技之外，也可能會牽涉到歷史學、人類學、民俗學等的研究。這是因為古代生物的命名以及名實的詮釋，常反映當時人民的生活與思想，忠實地記載當時當地的自然與人文狀況，[77]所以如何利用最新的人文社會科學工具，去發掘歷史的真相，就有賴於學者的努力了。

總而言之，居今之世，要考釋《爾雅》的草木蟲魚鳥獸，就必須充分結合新舊材料，採取新方法，才可望突破前人，大有斬獲，同時，也才能使《爾雅》學的研究進入宏觀的語言文化學境界。

十一　結論

綜觀上述九種考釋方法，特別值得注意的是：

（一）《爾雅》〈釋草〉以下七篇，名物繁多，名實關係十分複雜，而《爾雅》本身文字過於簡略，歷代注家說法又極其紛歧，所以要重新加以考釋必須視實際需要，兼採各種方法，不宜有所偏廢。

（二）本文所列舉的九種考釋方法，或通用於各種古籍訓解，如因聲求義、比較互證；或適用於特殊的名物訓詁，如辨別名實、描述性狀。或偏重於語言學、文獻學方面，如校正訛誤、發凡起例；或偏

---

76 詳見《漢語動物命名研究》，頁30-46。
77 李海霞：《漢語動物命名研究》，頁57-59。

重於自然科學方面，如根據目驗、繪製圖影。在借重傳統的訓詁方法
之餘，倘能充分運用新知，則可望得到更為正確、縝密、深刻、豐碩
的研究成果。

（三）前賢的研究成果有的充滿智慧與心血，有的受到時代侷限
及個人因素影響，暴露了不少缺點。我們可以利用上述九種方法重新
加以檢討，進行去蕪存菁、拾遺補闕的工作，並重新提出較為精當的
說法。但古籍研究的材料有其先天上的不足，現代的研究方法也難免
有其盲點與死角，所以對於無法考證以及難以論定的地方也不宜強作
解人，不妨存疑付闕，較能符合客觀科學的精神。

（四）當然，考釋名物的方法未必僅止於此九種，如利用數據來
進行說明與驗證的統計法，也不失為一條可以嘗試的途徑。如何審慎
開發新的考釋方法，也是值得努力的方向。

——本文原題〈論爾雅草木蟲魚鳥獸考釋方法〉，發表於臺灣大學主辦
　　「東亞傳世漢籍文獻譯解方法國際學術研討會」，頁1-24。後題目
　　改為〈論考釋爾雅草木蟲魚鳥獸之方法〉，收錄於《東亞傳世漢籍
　　文獻釋解方法初探》（臺北市：臺灣大學出版中心，2005年），頁
　　127-170；2008年上海華東師範大學出版社出版簡體字版，頁92-
　　122。

臺灣現當代（1945-2017）《爾雅》學研究

一 前言

　　在古代經典之中，《爾雅》地位最為特殊，它是訓詁學的始祖、詞彙學的淵藪、詞典學的先河、百科全書的雛型、文化學的寶庫，具有多方面的價值。所以在小學長期附庸於經學的古代，卻始終高居於經部，不僅成為「九流之津逮，六藝之鈐鍵」（〔晉〕郭璞《爾雅注‧序》），而且影響了《方言》、《說文解字》、《釋名》的成書。這些語言文字學的名著，後來都以附庸蔚為大國，但溯其淵源，莫不同祖《爾雅》。明清以後，仍然把《方言》、《釋名》、《小爾雅》、《廣雅》等仿雅、廣雅之書，置於廣義的《爾雅》學之列，然則《爾雅》之研究價值，不言可喻。

　　自漢代以後，《爾雅》學之研究，源遠流長，至清代臻於頂峰。近百年受到時代潮流的激盪，求新求變，進入了由傳統轉向現代的新階段，據林慶彰教授《經學研究論著目錄》一至四輯著錄，自一九一二至二〇〇二年，海峽兩岸《爾雅》學的論著有五〇六筆，其中臺灣有五十七筆。此外，余培林、汪中文、劉文清與李隆獻等教授也都迭有著錄，但或截止時間較早，或蒐輯不夠寬廣，而且大多有書目，無

敘錄，不易窺見各種論著的內容。因而在前人研究的基礎上，還很有繼續增補的空間。

　　四十幾年前，本人就讀於臺灣師範大學博士班時，選修先師高仲華（明）教授的「《爾雅》研究」課程，就奠定了研究的基礎，但當時發展方向在《大戴禮記》，尤其是〈夏小正〉與古代科技，畢業後又忙著教學與行政，所以只發表了兩篇《爾雅》論文，而未進一步深造。直到二○○一年開始執行國科會研究計畫，前後合計八年時間，其中五年是《爾雅》研究，另有三年是語言文字學與其他領域整合研究。自此之後，至於今日，研究成果除了出版一本《爾雅今注今譯》、若干篇經學及古代科技論文外，還有二十篇左右的《爾雅》與語言文字學的論文，兩者各居其半。研究過程中，對《爾雅》學資料的蒐羅自然也隨時關注，並且覺得有撰寫一篇論文介紹臺灣現當代《爾雅》學研究概況的必要。前年中央研究院文哲所執行「戰後臺灣的經學研究（1945-現在）」的計畫，本來答應主持人蔣秋華教授發表一篇這方面的論文，不料諸事雜沓，以致在去年計畫結束前始終未能交卷。最近適逢福建師範大學為《臺灣現當代經學研究》專書邀稿，才又重理舊業，勉力成篇。庶幾可以為臺灣《爾雅》學之研究多盡一分心力，也可讓廣大的讀者對臺灣現當代《爾雅》學的研究多一分了解，未嘗不是一樁快事。

二　臺灣現當代爾雅研究論著知見目錄

凡例

1. 本目錄蒐集一九四五至二〇一七年臺灣《爾雅》學研究論著，知見所及，咸加著錄，凡一八七筆。

2. 研究論著以《爾雅》學為範圍，包含《爾雅》、廣雅、仿雅之相關論著。

3. 每筆論著均著錄版本項，包括編撰者、刊行年份、論著名稱、出版地、出版者或期刊卷期、起訖頁碼。

4. 編撰者以臺灣學者為主，其論著無論刊行於境內或境外，一概收錄。大陸、港、澳及韓、日等學者則僅收錄在臺灣刊行之論著，其刊行於境外者則摒之不錄。

5. 論著刊行年份悉以西元為準。

6. 論著有不同版本者亦加以著錄。

7. 所有論著歸納為九類，每類之下再分項目。以期綱舉目張，便於查考。唯論著之歸類，往往可以兩從，甚至多從，僅能擇一安置，未盡妥適。讀者可通覽全目，斟酌取用。

8. 各項目下之論著以類相從，不復細分子目，亦未必以刊行先後為序。

9. 每筆論著知見所及，輒加案語。未曾寓目者則付之闕如。案語旨在增進讀者了解，限於時間及篇幅，僅摘錄資料簡要介紹，無法詳加析論，並儘量避免平議。

10. 資料以擷自提要、緒言、結論、目次者居多，亦猶傳統書目摘錄序跋、題記、提要、後人評論等之意，以其不難檢索，且為方便於刪節、改寫、整合，故不復交代出處。

（一）通論類

1 總論

潘重規《爾雅學》（香港：中文大學，不詳）講義，未刊。

案：潘師石禪係黃季剛先生女壻、入室弟子，南京中央大學中文系畢
　　業，曾任東北大學、四川大學、暨南大學、安徽大學教授。來臺
　　後任臺灣師範大學、中國文化大學、東吳大學教授，以紅學、敦
　　煌學、語言文字學名家。此稿係八十年代旅港講學時所撰，未
　　見。據余培林〈六十年來之爾雅學〉著錄，共分五章：（1）《爾
　　雅》撰人。（2）《爾雅》名義。（3）《爾雅》篇卷。（4）《雅》學
　　著述。（5）論治《爾雅》方案。第四章佔全編五分之四，又分七
　　目：注、疏、音、圖、校勘、輯佚、釋例。篇末論治《爾雅》方
　　案，又分：正文字、明音讀、求義證（再分求各事之證佐，求全
　　部之系統），蓋受黃先生〈爾雅略說〉影響而更求精細。

**馬重奇《爾雅漫談》（臺北市：頂淵文化事業公司，1997年），278頁。
二〇一三年與李春曉合撰修訂版，更名《爾雅開講》，上海華東師範
大學出版，287頁。**

案：大陸學者，福建師範大學語言研究所教授，漢語音韻、漢語史、
　　方言學專家。係《爾雅》通論唯一出版之專書。全書分九章：
　　（1）《爾雅》的名義。（2）《爾雅》的作者及成書年代。（3）《爾
　　雅》的內容分類法。（4）《爾雅》與古代社會文化。（5）《爾雅》
　　的編撰方法和體例。（6）《爾雅》的經學地位。（7）《爾雅》研究
　　說略。（8）《爾雅》版本簡介。（9）《爾雅》的研究方法論。是一
　　部以通俗的語言全面介紹歷代《爾雅》研究情況的著作。

劉德漢〈孝經與爾雅概述〉，《孔孟月刊》第12卷第6期（1974年），頁 22-23。

案：本論文《爾雅》部分主要在概述其成書與內容。

王仁祿〈爾雅──我國第一部字典〉，《中興大學臺中夜刊》第13期 （1979年）。

謝一民〈爾雅導讀〉，周何、田博元《國學導讀叢編》第二冊（臺北 市：康橋出版公司，1989年），頁113-145。又〈爾雅〉邱燮友、周 何、田博元《國學導讀》第二冊（臺北市：三民書局，1993年），頁 533-574。

案：臺灣師範大學碩士，成功大學教授，《爾雅》學、語言文字學專 　　家。全文分五節：（1）《爾雅》的作者，（2）《爾雅》的名義，
　　（3）《爾雅》的內容，（4）《爾雅》的篇卷，（5）《爾雅》的價值。
此外，國學概論、經學概論、《爾雅》學專書之類，常有《爾雅》通 論，如：

王靜芝〈爾雅〉，《經學通論》（臺北市：環球書局，1972年），頁238- 255。

陳飛龍〈爾雅述要〉，高明《經學述要》（臺北市：黎明文化事業公 司，1979年），頁191-210。

莊雅州〈爾雅入門〉，《經學入門》（臺北市：臺灣書店，1997年），頁 243-256。

孔維寧〈緒論篇〉，《爾雅古注輯考》（臺北市：文史哲出版社，1998 年），頁1-148。

葉國良、夏長樸、李隆獻〈爾雅概說〉,《經學通論》(臺北市:大安出版社,2005年),頁391-416。

莊雅州、黃靜吟〈爾雅導論〉,《爾雅今注今譯》(臺北市:臺灣商務印書館,2012年),頁1-9。

不贅。

2　分論

高明〈爾雅之作者及其撰作之時代〉,《中華學苑》第14期(1974年),頁11-30。又,《高明文輯》中冊(臺北市:黎明文化事業公司,1978年),頁445-465。又,《高明小學論叢》(臺北市:黎明文化事業公司,1978年),頁445-465。

案:先師高仲華教授,係黃季剛先生入室弟子,東南大學(中央大學)中文系畢業,曾任西北大學、政治大學教授,來臺後任臺灣師範大學教授,與林師景伊(尹)合力創設臺灣師範大學、政治大學、中國文化大學三校中文研究所,栽培國學人才為數眾多。又曾講學香港中文大學,以經學、語言文字學、文學名家。《爾雅》之作者及撰作之時代眾說紛紜,本論文分八說加以詮評:(1)周公所制,後人所補說。(2)孔子門徒所作說。(3)子夏所作說。(4)秦漢之間學者所纂說。(5)漢人所作說。(6)出於孔子刪詩之後說。(7)出於毛公以後,王莽以前說。(8)出於毛公以後,漢武帝以前說。結論為「大概《爾雅》創始於中古,至孔子時已奕然成帙,故得舉以語魯哀公,迭經增益,至漢武帝時而未已,迨劉向父子校書,始有定本,此即〈漢志〉所載三卷二十篇之《爾雅》是也。至於創始之人為誰,迭經增益之人又為

誰，前儒雖有揣測，多無實證，則吾人亦唯有置之而已矣！」其
說折衷群言，力求精當，較黃季剛先生〈爾雅略說〉《爾雅》撰
人三說詳盡許多，頗得一般學者信從。

胡錦賢〈論爾雅產生的時代背景〉，《孔孟月刊》第35卷第5期（1997年），頁22-25。

案：大陸學者。本文以為《爾雅》始作周公是合乎歷史條件和邏輯
　　的。大部分內容應是孔門弟子所編定的，目的是為了傳播孔子的
　　詩教。故《爾雅》應產生於六藝大備，儒學形成並廣為傳播，中
　　國政治逐漸走向大一統之時。

胡錦賢〈論爾雅篇目編次的名義〉《孔孟月刊》第35卷6期（1997年），頁1-7。

案：本文以為《爾雅》編次篇目是有意義的，與儒家的宇宙觀及其禮
　　制有著密切的關係，特別注重倫理與治人之道，故以經證經，就
　　《爾雅》各篇名義及編次意義詳加探討，以見《爾雅》是先秦儒
　　學的產物，其來久矣！

（二）文獻學類

1 目錄

汪中文〈爾雅論著目錄〉，收入周何《十三經論著目錄》（臺北市：洪葉文化事業公司，2000年），72頁。

汪中文〈爾雅論著目錄作者索引〉，《慶祝周一田先生七秩誕辰論文集》（臺北市：萬卷樓圖書公司，2001），頁111-138。

汪中文〈爾雅論著目錄與爾雅著述考補〉，臺南市《嘉南藥理科技大學97年度教師專題研究計畫成果報告》（2008年），頁1-27。

案：汪中文，臺灣師範大學文學博士，臺南大學、嘉南藥理科技大學教授，語言文字學、目錄學專家，對《爾雅》論著目錄之編撰，用力尤勤。《爾雅論著目錄》為先師周何（一田）教授主編《十三經論著目錄》之一。上起先秦，下訖一九九四年，涵蓋臺灣、中國大陸及其鄰邦。分專書之部、單篇之部兩大類，再分若干小類。每一論著皆著錄其書名（篇名）、卷數、作者、史志書目之著錄、存佚情形、傳本考證。其後有作者索引，便於檢索。〈爾雅論著目錄與爾雅著述考補〉限於時間，僅先補《爾雅論著目錄》（1993-2008）。除《爾雅》善本翻印及注疏古籍翻印五十三筆外，其餘海峽兩岸三地研究論著凡三四二筆，其中臺灣研究論著六十四筆，不僅使原目錄更臻完整，也可補其他目錄之不足。

汪中文《爾雅著述考（一）》（臺北市：國立編譯館，2003年），384頁。

案：此書為先師周何（一田）教授主編《十三經著述考》之一，著錄《爾雅》及漢五家注以下至清尹桐陽、饒炯等一一一家，著作一五三本。首列條次、書名、卷數、存佚、作者。次列撰者生平簡介。末列相關之序跋、題記、提要、後人之評論等，最後加按語。可以考見清代以前《爾雅》著述之大觀。

汪中文〈近年來臺灣爾雅學研究概述〉，海峽兩岸2011年文獻與方言研究學術研討會論文（成都市：2011年），頁1-9。又，馬重奇、李春曉《爾雅開講》（2013年），頁255-264。

案：本文從專書論著、學位論文、期刊論文、研討會論文暨國科會計

畫五方面，著錄一九九三至二〇一一年臺灣《爾雅》學研究論著八十三筆，可以補相關目錄之不足。

林明波〈清代雅學考〉第一篇，《慶祝高郵高仲華先生六秩誕辰論文集》（臺北市：臺灣師範大學國文研究所，1968年），頁69-214。

案：林師明波，臺灣師範大學碩士、教授，文字學、目錄學專家。本編著錄有清一代《爾雅》學諸書一三〇部，分為校勘、疏證、補正、文字、補箋、考釋、釋例、輯佚、音讀、雜著、擬雅十一類，各書首列書名、卷數，次及撰人始末、全書梗概、諸家評論、成書年代與版本記錄，依（清）謝啓昆《小學考》之例，全錄其序跋，俾作者之恉洞悉無隱，而序跋之所未及者則別以案語明之。清代《爾雅》學著作蒐羅殆盡，誠為研究清代《爾雅》學之津筏，撰寫清代雅學史之重要資料庫。清代廣雅、仿雅諸書另有續編，見本目錄第九類。

余培林〈六十年來之爾雅學〉，程師發軔（旨雲）《六十年來之國學》第一冊（臺北市：正中書局，1977年），頁745-772。

案：余培林，臺灣師範大學文學碩士、教授，臺灣師範大學教授、玄奘大學講座教授，《詩經》學、《爾雅》學、《老子》專家。本文編集一九一二至一九七一年《爾雅》學相關著作三十篇，區為文字、考釋、釋例、音訓、論說、雜著六類，所輯雖尠，而多傳世之作，每篇記其名稱、撰人、刊載之所，並就知見所及，簡述其內容梗概，至於其長短得失，則概不置評。其純屬臺灣地區者僅有七種，為現當代臺灣《爾雅》學著作目錄之最早出者。

林慶彰〈爾雅〉,《經學研究論著目錄》第一輯（1912-1987）（臺北市：漢學研究中心，1989年），頁797-809。

同上（1995）第二輯（1988-1992），頁1109-1117。

同上（2002）第三輯（1993-1997），頁1375-1383。

同上（2013）第四輯（1998-2002），頁1799-1810。

案：林慶彰，東吳大學文學博士，東吳大學教授，中央研究院文哲所研究員，經學史、文獻學專家。本目錄已出四輯，蒐集一九一二至二〇〇二年海峽兩岸、港、澳及新加坡經學研究論著二三六九二筆。其中《爾雅》著作目錄，第一輯收一六五筆，第二輯收九十八筆，第三輯收九十二筆，第四輯收一五一筆，合計五〇六筆，其中臺灣論著五十七筆。每輯主要分為通論（又分作者、成書時代、概述、編纂體例、價值、板本、目錄、索引）、義例釋例、注釋翻譯、各篇研究、札記、語言文字研究、《爾雅》研究史，附錄：《小爾雅》、《釋名》、《廣雅》。資料宏富，學術界普遍使用。

劉文清、李隆獻《中韓訓詁學研究論著目錄初編》（臺北市：臺灣大學出版中心，2005年），777頁。

案：劉文清、李隆獻，臺灣大學文學博士，臺灣大學教授。本目錄專收訓詁學研究論著，多達一萬筆左右。臺灣、大陸、香港，自一九九四至二〇〇三年，大陸居絕對多數，臺灣、香港則注明地區。韓國自一九四五至一九九九年自成一編。全書分理論、訓詁學史、訓詁考釋、叢書及其他四大類，若干小類，所收臺灣《爾雅》研究論著，去其重複，僅得四十五筆左右。

2 版本

王世偉〈爾雅板本考略〉，臺灣世界新聞傳播學院《資訊傳播與圖書館學》第1卷第2期（1994年），頁43-48。原刊顧廷龍、王世偉《爾雅導讀》（成都市：巴蜀書社，1990年），頁110-148。又，《圖書館學文獻學論叢》（上海市：上海書店，2000年），頁361-371。

案：王世偉，大陸學者，華東師範大學圖書館系碩士、國際商學院信息學系教授。本文專門研究《爾雅》版本流傳，分別就《爾雅》的單經本、單注本（經注本）、單疏本、注疏本、音義本、注音義本，共十八種進行考證和論述。可釐清《爾雅》板本類型和源流關係。

蔣復璁〈景印南宋國子監本爾雅序〉，故宮博物院《圖書季刊》第2卷2期（1971年），頁70。

昌彼得〈跋宋監本爾雅〉，同上，頁71-72。

案：一九七一年，故宮博物院景印南宋初國子監刊本郭璞注《爾雅》三卷，該書據北宋景德監本覆刻，可藉窺長興國子監刻本之遺規，並知南宋公私槧雕諸經版式行款之所本。出版時，中央圖書館館長蔣復璁作短序，故宮博物院副院長昌彼得作跋。昌氏為目錄板本專家，其跋詳錄該書之行款及源流。該書在板本學、校勘學方面價值極高，可惜臺灣罕見有善加利用者。大陸著名學者周祖謨據一九三一年故宮博物院所印《天祿琳琅叢書》宋刻監本《爾雅》郭注為底本，以敦煌所出唐寫本殘卷二種等十種為輔本，徵引資料六十種，撰成《爾雅校箋》三卷，一九八四年由南京江蘇教育出版社印行，二〇〇四年由昆明雲南人民出版社再版。為現當代校勘名著，值得借鏡。

長澤規矩也撰，鍋島亞朱華譯〈現存宋刊單疏本刊行年代考〉，《中國文哲研究所通訊》第10卷4期（2000年），頁13-18。

案：長澤規矩也，日本知名學者，譯者鍋島亞朱華，時為日本二松堂學舍大學博士生。此文譯自《長澤規矩也著作集》第一冊（東京：汲古書院，1982年），考證宋刻單疏本今傳者有六，均非北宋刊本。其中《爾雅》單疏本，清陸心源舊藏本傳至靜嘉堂，蔣汝藻舊藏本傳至涵芬樓，為南宋刊元修本。

簡承禾〈爾雅單疏本概述〉，《東吳中文研究所集刊》第16期（2010年），頁97-119。

案：簡承禾，東吳大學碩士。宋本《爾雅疏》是少數流傳至今的單疏本之一，為清代藏書家眼中的無價之寶，如黃丕烈、陸心源、蔣汝藻等人皆曾收藏，且迭有題跋。本論文分為三節：（1）南北宋時期《爾雅》單疏本刊刻情形，（2）乾嘉以後《爾雅疏》流傳概況及其現存板本，（3）《爾雅疏》與阮元刻《爾雅注疏》校勘記。考證綦詳，頗可參閱。

3　校勘

諫侯〈唐寫本郭璞注爾雅校記〉，臺灣省圖書館《圖書月刊》第1卷5期（1946年），頁1-6。

案：此為今日所見刊行最早的臺灣《爾雅》學論著。首先考定敦煌出土伯希和所藏的P.2661、P.3735《郭璞注爾雅》殘卷為唐寫本，而非如王重民所定之六朝寫本。進而持與今本對校一過，提出與王重民研究之異同及商榷，可補其不足。

宗靜航〈爾雅與古書異文〉，中山大學第一屆國際暨第三屆全國訓詁學研討會論文（1997年）。又，《訓詁論叢》第三輯（臺北市：文史哲出版社，1997年），頁181-189。

案：宗靜航，香港學者，浸會大學教授。趙振鐸《中國訓詁學史》（鄭州市：中州古籍出版社，1988年）認為《爾雅》所收訓釋，有些是解釋古書中的異文。本文則以為該書所引六條，因《爾雅》成書年代久遠，成於眾手，代有損益，且不知根據何種版本，運用何種方法，所以很難證明究竟是在解釋哪些典籍。

4 辨偽

翁世華〈郭璞爾雅音義釋疑〉，《大陸雜誌》第49卷3期（1974年），頁143-152。又，《大陸雜誌語文叢書》第3輯1冊《經學・解詁・語言》（1988年），頁59-69。

案：世傳郭璞在《爾雅注》之外，另有《爾雅音義》，本文考證其實乃後世憑虛杜撰之書。首先指出《晉書・郭璞傳》之誤導，進而以三個證據證明郭璞未嘗著《爾雅音義》，最後臚舉（唐）慧琳《一切經音義》所引郭氏《音義》八條，陸德明《經典釋文》所引郭氏《音義》七條，逐一駁斥其非。

5 輯佚

孔維寧《爾雅古注輯考》（臺北市：文史哲出版社，1998年）上中下三冊，1274頁。

案：孔維寧，孔子七十八代孫，大成至聖先師衍聖奉祀官孔德成次子，述聖奉祀官，臺灣大學中國文學系畢業，黎明工專教授。

仿《漢書・藝文志》分《爾雅》為三卷十九篇的模式，將本書分為三卷，頁1-148為上卷〈緒論篇〉，分五章：（1）《爾雅的名義》。（2）《爾雅》的作者。（3）《爾雅》的篇卷考。（4）《爾雅》內容考。（5）《爾雅》價值說。通論詳細，與專書相比亦不遑多讓。頁149-932為中卷〈輯佚篇〉，據清代馬國翰、黃奭、王謨、王仁俊、臧庸諸家所輯《爾雅》古注十四種，以故宮景宋監本為底本，將古注一一打散，分配歸入《爾雅》三卷十九篇每一條經文之下，其末必加案語，案語之內容，可分為字數、校勘、注音、釋義、圖讚、郭注六項，如有前人失輯之佚文，亦附焉。手此一篇，探求古注佚說，可以不假他求了。頁933-1074為下卷〈考證篇〉，分五章：（1）《爾雅》古注考。（2）《爾雅》古注貢獻考。（3）《爾雅》郭注承襲考。（4）郭注評價考。（5）《爾雅》古注還原舉例（以《爾雅》卷上為例，凡五六六條）。以（晉）郭璞為分野，籠括其前古注五家六書，其後舊注七家，探討古注與郭注之關係及其價值，皆沈思有得，博稽而能斷。總而言之，其書每卷各自成篇，篇篇系聯，卷卷銜接，渾然一體。如採互著別裁之例，上卷可列本書目之通論類，下卷可列經學史類，唯中下卷為全書主體，以輯佚為主，校勘、訓詁為輔，故將全書置於此。

王書輝《兩晉南北朝爾雅著述佚籍輯考》，政治大學中文研究所博士論文（2001年），劉兆祐、簡宗梧指導，784頁。又，花木蘭出版社出版專書，2006年。

王書輝〈郭璞爾雅圖讚之輯校與注釋──釋草至釋蟲〉，《中國文化大學中文學報》第14期（2007年），頁29-64。

王書輝〈郭璞爾雅圖讚之輯校與注釋──釋魚至釋畜〉，《中國文化大學中文學報》第15期（2007年），頁29-58。

王書輝〈郭璞爾雅圖讚與爾雅圖之輯校與詮解──釋器至釋水〉，《中國文化大學中文學報》第18期（2009年），頁59-88。

案：王書輝，政治大學中文系文學博士，中國文化大學教授。漢魏六朝《爾雅注》目前僅存郭璞注流傳於世，其餘各家均已亡佚，其實亦頗有可觀之處。因此，本論文即以兩晉南北朝《爾雅》相關著述為輯校對象，除就清儒輯本所輯佚文進行全面的校勘與檢討，存是去非，校勘釐訂外，並廣泛蒐檢唐宋時期的古注、類書等著述，增補前人所未見的佚文，逐條進行考證，期使兩晉南北朝《爾雅》相關著作得以精於前人所輯的面貌展現。本論文所輯《爾雅》相關著述，計有郭璞《爾雅音義》、《爾雅注》佚文、《爾雅圖》、《爾雅圖讚》、沈旋《集注爾雅》、施乾《爾雅音》、謝嶠《爾雅音》、顧野王《爾雅音》八種。另輯校郭璞《山海經圖讚》，俾與《爾雅圖讚》有所分別。所輯各書均從事輯補與考證兩大工作。所輯未見於清儒輯本者有一三二條；考證則對有疑義之佚文與義訓儘可能求其確論。

　　《中國文化大學中文學報》論文三篇則在博士論文的基礎上，逐一剖析郭璞在讚辭中所呈現的思想，以及釐清《爾雅圖讚》與《爾雅圖》之關係，分析二書之性質與寫作目的。

陳鴻森〈（梁）沈旋爾雅集注考證〉，《中國經學》第六輯（2010年），頁93-118。

案：陳鴻森，臺灣大學中國文學系畢業，留日研究。中央研究院歷史語言研究所研究員，中山大學、成功大學、中央大學兼任教授，

經學、清代學術專家。（梁）沈約之子沈旋，有《爾雅集注》十卷，纂集漢魏《爾雅》舊義，並為之音。其書久佚，清儒馬國翰、黃奭，今人王書輝各有輯本，大抵皆就《釋文》所載沈旋音讀採錄之，其《爾雅》義則僅玄應《一切經音義》、邢昺《爾雅疏》各引一條而已。沈書唐代曾東傳日本，作者分別自東瀛舊籍《倭名類聚抄》、《弘決外典鈔》、《令集解》，加上《經典釋文》、《玄應音義》、《慧琳音義》、丁度《集韻》、邢昺《爾雅疏》等所引佚文採錄之，凡得一二〇餘事，末附考證，推考其書體例及隋唐間流傳情況，不僅可補各家輯佚之未備，且為前此學者治六朝經學、《爾雅》學史所不及詳者，成果相當豐碩。

（三）語言文字類

1 文字

陳建雄《爾雅多訓字考》（臺北市：作者印行1969年）。

莊雅州〈爾雅聯綿字淺探〉，《新竹師專學報》第5期（1979年），頁97-102。

案：莊雅州，臺灣師範大學國文系文學博士，新竹師專、淡江大學、中正大學、玄奘大學、元智大學教授。學術專長為經學、語言文字學、中國古代科技史、古代散文理論。本文旨在探討《爾雅》聯綿字的特點與功用。依黃季剛先生所分十九紐、二十八部，將《爾雅》的聯綿字分為雙聲、疊韻、非雙聲疊韻、疊字四類。其次闡述其特點，有特重聲韻、字形不定、名詞居多等現象。最後說明其功用，也有四項：探究語根、旁證古音、詮釋載籍、擒灑辭章。

蔡信發〈段玉裁謂爾雅多俗字〉，玄奘大學第八屆中國訓詁學全國學術研討會論文（2007年）。

案：蔡信發，臺灣師範大學國文系文學博士，臺北市立大學、中央大學、銘傳大學教授。語言文字學、《史記》專家。本文歸納段氏所言《爾雅》俗字為五類：（1）增形而俗者（如桀之作榤）。（2）改形而俗者（如適之作甋）。（3）改聲而俗者（如鯔之作鰡）。（4）聲化而俗者（如升之作陞）。（5）聲形俱異而俗者（如隸之作迨）。蓋《說文》存古，《爾雅》從今之異。

2 聲韻

丁惟汾〈爾雅古音表〉，《詁雅堂叢著》六種之四（臺北市：中華叢書編審委員會，1966年），中冊，頁1-185。

案：丁惟汾，曾任監察委員、資政，經學、語言文字學專家。深於古音，中年以後，與章太炎、黃季剛、劉申叔等先生往復商討，舉凡釋《毛詩》、《爾雅》、《方言》，均以聲韻為其樞要。初分古韻為二十二部，與王念孫、江有誥相近，後以蒸與冬合，支與歌合，幽與侯合，緝與葉合，侵元各與談之部分合，凡析為十七部，其名為之、宵、幽侯、魚、蒸冬、葉、覃、東、陽、耕、真、文、元、脂、歌支、祭、至。本文以此為準，注明《爾雅》每字之古韻分部，雖無所闡釋，而給予研究者極大之便利。可以補黃季剛先生《黃侃聲韻學未刊稿・五雅聲類表》（武漢市：武漢大學出版社，1985年）言聲不言韻之不足。

徐松石〈爾雅裏面的泰國語音〉，《東南亞學報》第1卷1期（1965年），頁2-4。

案：徐松石，東南亞民族古代史專家。本文以為今日泰國語言保存許
　　多三代時，河、淮、江、漢之古代土音，乃舉《爾雅‧釋蟲》十
　　例以證之。可見中國古文明之建立，至低限度僅泰民族的先人是
　　有份的。

馮蒸〈爾雅音圖音注反映的宋初濁上變去〉，《大陸雜誌》第87卷第2
期（1993年），頁21-25。

馮蒸〈爾雅音圖音注所反映的五代宋初重紐〉，申小龍《走向新世紀
的語言學──慶祝徐德江先生六十華誕論文集》（臺北市：萬卷樓圖
書公司，1998年），頁394-489。

案：馮蒸，大陸學者，首都師範大學文學院教授，聲韻學專家。所撰
　　《馮蒸音韻學論集》（北京市：學苑出版社，2006年）自序提及
　　曾先後發表《爾雅音圖》相關論文十五篇，二十餘萬字，此為其
　　中二篇。馮氏以為《爾雅音圖音注》的作者是後蜀毋昭裔，注音
　　資料所反映的是北宋官話音。此二篇旨在探討《音圖音注》在聲
　　調及聲母的顯著現象──濁上變去及重紐。

3　訓詁

劉百閔〈爾雅在訓詁學上的價值〉，《經子肆言》（香港：學不倦齋，
1964年），又，遠東圖書公司（1964年），頁62-65。又，《國魂》第
320期（1972年）。

案：劉百閔，日本政法大學、早稻田大學哲學系畢業，曾任南京中央
　　大學、上海復旦大學、香港中文大學教授。本文以為《爾雅》為
　　會通正言和異言、雅名和俗名而作。要尋求古代文字的訓詁自當
　　求之於《爾雅》，《爾雅》不但在訓詁學上有其價值，在經學上亦
　　有其地位。

丁惟汾〈爾雅釋名〉，《詁雅堂叢著》六種之三（臺北市：中華叢書編審委員會，1966年）冊中，頁1-152。

案：王獻堂（1943）〈詁雅堂主治學記——詁雅堂雜著六種序〉云：
　　「先生注《爾雅》則以音為經，以義為緯，即音求義，由義證音，取諸左右，若水逢源，不間飄忽。……證古之名物，即今某名某物；古之語言，即今某語某言……上下千古，猶一瞬也。」顯現此書成於一九四三年以前，而刊行於一九六六年，為臺灣《爾雅》學論著之最早成稿者。此篇自〈釋草〉至〈釋畜〉共七卷。其詮釋名物必先求其音，次釋其義，末多以俚語證之，多言初文、本字與通假，有助於《爾雅》聲韻訓詁之探討。

謝一民《爾雅逐字解詁》（臺北市：五南圖書出版公司，2003年），1106頁。

案：此書逐字解釋《爾雅·釋詁》首卷百餘則，每則分訓詞（解釋之詞）與詁詞（被解釋之詞）兩部分，一字不漏，十分詳盡，都為六十餘萬言。全書旁徵博引，貫串百家，信手拈來，盡是甲骨、金文之名。可說浩博無匹，雖朱祖延（1996）之《爾雅詁林》剪輯訓釋文字九十四種，亦遜其融會。可惜全書未竟，即齎志以終。

陳建初、胡世文、徐朝紅《新譯爾雅讀本》（臺北市：三民書局，2011年），625頁。

案：陳建初，大陸學者，湖南師範大學文學博士、教授。胡世文，湖南大學博士、浙江海洋學院人文學院教授。徐朝紅，文學博士，皆為語言文字學專家。本書為臺灣刊行之第一部《爾雅》今注今譯，前有導讀、附圖、凡例，後有主要引用書目、詞語筆劃索

引。全書十九篇，皆有題解，簡要介紹本篇內容、特點。正文分二二〇〇餘條訓列，皆先注後譯。注釋力求精簡，不作繁瑣考證，但儘量引用古書、古注為證，以示有所依據。被釋詞語中如有通假字、古今字、異體字等，注釋中儘量予以注明，並指出其本字、今字、正字。每字均注國語注音符號，頗便通讀。

莊雅州、黃靜吟《爾雅今注今譯》（臺北市：臺灣商務印書館，2012年），741頁。

案：黃靜吟，中山大學文學博士，中正大學中文系教授，專攻語言文字學，尤精於古文字學。本書是純粹由臺灣學者及書店合作印行的第一部《爾雅》今注今譯，是執行國科會五年研究計畫的具體成果之一。前有導論，後有跋。全書十九篇，皆有題解，二二〇〇餘條訓列，皆有注有譯。注釋以（清）郝懿行《爾雅義疏》為主要依據，博觀約取。在詞語訓詁方面，採用了不少語言文字學，尤其是古文字學的研究成果；在名物訓詁方面擷取了許多現代科學新知及地下出土文物。能兼顧學術與普及，以嶄新而明確的面目呈現於世。

余培林〈爾雅引毛詩考〉（臺北市：國科會研究獎助論文，1971年）。

余培林〈爾雅引三禮考〉（臺北市：國科會研究獎助論文，1972年）。

（四）釋例類

1　爾雅本書釋例

謝雲飛〈爾雅義訓釋例〉國科會研究獎助論文（1961年）。又，《慶祝瑞安林景伊先生六秩誕辰論文集》（1969年），頁465-644。又華岡出版部（1969年），170頁。

案：謝雲飛，臺灣師範大學文學碩士，政治大學教授，語言文字學、
　　《韓非子》專家。近代言《爾雅》條例者有陳玉澍、羅長鈺、王
　　國維、楊樹達諸家。此釋例有互訓例、推因例、義界例、類訓例
　　等凡八十八例，實集前人之大成。緒言云：「一例之出，必深及
　　古音、古言，凡諸諧聲、叚借，俱引端竟委以探求之，分別是
　　非，必窮及根源，而立意尤不敢逞胸臆。條例既竟，又益以
　　『《爾雅》撰人考』、『《爾雅》之名義』、『《爾雅》之篇卷』、『《爾
　　雅》之著述』等資料，以終其編。」

高明〈爾雅辨例〉，政治大學《中華學苑》第13期（1974年），頁1-44。後收入《高明文輯》中冊（臺北市：黎明文化公司，1978年），頁466-510。又，《高明論小學》（同上）（1978年），頁466-510。

案：高師仲華以為謝氏《釋例》雖集前人之大成，而綱維不足，稍嫌
　　瑣碎，故參酌諸家，兼陳所見，別為辨例。其文分詞式例、義類
　　例、編次例、訓詁例四大類，其下又分若干條例，綱舉目張，可
　　盡《爾雅》之綱維，使讀者按圖索驥，對《爾雅》一書瞭若指掌。

遠藤光曉〈爾雅的體例類型〉，臺灣師範大學：第二屆國際暨第四屆全國訓詁學學術研討會論文（1998年）。又《訓詁論叢》（臺北市：文史哲出版社，1999年）第四輯，頁89-100。

案：遠藤光曉，日本學者，青山學院大學教授。此文具體分析《爾
　　雅》最初使用的注釋方式為「X，A也」，然後產生「X為A」、「X
　　謂之A」、「X曰A」。前二類型之先後，應無可疑。至於第三、四
　　種類型之先後，則猶待驗證。除了指出各種類型在全書中的分佈
　　情況，進而推測此種局面產生的原因。

朱星〈爾雅釋詁三篇體例〉,《朱星古漢語論文選集》（臺北市：洪葉
文化事業出版公司,1996年）,頁29-45。

案：朱星,大陸學者,語言文字學專家。因〈釋詁〉等三篇在《爾
雅》中最為重要,可了解訓詁的基本規律,故撰為此篇,析論其
體例。全文分三節：（1）《爾雅》命名的意義究竟是什麼？（2）
〈釋詁〉、〈釋言〉、〈釋訓〉的內容有什麼區別？（3）〈釋詁〉、
〈釋言〉、〈釋訓〉三篇的體例是怎樣的？第三節又分八點加以析
論。

2 《爾雅》論著釋例

蔡謀芳《爾雅義疏指例》,臺灣師範大學國文系碩士論文（1972年）,
72頁。陳新雄指導。又,《臺灣師範大學國文研究所集刊》第17集
（1973年）,頁1-52。

案：蔡謀芳,臺灣師範大學文學碩士,銘傳大學教授。全書分三章：
（1）總論篇義之例,三十類。（2）文字處理之例,三類。（3）
疏證之類例,四類,附編：論理程式舉例、《義疏》用語舉例。

方俊吉《爾雅義疏釋例》（臺北市：文史哲出版社,1980年）,152
頁。又,《高雄師範學院學報》第9期（1981年）,頁37-62。

案：方俊吉,政治大學文學博士,高雄師範大學教授。經學、語言文
字學專家。本書就《爾雅義疏》分析歸納,調理抉剔,都為十
例：（1）校經文例。（2）證經例。（3）補郭例。（4）闡義例。
（5）明聲例。（6）辨字例。（7）驗物例。（8）評比諸家舊注之
說例。（9）闕疑例。（10）其他例。每大例又分若干類例。

孔維寧〈王國維爾雅草木蟲魚鳥獸名釋例研究〉，《黎明學報》第10卷第2期（1996年），頁121-134。

（五）單篇研究類

1 〈釋詁〉、〈釋言〉、〈釋訓〉

郭鵬飛〈爾雅「俾，使也；俾、使，從也」探析〉上、下《大陸雜誌》第99卷第4期（1999年），頁36-48。第99卷5期，頁27-34。又，《爾雅義訓研究》（上海市：上海古籍出版社，2012年），頁108-153。

郭鵬飛〈爾雅釋詁「林、烝、天、帝、皇、王、后、辟、公、侯，君也。」探析〉，《漢學研究》2000年第2期（總37期，2000年），頁57-83。又，《爾雅義訓研究》（上海市：上海古籍出版社，2012年），頁64-100。

案：郭鵬飛，香港學者，臺灣大學中文系畢業，香港中文大學哲學碩士、博士。經學、語言文字學專家。此二篇論文，一論反訓，一論同訓，皆在博士論文《爾雅訓義研究》（1997年）之中。論文通過後，復沈潛多年，仔細修改，始公開發表。首篇全面搜集「俾」、「使」、「從」三字在先秦典籍中的用例，探求其正面意義，從而發掘其反向引申之由，頗能揭露此三字意義轉向的真貌。次篇則是以大量的史料，透過義素的分析，去探求「林」、「烝」、「王」、「君」等同義詞之間的異同，以追尋詞義變化的軌跡，以及詞義引申的路向，為「同義相訓」這個典型的訓詁方法作了深化的工作。

莊雅州〈從爾雅釋言「曷，盍也」探討歷代訓詁之演變〉，玄奘大學第八屆中國訓詁學全國學術研討會論文（2007年），頁1-7。

案：本論文透過歷代學者對〈釋言〉:「曷，盍也」的研究，探討三種
　　訓詁方法——比較互證，以形索義、因聲求義的運用，以及三個
　　訓詁次序——求證據、求本字、求語根的演變，真的是「前修未
　　密，後出轉精」。

**李建誠《爾雅釋訓研究》，中央大學中文研究所碩士論文（1992年），
岑溢成指導，165頁。又，花木蘭文化出版社（2009年）出版專書。**

案：李建誠，中央大學文學碩士，崑山科技大學教授。〈釋訓〉一
　　篇，所釋多為形容寫貌之詞，包括疊字、聯綿字，兼及少量詩
　　句。本書除導論、結論外，主體三章:（1）疊字的意義，（2）雙
　　組重疊與句義，（3）詞義、句義與意義，對〈釋訓〉內容作了詳
　　盡的析論。

**詹文君《爾雅釋詁、釋言、釋訓同訓詞研究》，中正大學中國文學研
究所碩士論文（1997年），竺家寧指導。**

案：〈釋詁〉、〈釋言〉、〈釋訓〉為《爾雅》前三篇，重在訓釋普通語
　　詞，與後面名物各篇性質有別。三篇重點雖各有不同，要以同義
　　相訓為主要的方式。本書即綜合三篇同訓詞加以深入研究，主體
　　分四章:（1）《爾雅》同訓詞概說。（2）《爾雅》同訓詞「文同訓
　　異」與「訓同異義」的詞義分析。（3）《爾雅》同訓詞「轉相
　　訓」與語義場分析。（4）《爾雅》同訓詞中反映的文化現象。

2 〈釋親〉

**芮逸夫〈爾雅釋親補正〉，臺灣大學《文史哲學報》第1期（1950
年），頁101-136。**

案：芮逸夫，臺灣大學考古人類學系教授，民族學專家。全文分為：
（1）〈釋親〉所釋的親屬稱謂，凡一〇二種。（2）〈釋親〉所釋
稱謂的重複、遺闕及譌誤。（3）〈釋親〉遺闕及譌誤稱謂的探
討。（4）擬補正的〈釋親〉文，補十九條，正四條。（5）附表。

陳靜芳〈爾雅釋親中親屬稱謂詞的語義結構〉，臺灣大學《中國文學研究》第12期（1998年），頁99-122。

案：陳靜芳，臺灣大學中國文學系碩士。

3 〈釋器〉

李周龍〈爾雅釋器所見古事考〉，《孔孟月刊》第17卷3期（1978年），頁29-31。

案：故友李周龍，臺灣師範大學文學博士，新竹教育大學教授。詞
學、漢代學術、《逸周書》、《周易》專家。本文以為《爾雅・釋
器》一篇，其編纂之次第應依器物進化之級序，分：（1）初民之
時，有骨、角、羽、皮之屬四種。（2）狩獵遊牧耕稼之時，有
艸、瓠、竹、木、瓦、土、石、玉之屬八種。（3）黃帝之世，有
銅、鐵、金、銀、錫之屬五種。

4 〈釋天〉

莊雅州〈爾雅釋天天文史料析論〉，《李爽秋教授八十壽慶祝壽論文集》（臺北市：萬卷樓圖書公司，2006年），頁251-271。

案：此文以科學新知析論《爾雅・釋天》中的天文史料。除前言、結
論外，主體分兩節：（1）分別就二十八宿、四象、十二次、其他
恆星、彗星、流星等項目，探討〈釋天〉天文史料的內容。（2）

檢討其取材廣泛、綱舉目張之優點，及未臻完備、詮釋簡略之侷限，並肯定其在中國天文學發展史及科技文化研究上的價值。

5 〈釋草〉、〈釋木〉

王富祥〈爾雅草名今釋〉，《臺東師專學報》第1期（1973年），頁1-50。

案：此文依〈釋草〉次第，先採前賢之意，繼列其形狀性質，證明即今之某物，末附其異稱。有謬誤者，則於文中分別糾之。其體例大而別之，有十：（1）同名異類。（2）同類異名。（3）雙聲。（4）疊韻。（5）雙聲兼疊韻。（6）以聲為義。（7）以形為義。（8）叚借字。（9）重出。（10）錯簡。於所不知，則付闕如。

沈秋雄〈爾雅木華草榮辨〉，《大陸雜誌》第57卷第4期（1978年），頁185。

案：沈秋雄，臺灣師範大學國文系博士、教授，育達科技大學教授。《說文》學、《左傳》學、詩學專家。本文考察《說文》、金文、古典文獻，以為〈釋草〉：「木謂之華，草謂之榮。」宜訂正為「木謂之榮，草謂之華。」或《爾雅》原本不誤，後世抄刻致譌，然年世緜邈，不可詳考。其文極短，自有見地。

于景讓〈爾雅釋草的「須薞蕪」與「須葑蓯」〉《大陸雜誌》第4卷第4期（1962年），頁6轉12轉15。

案：于景讓，日本京都大學農業博士，臺灣大學生物系教授。郝懿行以為《爾雅》的「須葑蓯」與《說文》的「葑，須從也。」相通，而釋為蔓菁。本文以為其解釋並不正確。所謂蔓菁、蕪菁是不是一物，在現在的植物分類學中究竟是何物？關於這兩點，容後續論。

6 〈釋蟲〉、〈釋魚〉

施孝適〈爾雅蟲魚名今釋〉，《大陸雜誌》第81卷第3期（1990年），頁130-144。

案：施孝適，大陸學者，南京師範大學古文獻整理研究所研究員，文獻學專家。本文旨在釐清《爾雅》中蟲魚的名稱，並通過形態描述，幫助讀者識別，因而對原著的考證一概從略。全文每條先抄錄原文，原文後有選擇地括注今名及俗名。今名的確定主要依據《爾雅》的各種舊注和《本草綱目》，以及現代動物學方面的論著。釋文先列今名，括注拉丁名，接著注明其所屬的綱、目、科。形態描述中一般只擇要介紹外觀及色澤，以資識別。內容主要採自《辭海》、動物學工具書及其他專著及報刊。

徐復〈爾雅蟲魚名今釋跋〉，《大陸雜誌》第81卷第3期（1990年），頁144。

案：徐復，大陸學者，南京師範大學教授，著名語言文字學家。因施君助其編纂《廣雅詁林》，時相切磋，故撰此跋，推許其貫穿古今，言之有物。

于景讓〈鱨鮎鯉鯀──爾雅釋魚注一〉，《大陸雜誌》第27卷第1期（1963年），頁1-8。

案：〈釋魚〉：「鱨鮎鯉鯀」究竟是二種抑或四種魚，自古以來異說紛紜。于氏考證的結果，以為鱨即《廣雅》、《玉篇》、《本草》的鱏、鮊、白魚。鮎即鮧或鯷。鯉，在江南一帶俗稱黑魚，亦有標為烏魚者，古典注釋鮦、鱧、鱴鰋，亦指這種魚。鯀為草魚，則無可疑。可見鱨鮎鯉鯀應為四種魚。文末又有「草魚的產卵」補

其遺。

　　于氏另有〈牛魚考〉,《大陸雜誌》第16卷10期（1958年）,頁293-296,以為《爾雅》之鱣就是鱘鰉、黃鰭、牛魚,可以參閱。

（六）專題研究類

1 研究方法

莊雅州〈論考釋爾雅草木蟲魚鳥獸之方法〉,臺灣大學東亞傳世漢籍文獻譯解方法國際學術研討會論文（2003年）,頁1-24。又,《東亞傳世漢籍文獻譯解方法初探》（臺北市：臺灣大學出版中心,2005年）,頁127-170。上海華東師範大學出版社（2008年）出版簡體字版,頁92-122。

案：本論文吸收前賢對《爾雅》的考釋方式,並配合時代脈動,補充
　　新方法,整理歸納而提出九種方法,即：校正訛誤、辨別名實、
　　因聲求義、比較互證、發凡起例、根據目驗、描述性狀、繪製圖
　　影、運用新知。這些方法或通用於各種古籍訓解,或適用於名物
　　訓詁,或偏重於語言學、文獻學知識,或符合客觀科學的精神。
　　在借重傳統的訓詁方法之餘,又兼採新知、新方法,可供今人研
　　究《爾雅》之參考。

莊雅州〈論二重證據法在爾雅研究上之運用〉,臺灣師範大學：國科會中文學門小學類92-97研究成果發表會論文（2010年）,頁1-19。後收入《國科會中文學門小學類92-97研究成果發表會論文集》（臺北市：新文豐出版公司,2011年）,頁275-295。

案：本論文除前言、結論外,主體分為四節：（1）斠傳本之異同：如
　　敦煌唐寫本《爾雅》殘卷可斠《爾雅》傳本之譌誤衍奪。（2）證

古說之可信：如甲文可證〈釋天〉「商日祀」、「商日肜」之可信。（3）存典制之異說：如曾侯乙墓青龍白虎二十八宿圖與〈釋天〉二十八宿名稱之異同，楚帛書十二月名與《爾雅》之異同。
（4）詳名物之形制：如出土青銅器之鐘鼎彝卣、玉器之圭璋璧瑗為數甚多，可補《爾雅・釋器》形制解說之不足。

莊雅州〈黃季剛先生爾雅研究方法述評〉，北京師範大學：《章黃學術研討會暨陸宗達先生誕辰110周年紀念會論文集》（2015年），頁735-755。

案：黃季剛先生對雅學文獻作了全面而深入的探討，把近代雅學研究推進到一個嶄新的階段。本論文就其研究方法加以窺測，主體分五節：（1）黃季剛先生的《爾雅》學著作，有〈爾雅略說〉、《黃侃手批爾雅義疏》、《爾雅音訓》、《文字聲韻訓詁筆記》中的雅學部分等。（2）黃季剛先生《爾雅》學研究方法的理論，又分雅學研究之基礎、工具、途徑、程序。（3）黃季剛先生《爾雅》學研究方法的實務，又分博稽群書，發凡起例、因聲求義、考釋訂補。（4）黃季剛先生《爾雅》學研究方法的貢獻，又分拓寬治雅途徑、提升研究層次、建構理論體系、度與訓詁金針。（5）黃季剛先生《爾雅》學研究方法的補苴：可從現代語言學、名物學、自然科學、地下文獻、語言文化學等方面加以拓展。

2 文化學

盧國屏《爾雅語言文化學》（臺北市：臺灣學生書局，1999年），414頁。

盧國屏〈舊學蠹魚箋爾雅、晚知稼穡講豳風（陸游晨起詩）──爾雅

釋蟲、釋魚篇的文化詮釋〉，淡江大學：第九屆中國社會與文化國際學術研討會——漢語文化學論文（2000年）。又，《爾雅語言文化學》，頁251-303。

盧國屏〈語言文化學舉例——爾雅釋鳥篇〉，第四屆文學與文化學術研討會論文（2000年）。又，《爾雅語言文化學》，頁305-347。又，《文化密碼——語言解碼——第九屆社會與文化國際學術研討會論文集》（臺北市：臺灣學生書局，2001年），頁277-320。

案：盧國屏，政治大學中國文學系文學博士，淡江大學中國文學系教授、淮南師範學院終身特聘教授，《爾雅》學、語言文字學專家。《爾雅語言文化學》一書以宏觀的文化觀點，將語言文字學與文化學結合，重新詮釋了《爾雅》中的詞彙系統、宗族結構、工藝建築、音樂文化、天文地理、植物與動物。不僅賦古典以新義，也顯示語言文化學是一個值得探討的新研究方向。

王盈芳《爾雅釋親親屬關係之文化詮解》，淡江大學中國文學系碩士論文（2005年），盧國屏指導。

案：本論文企圖由〈釋親〉的親屬稱謂探討古代的婚姻、家庭、性別等文化痕跡。操作方法上，先將字詞的本義、引申義逐一說明，再依〈釋親〉篇的分類，宗族、母黨、妻黨、婚姻等四類，依條例名稱之內容，表以關係圖，將親屬關係逐代釐清，彼此之稱謂以圖示來表關係之遠近，最後再將各親屬稱謂作文化詮解。直系之血親，旁系之姻親，親屬遠近關係的親朋好友，婚姻形式產生的姻親兄弟都嘗試建構，並以較符合現今常用的稱呼做古今兩者之對照，找出其變化之痕跡。

古佳峻《郝懿行爾雅義疏及其宮器二釋研究──以文化闡析為觀察重點》，淡江大學中國文學系碩士論文（2007年），盧國屏指導，300頁。

案：本論文除緒論、結論外，主體二章為：（1）郝懿行生平傳略，包含：行誼、事蹟、學術介評、生平年表、郝氏著作細目。（2）郝疏《爾雅》宮器二釋析論，包含：〈釋宮〉、〈釋器〉類聚群分、郝疏與〈釋宮〉之文化詮解。郝疏與〈釋器〉之文化詮解。在〈釋宮〉方面，詮釋宮室形制的別稱界定、木建築的工法、中國的門文化、路橋之行道文化，人與空間的連結；在〈釋器〉方面，詮釋農漁狩獵的時代性、飲食文化、衣著文化、工藝技巧，闡析都十分詳細。

吳珮慈《從爾雅釋獸、釋畜篇看中國古代牲畜文明》，淡江大學中國文學系碩士論文（2013年），盧國屏指導。

案：現今一般《爾雅》相關的社會文化研究，大多是將牲畜當成農業或是祭祀研究的附屬品。本論文則是以牲畜作為主角，從《爾雅》記載野獸及牲畜的篇章中延伸。從語言文化的角度，由《爾雅》的詞條內容，將《爾雅》與先民生活兩條脈絡交會在一起，一探上古時期先民的牲畜文明，從狩獵至馴化，從馴化至豢養，其實這一連串的過程便是「人文化」的過程，也是古代先民與動物互動的可能樣貌。

（七）經學史類

1 通代

孫永忠〈類書淵源諸說論析──以爾雅與呂氏春秋為範圍〉，輔仁大學：第五屆海峽兩岸先秦兩漢學術研討會論文（2006年）。

案：孫永忠，輔仁大學中國文學系博士，任教於輔仁大學，文學專
　　家。類書之起源，說法不一，作者專攻類書之學，其博士論文
　　《類書淵源與體例形成之研究》（2005年7月）以為在概念上類書
　　提供的是文獻內容而不是文獻內容提要，也不是字詞的音義，是
　　輯集之功而非述作；在編輯體例與內容上，與百科全書、叢書、
　　總集、政書、字辭書等不同，故贊同王應麟起於《皇覽》之說。
　　此文辨析張舜徽起於《爾雅》說、汪中起於《呂氏春秋》說，此
　　外，〈類書的淵源探討──以洪範五行傳論、新序、說苑為例〉
　　（北京市：中國人民大學人文學術的中國語境研討會論文，2006
　　年9月）則在辨析馬國翰之說，要皆考辨諸說不足信仍堅主起源
　　於《皇覽》說。

**林明昌〈從爾雅到雅虎──文獻資料之分類與排序研究〉，北京大
學、淡江大學、復旦大學《海峽兩岸古典文獻學學術研討會論文集》
（上海市：上海古籍出版社，2002年），頁521-544。**

案：林明昌，淡江大學中國文學系博士，佛光大學中國文學與應用學
　　系教授。學術專長為文學概論、文學批評、美學研究、文化研
　　究、思想史。作者以為《爾雅》分十九類，釋2204事，是中國最
　　早處理資料分類、歸類、排序的書，其本身雖非類書，堪稱為類
　　書之濫觴。因而先論述三國以下類書之普遍分類原則，繼而論述
　　雅虎（YAHOO）網站及蕃薯藤網站的網路資料分類，而以數位
　　世界之叢書、類書合一與類書消失的可能性作結。

**賴貴三〈爾雅及郭璞注易學思想析論〉，輔仁大學：《第十屆中國訓詁
學國際學術研討會論文集》（2011年），頁389-406。又，韓國陽明學
會，《陽明學》第30集（2011年），頁307-328。**

案：賴貴三，臺灣師範大學國文學系博士、教授。《易經》、清代學術
　　專家。本論文主體兩節：（1）《爾雅》釋《易》說的論證依據，
　　（2）郭璞《爾雅注》引《易》及其《易》學探析。辨章考鏡，
　　以見小學與經學的涵蘊。

**楊薇〈爾雅注釋文獻的衍生方式及特點〉，《孔孟月刊》第43卷第4期
（2004年），頁40-47。**

案：楊薇，大陸學者，湖北大學古籍研究所畢業、教授。本論文據歷
　　代書目著錄，以為從漢代犍為文學到近人黃侃這期間的《爾雅》
　　注本約有一三〇種，其注釋方式可分為通注本、輯注本、校釋
　　本、補注本、圖注本。文獻與注釋文獻之間形成母子文獻傳承體
　　系。其特點為：（1）注釋文獻不是另起爐灶的創作，而是有前
　　提、受制約的創作。（2）注釋子文獻的體例基本上依從於原母體
　　文獻，只是在注文體系上有部分的自主性。（3）注釋子文獻在方
　　法上，對於原創母體文獻有自覺的承繼性。但從另一個角度看，
　　注釋文獻對被注文獻文字的整理、語義的解說、性質、體例、方
　　法等方面的申述，實際上起到了保存、完善、總結、光大被注文
　　獻的作用。而由於《爾雅》注釋子文獻自身有了獨特的文獻地位
　　和生命力，所以發展到一定的時期或程度，就有可能變成為新
　　的、二級的母體文獻。使得《爾雅》經著和《爾雅》注釋文獻共
　　築起一條極富生命力的文獻鏈。

**楊薇〈爾雅注本文獻系列價值平議〉，東海大學《中國文化月刊》第
314期（2007年），頁1-25。**

案：本論文以為《爾雅》注本文獻系列具有多方面的價值：（1）運用
　　《爾雅》特有的訓解詞義的方法、體例、不斷地進行「重建」，

建構了傳統訓詁理論中較有系統的「《爾雅》派」學說體系。
（2）自身形成了一個獨立完整的文獻系列，呈現了一條《爾
雅》研究史的脈絡。（3）不僅是研究古代語言現象及傳統語言學
理論的重要文獻，在保存其他文獻方面亦有重要價值。（4）保存
了許多寶貴的文化史料，使我們能了解古代的禮制、古人的衣食
住行、生活觀念、當時的生態變化以及科技發展。

郭濤〈從爾雅到爾雅詁林〉，《中國文化月刊》第247期（2000年），頁1-9。

案：顧濤，大陸學者。本論文先談《爾雅》的價值。繼而將歷來一五
　　〇部研究專著分成四類：校正文字、補正郭注邢疏、疏證《爾
　　雅》、釋例，並舉例說明。最後介紹《爾雅詁林》的成書經過、
　　內容、編纂特點及在學術史上的重大意義。

2　漢代

陳鴻森〈爾雅漢注補正〉，《漢學研究》第7卷1期（總13期，1988年），頁17-60。

案：清代學者纂輯《爾雅》舊注者將近十家。本論文以為以臧庸《爾
　　雅漢注》最為精審，故以此書為據，有正有補，凡一五〇條，另
　　附未能定，錄以備考者十一條。

3　魏晉南北朝

李斐、楊薇〈淺談爾雅郭璞注的文獻價值〉，《孔孟月刊》第44卷第1、2期（2005年），頁27-35。

案：李斐，大陸學者，湖北大學古典文獻學碩士，與其師楊薇合撰本

篇。以為《爾雅》郭璞注有五方面價值：（1）保存舊籍。（2）
《爾雅》研究史中的重要文獻。（3）具有斷代語言史料價值的文
獻。（4）是早期對訓詁條例和方法進行較為明確總括的文獻。
（5）是反映古代社會生活、自然科學的一部重要史料文獻。

4 唐宋

**吳煥瑞〈慧琳一切經音義引爾雅考〉，《大同學報》，第6期（1976
年），頁283-300。**

案：吳煥瑞，臺灣師範大學文學碩士，大同大學教授，語言文字學專
　　家。本論文總聚（唐）慧琳《一切經音義》所徵引《爾雅》，復
　　取（宋）邢昺《爾雅注疏》本排比異同，所得內容歸納為七類：
　　（1）疑出於《爾雅注》，計三十五條。（2）疑出於《爾雅》經傳
　　注，計四十二條。（3）疑出於史書注，計十七條。（4）疑出於諸
　　子注，計八條。（5）疑出於文集注，計五條。（6）疑出於其他字
　　書，計八十五條。（7）不知所出，計一二九條。

**薛慧綺《邢昺爾雅疏研究》，高雄師範大學經學研究所碩士論文
（2010年），蔡根祥指導。**

案：宋代邢昺為郭璞《爾雅注》作疏，立於學官，頗受世人重視，但
　　亦飽受批評，本論文即以後人的批評作為研究主題，首先比對邢
　　疏與《五經正義》之間的關係，試圖找出相近似的規則，包含：
　　引用前人注解，引用其他經典書籍、疏解語相同。之後，從規則
　　中分析其相異之處，以證明邢昺仍有自己的看法，以及注疏時所
　　下的功夫，檢視後人所謂的「抄襲」一說，重新定義邢疏與《五
　　經正義》之間的關係。另外，探討後人對邢疏的評價是否客觀公

允，以及邢昺在注疏《爾雅》時的缺失，邢昺《爾雅疏》一出，對後代造成了影響，包括：使《爾雅》復與諸經並列，廣泛被後人採用的「以聲通義」等，以及對學術上產生的貢獻：保存前人注解及佚書內容、尊重郭注，並強調重申其意，重整補充《五經正義》，反映宋代學術現象等，都是本文探討的重點。

林協成《陸佃及其爾雅學研究》，中國文化大學中國文學系博士論文（2014年），劉兆祐指導。

案：本論文主體八章：（1）陸佃之生平，（2）陸佃之學術淵源，（3）陸佃著作考述，（4）陸佃之《爾雅》學著作考，（5）陸佃《爾雅》學著作釋例，（6）陸佃《爾雅》學著作釋例用語，（7）陸佃《爾雅》學著作引書考，（8）陸佃《爾雅》學著作之價值。

5 元明清

盧國屏《清代雅學考》，政治大學中國文學系碩士論文（1987年），李威熊指導。又，花木蘭出版社出版專書（2009年）。

案：本論文旨在表彰清代《爾雅》之學，並沿流討源。主體分八章：（1）清以前之《爾雅》學。（2）清代《爾雅》學之背景。（3）清代《爾雅》學著述考（上）。（4）清代《爾雅》學著述考（下）。（5）清代《爾雅》要籍析論（上）。（6）清代《爾雅》要籍析論（下）。（7）清儒對《爾雅》作者時代及篇卷之考證。（8）清儒由《爾雅》發端之學。結論歸納清代《爾雅》學之特色與貢獻有六：（1）精於文字校勘。（2）精於搜覓輯佚。（3）精於文字聲韻。（4）新的義疏之學。（5）擬雅之學興盛。（6）雅學系統研究。末附錄：（1）歷代《爾雅》著作表。（2）歷代《爾雅》藝文紀事繫年表。

黃智明〈古今圖書集成經籍典爾雅部的文獻價值〉，《中國文哲研究通訊》第16卷第4期（2006年），頁137-162。

案：黃智明，東吳大學中國文學系文學博士，執教於元智大學中國語文學系。本論文主體分四節：（1）《爾雅》之內容與編排。（2）〈爾雅部〉之取材。（3）〈爾雅部〉之文獻價值，又分a. 便於考校異同。b. 便於文獻之檢索。c. 可資校勘。d. 〈爾雅部〉之缺失，又分a. 文字前後複重。b. 徵引文獻多有刪節。c. 文獻出處標注不統一。d. 文字校勘尚有未精。

柯亞莉、楊薇〈四庫全書小學類爾雅類三題〉，《書目季刊》第40卷第4期（2007年），頁1-5。又，《三峽大學學報（人文社會科學版）》第30卷第1期（2008年），頁65-68。

案：柯亞莉時為湖北大學古籍研究所研究生，與其師楊薇合撰此文，討論《四庫全書・小學類・爾雅類》三個問題：（1）《四庫全書》成書以前，《爾雅》著作至少十餘家，《四庫全書》僅收錄郭璞注邢昺疏、鄭樵注、姜兆錫注三種，無法做到考辨學術源流。（2）《爾雅》在傳統目錄或列於經類，或列於小學類，《四庫全書》置於小學類訓詁之首，與字書、韻書平列，這是清代治學宗旨、致思方式使然。（3）《四庫全書總目》對《爾雅》研究中一些爭議所提出的見解，如《爾雅》的作者與成書，《爾雅》的性質、雅學的源流、郭注邢疏、鄭樵注的評價，大抵相當客觀。

陳鴻森〈續修四庫全書總目提要經部辨證二〉，《臺大文史哲學報》第55期（2001年），頁375-424。

案：此文針對《續修四庫全書》孫馮翼、張澍所輯《子夏易傳》等十四書提要，其說有可議者，各為辨正商兌，訂譌補闕，其中與雅

學有關者有嚴可均《爾雅一切注音》、王祖源《爾雅直音》、錢大昭《廣雅疏義》等三種。〈辨證一〉《大陸雜誌》第95卷第6期（1997年），與《爾雅》無關，不贅。

王巧如《段玉裁說文解字注引爾雅考》，輔仁大學中國文學系碩士論文（2011年），王初慶指導。

案：段注本《說文》中有三十二個正篆下明引《爾雅》，段玉裁注則有一四五二個正篆下引用《爾雅》以注《說文》，分量極多，是否有特殊涵義，值得探討。除緒論、結論外，本論文主體分三章：第二、三章論述《說文段注》引《爾雅》釋例，關於段玉裁引用《爾雅》通例，以及引用《爾雅》注解《說文》之字形、字音、字義等。第四章分析《說文段注》引用《爾雅》的優、缺點。

林良如《邵晉涵文獻學探究》，臺灣師範大學國文系碩士論文（2003年），林礽乾指導。

案：本論文第四章〈邵晉涵之注疏學〉分三節介紹《爾雅正義》之緣起、體例與評價。體例又分校補經注訛脫、兼採諸家古注、考補郭注未詳、博引證明郭注、發明古音古義、辨別生物名實。評價則分邵勝於郝、郝勝於邵、各具千秋三說。作者以為邵氏首開清代《爾雅》學之研究規模，功勞最大。

李建誠《邵晉涵爾雅正義研究》（高雄市：復文圖書出版社，2003年）。

案：清代《爾雅》新疏邵晉涵《正義》及郝懿行《義疏》幾乎總結了前此相關的研究成果，各有優劣。然世人多右郝而左邵，研究二家之論著亦多寡懸殊，故作者發憤撰寫此書，以期彰顯邵書之精

義與價值。全書分六章：（1）導論：說明研究動機與對象。（2）
邵晉涵之生平與著作。（3）《爾雅正義》之內容：包含校勘《爾
雅》本文及郭注、繹彰詞義與博通旨趣、補充郭注之未詳、多引
經書注解之證、運用聲訓稽考古義、辨別生物名實之異、其它內
容特色（如以郭注證其他經書本文之誤、以《爾雅》校他書之
訛、推闡郭注之釋《爾雅》義例術語。）。（4）《爾雅正義》之訓
詁及疏解：包含訓詁的特點（如運用異文、文物材料等）、疏解
特點（形式、體例及內容方面與眾不同之風貌）及說者譏其「疏
不破注」之商榷。（5）《爾雅正義》與《爾雅》相關問題：就
《爾雅》之名義、撰者及時代、性質、篇卷等問題闡述郭氏之
說，以見其可自成一家之言。（6）結論。

**莊雅州〈論邵晉涵爾雅正義得失〉，《慶祝陽新成楚望先生七秩誕辰論
文集》（臺北市：文史哲出版社，1981年），頁175-180。**

案：本論文以為邵晉涵《爾雅正義》有四得二失。四得是體例完整
　　（包括校文、博義、補郭、證經、明聲、辨物）、態度嚴謹、採
　　擷宏富、考釋精審；二失是墨守郭注、壅隔聲理。文中指出，邵
　　氏雖墨守疏不破注，然亦能覽故考新，疏通證明，而屢有創獲，
　　故不必遽遺之。

**林永強《邵晉涵爾雅正義同族詞研究》，政治大學中國文學系碩士論
文（2009年），竺家寧指導。**

案：本論文以邵晉涵《爾雅正義》因聲求義二四三條詞條作為研究對
　　象。全文主體共分五章，首先探討「同族詞」的定義、研究概況
　　以及和「同源詞」之間的概念區分；其次整理、系聯《爾雅正
　　義》的同族詞，並以現代語言學的角度加以分析，從中構擬出一

○三組同族詞的詞根形式以及十五組同族聯綿詞，按照李方桂的上古二十二韻部加以排列；接著藉由系聯的成果，進而分析《爾雅正義》同族詞所表現的「語音關係類型」和「詞義關係類型」，並就整體來觀察《爾雅正義》在同族詞研究上的貢獻與侷限。

郭鵬飛〈讀王引之經義述聞爾雅札記三則〉，香港浸會大學：中日韓經學國際學術研討會論文（2010年）。又，林慶彰、盧鳴東主編《中日韓經學國際學術研討會論文集》（臺北市：萬卷樓圖書公司，2015年），頁911-930。

案：《經義述聞》是經學研究的名作，然智者千慮，容或有失，本文就書中《爾雅》部分，檢其可議之處加以商榷。全文分三則：（1）〈釋詁上〉：「林、烝、天、帝、皇、王、后、辟、公、侯，君也。」（2）〈釋詁上〉：「基，謀也。」（3）〈釋詁上〉：「績、宜，事也。」仍在作者主要研究範疇之內。

陳鴻森〈郝氏爾雅義疏商兌〉，《中央研究院歷史語言研究所集刊》第70本1分（1999年），頁203-238。

案：清代《爾雅》學者數十百家，其中以邵晉涵《正義》、郝懿行《義疏》二書為尤著。論者每謂郝視邵書為愈，本文作者以為二家各有高下，故繼王念孫〈爾雅郝注刊誤〉、蕭璋《文字訓詁論集‧王石臞訂爾雅義疏聲韻謬誤述補》（北京市：語文出版社，1994年）之後，於聲音之外，由另一側面檢視郝書之得失，以為學者討論邵、郝二書短長時參考之資。全文共分二十五條，或補其疏漏，或訂其譌誤，或正其迂曲，或批其比附，或舉其掩襲，或糾其嗜異，皆深造有得之言。

汪啟明〈郝疏爾雅轉語表考〉，嘉南藥理科技大學《第十一屆訓詁學國際學術研討會論文集》（2013年），頁19-70。

案：汪啟明，大陸學者，西南交通大學藝術與傳播學院教授，古典文獻學、語言文字學、編輯出版學專家。本論文分四節：（1）問題的提出，（2）前人的研究，（3）王氏〈刊誤〉和蕭璋〈述補〉轉語補釋，（4）郝疏《爾雅》轉語表考，附表十四。通過全面分析〈刊誤〉轉語十八組，搜集郝疏中的轉語五一二組，並與王力所擬上古時期語音系統比較。研究表明，王氏〈刊誤〉和蕭璋〈述補〉均只指出郝氏轉語的少量錯誤，實際上誤轉的情形比他們看到的嚴重得多，可以講得通的轉語不及百分之四十。如此，對《爾雅義疏》一書的學術價值就有了更明確的認識。

林義益《郝疏爾雅釋詁、釋言、釋訓假音、假借字檢證》，中央大學中國文學系碩士論文（2002年），蔡信發指導。

案：本論文乃針對郝氏疏〈釋詁〉、〈釋言〉、〈釋訓〉三篇，經文得為○音、○借之字，作全面性檢驗，並舉史料典籍為證。所使用之方法步驟有四：（1）翻查《說文》之義。（2）檢驗聲韻關係。（3）舉證史料典籍例句。（4）判斷郝說得當與否。並將分析所得之資料，再行研究歸併，可得以簡馭繁。如此之目的有二、可明郝氏之得失，此其一；可知文字之脈絡，此其二。以期補正郝說，於《爾雅》之研究，有所貢獻。

賴貴三〈焦循手批爾雅注疏鈔釋〉，臺灣師範大學：第二屆國際暨第四屆全國訓詁學學術研討會論文（1998年）。又，《訓詁論叢》第四輯（臺北市：文史哲出版社，1999年），頁267-302。

案：清朝焦循手批明朝毛晉汲古閣本《十三經注疏》中有《爾雅注

疏》三冊，為焦循傳世僅見有關《爾雅》之批校手稿。全稿雖未
成系統，然其多方引據類書《初學記》、《太平御覽》，史書《史
記》、《後漢書》及小學書《說文》、《玉篇》、《經典釋文》等專門
著作，以釐清、辨證、考較文字訓詁之意義，具有版本學、校讎
學以及文獻學之作用，足以勘補郭璞注，並增益阮元《校勘記》
之闕漏。全文分四節：（1）刻藏印記。（2）手稿釋文。（3）批校
特色（又分：印記多、便條多、引書多、輯佚多、補正多、自釋
多）。（4）餘論──《爾雅》釋《易》。作者另有《焦循手批十三
經註釋研究》（臺北市：里仁書局，2000年），〈批判繼承與創造
發展：焦循手批十三經註疏的學術價值〉祁龍威、林慶彰主編
《清代揚州學術研究》（臺北市：臺灣學生書局，2001年），頁
471-521，《臺海兩岸焦循文獻考察與學術研究》（臺北市：文津
出版社，2008年），頁156-160、290-304，可以參閱。

**賴貴三〈焦循爾雅釋易說述評〉，逢甲大學：第五屆中國訓詁學全國
學術研討會論文（2000年），頁233-245。**

案：清朝乾嘉「揚州通儒」焦循（1763-1820）精研《易》學。他的
　　《易》學詮釋特色有二：一在於天算數學方法的齊同比例，另一
　　為語言文字學方法的假借轉注，二者交相為用，成為焦循獨具別
　　裁的《易》學詮釋方法。本文試圖析論他的《易話‧下卷》「《爾
　　雅》釋《易》」。全文分成「釋《周易》經傳自相訓釋、其端倪始
　　於《爾雅》」、「釋攻，善也」、「釋濟謂之霽」等十三條，參考
　　《雕菰樓易學三書》相關內容，以述評其利弊得失，及其鈎貫
　　《周易》經傳與其他經典文獻的條理脈絡。

**彭喜雙〈葉蕙心爾雅古注斠述評〉，《書目季刊》第44卷第1期（2010
年），頁9-32。**

案：彭喜雙，大陸學者，復旦大學古典文獻學博士，服務於杭州圖書
　　館。晚清葉蕙心《爾雅古注斠》以輯採漢五家注為主，偶及郭璞
　　《圖讚》、《音義》、郭注佚文及沈旋、施乾、謝嶠、顧野王、裴
　　瑜乃至俗傳孫炎之音注，多達一二〇〇餘條，歷來學者多讚賞其
　　所輯富、所考精。本文以為細研此書，其實大體襲取邵晉涵《正
　　義》、郝懿行《義疏》而不言所出，罅漏實多，更僕難數，因而
　　從二十七個方面論述該書存在的問題，如：葉氏所輯有誤孫炎
　　《禮記注》為《爾雅注》者、有將俗間孫炎《爾雅正義》與東州
　　大儒孫炎注相混者……，所言可供學者重新檢視葉書。

**彭喜雙〈上海圖書館藏陶方琦爾雅漢學證義考略〉，《書目季刊》第44
卷4期（2011年），頁19-27。**

案：晚清陶方琦《爾雅漢學證義》一書，雖僅是未審訂且未卒業之
　　書，然頗有特色，即疏證舊注，且不乏精審之處。此書原稿不
　　見，姚振宗整理本現藏於上海圖書館。本論文對此書進行了較為
　　系統而全面的考證，肯定整體而言，正如《爾雅詁林敘錄》所讚
　　「堅扣中心，要言不煩，精審之處，幾可直追邵氏《正義》與郝
　　氏《義疏》」。然亦指出不足之處，如：引用材料失於條理別裁、
　　曲護舊注、好定古注本文字、所輯有漏略、溢出。

**莊斐喬〈爾雅正名初探〉，臺北市立大學，第三屆北市大中語系研究
生學術論文研討會會議論文（2016年），頁83-99。**

案：莊斐喬，中央大學中國文學系博士生，兼任講師，專攻《爾雅》
　　學、《說文》學。清末學者汪榮著有《爾雅正名》，全書凡十九卷
　　六九〇條，主要就字形論文字之正譌。黃季剛先生曾手批其書三
　　〇〇餘條，改從音義關係去探討本字、本義及語源，可以正汪書

之失，並補其不足。此書鮮為學界所注意，故本文針對此書作一初步探索。全文共分五節：（1）汪鎣及其《爾雅正名》。（2）《爾雅正名》內容體例：校異文、訂譌誤、求本字、知正變、考通用、注音切、言互見。（3）《爾雅正名》引書分類：徵引約在百種左右，可分四類：雅學著述、古籍、小學書、清代學者著作。（4）黃侃《爾雅正名評》評點要項：推其精確、正其譌誤、刪其不妥、質其疑義、補其不足、慎其取捨。（5）最後對《爾雅正名》之特色，如考求正變、崇尚漢學，重視《說文》等，及缺點，如過分精簡、體例不純、忽略音訓等作一評價。

6 現當代

孔維寧〈爾雅王氏學〉，《黎明學報》第20卷1期（2008年），頁1-13。

案：作者以為王國維在小學方面，除精通聲韻、文字、古文字之外，於《爾雅》學尤為用心，他除了〈爾雅草木蟲魚鳥獸名釋例〉上下兩篇外，尚有〈書爾雅郭注後〉等文。另外，他替蔣氏傳書堂校勘善本圖書，完成了《傳書堂善本書志》三函十六冊，其中有〈宋刻本爾雅注疏校記〉凡十卷，訂正阮元《爾雅注疏校勘記》訛誤處甚夥。王氏非但於《爾雅》研究上創立「新例」，而且於校勘上亦突破清儒瓶頸，因而名之為「爾雅王氏學」，撰為此篇。除前言、結論外，主體包含四節：（1）王氏治雅學受沈曾植之啟迪。（2）王氏發明《爾雅》經文之例。（3）王氏剖析《爾雅‧郭注》之論，（4）王氏開啟古聲研究法則之先聲。

李建誠〈黃侃論邵晉涵爾雅正義篤守疏不破注說商榷〉，《正修通識教育學報》第1期（2004年），頁181-194。

案：在關於《爾雅正義》的寥寥可數的論述中，黃侃〈爾雅略說〉一
　　文的評論是最受重視而常被引用的。然而，黃侃在〈爾雅略說〉
　　中認為《爾雅正義》是「篤守疏不破注之例」的說法卻值得商
　　榷。本論文即從體例及內容兩方面，舉出《爾雅正義》的訓釋實
　　例來證明《爾雅正義》並未有「篤守疏不破注」的弊病。

陳冠佑《黃侃手批爾雅義疏通轉術語研究》，臺北市立教育大學中國語文學系碩士論文（2009年），葉鍵得指導。

案：本論文以黃季剛先生手批《爾雅義疏》為研究範疇，從音韻的角
　　度，探討其訓詁術語「通」、「轉」的使用法則。全文主體分四
　　章：（1）黃侃生平及其《爾雅》古音學。（2）黃侃手批《爾雅義
　　疏》「通」字術語析論。（3）黃侃手批《爾雅義疏》「轉」字術語
　　析論。（4）黃侃手批《爾雅義疏》商榷，包括引書訛誤、同組異
　　名、術語相混。

莊雅州〈爾雅的時代價值及其在現當代的傳播〉，孔孟學會與國際儒學聯合會合辦，世界華文會承辦：《2010海峽兩岸儒學交流研討會論文集》（2010年），頁338-357。

案：除前言及結論外，本論文主體共分二節，首節從訓詁學的始祖、
　　詞彙學的淵藪、詞典學的先河、百科全書的雛型、文化學的寶庫
　　五方面論述《爾雅》具有多方面的價值，故在古代被奉為經典，
　　鑽研弗替。在時代潮流激烈變化的現當代，仍有其不可磨滅的價
　　值。次節從通論、目錄、校勘、釋例、注釋、翻譯、資料彙編、
　　各篇研究、專題研究、《爾雅》研究史等方面，探討六十年來，
　　《爾雅》在海峽兩岸研究與流傳的概況，以見《爾雅》之研究綿
　　綿不絕，在學術研究日新月異的今日，成果頗為豐碩。

（八）比較研究類

1　雅學內部比較

陳芬琪《漢代詞書與社會文化：由爾雅、方言與釋名觀察》，成功大學中國文學系碩士論文（1998年），竺家寧指導。

案：《爾雅》、《方言》、《釋名》這三本古代的語言文字學名著、成書時間不同，其中所蒐羅的詞語各代表當時所見，將這三本書中同類詞彙作一對比，可以看到文化變遷在詞語中的反映。本論文主體分四章：（1）由義類區分看先秦到漢代的文化面貌。（2）詞彙運用與先秦到漢代的飲食文化。（3）由詞彙現象看先秦兩漢之服飾文化。（4）稱謂詞所反映的親屬制度。

黃立楷《從爾雅到釋名的社會演化與文化發展》，淡江大學中國文學系博士論文（2011年），盧國屏指導。

案：本論文從社會史觀的角度連貫《爾雅》、《釋名》這兩部不同時代的詞書、藉以探討先秦至漢代文化變遷在詞語中的反映。全文分上下兩編，上編詞書與詞彙的社會文化本質，有五章：（1）緒論。（2）《爾雅》與《釋名》的成書與體例。（3）詞書的文化本質。（4）《爾雅》與《釋名》詞彙分類之社會觀。（5）《爾雅》與《釋名》的基本詞彙與社會演進。下編《爾雅》與《釋名》的社會文化系統，亦有五章：（1）自然天地範疇的文化詮釋。（2）食衣住行範疇的文化詮釋。（3）生理人倫範疇的文化詮釋。（4）禮樂教化範疇的文化詮釋。（5）結論。

趙林〈爾雅釋親與釋名釋親親屬稱謂體系之比較研究〉，中國文化大學《第25屆中國文字學國際學術研討會論文集》（2014年），頁1-27。

案：趙林，美國芝加哥大學遠東語言文化學系博士，中國文化大學教
授，文字學、藝術考古學、中國上古史專家。本論文旨在探索及
比較《爾雅・釋親》所載先秦時代的親制與《釋名・釋親》所載
先秦至東漢時代之親制之異同。採取語言學中的結構分析法，先
將兩個系統中的親屬稱謂分出單式及複式稱謂，再逐一表列、說
明、比較、論述之。在單式親稱方面，《爾雅・釋親》計有26號
32名，《釋名・釋親》則有27號40名。在複式親稱方面，《爾雅・
釋親》有72號73名，《釋名・釋親》則有31號34名。在本文第貳
三、參節及表一、二中對以上各要點皆有細緻的論述。結論指
出：《爾雅・釋親》所記的親屬體系乃反映了「姓族優勢時代」
的親屬體系，而《釋名・釋親》所記的親屬體系乃反映了中國社
會開始步入「家族優勢時代」的親屬體系。

**李岡〈爾雅邢昺疏與鄭樵注比較研究〉，臺南大學：《第9屆思維與創
作暨第12屆中國訓詁學學術研討會論文集》（新北市：大揚出版社
2015年），頁131-158。**

案：李岡，大陸學者，西南交通大學藝術與傳播學院教授。邢昺疏、
鄭樵注是宋代《爾雅》研究成就最大且最具代表性者，但學界對
二者評價分歧甚鉅。本論文從對音義關係的認識、同義詞研究和
義類研究三個方面對邢疏、鄭注全書爬梳，進而進行對比，得出
以下基本結論：（1）相較不同而言，邢疏和鄭注在《爾雅》研究
的主要方面相當一致，表現了訓詁學傳統的歷史繼承性。（2）邢
疏鄭注《爾雅》研究取得的突出成就主要表現在：一是知音義之
通，二是較系統地以同義詞辨析糾正《爾雅》「類聚同訓」方法
上的不足，三是通過義類分析和逐層疏解嘗試揭示上古漢語詞彙
層級系統特徵。但是二者在大同之中，在內容、方法、系統性等

方面還是有不少小異。論文還從宋代經學的劇變與訓詁學的傳統繼承性方面揭示宋代訓詁學發展的成因及其基本規律。

2　雅學外部比較

芮逸夫〈九族制與爾雅釋親〉，《中央研究院歷史語言研究所集刊》第22本（1950年），頁209-231。又，《中國民族及其文化論叢》（臺北市：藝文印書館，1972年），頁723-746。

案：全文分四節：（1）眾說紛紜的九族解。（2）九族正解的討論。（3）《爾雅・釋親》的九族觀。（4）〈釋親〉九族觀的九族制。附表二：（1）今文主要四家九族說比較，（2）《爾雅・釋親》九族表。

石磊〈從爾雅到禮記──試論我國古代親屬體系的演變〉，《中央研究院第二屆國際學術會議論文集》（民族與文化組）（1989年），頁127-140。

石磊〈從爾雅釋親看我國古代親屬體系的演變〉，《中央研究院民族學研究所集刊》第71期（1991年），頁63-86。

案：石磊，英國倫敦大學研究，中央研究院民族學研究所研究員，臺灣大學人類學系教授。本論文分為五節：（1）從外形結構看《爾雅・釋親》所代表的親屬體系的性質。（2）妻黨親屬混亂的情況與可能合理的解釋。（3）婚姻項下的親屬稱謂。（4）重新組合宗族、妻黨與婚姻下的各詞。（5）Kachin, Purum與Siriono的例子。

黃國禎〈從禮記禮器觀到爾雅之禮器觀〉，《仁德學報》（2009年），頁165-181。

案：黃國禎，任教於仁德醫護管理專科學校。本論文旨在研究《爾

雅》禮的精神內涵。《禮記・禮器》所云：「禮也者，合於天時，
設於地財，順於鬼神，合於人心，理萬物者也。」作者即以此五
個部分去解釋「禮器觀」的意義，並試著加以定義，以作為本文
之理論背景依據。再就形式與內容兩層面加以鋪陳本文，就形式
言，從《爾雅》篇章，探究《爾雅》與《禮記》的關聯；就內容
言，根據〈禮器〉之五大內涵，將《爾雅》名物各篇加以分章，
再從《爾雅》與《禮記》的內文對照，以發明名物背後之意涵，
回應「禮器」之精神。

**盧國屏《爾雅與毛傳之研究與比較》，政治大學中國文學系博士論文
（1994年），周何、李威熊指導。**

案：《爾雅》與《毛傳》二書之間所存在的爭議，約而言之有三：一
為成書先後之爭議，二為依傍援引之爭議，三為《爾雅》是否依
傍《毛傳》釋《詩》之爭議，自古以來，紛論不斷，沿流至今。
本論文秉持「回歸原典」、「以自身材料解決自身問題」之研究理
念，收集二書相關訓例七七二條，以文字、訓釋、意義三大方
向，做縝密的比較、考證，期望能解決下列七大問題：（1）考察
《爾雅》與《毛傳》全面相關之訓例。（2）考察《爾雅》是否依
傍《毛傳》成書。（3）考察《爾雅》成書年代及與《毛傳》之先
後。（4）考察《爾雅》是否為釋《詩》而作。（5）考察《爾雅》
訓詁材料之來源。（6）考察《爾雅》之成書性質。（7）考察早期
訓詁狀況與成果。經全文九章、十八萬字之比較研究，最後得出
三大結論：（1）《爾雅》非依傍毛傳成書。（2）《爾雅》早於《毛
傳》的可能性較大。（3）《爾雅》與《毛傳》成書性質各異。

**盧國屏〈由字異訓異義同例看爾雅與毛傳之關係〉，《淡江大學中文學
報》第5期（1999年），頁253-284。**

案：《爾雅》與《毛傳》，是訓詁學初期的兩大鉅著，成書年代，相
　　去不遠，但成書目的與訓詁性質卻各自不同。歷來，在作者、成
　　書先後、字詞訓釋各方面均迭有爭議。影響所及，使秦漢之際訓
　　詁實質成果產生疑惑，訓詁學初期的學術體系，亦因此蒙昧。本
　　文從二書訓例之比較入手，希望回歸字詞在運用及發展階段中之
　　實際考察，以解決二書相關之爭議。

魏培泉〈詩毛傳與爾雅釋詁等三篇之比較研究〉，臺灣大學《中國文學研究》第2期（1988年）。

案：魏培泉，臺灣大學中國文學系博士，中央研究院語言學研究所研
　　究員，語言學、語法學專家。論文奠基於美國學者Coblin. W.
　　South (1972) "An Introductory Study of Textual and Linguistic
　　Problems in ERH-YA" (University of Washington)，以不同的方
　　法，從不同的角度來探討《爾雅‧釋詁》三篇和《毛傳》的訓解
　　異同，及其連帶的意義。研究結果顯示：《爾雅》和《毛傳》之
　　間在訓解上頗有歧異，此與Coblin的觀點大為不同，因而排除
　　《韓詩》作為《爾雅》詩注來源的可能性，而此三篇與齊魯二家
　　的關係亦有待釐清。至於（清）陳喬樅把《爾雅》定為魯學的觀
　　點及把漢代、六朝的引文、詩注作為家學派分亦不無可議。本文
　　也因研究〈釋訓〉的組織內部及重言詞的訓解而判斷此篇可能有
　　早於《毛傳》的部分，也有晚於《毛傳》的部分，後面的數十條
　　可能是後來才加入的。

莊雅州〈爾雅釋魚與說文魚部之比較研究〉，中國訓詁學會、杭州師範學院《紀念周禮正義出版百年暨陸宗達先生百年誕辰學術研討會論文匯集》（2005年），頁203-213。又，高雄師範大學《經學研究集刊》第7期（2009年），頁95-106。

案：本論文分三節：（1）在材料方面，比較《爾雅》、《說文》所收錄的字詞，除了相同者二十餘字外，《說文》暗用《爾雅》者為數不少，足見深受其影響。（2）在體例方面，《爾雅‧釋魚》臚列四十五條同義詞，類似百科全書的性質，雖未詳細詮釋，然或有大小、顏色、性狀等描述，開後世義訓之先聲。《說文》則繼承其傳統而踵事增華，在訓詁方面更臻周密，例如詮釋字義、剖析字形、標注讀音、引證，各方面的體例大抵已包舉無遺，可當訓詁之淵藪。（3）在價值方面，分別從語言文字學、科技史、文化學三個面向進行比較。

賴雁蓉〈爾雅釋木與說文木部之比較研究〉，《中正大學中國文學研究所研究生論文集刊》第8期（2006年），頁155-179。

賴雁蓉〈爾雅與說文名物詞比較研究——以器用類、植物類、動物類為例〉，中正大學中國文學系碩士論文（2006年），黃靜吟指導，253頁。

案：本論文分四章：（1）《爾雅》與《說文》名物詞材料之分類：器用、植物、動物三大類名物詞，《爾雅》有一○六五個，分見〈釋宮〉等十一篇，可再分成若干小類；《說文》則有二六四八個，散見一五○個部首，亦可分若干小類。（2）《爾雅》與《說文》器用類名物詞之比較。（3）《爾雅》與《說文》植物類名物詞之比較。（4）《爾雅》與《說文》動物類名物詞之比較。後三章除介紹各類名物詞內容外，並進行材料、體例、價值的比較。

黃靜吟〈爾雅與說文解字分類及釋義同異析論——以釋獸、釋畜兩篇為例〉，中正大學《第24屆中國文字學國際學術研討會論文集》（2013年），頁175-204。

案：本論文主體分三節：（1）在名義方面：《爾雅》「獸」、「畜」二字
　　非泛指所有動物，大部分是指脊索動物門哺乳綱的動物，又依其
　　為野生或人工豢養而區分為「獸」、「畜」兩大類，而〈釋畜〉中
　　則額外加入脊索動物門鳥綱中屬於家禽的雞類。（2）在分類方
　　面：在畜類方面，《爾雅》、《說文》分類較為精準，在獸類方
　　面，二書釋義皆較模糊，致無法確切區分屬別。復因異體字的分
　　別、複合詞與單字詞的限制、《說文》漏收和後世新造字四項因
　　素，造成二書收字的歧異。（3）在釋義方面：二書在獸類字釋義
　　相同者有十七條，不同者有三十一條，在畜類字釋義相同者有二
　　十二條，不同者有十四條。二書釋義不同，可能有七種成因：
　　（1）釋義簡略、詞義模糊。（2）多義字詞義的分歧。（3）釋義
　　著眼點不同。（4）詞義變遷。（5）訓詁方式不同。（6）版本傳鈔
　　轉誤。（7）單字詞與複合詞的差異。

**王世豪《說文解字與經典文獻常用字詞比較研究》，臺灣師範大學國
文系博士論文（2014年），421頁。**

案：本論文第四章第二節〈說文解字與爾雅釋詁、釋言、釋訓訓釋常
　　用詞之比較〉，又分四項：《爾雅‧釋詁》三篇訓釋常用字詞的性
　　質、《爾雅‧釋詁》三篇訓釋常用字詞的訓釋類型、《爾雅‧釋
　　詁》三篇訓釋常用字詞在《說文解字》訓釋時之使用型態、常用
　　訓釋字詞在《爾雅‧釋詁》與《說文解字》繼承與變化關係。第
　　五章第三節〈說文解字與方言、釋名常用字詞之比較〉，亦與雅
　　學有關。

**康才媛〈蓮荷同異字考辨──以爾雅、說文解字為例〉，《國立歷史博
物館館刊》第12卷3期（2002年），頁22-31。**

**李建誠〈邢昺爾雅疏與郭璞爾雅注、孔穎達五經正義之關係試論〉，
《正修通識教育學報》第4期（2007年），頁1-18。**

案：本論文從邢氏詳細疏解郭注之序文、補充郭注之書證、不補郭注
　　未詳、校勘郭注等方面舉實例說明邢氏重視郭注、為郭注作疏。
　　再從邢疏中舉出實例，與所從出之文字比較，以說明邢氏抄襲
　　《五經正義》之缺失。

（九）廣雅、仿雅類

1 通考

**林明波《清代雅學考》第二至第五篇，《慶祝瑞安林景伊先生六秩誕
辰論文集》（臺北市：政治大學中國文學研究所，1969年），頁645-
788。**

案：第二篇〈小爾雅類〉收莫栻《小爾雅廣注》等九部，第三篇〈廣
　　雅類〉收錢大昭《廣雅義疏》等十部，第四篇〈方言類〉收戴震
　　《方言疏證》等五十五部，第五篇〈釋名類〉收吳志忠《吳氏釋
　　名校訂本》等十五部，體例與第一篇並同。

**林尹〈訓詁學的根柢書籍〉，《訓詁學概要》（臺北市：正中書局，
1972年），頁207-339。**

案：林師景伊，北京大學國學研究所畢業，曾任教於河北大學、金陵
　　女子文理學院、北京師範大學，來臺後，任臺灣師範大學國文研
　　究所教授，黃季剛先生入室弟子，與高師仲華、潘師石禪同為章
　　黃學派在臺最重要的傳人，以語言文字學、老莊哲學、學術史名
　　家。其《訓詁學概要》秉承師說，以為訓詁學根柢之書有十：
　　《爾雅》、《小爾雅》、《方言》、《說文》、《釋名》、《廣雅》、《玉

篇》、《廣韻》、《集韻》、《類篇》，其中雅學居其半。頁209-239介紹《爾雅》、頁239-247介紹《小爾雅》、頁247-258介紹《方言》、頁278-303介紹《釋名》、頁303-313介紹《廣雅》，各書皆分作者、內容、條例、重要著述四項，條分縷析，要言不煩，頗便初學。

其他訓詁學書如：

胡楚生《訓詁學大綱》（臺北市：華正書局，1989年），頁241-319。

陳新雄《訓詁學》（臺北市：臺灣學生書局，2005年）下冊，頁325-663。

皆有類似章節，不贅。

2 《小爾雅》

許老居《小爾雅考釋》，臺灣師範大學國文學系碩士論文（1973年），黃永武指導。又，《臺灣師範大學國文研究所集刊》第18號（1974年），頁209-320。

案：全書分七章：（1）書名及作者辨證。（2）版本考。（3）與《爾雅》、《廣雅》之比較。（4）價值。（5）校箋。（6）補遺。（7）著述。其中校箋佔全書篇幅百分之七十，是重點所在。

3 方言

丁介民《方言考》，臺灣師範大學國文學系碩士論文（1964年），許世瑛指導。又《臺灣師範大學國文研究所集刊》第10號（1965年），頁739-812。又，臺灣中華書局（1969年）出版專書。

案：丁介民，臺灣師範大學文學碩士，海洋學院教授。本書分兩大部

分：（1）《方言》版本考：又分宋本、明本（明刊本、明鈔本、明叢書本）、清本（清刊本、清叢書本）。（2）《方言》書考：又分校勘之屬、輯佚之屬。注疏之屬、苃廣之屬、通考之屬、專考之屬、分地之屬、雜著之屬，凡一一五部。序云：「是篇之作，亦本數端：曰審名實、曰重左證、曰戒妄牽、曰汰華辭，義例求其謹嚴，論述務其詳盡，於所不知，則守蓋闕之義。」可以略見梗概。

丁惟汾《方言譯》《詁雅堂叢著》六種之五（臺北市：中華叢書編審委員會，1966年）下冊，頁1-294。又《方言音釋》（濟南市：齊魯書社，1985年）。

案：本文以為《方言》之注本，首推（清）錢繹《箋疏》，然錢氏於聲音未能通貫，故此篇釋《方言》，一如釋《毛詩》、《爾雅》，亦旁徵博引，即音求義、由義證音，尤側重以後代方言、俚語作為佐證。在求經訓於箋注之餘，蒐討求音義於己耳，為治學者別闢新途，誠有足多。

李周龍《揚雄學案》，臺灣師範大學國文系博士論文（1979年），高明、李鍌指導。

案：本論文頁175-214第三章〈子雲之著述〉第三節《方言》分著錄、存本與輯本、敘錄、考證，參考丁介民《方言考》，益臻完備。頁425-477第四章〈子雲之學術〉第四節〈從方言中所見之小學成就〉分《方言》之條例（又分詞式例、義類例、編次例、訓詁例）、《方言》分區、《方言》之轉語，亦能見《方言》之價值。

全廣鎮〈方言的體例及其在漢語語言史上的地位〉，《書目季刊》第23卷第4期（1990年），頁22-35。

案：全廣鎮，韓國學者，臺灣大學中國文學系文學博士，語言文字學
　　專家。本論文焦點集中在此書問世的時代背景、內容和體例，及
　　其在漢語史、訓詁學史、方言學史上的地位。在內容和體例方
　　面，探討《方言》的內容和與《爾雅》的關係，並分析《方言》
　　詞彙的體例、區分漢代方言界線的條例。

**李昭瑩《揚雄方言同源詞研究──以秦晉方言和楚方言為例》，臺灣
大學中國文學系碩士論文（1997年），楊秀芳指導。**

案：本論文主體分四章：（1）討論《方言》一書的作者、時代、版
　　本、體例與術語等內容：方言詞與共同語的判定方法以及方言地
　　理區的劃分情況。（2）論述分析同源詞以及其與古今字、同義
　　詞、通假字、異體字、亦聲字的區分和關係：回溯古代漢語的同
　　源詞研究情況及近人的研究成果。（3）以秦晉方言和楚方言為
　　例，呈現《方言》同源詞的音韻對應現象。（4）分析討論秦晉方
　　言同源詞和楚方言同源詞的特色以及二者間之比較。

**陳素貞、高秋鳳〈說文所見之方言研探〉，臺灣師範大學《中國學術
年刊》第8期（1986年），頁37-87。**

案：陳素貞，臺灣師範大學國文系碩士，東海大學中國文學系博士。
　　高秋鳳，臺灣師範大學國文系文學博士、教授，文學專家。本論
　　文為二人肄業碩士班時合撰。《說文》所見方言與揚雄《方言》
　　互有異同，亦古代方言之珍貴資料。而前人之論述僅止於收錄，
　　或有略加注釋者，或有與揚雄《方言》條證異同者，然未有作較
　　深入探討者。以是本文之作乃嘗試據此資料作一較深入之探討。
　　緒論言對《說文》方言取捨之標準。本論則先探討《說文》引方

言之目的，其次則論《說文》方言出現之區域，再次則略究《說文》方言與揚雄《方言》之關係，末則先言《說文》方言與轉注之關係，再論《說文》方言以何部首出現較多及其何以然。最末則以《說文》所見《方言》之價值作結。

鮑國順《戴震研究》（臺北市：國立編譯館，1997年）。

案：鮑國順，政治大學文學博士，靜宜大學、中山大學教授，清代學術專家。本書據（1978年）博士論文《戴東原學記》修訂而成，第三章小學三、訓詁學評介《爾雅文字考》、《轉語》、《方言疏證》、《續方言》、〈書小爾雅後〉。東原之書，或存或佚，此篇論《方言疏證》最詳，除考《方言》作者問題外，又舉校定之例、疏證之例，並論其草創之功。

4 《釋名》

胡楚生《釋名考》，臺灣師範大學國文學系碩士論文（1963年），楊家駱指導。又，《臺灣師範大學國文研究所集刊》第8期（1964年），頁139-360。

案：胡楚生，南洋大學文學博士，東吳大學、中興大學教授，目錄學、訓詁學、清代學術、韓柳文專家。本論文共分八章：（1）作者考。（2）內容考。（3）價值考。（4）版本源流考。（5）有關著述考。（6）校勘記。（7）佚篇遺文考。（8）音訓類例箋證。對《釋名》之研究面面俱到，十分詳細。第八章〈釋名音訓類例箋證〉分單名之屬、複名之屬、無音及存疑之屬三類，又分古音相同為訓例、複名單訓例、直陳其義訓例等二十一例，篇幅占全文三分之二，為重心所在。

方俊吉《釋名考釋》（臺北市：文史哲出版社，1978年），159頁。

案：全書七章，首章論音訓之起源，其餘六章論《釋名》之作者、篇
　　章及內容、體例、評價、版本、有關著述。以為《釋名》一書之
　　訓詁，就音同、音近之詞，以求事物得音得義之所由，雖或以為
　　「頗傷穿鑿」，然其書去古未遠，所釋名物典禮，亦多存古制之
　　遺，所留聲韻，尤可資後世考究古音之道也。所言頗為中肯。

方俊吉《音訓與劉熙釋名》（臺北市：學海出版社，1988年），223頁。

案：此書為《釋名考釋》之增訂本。全書凡十章，除將「音訓之起
　　源」一章擴充為音訓之體裁、緣起、檢討三章，增加「釋名之成
　　書背景」外，其餘多與前書相同。

李維棻《釋名研究》（臺北市：大化書局，1979年）。

案：李維棻，淡江大學中國文學系教授。該書主體分四章：（1）訓釋
　　之條例：分形訓、聲訓、義訓。（2）聲訓之分析：有方言、疊
　　字、雙聲、同韻、異音等項目。（3）《釋名》的複詞。（4）從文
　　法看《釋名》訓解用詞的品類，計分十一項。

**徐芳敏《釋名研究》，臺灣大學中國文學系碩士論文（1984年），杜其
容指導。又，臺灣大學《文史叢刊》之83（1989年）。250頁。**

案：徐芳敏，臺灣大學中國文學系文學博士、教授，音韻學、方言學
　　專家。主體分四章：（1）《釋名》簡介：介紹劉熙生平及其時代、
　　《釋名》內容及體例。（2）前人研究《釋名》之總成績：評述楊
　　樹達、齊佩瑢、胡楚生等十一家論著。（3）以系聯法窺測《釋
　　名》聲訓之可信度。（4）從相關書籍看《釋名》聲訓之歷史淵

源。研究結果顯示：《釋名》聲訓大多出於主觀的人為附會，未足輕信，而全書中不少聲訓顯然皆其來有自，非出於劉熙手筆。

莊美琪《釋名研究》，臺北市教育大學中國語文學系碩士論文（2007年），葉鍵得指導。

案：主體分六章：（1）《釋名》的作者與時代背景。（2）《釋名》之版本。（3）前賢研究概述。（4）《釋名》之內容分析：分自然地理、人文社會、文物器具三個範疇分析。（5）《釋名》之訓詁方式：以聲訓為主，形訓、義訓為輔。（6）《釋名》之評價；先論胡樸安之二十八點、方俊吉之六點，又補充五點。

邱永祺〈畢沅生平及其小學研究〉，臺北市立大學中國語文學系博士論文（2017年），許錟輝指導。

案：本論文第八章〈畢沅之訓詁學研究〉第一節〈釋名疏證〉，共分六項：（1）疏證作者考論：以為自張之洞以降，世人多以此書乃江聲代撰，頗乏實據，可能為二人合撰，以畢氏之名為署。（2）《釋名》作者考證：以為《釋名》可能是劉熙、劉珍相繼完成。（3）疏證動機與目的：旨在薈萃參校眾說，表其異同，正其紕繆。（4）書證與統計：《疏證》引書十八種，不下千餘條，皆分卷統計加總，製成表格。（5）內容析述：重要內容為：斠正文字、標明音讀、考據名義、鉤沈軼文。（6）學術價值：振興《釋名》之研究、研究《釋名》之寶庫、輯補《釋名》之闕失、訓詁成果之展現。第二節〈繼踵之作〉：簡要介紹畢氏之《釋名補遺》、《續釋名》及顧廣圻、成蓉鏡、吳翊寅、王先謙等之補作。

謝雲飛〈釋名音訓疏證〉，臺北市：國科會研究獎助論文（1960年）。

案：本論文以古聲二十八紐、古韻二十二部為準，注明《釋名》每一個音訓字的古音，依二十七篇先後製成表格，頗便檢索。

姚榮松〈釋名聲訓探微〉，《慶祝陽新成楚望先生七秩誕辰論文集》（臺北市：文史哲出版社，1980年），頁181-198。

案：姚榮松，臺灣師範大學國文系文學博士、教授，語言文字學專家。本文主體分三節：（1）《釋名》聲訓之義例。（2）《釋名》聲訓之語音分析。（3）《釋名》聲訓之語意分析。其結論為：（1）《釋名》聲訓的聲音原則大抵是相同或相近，聲韻懸絕的例外不多，卻有待進一步解釋。（2）語義相似的程度，尚無客觀標準，大抵同音為訓中，屬於同諧聲的語意關係比較接近，非形聲字的同音字，語義關係的決定較主觀。（3）聲訓並非全為探究語源而作，它只是從語音與語義的連繫，試圖把分散的個別語詞，加以義類的串通。

包擬古（N. C. Bodman）撰，竺家寧譯〈釋名複聲母研究〉，臺灣師範大學《中國學術年刊》第3期（1979年），頁59-83。

案：包擬古，美國學者，耶魯大學博士。竺家寧，中國文化大學中國文學系博士，淡江大學、中正大學、政治大學中文系教授，語言文字學、語言風格學、佛經語言學專家。本文係作者一九五〇年博士論文 "A Linguistic Study of the Shih Ming" 第三章，一九五四年由哈佛大學出版。專門討論複聲母在《釋名》中存在之形式，為全書最精要的部分，分三個部分論述：（1）舌根音和l構成的複聲母，（2）l與非舌根聲母的接觸，（3）含有ŋ、n、m的複聲母，每個字之下皆注明國際音標，運用新方法、新概念，使古漢語的研究在清儒的基礎上，又更邁進了一步。

何宗周《釋名釋天繹》（臺北市：香草山出版公司，1981年）

案：何宗周，臺灣師範大學教授。本書將《釋名・釋天》，依劉熙原
　　文的次序排列，首先求每個「名」的性質，其次，列出一般古代
　　文獻對每個「名」的各種解釋。然後說明被訓詞與聲訓詞古聲古
　　韻的情形，並且泛論其他古人聲訓的音理。

**黃立楷《釋名語言文化研究》，淡江大學中國文學系碩士論文（2004
年），盧國屏、石漢椿指導。**

案：本論文以劉熙《釋名》為基礎材料，再以語言文化學的觀點研
　　究，並利用語言與文化之間的緊密關係，重新建構出劉熙在《釋
　　名》裡觀察出的人文世界。主體各章為：（1）自然天地：包含天
　　文（〈釋天〉）與地理（〈釋地〉、〈釋州國〉、〈釋山〉、〈釋水〉、
　　〈釋丘〉）兩個部分。（2）生命與人際互動：包含形體（〈釋形
　　體〉、〈釋姿容〉、〈釋疾病〉）與人際關係（〈釋親屬〉、〈釋長
　　幼〉、〈釋喪制〉）。（3）民生基本需求：包含食（〈釋飲食〉）、衣
　　（〈釋綵帛〉、〈釋首飾〉、〈釋衣服〉）、住（〈釋宮室〉、〈釋床
　　帳〉）、行（〈釋車〉、〈釋船〉、〈釋道〉）。（4）器物與教化：包含
　　音樂（〈釋樂器〉）、用器（〈釋樂器〉、〈釋兵〉）、書籍經典（〈釋
　　典藝〉、〈釋書契〉）。每一章皆闡明其文化意涵，為《釋名》建構
　　出一個完整的有機社會組織。

**江敏華〈說文、釋名中所反映的漢代方言現象〉，《臺大中文學報》第
16期（2002年），頁108-142。**

案：《說文》與《釋名》是揚雄《方言》之外考察漢代漢語方言的重
　　要材料。本文以《說文》和《釋名》引用方言的材料為研究對

象，試圖從中尋繹出漢語的同源詞，利用已知的漢語上古音與漢代韻部分合演變的知識，考察古代音韻變遷與方音分化的情形。主體分二節：（1）說明《說文》、《釋名》引用方言材料的性質和目的，以釐清這些材料的可信度以及它們可以運用的程度。（2）針對我們認為屬於漢語同源詞的資料，分聲母、韻母兩方面的音韻對應檢視其方音分化的過程。結論是《說文》、《釋名》中所提及的方言地理區，有少數方言現象和現代方言不謀而合，更可見古代方言材料之彌足珍貴。

李振興〈釋名研究述略〉，《中華學苑》第53期（1999年），頁55-80。

案：李振興，政治大學中國文學系文學博士、教授，《尚書》學專家。本文將古今《釋名》研究論著打散，依六大項若干小項重新組合論述：（1）《釋名》的作者及成書時代。（2）《釋名》的時代背景及寫作目的。（3）《釋名》的內容體例及音訓。（4）《釋名》的價值、影響。（5）《釋名》的商榷。（6）《釋名》以後的研究著作及評論。參考取閱，有左右逢源之便。

5　《廣雅》

梁春華《廣雅考》，政治大學中國文學系碩士論文（1973年），周何指導。

案：主體分五章：（1）《廣雅》作者考：a.作者張揖之略歷，b.著述《廣雅》之動機，c.作者其他撰著。（2）《廣雅》版本考：自明代至民國，凡二十七本。（3）《廣雅》篇卷內容及價值考。（4）《廣雅》訓詁條例：a.義訓例：六大例，b.音訓例：十一例。（5）《廣雅》有關著述考：a.專著類：十三書，b.單篇論文類：五篇。

金朱慶《廣雅研究》，臺北市立大學中國語文學系碩士論文（2002年），葉鍵得指導。

案：本論文主體七章：（1）談《爾雅》發展到《廣雅》的過程，另介紹《廣雅》成書時代背景、作者生平及其他著作。（2）介紹《廣雅》版本：包括明、清二朝各版本的內容體例、傳承關係、流傳因果等。（3）逐一介紹古今研究《廣雅》文獻著作。（4）探討《廣雅》的詞彙範疇。（5）探討《廣雅》的人文範疇。（6）探討《廣雅》的自然環境範疇。（7）探討《廣雅》的生物範疇。結論提出《廣雅》在古代訓詁學、今日語言學、和反映古代文化三個方面的價值。

張文彬《高郵王氏父子學記》，臺灣師範大學國文學系博士論文（1978年），高明、林尹指導。

案：張文彬，臺灣師範大學國文系文學博士、教授，清代學術、語言文字學專家。本論文第三章〈王氏父子著述考〉著錄王氏父子著述八十六種，其中，頁113-125著錄《廣雅疏證》十卷、《補正廣雅音》十卷、《廣雅疏證補正》一卷、《爾雅郝注刊誤》一卷、《刪刊郝氏爾雅義疏》，以《廣雅疏證》析論特詳，緒論頁4云：「《廣雅疏證》始撰及撰成之年代，雖說者多家，然本文重加考訂，可知正文經始於乾隆五十二年八月，截稿於六十年底，而敘則作於次年嘉慶元年正月。眾說或誤或簡略，得此而可定矣！又此書今中央研究院史語所藏有殘稿九十紙，係畿輔本定稿，目睹墨澤，倍感親切，誠可寶也。」

鍾哲宇〈論廣雅疏證資料取證之校勘方法〉，嘉南藥理科技大學：儒學與訓詁：第13屆中國訓詁學國際學術研討會論文（2017年），頁27-39。

案：鍾哲宇，中央大學中國文學系博士，任教於中央大學、銘傳大
　　學、元智大學。本文旨在探討王念孫自云所側重之幾種主要資
　　料，一窺其校勘《廣雅》之方法。主體分兩節：（1）以「諸書無
　　訓」為校勘之立論基礎：形式有二：a. 諸書無訓者，字之譌誤，
　　b. 諸書無訓者，上下條誤合為一。（2）從《廣雅》訓詁之傳承脈
　　絡校勘：其校勘方法有二：a.《廣雅》之前的文獻：《廣雅》之訓
　　多本《方言》與《說文》，b.《廣雅》之後的文獻：《玉篇》本於
　　《廣雅》；《廣韻》、《集韻》之訓多本《廣雅》。唯王氏《疏證》
　　資料宏富，校勘取證不限於此，此但就其犖犖大者言之而已。

**方俊吉《廣雅疏證釋例》，政治大學中國文學系碩士論文（1970年），
高明指導，182頁。**

案：全書分六章：（1）前言。（2）王氏明《廣雅》之體例（分十二
　　項）。（3）王氏自明《疏證》之體例（分三項）。（4）王氏《疏
　　證》之體例：a. 考證例。b. 本聲音例。c. 析意義例。d. 校詁脫
　　例。e. 闕略例。（5）王氏《疏證》用語例（分二十四項）。（6）
　　其他（兩可之條例，九項）。各項之下又分為若干條例。

**崔南圭《由王氏疏證研究廣雅聯綿詞》，東海大學中國文學系碩士論
文（1988年），周法高指導。**

案：主體有兩章：（1）為《廣雅》作聯綿詞譜：依王氏《疏證》聯綿
　　詞分為重言和連語兩大類，再依聲韻關係分為若干組。（2）由
　　《廣雅疏證》看王念孫對聯綿詞的看法及其聲訓理論的探討：先
　　述評王念孫對於聯綿詞的看法，再由《廣雅》聯綿詞檢討王氏聲
　　訓理論及其實踐，最後有一總評，對王念孫的一些觀念加以肯定
　　或批判，正文後有三個附錄。

趙中方〈廣雅疏證與漢語詞族研究〉，祁龍威、林慶彰主編《清代揚州學術研究》上冊（臺北市：臺灣學生書局，2001年），頁389-403。

案：趙中方，大陸學者，揚州大學中文系教授。本文以為《廣雅疏證》以語音為引線，以詞義為核心，以書證為依據，從紛繁的漢語詞彙中串聯出眾多的音近義同的同族詞，其方法和成果不但為漢語語義學也為普通語言學理論提供了極有價值的借鑑和材料。具體而言，可分三項：（1）明義類，（2）明類比，（3）明語源，三者密切聯繫，不可分割。在明語源方面，又可分為以功用釋名物、以特徵釋名物，以性狀釋名物，以位置釋名物、比況、以通名釋散名、以動作釋動作方式，以重言釋狀詞，值得特別留意。

徐興海〈從廣雅疏證看王念孫的詞群研究〉，《東海大學文學院學報》第44卷（2003年），頁138-158。

案：徐興海，大陸學者，華東師範大學碩士，江南大學文學院教授。本文主要通過對於《廣雅疏證》中所提出的詞族的研究，以說明王念孫對於中國訓詁學的貢獻。主體分三節：（1）訓詁之旨在於聲音，（2）《疏證》之聲訓研究，（3）詞族研究。

張顯成〈廣雅疏證同源詞研究評介〉，《東海大學文學院學報》第44卷（2003年），頁390-396。

案：張顯成，大陸學者，文學博士，西南大學文獻研究所教授，出土簡帛、中醫文獻專家。本文旨在評介胡繼明《廣雅疏證同源詞研究》（成都市：巴蜀書社，2003年）一書。全文分為三節：（1）所用理論方法科學先進，（2）對王書同源詞進行逐一清理闡釋，（3）對王書同源詞的研究進行全面的總結歸納。

翁慧芳〈廣雅疏證同源詞研究述評〉，中國訓詁學會、杭州師範學院《紀念周禮正義出版百年暨陸宗達先生百年誕辰學術研討會論文匯集》（2005年），頁315-327。

案：翁慧芳，臺灣師範大學國文學系碩士。本文以為胡繼明《廣雅疏證同源詞研究》從《疏證》列舉、分析的語言材料出發，對王念孫排比的具有同源關係的一組組詞進行了切實的探討，在材料的清理、輯佚方面下了相當大的工夫，並補充書證，加強其論點，也揭示了王書同源詞研究方法的重大突破與創新。因而將胡氏一書分兩部分探討：（1）簡述王念孫《疏證》研究同源詞的理論與方法：a. 在理論方面主要為「訓詁之旨，本於聲音」。b. 在方法方面，有聲訓法、諧聲之義例及音轉法。（2）介紹胡氏一書對《疏證》的闡釋：分為a. 同源詞語音、語義分析之依據。b. 補充書證。c. 構成類型及音轉、音義結合規律。

張意霞〈廣雅疏證與某通音讀析論〉，逢甲大學《第五屆中國訓詁學全國學術研討會論文集》（2000年），頁171-196。

張意霞《王念孫廣雅疏證訓詁術語研究》，臺灣師範大學國文系博士論文（2004年），陳新雄指導。

案：本論文針對《廣雅疏證》中訓詁術語的部分加以歸納分析，期望透過這樣的研究來尋求各訓詁術語的使用條件與涵義，及各術語間的異同與關聯，來進行確定及釐清訓詁術語定義的工作。全書分六章：第一章緒論。第二章訓詁術語析例：將訓詁術語分門別類，以見其梗概。第三至第五章分別將《廣雅疏證》中的重點術語分類研討，包括「轉」、「通」、「同」……等，以釐清這些術語的定義與意涵。第六章為王念孫《廣雅疏證》訓詁術語的評析，

探討其對右文說的繼承與發揚，訓詁術語定義的比較與合理界
說，及王念孫《廣雅疏證》的貢獻與影響。

李福言《廣雅疏證音義關係術語略考》，武漢大學古籍研究所博士論文（2014年），萬獻初指導。又，花木蘭文化出版社（2016年）出版專書，上下冊428頁。

案：李福言，大陸學者，任教於江西師範大學。本論文選擇《廣雅疏
　　證》中數量較多的四個音義術語──「一聲之轉」、「之言」、「聲
　　近義同」、「猶」進行計量與考據研究。分析術語連接的字（詞）
　　音形義特點，討論術語的性質與來源，比較術語功能性異同，並
　　從現代語言學的角度討論音義關係問題。研究表明：《廣雅疏證》
　　四個術語間，功能上有同有異。聲韻上，「一聲之轉」更強調聲
　　類的聯繫，「之言」、「聲近義同」、「猶」更強調韻類的聯繫。形
　　體上，利用諧聲關係進行訓釋，是「之言」和「聲近義同」的重
　　要特色。「一聲之轉」和「猶」多強調形體的異，而「之言」和
　　「聲近義同」多強調形體的同。詞義上，「一聲之轉」、「之言」、
　　「聲近義同」，顯示同源占詞義關係比較大。可見「一聲之轉」、
　　「之言」、「聲近義同」更多屬於語言學範疇，「猶」更多的屬於
　　語文學範疇。經深入討論，認為音義關係上，《廣雅疏證》四個
　　術語顯示的音義關係是必然和偶然性的統一，有序性和無序性的
　　統一，還顯示了音義關係具有層次性，以及義素與義位、語音形
　　式與概念的複雜對應關係。最後，本書討論了《廣雅疏證》因聲
　　求義的特點和貢獻，及音義關係研究要注意的問題。

陳新雄〈王念孫廣雅釋詁疏證訓詁術語一聲之轉索解〉，中山大學：第一屆國際暨第三屆全國訓詁學學術研討會論文（1997年），又《訓詁論叢》第三輯（臺北市：文史哲出版社，1997年），頁283-326。

案：陳師伯元，臺灣師範大學國文系文學博士，臺灣師範大學、中國
　　文化大學教授，林師景伊入室弟子，《詩經》學、語言文字學專
　　家。本論文以為王氏之言「一聲之轉」者，在《廣雅‧釋詁》疏
　　證四卷中，共一〇六條，大多數均為雙聲相轉，然亦有疊韻相
　　轉者。

6　宋代仿雅

**莊斐喬〈埤雅釋天析論〉，嘉南藥理科技大學：儒學與訓詁：第13屆
中國訓詁學國際學術研討會論文（2017年），頁237-254。**

案：宋朝陸佃的《埤雅》是第一部博物類的仿雅專書，很特別的是該
　　書除了草木蟲魚鳥獸之外，還有〈釋天〉兩卷。因而引起本文寫
　　作的動機。主體分三節：（1）《埤雅‧釋天》探析：探討《埤
　　雅‧釋天》的編纂、內容、引書。（2）《埤雅‧釋天》與雅學著
　　作的比較：與《爾雅》、仿雅學書、廣雅學書比較異同。（3）《埤
　　雅‧釋天》的評價：a. 特色：開創仿雅書籍的體例、博採傳統思
　　想與俗諺、重視文字訓詁的運用。b. 缺點：引用資料不足、記錄
　　不甚完備、未見當代特色，帶有迷信色彩。c. 影響：對後代較無
　　影響，但對仿雅學具有開創性，有探討的價值。

**莊斐喬〈埤雅、爾雅翼異同論〉，東吳大學線上學術論文第35期
（2016年），頁19-41。**

案：北宋陸佃的《埤雅》、南宋羅願的《爾雅翼》是宋代兩本仿雅名
　　著。二書時代相近，性質相類，取名亦有異曲同工之妙，本論文
　　因而從三方面針對這兩本書進行比對研究：（1）在編排體例方
　　面，二書分類、詞目、詞條編排各有異同。（2）在訓詁方面：二

書之訓詁方式、訓詁術語、名物考釋各有異同。（3）在引書方面，以小學類為例，二書在文字類、聲韻類、訓詁類引書各有異同。最後從《爾雅翼》引《埤雅》三條，見其傳承關係，並針對其價值、影響及優缺點進行總結。

莊斐喬〈爾雅翼引語言文字學書考〉，東吳大學：第10屆有鳳初鳴全國研究生學術研討會會議論文（2015年）。又《有鳳年刊》第11期（2015年）（臺北市：東吳大學），頁252-276。

案：羅願《爾雅翼》引據浩博，不下二五〇種，其中語言文字學方面，所引多達三〇〇餘次，本論文分三節探討之：首先以歸納的方式，舉例臚列《爾雅翼》引用語言文字學的書目、次數及其內容。進而比較其引文與今日所見版本之異同，及輯出今本無存之《蒼頡篇》、《急就章》、《爾雅古注》、《埤蒼》、《字林》、《三蒼解詁》、《爾雅贊》、《切韻》、《唐韻》、裴瑜《爾雅注》、《字說》、《字源》等書之條目。其次說明《爾雅翼》引語言文字學書之價值，包括版本學價值、校勘學價值、輯佚學價值。其三說明《爾雅翼》引語言文字學書之疏失，如出處交代不清，引用不够忠實，常有竄改刪節等。

莊雅州〈羅願及其爾雅翼〉，臺灣師範大學：陳新雄教授八秩冥誕紀念學術研討會論文（2015年）。又《陳新雄教授八秩冥誕紀念論文集》（臺北市：萬卷樓圖書公司，2015年），頁519-533。

案：本文除了介紹羅願的生平事蹟，《爾雅翼》的成書及版本等背景資料外，研究重點是分析《爾雅翼》的內容體例，計得十一項，即：標舉詞目、分析字詞、追溯物名、考辨名實、區分品種、描述性狀、引用書證、旁採異聞、闡發意旨、評騭得失、付諸闕

如。最後結論還論及羅願不僅博極群書,引用二五〇種以上的典籍,且以實事求是、無徵不信的精神探考資料,或出自目驗,謀及芻蕘,或深入民間,調查俚諺,傾注大量心力,完成考據精博,內容充實的《爾雅翼》,成為宋代雅學著作中成就最高,流傳最廣的不朽之作。

莊雅州〈羅願爾雅翼平議〉臺南大學:《第9屆思維與創作暨第12屆中國訓詁學學術研討會論文集》(新北市:大揚出版社,2015年),頁89-105。

案:此為〈羅願及其爾雅翼〉的賡續之作,旨在平議《爾雅翼》的特色及其疏失。文中首先指出《爾雅翼》具有資料豐富(旁徵博引、保存文獻)、論述詳細(考辨用心、描述細膩)、文辭高雅(遣詞精鍊、行文生動)、重視調查(親驗耳目、兼採俗諺)、講求實用(推廣物用、修己治人)等五項特色;其次評述其缺失,歸納為五項侷限,即:體例不純(稱引不一、交代不清)、引文失真(刪節改寫、子虛烏有)、分類欠妥(承襲舊說、自行歸類)、判斷失準(見理未瑩、徒逞胸臆)、牽強附會(蹈襲前誤、好奇杜撰)。羅書雖然瑕瑜互見,然瑕不掩瑜,後學仍可去蕪存菁,以其為雅學研究的重要參考。

7 清代仿雅

廖逸廷《方以智通雅同族詞研究》,臺灣師範大學國文系碩士論文(2008年),姚榮松指導,180頁。

案:本論文以歷史比較語言學方法,研究《通雅》中訓詁之詞條,分析上古聲韻關係、意義關係、聯繫同族詞近一五〇組,藉以窺探明末清初時詞族研究之規模與價值。全書共分六章,除緒論外,

主體各章為方以智行述及其《通雅》概說、《通雅》所反映的同
族詞分析、《通雅》同族詞音轉規律分析、《通雅》同族詞意義規
律分析、《通雅》同族詞研究的價值與不足。

**方麗娜〈方以智通雅謰語述評——兼談聯綿詞典的編纂〉，高雄師範
大學國文學系86學年度教師學術研討會論文（1997年）。**

**方麗娜〈吳玉搢別雅研究——兼談通假字與假借字、古今字的相互關
係〉，《高雄師大學報》第12期（2001年），頁109-130。**

案：方麗娜，臺灣師範大學國文系文學博士，高雄師範大學國文學系
　　教授，語言文字學專家。（清）吳玉搢《別雅》五卷，集錄古籍
　　中文字形體不同而意義相同的詞，按韻編排，共收錄一八八條詞
　　語，一一注明出處，辨析它們同用、通用或轉訓、假借關係，是
　　一部研究古書某些詞語的異同及其原因的重要參考書。此書所收
　　各詞條的形異類別，按今日的標準衡量，除大部分是音同或音近
　　的通假字外，也有不少是古今字、異體字、同源字、假借字。本
　　文以《別雅》所提供的訓詁材料，加以分析說明，兼談訓詁術語
　　「借」、「通」、「同」等等的辨析。全文分三節：（1）緒論：概述
　　本文的研究動機與旨趣。（2）本論：探討《別雅》一書的內容、
　　體例、評價。（3）結語：辨析通假字與假借字、古今字的相互關
　　係。

蕭惠蘭〈疊雅論繹〉，《孔孟月刊》第37卷4期（1998年），頁37-44。

案：蕭惠蘭，大陸學者。本論文分三節：（1）《疊雅》的作者與成
　　書、版本。（2）《疊雅》的內容與條例，條例分為：a. 改變框
　　架，不顯分門類。b. 同義相聚，一條一釋。c. 同文異義、分條別
　　裁。d. 自為疏證，方便閱讀。（3）《疊雅》的價值與不足。價值

為：a.填補了雅書選題的一個空白，為雅學作出了新貢獻。b.占有充實可靠的資料，把雅書編纂提高到一個新水準。c.開闢了疊音詞研究的廣闊天地，在理論和實踐上都有新突破。不足為：a.有的引書格式自破其例。b.案語有的採用前人成果而未指明。c.引書訛誤之處，也還不少。

方麗娜〈史夢蘭疊雅述評——兼談重疊式構詞法的特色〉，《高雄師大學報》第10期（1999年），頁133-152。

案：清朝史夢蘭《疊雅》一書專門搜輯經史子集和諸家注疏中的重疊詞，是中國第一本系統整理研究重言詞的專著。在訓解古籍時了解重疊式構詞法的特色是非常重要的。本文希望利用現代語言學的理論，對重疊詞加以分析整理，既要重視語法結構，也不能忽略詞彙意義。全篇分三節：（1）緒論：概述史夢蘭生平傳略與著作，和本文研究的動機與旨趣。（2）本論：討論《疊雅》一書的內容、體例、評價。（3）結語：說明重疊式構詞法的特色。

方麗娜〈洪亮吉比雅述評——兼談類比釋義的原則及其語義之間的關係〉，《高雄師大學報》第11期（2000年），頁31-53。

案：清朝洪亮吉《比雅》一書，收錄詞語極多，是研究古代漢語的同義詞、類義詞、反義詞的重要參考資料。本文從《比雅》所提供的訓詁材料加以比較、分析，以說明此書的釋詞形式和內容，並希望利用語義場理論、義素分析法等現代語言學的方法，來闡述類比釋義法的功能。全文分三節：（1）緒論：概述洪亮吉生平傳略與著作，和本文的研究動機與旨趣。（2）本論：探討《比雅》一書的內容、體例、評價。（3）結語：說明類比釋義的語義關係及類比的原則與範疇。

劉雅芬〈朱駿聲說雅釋詁言語類動詞語義場析論〉，輔仁大學《第10屆中國訓詁學國際學術研討會論文集》（2011年），頁311-336。

案：劉雅芬，成功大學中國文學系博士，任教於輔仁大學中國文學系，語言文字學、佛經語言學專家。清代朱駿聲《說雅》一書附刊於：《說文通訓定聲》，依《爾雅》編纂體例，將《說文解字》九三五三字以及《說文通訓定聲》新增加的七千餘字，仿同《爾雅》歸為十九義類，其詞條形式亦例仿《爾雅》，釋義則以《說文解字》為依據，是辨析古漢語同義詞之珍貴語料。本論文以「語義場」理論分析《說雅・釋詁》一篇中「言語類」動詞語義場。〈釋詁〉「言語類」動詞語義場共可分為一個上位概念，六個下位概念：（1）表說話、陳述：如言。（2）表談論、討論、評論：如訂、詳、議。（3）表詢問：如諮、論、諟。（4）表勸諫：如諱、救、諴。（5）表責罵、毀謗：如讒、譖訐。（6）表欺詐：如誇、誕、譎。（7）表其他與說話類相關語義：如諛、譏、誹。共五十二個語詞，逐一分析。

劉雅芬〈朱駿聲《說雅・釋詁》「知道類」動詞語義場析論〉，輔仁大學中文系教師學術研討會論文（2011年），頁1-25。

案：〈釋詁〉「知道類」動詞語義場共可分為一個上位概念（表知曉、明白：知），四個下位概念。（1. 表識辨：識、哲、諝、憭。2. 表覺察、領悟：覺、寤、發、諦。3. 表知之詳盡：審、咸、諳、悉、睿。4. 表特殊情況：嬌、訣、惀。）本文嘗試以語義場方法，補苴傳統語義學對詞義孤立、零碎的考察方法；以《說雅》編輯而得《說文解字》「知道類」動詞語義場中，得知了許多成分構成的語義結構。然而，雖然語義場可提供對詞義系統而宏觀的研究，但更進一步對語義場內部義位進行微觀觀察。尚待來日。

劉雅芬〈朱駿聲說雅釋詁近義詞分合觀初探〉，輔仁大學：傳統與再生──漢學學術國際研討會論文（2014年）。頁1-17。

案：《爾雅‧釋詁》共收詞條一七五條，釋二二九〇詞，《說雅‧釋詁》共收詞條一六三九條，釋二五一五詞。兩者數字懸殊，呈現了《說雅‧釋詁》於近義詞意義區分的長足發展。作者細察朱駿聲《說雅‧釋詁》近義詞的分合處理，發現其處理近義詞詞義的明確觀念。首先，就全書體例而言，朱駿聲遵循〈釋詁〉收基本詞義概念，以「詞本義」為主要原則，將《爾雅‧釋詁》中的引申義逐一調整至相關篇目，而假借義則加以刪除。在近義詞詞條分合上，不論增繁分化或重整刪併，則採取「從其分不從其合」的條例原則。凡詞義中具有類義素者，則分之。對《爾雅‧釋詁》詞條，均展現了朱駿聲對近義詞詞義系統「本義為主」、「從其分不從其合」的條例原則。此一分合觀的探討，有助於《說雅‧釋詁》的研究。

劉雅芬〈朱駿聲說雅釋詁新增近義詞研究──以「擾亂義」為例〉，臺南大學《第九屆思維與創作暨第十二屆中國訓詁學學術研討會論文集》（新北市：大揚出版社，2015年），頁65-81。

案：《說雅‧釋詁》對《爾雅‧釋詁》中的詞條，如有未見《爾雅‧釋詁》或釋義不同者，均另列於後，成為新增詞條，並產生新的近義詞詞群。本論文析論《說雅‧釋詁》「擾亂」義詞群共計五條十八詞，如惑、憒、妄、擾，以「亂」為上位概念，下領四個子義場，形成一個上古漢語有關混亂的相關詞義場，分別為「罕用詞」、「混亂狀況」、「亂後處理」、「亂後反應」。

劉雅芬〈朱駿聲說雅釋詁新增近義詞——以「使從義」為例〉，北京師範大學《陳新雄先生逝世三週年紀念會論文集》（2015年），頁124-138。

案：本文析論《說雅・釋詁》「使從」義詞群「命、使、隨、從」等詞條六條十詞，反義詞「很」一條一詞。其中「命」見收《爾雅・釋詁》，但釋義不同，其餘相對《爾雅》，均屬於新增詞，故朱駿聲將之群聚安排於後。詞群以「使」為上位概念，引申出「隨從」義場，形成一個上古漢語有關發號使令與接受、執行命令的相關動詞義場。

三 臺灣現當代爾雅學研究論著檢視

昌彼得《中國目錄學講義》（臺北市：文史哲出版社，1973年），頁21云：

> 目錄學者，詳分類例以部次群書，而推闡其大旨，辨學術之源流本末，誌版本之異同優劣，俾讀者即類以知學，因學以求書，索書知擇本之專門學術也。

此言目錄學之定義，但也涉及其內容與功用，最完整之目錄，前有總序、小序，用以辨章學術，考鏡源流。各書則有敘錄，用以指導學者治學涉經，鑒別古籍之真偽存佚，是進行研究必不可缺的指南針。從古以來目錄學能如此完善者為數極尠。本論文的知見書目共收錄一八七筆，分門別類著錄七十年來臺灣《爾雅》學著述，各書皆登錄其作者，出版年、書（篇）名、版本、出版地、出版社或期刊卷期、頁碼等，再簡要介紹作者，客觀陳述論著內容，雖不夠詳盡，但比起其他相關書目已增補超過一倍，對學者之循目求書，因書研究應該不無裨

益。唯為了使讀者更進一步對臺灣七十年來的《爾雅》學研究以及海
峽兩岸的對比有較深刻、較完整的認識，在此有必要針對知見書目略
加檢視：

（一）量的分析

1 論著的總量

在經學論著目錄中，林慶彰的《經學研究論著目錄》一至四輯蒐
集的時間最長，資料的內容最為豐富，共著錄了一九一二至二○○二
年二三六九二筆論著，其中《爾雅》學僅有五○六筆，占全部論著的
百分之二點一四，臺灣的更只有五十七筆，占《爾雅》學的百分之十
一點一三，占全部的百分之○點二四。汪中文的〈近年來臺灣爾雅學
概述〉著錄一九九三至二○一一年論著八十三筆，是最新的資料。此
外，如余培林〈六十年來之爾雅學〉著錄七筆，劉文清、李隆獻《中
韓訓詁學研究論著目錄初編》著錄四十五筆左右，為數也都極少。甚
至連大陸學者竇秀艷《中國雅學史》（濟南市：齊魯書社，2004年）
附錄二〈1950年以來雅學研究著作論文舉要〉著錄海峽兩岸著作論文
三○○篇，其中臺灣占四十一篇，合百分之十三點六六，情況也相
仿。由此可見，就研究成果而言，與其他經學相較，《爾雅》學在海
峽兩岸都是「小眾經學」，正如唐代《爾雅》以字數較少而稱為「小
經」一樣。而與大陸相比，臺灣的成果只有十之一二，更是小中之小
了。不過，以海峽兩岸人口比例五十比一而言，臺灣的《爾雅》學研
究，也算得上是盡心盡力了。

2 各時段的成果

從一九四五年到現在，以十年為一時段，共可分為七個時段，每
一時段的研究成果各有不同：

20世紀50年代　　3筆

60年代　　1筆

70年代　　14筆

80年代　　29筆

90年代　　15筆

00年代　　40筆

21世紀10年代　　55筆

20年代　　30筆

一九四六年，諫侯在《圖書月刊》第一卷第五期發表〈唐寫本郭璞注爾雅校記〉，一九五○年芮逸夫連續發表了兩篇〈釋親〉方面的論文，一九六○年謝雲飛以〈釋名音訓疏證〉獲得國科會研究獎助，這些都是臺灣最早出現的《爾雅》學論文。那時成果極少，可說是臺灣《爾雅》學的拓荒期。二十世紀七○年代至九○年代，三十年間《爾雅》學論著有五十八筆，風氣才逐漸展開，可稱之為發展期。到了二十世紀、二十一世紀之交，二十年間共出現了九十五筆，可說是研究的鼎盛期。而最近七年來則僅有三十筆，還有待努力衝刺。

如果以一八七筆著述分配到七十三年，則平均每年只有二點五六筆，又足以見臺灣《爾雅》學研究確實不夠發達，還很有拓展的空間。

3　研究者的身分

一八七筆論著有獨撰，有合寫，有譯作，如果每一位執筆的人都算是一位研究者，則共有一二五位研究者，按其地域分布，則為：

臺灣　　94位

大陸　　22位

香港　　3位

日本　　3位

韓國　　2位

美國　　1位

顯示研究者以本地學者居絕對多數，大陸學者亦不少，而香港、日、韓、美國皆不乏其人。可見《爾雅》學與其他國學一樣，已成為世界共同的遺產，而域外人士的參與，使得臺灣《爾雅》學的研究更為多彩多姿。

　　如果以筆數計算，則莊雅州的十二筆最多，詳見陳溫菊〈莊雅州教授傳略及其經學論著初論〉（中央研究院文哲所：戰後臺灣的經學研究1945-現在，第四次學術研討會論文，2016年）。其次為汪中文、盧國屏、劉雅芬的五筆，陳鴻森、王書輝、方俊吉、李建誠、方麗娜、莊斐喬的四筆。當然這樣的統計是很不科學的，如謝一民雖然只有兩筆，其《爾雅逐字解詁》卻多達六十餘萬言；丁惟汾雖然只有三筆，其《詁雅堂叢著》三篇論文卻厚達六三一頁；孔維寧雖然只有三筆，其《爾雅古注輯考》三冊，更有一二七四頁之多。然若改以質量的價值作為衡量的標準，那就更非量的統計所能窺測了。

4 論著發表的方式

　　論著發表的方式主要有專書、期刊論文、研討會論文、學位論文、專書論文等。這一八七筆論著，以首次發表的方式，依數量的多少，其數量的分布是：

期刊論文　　69筆

研討會論文　35筆

學位論文　　　37筆

專書　　　　　20筆

專書論文　　　18筆

其他　　　　　 8筆

期刊論文高居首位，顯示期刊仍是一般研究者發表成果的重要園地，隨著學術標準的日趨嚴謹，有審查制度的核心期刊，仍將是研究者的首選。研討會以文會友，在腦力激盪之餘，兼有旅遊的優點，也是日益受到重視的選項。學位論文分量等於一部專書，是最好的學術訓練，培養出來的碩、博士是教學、研究的生力軍，就《爾雅》研究來說，應該特別加以重視。就學校而言，有十三個學校研究生寫過《爾雅》學學位論文，其中師大八篇、政大六篇、淡江五篇；指導《爾雅》學論文最多的教授為盧國屏五篇；竺家寧、葉鍵得各三篇；碩、博士論文都是《爾雅》學的為盧國屏、黃立楷。專書內容豐富，最有藏諸名山的企圖心，值得多加鼓勵。專書論文可以補其他園地的不足，也常有佳作產生。各種不同的園地，滿足不同研究者的需求，對學術研究貢獻良多。

　　順便一提：研究論著發表的地區，除了有八筆在大陸，三筆在香港外，其餘都是在臺灣發表的，這是地域學術必然的現象。

（二）質的鳥瞰

1　通論類

　　二十世紀初葉，黃季剛先生的〈爾雅略說〉分八部分通論《爾雅》一書的書名、撰人、注家、研究史、參考書、與其他典籍關係等問題，為近代《爾雅》學研究奠定基礎，影響極大。厥後，大陸踵繼而起的通論之作為數不少，其要者如：

陳晉《爾雅學》（太原市：山西大學教育學院，1935年）

駱鴻凱《爾雅論略》（長沙市：嶽麓學院，1985年）

顧廷龍、王世偉《爾雅導讀》（成都市：巴蜀學社，1990年）

管錫華《爾雅研究》（合肥市：安徽大學出版社，1996年）

胡錦賢《爾雅導讀》（武漢市：華中理工大學出版社，1997年）

林寒生《爾雅新探》（南昌市：百花洲文藝出版社，2006年）

陳漢章《爾雅學講義》（北京大學1918年講義，上海社會科學
院編《傳統中國研究集刊》第9、10合輯，2012年）

馬重奇、李春曉《爾雅開講》（上海市：華東師範大學，2013
年）

這類著作有系統地導引讀者了解《爾雅》、研究《爾雅》，有其重要
性。但在臺灣，總論方面，潘師石禪的《爾雅學》是未曾印行的講
義；馬重奇的《爾雅導讀》是大陸學者的著作，也是《爾雅開講》的
初版；孔維寧的〈緒論篇〉則藏身於《爾雅古注輯考》之中。其餘散
見於國學概論、經學概論、訓詁學之類的，只是薄物小篇，還不足以
成為專書。在分論方面，高師仲華的〈爾雅之作者及其撰作之時代〉
依傍師說，更求詳盡，可惜引緒一端，未窺全豹。其餘，大陸學者胡
錦賢的〈論爾雅產生的時代背景〉、〈論爾雅篇目編次的名義〉，討論
《爾雅》的部分問題，應是《爾雅導讀》的一部分，在分論方面還是
大有分別探討的空間。

2 文獻學類

《爾雅》學源遠流長，族類孔多，內容龐雜，本身是十分重要的
古典文獻，所以與文獻學息息相關。不僅在決定研究的目標、充實研
究的材料時有賴於文獻學，即使為了熟悉研究方法、提升研究的水準
也脫離不了它。文獻學主要包含目錄、板本、校勘、辨偽、輯佚五方

面，清代的學者在這幾方面都著力甚深，大陸學者竇秀艷《雅學文獻學研究》（北京市：中國社會科學出版社，2015年）曾擷取他們的成果，做了綜合的研究。臺灣學界的成果多屬個別方面的探討。成績最好的應數目錄學，林師明波的《清代雅學考》一至五篇對雅學書二一九部做了詳細的著錄，頗便於按圖索驥。在現當代的《爾雅》學研究，林慶彰、汪中文、余培林、劉文清、李隆獻等學者也都有書目協助讀者檢索資料。在版本方面，大陸學者王世偉的〈爾雅板本考略〉對十八種版本進行考述，可釐清《爾雅》版本類型和源流關係，大陸學者馬重奇《爾雅漫談》第八章著錄了《爾雅》的經、注、疏、音義的古版本三十九種，相當簡明，可以表現通論的功用。簡承禾的〈爾雅單疏本概述〉對重要的單疏本進行多方面的考證，也頗有參考價值。在校勘方面，故宮博物院曾印行南宋國子監本郭璞《爾雅注》，可惜沒有學者像大陸學者周祖謨那樣捷足先登，據天祿琳琅叢書宋監本《爾雅郭注》為底本，詳加校勘。寫成《爾雅校箋》者。後來孔維寧的《爾雅古注輯考》曾以監本為底本，將古注一一打散，分別歸入《爾雅》每一條之下，進行綜合研究，但重點不全在校勘，而且也有失先機。諫侯的〈唐寫本郭璞爾雅注校記〉利用敦煌資料從事校勘，但臺灣的敦煌學者未見有繼起研究者。辨偽方面，只有翁世華〈郭璞爾雅音義釋疑〉考定郭書為贗鼎，其餘亦未見嗣音。輯佚方面，是孔維寧《爾雅古注輯考》的重點，也是王書輝《兩晉南北朝爾雅著述佚籍輯考》全力以赴的焦點，都有相當不錯的成績。陳鴻森的〈（梁）沈旋爾雅集注考證〉雖僅鉤稽梁朝沈旋一家之書，卻考證綦詳，可補前人之不足。

3 語言文字學類

《爾雅》不僅為訓詁學之鼻祖，同時也下開文字學、方言學、詞

源學的長流,是語言文字學最重要的經典,所有的《爾雅》著述多少都與語言文字學有關,此處但就其純度最高者言之。在文字學方面,清代學者研究《爾雅》無論解字形、釋音義、訂俗字,幾乎無不與《說文》相互參照,以形音義互相求。戴震曾撰《爾雅文字考》十卷,惜已亡佚,嚴元照的《爾雅匡名》、汪鋆的《爾雅正名》,重點皆在文字。臺灣在這方面,只有陳建雄的《爾雅多訓字考》、莊雅州的〈爾雅聯綿字淺探〉、蔡信發的〈段玉裁謂爾雅多俗字〉,寥寥數種。此外,莊斐喬的〈爾雅正名初探〉曾對汪鋆之書進行探究。近代,地下文獻不斷出土,提供了不少寶貴的資料,不過,臺灣學者只有偶爾採用,像大陸學者馮華《爾雅新證》(北京市:首都師範大學博士論文,2006年)那樣的專著則未之曾見。在聲韻學方面,臺灣也不夠豐碩,大陸學者馮蒸曾挹注了兩篇《爾雅音圖》所反映的五代、宋初語音的論文,幸有徐松石〈爾雅裏面的泰國語音〉提供了不同凡響的訊息,丁惟汾的〈爾雅古音表〉注明《爾雅》每字之古韻分部,給予研究者極大的方便。訓詁學方面,成績較為可觀,謝一民的《爾雅逐字解詁》逐字解說《爾雅‧釋詁》中的訓詞與詁詞,一字不漏,十分詳盡,可惜未成完璧。丁惟汾的〈爾雅釋名〉即音求義、以義證音,多言初文、本字與通假,有助於《爾雅》聲韻、訓詁之探討。在今注今譯方面,先有大陸學者陳建初、胡世文、徐朝紅的《新譯爾雅讀本》,後有莊雅州、黃靜吟的《爾雅今注今譯》,都能兼顧學術與普及,頗便通讀,但比起大陸有:

> 徐朝華《爾雅今注》(天津市:南開大學出版社,1987年)
>
> 胡奇光、方懷海《爾雅譯注》(上海市:上海古籍出版社,1999年)
>
> 吳榮爵、吳畏《爾雅全譯》(貴陽市:貴州人民出版社,2000年)

郭郛《爾雅注證》（北京市：商務印書館，2013年）

管錫華《爾雅全注全譯》（北京市：中華書局，2014年）

在數量上未免略遜一籌。

4 釋例類

所謂釋例、條例或義例，是具有概括性的總原則，屬於較高層次的分析。以此為據，作者可以確定研究的範圍及方法，讀者可以更準確掌握全書的重點，足見其重要。《爾雅》的經、注、疏未嘗無例，但散見全書，不成體系，到了清代末年，陳玉澍《爾雅釋例》（南京市：南京師範高等學校，1921年）始著稱於世，其書凡四十五例，堪稱細密。至謝雲飛的《爾雅義訓釋例》增為八十八例，更集前人之大成，但綱維不足，稍嫌瑣碎，高師仲華因而重加董理，撰為〈爾雅辨例〉，綱舉目張，使讀《爾雅》者得以探驪得珠。此外，遠滕光曉的〈爾雅的體例〉、大陸學者朱星的〈爾雅釋詁三篇體例〉亦屬具體而微。至於《爾雅》論著方面的釋例，有蔡謀芳的《爾雅義疏舉例》、方俊吉的〈爾雅義疏釋例〉、孔維寧的〈王國維爾雅草木蟲魚鳥獸名釋例研究〉皆有助於研讀郝懿行、王國維之論著。在廣雅仿雅類，也有方俊吉的《廣雅疏證釋例》。相對於大陸，有楊樹達〈爾雅略例〉、〈釋名新略例〉（《積微居小學述林》，北京市：中華書局，1983年）之後，只有趙伯義（1978）〈爾雅親宮器樂天地丘山水釋例〉、（1992）〈爾雅獸畜名釋例〉及（1997）〈論爾雅的編寫體例〉、陳重業（1994）〈爾雅草木蟲魚鳥獸釋例補正〉、鄧細南（1995）〈試論爾雅在訓詁體例和釋詞方式上的貢獻〉、李音好（1996）〈爾雅中的聲訓類型〉、方懷海（2001）〈論爾雅的語源訓釋條例及其方法論價值〉等短篇論著，釋例研究無疑是臺灣的一個強項。

5 單篇研究類

　　《爾雅》十九篇，依內容可分為五類：語言類、人際關係類、建築器物類、天文地理類、植物動物類。語言類〈釋詁〉、〈釋言〉、〈釋訓〉三篇，訓釋同義詞，有古語、今語、方言、雅言、疊字、連綿字等，是先秦詞彙的寶庫。香港學者郭鵬飛的博士論文《爾雅義訓研究》專門在研究〈釋詁〉，他在臺灣發表的三篇論文：〈爾雅「俾，使也；俾、使，從也」探析〉、〈爾雅釋詁「林、烝、天、帝、王、皇、后、辟、公、侯，君也」探析〉、〈讀王引之經義述聞爾雅札記三則〉也不出這個範圍。莊雅州的〈從爾雅釋言「曷，盍也」探討歷代訓詁的演變〉由小見大，謝一民的《爾雅（釋詁）逐字解詁》、李建誠的《爾雅釋訓研究》、詹文君的《爾雅釋詁釋言釋訓同訓詞研究》則是長篇大論，作了地氈式的研究。人際關係類除了芮逸夫的〈爾雅釋親補正〉、〈九族制與爾雅釋親〉、陳靜芳的〈爾雅釋親中親屬稱謂詞的語義結構〉外，還有趙林的〈爾雅釋親與釋名釋親親屬稱謂體系之比較研究〉、石磊的〈從爾雅到禮記──試論我國古代親屬體系的演變〉、〈從爾雅釋親看我國古代親屬體系的演變〉、王盈芳的《爾雅釋親親屬關係之文化詮釋》，從不同的角度探討〈釋親〉，各有可觀。建築器物類只有李周龍的〈爾雅釋器所見古事考〉，天文地理類只有莊雅州的〈爾雅釋天天文史料析論〉，成績都十分有限。植物動物類有王富祥的〈爾雅草名今釋〉、施孝適的〈爾雅蟲魚名今釋〉，能運用現代生物學知識，逐一考釋。于景讓身為生物學專家，其〈爾雅釋草的葑蓯蕪與須葑蓯〉、〈鱧鮎鯉鯇──爾雅釋魚注一〉雖僅考釋少數動植物，更是有其權威性。沈秋雄的〈爾雅木華草榮辨〉，雖僅一頁，卻能提出獨特的看法。

6 專題研究類

專題研究本來可根據各種主題分成許多專題，但本論文只取研究方法及文化學兩種，其餘都分散到各種不同類別之中。在研究方法方面，莊雅州發表過三篇論文：〈論考釋爾雅草木蟲魚鳥獸之方法〉、〈二重證據法在爾雅研究上之運用〉、〈黃季剛先生爾雅研究方法述評〉，在借重傳統的訓詁方法之餘，又兼採新知、新方法，同時能注意到地下文獻的考釋與個案的研究，在海峽兩岸都不多見。此外，大陸學者馬重奇《爾雅漫談》第九章〈爾雅的研究方法論〉提出分析《爾雅》訓詁條例、《爾雅》與《說文》相互對照、《爾雅》與群雅的對勘互證、熟悉《爾雅》學的研究書目四種方法，也頗有實用價值。文化學方面，盧國屏的《爾雅語言文化學》，以宏觀的文化觀點，賦古典以新義，他又指導了王盈芳的《爾雅釋親親屬關係之文化詮釋》、古佳峻的《郝懿行爾雅義疏及其宮器二釋研究——以文化闡析為觀察重點》、吳珮慈的《從爾雅釋獸、釋畜篇看中國古代牲畜文化》、黃立楷的《釋名語言文化研究》及《從爾雅到釋名的社會演化與文化發展》等多篇碩、博士論文。另外，陳芬祺也有《漢代詞書與社會文化：由爾雅、方言與釋名觀察》，這些也是海峽兩岸《爾雅》研究的亮點。

7 經學史類

大陸學者竇秀艷《中國雅學史》（濟南市：齊魯書社，2004年），分別從雅學的出現、雅學的形成、雅學的成熟、雅學的進一步發展和轉型，雅學的興盛、雅學由傳統向現代的轉變等方面闡述雅學發展的歷史，這是海峽兩岸唯一的《爾雅》學通史。大陸學者馬重奇的《爾雅漫談》第七章〈爾雅研究說略〉分五節介紹漢魏至清代的《爾雅》

學著作，六十家，庶幾近乎簡明的雅學史。除此之外，臺灣的雅學和大陸一樣，也以斷代，甚至專家、專書的研究為主。通代方面，有孫永忠的〈類書淵源諸說論析──以爾雅與呂氏春秋為範圍〉、林明昌〈從爾雅到雅虎──文獻資料之分類與排序研究〉、賴貴三的〈爾雅及郭璞注易學思想析論〉、楊薇的〈爾雅注釋文獻的衍生方式及特點〉、〈爾雅注本文獻系列價值平議〉、郭濤的〈從爾雅到爾雅詁林〉，或論《爾雅》與類書、易學思想乃至網路的關係，或論《爾雅》注釋文獻的衍生、特點、價值等問題，都是短篇論文，難以統觀全局。在兩漢時期，陳鴻森的〈爾雅漢注補正〉，針對臧庸《爾雅漢注》補正了一五〇條，頗見功力。孔維寧《爾雅古注輯考・輯佚篇》以故宮景宋監本為底本，將清代學者所輯十四種古注全部打散，分別列入《爾雅》每一條經文之下，末必加案語，詳加考徵，雖未必能盡復古注舊貌，但對漢代《爾雅》學的精華也可得其髣髴了。魏晉南北朝時期，郭璞注是《爾雅》學的一個重點，但臺灣的短篇論文只有大陸學者李斐、楊薇的〈淺論爾雅郭璞注的文獻價值〉，倒是孔維寧的《爾雅古注輯考・考證篇》，以郭璞為分野，籠括其前古注五家六書，其後舊注七家，探討古注與郭注之關係及其價值，最能彰顯郭璞注在雅學史上的地位。王書輝的《兩晉南北朝爾雅著述佚籍輯考》，除在清儒輯佚的基礎上進行全面的校勘與檢討外，又增補佚籍八種中前人所未見的佚文一三二條，逐條進行考證，用力至勤，為兩晉南北朝雅學史增添不少新材料。唐宋時期，吳煥瑞有〈慧琳一切經音義引爾雅考〉臚列慧琳音義引《爾雅》三四一條，唯未加案語有所考證。大陸學者竇秀艷《雅學文獻學研究》有數章評述《經典釋文》、《五經正義》、《文選注》、《漢書注》、《後漢書注》等書之徵引雅學，更未見本地學者有所研究。尤其《經典釋文》中的〈序錄〉、〈爾雅音義〉是後人研究唐以前雅學發展的最重要史料，且有清・法偉堂《法偉堂經典釋文校記

遺稿》（上海市：華東師範大學，2010年）、黃焯《經典釋文彙校》
（北京市：中華書局，2006年）、趙少咸《經典釋文集說附箋殘卷》
（北京市：中華書局，2016年）可供參考，應該還有進一步探討的空
間。宋代部分，薛慧綺有《邢昺爾雅疏研究》、林協成有《陸佃及其
爾雅學研究》、李建誠有〈邢昺爾雅疏與郭璞爾雅注、孔穎達五經正
義之關係試論〉，只可惜鄭樵注未有研究專書，幸有大陸學者李岡的
〈爾雅邢昺疏與鄭樵注比較研究〉可以見其大要。元明雅學不振，缺
乏大家，臺灣也無人研究。清代是雅學的興盛期，早在五十年前，林
師明波就發表了〈清代雅學考〉，為清代雅學研究奠定了堅實的基
礎，三十年前，盧國屏就寫出《清代雅學考》的碩士論文，但大陸直
至二〇一六年才有王其和的《清代雅學史》（北京市：中華書局），在
這一方面，臺灣可說早著先鞭。清代的官書有不少雅學方面的資料，
黃智明的〈古今圖書集成經籍典爾雅部的文獻價值〉、大陸學者柯亞
莉、楊薇的〈四庫全書小學類爾雅類三題〉、陳鴻森的〈續修四庫全
書總目提要經部辨證二〉，曾加以檢討。至於專家專書方面的研究，
以邵晉涵的《爾雅正義》、郝懿行的《爾雅義疏》最受到重視，這與
大陸的研究正相類似。邵晉涵的研究，有李建誠的《邵晉涵爾雅正義
研究》、莊雅州的〈論邵晉涵爾雅正義得失〉、林永強的《邵晉涵爾雅
正義同族詞研究》。郝懿行的研究，有蔡謀芳的《爾雅義疏指例》、方
俊吉的《爾雅義疏釋例》、陳鴻森的〈郝疏爾雅義疏商兌〉、大陸學者
汪啟明的〈郝疏爾雅轉語表考〉、林義益的《郝疏爾雅釋詁、釋言、
釋訓假音、假借字檢證》、古佳峻的《郝懿行爾雅義疏及其宮器二釋
研究──以文化闡析為觀察重點》，從不同的角度探討清代這兩本
《爾雅》學名著的內容與得失。其他專家的研究，則有王巧如《段玉
裁說文解字注引爾雅考》、香港學者郭鵬飛的〈讀王引之經義述聞爾
雅札記三則〉、賴貴三的〈焦循手批爾雅注疏鈔釋〉、〈焦循爾雅釋易

說述評〉、大陸學者彭喜雙〈葉蕙心爾雅古注斠述評〉、〈上海圖書館藏陶方琦爾雅漢學證義考略〉、莊斐喬有〈爾雅正名初探〉。當然，清代的雅學大家輩出，佳作如林，無論目錄、疏證、補正、校勘、輯佚、普及、釋例等都有不少專著或札記，值得進一步去闡發。二十世紀初期，黃季剛先生是《爾雅》學向現代轉變發展的關鍵人物，由於教學的推波助瀾，章、黃學術蔚然成派，至少每十年就舉辦一次紀念研討會，發表的論文與《爾雅》學有關的為數不少，加上期刊、學位論文，討論黃季剛先生《爾雅》學的論文就更為可觀。在臺灣只有李建誠的〈黃侃論邵晉涵爾雅正義篤守疏不破注說商榷〉、陳冠佑的《黃侃手批爾雅義疏通轉術語研究》、莊雅州的〈黃季剛先生爾雅研究方法述評〉寥寥數篇，相形之下，未免遜色。此外，孔維寧有〈王國維爾雅草木蟲魚鳥獸名釋例研究〉、〈爾雅王氏學〉，對另一位同期的大師總算注意到了。到了五〇年代以後，臺灣《爾雅》研究只呈現在目錄類資料之中，莊雅州的〈爾雅的時代價值及其在現當代的傳播〉，分類介紹海峽兩岸《爾雅》學的研究概況，也只是舉要而言，不夠全面。反觀大陸，有張清常的〈爾雅研究的回顧與展望〉（《語言研究》1984年第1期）、宛志文的〈爾雅研究的回顧與前瞻〉（《辭書研究》1989年第4期）、吳禮權的〈爾雅古今研究述評〉（《古籍整理研究學刊》1993年第5期）、胡錦賢的〈二十世紀雅學研究〉（北京大學《國學研究》第8卷〔2001年〕）、管錫華的〈20世紀的爾雅研究〉（《辭書研究》2002年第2期），可見大陸的學界對現當代的研究毫不忽略。

8 比較研究類

比較研究一向是學術研究的基本方法，講求科際整合的現當代更形重要。在雅學內部的比較方面，陳芬祺、黃立楷比較《爾雅》學詞

書以研究社會文化，已見上文（六）專題研究類；趙林比較《爾雅》
與《釋名》的〈釋親〉，已見（五）單篇研究類；大陸學者李岡比較
邢昺疏與鄭樵注已見（七）經學史類，不贅。在雅學外部的比較方
面，芮逸夫比較九族制與《爾雅·釋親》，石磊比較《爾雅》與《禮
記》之親屬體系，李建誠比較邢昺疏與《五經正義》之關係，已見
（七）經學史類，亦不贅。此外，黃國禎的〈從禮記禮器觀到爾雅之
禮器觀〉以《禮記·禮器》的天時、地財、鬼神、人心、萬物五個原
則與《爾雅》名物各篇進行比較。一九九四年，盧國屏的《爾雅與毛
傳之研究與比較》，是臺灣六部《爾雅》學博士論文的第一部。收集
二書相關訓例七七二條，以文字、訓釋、意義三大方向，進行縝密的
比較考證，可以與大陸學者丁忱的《爾雅毛傳異同考》（武漢大學漢
語史博士論文，1983年）參看。盧國屏另一篇短篇論文〈由字異訓異
義同例看爾雅與毛傳之關係〉則由二書訓例之比較，以解決相關爭
議。魏培泉的〈詩毛傳與爾雅釋詁等三篇之比較研究〉發現二書在訓
解上頗有歧異，因而排除《韓詩》作為《爾雅》詩注來源的可能性。
莊雅州的〈爾雅釋魚與說文魚部之比較研究〉，從材料、體例、價值
三方面比較《爾雅》與《說文》的異同，影響了賴雁蓉的〈爾雅釋木
與說文木部之比較研究〉、〈爾雅與說文名物詞之比較研究──以器用
類、植物類、動物類為例〉、黃靜吟的〈爾雅與說文解字分類及釋義
同異析論──以釋獸、釋畜兩篇為例〉，但賴作更為宏觀，黃作更為
深刻。王世豪《說文解字與經典文獻常用字詞比較研究》曾針對《說
文解字》與《爾雅》、〈釋詁〉、〈釋言〉、〈釋訓〉三篇進行比較。此
外，康才媛的〈蓮荷字考辨──以爾雅、說文解字為例〉，小題大
作，應更饒趣味。

9 廣雅、仿雅類

　　廣續《爾雅》的《小爾雅》、《廣雅》，仿擬《爾雅》的《方言》、《釋名》，明代的郎奎金將它們與《爾雅》一同納入《五雅》之中，是為廣義的《爾雅》學。本知見目錄中，此類論著共有五十四筆，占全部雅學論著的百分之二十八點八七，分量不輕。在通考方面，有林師明波的《清代雅學考》第二至第五篇，共收錄廣雅、仿雅類論著八十九部，敘錄綦詳。林師景伊的《訓詁學概要‧訓詁學的根柢書籍》分別介紹《五雅》的作者、內容、條例、重要著述，都為研究者提供不少重要的基本資料。在《小爾雅》方面，許老居的《小爾雅考釋》分七章，對此書的各種重要議題詳加考證，面面俱到，但僅此一篇，絕無嗣響，不像大陸，至少有三本碩士論文，二十餘篇期刊論文。在《方言》方面，丁介民的《方言考》從版本、論著兩方面敘論歷代《方言》的著作。李周龍《揚雄學案》〈子雲之著述〉一章賡續增補，益臻完備，其〈論方言中所見的小學成就〉一節亦頗能抉發《方言》的條例與價值。丁惟汾的〈方言譯〉旁徵博引，音義互證，又以方言、俚語作為佐證，為治學者別闢新途。韓國學者全廣鎮的〈方言的體例及其在漢語語言史上的地位〉，除探討《方言》的內容、體例及價值外，也論及其時代背景及其與《爾雅》的關係。李昭瑩的《揚雄方言同源詞研究──以秦晉方言和楚方言為例》，以最具代表性的秦晉方言和楚方言為例，探討《方言》同源詞的音韻對應現象，並討論此二種方言同源詞的特色及異同。陳素貞、高秋鳳的〈說文所見之方言研探〉，深入探討《說文》引用方言之標準、目的、價值，及其與揚雄《方言》之關係，而不似一般論文僅止於收錄或注釋。鮑國順的《戴震研究》評介戴震的《爾雅文字考》，《轉語》、《方言疏證》、《續方言》、〈書小爾雅後〉，以論《方言疏證》最詳。其實，除戴震

外，晉・郭璞的《方言注》、清朝錢繹的《方言箋疏》、杭世駿的《續
方言》、現代章太炎先生的《新方言》也都值得研究，可惜臺灣學界
未嘗留意於此。在《釋名》方面，胡楚生的《釋名考》開臺灣研究風
氣之先，全書八章，對《釋名》的內容、價值、目錄、版本、校勘、
輯佚等重點均無遺漏，尤其第八章〈釋名音訓類例〉十分縝密，更是
重心所在。方俊吉的《釋名考釋》、《音訓與劉熙釋名》，分別從通
論、音訓及內容的考釋進行研究，相當全面。李維棻的《釋名研究》
探究《釋名》的條例、聲訓、複詞、文法，較偏重語言學的研究。徐
芳敏的《釋名研究》以系聯法窺測《釋名》聲訓之可信度，並追溯其
歷史淵源，研究上亦有其特色。莊美琪的《釋名研究》也是通論性
質，面面俱到。邱永琪的《畢沅生平及其小學研究》第八章考證畢沅
的《釋名疏證》、《釋名補遺》、《續釋名》，旁及王先謙之補作。謝雲
飛的〈釋名音訓疏證〉，將《釋名》二十七篇每一個音訓字注明上古
聲紐、韻部，列成表格，頗便檢索。姚榮松的〈釋名聲訓探微〉，探
討《釋名》聲訓的義例，分析其語音，探討其語意，以窺其精微。美
國學者包擬古撰，竺家寧譯的〈釋名複聲母研究〉，專門探討複聲母
在《釋名》中存在的形式。當時譯者正以《古漢語複聲母研究》為
題，撰寫博士論文，如今已卓然成家了。何宗周的《釋名釋天繹》，
查明《釋名・釋天》各名的性質及其涵義，說明被訓詞與聲訓詞的古
聲韻關係。黃立楷的《釋名語言文化研究》，以語言文化學的觀點重
新建構出劉熙《釋名》所呈現的人文世界，包含：自然天地、生命與
人際互動、民生基本需求、器物與教化四大部分，逐一闡明其文化意
涵。江敏華的〈說文、釋名中所反映的漢代方言現象〉，從《說文》
及《釋名》所引用的方言材料中尋繹出漢語的同源詞，考察古代音韻
變遷與方音分化的情形。李振興的〈釋名研究述略〉，將古今《釋
名》研究論著打散，重新組合成六大項，參考取閱，十分方便。在

《廣雅》部分，共有十四筆，占廣雅仿雅類的百分之二十五點九二，
與《釋名》數量相近，其中與王念孫《廣雅疏證》有關者佔十二筆，
足見王書之重要，這與大陸的研究情形也相仿。梁春華的《廣雅
考》、金朱慶的《廣雅研究》同屬通論性質。梁書通論作者、版本、
內容價值、訓詁條例、著述；金書通論成書、版本、研究文獻、內容
（詞彙、人文、自然環境、生物），並歸納其訓詁、語言、文化等價
值，二書重點不盡相同。張文彬的《高郵王氏父子學記》，著錄王氏
父子雅學著述五種，以《廣雅疏證》最為詳盡，並考訂其書經始於乾
隆五十二年，截稿於六十年（1787-1795），歷時八年。鍾哲宇〈論廣
雅疏證資料取證之校勘方法〉，探討王氏以「諸書無訓」為校勘之立
論基礎，其校勘方法則側重取證於《方言》、《說文》、《玉篇》、《廣
韻》、《集韻》等書。方俊吉的《廣雅疏證釋例》為臺灣第一本《爾
雅》學碩士論文，分：王氏明《廣雅》之體例、王氏自明《疏證》之
體系，王氏《疏證》之體例、王氏《疏證》用語例、其他例，綱舉目
張、剖析入微。韓國學者崔南圭的《由王氏疏證研究廣雅聯綿詞》，
先為《廣雅》作聯綿詞譜，再由《廣雅疏證》看王念孫對聯綿詞的看
法及其聲訓理論的檢討。是本目錄中唯一的聯綿詞專著，比莊雅州的
〈爾雅聯綿字淺探〉詳細許多。趙中方的〈廣雅疏證與漢語詞族研
究〉、徐興海的〈從廣雅疏證看王念孫的詞群研究〉篇名雖有詞族
（齊佩瑢說）、詞群（周法高說）的不同，其實都是在推崇《廣雅疏
證》對同源詞研究的貢獻。趙文強調王氏明義類、明類比、明語源的
方法，徐文則強調王氏由聲音通訓詁，由聲訓進行同源詞的研究。張
顯成的〈廣雅疏證同源詞研究評介〉、翁蕙芳的〈廣雅疏證同源詞研
究述評〉都是在評介胡繼明的《廣雅疏證同源詞研究》一書，角度各
有不同。其實，清代學者除了王念孫外，段玉裁的《說文解字注》、
邵晉涵的《爾雅正義》、郝懿行的《爾雅義疏》、錢繹的《方言箋

疏》、王先謙的《釋名疏證補》對同源詞的研究也都各有貢獻，臺灣只有林永強寫過《邵晉涵爾雅正義同族詞研究》，其餘《爾雅》學的同源詞研究都迄無專書。張意霞的《王念孫廣雅疏證訓詁術語研究》、大陸學者李福言的《廣雅疏證音義關係術語略考》，都是在研究《廣雅疏證》訓詁術語的博士論文。張書側重尋求各訓詁術語的使用條件與涵義，異同與關聯；李書則將焦點集中於聲訓的「一聲之轉」、「之言」、「聲近義同」、「猶」四個術語，進行計量與考據研究，不僅可以看出二書的異同，也可略窺海峽兩岸相輔相成的關係。陳師伯元的〈王念孫廣雅釋詁疏證訓詁術語一聲之轉索解〉，專取《廣雅疏證》〈釋詁〉四卷中一〇六條「一聲之轉」立論，發現大多數均為雙聲相轉，然亦偶有疊韻相轉者，有助於研讀古書。宋代仿雅之書以陸佃《埤雅》、羅願的《爾雅翼》兩部博物類的專書最有名，但在臺灣只有莊斐喬發表過〈埤雅釋天析論〉、〈埤雅爾雅翼異同論〉、〈爾雅翼引語言文字學書考〉，莊雅州發表過〈羅願及其爾雅翼〉、〈羅願爾雅翼平議〉。大陸則有王敏紅（杭州市：浙江大學，2008年）、石雲孫（合肥市：黃山書社，2013年）的點校本，發表過的論文至少數十篇，還有繼續探討的空間。清代仿雅之作，臺灣較專精研究的有兩位學者，一位是方麗娜，寫過〈方以智通雅謰語述評──兼談聯綿詞典的編集〉、〈吳玉搢別雅研究──兼談通假字與假借字、古今字的相互關係〉、〈史夢蘭疊雅述評──兼談重疊式構詞法的特色〉、〈洪亮吉比雅述評──兼談類比釋義的原則及其語義之間的關係〉，除了述評這些仿雅之書外，也連帶探討了通假字、聯綿詞、疊字、類比釋義等相關議題，其中的《疊雅》，大陸學者蕭惠蘭也曾發表過〈疊雅論繹〉。另一位是劉雅芬，專攻朱駿聲《說雅》，曾寫過〈朱駿聲說雅釋詁近義詞分合觀初探〉，並以語義場理論分析《說雅》中的言語類動詞、知道類動詞、新增近義詞的「擾亂義」、「使從義」，輯成《承繼與開

創──朱駿聲說雅詞義研究》，即將由洪葉文化事業公司印行，她的
研究焦點相當集中，成績頗有可觀，但就語義場研究而言，還有繼續
拓展的空間。她又有〈說文解字‧心部情緒類心理動詞語義場析
論──以憂痛類為例〉一文，正顯示具有這種企圖。廖逸廷《方以智
通雅同族詞研究》專攻《通雅》的同族詞，也有很好的成績。竇秀艷
《中國雅學史》及王其和《清代雅學史》介紹的唐、宋、元、明、清
仿雅著作不下數十種，在海峽兩岸多是未經開發的處女地，有志之士
不妨留意採擷。

（三）特色與侷限

1 特色

（1）多元發展

　　《爾雅》久列經部，又為群雅之首，語言文字學之鼻祖，二千餘
年來，鑽研弗替，著述不啻汗牛充棟，學者亦更僕難數，方面自然十
分寬廣。臺灣七十年來的《爾雅》學也是呈現百花齊放的景象。本知
見書目參酌林慶彰的《經學研究論著目錄》、胡錦賢的〈二十世紀中
國爾雅學研究〉，依研究重點，將一八七筆論著，重新歸為九類，發
現除少數項目，如札記、評點雜考、《新爾雅》之外，幾乎應有盡
有。各類的分布是：

　　　　通論類　　　　14筆
　　　　文獻學類　　　23筆
　　　　語言文字學類　14筆
　　　　釋例類　　　　7筆
　　　　單篇研究類　　15筆

専題研究類　　　9筆

經學史類　　　　33筆

比較研究類　　　18筆

廣雅仿雅類　　　54筆

雖然數量多少不一，但確實顯示研究方向是多元發展的。

（2）素質整齊

　　本知見書目之研究者一二五位，年齡不同，背景非一，有初啼之雛鶯，有學壇之耆老，隨著歲月的轉移，老輩逐漸謝幕，中生代不斷崛起，昔日之新枝，也漸成粗壯之老幹，火盡薪傳，生生不息。各家的生長環境、學術背景各不相同，但總以大學院校教師、研究生、研究院研究人員為主體。他們多曾接受過嚴格的學術訓練，具有豐富的研究經驗，故論著雖然分量懸殊，少者不足千字，多者不下數十萬言，但各有所得，不乏見解獨到的佳構，絕少空洞無物之陳言。長篇者如謝一民的《爾雅逐字解詁》，採取傳統的訓詁方式，逐字解釋〈釋詁〉的訓詞與詁詞，而融會眾說，時採甲、金文，浩博無匹。中篇如陳鴻森的〈爾雅漢注補正〉、〈（梁）沈旋爾雅集注考證〉、〈郝氏爾雅義疏商兌〉，對六朝以前古注及清代名著，或補其疏漏，或訂其譌誤，或正其迂曲，或批其比附，或舉其掩襲，或糾其嗜異，都是讀書有得，針針見血。短篇者，如于景讓的〈爾雅釋草的須蕵蕪與須薲葒〉、〈鱫鮎鯉鯀──爾雅釋魚注一〉，以生物學的專業，考證《爾雅》的名物，雖寥寥數頁，而折衷異說，有定於一是的氣概。若斯之比，俯拾皆是，不贅。

（3）求新求變

　　現當代的學者，論古籍之熟悉、治學之專注，皆不易企及古人，所以能推陳出新，不讓古人專美於前者，端在新材料的出現，新方法的運用，新工具的發明而已。在新材料方面，近百年來，甲骨文、敦煌卷子、簡帛及各種地下文物陸續出土，掀起了一陣陣研究的高潮。如謝一民的《爾雅逐字解詁》解釋字詞時，採擷了不少甲、金文，莊雅州、黃靜吟的《爾雅今注今譯》，除了在詞語訓詁時同樣吸收了許多古文字的研究成果外，在名物訓詁時也吸收了不少科學新知及地下文物，諸如周原的建築報告、各地出土的樂器資料。在新方法方面，除了地下文獻採用二重證據法外，如研究〈釋親〉，芮逸夫採取民族學研究法、趙林採取結構分析法；研究詞彙，郭鵬飛使用義素分析法、劉雅芬使用語義場理論；研究《爾雅》全書的文化體系，盧國屏及其弟子，更運用了語言文化學，這都使得研究成果有多彩多姿的展現。在新工具方面，電腦的發明，使得研究資料的蒐集、整理，論文的撰寫、繕打、修改，既快速又精準，其造福學術研究，已是眾人皆知的事，《爾雅》的研究當然也不例外，此無煩縷述。

（4）科際整合

　　《爾雅》十九篇原本用以解釋古書中的語言、社會、自然環境、動植物等方面的詞語，卻不啻是一本文化的百科全書，在人類進入地球村、知識爆炸的現當代，更適合以科際整合的方式去進行研究。本知見書目雖然每一筆論著都依據重點加以歸類，其內容往往橫跨幾個領域。例如高師仲華的〈爾雅之作者及其撰作之時代〉、胡錦賢的〈論爾雅產生的時代背景〉都屬通論類，而涉及年代學；林永強的〈邵晉涵爾雅正義同族詞研究〉、李昭瑩的〈揚雄方言同源詞研究——以秦晉方言和楚方言為例〉、趙中方的〈廣雅疏證與漢語詞族

研究〉，研究對象各有不同，而整合了訓詁與詞源學；孔維寧的《爾雅古注輯考》雖列文獻學的輯佚類，卻旁通校勘、訓詁、通論、經學史；芮逸夫的〈爾雅釋親補正〉、〈九族制與爾雅釋親〉、王盈芳的〈爾雅釋親親屬關係之文化詮釋〉，雖僅探討〈釋親〉一篇，卻旁涉訓詁、社會文化；莊雅州的〈爾雅釋天天文史料析論〉、莊斐喬的〈埤雅釋天析論〉、王富祥的〈爾雅草名今釋〉、施孝適的〈爾雅蟲魚名今釋〉，雖亦為單篇研究，而攸關訓詁與科技文化。諸如此類，都是整合不同的領域，進行研究，視野顯得更開闊，內容顯得更充實。

2 侷限

（1）風氣猶未大開

　　唐代經書以字數多少分大、中、小，《爾雅》因只有一萬多字，故列為小經。一千多年後的今日，無論從論著的多少，研究者、讀者的眾寡，《爾雅》仍然只能列為小經。上文「量的分析」提到，一九一二至二〇〇二年，海峽兩岸的《爾雅》學論著只有五〇六筆，占全部經學論著的百分之二點一四，臺灣的更只有五十七筆，占《爾雅》學的百分之十一點一三，佔全部經學的百分之〇點二四。當然，這是十幾年前的統計，本知見書目雖然竭力網羅，增至一八七筆，但為數終屬有限，平均每年只有二點五六筆。在書坊中，《爾雅》的專書寥寥無幾；在期刊上、研討會上，《爾雅》的論文也難得一見。大學校院的課程表上，很少看到《爾雅》像《周易》、《尚書》、《詩經》、《禮記》、《左傳》、《四書》那樣列為專書，學子爭相選修。要改變這種劣勢，就得依賴數十位研究者在教學、研究儘量發揮以一當十的影響力，號召更多的學者加入研究的行列，更多的讀者樂於研讀《爾雅》學的論著，則有朝一日，《爾雅》學繼清代之後，又出現另一個高峰，也不是不可能的事。

（2）重點有所疏漏

　　上文曾提及多元發展是臺灣《爾雅》學的特色之一，但這只是就整體而言，若仔細檢驗，仍有許多不够縝密之處。首先，在論著的類別方面，有些大陸有，臺灣無的，如札記、評點雜考、《新爾雅》，此或為過時的方式，或為特殊的著述，猶有可言，然如資料彙編、工具書之付諸闕如，通論類連一本由本地學者執筆的都難得一見，則值得檢討。在專書方面，五雅之一的《小爾雅》只有許老居的《小爾雅考釋》，其後即絕無嗣響，唐朝陸德明的〈爾雅音義〉是重要的史料，唐宋元明清的仿雅著作不下數十種，但臺灣的相關研究屈指可數，都有待改進。在學者方面，晉朝郭璞承先啓後，最為重要，但並未受到充分的重視，其他如宋朝鄭樵，清朝戴震、翟灝、錢坫、王樹柟、張宗泰、阮元、嚴元照、俞樾等更不待言。在時代方面，迄無通史，只有林師明波、盧國屏寫過《清代雅學考》，其他各朝代都沒有斷代的研究史，對於現當代的介紹更是寥若晨星。當然，這絕無苛責本地學者之意，因為《爾雅》學的範圍實在太廣，議題實在太多，就連人力充沛的大陸都未能面面俱到，只是希望隨著研究人口的增加，時間的延長，將來會有更多的重點得到補苴的機會。

（3）方法有待突破

　　《爾雅》為訓詁學的經典，在古代，以比較互證的方法廣蒐證據，編撰成書，同時也用以解釋群籍。到了漢代許慎的《說文解字》分析字形，以求本義，這種以形索義的方法，一直為學者廣泛運用，尤其清代，更以《爾雅》、《說文》互相參照，成就非凡。清代學者根據漢代的聲訓、宋代的右文說，發展出因聲求義的方法，更是取得非常輝煌的成績。由於《爾雅》多名物之學，所以古代，尤其清代學者也採取根據目驗、繪製圖影的方法。二十世紀，地下文物賡續出土，

王國維的二重證據法也就成為研究古書的利器。隨著西方學術的東傳，很多新的方法紛紛出籠，如使用定量分析以進行統計；運用結構分析法、義素分析法、語義場理論以研究詞彙；採取文化學，以研究《爾雅》的語言文化、社會文化、科技文化。以上這些林林總總的方法，在現當代的《爾雅》學研究都獲得不少優異的成果，當然可以繼續加強使用。但是隨著時代的日新月異，學術的突飛猛進，有許多新進的方法，如心理分析法、形式化方法、觀境法、語言通感、模糊理論等，是否可以適用於《爾雅》研究，以期推陳出新，有所突破，當然是可以留意的。

（4）團隊亟需強化

　　正如語言文字學的研究，臺灣的《爾雅》學研究大多是學者單打獨鬥，像大陸學者楊薇與弟子李斐、柯亞莉合撰〈淺論爾雅郭璞注的文獻價值〉、〈四庫全書小學類爾雅類三題〉、陳素貞與高秋鳳合撰〈說文所見方言研探〉，以及兩本今注今譯的編撰，為數極少。此外，如三十七篇碩博士論文的指導與撰寫、圖書目錄的編輯、研究計畫的執行、學術研討會的籌辦，當然也需要兩人以上腦力激盪、通力合作，才能完成。其實，這樣的團隊精神，在學術工程日益龐大複雜的今日，更有加強的必要，如果能建立各種各樣的工作團隊，則《爾雅學辭典》、《爾雅詞彙集解》、《爾雅名物辭典》、《小爾雅詁林》、《方言詁林》、《釋名詁林》、《爾雅著述引書引得》、《歷代爾雅著作索引》、《爾雅學史》、《爾雅學書今注今譯》的編撰，乃至《爾雅》學研究體系的建構等，都可望逐漸推展，以底於成，屆時，《爾雅》學研究的成績一定格外輝煌。

四　結論

　　七十年來，臺灣的《爾雅》學研究，經過百餘位兩岸三地、韓、日、美學者的辛苦耕耘，發表了一八七筆論著，本論文將這些成果分成九類，編成知見書目，並進行量的分析及質的檢視。發現它們具有多元發展，素質整齊、求新求變、科際整合等特色，但亦有風氣猶未大開、重點有所疏漏、方法有待突破、團隊亟需強化等侷限，亟待解決。回首前塵，對許多同道的孜孜努力，不能不由衷敬佩；展望未來，對前程的充滿挑戰與困難，又不能不深感任重道遠。希望有更多有志之士加入《爾雅》學研究的的行列，共同奮鬥，相信未來的發展還是十分樂觀且可寄予高度的期望。

　　——預定載於福建師範大學：《臺灣經學研究論文集（1945-2015）》
（北京市：人民出版社，2021年），頁1-54。

補遺

柯淑齡〈從爾雅釋器以考先民飲食烹調器皿之制度與文化〉，中國文化大學《木鐸》第7期（1978年），頁175-200。

蔡雅如〈開啟經籍古義的鑰匙——介紹爾雅今註今譯〉，《國文天地》第20卷第5期，2012年10月，頁95-98。

許華峰〈尚書偽孔傳與小爾雅關係的檢討〉，楊晋龍、劉柏宏主編《魏晉南北朝經學國際研討會論文集》（臺北市：中央研究院中國文哲研究所，2016年），頁221-239。

從文化學角度探討
朱子《詩集傳》的名物訓詁

一　前言

　　朱子《詩集傳》，積數十年之力，博採眾長，自創新解，在《詩經》學史上是繼《傳箋》、《正義》之後出現的第三塊里程碑。[1]其廢序之議、比興之論、淫詩之說充滿變革創新精神，雖未必成為定論，影響《詩經》學之發展則無疑十分深遠；至於其訓釋內容，元、明、清三朝立為官學，被奉為科舉考試命題、閱卷的圭臬，更是決定萬千士子前途的關鍵。《詩經》多記天文、地理、草木、蟲魚、鳥獸、器物、建築等名物，不僅展現了瑰麗無比的意象世界，亦不啻為古代的教化百科全書。[2]朱傳在此方面亦有極其豐富的內容，惜歷來學者對此較少專精研究，因而不揣淺陋，撰成此篇論文，庶幾為朱子《詩經》學之研究略盡綿薄，也希望能得到拋磚引玉的效果。

1　夏傳才：《詩經研究史概要》（臺北市：萬卷樓圖書公司，1993年），頁171。
2　孫克強、張小平之論《詩經》與中國文化，即以《教化百科》為名（開封市：河南大學出版社，1995年）。

二　《詩集傳》名物訓詁的特色

　　《詩集傳》不拘於漢宋門戶之見，博觀約取，慎思明辨，無論解詩旨、釋字詞或串講文義，往往有獨到見解，故千百年來，學者交相爭譽。如宋王應麟以為「閎意眇指，卓然千載。」元郝經推為「近出己意，遠規漢唐。」清陳澧譽為「詩中解釋，則有甚得毛義，勝於鄭箋者。」近人傅斯年許為「訓詁精當，少有根本謬誤。」[3] 皆足見其價值之高，不愧為集大成之作。單就名物訓詁而言，朱傳亦有不少特色，舉其要者，至少有下列數端：

（一）範圍恢廓

　　所謂名物，就是具體實物的專有名詞，包含自然名物（如天文、地理、草木、蟲魚、鳥獸）和人工名物（如宮室、車馬、服飾、飲食、器皿）兩大類，《爾雅》十九篇，除了〈釋詁〉等三篇為普通語詞、〈釋親〉為社會生活專名外，其他〈釋宮〉以降十五篇均為具體實物的專有名詞，足見名物在詞彙學中分量之重。《詩經》是先秦文學總集，詩人感物吟志，塑造藝術形象都必須資取於大量的名物，根據孫作雲、楊蔭瀏、馮復京等人的統計，《詩經》中的植物有一四三種、動物一〇九種、樂器二十九種、服飾九十種、建築八十四種、日常器物六十種、舟車五十五種，山川、河流、湖泊更是多得無法計數。[4] 朱子隨文訓釋，自然也就涉及各種名物，例如：

　　　　《詩‧鄘風‧定之方中》：「定之方中，作于楚宮。」朱傳：

3　黃忠慎：《南宋三家詩經學》（臺北市：臺灣商務印書館，1988年），頁246-264。

4　呂華亮：《詩經名物的文學價值研究》（合肥市：安徽大學出版社，2010年），頁26。

「定，北方之宿營室星也。此星昏而正中，夏正十月也。于是時可以營制宮室，故謂之營室。」

《詩·周南·汝墳》：「遵彼汝墳，伐其條枚。」朱傳：「汝水出汝州天息山，經蔡潁州入淮。墳，大防也。」

《詩·鄭風·山有扶蘇》：「山有橋松，隰有游龍。」朱傳：「游，枝葉放縱也。龍，紅草也，一名馬蓼，葉大而色白，生水澤中，高丈餘。」

《詩·周南·麟之趾》：「麟之趾，振振公子，于嗟麟兮！」朱傳：「麟，麕身，牛尾、馬蹄，毛蟲之長也。」

《詩·秦風·小戎》：「小戎俴收，五楘梁輈。」朱傳：「小戎，兵車也。俴，淺也，收，軫也，謂車前後兩端橫木，所以收斂所載者也。凡車之制，廣皆六尺六寸，其平地任載者為大車，則軫深八尺，兵車則軫深四尺四寸，故曰小戎俴收也。五，五束也，楘，歷錄然文章之貌也。梁輈，從前軫以前稍曲而上，至衡則向下鉤之，衡橫于輈下，而輈形穹隆上曲，如屋之梁，又以皮革五處束之，其文章歷錄然也。」

《詩·衛風·淇奧》：「有匪君子，充耳琇瑩，會弁如星。」朱傳：「充耳，瑱也。琇瑩，美石也。天子玉瑱，諸侯以石會縫也。弁，皮弁也。以玉飾皮弁之縫中，如星之明也。」[5]

這些名物不僅種類繁雜，而且事涉專業，甚至還有神話傳說中的名物，任何人都不可能博涉兼通。朱子之前固然有許多注釋、載籍可以參考，但異說紛紜，如何博覽慎取，擇善而從，誠非易事，若要進一步提出個人獨到的見解，那就更是難上加難了。

---

5 朱熹：《詩集傳》（臺北市：中新書局《五經讀本》，1974年），頁22、5、36、5、50、24，下凡所引朱傳，皆同此本。

（二）融會眾說

　　朱子畢生精力萃於經傳注釋，其釋《詩》多用群經、諸子、史籍，而宋儒說《詩》有可觀者；朱子亦時時引之以釋《詩》，如歐陽修、蘇轍、鄭樵、呂祖謙、范處義諸人皆是其例。[6]既能雜取眾家之長，又能自成一家之言。在名物訓詁方面，朱傳多用毛、鄭，兼採三家，而引用許慎《說文》、陸璣《毛詩草木鳥獸蟲魚疏》、郭璞《爾雅注》者亦復不少，例如：

　　　　《詩‧豳風‧七月》：「六月食鬱及薁。」毛傳：「鬱，棣屬；薁，蘡薁也。」朱傳：「鬱，棣屬；薁，蘡薁也。」

　　　　《詩‧邶風‧谷風》：「采葑采菲，無以下體。」鄭箋：「此二菜者，蔓菁與葍之類也。」朱傳：「葑，蔓菁也。菲，似葍，莖麤葉厚而長，有毛。」

　　　　《詩‧召南‧采蘩》：「于以采蘩，于沼于沚。」《說文》艸部：「蘇，白蒿也。从艸，緐聲。」朱傳：「蘩，白蒿也。」

　　　　《詩‧周南‧螽斯》：「螽斯羽，詵詵兮！」陸璣《毛詩草木鳥獸蟲魚疏》：「蝗類也，長而青，長股，青黑色斑。其股似玳瑁文。五月中，以兩股相搓作聲，聞數十步。」朱傳：「螽斯，蝗屬，長而青，長角長股，能以股相切作聲，一生九十九子。」

　　　　《詩‧周南‧卷耳》：「我姑酌彼兕觥，維以不永傷。」《爾雅‧釋獸》：「兕似牛。」郭璞注：「一角，青色，重千斤。」

6　陳美利：《朱子詩集傳釋例》（臺北市：政治大學中國文學研究所碩士論文，1972年），又，羅英俠：〈集大成：朱熹詩集傳的訓釋特色〉（《中州學刊》2007年第4期〔總第160期〕），頁243-245。

　　朱傳：「兕，野牛。一角，青色，重千斤。」[7]

以上諸例，朱子雖多未注明出處，然兩相對照，引用之跡不言可明。惟朱子或完全襲用，或櫽栝改寫，去取之際，亦頗費心思。

（三）掌握性狀

　　萬物在地球上同生共榮，種類之多，浩如煙海，單以動、植物而言，即不下數百萬種，其餘天文、地理、人工名物更不可勝數。《詩經》所取，固然不過數百，但如何去認識這些品物，就是研究《詩經》的一大難題。各種名物的種屬、形狀、顏色、數量、形制、大小、性別、性格、情感、聲音、質地材料、用途、產地、相關時間、所在……各方面往往有所不同，[8]研究者就是靠這些性狀來區別名物的異同，詮釋者也只有清楚地交代這些性狀的特徵，才能讓讀者有具體的了解。朱傳在這方面頗能多方留意，例如：

> 《詩‧周南‧卷耳》：「采采卷耳，不盈頃筐。」朱傳：「卷耳，枲耳，葉如鼠耳，叢生如盤。」
> 《詩‧衛風‧碩人》：「手如柔荑，膚如凝脂。」朱傳：「茅之始生曰荑，言柔而白也。凝脂，脂寒而凝者，亦言白也。」
> 《詩‧唐風‧綢繆》：「綢繆束薪，三星在天。」朱傳：「三

7　鬱莫，毛傳見《毛詩》（臺北市：新興書局，《相臺岳氏古注五經》，1961年），頁56。葑字，鄭箋見《毛詩》，頁14，同上。䌷字，《說文》見段玉裁注《說文解字注》（臺北市：洪葉文化事業公司，1998年），頁47。蟊斯，陸璣疏見《毛詩草木鳥獸蟲魚疏》（臺北市：中新書局，《古經解彙函》，1973年），卷下，頁4。兕字，《爾雅》郭璞注見郝懿行《爾雅義疏》（臺北市：中華書局《四部備要》，1966年，卷下之6頁），以下凡所引用，皆同此本。

8　黃建中：《訓詁學教程》（武漢市：荊楚書社，1988年），頁173。

星，心也。在天，昏始見於東方，建辰之月也。」

《詩‧豳風‧鴟鴞》：「鴟鴞鴟鴞，既取我子，無毀我室。」朱傳：「鴟鴞，鵂鶹，惡鳥。攫鳥子而食者也。室，鳥自名其巢也。」

《詩‧小雅‧小弁》：「弁彼鸒斯，歸飛提提。」朱傳：「鸒，雅烏也。小而多群、腹下白，江東呼為鵯烏。斯，語詞也。」

《詩‧大雅‧靈臺》：「虡業維樅，賁鼓維鏞。」朱傳：「虡，植木以懸鐘磬，其橫者曰栒。業，栒上大版，刻之捷業如鋸齒者也。樅，業上懸鐘磬處，以綵色為崇牙，其狀樅樅然者也。賁，大鼓也，長八尺，鼓四尺中圍加三之一，鏞，大鐘也。」[9]

信手拈來，可以發現：對於卷耳的形狀、黃、脂的顏色，三星出現時間、所在，鴟鴞的性格，鸒的大小、數量，虡、樅的質地材料、用途，朱子都有明晰的介紹，在名物性狀的掌握方面，朱傳可說頗見功力。

（四）繁簡得中

自古文章有繁有簡，各有其美，亦可能各有其弊。訓詁文字亦然，如漢代今文大家秦延君之說〈堯典〉二字，竟達十萬言，解「曰若稽古」四字亦不下三萬言，詳則詳矣，未免借題發揮，繁瑣已甚。三家詩之說，四始、五際、六情亦多牽強附會，瑣碎難學，宜乎毛傳、鄭箋之簡淺明確，條理分明，雖無利祿之誘因，反而深受學子歡迎，通行於民間。魏晉以降，王肅學派、鄭玄學派、北學、南學，迭相爭鋒，至孔穎達《正義》出，詳闡傳箋，始定於一尊。但唐中葉以後，少數學者如成伯璵開始突破孔疏枷鎖，自由發抒見解。宋儒之疑

9　同注5，頁3、25、47、61、94、127

經、改經，批判漢學，更使得《詩經》學之發展呈現多元發展，到了
朱子《詩集傳》出，所以能總結前人成果，豎立起《詩經》學史的第
三塊里程碑，固然一方面歸功於其大膽懷疑、自由研究、注重考證、
提出新見，但另一方面也是由於他對《詩經》的文字、音韻、訓詁、
義疏作了切實研究，[10]不僅注釋體例省減改造不少，[11]釋詞亦能把握
重點，繁簡有則，既便於學校教學，又便於教師統一評閱，[12]所以能
在元代以後定為官學。此只要將朱傳與《傳箋》、《正義》略加比較，
就可得知箇中消息，例如：

> 《詩・唐風・山有樞》：「山有栲。」毛傳：「栲，山樗。」孔
> 穎達《正義》：「皆〈釋木〉文。舍人曰：『栲名山樗，杻名
> 檍。』郭璞曰：『栲似樗，色小而白，生山中，因名云，亦類
> 漆樹。』俗語曰『櫄樗栲漆，相似如一。』陸璣疏云：『山樗
> 與下田樗略無異，葉似差狹耳，吳人以其葉為茗。方俗無名，
> 此為栲者，似誤也。今所云為栲者，葉如櫟木，皮厚數寸，可
> 為車輻，或謂之栲櫟，許慎正以栲讀為糗，今人言栲，失其聲
> 耳。』」朱傳：「栲，山樗也。色小白，葉差狹。」[13]

毛傳僅以山樗釋栲，與《爾雅》相合，未免失之太簡。孔穎達《正
義》則引舍人說、俗語說、郭璞注及陸璣疏，以補毛傳之不足，長達
一二〇字，實失之過繁。朱傳隱栝毛傳、郭注、陸璣疏之要點，不過

---

10 夏傳才：《詩經研究史概要》，頁164-165。

11 張祝平：《論詩集傳的體例革新》，《孔孟月刊》第33卷5期（1995年），頁24-33。

12 趙制陽：《詩經名著評介》（臺北市：臺灣學生書局，1983年），頁137-138。

13 孔穎達：《毛詩正義》（臺北市：藝文印書館，1956年），頁217-218。朱熹：《詩集
傳》，頁46。

十二字，卻能語約意明，即此一端，可見朱傳之繁簡得中，勝於毛傳、孔疏。

（五）闡發比興

　　《詩》之六義，界說最為紛紜的，莫過於興，而關係最為夾雜者莫過於比興。如孔安國、鄭玄將興與比混為一談；鍾嶸、羅大經則強調興之餘韻悠揚。[14]朱子說：「興者，先言他物以引起所詠之詞也。」[15]由於《詩經》中的興字多當作「起」或與起有關的意思，如「發動」、「助長」、「興盛」來解釋，而且毛傳注明「興也」的一一六篇詩多在首章中使用興體，所以朱子的說法最能得到一般學者的認同。至於比，《詩集傳》說：「比者，以彼物比此物也。」[16]簡單明瞭，更能得到一般學者的肯定。簡言之，興就是出現在篇章前面的聯想法，比就是修辭學中的譬喻法和比擬（轉化）法。興主要是物與我的關係，比則可能有物與物、物與人、人與物等關係，所以雖難免偶有興兼比的情況，但二者基本上還是有所區別的。《詩經》的作法，除了敘述法的賦之外，最重要的莫過於比興。而比興的材料脫離不了外物，可以說如果沒有名物，就不可能有比興。戴震〈與是仲明論學書〉云：「不知鳥獸蟲魚草木之狀類名號，則比興之意乖。」[17]就很能洞悉二者的密切關係。朱子為《詩經》作注，對此當然更是深有體會，故凡涉及比興的詩句，他幾乎都會加以標明，有時還會發揮兩者的關係，例如：

---

14 趙沛霖：《詩經研究反思》（天津市：天津教育出版社，1989年），頁281-285。

15 朱熹：《詩集傳》，頁1。

16 朱熹：《詩集傳》，頁4。

17 戴震：《戴震集》（上海市：上海古籍出版社，1980年），頁182。

《詩‧周南‧關雎》：「關關雎鳩，在河之洲。窈窕淑女，君子好逑。」朱傳：「興也。……周之文王，生有聖德，又得聖女姒氏以為之配。宮中之人于其始至，見其有幽閒貞靜之德，故作是詩，言彼關關然之雎鳩，則相與和鳴于河洲之上矣！此窈窕之淑女，則豈非君子之善匹乎？言其相與和樂而恭敬，亦若雎鳩之情摯而有別也。」

《詩‧邶風‧凱風》：「凱風自南，吹彼棘心。棘心夭夭，母氏劬勞。」朱傳：「比也。……以凱風比母，棘心比子之幼時。蓋曰母生眾子，幼而育之，其劬勞甚矣！本其始而言，以起自責之端也。」[18]

〈關雎〉一詩，驗之詩文，應是詠君子求淑女之詩，朱子所謂「周之文王，生有聖德，又得聖女姒氏以為之配。」云云，承〈詩序〉「后妃之德」說，固然不足取，[19]但其說詩人以觸物生情起興，則是很能掌握興義的精髓。說〈凱風〉一詩以凱風和煦長養萬物，以喻母愛的偉大，以棘心幼嫩，喻七子之幼嫩，大有「誰言寸草心，報得三春暉」之意，亦頗能指出詩人借喻的技巧。

（六）貼近詩意

夏傳才指出：《詩經》是文學作品，但是歷來經學家總是以經學的觀點來進行研究，其內容不外訓詁文字名物，引申發揮義理。到了《詩集傳》出，才結合篇義、章句、對比、興、賦、詞氣、音節、用韻、篇章結構等藝術手法，時時作出指點，或者發表簡要的評論，朱

---

18 朱熹：《詩集傳》，頁1、13。
19 余培林：《詩經正詁》（臺北市：三民書局，2005年修訂二版），頁5。

子可說是第一個初步用文學的觀點來研究《詩經》的經學家。[20]朱子
在詮釋經典時，經常採取喚醒、體驗、浹洽、興起的方法，既重視語
言解釋，又凸出心理解釋，更強調二者的有機結合，互相發明。[21]其
撰寫《詩集傳》自然也不例外。竊以為就文學觀點而言，名物在《詩
經》中除了寄託比興外，還有鋪敘情境、塑造意象、抒發情感、烘托
氣氛、呈現意境等作用。[22]朱子在作注時，常會注意到這些作用，以
期使所釋名物貼近詩意，讓讀者有所領略與感動，例如：

　　《詩‧鄭風‧女曰雞鳴》：「女曰雞鳴，士曰昧旦。子興視夜，
　　明星有爛。將翱將翔，弋鳧與鴈。」朱傳：「此詩人述賢夫婦
　　相警戒之詞。言女曰雞鳴，以警其夫。而士曰昧旦，則不止于
　　雞鳴矣！婦人又語其夫曰：若是則子可以起而視夜之如何？意
　　者明星已出而爛然，則當翱翔而往，弋取鳧鴈而歸矣！其相與
　　警戒之言如此，則不留于宴昵之私可知矣！」
　　《詩‧衛風‧碩人》：「手如柔荑，膚如凝脂，領如蝤蠐，齒如
　　瓠犀，螓首蛾眉。巧笑倩兮，美目盼兮！」朱傳：「賦也。茅
　　之始生曰荑，言柔而白也。凝脂，脂寒而凝者，亦言白也。
　　領，頸也。蝤蠐，木蟲之白而長者。瓠犀，瓠中之子，方正潔
　　白，而比次整齊也。螓，如蟬而小，其額廣而方正。蛾，蠶蛾
　　也，其眉細而長曲。倩，口輔之美也。盼，黑白分明也。○此
　　章言其容貌之美。」
　　《詩‧王風‧黍離》：「彼黍離離，彼稷之苗。行邁靡靡，中心

20 夏傳才：《詩經研究史概要》，頁174-175。
21 周光慶：《中國古典解釋學導論》（北京市：中華書局，2002年），頁363-375。
22 莊雅州：〈多識於鳥獸草木之名——從詩經、楚辭到爾雅、本草、類書〉，《中國語
　 文月刊》第618期（2008年），頁23-31。

搖搖。知我者,謂我心憂,不知我者,謂我何求。悠悠蒼天,此何人哉?」朱傳:「周既東遷,大夫行役至於宗周,遇故宗廟宮室,盡為禾黍,閔周室之顛覆,徬徨不忍去。故賦其所見黍之離離與稷之苗,以興行之靡靡,心之搖搖。既嘆時人莫識己意,又傷所以致此者;果何人哉?追怨之深也。」[23]

朱傳在分別注釋字詞後,往往將全章貫串講解,闡發詩中含義。如〈女曰雞鳴〉鋪敘夫妻清晨相與警戒的對話,描寫勤勞而幸福的家庭生活,情境如見。〈碩人〉以四個明喻、兩個借喻,準確而細膩地刻畫出千古美人的形象,真是曲盡形容之能事。〈黍離〉透過黍離麥秀的淒涼情景,烘托徬徨不忍去的動作,將詩人追怨無窮的情感和盤托出。諸如此類,都可看出朱子將全章意象彌綸為一,以呈現詩境的用心。

三 研究《詩集傳》名物訓詁的幾個面向

名物的研究,除了種類繁多、辨別匪易、文獻不足、難以稽考之外,還牽涉到名實之辨的問題,因為名物受到時間、空間變化的影響,常有古今、雅俗之異,以致產生許多名實相混的現象,所以在任何時代,研究名物都不是容易的事。何況朱子《詩集傳》成書於八百多年前,格於許多主、客觀條件的限制,在今天看來,當然還有不少值得進一步補充、發揮,甚至修正的地方。如果我們有志從事這方面的研究,有幾個面向應該是值得留意的:

---

23 朱熹:《詩集傳》,頁35、25、29。

（一）參考古今成果

　　《詩集傳》雖在元、明、清三朝立為官學，定於一尊，但研究《詩經》的風氣仍然方興未艾，如宋嚴粲的《詩緝》、元劉瑾的《詩經通釋》、明何楷的《詩經世本古義》、清王夫之的《詩廣傳》、姚際恆的《詩經通論》、陳啟源的《毛詩稽古篇》、崔述的《讀風偶識》、胡承珙的《毛詩後箋》、馬瑞辰的《毛詩傳箋通釋》、陳奐的《詩毛氏傳疏》、魏源的《詩古微》、方玉潤的《詩經原始》、王先謙的《詩三家義集疏》都各有成就，近代的名家更是更僕難數，他們的著作都值得參閱。至於專以名物為研究對象的則有許謙的《詩集傳名物鈔》、馮復京的《六家詩名物疏》、毛晉的《陸氏詩疏廣要》、姚炳的《詩識名解》、多隆阿的《毛詩多識》、陳大章的《詩傳名物集覽》、徐鼎的《毛詩品物圖說》、岡元鳳的《毛詩品物圖考》、洪亮吉的《毛詩天文考》、俞樾的《詩名物證古》、陸文郁的《詩草木今釋》、潘富俊的《詩經植物圖鑑》、吳厚炎的《詩經草木匯考》、高明乾等的《詩經植物釋詁》、《詩經動物釋詁》、陳重威的《詩經裡的鳥類》、陳溫菊的《詩經器物考釋》、揚之水的《詩經名物新證》、胡淼的《詩經的科學解讀》，當然應該斟酌參考。而《詩經》之外，相關文獻為數更是汗牛充棟，有時也可有所挹取，例如：

　　　　《詩經‧邶風‧簡兮》：「山有榛，隰有苓。」朱傳：「苓，一
　　　　名大苦，葉似地黃，即今甘草也。」李時珍《本草綱目》：「按
　　　　沈括《筆談》云：《本草‧甘草》注引郭璞注《爾雅》云：
　　　　蘦，大苦者，云即甘草也。蔓生，葉似薄荷而色青黃，莖赤，
　　　　有節，節有枝相當，此乃黃藥也。其味極苦，故曰大苦，非甘
　　　　草也。」

《詩經・邶風・七月》:「春日遲遲,采蘩祁祁。」朱傳:
「蘩,白蒿也。所以生蠶,今人猶用之。蓋蠶生未齊,未可食
桑,故以此啖之。」姚際恆《詩經通論》:「幾曾見蠶啖白蒿
來?彼講格物之學者,有此格物否?」[24]

朱傳根據郭璞注,謂苓即大苦,李時珍以為既曰大苦,必非甘草,應
是黃藥;又,朱傳謂蠶生未齊,以蘩啖之,姚際恆則譏為曠古未聞,
二氏之質疑皆有其理,宜訂正。

(二)吸納科學新知

　　唐宋時期,中國科技大有發展,北宋儒家學者如王安石、司馬
光、邵雍、張載、二程子普遍對自然知識感到興趣,朱子對於自然界
也有相當研究,這不僅是對時代潮流的響應,更是在實踐他提倡的格
物致知——也就是即物窮理的思想。[25]在研究方法方面,他重視觀察
自然現象,闡發前人科學成果,運用類比推理;在研究成果方面,他
對天文氣象的觀測、地圖的製作、沈括《夢溪筆談》的闡發、天體運
行的探討都有獨到的見解。[26]怪不得英國科學史家李約瑟(J.
Needham)要稱讚他是「一位深入觀察各種自然現象的人。」[27]錢穆
則推崇他「總觀朱子之推究自然,既能自創新見,亦能勇於從善。苟
非真知,則即對習俗傳說亦多曲保,不輕疑辨。」[28]張立文也讚美他

---

24 朱熹:《詩集傳》,頁60、17。姚際恆《詩經通論》(臺北市:中央研究院文哲研究
　　所),頁234。李時珍《本草綱目》(臺北市:鼎文書局,1973年),頁755。
25 樂愛國:《朱子格物致知論研究》(長沙市:嶽麓書社,2010年),頁189-199。
26 樂愛國:《朱子格物致知論研究》,頁199-226。
27 李約瑟:〈雪花晶體的最早觀察〉,《李約瑟文集》(瀋陽市:遼寧科學技術出版社,
　　1986年),頁521。
28 錢穆:《朱子新學案》,第五冊(臺北市:三民書局,1989年三版),頁399。

「朱熹對宇宙、天文氣象等自然學說都有貢獻。」[29]《詩經》中包含不少天文、地學、物候、生物、器物的知識，兼通古代科技的朱子為之作注，當然會充滿興趣，駕輕就熟。不過，朱子到底不是專業的科學家，科技的領域又是那麼廣袤，發展又是那麼迅速，在近千年後的今天看來，他的注解當然會有不少漏洞，例如：

> 《詩‧鄘風‧蝃蝀》：「蝃蝀在東，莫之敢指。」朱傳：「蝃蝀，虹也。日與雨交，倏然成質，似有血氣之類，乃陰陽之氣不當交而交者；蓋天地之淫氣也。在東者，莫虹也。虹隨日所映，故朝西而暮東也。」胡淼《詩經的科學解讀》：「在黃河流域等中高緯度地區，虹只出現在東邊或西邊天空，在低緯度地區還可出現在南邊或北邊天空。虹是由太陽光照射空中的水滴（雨滴）經折射和反射而在天空形成的同心圓弧狀彩色光環，有赤、橙、黃、綠、青、藍、紫七種顏色，外赤內紫，依次排列。人要看到虹，必須要具備一定的角度。……有時陽光經兩次折射和兩次反射，上下兩虹同出，則彩色豔的稱雄虹，較暗的稱雌虹（霓）。」
>
> 《詩‧周南‧樛木》：「南有樛木，葛藟纍之。」朱傳：「藟，葛類。纍猶繫也。」吳厚炎《詩經草木匯考》：「《詩》之葛應為豆科，蝶形花亞科，葛屬之野葛（葛藤）。……藟或即千歲藟，為葡萄科，葡萄屬。……因其似葛，今亦稱葛藟。……葛與藟為科屬根本不同的植物，不應混淆。」[30]

---

29 張立文：〈朱熹哲學與自然科學〉，《孔子研究》1988年第3期，頁51。

30 朱熹：《詩集傳》，頁22、3；胡淼《詩經的科學解讀》（上海市：上海人民出版社，2007年），頁97；吳厚炎《詩經草木匯考》（貴陽市：貴州人民出版社，1992年），頁8-13。

朱子對天文氣象頗有研究，只因受到漢人氣化宇宙論及自己淫詩說的影響，所以說虹是由天地淫氣所形成，對照現代的科學新知，其非自明。從現代植物學來看，葛藟本是兩種科屬根本不同的植物，只因外形有些類似，朱子就說：「藟，葛類。」未免失之含混。

（三）採擷地下文物

　　在中國歷史上，有幾次地下文物的出土，都對學術研究造成深遠的影響。如漢代古文經書及鐘鼎的出現，引起了今古文之爭及小學的發達；晉代汲冢書的發現，促使史學脫離經學獨立；宋清兩代鐘鼎彝器及石刻的大量出土，形成金石之學的高潮；光緒末年，殷墟甲骨及敦煌寫卷相繼出土，也蔚然成為顯學，歷久不衰；而近幾十年來，簡牘、帛書及各種地下文物的不斷出現，更是推動古代文字、文獻、文化的研究進入一個嶄新的紀元。王國維所提倡的二重證據法，「既據史傳以考遺刻，復以遺刻還正史傳。[31]」就是將地下文物與傳統文獻交叉運用的最重要方法。但是一般人多側重有字文獻的研究，而忽略了無字文物的研究。殊不知無字的文物可以詳名物之形制、訂前說之謬誤，補舊史之闕漏，得故書之真解，不僅美術史學家、考古學家、古生物學家應該重視它，研究古代名物的學者也絕不可忽略。就《詩經》名物研究而言，例如：

　　　　《詩‧大雅‧行葦》：「或獻或酢，洗爵奠斝。」朱傳：「斝，
　　　　爵也。夏曰醆，殷曰斝，周曰爵。」于省吾《澤螺居詩經新
　　　　證》：「如接毛傳之說，則醆、斝與爵只是名稱不同，沒有形制
　　　　上的差別。今以出土的商周時代酒器驗之，則斝為有鋬（把

---

31 王國維：〈古史新證〉、〈宋代金石學〉，《王觀堂先生全集》（臺北市：文華出版公司，1968年），第6冊，頁2078，第5冊，頁1933。

手）、兩柱、三足（或四足）、圓口之器，用以貯酒。爵為飲酒
器，今俗稱之為爵杯。以容量計之，則斝大於爵約十或二十餘
倍。……總之，不用出土的商周酒器以驗之，則周之爵等于夏
之醆、殷之斝，而詩人言『洗爵奠斝』之義終沒之辨。」
《詩‧鄘風‧君子偕老》：「玉之瑱也，象之揥也。」朱傳：
「瑱，塞耳也。」《詩‧衛風‧淇奧》：「充耳琇瑩，會弁如
星。」朱傳：「充耳，瑱也。」陳溫菊《詩經器物考釋》：「由
詩意觀之，各詩所言瑱或充耳，應是外露可見的裝飾，否則怎
以『琇瑩』、『琇實』形容？又以常理推之，生人耳中塞進玉
石，既不舒適，又礙聽覺，所以生人飾瑱，若以『塞耳』視
之，實有未妥。……考古學家根據目前出土玉器的位置推測，
玉瑱的使用方式有三種，一種以紞懸於耳部兩旁，一種可直接
戴於耳下，一種是塞入耳中。前兩種方式大約是生人採用，作
為裝飾頭部的飾物，器上多有穿孔；後一種方式則是死者殮葬
的儀式。瑱的形制，通常沒有特別的限定。」[32]

朱子釋斝與爵為同物異稱，釋瑱為充耳，為塞耳，皆本之毛傳。然以
地下實物考之，斝為貯酒器，爵為飲酒器；充耳為生人所用，塞耳為
死者所用。千古疑雲皆得以澄清。

（四）重視觀察實驗

　　科學最重觀察與實驗，名物的認識多來自觀察，但古人觀物未
審，常會產生錯覺，而留下一些錯誤的記錄，這種情形，〈夏小正〉、

---

32 朱熹：《詩集傳》，頁131、20、25。于省吾《澤螺居詩經新證》（北京市：中華書
　　局，1982年），頁157-158。陳溫菊《詩經器物考釋》（臺北市：文津出版社，2001
　　年），頁179-181。

《呂氏春秋·十二月紀》、《淮南子·時則篇》、《逸周書·時訓篇》、《易緯·通卦驗》、《禮記·月令》乃至《說文解字》往往有之。[33]對治之法，就是要走出書房，到田野進行實地觀察，再回過頭來，與紙面數據進行參證。如郭璞之注《爾雅》、羅願之撰《爾雅翼》就有不少實際觀察記錄。清儒講求無徵不信，更是注意及此，如程瑤田之寫〈釋草小記〉、〈釋蟲小記〉，多是得之目驗；段玉裁之注《說文》，則利用出宰巫山縣的機會進行田野調查；王念孫之疏證《廣雅》，也培養不少標本，供其觀察；郝懿行的《爾雅義疏》所以能超軼前人，也就是得力於目驗的緣故。[34]近代設立許多天文臺來觀測日月星辰的運行，設立許多觀測站，來記錄物候、氣象的變化，其技術就更是專精了。足見目驗具有客觀實證精神，既可提升名物訓詁的可信度，又可糾正舊說的訛謬，在科學昌明的今日，宜多加發揚，如程俊英、梁永昌的《應用訓詁學》高揭為訓詁方法之一，即頗有識見。[35]同樣地，《詩經》的名物研究，也須仰賴觀察的工夫，例如：

> 《詩·小雅·小宛》：「螟蛉有子，蜾蠃負之。」朱傳：「螟蛉，桑上小青蟲也，似步屈。蜾蠃，土蜂也，似蜂而小腰，取桑蟲負之於木空中，七日而化為其子。」李時珍《本草綱目》：「弘景曰：今一種蜂，黑色，腰甚細，銜泥於人屋及器物邊作房，如併竹管者是也。其生子，如粟米大，置中，乃捕取草上青蜘蛛十餘枚，滿中，仍塞口，以待其子大而為糧也。其

---

33 莊雅州：《夏小正析論》（臺北市：文史哲出版社，1985年），頁104-105。又，〈論說文解字之疏失〉，《中正大學中文學術年刊》2001年第4期，頁170-172。

34 莊雅州：〈論考釋爾雅草木蟲魚鳥獸之方法〉（臺北市：臺灣大學出版中心，2005年），頁157-158。

35 程俊英、梁永昌：《運用訓詁學》（上海市：華東師範大學出版社，1989年），頁149-154。

一種入蘆管中者，亦取草上青蟲。《詩》云：『螟蛉有子，蜾蠃
負之。』言細腰之物無雌，皆取青蟲教祝，便變成己子，斯為
謬矣！」

《詩‧周南‧汝墳》：「魴魚赬尾，王室如燬。」朱傳：「魴，
魚名，身廣而薄，少力，細鱗。赬，赤也。魚勞則尾赤，魴尾
本白，而今赤，則勞甚矣！」胡淼《詩經的科學解讀》：「魴魚
或胭脂魚尾白發紅，可能是指在發情繁殖期間，魚體內分泌激
素，身體各部便會發出絢麗的珠光，以求得對方青睞。如同鳥
類在發情期長出美麗的飾羽或冠羽，獸類長出色彩鮮豔的體
毛，這在生物界是普遍存在的現象。」[36]

古人觀物未審，以為蜾蠃養螟蛉之子以為己子，早在晉代，陶弘景就
指出蜾蠃負螟蛉之子是以之為糧，可惜朱傳不知採用，仍襲毛傳之
誤。魴魚赬尾，朱傳也沿襲毛傳，以為魚勞則尾赤，其實乃是魴魚發
情期內分泌激素的作用，經過現代專家的觀察，也可以了解其真正的
原因了。

（五）繪製具體圖影

　　無論名物的考證如何詳盡，描述如何逼真，終究是言不盡意，無
法讓讀者真正了解該項名物的真面目。所謂「百聞不如一見」，最好
的方法是用繪圖或攝影的方式，將它呈現在讀者眼前，則讀者不僅可
以恍然大悟，如見其物，更可按圖索驥，去找尋原物進行觀賞或研
究。早在晉代，郭璞在注《爾雅》時，就已領悟此一工作的重要性，
所以他另撰有《爾雅圖》十卷，可惜其書早佚，現在通行者乃宋、元

36　朱熹：《詩集傳》，頁94、5；李時珍《本草綱目》，頁1268；胡淼《詩經的科學解
　　讀》，頁25。

人所繪。在《詩經》名物方面，清人徐鼎的《毛詩品物圖說》、日人岡元鳳的《毛詩品物圖考》都是圖文並茂之作。近、當代，陸文郁的《詩草木今釋》、潘富俊的《詩經植物圖鑑》、高明乾等的《詩經植物釋詁》、《詩經動物釋詁》、陳重威的《詩經裡的鳥類》、陳溫菊的《詩經器物考釋》、揚之水的《詩經名物新證》、胡淼的《詩經的科學解讀》，或繪製圖版，或攝製照片，更是栩栩如生，與論述文字可以相輔相成，這對《詩集傳》名物的研究應該大有助益。拙作〈論考釋爾雅草木蟲魚鳥獸之方法〉言之綦詳，[37] 茲不贅。

（六）闡發文化意涵

所謂文化，乃是人類生活經驗的累積、智慧的結晶，範圍十分寬廣，舉凡物質層面的民生、科技、經濟，社會層面的禮俗、宗法、政治、教育，精神層面的學術、藝術、宗教都涵蓋其中。名物自然也脫離不了文化，它構成文化的一部分，但反過來，人們也往往賦名物以文化的意涵。所以我們在研究《詩經》名物時，應把名物放在時代文化的背景下，探討其背後所蘊藏的文化內涵，並以此為基礎，對《詩經》作重新理解，可以還原《詩經》時代的生活，了解那個時代多樣的風俗習慣、精神風貌。因此，從民俗學、人類學、考古學角度研究名物、試圖探索名物所蘊含的文化含義，並進一步對有關詩篇做重新體認，成為近、當代名物研究的新興課題。[38] 像葉舒憲的《詩經的文化闡釋》、李山的《詩經的文化精神》都是這方面的專書。聞一多的〈詩經通義〉、揚之水的《詩經名物新證》、呂華亮的《詩經名物的文學價值研究》對此也多所著墨。[39] 例如：

---

37 莊雅州：〈論考釋爾雅草木蟲魚鳥獸之方法〉，頁165-167。

38 呂華亮：《詩經名物的文學價值研究》，頁10-11。

39 葉舒憲：《詩經的文化闡釋-中國詩歌的發生研究》（武漢市：湖北人民出版社，1994

《詩‧周南‧芣苢》:「采采芣苢,薄言采之。」朱傳:「芣
苢,車前也,大葉,長穗,好生道旁。……采之未詳何用,或
曰:其子治產難。」胡淼《詩經的科學解釋》:「古人采集芣
苢,不僅為了食用,亦為了藥用。《說文》根據《逸周書‧王
會篇》認為車前子『令人宜子』,毛傳說:車前子『宜懷任
(妊)』,雖無事實根據,但其果穗上舉……其上多子,古人相
信它有利婦女懷孕,則本詩是求子之歌了。」

《詩‧小雅‧斯干》:「乃生女子,載寢之地。載衣之裼,載弄
之瓦。」朱傳:「裼,褓也。瓦,紡塼也。……寢之于地,卑
之也;衣之以褓,即其用而無加也;弄之以瓦,習其所有事
也。」揚之水《詩經名物新證》:「紡輪,古稱瓦或瓦塼,甲骨
文的『專』,正象一隻手握著一個紡輪。……女孩兒落生伊
始,就已經決定了一生與紡輪相伴的命運。紡輪上面常常圖繪
出美麗的圖案:太陽光、多角星、水渦紋,用了很鮮豔的顏
色,這是為了在視覺上增加紡輪的轉速,或者,也是為了給單
調與艱辛的弄瓦,增加一分生意,一分想像,一分秋日裡的歡
愉。」[40]

芣苢何以能治產難,朱子覺得迷惑,胡淼從文化的角度提出了解釋。
女子弄瓦,表現了古代男耕女織、男尊女卑的文化特色,朱子的體會
基本不錯,揚之水將它講得更深刻,更迷離,帶有幾分悽愴的詩意。

年)。李山:《詩經的文化精神》(北京市:東方出版社,1997年)。聞一多:〈詩經
通義〉,《聞一多全集》第二卷(北京市:生活‧讀書‧新知三聯書店,1982年)。
揚之水:《詩經名物新證》(北京市:北京古籍出版社,2000年)。呂華亮:《詩經名
物的文學價值研究》。

40 朱熹:《詩集傳》,頁4、86;胡淼:《詩經的科學解讀》,頁19;揚之水:《詩經名物
新證》,頁100。

四 結論

　　朱子的《詩集傳》是《詩經》學史上重要的里程碑，名物訓詁是其中重要的一部分。對自然科學頗有研究的朱子，費了數十年的心力，所以展現了範圍恢廓、融會眾說、掌握性狀、繁簡得中、闡發比興、貼近詩意等特色，這都是值得我們珍視的。當然，受到各種主、客觀條件的限制，這本成書於八百多年前的古籍也有許多值得進一步補充、發揮，甚至修正的地方。如果我們能參考古今成果、吸納科學新知、採擷地下文物、重視觀察實驗、繪製具體圖影、闡發文化意涵，相信對朱子《詩集傳》的名物訓詁乃至其格物致知之學的發揚光大會有所助益。

　　──原發表於廈門大學國學研究學院主辦「朱子學與現代跨文化意義國際學術研討會論文」，頁1-14。收錄於陳支平、劉澤亮主編《展望未來的朱子學研究──朱子學會成立大會暨朱子學與現代跨文化意義國際學術研討會論文集》（廈門市：廈門大學出版社，2012年），頁170-187。

論高郵王氏父子經學著述中的
因聲求義

一　緒論

　　清代乾嘉學者繼承漢學考據傳統，以小學治經學，「訓詁聲音明
而小學明，小學明而經學明。」（王念孫〈說文解字注序〉）一時名家
輩出，佳作如林，是清代經學史乃至中國語言學史上的黃金時期。其
中尤以金壇段玉裁集文字之大成，高郵王念孫、王引之父子臻訓詁之
巔峰，成就更是耀眼。王氏父子主要著作有「高郵王氏四種」，即嘉
慶元年（1796）脫稿的《廣雅疏證》十卷、嘉慶二年（1797）初刻，
道光七年（1827）編定的《經義述聞》三十二卷、嘉慶三年（1798）
完成的《經傳釋詞》十卷、嘉慶十三年（1808）陸續印行，道光十二
年（1832）編定的《讀書雜志》八十二卷，這四部書都是父子二人共
同合作，[1]以箋注或讀書札記的方式來呈現他們研究的心得。在校
勘、訓詁、文法各方面無不考證翔實，詮說精闢，具有深厚的造詣。
他們所以能夠得到如此輝煌的成果，因素固然極多，而無論如何，他

1　《廣雅疏證》、《讀書雜志》署名為王念孫作，其中常有「引之曰」，而《廣雅疏
　　證》最後一卷上下兩篇根據〈序〉文，知為引之所作。《經義述聞》、《經傳釋詞》
　　署名為王引之作，其中多引「家大人曰」，前者在二○四五條中引用六八七條，後
　　者在一六○條中有引用者為二十八條。

們在許多治學方法，尤其是「因聲求義」方面有重大的突破及精細的
實踐，實在是不可忽略的。經學史家周予同說：「誇大點說，清代樸
學的最高成就恐怕就是『不拘形體，以音求義』這個原則的發現
吧！」[2]因聲求義的重要性由此可見一斑。今即以王氏的《經義述
聞》為主，《經傳釋詞》、《廣雅疏證》、《讀書雜志》為輔，來一窺因
聲求義在王氏父子經學著述中的運用。

二　王氏父子因聲求義的理論基礎

(一)理論淵源

　　所謂「因聲求義」，就是通過語音去尋求或證明語義的一種訓詁
方法。雖然到了清代它才正式成為解經的重要方法，並且有了輝煌的
成就，但其思想淵源則由來甚久。誠如趙克勤所云：「從聲訓、右文
說到音近義通理論的建立，反映了訓詁學家對音義關係的認識從萌芽
到漸趨成熟的三個階段。」[3]散見於先秦典籍的聲訓，如：

> 政者，正也。(《論語‧顏淵》)
> 庠者，養也；校者，教也。(《孟子‧滕文公》)
> 仁者，人也。……義者，宜也。(《禮記‧中庸》)
> 庸也者，用也；用也者，通也。(《莊子‧齊物論》)

這類例子試圖從字音的角度去解釋字義，甚至推求事物命名的原因，
可以說已是因聲求義的濫觴。漢代學者對於聲訓的使用更是廣泛，如

2　周予同：〈孫詒讓與中國近代語文學〉，《周予同經學史論著選集》，頁781。
3　趙克勤：《古代漢語詞匯學》，頁191。

《春秋繁露》、《白虎通》、《風俗通義》、《春秋元命苞》、《說文解字》等都有大量聲訓的材料，尤其劉熙《釋名》更是極負盛名的專書。只是當時學者在處理這類材料時往往失之主觀臆測，更談不上系統化、理論化。

到了北宋，王子韶提倡「右文說」，主張形聲字左旁的形符只能表示事物的類別，右旁的聲符除了表聲之外，還有表義的功能。這種說法雖然不免拘泥於字形；而且以偏概全，卻很能掌握形聲字的特質，也使得文字訓詁的研究逐漸由以形索義走上因聲求義的道路。宋末元初的戴侗說：「夫文字之用莫博於諧聲，莫變乎叚借。因文以求義而不知因聲以求義，吾未見其能盡文字之情也。」（《六書故・六書通釋》）就是對此一傾向的鮮明表白。

真正以聲韻的關鍵去進行名物訓詁，並且用之於經書乃至一切古籍的研究，終究要到樸學盛行的清代方能實現。一代大師顧炎武以古音施於經學研究，曾云：「讀《九經》自考文始，考文自知音始。以至諸子百家之書，亦莫不然。」（《顧亭林詩文集・答李子德書》）這不啻是揭櫫清代經學及語言文字學研究方向的宣言，後來乾嘉學術可以說都是循著此一方向在蓬勃發展。戴震將此一理念闡述得更為清楚，他說：

> 經之至者，道也；所以明道者；其詞也；所以成詞者，未有能外小學文字者也。由文字以通乎語言，由語言以通乎古聖賢之心志。（〈古經解鉤沈序〉，《戴東原先生全集・戴東原集》，卷10）
>
> 疑於義者以聲求之，疑於聲者以義正之。（〈轉語二十章序〉，同上，卷4）

在轉語的研究上，在經義的探討上，戴震都切實去推展其以聲求義的
理念，他的理論與實踐對其弟子如段玉裁、王念孫以及乾嘉後學，乃
至整個清代學術都產生深遠的影響。

段玉裁云：

> 聖人之制字，有義而後有音，有音而後有形。學者之考字，因
> 形以得其音，因音以得其義。治經莫重於得義，得義莫切於得
> 音。（〈廣雅疏證序〉）

他以《六書音韻表》為管鑰，打開了研究《說文解字》的大門，成就
非凡，《說文》段《注》所以能成為後人研讀古書的必備書籍，實非
偶然。王氏父子進一步主張：

> 竊以詁訓之旨，本於聲音，故有聲同字異，聲近義同；雖或類
> 聚群分，實亦同條共貫。譬如振裘必提其領，舉網必挈其綱，
> 故曰「本立而道生」、「知天下之至嘖而不可亂也」。此之不
> 寤，則有字別為音，音別為義，或望文虛造而違古義，或墨守
> 成訓而尟會通，易簡之理既失，而大道多歧矣！今則說古音以
> 求古義，引伸觸類，不限形體。（王念孫《廣雅疏證‧敘》）
> 大人曰：詁訓之指存乎聲音。字之聲同、聲近者，經傳往往叚
> 借，學者以聲求義，破其叚借之字而讀以本字，則渙然冰釋。
> （王引之《經義述聞‧序》）

所謂「引伸觸類，不限形體」，正是王氏父子較前人閎通之處，也是
他們能在訓詁領域卓犖出眾的關鍵。但很明顯地，他們的出發點——
「就古音以求古義」，還是來自顧炎武以降「因聲求義」的傳統。胡

奇光說：

> 清代小學與現代語言學直接溝通的學說，要數音義關係學說
> 了。清代音義關係學說萌發於漢代。戴震、段玉裁、王念孫各
> 從自己的角度向漢人攝取自己所需要的理論資料：戴震取揚雄
> 的「轉語」之意，而創立「轉語說」，以闡明古今音義的演
> 變；段玉裁把許慎的「亦聲說」及宋王子韶的「右文說」改造
> 成「以聲為義說」，去分析形聲字的音義規律；王念孫從毛
> 公、鄭玄經注的「破字」做法裡，提煉出「以聲求義，不限形
> 體」之說。這三者殊途同歸，一齊通向作為訓詁學尖端的詞源
> 研究。[4]

可見王氏父子與戴、段在因聲求義理論發展的過程中各有其特色，而
且是密切相關的。

（二）理論根據

中國古代的訓詁多側重於以形索義，為何到了以戴、段、二王為
代表的清儒會轉而強調因聲求義？因聲求義在理論上到底有什麼根據
呢？要答覆這些問題必須從三方面來加以考察：

1 聲義關係

文字具有形、音、義三個要素，這是人盡皆知的，段玉裁云：

> 許君以為音生於義，義著於形。聖人之造字，有義以有音，有

---

4 胡奇光：《中國小學史》，頁290。

音以有形；學者之識字，必審形以知音，審音以知義。（《說文解字‧敘注》，15篇上，頁22）

這段話很簡要地表達了無論是在造字或認字的過程中，聲音都是居於重要的關鍵地位。我們如果進一步分析就會發現，文字來自語言，它只是語言的書寫符號，而且是語言產生和發展到一定階段後才產生的。語言真正的核心是語義（概念）與語音（表示概念的聲音標記）密切結合的統一體。由於漢字屬於表意體系的文字，形與意之間可以直接連繫，所以通過字形來推知和證明詞義自屬可行。但這種訓詁方法也有其侷限，那就是只適用於探求本義，而不適用於探求引申義、叚借義；只能依據本字的字形，而不能依據叚借字的字形；只能用以分析筆意，而不能用以分析筆勢。[5]在字形屢經改變，形聲字、通叚字又俯拾皆是的後代，如果還動輒以形索義，那就很容易陷入望文生訓的迷霧之中。這時只有從聲義關係的探討中才能找到解決之道。

概略地說，聲義的關係不外四種：

（1）同音同義：如探與撢，諆與欺。
（2）同音異義：如后與後，工與龔。
（3）異音同義：如國與邦，福與祥。
（4）異音異義：如碧與紅，龜與龍。

四者之中，異音異義毫無音義關係，可置之不論。至於同音同義、同音異義屬於同音詞，則可能成為音訓的對象；同音同義、異音同義關於同義詞，亦可能成為互訓的材料，皆與訓詁有關。尤其同音同義是

5　詳見程俊英、梁永昌：《應用訓詁學》，頁80-85。筆意是指能夠體現原始造字意圖的字形；筆勢是指經過演變，加以符號化，從而脫離了原始造字意圖的字形。

探討同源詞的主要根據，同音異義是追蹤叚借字的重要線索，那更是因聲求義的兩大目標。陸宗達云：

> 同源字反映的是同根詞，它們是在同一引申系列中的，但是往往因為分形而切斷了引申義之間的聯繫；同音字則反映的是詞與詞之間聲音的偶合，但卻由於互相借用而共形，使兩種完全無關的意義發生混淆。因此，在利用文字材料研究詞義時，我們需要把分形的同根詞貫通起來，尋找詞義由引申而至分化的線索；同時又需要把共形的同音詞分離開來，撥開字形造成的迷霧，排除不相干的意義相互干擾。兩件事都需從語音的分析入手，這就是「因聲求義」方法的兩大作用。[6]

由此可見，因聲求義可以解決以形索義所無法解決的許多問題，因為它掌握了聲義之間的密切關係。王念孫在《廣雅疏證·敘》中所言：「竊以詁訓之旨本於聲音。故有聲同字異，聲近義同，雖或類聚群分，實亦同條共貫。」正表示他對此深有體認。

2 義存乎聲

音義共同構成語言的核心，如果再進一步分析，就不難發現音是形式，義是內容，兩者互為表裡，密切相關。其結合固然純粹出於約定俗成，只有偶然性，而沒有必然性，但只要大家都承認某一個音表示某一個義，並且共同使用它，那麼音義就成為密不可分的統一體。在這個統一體之中，我們可以發現不少模仿自然界聲音的狀聲詞、描繪事物性質的名詞及摹寫情感的形容詞，其詞義固然寄託在聲音之

6　陸宗達、王寧：《訓詁方法論》，頁84。

中，就連許多字體各殊、意義相同的聯綿詞，或異中有同、分化複雜的同源詞，其實它們詞義的由來、關係的演變，也是可以透過聲音的系聯而得到合理的解釋的。王引之所云：「大氐雙聲疊韻之字，其義即存乎聲，求諸其聲則得，求諸其文則惑矣！」（《經義述聞‧通說上》，卷31，「無慮」條）就是指聯綿詞而言，這樣的觀念對於同源詞也同樣適用。

　　與「義存乎聲」相類似而更有名的說法，那就是「聲義同源」，段玉裁云：

> 有義而後有聲，有聲而後有形，造字之本也；形在而聲在焉，形聲在而義在焉，六藝之學也。（《說文解字注》，9篇上，「詞」字條）
> 聲與義同原，故龤聲之偏旁多與字義相近，此會意、形聲兩兼之字致多也。（《說文解字》，1篇上，「禛」字條）

就語言之發生而言，是先有義而後有音，故曰：「有義而後有聲」；就語言之探討而言，則是由聲以知義，故曰：「義存乎聲」，「形聲在而義在焉」；就音義之密切關係而言，則曰「聲義同源」。故所謂聲由義發，聲在義在，正是聲義同源的依據。厥後阮元的《揅經室集‧釋矢》、黃承吉的《字詁義府合按，後序》、陳澧的《東塾讀書記》、劉師培的《左盦外集‧物名溯源》，都從理論與實例兩方面來充實這個理論，而許多聲訓條例，如「凡同聲多同義」、「凡字之義必得諸字之聲」、「凡從某聲多有某意」、「形聲多兼會意」，也都是從這個基本理論推衍出來的，詳見林師景伊《訓詁學概要》第六章第一節，茲不贅。

3 聲近義通

　　既然聲義的關係是如此廣泛而密切，甚至到了義存乎聲，聲義同源的地步，則在語言當中，透過聲音的媒介，產生了許多同音同義的聯綿詞、同源詞、轉語，乃至同音異義而通用的叚借字乃是極其自然的事。而清代學者在研究這些浩如煙海的材料時發現了聲近義通的規律，並進行因聲求義的工作當然也是順理成章的事。因為從後世的立場來看這些詞義的演變固然複雜萬端，但從原始的根源來看，其聲音實際上是相近的。只要能找到這個聲音的線索，就可以得到聲義相通的鑰匙，那豈不是執簡而御繁，至賾而不亂嗎？王引之在《經義述聞》中，就屢次談及聲近義通這個規律，如：

> 夫古字通用，存乎聲音，今之學者，不求諸聲而但求諸形，固宜其說之多謬也。（卷3,「平章百姓」條）
> 夫詁訓之要在聲音不在文字，聲之相同相近者，義每不相遠。（卷23,〈春秋名字解詁敘〉）
> 古者聲隨義轉，聲相近者，義亦相借。（卷27,「蓋割裂也」條）

所謂聲近，指的是兩個詞有同音、雙聲或疊韻的關係；所謂義通，指的是兩個詞義全同、微同或相關。如何判斷聲近，需要有正確的古音知識；如何判斷義通，也需要有敏銳的訓詁眼光。王念孫在《經義述聞》卷三十一中，分古韻為二十一部，在諸多著作中使用了許多專門的術語，如「聲同義同」、「聲近義同」、「聲同義近」、「聲近義近」、「聲轉義同」、「聲轉字異」、「韻轉義同」，都是用來作為因聲求義的利器，因聲求義只有在古音學與訓詁學都日益昌明的清代才能臻於成熟，實在是有其道理的。

三　王氏父子因聲求義的運用範圍

趙克勤云：「簡要地說，清代『因聲求義』的理論及實踐，主要包括兩個內容：一是同源字，這是屬於詞源學的範疇；一是古音通假，這是關於語義學的範疇。」[7]其實，同源字及古音通假的探討固然是因聲求義的重要內容，但因聲求義在王氏父子乃至清儒的手中，其運用的範圍是相當廣泛的，至少可包括：

(一) 校訛誤

「王氏四種」的內容不外是校譌誤、明訓詁和審詞氣，只是重點各有所偏而已，如《讀書雜志》是由校讎而訓詁，《經義述聞》是由訓詁而校讎，《經傳釋詞》則重在審詞氣。古書屢經抄寫，魯魚亥豕往往而是，如果不經過一番校理，如何能得到文章的真義？所以校讎可以說是訓詁的前提和基礎工作，王氏父子不僅擅長訓詁，而且精於校勘。他們在讀古書發現文義有窒礙難通之處，往往利用古音知識加以訂正，如：

> 十六年，「成周宣榭災」，《傳》曰：「周災不志也」，《疏》曰：「徐邈所據本云：『周災至』，《註》云：『重王室也』。今遍檢范本，並有不字，則不得解與徐同也。」引之謹案：徐本「周災至」，至當為志，聲近而譌也。(《荀子‧正論篇》：「其至意至闇也」，楊《注》曰：「至意當為志意」，亦聲近而譌。)《疏》曰：范本有不字，不得解與徐同，則志字與徐不異可知。蓋外災不志 (襄九年《傳》)，而周災則志，所以重王室

7　趙克勤：《古代漢語詞匯學》，頁193。

也，故曰「周災志」，若作「周災不志」，則與經志「成周宣榭災」不合。（《經義述聞》，卷25，「周災不志也」條）

王引之發現《穀梁傳》「周災不志」與《春秋》經文矛盾，而徐邈本無不字，可據以正傳文之誤，只是徐本志誤作至，所以又必須先加以改正。古音志字屬章紐之部，至字屬章紐質部，聲紐相同，韻部對轉相通，[8]二字並無通叚之例證，所以王氏斷為音近之誤，並舉《荀子·正論篇》作為旁證，其說怡然理順。又如：

防風氏為漆姓，《史記·孔子世家》漆作釐，《索隱》曰：「釐音僖，《家語》云：『姓漆』，蓋誤，《世本》無漆姓。」引之謹案：漆當為來，古字來與釐通，（〈少牢饋食禮〉：「來女孝孫」，鄭《注》：「來讀曰釐」。〈周頌·思文篇〉：「貽我來牟」，《漢書·劉向傳》引作釐麰。……）故《史記》作釐也。來與黍字形相似，因誤為黍，後人又加水旁耳。（……〈皋陶謨〉：「在治忽」，《史記·夏紀》作「來始滑」，《漢書·律曆志》作「七始詠」，楊慎《丹鉛錄》曰：「來是黍字之誤，黍即七字也。……）（同上，卷20，「漆姓」條）

防風氏在《國語》中為漆姓，但世無漆姓，而《史記》漆作釐，釐古音屬來紐之部，與來字同音，經常通用，可見漆字本當作來，形誤為黍，後人不知，又加水旁作漆字，那真是錯上加錯了。王引之的訂正曲折有味，而其得力之處，也全在因聲求義的靈活運用。王氏父子校

8 本文各字之聲紐、韻部依據唐作藩《上古音手冊》，以其檢索方便，而且他所採用的王力先生的三十二紐三十部說法在海峽兩岸也較為一般學者所熟悉。其有需要再求精密者，則根據陳師伯元的《古音研究》加以修正。

古書態度客觀，功力精湛，往往見人所未能見，言人所未能言，而又歸於至當。雖然他們泛覽群書，旁徵博引，但也有許多晚出文物不是他們所曾寓目的，而他們的說法竟然能與之冥合無間，[9]其識斷之精，不能不令人讚歎。

（二）破叚借

　　文字是語言的記錄，在字書尚未普及甚至根本沒有標準字書的古代，人們記錄語言時，或倉卒間無其字，或一時記憶不清，往往以音同或音近的字來替代，如此固然可以減少文字的孳乳，增加運用的方便，但也造成形義分離的現象，成為讀懂古書的一大障礙。從毛亨、鄭玄以降，歷代訓詁學家都將辨認叚借字當作頭等大事，清代乾嘉學者用力尤勤，其中以王氏父子貢獻最鉅。王引之云：

> 許氏《說文》論六書假借曰：「本無其字，依聲託事，令長是也。」蓋無本字而後假借他字，此謂造作文字之始也。至於經典古字聲近而通，則有不限於無字之假借者，往往本字見存而古本則不用本字，而用同聲之字。學者改本字讀之，則怡然理順，依借字解之，則以文害辭。（《經義述聞‧通說下》，卷32，「經文假借」條）

王氏不僅在理論上對叚借的由來、分類、條件、訓釋方法等方面作了詳細的闡述，而且在實踐方面也解決了不少古籍訓解的疑難。「王氏

9　如《左傳》僖公二十三年「懷公命無從亡人」，王念孫以為懷公下當有立字。（《經義述聞》，卷17，「懷公命無從亡人」條）又，僖公三十三年「不替孟明」下，王念孫以為當有曰字。（同上，「不替孟明孤之過也」條）都和清末傳入的日本金澤文庫舊鈔本不謀而合，詳見羅孟禎：《古典文獻學》，頁461-463。

四種」中凡是有「某即某之借字」、「作某者借字」、「古無某字，借某
為之」、「古多以某為某」、「經傳通以某為某」、「某讀為某」、「某某古
字通」、「某古通作某」、「某與某通」、「古同聲通用」、「聲近義通」之
類術語的，幾乎都是在談叚借。單是在《經義述聞・通說》中所歸
納，前人不知經文叚借而誤解之例就有二百五十條，其餘散見全書者
為數亦不少，如：

> 〈邶風・柏舟篇〉：「耿耿不寐，如有隱憂。」《毛傳》曰：
> 「隱，痛也。」《正義》曰：「如人有痛疾之憂。」引之謹
> 案：……隱即「憂心慇慇」之慇，字或作殷。《淮南子・說山
> 篇注》引《詩》作「如有殷憂。」……《說文》曰：「慇，痛
> 也。」《廣雅》曰：「殷，痛也。」此《傳》曰：「隱，痛
> 也。」……皆其證。（卷5，「如有隱憂」條）

《毛傳》釋隱為痛，而不解為隱蔽，意思雖然正確，但隱為何有痛
意，並未有所交代。王引之始透過因聲求義，找到其本字慇及異文
殷、隱、慇、殷古音同屬影紐、文部，又有許多通用的例證，所以可
以叚借。經他這一番考證，疑難的確可以渙然冰釋。又如：

> 〈鴇羽〉曰：「王事靡盬，不能蓺稷黍。」〈小雅・四牡〉曰：
> 「王事靡盬，我心傷悲。」……引之謹案：如毛、鄭所解，則
> 是王事無不堅固，是以勞苦不息……，殆失之迂矣！今案：盬
> 者，息也。王事靡盬者，王事靡有止息也。……《爾雅》曰：
> 「棲遲、憩、休、苦，息也。」苦讀與靡盬之盬同。……蓋古
> 字之叚借，在漢人已有不能盡通其義者矣！（卷5，「王事靡
> 盬」條）

「王事靡盬」一語在《詩經》中屢次出現,《毛傳》、《鄭箋》所解迂曲難通。王引之將盬讀為苦,據《爾雅》解作止息,古音盬為見紐魚部,苦為溪紐魚部,音近相通。他的解說使詩中悲憤之情呼之欲出,確實遠勝於毛、鄭。不過,王氏只是認為苦音有止息之義,並不是說苦就是盬的本字,這就是「就古音以求古義,引伸觸類,不限形體。」《廣雅・釋詁》云:「㿝,息也。」㿝可以算是苦、盬的本字,但那恐怕也只是後起的本字吧!

(三)明連語

連語又稱謰語、連綿字、聯綿詞,是只有一個詞素的雙音節衍聲複詞,和含有兩個詞素的合義複詞不同,古人不曉得二者分際,往往望文生訓,鬧了許多笑話。到了清儒才對連語有較清楚的認識,而王氏父子更是首先全面建構連語理論的學者,對後代影響極大,其說云:

> 大氐雙聲疊韻之字,其義即存乎聲,求諸其聲則得,求諸其文則惑矣!(《廣雅疏證・釋訓》,卷6上,「揚摧,都凡也」條;又《經義述聞・通說上》,卷31,「無慮」條)
>
> 凡連語之字,皆上下同義,不可分訓。(《讀書雜志》,四之十六,「連語」條)
>
> 玲與瓏一聲之轉……,倒言之則曰瓏玲。(《廣雅疏證・釋詁》,卷4下,「硁硞……玲瓏……,聲也」條)
>
> 慫慂,疊韻也,單言之則謂之聳。(〈釋詁〉,卷1下,「食閻慫慂勵勸也」條)
>
> 絪縕與烟熅同,重言之則曰烟烟熅熅。(〈釋訓〉,「馮馮翼翼烟烟熅熅……元氣也」條)

王氏認為在字音方面，連語上下二字有雙聲或疊韻的關係；在字義方面是義存乎聲，而不存乎形，不可分開來解釋；在字形方面靈活多變而不固定，有時甚至可以倒言、單用、重疊。除了在某些細節方面如將重言（疊字）從連語中排除，將上下同義的聯合式合義複詞納入連語之中，[10]與今人觀念有所出入之外，王氏父子對於連語的認識可說已相當周延而深刻。因此，從事實際的探討時，成果也十分輝煌。如：

> 虺隤疊韻字，元黃雙聲字。〈周南・卷耳篇〉：「我馬虺隤」、「我馬元（玄）黃」，皆謂病貌也。《毛傳》謂：「元（玄）馬病則黃」，失之。〈小雅・何草不黃篇〉：「何草不黃，何草不元（玄）。」元（玄）黃亦病也，猶言無草不死，無木不萎也，以草病與人之勞瘁，亦「中谷有蓷，暵其乾矣！」之意。《鄭箋》謂：「歲始草元（玄），歲晚草黃。」亦失之。虺隤、元（玄）黃，凡物病皆得稱之。孫屬之馬，郭屬之人，皆非也。（見郭《注》及《詩・釋文・正義》）《詩》言「何草不黃，何草不元（玄）」，以是明之。（《經義述聞》，卷26，「虺隤元黃廑逐病也」條）

虺隤古音同屬微部，聲紐有曉、定之異，玄黃古音同屬匣紐，韻部有真陽之別，都是形容人或物勞瘁的聯綿詞。《詩經》、《毛傳》、《鄭箋》、《爾雅》孫《注》、郭《注》從字面解釋，所以失之鑿；王引之

---

10 陳雄根云：「王氏在《廣雅疏證》和《讀書雜志》所舉的雙聲或疊韻連語，並沒有疊字的例子，王氏並沒有將疊字當作連語看待。」（〈王念孫連語理論探賾〉，頁220）張文彬也說：「石臞先生此條（《讀書雜志》，四之十六，「連語」條）所舉連語凡有流昵等二十三條，其中流昵、搞虜、奔踶、儀表、感慨、驚鄂六語為合義之複詞外，餘皆為衍聲之複詞。」（《高郵王氏父子學記》，頁260）可見王氏父子的連語觀念與今人不盡相同。

因聲求義，所以能得其確詁。又如：

> 家大人曰：猶豫，雙聲字也。字或作猶與，單言之則曰猶曰
> 豫。……合言之則曰猶豫，轉之則曰夷猶、曰容與……，嫌
> 疑、狐疑、猶豫、螮蝀皆雙聲字，狐疑與嫌疑一聲之轉
> 耳。……夫雙聲之字，本因聲以見義，不求諸聲而求諸字，固
> 宜其說之多鑿也。（〈通說上〉，卷31，「猶豫」條）

古音猶字屬喻紐幽部，豫字屬喻紐魚部，雙聲，二字連用，有回轉往
還的動作和情狀之意。王氏從因聲求義入手，不僅駁正了前人的謬
說，而且也指出猶豫聲轉為夷猶、容與等。換句話說，以聲音為綱，
便可以把有關的連語有條不紊地貫串起來，而連語的音轉、異體、倒
言、單用、重疊等現象也就易於掌握，這正是他們能超過戴震、段玉
裁的地方，而不僅是因為他們探討得比較廣泛而已。

（四）考物名

　　傳統訓詁學一向重視名物的考釋，如《爾雅》多釋草木蟲魚鳥獸
等專名的詞義，漢代的學者也往往採取聲訓的方式來探討事物得名的
原因。聲訓在「王氏四種」中亦經常出現，如《經義述聞》云：

> 鞎之言限也，限隔內外，使塵不得入也。（卷27，「輿革前謂之
> 鞎」條）
> 環與捐皆圓貌也，捐之言圓也。（同上，「環謂之捐」條）
> 〈魏風‧伐檀‧釋文〉曰：「淯，本亦作脣。」淯之言脣也，
> 上陂陀而下峻峭，狀如人之脣，故謂之淯。（同上，「夷上洒下
> 不淯」條）

　　楓之言風也，《廣雅》曰：「風，動也。」楓木厚葉弱枝而善
　　動，故謂之楓。（卷28，「楓檽檔」條）

如果僅止於此，即使態度再審慎，也無以遠過劉熙。事實上，王氏父
子最可貴的地方，乃是透過因聲求義的方式，深刻地去探討事物得名
的緣由，並系聯同名異實者或異名同實者的音義關係。同名異實如：

　　郭曰：「菔宜為菔。蘆菔，蕪菁屬，紫華大根。」引之謹案：
　　菔菔字形相似，郭說似得之矣！及以《爾雅》異物同名之例求
　　之，而後知其不然也。《爾雅》所釋，或蟲與鳥同名，密肌繁
　　英、翰天雞是也；或木與蟲同名，諸慮山榚、諸慮奚相是也；
　　或草與蟲同名，茢薽之與蛾羅，虼虾之與蚍蜉，果蠃之與果
　　蠃，蘆菔之與蠦蜰是也。凡此者，或同聲同字，或字小異聲不
　　異。蓋物之同名者往往有之，故觀於蠦蜰，而知蘆菔之必不誤
　　也。菔與菔，特一聲之轉耳。自郭以菔為菔之誤，而後人遂直
　　讀為菔，無作肥音者，蓋古義之失久矣！（同上，卷二十八，
　　「葵蘆菔」條）

王氏探究名物，發現「鳥獸蟲魚固多異物而同名者。」（《同上，卷
28，「鯉鱣鰻鮎鱧鮝」條）而「古者庶物之名多取雙聲疊韻。」（同
上，「蠁鼃蟾諸」條）「凡事理之相近者，其名即相同。……故事理之
相近者，既有本意，即有借義，說經者不以本義廢借義，不以借義亂
本義，斯兩得之矣！」（同上，卷21，「嚚瘖不可使言聾聵不可使聽」
條）如草名的蘆菔與蟲名的蠦蜰都是非雙聲非疊韻的衍聲複詞，只是
字小異而聲不變而已。兩者聲義關係既然如此密切，自然可以據以斷
定蘆菔不當像郭璞那樣改為蘆菔。至於異名同實如：

　　宰宷聲相近，故謂宰為宷，⋯⋯宰宷聲相近，字或作采，故〈堯典〉「若予采」，〈釋文〉引馬《注》曰：「采，官也。」主謂之宰，亦謂之宷；官謂之宰，亦謂之宷；冢謂之宰，亦謂之采；事謂之采，亦謂之綷，皆以聲近而有二名也。（同上，卷26，「尸職主也尸宷也宷寮官也」條）

宰宷古韻同屬之部，只是聲母略有精清之異而已，名稱雖異，同樣用來指稱官職，這是因為二字聲近義通，故可互相借用。由此可見，同名異實者與異名同實者現象雖然相反，而聲近義通的本質則無以異，因此，因聲求義是用來探討其立名之意及系聯相關名物的最好方法。陸宗達云：「探求名物的來源，義要繫同源，字要明叚借，都需要以聲音為線索，所以它是『因聲求義』方法的一種綜合的特殊的運用。」[11]正可以作為王氏父子考名物的注腳。

（五）求語源

　　求語源就是探討同源詞。王了一先生說：「凡音義皆近，音近義同，或義近音同的字叫作同源字，這些字都有同一個來源。」[12]由此可見，同源詞體系當中的源詞與滋生詞、同源詞之間都有著聲近義通的關係。[13]無論要從事推源或繫源的工作，都必須從意義相通的詞群中去考察其音同或音近者，才有可能整理出一組一組音近義同的同源詞。這樣的工作雖然在古代聲訓與右文說當中已開始萌芽，但真正大

11　陸宗達、王寧：《訓詁方法論》，頁94。

12　王力：《同源字典》，頁3。

13　程俊英、梁永昌說：「由一個舊詞派生分化出另一個或幾個新詞，那個舊詞就是派生詞的語源，常被稱為源詞或根詞；由同一語源滋生出來的詞為同源詞。」（《應用訓詁學》，頁111）

力拓展，還是要等到聲韻訓詁都已經相當發達的乾嘉時代才有辦法進行。其途徑不外是求字根與求語根兩方面，而這些在王氏父子的著作當中都有相當優異的成績，例如：

> 打之言赬也，赤也。……《釋文》：「打，本又作虹。」《玉篇》：「虹，丑輕切，蠻虹也。」《廣韻》：「丑貞切」，丑輕、丑貞之音，並與赬同。《說文》：「經，赤色也。」或作赬，或作䞓。䞓、打並從丁聲，故字亦相通也。（《經義述聞》，卷28，「蟹打蟷」條）

打、虹、䞓都是從丁得聲的形聲字，古音同屬透紐耕部，都有赤色之義，它們是同字根的同源詞。至於經、赬音義都與之相同，則可算是同語根的同源詞。王引之依據因聲求義所作的考證相當翔實，其繫源的結果自然也是確切不移。又如：

> 蕃繁古字通，繁者，白色也，讀若老人髮白曰皤。……繁與皤同義，白蒿謂之蘩，白鼠謂之鼲，馬之白鬣謂之繁鬣，其義一也。（同上，「青驪繁鬣」條）

蕃、皤、鼲從番得聲，蘩從繁（本作緐）得聲，都各有其字根，但它們的古音，繁、蘩、蕃、鼲屬並紐元部，皤屬並紐歌部，元、歌對轉相通；它們的字義，無論施之於人或施之於動植物都有白色之意，所以從語根來講，它們也是同源詞。王氏父子在探討同源詞時，不僅注意到字根，更注意到語根；不僅注意到演繹，更注意到歸納。他們不像段玉裁那樣側重於諧聲偏旁的研究，而是「就古音以求古義，引伸觸類，不限形體」，跳開了文字形體的魔障，將字詞的詮釋擴展至對

義類和詞族的研究，使傳統的訓詁學走上通往詞源學的道路，這是他們對後世重大的貢獻。胡奇光云：「王念孫『以音求義說』，以『不限形體』為出發點，以連環訓釋、觸類旁通為著力點，以探求語根為歸宿點，因而比戴、段之說還要閎通。」[14]他的說法確實很能得其體要。

（六）通轉語

傳統訓詁學旨在釋古今之異言，通方俗之殊語，所以對於轉語的研究一向頗為重視。所謂轉語就是同一個語根，由於「時有古今，地有南北」所產生的音變現象，也就是原語根的分化語。其音或雙聲而韻轉，或疊韻而聲變，而其義則仍然相通無阻。如此說來，轉語與同源詞不啻一體的兩面，只不過同源詞來自西方語源學的概念，側重於同與源，轉語則是傳統訓詁學的術語，側重於流與變而已。「轉語」一詞，早在漢代揚雄的《方言》裡，就出現了。同時，他這本書也用心於「別國方言」及「絕代語釋」的探討，可惜後代難以為繼，成績不彰。直到清代，戴震除了《方言疏證》之外，還有《轉語二十章》，程瑤田也寫出了著名的〈果臝轉語記〉，轉語之學才得到蓬勃發展的契機。王念孫的〈釋大〉及《廣雅疏證》都是斐然有成的名著，而吉光片羽也往往散見於《經義述聞》，如：

> 古者庶物之名多取雙聲疊韻。去齫疊韻字也，去字古音在魚部，齫字古音在幽部，古魚幽二部之聲相為出入，故去齫疊韻。……再以轉語求之，去鼓聲相近，故去齫轉為鼓造。……去屈聲之轉，故去齫又轉為屈造。……去齫，魚幽二部之疊韻也，其魚部自為疊韻，則曰去甫；幽部自為疊韻，則曰蜩

---

14 胡奇光：《中國小學史》，頁293。

鼀。……醜鼀同字，故去醜亦作去鼀。《說文》鼀字注用《爾雅》之文，曰：「去鼀，詹諸也。」又釋之曰：「其鳴詹諸，其皮鼀鼀，其行去去。」去與諸為韻，鼀與諸、去為合韻，則其字之作去甚明。去去之言祛祛也，《莊子‧應帝王篇》：「泰氏，其臥徐徐。」崔譔本作祛祛，司馬彪《注》曰：「徐徐，安穩貌。」則祛祛亦安舒貌矣！蟾諸之行，徐徐然不迫，故謂之去去。（卷28，「鼀醜蟾諸」條）

去醜古音去屬溪紐魚部，醜屬從紐幽部，魚幽次旁轉相通，二字構成疊韻聯綿詞。因聲紐或韻部的流轉，孳乳了鼓造、屈造、去甫、蜩鼀、去鼀等聯綿詞。這些詞的字形儘管變化不定，其意思都是指蟾諸（蟾蜍）而言。王引之不為字形所惑，因聲求義，所以能將各詞的來龍去脈講得如指諸掌。又如：

家大人曰：凡書傳中言無慮者，自唐初人已不曉其義，望文生訓，率多穿鑿，今略為辯之。高誘注《淮南‧俶真篇》曰：「無慮，大數名也。」《廣雅》曰：「無慮，都凡也。」……。無慮疊韻字也。……總計物數謂之無慮，總度事宜亦謂之無慮。……無慮或但謂之慮。無勿一聲之轉，故無慮或謂之勿慮。……無慮之轉，又為摹略，……又轉之為孟浪，……孟浪猶莫絡，不委細之意。無慮、勿慮、摹略、莫絡、孟浪，皆一聲之轉。大氐雙聲疊韻之字，其義即存乎聲，求諸其聲則得，求諸其文則惑矣！（〈通說上〉，卷31，「無慮」條）

古音無屬明紐魚部，慮屬來紐魚部，為疊韻聯綿詞，或單用作慮，或轉化為勿慮、摹略、莫絡、孟浪，而依然是表示粗疏、大略、不精細

之意。這些轉語的韻部雖有不少變化，聲母仍然保持明紐與來紐，王念孫透過語音上的雙聲關係，將它們系聯起來，見解獨到，確實不同凡響。前人之言轉語，往往使用「一聲之轉」、「一音之轉」、「雙聲相轉」、「疊韻相轉」、「音轉」、「語之轉」之類的術語，可見因聲求義實為通轉語的不二法門。王氏父子在這方面的運用，可謂得心應手，對後世啟發極大，張文彬云：「由轉語求語根，由語根求古義，乃王氏喬梓訓詁學上最高之成就。」[15] 其重要性不難想見。

（七）釋虛詞

　　所謂虛詞是指本身不能表示具體的概念，只能作為語言結構工具的詞。它們雖不表示詞義，卻具有完足文句、表現詞氣的作用，如關係詞（舊稱介詞、連詞）、語氣詞（舊稱感嘆詞、助詞）皆屬之。古人遣辭造句往往使用虛詞，只是由於它較為抽象，極易引起誤解，形成閱讀古書的障礙，所以王氏父子除了在著述中屢次分辨虛實之外，王引之還特別撰寫了《經傳釋詞》一書來探討先秦西漢古書中的一百六十個虛詞。他對每一個詞都分別說明其不同用法，然後引例證明，且原始要終，見其流變，使人讀來，怡然理順。而其考釋之法，除了客觀歸納之外，主要還是因聲求義。誠如段玉裁所說：「凡古語詞，皆取諸字音，不取字本義，皆叚借之法也。」（《說文解注》，十三篇上，「緹」字）實詞的虛化，往往是借來代替語言中較抽象的詞義，關於無本字的叚借，而且由於音同或音近的字都有可能叚借，遂形成異字同義的現象。所以要探索虛詞詞義及其用法，捨因聲求義是難以奏效的。王了一先生云：

---

15 張文彬：〈高郵王氏父子訓詁學上之成就〉，頁14。

王引之在《經傳釋詞》中，雖沒有明顯地主張聲近義通，實際上仍然貫徹了這個原則。試看他的詞條安排：卷一、卷二是影、喻母字；卷三、卷四是影、喻、曉、匣母字；卷五是見系字；卷六是端系字；卷七是來、日母字；卷八是精系字；卷九是照系字；卷十是脣音系字。這決不是只為了檢查的便利；主要是為了體現聲近義通的原則。[16]

他從全書的編排來看因聲求義的運用，宏觀而通達，的確深具參考價值。例如卷四的惡、烏屬影紐，侯、遐、瑕、號、曷、害、盍、蓋、闔屬匣紐，它們都有「何」意，當疑問指稱詞用。何屬匣紐，與侯、遐諸字為雙聲，與惡、烏為旁紐雙聲，故可通用。如果進一步考察它們的古韻，惡、烏、遐、瑕屬魚部，侯屬侯部，魚侯旁轉；害、曷屬月部；盍、蓋、闔屬葉部，也都各有它們的部居，其關係就更加密切了。又如：

家大人曰：終，詞之既也。僖二十四年《左傳注》曰：「終，猶已也。」已止之已曰終，因而已然之已亦曰終。故曰：詞之既也。《詩・終風》曰：「終風且暴。」《毛傳》曰：「終日風為終風。」《韓詩》曰：「終風，西風也。」此皆緣詞生訓，非經文本義。終，猶既也，言既風且暴也。……終與既同義，故或上言終而下言且，或上言終而下言又，說者皆以終為終竟之終，而經文上下相因之指遂不可尋矣！……引之謹案：〈載馳〉曰：「許人尤之，眾穉且狂。」眾，讀為終。終，既也，穉，驕也。此承上文而言，女子善懷，亦各有道，是我之欲

歸，未必非也。而許人偏見，輒以相尤，則既驕且妄矣！蓋自
以為是，驕也；以是為非，妄也。毛公不知眾之為終，而云是
乃眾幼稱且狂，許之大夫，豈必人人皆幼邪？（《經傳釋詞》，
第9，「終眾」條）

「終風且暴」之終，《毛傳》、《韓詩》都是緣詞生訓，迂曲難通。王
念孫從《詩經》裡歸納出「終……且……。」、「終……又……」的辭
例，將終解為既然、已然，疑難才渙然冰釋。不過，終屬章紐冬部，
既屬見紐物部，已屬喻紐之部，關係並不密切，不妨視之為義訓。至
於王引之受了庭訓的啟發，認定「眾稱且狂」的眾讀為終，這倒是有
聲韻依據的，因為終、眾古音同屬章紐冬部，而且在《詩經》當中辭
例相似，所以可以相通。虛字的研究，從元末盧以緯的《語助》到清
初袁仁林的《虛字說》、劉淇的《助字辨略》、張文炳的《虛字注釋備
考》，都沒有重大的突破，直至王氏的《經傳釋詞》出現之後，情況
才大為改觀，而因聲求義正是他們所掌握的利器。

四　王氏父子因聲求義的方法

梁啟超曾研察王氏父子之治學方法，以為可分六端，即：1. 注
意，2. 虛己，3. 立說，4. 搜證，5. 斷案，6. 推論[17]；高師仲華則以為
其所運之法，可分為七項，即：1. 發現疑問，2. 精密思考，3. 詳細分
析，4. 建立假說，5. 博搜證據，6. 歸納論點，7. 演繹推理。[18]兩者大
同小異，唯高師增加「詳細分析」作為「建立假說」之前提，更加細
密。王氏父子因聲求義的過程大抵也以此數點為基礎，唯為求簡明起

17　梁啟超：《清代學術概論》，頁74。
18　高明：〈高郵王氏父子的學術〉，《高明文輯》，下冊，頁620。

見，在此僅特別提出探尋癥結、博採證據、聲義互求、比較互證四項加以說明。

（一）探尋癥結

古書所以難讀，有書本客觀的因素，也有讀者主觀的因素，林師景伊云：

> 由於時間、空間、人為三種因素的交互影響，於是產生了名詞的不同，語意的變遷，聲韻的轉移，師說的差別，簡冊的錯亂，文字的異形，古今的殊制，語法的改易，語詞的變化等等的問題，都有待訓詁來解決，因此就有訓詁的興起。[19]

如何解決這些問題，對於一個訓詁學家而言是一大考驗。豐富的學識、充分的材料、嚴謹的態度，固然都是非常重要的條件，但如何以敏銳的眼光、正確的觀念去發掘問題，再以精密的方法去解決問題，也是絕不可忽略的。所以在使用因聲求義的方法之前，一定要探尋古書錯誤的癥結所在，才能掃除障礙，也才能對症下藥。在《經義述聞》卷三十二〈通說下〉之中，王引之曾把古書的錯誤現象及研究古書的規律歸納為十二條，即：1. 經文假借，2. 語詞誤解以實義，3. 經義不同不可強為之說，4. 經傳平列二字上下同義，5. 經文數句平列上下不當歧異，6. 經文上下兩義不可合解，7. 衍文，8. 形譌，9. 上下相因而異，10. 上文因下而省，11. 增字解經，12. 後人改注疏釋文。前六條是以前學者注釋錯誤的原因，後六條是校勘文字的通則。這些通例是從《經義述聞》對群經所作約二千餘條訓釋中歸納出來的，具有

---

19 林尹：《訓詁學概要》，頁8。

很高的概括性、科學性與理論性，對於古籍的整理研究極具指導價值，現在且舉幾個較重要的通例略加說明：

1 不知訛說

古書在鈔寫雕刻、使用流傳、收藏保存的過程中，無論文字或篇章方面，往往會發生訛誤、缺脫、增衍、顛倒錯亂等現象，如果不找出其錯誤的原因，即使有再精良的訓解方法也得不到正確的結果。例如宣公十六年《春秋經》曰：「成周宣榭災。」《穀梁傳》：「周災不志也。」傳文之意與經文記載不合，不字顯然是衍文。王引之就是發現了這個癥結，才能因聲求義，先訂正了徐邈本「周災至」之至為志之誤，再轉而刪去傳文的不字。（卷25，「周災不志也」條）

2 惑於假借

中國文字中，本字和假借字兼併通用，久已成習，如果不知其為假借，按照字面去解釋，就會有望文生訓的毛病。唯有不為字面所迷惑，才能因聲求義，破其假借，得到本字或古義。例如《尚書·皋陶謨》：「予欲聞六律、五聲、八音，在治忽。」鄭玄本忽作笏，釋為朝笏，某氏傳解為忽怠，都扞格難通。王引之據《史記·夏本紀》的異文，斷定忽應為滑之假借，解為亂。（卷3，「在治忽」條）顯然理據俱足，令人信服。

3 增字解經

經傳文字簡質，在訓解時，根據本文的意思加以適當的發揮或補充是理所當然的。但如果主觀地畫蛇添足，其義既不見於上下文，在本文當中根本也沒有必要存在，那就會造成讀者的誤解。例如《爾雅·釋詁》：「尸，寀也。」郭璞《注》：「謂寀地」，在「寀」下增一

「地」字，以遷就己說，使得經文上下之意無法暢通。王引之洞察其誤，因聲求義，才發現寀當訓為宰，用以指稱官職，（卷26，「尸職主也寀也寀寮官也」條）經旨因而大白。

4 拆駢為單

在詞彙當中，合義複詞包含兩個詞素，可以分開來解釋，雙音節衍聲複詞則只有一個詞素，如果拆開來解釋那就會鬧笑話了。古人不了解聯綿詞的性質，往往犯了這種毛病，雖在大家亦時所難免。例如猶豫一詞，又可寫作猶與、夷猶、容與、嫌疑、狐疑，《顏氏家訓‧書證篇》以為狐性多疑，故曰狐疑。又謂猶是犬名，犬隨人行，每豫在前待人，不得，又來迎候，故曰猶豫。或曰：猶是獸名，每聞人聲，即豫上樹，久之復下，故曰猶豫。《禮記‧曲禮上》孔穎達《疏》亦以為猶、與皆為多疑之獸。諸如此類，王氏父子以為「夫雙聲之字，本因聲以見義，不求諸聲而求諸字，固宜其說之多鑿也。」（〈通說上〉，卷31，「猶豫」條；又《廣雅疏證》，卷6上，「躊躇猶豫也」條）確是一針見血之論。

5 誤虛為實

阮元曾說：「實詞易訓，虛詞難解。」（〈經傳釋詞序〉）這是因為虛詞較為抽象而難以掌握，而且除了常用義之外，還有許多特殊義項或特殊用法，而古代的字書或注釋很少去做明確的說明，所以常常有人將它們當作實詞來看待。例如逝字為發語詞，或作噬，《詩‧邶風‧日月》：「乃如之人兮，逝不古處。」〈魏風‧碩鼠〉曰：「逝將去女，適彼樂土。」〈大雅‧桑柔〉曰：「誰能執熱，逝不以濯？」〈唐風‧有杕之杜〉曰：「彼君子兮，噬肯逝我。」解者或訓為逮，或訓為往，或訓為去，皆難免輾轉遷就，而卒非立言之意。（〈通說下〉，

卷32,「語詞誤解以實義」條）只要能認清其虛實,自然不致蹈此失。

以上這些通例,確實能發聵震聾,端正觀念,對於掃除講古書的障礙,大有裨益。後代如俞樾的《古書疑義舉例》、陳垣的《元典章校勘釋例》、余嘉錫的《古書通例》、楊樹達《詞詮》之類的書籍踵事增華,益為邃密,學者使用就更為方便了。

(二)博採證據

王氏父子講究實事求是,無徵不信,凡立一說,必廣集證據,以求吻合無間,證據愈充分,則其結論愈堅立難拔。因聲求義因涉及聲與義兩方面,所以所需要的證據也可分為音證與義證兩種。

1 音證

(1)古音學說

因聲求義須以古音推古義,古音不僅與今音不同,而且還有聲同、聲近、聲轉等變化,只有對古音學有相當素養的學者才有辦法運用。王念孫是清代古音學大家,在這方面可說具備了最好的條件。從王念孫〈與江晉三書〉及《經義述聞》所載〈與李方伯論古韻書〉(〈通說上〉,卷31,「古韻二十一部」條),可以發現,他在考定古韻二十一部之前,只看到顧炎武、江永二家之書,事後才獲見段玉裁的《六書音均表》,但他分支、脂、之為三,真、諄為二,幽、侯為二,都與段氏不謀而合,而分緝、盍為二,至部獨立,祭部獨立,侯部有入,則屬個人創見,為段氏所不及。到了晚年的《合韻譜》又依孔廣森之說,增立冬部,成為二十二部,就當時而言,可說是最精密的古韻分部了。[20]從下面幾條出自《經義述聞》的例證,可以看出王

20　王念孫的古韻分部及成就詳見陳師伯元:《古音研究》,頁115-127。就考古派立場而

氏父子對於古音的運用真是得心應手，臻於化境：

> 折與摘聲相轉，箟與帣聲亦相轉。古音折、箟二字在月部，摘
> 帣二字在錫部。箸從折聲，而讀為摘，猶鞞鞁淺懺之懺從箟聲
> 而讀為帣也。段氏不明於古聲之轉，遂臆造一析聲之箸字，以
> 合摘字之音，其注《說文》則徑改箸為箿，改折聲為析聲，殆
> 非所謂遵循舊文而不穿鑿者矣！（卷9，「箿簇氏」條）
>
> 凡平聲耕清青部中之字，多與元寒桓刪山仙相通，上去二聲亦
> 然。（卷15，「羶蕥」條）
>
> 去齷疊韻字也，去字古音在魚部，齷字古音在幽部，古魚幽二
> 部之聲相為出入。（〈通說上〉，卷31，「黿齷蟾諸」條）

（2）形聲字

在漢字之中，形聲字占了百分之八十以上，形聲字之形符可以表
示事物的類別，其聲符除了表聲之外，還有表義的功能，可以作為系
聯字根的材料，同時也是探索語根的重要線索，所以在因聲求義時，
形聲字是不可忽略的。王氏父子深諳「同聲必同部」、「形聲多兼會
意」之理，在《經義述聞》中就常用來證明聲近義通，例如：

> 《說文》順、訓、馴、紃、軓、巡等字皆從川聲，是川與順聲
> 亦相近也，坤、順、川聲並相近，故借川為坤。（卷1，「巛」
> 條）

言，王念孫之古韻分部已大致就緒。江有誥《音學十書》所分的古韻二十一部與王
氏基本上一致，只是少一至部而已。後來章太炎又自脂部析出隊部，王力、董同龢
自脂部析出微部，更臻細密。

恍與尨同義，倞、諒與涼同義，是尨、涼皆雜也。（卷17，「尨
涼」條）

以六書之例求之，靖從青聲，青從生聲，旌亦從生聲，故旌字
得通作靖。（卷19，「不靖其能」條）

（3）韻文

　　古人用韻純出天籟，不僅《詩經》、《楚辭》等絕大多數篇章都押
韻，就連散文寫成的經傳子史，也常常夾雜韻語。叶韻之字，非屬
同韻，即為韻近，是研究古音學的資糧，也是因聲求義的重要材料，
例如：

平與辯、便古音可通。平字古音在耕部，辯、便二字古音在真
部。真、耕二部之字，古音最相近，故《易象傳》屢以為韻
（見顧寧人《易音》）；《大載禮記・少閒篇》：「天政曰正，地
正曰生，人政曰辯。」辯與正、生為韻，尤為明證也。（卷3，
「平章百姓」條）

于其無好德，女雖錫之福，其作女用咎。家大人曰：經文好下
本無德字，且好字讀上聲，不讀去聲。……好與咎古音正協，
〈皇極〉一篇皆用韻之文，不應此三句獨無韻也。（卷3，「于
其無好德」條）

制典下亦當有慈民二字，「作物配天，制典慈民，用行三明，
親親尚賢。」皆四字為句，且民與天、賢為韻。（卷13，「制
無」條）

（4）讀若

訓詁術語中有讀若、有讀如、有讀曰、有讀為、有讀與某同，習慣上常以讀若概括其餘。這些術語，或擬其音，或易其字，有時注音與叚借兼而有之，所以也是在因聲求義時必須重視的，例如：

> 《說文》曰：「釆，辨別也，讀若辨。」古文作平，與平相似。……孔氏襲古文，誤以平為平，訓為平和，失之。辨與便同音，故《史記》又作便。（卷3，「平章百姓」條）
>
> 古聲于與為通，〈聘禮記〉：「賄在聘于賄。」鄭《注》：「于，讀曰為」是也。（卷5，「作于楚宮」條）
>
> 《爾雅》曰：「數，疾也。」數之言速也，驟也。〈曾子問〉：「不知其已之遲數。」鄭《注》曰：「數，讀為速。」是也。（卷10，「某以得為外婚姻之數」條）

（5）異文

異文就是同一文獻的不同版本，或不同的書記載同一事物，而字句有所差異者。除了文字訛誤者外，異文往往是音同義同的古今字、通用字、異體字或同音相代的叚借字，無論對於校訛誤、明音讀或考訓詁都大有助益，例如：

> 隱即憂心慇慇之慇，字或作殷，《淮南・說山篇注》引《詩》「如有殷憂。」……《說文》曰：「慇，痛也。」《廣雅》曰：「殷，痛也。」（卷5，「如有隱憂」條）
>
> 紀讀為杞，堂讀為棠。條、梅、杞、棠，皆木名也。紀、堂，假借字耳。考《白帖・終南山類》引《詩》正作「有杞有

棠」。（卷5，「有紀有堂」條）

《史記・仲尼弟子傳・索隱》引此設作娛。……蓋作娛者，此記原文也。娛與虞同，《廣雅》：「虞，安也。」言自安於隱桰之中也。（卷12，「自設於隱桰之中」條）

2　義證

（1）古籍及注疏

《經義述聞》所糾正者為毛、鄭、賈、服、杜等舊注，陸、孔、賈等舊疏；《經傳釋詞》所搜討者為《九經》、《三傳》及周秦西漢之虛詞，所以他們所使用的材料以四部古籍及注疏居多，這也正是漢學的特色。《廣雅疏證》引用的書目多達二百九十一種，《讀書雜志》更在三百種以上，《經義述聞》淹貫群經，所採擷者可能有過之而無不及，例如：

《周官・鹽人》：「共其苦鹽。」杜子春讀苦為盬，謂出鹽直用不湅治。（卷5，「王事靡盬」條）

《史記・魯周公世家》曰：「周之官政未次序，於是周公作〈周官〉，官別其宜，作〈立政〉，以便百姓。」則誤以為政治之政者自子長已然矣！（卷3，「凡厥正人」條）

「當是如」三字，文不成義。如讀為而，而下有行字。……《家語》作「欲善則詳，欲給則豫，當是而行。」是其證。（卷123，「欲善則訊，當是如」條）

《文選・神女賦》：「羅紈綺繢盛文章。」李善《注》引《蒼頡篇》曰：「繢似纂，色赤。」繢與黂聲義相近也。（卷28，「黂赤莧」條）

（2）字書

王念孫本來有意為《說文》、《爾雅》作注，因不願與段玉裁、邵晉涵爭鋒而作罷，而只為戴震的《方言疏證》作補，並傾力疏證《廣雅》，可見他對古代幾本語言學名著都殫思精研，爛然於胸，例如：

> 龍讀為礱，礱亦屬石也。《說文》：「礱，䃺也，從石，龍聲。」（卷23，「楚公孫龍字子石」條）
>
> 作梨者，字之叚借耳。而《方言》郭《注》乃云：「言面色如凍梨。」案《釋名》：「九十曰鮐背，或曰凍梨。皮有斑點，如凍梨色也。」梨凍而後有斑點，與老人面色相似，若但言梨則凍與不凍皆未可知，無以見其為老人之面色矣！（〈通說上〉，卷31，「梨老」條）
>
> 龍，讀為瀧，《廣雅》：「瀧，穧也。」《說文》：「穧，穫刈也。」（卷22，「趙公孫龍字子秉」條）

（3）類書

類書以類輯文，所輯之文或亡佚於後世，或與後世傳本文字有異。無論為古書作注或從事校勘工作，使用類書都有引書之樂，而少檢書之勞，所以王氏父子也經常引用。例如：

> 古無姎字，借胎為之。《藝文類聚・寶部》下引《爾雅》正作胎，胎與貽字相似，上下文又有貝字，故胎譌作貽。（卷28，「元貝胎貝」條）
>
> 麻絲當為絲麻，麻與皮為韻。……《白帖》五十七引作無絲麻，《太平御覽・服章部六》引作「未有絲麻」，皆其證。（卷

15，「未有絲麻」條）

《太平御覽‧皇親部十二》引服虔《注》曰：「閒，犯也。」
是閒與干同義。（卷19，「以閒先王」條）

（4）通人之說

　　王氏父子博洽多聞，除了熟讀古書之外，對於當世學者之著作亦
不忽略，或取為佐證，或作為諟正之對象，可謂博古通今，左右逢
源，例如：

王氏南陔曰：「滅即莫之借字……。」莫是纖蒻，蒻為蒲子，
故名莫字蒲。（卷23，「滅字子蒲」條）

錢氏《養新錄》曰：「『德薄而位尊，知小而謀大，力小而任
重』，兩小字似覺重疊，當從《唐石經》作「力少而任重」為
正。」……家大人曰：錢說是也，少與小形聲皆相似，又涉上
句『知小』而誤耳。（卷2，「力小」條）

戴氏《毛鄭詩考正》曰：「既以衣涉水矣，則何不可涉？似與
詩人託言不度淺深，將至於溺不可救之意未協。許叔重《說文
解字》：『砅，履石渡水也。』引《詩》『深則砅』，字又作濿，
省用厲。」（卷5，「深則厲」條）

（5）地下文物

　　地下文物如甲骨、金石、敦煌寫本等可以正經傳、補古史、考文
字，其用甚宏，唯乾嘉年間，甲骨、敦煌寫本尚未出土，所以王氏父
子所能取證者主要是鐘鼎、漢碑之類，例如：

> 竊謂鍾縣謂之旅者，縣鍾之環也，環形旋轉，故謂之旋，旋環古同聲。……余嘗見劉尚書家所藏周紀侯鐘，甬之中央近下者，附牛環焉，為牛首形，而以正圓之環貫之。（卷9，「鍾縣謂之旋旋蟲謂之幹」條）
>
> 古鐘鼎文眉壽字亦多作釁，伯碩父鼎……史頙鼎……雝公緘鼎……叔液鼎……晉姜鼎……皆借釁字為眉字。（卷22，「楚史老字子亹」條）
>
> 考漢孔龢碑、堯廟碑、史晨奏銘、魏孔羡碑之乾坤、衡方碑之剝坤、郙閣頌之坤兑，字或作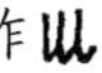，或作，或作，皆隸書川字，是其借川為坤，顯然明白，川為坤之假借，而非坤之本字，故《說文》坤字下無重文作巛者。（卷1，「巛」條）

（三）聲義互求

戴震說：「疑于義者，以聲求之；疑于聲者，以義正之。」（《戴東原集·轉語二十章序》，卷4）這是因聲求義的最重要原則。固然，因聲求義是立基於義存乎聲，但並不是所有聲同聲近的字，其所有義項都相通，而是可能只有某一項意義可以相通而已。如何去尋取這一個目標，就有賴於在聲義兩方面多加推敲了。王氏對此深得箇中三昧，例如：

> 〈鴇羽〉曰：「王事靡盬，不能蓺稷黍。」……如毛、鄭所解，則是王事無不堅固，是以勞苦不息，勞苦不息，是以不得養父母，「王事靡盬」之下須先述其勞苦不息，而後繼之以不能蓺稷黍云云，殆失之迂矣！（卷5，「王事靡盬」條）

王引之認為毛、鄭對鹽字的解釋不能令人滿意，所以以聲求之，找到了苦字，解為止息，然後問題才算解決。相反地，如果某一個聲說不能讓人滿意，那就要以詞義來加以檢驗，例如：

> 戴氏《毛鄭詩考正》曰：……許叔重《說文解字》：「砅，履石渡水也。」引《詩》「深則砅」，字又作濿，省用厲。……引之謹案：……「深則厲，淺則揭」，相對為文，若以厲為橋，而曰：「深則橋」，斯與「淺則揭」之揭，文不相當矣！《說文》以砅為履石渡水，仍取渡涉之義，非以砅為石橋也。（卷5，「深則厲」條）

戴震根據《說文》主張「深則厲」的厲是砅的叚借，意思是橋樑，王引之反覆討論，以為其說難通，所以仍主《爾雅》「以衣涉水為厲」之說，亦即厲為涉歷之意。江永曾說：「著述有三難：淹博難，識斷難，精審難。」（《古韻標準·例言》）王氏在聲義交疑的過程中，往往能求得最恰當的答案，其識斷誠高人一等。

　　在因聲求義時，王氏父子採取了許多音證，如古音學說、形聲字、韻文、讀若、異文，同時也使用了許多術語，如「語之轉」、「語之變轉」、「聲之轉」、「一聲之轉」、「聲相近」、「古同聲」、「聲義同」、「聲近義同」、「音相同」、「古聲同」、「古聲相近」、「古同聲通用」、「古聲義同」、「聲近義通」、「聲義相近」、「聲義相通」、「聲同義同」、「聲近義同」、「古同聲同義」等等，這些術語概括起來，不外近、同、通、轉四種。[21]如何判斷其近、同、通、轉，那就端賴古音學的素養。而且所求得的可能是「引申觸類，不限形體」，其難度就更高了。諸如此類，前文言之已瞭，茲不贅。

---

21 李建國：《漢語訓詁學史》，頁173。

（四）比較互證

所謂比較互證，正如陸宗達所說是「運用詞義本身的內在規律，通過詞與詞之間意義的關係和多義詞諸義項的關係對比，較其異，證其同，達到探求和判定詞義的目的。」[22] 這原本是義訓的方法，但由於因聲求義所要追求的目標也是正確的詞義，所以難免要運用到它。不過，這時聲始終是一個不可須臾而離的因素，與純粹的比較互證有所不同罷了。

1 上下對勘

因聲求義所求得的不管是本字或語根，都必須放到原書同一段或同一個章節的上下文句中來考察，甚至放到相關的篇卷中來考察，看看它是否能適合語言的環境，是否符合上下句的語義系統及結構系統。這就是王引之《經傳釋詞·序》中所謂的「揆之本文而協，驗之他卷而通。」例如：

> 〈終南篇〉：「終南何有？有紀有堂。」《毛傳》曰：「紀，基也。堂，畢道平如堂也。」引之謹案：……凡首章言草木者，二章、三章、四章、五章亦皆言草木，此不易之例也。今首章言木而二章乃言山，則既與首章不合，又與全詩之例不符矣！今案：紀，讀為杞，堂，讀為棠。條、梅、杞、棠皆木名也，紀、堂，假借字耳。考《白帖·終南山類》引《詩》正作「有杞有棠」。……且首章言有條有梅，二章言有紀有堂；首章言錦衣狐裘，二章言黻衣繡裳。條、梅、紀、堂皆為木，亦猶錦衣、黻衣之皆為衣也。（卷5，「有紀有堂」條）

---

22 陸宗達、王寧：《訓詁方法論》，頁131。

王引之破紀堂為杞棠，所以勝過《毛傳》，就在於將它放到上下文中，不僅語意條鬯，而且與首章甚至全詩之例都相符合，幾乎到了無懈可擊的地步。為了上下對勘的需要，王氏父子將許多文法觀念，如句法、字法、句讀，倒文、省文、疊字、複語、連文、對文、變文、互文都納於所著群籍之中，[23]對詞氣之精審詳辨非同時人所能及，怪不得在因聲求義方面也大有創獲。

2 群書佐證

假說初步成立之後，還要多找一些證據來檢驗它的可能性，這些證據包括故訓、經典異文、版本異字、經傳實例等，它們分別來自古籍注疏、字書、類書、通人之說及地下文物。可能與假說完全吻合，那就可以作為旁證；也可能與假說牴牾，那就須提出合理的解釋。如果反證實在無法推翻，那麼假說可能就得被迫取消了。王氏父子「博訪通人，載稽前典。」（《廣雅疏證‧敍》）對於群經諸子、聲韻訓詁，乃至史事、典制、名物、輿地、古代的風俗民情都十分熟悉，因此從事著述時，可以「參之他經，證以成訓」、「諸說並列，則求其是」（《經義述聞‧序》），也就是旁徵博引地歸納同類語言材料，包括與被注釋書相關的其他書籍，以及字書、詞書或古書傳注，羅列各種異說，再用比較法辨明其是非。如此本證與旁證相輔相成，內外系統相互參驗印證，所得結論自然無懈可擊。例如：

> 郭曰：「赤駁虵蜻」。引之謹案：蠭之言尨也，古者謂雜色為尨，或借龍字為之，故蠑之赤色斑駁者謂之蠭，義與尨同也。打之言頳也，頳，赤也，蠑色赤駁，故又謂之頳蠑。《釋文》：

---

23 張文彬：〈高郵王氏父子訓詁學之成就〉，頁17-19。

「杕，本又作虹。」《玉篇》：「虹，丑輕切，蠿虹也。」《廣
韻》：「丑貞切」，丑輕、丑貞之音，並與赬同。《說文》：「經，
赤色也。」或作赬，或作𦉟，𦉟、杕並從丁聲，故字亦相通
也。《玉篇》以蠿虹二字連讀，段氏《說文注》謂蠿杕為螳之
一名，讀《爾雅》者誤以杕為螳為句，皆非也。蠿杕螳，尉
飛螳，二句文同一例，若以螳字自為句，則與上文「小則螳」
相複矣！（卷28，「蠿杕螳」條）

短短一百八十字中，引用了《爾雅》郭璞《注》、《經典釋文》、《玉
篇》、《廣韻》、《說文》段《注》等五種載籍，來證明蠿之音義，不僅
符合《爾雅》本身的文例，也把杕、赬、虹、經、𦉟都貫串起來，不
啻探討了一組同源詞，理據充分，讓人難以反駁。至於卷三的「光被
四表」、「平章百姓」等條，徵引的證據都不下數十種，那更是洋洋灑
灑，充實非凡。

3 綜合推定

因聲求義從具體語言現象解釋進入到語言內部規律的探索，所涉
及的不止是聲韻、訓詁二端而已，可能還有文字、文法、修辭、校勘、
義理等。所以在使用時必須以歸納、演繹為基礎，以比較為線索，將
各方面的材料都靈活運用，才能宏觀而全面地考察語言現象，探索語
言規律。王氏父子在這方面所展現的正是一個大家的風範。例如：

〈衛風·氓篇〉：「女也不爽，士貳其行。」……貳與二通，既
言士貳其行，又言「士也罔極，二三其德」，文義重沓，非其
原本也。貳當為貣之譌，貣，音他得切，即忒之借字也。《爾
雅》：「爽，差也；爽，忒也。」……「女也不爽，士貣其

行。」言女也不差，士則差其行耳。……《箋》解女子為汝，
貳字為二，皆失之。……又〈曹風‧鳲鳩篇〉：「其儀不忒」，
《毛傳》曰：「忒，疑。」……古無訓忒為疑者，《爾雅‧釋
言》亦無忒疑也之義。惟〈釋詁〉曰：「貣，疑也。」蓋毛、
鄭本忒作貣，故訓以為疑。貳者，貣之譌，貣則忒之借字。
〈緇衣〉引此詩曰：「淑人君子，其儀不忒。」……《孝經》
及〈經解〉、〈大學〉、《荀子‧富國篇》、《呂氏春秋‧先己篇》
引此詩並作忒。高誘曰：「忒，差也。」蓋忒本字也，貣，借
字也，貳，譌字也。（其儀不貣與棘、國為韻，貣、棘、國古
韻皆之部入聲，貳字為脂部去聲，脂、之二部，古不相通。）
學者當據他書之引作忒，以訂毛鄭本之貳為貣，則古字之叚借
以明。後人不察，而徑改為忒，意則是而文則非矣！……經傳
貣字多譌作貳，互見《禮記》「宿離不貣」、〈周語〉「成事不
貳」下。（卷5，「士貳其行，其儀不忒」條）

士貳其行，《鄭箋》解貳為二，在文義上顯得重沓；其儀不忒，《鄭
箋》解忒為疑，自古書傳並無此種說法。王引之斷定貳為貣之譌，貣
即忒之借字，經傳貣字多譌作貳。其說驗之《爾雅》而有據，考之韻
腳皆相符，求之群經諸子亦莫不相應。可以說將《詩經》相關字辭
排比並觀，綜合了聲韻、訓詁、修辭、校勘來解決疑難，相當具有說
服力。

五　王氏父子因聲求義的評價

（一）特色

1 實事求是

　　「實事求是，不主一家」是以戴、段、二王為代表的皖派學者的共同信條。他們重視實證，言必有據，具有科學的態度，求真的精神。在他們心目中，所有古書唯問真不真，不問古不古，所以對於墨守漢代經學的吳派，王氏父子頗有微辭，在《經義述聞》卷首釋《周易》一百零六條當中，批評漢儒及惠棟的意見就隨處可見。[24]對於同屬皖派的學者，甚至父師之說雖然時加稱引，但其說如有罅漏，也絕不曲加迴護。例如戴震有關《尚書‧堯典》「光被四表」及《詩經‧匏有苦葉》「深則厲」的解說都是相當有名的，而王引之卻提出不同的意見；段玉裁有關《周禮》「哲蔟氏」的解釋，王念孫亦加以糾彈；[25]就連王念孫的說法如有未盡正確、詳明之處，王引之也往往加以補正。[26]這種求真精神發揮到了極致，就是「不以人蔽己，不以己自蔽」（《戴東原集‧答鄭丈用特書》，卷9）。如《經義述聞》就一再修改，今傳三十二卷定本與不分卷的初刻本和十五卷的續刻本面目大

24　如《經義述聞》卷2「彌綸天地之道」條批評京房，卷1「並受其福」條批評荀爽，「剝牀以辨」條批評虞翻，卷2「六爻之義易以貢」條批評惠棟，都是從因聲求義的觀點立論。

25　《尚書‧堯典》：「光被四表，格于上下。」戴震以為光本作橫，轉寫為桄，脫譌為光。王引之則以為光、恍、橫古同聲而通用，非轉寫脫譌而為光。（《經義述聞》，卷3，「光被四表」條）其餘「深則厲」、「哲蔟氏」見上文。

26　如《經義述聞》卷1「大畜，時也」，時讀為待，與《廣雅疏證》「時與災相對，亦謂善也。」（卷1上，「休、祥……時、靖……。善也」條）的說法就有所不同。至於《經義述聞》、《經傳釋詞》中先引用「家大人曰」，再以「引之謹案」加以補充說明者更是俯拾皆是。

有不同，[27]正足以證明王引之確實是精益求精，不斷在從事自我改訂增補的工作。

2 融會貫通

王氏父子之著述既淹博，又有識斷，其素質之精審一時罕匹。即以因聲求義而言，除了涉及聲義本身的聲韻訓詁之學外，將研究的觸角也伸向了校勘學、詞彙學、詞源學、方言學、語法學。而在實際運用時，把這些學科都融於一爐，博極群書，廣採音證與義證，以音義相互研求，再進行上下對勘，綜合推定。每立一言，都有大量的文獻作為佐證，因而其結論往往十分精確，難以移易。我們只要看看嘉慶、道光以後的學者，如陳奐、馬瑞辰、孫星衍、胡培翬、陳立、孫詒讓、俞樾，他們的經學著作往往引用《經義述聞》、《經傳釋詞》，卻很少加以駁難，就可以了解王氏父子的功力與成就了。

3 追求突破

因聲求義並非王氏父子的獨門秘術，而是乾嘉學者研究古籍的共同利器，只是王氏父子運用得最純熟，也最有創獲，所以成就最高。例如他們以聲音為綱，依聲破字，卻能「引申觸類，不限形體」，因而撥開字形的迷霧，求得字詞本義之所在，這就是他們較戴震、段玉裁閎通的關鍵。又如他們用因聲求義的方式探討聯綿詞、同源詞、轉

---

27 張文彬云：「此書凡數易稿，嘉慶二年丁巳初刻，凡四冊，祇《五經》義，共四百七十葉，不分卷，不計葉數；敘文較重刻本為簡，劉氏已收於《段王學五種・王伯申文集補編》中。嘉慶二十一年丙子，阮文達授南昌盧氏付刻者，分15卷，凡《易》、《書》、《詩》、《周官》、《儀禮》、《大戴禮》、《禮記》、《左傳》、《國語》、《公羊》、《穀梁》、《通說》十二類。江陰繆氏《儒學傳稿》作15卷，即據此本。道光七年丁亥重刻於京師者，合《春秋名字解詁》、《爾雅》、〈太歲考〉，凡三十二卷，即今通行《王刊四種》本。」（《王氏父子學記》，頁103）

語、虛詞，也都能掌握字隨聲轉的軌跡，深入地去尋求語言內部的規律，不僅解決了讀古書的困難，也為後世語言學的研究打開了許多新的法門。王了一先生說：

> 我們可以看出王氏的觀察的敏銳；他衝破了字形的蔽翳，從有聲語言本身觀察詞的形式。這樣他就能解決前人所未能解釋的許多問題。王氏在訓詁學上的貢獻是巨大的。如果說段玉裁在文字學上坐第一把交椅的話，王念孫則在訓詁學上坐第一把交椅。世稱「段王之學」；段、王二氏是乾嘉學派的代表，他們的著作是中國語言學走上科學道路的里程碑。[28]

王氏父子在訓詁學上所以能登峰造極，實得力於他們對因聲求義有了重大的突破。

4 運用廣泛

從兩漢到明末，一般學者都側重於以形索義，這種方法不僅有其侷限，而且容易陷於望文生訓。到了清儒轉而因聲求義，研究的領域頓時拓寬了不少，許多依靠形訓、義訓無法解決的問題，都得到了解決的途徑。不過，清儒因聲求義的施用範圍寬窄不一，如王氏父子以之校訛誤、破叚借、明連語、考物名、求語源、通轉語、釋虛詞，運用可說最為廣泛。如戴震在校訛誤、破叚借、求語源與通轉語等方面用力最勤，其他方面則較少著墨。至於段玉裁運用的範圍雖與王氏父子差可比擬，若論材料之豐富，方法之嚴謹、結構之精審則不及王氏父子。在上述各領域，王氏父子不僅有大量的實踐成果，而且也建立了不少基礎理論，其影響之深遠實非他人所能望其項背。

---

28 王力：《中國語言學史》，頁162。

（二）不足

1 音證不詳

　　音證是因聲求義必備的基本條件，由於古音今音經常有所出入，或古同今異，或今異古同，所以提及音證時，應該清楚交代其古聲紐、古韻部，如果不同聲紐，就須注明其為旁紐雙聲或位同；如果不同韻部，也須注明其是否有對轉、旁轉關係。但王氏父子往往只說：聲同、聲近、聲通、一聲之轉，未免失之籠統。又如《經傳釋詞》以中古音的三十六字母排列上古的語詞，在古聲之學大為昌明的今天看來，有許多地方就顯得枘鑿難入。像曾運乾所主張的喻三古歸匣、喻四古歸定；今日幾乎已成定論，而王引之將喻母與影、曉、匣等擺在一起，證據勢必大為削弱。固然，乾嘉年間，除了錢大昕的古無輕脣音、古無舌上音之外，重要的古聲學說都尚未出現，我們不能怪罪王氏父子，但今日對王氏父子的音證重新加以檢驗也是很有必要的。

2 訓釋失當

　　王氏父子對於經傳的訓釋，絕大多數雖稱得上精當絕倫，唯疵謬難通者亦在所難免。如《尚書・金縢》「敷佑四方」，王引之釋為「普遍知助四方之民。」（《經義述聞》，卷3，「敷佑」條）王國維據盂鼎「匍有四方」，以為即「奄有四方」之意。[29]又如〈金縢〉「予仁若考」，王念孫謂「考、巧古字通，若、而語之轉。」（《經義述聞》，卷3，「予仁若考」條）于省吾則據金文以為考與孝通用。[30]諸如此類也許還可歸咎於乾嘉年間金文之學尚未發達，但如張以仁〈經傳釋詞諸書訓解及引證方面的檢討〉、趙制陽〈經義述聞詩經之部評介〉所揭

舉的一些訓釋失當的例子，王氏父子恐怕就難以完全辭其咎了。[31]

3 區分不明

因聲求義施用的範圍相當廣泛，這些領域內容固然有密切關係，但仍應儘可能加以區隔，才不致造成體例條理不清的毛病；而個別領域當中的成分也應該儘可能加以釐清，才能使該領域的性質顯豁無疑。也許是草創時代難以精密的緣故，王氏父子在這些方面顯然是力有未逮，王小莘就曾指出他們「對同源字與通假字、古今字未能作科學區分」、「連綿詞與同義雙音複合詞界限亦未能正確區分」（〈王氏父子因聲求義述評〉，頁92）。前者導致通叚範圍的擴大；後者使得聯綿詞的成分發生混淆，[32]都是應該加以澄清的。

4 侈言叚借

聲近義通只反映了局部的語言事實，不是所有的字都可以無所不通，無所不叚。叚借必須在聲音上為同字根或有雙聲、疊韻、同音的關係；在意義上應該有典籍異文、文義相同、漢儒經注、後儒注疏、載籍音訓、聲符異構之類的材料可作為佐證。[33]否則，任意擴大其範圍就會有穿鑿附會的弊端。段玉裁《說文解字注》指出叚借凡一千餘

---

31 張以仁：〈經傳釋詞諸書訓解及引證方面的檢討〉指出《經傳釋詞》諸書在訓解方面有「不顧上下文義及全書用法」、「句讀及校勘方面的疏忽」、「文法觀念的欠缺」、「訓釋含混」等缺點，見《中國語文學論集》，頁125-148。趙制陽：〈經義述聞詩經之部評介〉亦評析《經義述聞》有「所訓詞義尚須商榷」、「文法知識則嫌欠缺」、「同義之訓失之粗疏」、「通假之說流於臆斷」等缺失，見《詩經名著評介》，第2集，頁418-438。當然二人所舉實例係針對其有疏失者而言，非謂全書皆然。

32 王小莘所舉實例，同源字與通假字相混的如「罔與亡古同聲而通用」、「无與亡古字通」。古今字與通假相混的如「或曰道，古首字也」、「古聲道與首相近，故字亦相通」。聯綿詞與同義雙音複合詞相混的，如將儀表、營惑等列入「連語」條。

33 張文彬：《高郵王氏父子學記》，頁281-289。

條[34]，王引之《經義述聞》載明段借至少亦有二百五十條[35]，乾嘉以後學者動輒以段借解經更是蔚然成風，流弊無窮。其始作俑者，恐怕不能不歸之於段、王。如〈大雅·江漢〉：「明明天子，令聞不已。」王念孫云：「明勉一聲之轉。」（《經義述聞》，卷7，「明明天子」條）明明即光明顯赫，原文自可通，實無煩改字。又如《禮記·曲禮》：「不饒富。」王引之云：「饒當讀為僥，……僥之言要也，……僥與徼同。」（卷14，「不饒富」條）更是輾轉相借，失之迂曲。

5 過信類書

　　類書依照事類分別編排，易於尋檢，而且有很多資料是後世失傳或與傳本文字有異，在工具書缺乏的古代，不失為重要的參考書，所以從事校勘、注釋工作者往往引以為據。不過，類書所引古書，不一定是原文，即使引用原文，也可能有傳抄之誤；甚至幾本類書引文相同，也可能只是陳陳相因。因此，在使用時只能作為旁證，還須通過對其他文獻資料及原文的仔細比較，才能斷定其可靠性。王氏父子以因聲求義校釋群籍時，經常引用唐代的《北堂書鈔》、《藝文類聚》、《初學記》、《白孔六帖》、《意林》、《群書治要》，宋代的《太平御覽》、《冊府元龜》、《玉海》等類書。雖然態度大抵還算審慎，但根據類書以改古書之病也在所難免。宜乎姚永概、劉文典、朱一新、楊樹達對他們都有所批評。這也算是通人之蔽吧！[36]例如《大戴禮記·玉言》：「然後誅其君，致其征，弔其民。」王念孫據《北堂書鈔》、《藝文類聚》、《太平御覽》改「征」為「政」。（《經義述聞》，卷11，「致其

---

34 郭在貽：《訓詁叢稿》，頁340-341。

35 劉又辛：《通假概說》，頁69-86。

36 姚永概說見《慎宜軒文集·書經義述聞讀書雜志後》，卷1；劉文典說《三餘札記》，卷1；朱一新說見《無邪堂答問》，卷2；楊樹達說見《漢書窺管·自序》，以上諸說，賴炎元：〈高郵王念孫引之父子的校勘學〉，頁20-23，曾加以評述。

征」條）又，〈保傅〉：「於是比選天下端士，孝悌閑博有道術者。」王念孫據《初學記》改「閑博」為「博聞」。（同上，「閑博」條）王聘珍《大戴禮記解詁》皆未依從，且在其書〈自敘〉中頗有微詞。而盧文弨亦曾致函王念孫，糾正其據他書改《大戴禮》之誤者亦復不少。（盧文弨：《抱經堂文集・與王懷祖庶常論校正大戴禮記書》，卷20）可見王氏之過信類書，在當時即已招致有識之士的不滿。

6 侷於一隅

在材料方面王氏父子好古敏求，學殖精深，庋架少有唐以後書，如《經義述聞》徵引材料即以先秦兩漢文獻居多；《經傳釋詞》所收虛詞也以東漢以前為準，都未免劃地自限，影響到研究格局。例如同源詞、轉語的研究就需要大量的後代方言，而這些顯然是王氏父子所忽略的。在方法方面，舒懷曾批評王氏父子有二大侷限，一為把音義關係絕對化，未曾對全部同聲符的字作窮盡的分析；二為詳於繫源，略於推源，未能觀其會通，窮其變化。[37]此外，從因聲求義的整體來看，王氏父子更是實踐重於理論，在片言隻字的考訂方面獲得輝煌的成績，而相關的方法與理論則全部散見於這些考訂之中，除了一些通例的歸納之外，並沒有系統的闡述，這是十分可惜的事。而且這種以箋注及札記為主的傳統著述方式，以語言文字為主的漢學傳統，都只能算是經學研究的一部分，若以為天下經學盡在於此，那就難免侷於一隅了。

---

37 舒懷：《高郵王氏父子學術初探》，頁247-248。

六　結語

　　王氏父子是乾嘉學派的代表，訓詁之學的高峰；因聲求義是他們最重要的治學方法。他們整理古籍時，以聲義互求，博採音證與義證，作綜合推定。不僅闡明了許多前人無法通曉的古義，也開啟了不少後世語言學研究的法門。固然他們的研究也不無缺陷，但小疵不足以掩大醇。我們在分享他們的豐碩成果之餘，更應該繼承他們求真求新的精神，來研究經學或語言文字學，那才有可能為學術研究再創一個更新、更輝煌的黃金時代。

參考書目

一　專書

王引之　《經義述聞》　臺北市　廣文書局　1963年

王引之　《經傳釋詞》　臺北市　世界書局　1956年

王念孫　《廣雅疏證》　臺北市　新興書局　1965年

王念孫　《讀書雜志》　臺北市　廣文書局　1963年

舒　懷　《高郵王氏父子學術初探》　武昌市　華中理工大學出版社　1997年

戴　震　《戴東原先生全集》　臺北市　大化書局　1978年

段玉裁　《說文解字注》　臺北市　黎明文化公司　1985年

王國維　《觀堂集林》　臺北市　藝文印書館　1985年

于省吾　《雙劍誃尚書新證》　臺北市　崧高書社　1985年

趙制陽　《詩經名著評介》第二集　臺北市　五南圖書公司　1993年

高　明　《高明文輯》　臺北市　黎明文化公司　1978年

周予同　《周予同經學史論著選集》　上海市　上海人民出版社
　　　　1995年

林慶彰編　《中國經學史論文選集》　臺北市　文史哲出版社　1993年

張家璠、閻崇東編　《中國古代文獻學家研究》　桂林市　廣西師範
　　　　大學出版社　1996年

孫欽善　《中國古文獻學史》　北京市　中華書局　1989年

梁啟超　《清代學術概論》　臺北市　水牛出版社　1971年

漆永祥　《乾嘉考據學研究》　北京市　中國社會科學出版社　1998年

王　力　《中國語言學史》　太原市　山西人民出版社　1981年

濮之珍　《中國語言學史》　臺北市　書林出版公司　1990年

朱　星　《中國語言學史》　臺北市　洪葉文化事業公司　1995年

胡奇光　《中國小學史》　上海市　上海人民出版社　1987年

張以仁　《中國語文學論集》　臺北市　東昇出版公司　1981年

唐作藩　《上古音手冊》　南京市　江蘇人民出版社　1982年

陳新雄　《古音研究》　臺北市　五南圖書出版公司　1999年

林　尹　《訓詁學概要》　臺北市　正中書局　1972年

陸宗達、王寧　《訓詁方法論》　北京市　中國社會科學出版社
　　　　1983年

楊端志　《訓詁學》　濟南市　山東文藝出版社　1985年

程俊英、梁永昌　《應用訓詁學》　上海市　華東師範大學出版社
　　　　1980年

郭在貽　《訓詁叢稿》　上海市　上海古籍出版社　1985年

李建國　《漢語訓詁學史》　合肥市　安徽教育出版社　1988年

劉又辛　《通叚概說》　成都市　巴蜀書社　1988年

趙克勤　《古代漢語詞匯學》　北京市　北京商務印書館　1994年

王　力　《同源字典》　臺北市　文史哲出版社　1983年

徐振邦　《聯綿詞概論》　北京市　大眾文藝出版社　1988年

管錫華　《校勘學》　合肥市　安徽教育出版社　1991年

二　論文

方俊吉　〈高郵王氏學術〉　《高雄師院學報》第3期　1974年

張文彬　《高郵王氏父子學記》　臺灣師範大學國文研究所博士論文　1978年

賴炎元　〈王引之的經義述聞〉　《南洋大學學報》第7期　1973年

蔣冀騁、邱尚仁　〈從經義述聞看王氏父子的治學方法〉　《江西師大學報》1987年第1期

王小莘　〈王氏父子因聲求義述評〉　《華南師大學報》1988年第4期

胡楚生　〈高郵王氏父子校釋古籍的方法與成就〉　《興大文史學報》第16期　1986年

張文彬　〈高郵王氏父子訓詁學之成就〉　《中國學術年刊》第2期　1978年

汪耀南　〈王念孫王引之訓詁思想和方法的探討〉　《湖北大學學報》　1985年第2期

陳雄根　〈王念孫連語理論探賾〉　《香港中文大學中國文化研究所學報》第21卷　1990年

張文彬　〈高郵王氏父子校讎之態度〉　《國文學報》第7期　1978年

賴炎元　〈高郵王念孫引之父子的校勘學〉　《中國學術年刊》第10期　1989年

——原載於中央研究院文哲研究所主辦「乾嘉學者治經方法研討會」，1999年6月，頁1-31。收錄於《乾嘉學者的治經方法》（臺北市：中央研究院中國文哲研究所籌備處，2000年10月），頁351-405。

臺灣目前訓詁學研究的特色與瓶頸

一　前言

　　訓詁學是一門既古老又新進的學問，在古代，有了書籍，訓詁就開始萌芽，兩漢時期，訓詁學大興，魏晉南北朝以迄隋唐，訓詁學擺脫經學附庸的地位，而為一切古文獻服務，宋代是訓詁的變革時期，元明兩代訓詁學趨向衰落，清代訓詁學發展到新的高峯，成為中國訓詁學史上的黃金時代。[1]但是訓詁學成為一門具有精密完整體系的學問則為時甚晚，民國以後，經章太炎（炳麟）先生、劉師培、黃季剛（侃）先生、王國維、沈兼士、胡樸安、齊佩瑢、楊樹達等的努力，訓詁學才逐步由傳統走向現代。[2]一九四九年起，海峽兩岸分治，學術各自發展，有二十幾年的時間，訓詁學在臺灣的發展趨於沉寂，只是在高等學府綿綿不絕地保存一線生機。直至一九七二年，林師景伊（尹）的《訓詁學概要》、胡楚生的《訓詁學大綱》出版，才逐漸有了起色。尤其是周師一田（何）、陳師伯元（新雄）及龍宇純、張以仁等繼起提倡，加上一九九二年中國訓詁學會正式成立之後，訓詁學的研究更是日趨精密，成果也日趨豐碩，但無疑地，也遭遇到若干困難。到底這十幾年來，臺灣訓詁學的研究具有哪些成績與特色？碰到

1　郭在貽：《訓詁學》（北京市：中華書局，2005年），頁119-142。
2　黃永武：〈六十年來之訓詁學〉。《六十年來之國學》第2冊（臺北市：正中書局，1971年），頁375-415。

什麼瓶頸？與海峽對岸相較之下，情況又是如何？在這生機、危機、轉機環環相扣的時代裡，實在有加以檢驗的必要，這正是這篇短文寫作的目的。

二　臺灣目前訓詁學研究的特色

（一）多元發展

　　訓詁的範圍有狹義，有廣義。狹義的訓詁學以研究語義為主要內容，也就是傳統語言文字學中與文字學、聲韻學並列的門類；廣義的訓詁學，則是一個包含在古代注釋和訓詁專書中的文獻語言學的總稱，在內部，包括文字、語音、詞匯、語法、修辭等，在外部，與文獻、校勘等也未能劃清界線，[3]可見訓詁學的範圍相當廣泛。劉文清、李隆獻合編的《中韓訓詁學研究論著目錄初編》，著錄一九九四至二〇〇三年中韓訓詁學研究論著七四四一種，其中屬於臺灣的近千種，可分成理論、訓詁學史、訓詁考釋、叢書及其他四部分。[4]今即以該書所著錄的為基礎，酌採二〇〇四年以後問世的論著，每類各舉若干種以略窺近十幾年的研究成果：

1　理論

（1）通論

　　應裕康、王師忠林、方俊吉：《訓詁學》，高雄市：高雄文化出版社，1993年。

3　陸宗達：《訓詁總論》（北京市：北京出版社，1980年），頁10。

4　劉文清、李隆獻合編：《中韓訓詁學研究論著目錄初編》（臺北市：臺灣大學出版中心，2005年）。

陳師伯元（新雄）：《訓詁學》，臺北市：臺灣學生書局，1994年。

周師一田（何）：《中國訓詁學》，臺北市：三民書局，1997年。

邱德修：《新訓詁學》，臺北市：五南圖書出版公司，1997年

蔡信發：《訓詁答問》，桃園縣：作者印行，2004年。

周碧香：《實用訓詁學》，臺北市：洪葉文化事業公司，2006年。

（2）專論

a. 名稱、性質、定義、範疇、目的

林慶勳：〈試論訓詁學與詞義學的發展〉，《訓詁論叢》第二輯，臺北市：文史哲出版社，1997年。

蔡宗陽：〈訓詁的意義與異稱〉，《中國語文》第591期，2006年。

b. 訓詁體式

全廣鎮：〈方言的體例及其在漢語言史上的地位〉，《書目季刊》第32卷4期，1990年。

黃坤堯：〈音義綜論〉，《訓詁論叢》，臺北市：文史哲出版社，1994年。

c. 訓詁方法、方式

許錟輝：〈說文訓詁釋例〉，《訓詁論叢》，臺北市：文史哲出版社，1994年。

陳志峰：《高郵王氏父子因聲求義之訓詁方法研究》，臺北市：臺灣大學中國文學系碩士論文，2006年。

d. 訓詁術語

葉鍵得：《反訓研究》，臺北市：文史哲出版社，2000年。

張意霞：《王念孫廣雅疏證訓詁術語研究》，臺北市：臺灣師範

大學國文學系博士論文，2004年。

e. 相關學科

竺家寧：《敦煌卷子P.2965的訓詁與語法問題》，臺北市：文津
出版社，2000年。

梅廣：〈訓詁資料所見到的幾個音韻現象〉，新竹市：《清華學
報》1994年3月號。

f. 訓詁教學

左師松超：〈訓詁學的名義、內容和研究──從教學的角度省
思〉。《訓詁論叢》第二輯，臺北市：文史哲出版社，1997年。

黃春貴：〈訓詁學在詞義教學中的應用〉，《紀念章微穎先生逝
世三十周年學術研討會論文集》，臺北市：臺灣師範大學，
1998年。

2 訓詁學史

蔡信發：〈以段借字檢驗說文字義〉，《訓詁論叢》，臺北市：文
史哲出版社，1994年。

劉文清：《墨子閒詁訓詁研究》，臺北市：臺灣大學中國文學系
博士論文，1997年。

李添富：〈五十年來臺灣的訓詁學研究（1950-2000）〉竺家寧
主編：《五十年來的中國語言學研究》，臺北市：臺灣學生書
局，2006年。

3 訓詁考釋

周師一田（何）《新譯春秋穀梁傳》，臺北市：三民書局，2000
年。

林文華：〈詩經文字考釋五則〉，《文與哲》第12期（2008年6月），頁1-20。

4 叢書及其他

汪中文：《爾雅著述考》，《十三經著述考叢書》，臺北市：國立編譯館，2003年。

在上述四類論著中，數量最豐富的為對於古籍中具體字詞之訓釋，幾占全部論著一半以上，成果驚人。而專論中，則以相關學科及訓詁方法、方式為數較多。整體而言，各類之數量與水準雖然參差互見，但研究的領域面面俱到，能兼顧訓詁學的各個範疇，其發展可說是多彩多姿的。

（二）兼顧實用

簡單地說，訓詁就是解釋的別名，古今南北語言的隔閡都靠它來溝通，所以從古以來，訓詁學總是特別講求實用。在現代，訓詁的用途主要分為古書閱讀、古籍整理與辭書編寫兩大部分。前者重點為認識古字、明叚借、辨析詞語、辨歧義、考典故、考釋名物、辨避諱；後者重點為標點、校勘、作注、辭書編寫[5]。臺灣近十幾年來訓詁學在實用方面主要是運用於語文教科書及字辭典的編輯、古籍今注今譯的出版。

目前國中與高中、高職的國文課本乃至大學國文選之類，都有簡要的題解及詳細的注釋，發行的書局為數不少，出版數量十分龐大。由於市場競爭導向，內容各有特色。

5　程俊英、梁永昌：《應用訓詁學》（上海市：華東師範大學出版社，1989年），頁185-265。

　　在辭書方面，繼《中文大辭典》、《重編國語辭典》、《大辭典》之後，近十幾年的辭書主要是中、小型字、辭典如雨後春筍般出現，有不少是由在大學任教的專家學者主編的。

　　至於古代詩文的今注今譯，《國語日報》印行的《古今文選》已出版將近兩千期，迄今仍在陸續出刊。而專書的今注今譯，商務印書館自民國五十八年起，已印行四十二種。此外，建安、建宏書局、臺灣古籍出版公司先後出版的也各有數十種，三民書局出版的更超過百種，唯大部分為大陸學者的著作，且水準良莠不齊，但對傳統文化的傳承與發揚確實大有貢獻。

（三）求新求變

　　近幾十年來學術的發展日新月異，一日千里，這主要歸功於新材料的出土、新方法的運用、新工具的發明，訓詁學的研究自然也不例外。

　　繼百年前甲骨文、敦煌卷子出土之後，近五十年來，侯馬盟書、銀雀山漢簡、馬王堆漢墓帛書、雲夢秦簡、阜陽漢簡、郭店楚簡、上博簡、清華簡等地下文物陸續重見天日，掀起了一波波研究的高潮。在訓詁學方面，如黃沛榮〈馬王堆帛書周易經傳異文初探〉（《訓詁論叢》第一輯，1994年）、季旭昇〈清華簡保訓五十年淺說〉（文史哲出版社：《紀念瑞安林尹教授百歲誕辰學術研討會論文集》，2009年）、蔡哲茂〈花東卜辭白屯釋義〉（輔仁大學：《第十八屆中國文字學國際學術研討會論文集》，2007年）都提出不少新穎的見解，充分發揮二重證據法的功用。

　　訓詁的基本方法不外是以形索義、因聲求義、比較互證，[6]後來

6　陸宗達、王寧：《訓詁與訓詁學》（太原市：山西教育出版社，1994年），頁28-133。

又加上目驗與統計。[7]近年外國的新方法陸續引進，如盧國屏《爾雅語言文化學》（臺北市：臺灣學生書局，1999年），又《訓詁演繹：漢語解釋與文化詮釋學》（臺北市：五南圖書出版公司，2008年），都是使用詮釋學、漢語文化學的方法，來詮釋漢語中人文、社會、科技文化的變遷。又如鍾明彥〈模糊理論略述——兼論訓詁內涵的模糊思考〉（《中興大學中文學報》第15期，2003年）則使用模糊理論來闡釋文獻語言中的言意關係。諸如此類，都使得訓詁的研究呈現嶄新的面貌。

電腦發明之後，無論資料的蒐集與整理都遠比過去迅速而精確，因而廣泛運用於學術研究。在訓詁學中，如汪中文〈學術網路上的訓詁教學相關資源及其運用〉（《訓詁論叢》第二輯，1997年）、劉承慧〈從幾個實例談語料庫在訓詁學上的應用〉（《訓詁論叢》第二輯，1997年），對於資訊的應用與推廣都有所助益。

（四）整合科際

科際整合是目前學術研究的趨勢，訓詁學從古以來就與文字學、聲韻學融為一體，稱為小學，到了後來逐漸分道揚鑣，但三者之間的關係還是密不可分，經常需要整合。除此之外，訓詁學與經學、文學、史學、哲學甚至科學也是有很寬廣的整合空間。在《中韓訓詁學研究論著目錄初編》中所收就不下十四個學科，現在每類各舉一篇，以窺豹一斑：

1. 漢語：王松木〈從果贏轉語記談漢語語源研究的幾個重要課題〉，《訓詁論叢》第四輯，臺北市：文史哲出版社，1999年。

7　同注5，頁149-159。

2. 詞彙學：方麗娜〈漢語詞義學教學研究──聯綿詞篇〉，《中學教育學報》9期，2002年6月。

3. 語義學、詞義學：張皓得《祖堂集否定詞之邏輯與語義研究》，臺北市：政治大學中文系博士論文，1998年。

4. 字典學、詞典學：楊蓉蓉〈古籍注疏與古漢語詞典編寫〉，《訓詁論叢》第二輯，1997年。

5. 語法學、虛詞：洪國樑〈王叔岷先生古籍虛字廣義對經傳釋詞一系虛字研究著述的繼承和發展〉，臺北市：臺灣大學中國文學系：《王叔岷先生學術成就與薪傳論文集》，2001年。

6. 文字學：沈寶春〈文字的視覺意象與訓詁的另類思考〉，《訓詁論叢》第四輯，1999年。

7. 聲韻學：李妍周《漢語同源詞音韻研究》，臺北市：臺灣大學中國文學系博士論文，1995。

8. 方言學：姚榮松〈漢語方言同源詞構擬法初探〉，《訓詁論叢》第四輯，1999年。

9. 文獻學、校勘學、古籍整理：席靜航〈爾雅與古書異文〉，《訓詁論叢》第三輯，1997年。

10. 修辭學：王師忠林〈由詩經國風毛傳鄭箋論訓詁與修辭的關係〉，《訓詁論叢》第三輯，1997年。

11. 考古學、出土文獻：周鳳五〈文字考釋與文本解讀──以出土楚簡為例〉。臺北市：臺灣師範大學：國科會中文學門92-97研究成果發表會論文，2010年。

12. 文化語言學、漢語文化學：鄭志明〈從說文解字談漢字的鬼神信仰〉，《鵝湖》2001年1月。

13. 歷史比較語言學、對比語言學：盧國屏《爾雅與毛傳之研究與比較》。臺北市：政治大學中國文學系博士論文，1994年。

14.其他：張寶三〈字義訓詁與經典詮釋之關係〉,《清華學報》
第32卷1期,2002年。

這些學科大抵都是與中國文學系所關係較為密切者,其實,隨著學術
的發展,連法學、舞蹈、軍事、中醫、貨幣、飲食也都可以與訓詁整
合,可見訓詁學的天地是十分寬廣的。

三　臺灣目前訓詁學研究的瓶頸

(一)風氣猶未大開

　　由上述幾點特色看來,近十幾年臺灣的訓詁學成果稱得上頗有可
觀,但如與大陸相較,仍未免遜色,不僅是數量方面遠遠落在大陸之
後,即使在質量方面也有待急起直追。例如以通論而言,臺灣只有寥
寥數本,大陸則有陸宗達、張永言、郭在貽、周大璞、許威漢、趙振
鐸、黃建中、黃典誠、劉又辛、楊端志、馮浩菲、路廣正、程俊英等
的著作不下數十本;以訓詁原理而言,大陸有王寧、孫雍長等書;以
訓詁學史而言,大陸有趙振鐸、李建國等書;以通叚字典,大陸有高
亨、張宏杰等書,臺灣則一概付諸闕如。當然,海峽兩岸人力資源不
成比例,這種立足點不平等的比較是不公平的,但至少突顯出臺灣的
訓詁學界還有很寬廣的努力空間。此外,從網路上可以查得近十幾年
來,臺灣的訓詁學碩博士論文只有三十篇左右,國科會研究計畫只有
十餘件。今年三月在臺灣師範大學主辦的國科會中文學門九十二至九
十七研究成果發表會二十八篇論文之中,訓詁學只有三、四篇,這些
都顯示在中文學門中,訓詁學的研究不僅不如中國文學、學術思想、
經學、文化研究、臺灣文學等那樣熱門,而且與同為小學的文字學、
聲韻學相較,也處於較弱的一環,可見訓詁學的研究風氣還有待展開,

人才還有待培養。長期以來，各大學中文系都開設訓詁學課程，但有部分學校由必修改為選修；中文研究所也多規畫訓詁學研究、古籍訓解研究之類的課程，但未必經常開課，這又是一個值得省思的課題。

（二）方法有待突破

訓詁方法是處理文獻材料、解決訓詁問題的利器，其良窳直接影響到訓詁學的研究水準及發展前景，重要性不言可喻。秦漢之際，經傳注釋及訓詁專書講求廣蒐證據，比較其異，互證其同，這就是比較互證的方法；東漢許慎開始以六書理論分析《說文解字》所收的每一個文字，這就是以形索義的方法；清代學者遠承漢代聲訓，近承宋代右文說，以聲音為媒介，去明通叚、求語根、考物名、通轉語、釋虛詞，將訓詁學的研究由文字學推向語言學的領域，這就是因聲求義的方法；百年前，地下文物大量出現，王國維提倡二重證據法，以地下文物與傳統文獻相互參證、補充、訂正，也開了無數法門。

諸如此類，都是近當代學者耳熟能詳，而且廣泛運用的，在《中韓訓詁學研究論著目錄初編》所著錄的為數極多，鄙人也曾發表過〈論高郵王氏父子經學著述中的因聲求義〉（中央研究院文哲所出版《乾嘉學者的治經方法》，2000年）、〈論二重證據法在爾雅研究上之運用〉（國科會中文學門小學類92-97研究成果發表會論文，2010年）之類的論文。但隨著學術研究的精進，訓詁的方法也要精益求精，例如名物的考釋，要根據目驗，運用科學新知去描述性狀，繪製圖形；[8]又如語音、詞彙、句法、語義各個平面的語言現象，可以利用統計語言學的方法進行定量分析，[9]這些方法的使用，都可以讓訓詁研究更

8　莊雅州：〈論考釋爾雅草木蟲魚鳥獸之方法〉，《東亞傳世漢籍文獻譯解方法初探》（臺北市：臺灣大學出版中心，2005年），頁127-170。

9　同注5，頁154-158。

為精確而有效，卻很少看到這方面的成果。此外，許多新進的研究方法，如文化鏡象法、心理分析法、文化參照法、多元解析法、形式化方法、語義成分分析法、觀境法等，[10]是否能完全適用於訓詁的研究，也不妨加以實際驗證，但這方面的論著更是難得一見，所以方法的推陳出新也會形成一種瓶頸。

(三) 團隊仍須強化

繼大陸在一九七九年成立中國訓詁學研究會之後，一九九三年臺灣也成立中國訓詁學會。在歷任理事長陳師伯元（新雄）、許錟輝、簡宗梧、蔡信發、王初慶等的領導下，每兩年就與一所大學合辦訓詁學研討會，發表十餘篇至五十篇不等的論文，對提倡訓詁研究的風氣，增進國際訓詁學界的交流貢獻極大，而這主要就是一種團隊精神效能的表現。除此之外，只有少數情況，如編輯字、辭典、教科書還有小組合作的現象，一般的研究，包含國科會計畫的執行幾乎都是單打獨鬥。其實，訓詁學的許多研究工作都是浩大的工程，往往有賴於研究團隊的群策群力，而非個人的能力所能企及，舉例言之，如：

1. 訓詁詞典的編撰：根據歷代重要辭書及古典文獻，參考地下出土文物，甚至採取田野調查，可貫通古今南北，編纂一系列反映詞義系統的工具書，包括《本義詞典》、《引申義詞典》、《通叚詞典》、《詞義系統詞典》、《詞義歷時演變》、《同義詞典》、《反義詞典》、《名物訓詁詞典》、《訓詁術語詞典》、《訓詁名家名著詞典》，這些詞典的完成，相信可以有力地帶動訓詁學各門類的研究。

---

10 李亞明：〈訓詁學研究方法的繼承與創新〉，《訓詁論叢》第二輯（臺北市：文史哲出版社，1997年），頁22-38。

2. 訓詁資料的彙編：繼丁福保的《說文解字詁林》、朱祖延的《爾雅詁林及敘錄》、徐復的《廣雅詁林》之後，其餘的訓詁名著如《小爾雅》、《方言》、《釋名》等也可編纂詁林。此外，訓詁名家、名著、專題亦可編輯資料彙編，提供學者研究上的便利。

3. 訓詁索引的編製：重要的訓詁名著可逐一編纂索引，節省學者翻檢之勞，而便於查考、研究。

4. 訓詁研究論著目錄的編輯：每過一段時間，就將新出版的訓詁研究論著目錄編輯成書，並回頭將早年未曾編纂的部分補齊。

5. 歷代詞彙的整理：歷代詞彙包含單詞、複詞、聯綿詞、疊字、譯音詞、方言詞、外來語、熟語都可進行地毯式的整理。除個別描述外，也加以綜合、比較，並窮源竟委地探討其演變的情況，編成詞義史、詞彙史。

6. 歷代訓詁學史的撰寫：先分別撰寫斷代訓詁學史，再據以編成詳細深入的中國訓詁學史。

7. 四部要籍的注譯：經、史、子、集各部的重要典籍尚未有今注或今譯的，為數仍然不少，可陸續加以注譯，以達成文化普及的理想。

8. 訓詁學新體系的建構：在理論研究方面，包含學科性質之釐定、訓詁方法之系統化、訓詁術語之客觀梳理、研究內容之深化、訓詁實踐之強化，[11]都是十分重要的事，而要完成其中任何一個小項，都需要花費不少的時間與精力。

---

11 劉文清：〈訓詁學新體系之建構：從當前訓詁學研究之回顧與反思談起〉，《臺大文史哲學報》第62期（2005年），頁393-411。

上述的任何一項學術工程都十分龐大艱鉅，有賴於團體的通力合作，腦力激盪才能圓滿達成任務。如何鳩合足夠的人力、物力，組成堅強的研究團隊，並非輕而易舉的事。

四　結論

　　透過上文的介紹，可以曉得臺灣目前訓詁學的發展具有多元發展、兼顧實用、求新求變、整合科際四個特色，因而締造了許多得來不易的成果；但至少遭逢風氣猶未大開、方法有待突破、團隊仍須強化等三個瓶頸，從而造成不少前進的障礙。回首過去，對許多同道的孜孜努力，不能不由衷敬佩；展望未來，對前程的充滿挑戰與困難，又不能不深感任重道遠。希望有更多有志之士加入訓詁學研究的行列，共同奮鬥，相信未來的發展還是十分樂觀且可寄予高度的期望。

　　　　——原載於國科會《人文與社會科學簡訊》第11卷第3期
　　　　　　（2010年6月），頁99-107。

輯三
語言文字學科際整合之屬

經學與小學關係析論

一　前言

　　經學是中國最重要的典籍，傳統文化的根源，正如《說文解字》所說：「經，織從絲也。」[1]經，原本是織布機上的縱絲，先秦沒有紙張，一般文字多是寫在竹簡木片上面，再用繩線聯貫起來，以免錯亂散失，所以經就成為一切書籍的通稱。先秦《六經》：《詩》、《書》、《禮》、《樂》、《易》、《春秋》，發端於周公及周室之史，奠基於孔子及孔門，完成於戰國末年。[2]到了漢武帝獨尊儒家，罷黜百家，立《五經》博士，經才成為地位最高、權威最大的古書。後來經書的範圍不斷在擴大，由五經而七經、九經、十經、十一經、十二經、十三經，甚至有十四經、二十一經之說。[3]經書的內容十分龐雜，性質各不相同，可以說是文化的百科全書。由於時空的變遷，這些古書音義奧衍，內容艱深，所以在經書形成的過程中，就有不少注釋的文字出現，如《易》有《十翼》、《儀禮》有記、《春秋》有《公羊傳》、《穀梁傳》、《左傳》，這些注釋後來都升格為經。到了漢代，更有《爾

1　（漢）許慎撰，（清）段玉裁注：《說文解字注》（臺北市：洪葉文化事業公司，2005年修訂一版三刷），頁650。
2　徐復觀：《中國經學史的基礎》（臺北市：臺灣學生書局，1982年），頁1-67。
3　莊雅州：《經學入門》（臺北市：臺灣書店，1997年），頁2-6。

雅》、《方言》、《說文解字》、《釋名》之類考釋文字形、音、義的專書
出現。這些字書，主要是用來作為注經的津梁，識字讀經的工具，離
開經書，即喪失其獨立的地位，宜乎當時的人稱之為「小學」，以示
與「大學」——經書相對而言。自東漢班固刪取劉歆《七略》，撰成
《漢書·藝文志》，在〈六藝略〉之末，著錄太史籀〈史籀篇〉、〈八
體六技〉、李斯、趙高、爰歷〈倉頡篇〉、司馬相如〈凡將篇〉、史游
〈急就篇〉、李長〈元尚篇〉、揚雄〈訓纂篇〉、揚雄《別字》、〈倉頡
傳〉等十家四十五篇，[4]直至清代以前，歷代書目皆將小學附屬於經
部，成為經學的附庸，極少例外。雖然近代小學易名為「語言文字
學」，注入了許多新血，早已脫離經學而獨立，但它與經學的關係仍
然密不可分。談到經學與各種學科的關係時，勢必無法置之不論，其
重要性與史學、哲學、文學、科技、社會科學、文獻學等相較之下，
實不遑多讓。[5]此本文之所由作。

二　經學對小學的啟沃

（一）小學因經學而興起

1 小學的萌芽

　　《漢書·藝文志》所著錄的小學書，如〈史籀篇〉、〈倉頡篇〉、
〈凡將篇〉、〈急就篇〉、〈元尚篇〉、〈訓纂篇〉之類，只是教學童識字

4　（漢）班固撰，（唐）顏師古注，（清）王先謙補注：《漢書補注》（臺北市：藝文印
　　書館，1955年），頁884-885。

5　程元敏、宋鼎宗、李威熊、莊雅州主講：〈經學史及其相關問題·經學史與其他學
　　科的關係〉《中國文哲研究通訊》第1卷第3期（1991年），頁143-147。又，莊雅州
　　〈經學史導讀〉，邱燮友、周何、田博元主編：《國學導讀》第2冊（臺北市：三民
　　書局，1993年），頁77-85。

的蒙書，宛如〈千字文〉一般，只有分類編成的韻語，沒有任何訓釋。[6]而古書中出現的「止戈為武」（《左傳・宣公十二年》）、「自環為私，背私為公。」（《韓非子・五蠹》）之類的形訓；「政者，正也。」（《論語・顏淵》）「庠者，養也；校者，教也；序者，射也。」（《孟子・滕文公上》）之類的音訓；「楚人……謂虎於菟。」（《左傳・宣公四年》）「《書》曰：『洚水警余』，洚水者，洪水也。」（《孟子・滕文公下》）之類的義訓，[7]雖然已是訓詁的萌芽，但零星散見，不成體系，必待《爾雅》薈萃古書義類，分篇訓釋，以第一部訓詁專書的面貌出現，小學的序幕才正式揭開。

2 訓詁學的崛起

《爾雅》不僅是訓詁學的始祖，也是詞典學的先河，詞彙學的淵藪，百科全書的雛型，文化學的寶庫，具有多方面的價值。[8]其成書時代異說紛紜，從周公作、孔子作到毛公後成書、漢人作，不下十二說。[9]盱衡《爾雅》的內容及時代、學術多方面的條件，它很可能不是一人一時之作，而是在先秦時就開始有人彙編訓詁材料，迭經增補，至漢武帝時猶未已，到了劉向父子校書，始有三卷二十篇的定本出現，至於有哪些人參與其事，就不得而知了。[10]根據《四庫全書總目提要》說，其書「大抵採諸書訓詁名物之同異，以廣見聞。」所謂諸書，包含經書及《楚辭》、《莊子》、《列子》、《穆天子傳》、《管

6　濮之珍：《中國語言學史》（臺北市：書林出版公司，1990年），頁60-62。

7　胡奇光：《中國小學史》（上海市：上海人民出版社，1987年），頁38-42。

8　莊雅州：〈爾雅的時代價值及其在現當代的傳播〉，2010年海峽兩岸儒學交流研討會論文，頁338-350。

9　管錫華：《爾雅研究》（合肥市：安徽大學出版社，1996年），頁8-23。

10　高明：《高明文輯・爾雅之作者及其操作之時代》中冊（臺北市：黎明文化公司，1978年），頁445-465。

子》、《呂氏春秋》、《山海經》、《尸子》、《國語》等，而「釋《詩》者
不及十之一」、「釋《五經》者不及十之三四」。[11]其意雖在強調《爾
雅》並非完全為釋《五經》而作，更非專為釋《詩經》而作，但經書
確實為《爾雅》重要的來源則無可疑，宜乎許多學者都認為《爾雅》
是解經之作，或主要是訓釋儒家經典的，包括（漢）王充、鄭玄，
（晉）郭璞，（梁）劉勰，（陳隋）陸德明，（宋）歐陽修、高承、鄭
樵，（清）戴震等皆主此說。[12]由於《五經》是先秦兩漢最重要的典
籍，而漢代古文經的出現又帶動了小學研究的風氣，所以周予同說：
「因經古文學的產生，而後中國的文字學、考古學以立。」[13]可以
說，沒有經書的材料，沒有經古文學的產生，就不會有《爾雅》的出
現，也不會有漢代小學的成立。

　　漢代的小學名著，除了《爾雅》之外，還有《方言》、《說文解
字》、《釋名》，而這三本著作也都是以《爾雅》為基礎，求新求變所
產生的。西漢揚雄《方言》以二十七年時間，用心調查漢代方言，探
討其與通語、古今語的關係，並能記錄出漢代方言的地域分佈概況。
他是根據《爾雅》訓詁，然後再去求方言的，無論從編撰形式來看，
或從母題雅詁對照研究來看，都清楚地證明《方言》與《爾雅》的密
切關係。[14]至於東漢劉熙的《釋名》，其宗旨在藉由音訓去探討事物得
名的根源，全書二十七篇中有十七篇與《爾雅》十二篇有對應關係，
足見其承襲了《爾雅》的分類法。[15]所以《方言》和《釋名》，雖然如

11　（清）永瑢：《四庫全書總目提要》（臺北市：藝文印書館，1969年），卷40，頁829-830。

12　竇秀艷：《中國雅學史》（濟南市：齊魯書社，2004年），頁40。

13　周予同：《周予同經學史論著選集‧經學史與經學之派別》（上海市：上海人民出版社，1996年二刷），頁95。

14　濮之珍：《中國語言學史》，頁98-106。

15　陳建初：《釋名考論》（長沙市：湖南師範大學出版社，2007年），頁28-31。

宗法制度小宗之繼承大宗，分別開創了方言學和詞源學，但它們和
《爾雅》一樣，都是採取「類聚群分」的方式彙錄訓釋所收詞語。無
論文獻的性質、文獻的編寫體例，還是文獻的內容，都與《爾雅》相
類，所以從古以來就與《爾雅》、《小爾雅》、《廣雅》並稱為《五
雅》，或稱之為「類雅」，屬於廣義的《爾雅》學，總之，不出訓詁學
的範疇就是了。[16]

3 文字學的產生

　　東漢許慎是《五經》無雙的古文經學家，他在《說文解字‧敘》
上說：「蓋文字者，經藝之本，王政之始，前人之所以垂後，後人所
以識古。故曰：『本立而道生』，知天下至嘖而不可亂也。」[17]可見他
對文字的重要性及其與經學的密切關係都有深刻的體認。他花費三十
年的時間去編撰《說文》，目的就是為了糾正俗儒解說文字的謬誤，
使世人正確了解漢字的形、音、義，以便闡揚經義。據吳玉搢的《說
文引經考》統計，《說文》全書引經一一一二條，尚漏略二十四條，
承培元《說文引經證例》謂，有不言引經而實為引經者，故全書引用
經證總共一三二〇條，[18]僅此一端，即可見《說文》與經學的關係是
何等密切了。許氏以篆文為主，古籀為輔，首創五四〇部首，統攝九
三五三字，對每一個字都根據六書去分析字形，探求本義，本義既
明，然後對引申義、叚借義也就不難瞭然了。他擺脫了《爾雅》的編
撰形式與內容重點，所以在訓詁學之外，別開文字學的生面。但《說
文》受到《爾雅》的影響還是很深的。除了段注本中有三十二個正篆

---

16 楊薇、張志雲：《中國傳統語言文獻學》（武漢市：崇文書局，2006年），頁175。

17 同注1，頁771。

18 余國慶：《說文學導論》（合肥市：安徽教育出版社，1995年），頁81。詳見馬宗
　　霍：《說文解字引經考》（臺北市：臺灣學生書局，1975年）。

下明引《爾雅》外，段玉裁注亦有一四五二個正篆下引用《爾雅》以注《說文》。[19]至於暗用《爾雅》收字及釋義者更是比比皆是。另一方面，《說文》繼承了《爾雅》的義訓方式，踵事增華，在訓詁方面更臻細密，[20]都是值得注意的。

4 聲韻學的晚出

　　與訓詁學、文字學相較，聲韻學起源甚晚，《爾雅》雖有「鬼之為言歸也。」（〈釋訓〉）「顛，頂也。」（〈釋言〉）「玃父，善顧。」（〈釋獸〉）之類的推因；[21]《方言》雖有「庸謂之俗。」（卷三）「煤，火也。」（卷十）「愇鰓、乾都、喬、革、老也。」（卷十）之類的轉語、代語；[22]《說文解字》雖有形聲、連字、韻文、異文、聲訓、合聲、舉讀（讀若）之類對字音的解說；[23]《釋名》雖然以聲訓作為主要的訓釋方法，但在漢代，聲韻只是探討文字、訓詁的材料和方法，當時還不知道分析字音，更談不上編纂韻書。必須到了東漢佛教傳入中國，受到梵文拼音的啓發，國人才知道分析聲韻，發明反切；到了魏晉，基於詩賦押韻的需要，才編纂《聲類》、《韻集》之類的韻書，至此，聲韻之學才算正式登場。[24]聲韻的重要著作如《切韻》、等韻圖、《中原音韻》等的成書與演進，與經學都無直接關係。但是古音學的興起，則與經學密不可分，六朝以後，學者以當時語音讀《詩經》等韻文，發現讀之不合，往往改其讀，而有改讀、韻緩、

19　王巧如：《段玉裁說文解字注引爾雅考》（新北市：輔仁大學中國文學系碩士論文，2011年）。

20　莊雅州：〈爾雅釋魚與說文魚部之比較研究〉，高雄師範大學《經學研究集刊》第7期（2009年11月），頁96-100。

21　莊雅州、黃靜吟：《爾雅今注今譯》（臺北市：臺灣商務印書館，2012年），頁5。

22　何九盈：《中國古代語言學史》（廣州市：廣東教育出版社，1995年），頁54-55。

23　周雙利、李元惠：《說文解字概論》（香港：新世紀出版社，1992年），頁130-133。

24　董同龢：《漢語音韻學》（臺北市：廣文書局，1968年），頁77-79。

改經、通轉、叶音、本音等名目，到了明末，陳第揭櫫：「時有古今，地有南北，字有更革，音有轉移。」(《毛詩古音考‧序》)清儒歸納古代韻文、《說文》諧聲、經籍異文、《說文》重文、漢儒音讀、音訓釋音、古今方言等材料，離析唐韻以求古音，而古音學日以昌明。[25]清儒研究古音，材料雖多，而《詩經》韻、群經韻始終是最重要的根據，所以聲韻學裡古音學的興起，也是拜經學之賜。等到訓詁學、文字學、聲韻學都陸續成形、成熟之後，完整的小學就更能充分發揮其研究古典文獻的功用了。

(二)經學擴大小學運用的場域

1 傳統學術的分類

傳統學術的範疇，(清)戴震、姚鼐、曾國藩區分為考據、義理、詞章三大類，朱次琦又加上經世一類。先師高仲華(明)教授〈中華學術的體系〉一文，曾分項分目詳加論述。他將考據之學分為考文字之學、考文籍之學、考文物之學；義理之學分為經學、子學、玄學附道教思想、佛學、理學、新哲學；經世之學分為自然科學、社會科學、應用科學附術數學；詞章之學分為文學、附藝術。[26]準此，小學屬於考據之學，經學屬於義理之學。當然，這只是就整體重點而言，若仔細分析，則每一個門類、每一部書都可能有跨門類的現象產生，尤其是經學，本為中國文化的百科全書，依現代學科分類來說，《易》、《論語》、《孟子》屬哲學，《孝經》屬倫理學、《尚書》、《公羊傳》、《穀梁傳》、《左傳》屬歷史，《周禮》屬政治制度，《儀禮》、《禮記》屬社會學，《詩經》屬文學，《爾雅》屬語言文字學，換一句話

---

25 陳新雄：《音略證補》(臺北市：文史哲出版社，1973年)，頁79-86。
26 高明：〈中華學術的體系〉，《高明文輯》上冊，頁63-80。

說，經學是跨越傳統學術的每一個門類的。所以當小學以經學為對象
去進行研究時，小學就進入到國學的不同領域，從另一個角度看，也
就是經學擴大了小學運用的場域。

2　小學與經學考據

考據學是追求真相的學術。任何典籍都是以文字為載體，所以小
學自然成為研究學術的工具，以期對字形、字音、字義有正確的認
識。文籍流傳的過程中，常有散佚、殘缺、作偽、篡改、增刪、歧
異、譌誤等問題，這時就須以文獻學來解決。歷代常有地下文物出
現，其有文字的資料，就成為古典文獻的一部分；其無文字的實物，
也是名物訓詁的重要依據。經學的考據，乃至於文獻學的研究，常須
借助於小學，例如《爾雅‧釋器》：「婦人之褘謂之縭。」清朝嚴元照
《爾雅匡名》：

> 《釋文》云：「幃，本或作褘。」……案：《說文‧巾部》：
> 「幃，囊也。从巾，韋聲。」又〈衣部〉：「褘，蔽膝也。从
> 衣，韋聲。」郭訓幃為香纓，則从巾者為正，衣、巾偏旁通
> 借，故又作褘耳。[27]

《爾雅》釋經，多用叚借；《說文》探求文字本源，多用本字。清代
許學極盛，學者常以《說文》校正《爾雅》，嚴氏《匡名》更是以此
為圭臬，從文字應用、書體演變、文字構形等角度，校正《爾雅》流
傳過程中出現的種種譌誤現象。[28]由於《爾雅》在《漢志》列在「孝

27　（清）嚴元照：《爾雅匡名》，王先謙編：《皇清經解續編》（臺北市：復興書局，
　　1972年），卷501，頁5907。
28　竇秀艷：《雅學文獻學研究》（北京市：中國社會科學出版社，2015年），頁119。

經家」之後，不與「小學家」雜廁，後代書目中始終列於經部，唐以後更高居為經書，所以以《說文》校《爾雅》，既是小學內部的整合，也是以小學治經學的範例。

又如清朝閻若璩《尚書古文疏證》第七十四條「古人以韻成文，〈大禹謨〉、〈泰誓〉不識」云：

> 古人文字多用韻，不獨《周易》、《老子》為然，其與人面語亦間以韻成文。「堯曰：咨爾舜」一段，躬、中、窮、終韻協。……而偽作〈大禹謨〉者於呼禹之下增十二句，而至「天之曆數在女躬」增四句，而至「允執厥中」增九句，而至「四海困窮，天祿永終」，又溢以二句而止。不惟其辭之費，意之重，而於古人以韻成文之體，亦大不識之矣！[29]

《十三經》中的《尚書》為偽古文，非孔壁真經，宋以後，學者多疑之，至閻若璩費時三十餘年撰成《尚書古文疏證》，以客觀的求證、超俗的觀察、科學的方法，一一指出晉朝梅賾所獻偽孔傳本剿竊的來源，及其矛盾、妄說、誤解之處，使古文之偽無所遁形。全書一二八條，此條從聲韻的立場立論，頗有獨到之見。

3 小學與經學義理

義理是以哲學思想為主的學術。經學雖然是中國文化的百科全書，包羅甚廣，但其核心則是人文主義，是一種思想、一種信仰、一種力量。數千年來，通經致用、勸善懲惡的精神影響國人至深且鉅。其他的哲學思想，無論先秦諸子、魏晉玄學、宋明理學可說都是在其

29　（清）閻若璩：《尚書古文疏證》，王先謙編：《皇清經解續編》，卷37，頁359。

兼容並蓄下雜糅其他思想產生的。要研究經學義理，固然以哲學研究
方法為主，但以小學通經學，也是許多經學家採取的重要方式。例如
《周易・繫辭上》：「易有太極，是生兩儀。」（晉）王弼注：

> 太極者，無稱之稱，不可得而名，取有之無極，況太極者
> 也。

（唐）孔穎達正義：

> 太極謂天地未分之前，元氣混而為一，即太初、太一也。[30]

太極是指天地萬物，一切事理的最後終極，宇宙萬物之本源。王注以
老子虛無之道說之，難免抽象難明，孔疏則根據漢代氣化宇宙論，將
宇宙渾沌未開、陰陽未分的原始狀態生動地描述出來，可謂要言不煩。
　　又如《論語・述而》：「文莫，吾猶人也，躬行君子則吾未之有
得。」蔣伯潛《廣解》云：

> 劉寶楠《正義》引《論語駢枝》說：謂「文莫」即「黽勉」。
> 《方言》：「侔莫，強也。北燕之郊外，凡勞而相勉，若言努
> 力者，謂之侔莫。」《說文》：「忞，張也。」「慔，勉也。」
> 「文莫」即「忞慔」之假借字。古無輕脣音，故「文莫」為
> 雙聲連語，與黽勉、侔莫皆一聲之轉。「文莫」，行仁義也；
> 「躬行君子」，由仁義行也。前者為「勉強而行」，後者為

30　（魏）王弼、韓康伯注，（唐）孔穎達正義：《周易正義》（臺北市：藝文印書館，
　　1981年），卷7，頁156。

「安行」。此與不自居於生知，而自承好學之旨相同。[31]

蔣伯潛據劉台拱《論語駢枝》之說，以為「文莫」當即「黽勉」，以雙聲連綿詞解之。蓋連綿詞之構成，以聲不以義，字形不固定，不能分開解釋。如此解釋，文義確實較朱熹《集注》以「莫」為疑辭，析「文莫」兩字言之者為長。

4 小學與經學經世

經世之學是以實際實行為主的學問。經學並非徒託空言，而是要見諸行動。亦即不只是內聖，還要外王；不只是修己，還要治國、平天下。所以在義理之外，還有許多經世的史料。如《爾雅》、《周易》、《尚書》的自然科學，《周禮·考工記》的應用科學，《三禮》、《三傳》的禮俗學、政治學、歷史學，都與經國濟世有關。義理之學是體，經世之學是用，只有體用兼顧，才是完善的學術。所以從漢代開始，經學家就好以〈禹貢〉治河，以〈洪範〉察變，以《春秋》決獄，以《三百篇》當諫書，清儒自顧炎武以降，也力倡經世致用，以求明學術，正人心。經書中許多實學的確提供了小學寬廣的發揮空間，例如《左傳·莊公二十九年》：「火見而致用，水昏正而栽。」（晉）杜預注：

> 大火，心星，次角、亢見者，致築作之物。……謂今十月定星昏而中，于是樹板榦而興作。[32]

---

31 蔣伯潛：《語譯廣解四書讀本》（臺北市：啟明書局，1956年），頁80。

32 （晉）杜預注，（唐）孔穎達正義：《左傳正義》（臺北市：藝文印書館，1981年），卷10，頁179。

這是說農曆三月，二十八宿中的心宿（天蠍座三星）繼角宿（室女座二星）、亢宿（室女座四星）之後，清晨出現在東方，就須準備建築材料。十月，水星（營室星，飛馬座α、β）黃昏出現在正南方，就可開始立板築牆了。這是以天文常識來解釋《左傳》的史料，使讀者可以清楚了解左氏所言的究竟。

　　又如《禮記‧學記》：「蛾子時術之。」漢代鄭玄注：

　　　　蛾，蚍蜉也。蚍蜉之子，微蟲耳，時術蚍蜉之所為，其功乃復
　　　　成大垤。

唐朝陸德明《經典釋文》云：

　　　　蛾，魚起反，注同，本或作蟻。蚍，音毗，蜉，音孚。《爾
　　　　雅》云：「蚍蜉，大蟻。」[33]

〈學記〉論述教育的原理與方法，有許多地方與現代的教育理論相通，是古代教育學最重要的文獻。「蛾子時術之」是說教育的時間十分漫長，學子必須像小螞蟻那樣不斷學習。「蛾」通「蟻」，不是飛蛾，鄭玄注十分正確，陸德明《經典釋文》更進一步引《爾雅》證明其音義，可使讀者不致望文生訓，發生誤解。

5 小學與經學詞章

　　詞章之學包含文學與藝術，是發抒情意的學術，考據所以求真，義理與經世所以求善，詞章所以求美。經學是現存最早的典籍，都是

33　（漢）鄭玄注，（唐）孔穎達正義：《禮記正義》（臺北市：藝文印書館，1981年），
　　卷36，頁649。

用詩、用文寫成的，往往有其文學價值。《詩經》是中國第一部詩歌總集，無論形式、內容、技巧，都讓人鑽研不盡。[34]《左傳》筆墨之精鍊，辭藻之華茂，刻畫之生動，議論之閎肆，氣勢之雄偉，在先秦散文中幾乎未有出其右者。[35]《孟子》主題明確，章法靈活，論辨周密，描述生動，氣勢宏肆，與《左傳》同樣被唐宋八大家、桐城派奉為圭臬。[36]要研究這些經書中的詞章，小學當然也是重要的鑰匙。例如余培林《詩經正詁》：

> 此詩毛公分三章，鄭氏分五章。……朱熹以下注家，或从毛，或從鄭，莫有定準。就內容、文字、用韻等觀之，鄭氏分五章為是，今從之。上海博物館藏《戰國楚竹書·孔子詩論》論〈關雎〉之詩曰：「其四章則愈矣。以琴瑟之敓……」「琴瑟」一詞今在〈關雎〉之四章，足證五章是其原貌。[37]

篇章結構為文學作品重要的一環，〈關雎〉全詩毛、鄭分章不同，後世各有所從，余培林從內容、文字、用韻及地下文獻觀之，證明鄭玄分五章為是。經學之疑難，藉由文字、聲韻得以解決，正足以顯示小學解經之功能。

---

34 夏傳才：《詩經語言藝術新編》（北京市：語文出版社，1998年）。莊雅州：〈詩經文學價值析論〉，中國《詩經》學會12屆年會暨國際學術研討會論文（南寧市：廣西大學，2016年），頁1-22。

35 張高評：《左傳之文學價值》（臺北市：文史哲出版社，1982年），頁6。又：《左傳文章義法撢微》（臺北市：文史哲出版社，1982年）。高葆光：《左傳文藝新論》（臺中市：東海大學，1980年9月三版）。

36 莊雅州：《經學入門》，頁264-266。

37 余培林：《詩經正詁》（臺北市：三民書局，2005年修訂二版），頁6。王力亦分〈關雎〉為五章，章四句，分別為幽部、幽部、職部、之部、宵藥通韻。見《詩經韻讀》（北京市：中國人民大學，2004年），頁135。

又如清朝俞樾《古書疑義舉例》云：

> 襄九年《左傳》：「門其三門」，門字實字也，上門字則為攻是
> 門者矣，此實字而活用者也。……宣十二年《左傳》：「屈蕩戶
> 之」，杜注曰：「戶，止也。」戶本實字，而用作止義，則活
> 矣。……閔二年《左傳》：「佩，衷之旗也。」杜注曰：「旗，
> 表也。」……僖二十四年《左傳》：「且旌善人。」……旌旗皆
> 實字，而用作表示之義，則實字而活用矣。[38]

所謂「實字活用例」，在語法學為詞類活用，在修辭學為轉品，是使
文字圓融靈活、搖曳生姿的方法。俞氏臚舉實例甚夥，此處《左傳》
例證三個，可為讀古書之一助。

三　小學對經學的回饋

（一）小學確立經學著述的形式

1　經學箋注的形成

古代經學著述的形式，主要為箋注，也就是訓詁。此種形式的形
成與確立，是長期演變的結果，可分為四個階段：

第一個階段是先秦古書出現了零星散見的訓詁材料，如《左傳・
宣公十五年》：「反正為乏。」〈昭公元年〉：「皿蟲為蠱。」此為形
訓；《孟子・盡心下》：「征之為言正也。各欲正己也，焉用戰？」《大
戴禮記・誥志》：「明，孟也；幽，幼也。」此為音訓；《逸周書・謚

38　（清）俞樾：《古書疑義舉例》（臺北市：世界書局，1956年），卷三「實字活用
　　例」，頁37。

法》:「和,會也;勤,勞也。」《墨子・經上》:「力,形之所以奮也。」此為義訓。[39]由於時間、空間或人事的改變,有些詞語變得難以理解,所以就用當時通行的話加以解釋,雖然無意於訓詁,但形訓、音訓、義訓之類已蘊含其中。

第二個階段出現了解釋《六經》的傳、記,而形式各有不同。例如《易經》有傳,合稱《十翼》,其中的〈彖辭〉、〈象辭〉用以解釋卦、爻辭的吉凶與象徵意涵,〈文言〉發揮乾、坤兩卦的微言大義,〈繫辭〉通論《周易》全經,解說《易》理、《易》數、《易》象、《易》例。又如《儀禮》十七篇,其中十三篇有記,〈喪服〉一篇記中還有傳,是對經文的補充與闡發,《禮記》四十九篇也相仿。再如《春秋》有三傳,《左傳》以事解經,將歷史事件的來龍去脈交代清楚,《公羊傳》、《穀梁傳》則是逐字逐句解說經文的微言大義。[40]這些傳、記,後來都升格為經。但像伏生《尚書大傳》、毛亨《毛詩故訓傳》之類,還停留在傳、記層次,究竟是否有幸有不幸,抑或有其他理由,則可待進一步探討。無論如何,傳、記的出現,為經學著述的方式指出了重要的方向,是中國經典詮釋的源頭,則是無可疑的。

第三個階段是廣泛蒐集經、傳、群書的訓詁材料,分類編成《爾雅》,再衍生出《方言》、《說文》、《釋名》等文字、訓詁專書,加上後世的韻書,提供經學著述基本而重要的參考資料。

第四個階段是採取傳、記的體式,以小學書為基本資料,形訓、音訓、義訓為基本方法,逐漸充實,逐漸修改,終於形成經學箋注的新形式,其可能包含的內容有:(1)分析字形,(2)解釋文義(訓釋詞義、闡發義理、貫串講解、通釋大意),(3)介紹事物(注明出典、分析名物、說明典制、考證史實、講述天文地理),(4)賦予音

---

39 胡奇光:《中國小學史》,頁39-42。
40 莊雅州:《經學入門》,頁19-22、120-121、161。

切（譬況、讀若、直音、反切），（5）校勘文字，（6）分析句讀，（7）闡述語法（解釋虛詞、剖析句子結構），（8）講解修辭，（9）剖析結構，（10）發明條例。[41]其內容之豐富，由此可見一斑。

　　這種解經新體式的確立，明顯是受到小學的影響，與早期的傳、記有所區別，可名之為經學的箋注。

2 經學箋注的名目

　　漢代初年，承襲《易傳》、《禮》記、《春秋三傳》的傳統，產生了不少解經的著作，武帝立《五經》博士之後，解經的著作更如雨後春筍，名目孔多，各有不同的涵義，亦有不同的重點，對後世的經學箋注頗有影響，因而在此參考相關文獻，略加介紹：[42]

（1）傳：傳是將古人的意思傳述給後人，或是引申經義而加以論述。除《易傳》、《春秋三傳》外，有伏生《尚書大傳》、韓嬰《韓詩外傳》、毛亨《毛詩故訓傳》、（宋）朱熹《詩集傳》。

（2）記：記是記載的意思，弟子記錄師說，或後人闡發前人之義的，都可叫記，可用以補充經傳本應記載卻未提到的事件或學說。除《禮記》外，如劉向《五行傳記》、許商《五行傳記》、《公羊雜記》都是。

（3）說：說是說明、解釋的意思，重點在解釋義理，而不在分析名物制度，與傳記同為中國經典詮釋的源頭。如《漢書・藝文

---

41 黃建中：《訓詁學教程》（武漢市：荊楚書社，1988年），頁23-75。胡楚生：《訓詁學大綱》（臺北市：華正書局，1989年二版），頁133-137。程俊英、梁永昌：《應用訓詁學》（上海市：華東師範大學出版社，1989年），頁5-16。周大璞：《訓詁學》（臺北市：洪葉文化事業公司，2000年），頁39-61。

42 胡楚生：《訓詁學大綱》，頁127-132。王葆玹：《西漢經學源流》（臺北市：東大圖書公司，1994年），頁20-28。莊雅州：《經學入門》，頁7-10。

志》,《詩》有《魯說》、《韓說》,《論語》有《齊說》、《魯夏侯說》。

（4）注：注又作註,是灌注的意思。注對於古書的作用,就如用灌注的方法,使阻塞的水暢通一樣。如鄭玄有《周禮注》、《儀禮注》、《禮記注》。

（5）箋：箋是表明意思,使人能夠識別。鄭玄有《毛詩箋》,不但注《詩經》本文,也注《毛傳》。

（6）詁：詁又作故。是用後代語言解釋古代語言的意思,如《漢書·藝文志》有《詩魯故》、《詩齊后氏故》、《詩齊孫氏故》、《詩韓故》等,（清）洪亮吉有《春秋左傳詁》。

（7）訓：訓是說明、解釋,使人明白的意思。如賈逵有《春秋釋訓》,何休有《論語注訓》。

（8）章句：章句是分章斷句,使經義自然顯露。如《漢書·藝文志》中,《尚書》有《歐陽章句》、《大小夏侯章句》,《春秋》有《公羊章句》、《穀梁章句》。

（9）義：義是義理的意思。如《禮記》的〈冠義〉、〈昏義〉就是在說明《儀禮》〈士冠禮〉、〈士昏禮〉的義理。後世如（三國）劉瓛有《毛詩義》。

（10）正義：正義,是解釋經籍,得義之正的意思。唐代官修的《五經》：《周易》、《尚書》、《毛詩》、《禮記》、《左傳》,經下有注,注下有正義,便是《五經正義》。

（11）疏：疏取義於治水,即灌注了,還不明暢,再加以疏通。唐宋私人為經典作注解,通常稱作疏,如賈公彥《周禮疏》、邢昺《論語疏》。後人稱引官修的《五經正義》,也有簡稱為疏的,於是「注疏」之名,在學術史上便因而流行起來。

（12）義疏：義疏是疏通經義的意思。六朝盛行的經注叫義疏,如

《隋書‧經籍志》有蕭子政《周易義疏》、費甝《尚書義疏》、沈重《毛詩義疏》、皇侃《禮記義疏》、《孝經義疏》、《論語義疏》。原本是引取眾說，以示廣聞，但後來受到老、莊影響，祖尚虛玄，便不再那麼篤實謹嚴了。

（13）解：解，是分析的意思。如服虔《春秋左氏傳解誼》、鄭眾《周禮解詁》、賈逵《左傳解詁》、何休《春秋公羊傳解詁》。

（14）集解：集解是集錄眾說而加以解釋。如魏何晏《論語集解》、（晉）范寧《春秋穀梁傳集解》都是。（晉）杜預《春秋經傳集解》則只是在通釋經文與傳文，體例上較為特殊。

（15）微：微是隱微、精微的意思，重點也是在闡發義理。如《漢書‧藝文志》《春秋》有《左氏微》、《張氏微》。

此外，還有釋、詮、述、學、證、隱、音、疑、訂等名目，不贅。

3　經學箋注的盛行

自漢代以後，經學箋注所以能獨佔鰲頭，成為經學著述最主要的方式，其原因不止一端，舉其要者有：

（1）文獻因素：由於經書是歷史悠久的古典文獻，隨著時空的變遷，產生文字異形、聲韻轉移、語義改變、詞彙變化、語法改易等問題，以致當時的人難以通讀，尤其古奧難識的古文經出現，更須借重小學專業，以當時通用的語言才能順利處理。等到問題解決以後，要進一步分析名物、說明典制、考證史實、闡發義理等，也都順理成章可以用訓詁的方式去進行。

（2）人事因素：王國維《觀堂集林》說：「後漢之末，視古文學家與小學家為一，然此事自先漢已然，觀兩漢小學家皆出古學家

中，蓋可識矣。」[43]他舉出張敞、桑欽、杜林、衛宏、徐巡、賈逵、許慎為例。其實自馬融、鄭玄以下，至清代漢學家更是繁有其徒，不勝枚舉。他們帶動了經學研究的風氣，也決定了經學研究的方向。

（3）心態因素：經書是先秦文化的寶典，孔子以之作為教科書教授三千弟子，影響之大，無與倫比。孔子自稱「述而不作，信而好古。」[44]他以述為作，嚴謹而保守的心態，深深影響後人，依經作注，成為宗聖尊經的最佳方式。特別是漢武帝立《五經》博士之後，經學地位神聖不可侵犯，許多傳、記也升格為經，一般學者自然更是採取注經的方式來研究經學，甚至產生「疏不破注」的傳統，將它視為藏諸名山，永垂不朽的盛事。

（4）文體因素：在古代，中國很少有康德（I. Kant）的三大批判與黑格爾（G. W. F. Hegel）《美學》那樣體大思精的著作，[45]遑論現代分章分節、綱舉目張的論文格式。除了注釋之外，能採用的體裁不外是文集（如〔清〕戴震《東原集》、錢大昕《潛研堂文集》）、語錄（如〔宋〕朱熹《朱子語類》）或讀書筆記（如〔宋〕王應麟《困學紀聞》、〔清〕王引之《經義述聞》），[46]而這些方式都不如箋注更能完整地貼緊文本。

職是之故，經學箋注二千年來盛行不已，我們只須觀察（清）朱彝尊《經義考》中所錄歷代經學著作、納蘭性德所刻《通志堂經解》中所收宋、元、明三代的經學著作、阮元所編《皇清經解》及王先謙所編

---

43 王國維：《觀堂集林・兩漢古文學家多小學家說》，《海寧王靜安先生遺書》（臺北市：臺灣商務印書館，1976年），頁318-324。

44 （宋）朱熹：《四書集注・論語・述而》（臺北市：臺灣書店，1971年），頁79。

45 謝謙：《經學與中國文化》（海口市：三環出版社，1990年），頁130。

46 胡楚生：《訓詁學大綱》，頁132-133。

《皇清經解續編》中所匯集的清代經學著作，十有八九是以箋注體的
形式寫成的，[47]就可以思過半了。

4 經學箋注的影響

在古代，除了經學著作多半採取箋注之外，其他學術研究亦廣泛
採用此種方式，這就是學界所謂的「經學箋注主義」。[48]以張之洞《書
目答問》為例，隨意翻閱，就可發現：除經部外，無論史部、子部、
集部，乃至小學，以箋注名家者幾乎俯拾皆是。小學如（清）段玉裁
《說文解字注》、戴震《方言疏證》、江聲（原題畢沅）《釋名疏證》、
王念孫《廣雅疏證》；史部如（晉）裴駰等《史記三家注》、（元）胡三
省《資治通鑑注》、（吳）韋昭《國語注》、（漢）高誘《戰國策注》；
子部如（漢）曹操等《孫子十家注》、高誘《呂氏春秋注》、（晉）王
弼《老子注》、（清）黃汝成《日知錄集釋》；集部如（漢）王逸注、
（宋）洪興祖補注《楚辭補注》、（清）王琦《李太白集注》、（唐）李
善《文選注》、（清）黃叔琳《文心雕龍輯注》[49]。一切學術都可以用
箋注方式加以研究，箋注之學幾乎成為傳統學術的代稱，熱門作家的
注本尤多，甚至有所謂「千家注杜，五百家注韓」的現象。[50]後人往
往可以根據這些箋注寫出許多條理縝密的論文，如李雲光《三禮鄭氏
學發凡》、王熙元《穀梁范注發微》、李威熊《馬融之經學》、張文彬
《高郵王氏父子學記》，[51]可見這些箋注本身自有學術體系，而古人所
以牢守此種傳統，正顯示其根深柢固，已超出今人想像之外了。

47　謝謙：《經學與中國文化》，頁128。

48　王葆玹：《兩漢經學源流》，頁20-21。謝謙：《經學與中國文化》，頁127-131。

49　（清）張之洞撰，范希曾補正：《書目答問補正》（南京市：江蘇古籍出版社，2005
　　年）。

50　謝謙：《經學與中國文化》，頁128-129。

51　杜松柏：《國學治學方法》（臺北市：弘道書局，1980年），頁327-336。

（二）小學影響經學路線的演變

1 學術派別

經學在發展過程中，自然而然形成若干既彼此影響，又彼此不同的學派，自清代開始區分經學的流派，其重要的說法有：

兩派說（《四庫全書總目提要》）：漢學、宋學。

三派說（〔清〕龔自珍）：漢學、宋學、清學。

　　（〔清〕康有為）：漢學（西漢今文經學）、新學（劉歆古文經學）、宋學。

四派說（〔清〕葉德輝）：今文學、古文學、鄭氏學、朱氏學。

　　（劉師培）：兩漢、三國至隋唐、宋元明、近儒

三系說（范文瀾）：漢學系、宋學系、新漢學系。

新三派說（周予同）：漢學（包括今文學與古文學）、宋學、新史學。

新四系說（許道勛、徐興洪）：漢學系統、宋學系統、清學系統、晚清系統。[52]

這些說法十分紛歧，莫衷一是。茲採取兩兩相對的說法，既見其流變，亦見其異同，而這些流派的對立，與其思維的模式、對箋注的態度都有關係。

（1）齊學與魯學

在西漢還沒有今古文之爭前就有齊學與魯學之區別，大抵古文家

---

52 周予同：《周予同經學史論著選集·經學的派別》，頁853-862。許道勛、徐興洪：《中國經學史》（上海市：上海人民出版社，2006年），頁84-92。

屬魯學，今文家則有齊魯之分，例如三家詩中有齊詩，有魯詩，《論語》中有齊論，有魯論，而《春秋》的《公羊傳》屬齊學，《穀梁傳》屬魯學。二派不同之處是：魯學出自孔子，治學態度較為謹慎，研究內容偏重於訓詁名物及典章制度的考證；齊學則出自於稷下諸子，治學態度較為誇張，研究內容偏重於微言大義，喜歡談天人之理。西漢時，公羊與穀梁二家曾四度論辯，到了東漢，鄭玄集兩漢經學的大成，將齊學、魯學冶於一爐，於是齊魯之爭就成為歷史名詞了。[53]

　　《公羊傳》與《穀梁傳》是齊、魯之學的代表，都是採用問答體，逐字逐句在解釋《春秋》。兩者相同者十之七、八，但《公羊》重微言，雜有權變，說理分明，善於裁斷，是其優點，然多穿鑿附會之說，則常為人所批評。《穀梁》講大義，說理嚴謹，文字明淨，是其優點，然態度較為拘泥，常有短缺不言之處，也是不必諱言。[54]是二家本有許多異同，到了漢末何休《春秋公羊解詁》，集兩漢公羊學之大成，殫精竭慮十七年始成。除了公羊家原有的三統、三世、三科九旨等之外，又增添七等、六輔、二類等名目，並雜引讖緯之說，很有系統地闡發了微言大義，唯不無強解經、傳，固蔽偏執之弊。[55]（東晉）范寧《春秋穀梁傳集解》亦博引漢、魏諸儒及並時諸家之說，而尤尊鄭玄，常以經證經，並補充史實，重視禮制的疏證。[56]這兩家的注釋可以說根據經、傳加以發揮，使得齊魯之學的特色更加鮮明。

53　王韶生：〈經之齊魯學〉，《華國》第2期（香港：崇基學院・中國語文學會，1958年），頁17-25。。莊雅州：《經學入門》，頁11-12。
54　莊雅州：《經學入門》，頁199-200。
55　葉國良、夏長樸、李隆獻：《經學通論》（臺北市：大安出版社，2006年1一版二刷），頁280-292。
56　李威熊：《中國經學發展史論》（臺北市：文史哲出版社，1988年），頁217。田漢雲：《六朝經學與玄學》（南京市：南京出版社，2003年），頁152-158。

（2）今文學與古文學

漢人傳授經書，有今古文的不同，所謂今文，是老師宿儒所傳授，用當時通行的隸書寫定的本子；所謂古文，是出自壁中山巖，用先秦蝌蚪文書寫的舊籍。如伏生《尚書》、齊魯韓《三家詩》、《儀禮》、《公羊傳》、《穀梁傳》等是今文；孔安國《尚書》、《毛詩》、《周禮》、《左傳》等是古文。今古文的不同，最初只是版本上字體、字句、篇章的不同，後來卻導致說解、思想的歧異，竟成為兩種截然不同的學派，如今文派以孔子為政治家，以六經為孔子所作，是孔子托古改制的政治學說，所以偏重於微言大義的闡發；古文派則以孔子為史學家，以六經為前代史料，是孔子傳播文化的歷史文獻，所以偏重於名物訓詁的考證。在西漢，今文經多立於學官，古文經則流傳於民間，劉歆為了爭立古文經，與太常博士起了激烈的爭端，東漢時，今古文學派又有過三次爭端。表面上，今文經還是得到官方的崇信，實際上，古文學派在學術界的勢力卻遠超過今文經派。東漢末年，鄭玄混合今古文，而較偏重古文，今古文之爭始漸趨平息。雖然，魏晉時有王肅學派與鄭玄學派的對峙，南北朝時有南學與北學的抗衡，隋唐時義疏之學十分盛行，但這些學派同樣都是以古文為主，以今文為輔，亦即是古文學派獨盛的局面。[57]

齊、魯、韓《三家詩》與《毛詩》堪為漢代今古文學的代表。在《漢書・藝文志》中，《三家詩》有《魯故》、《齊后氏故》、《韓故》等11部，後世相繼亡佚，只存輯本。這些書都喜歡站在朝廷的立場，從《春秋》和雜說裡採取一些材料，把一些話說得有政治意義和倫理意義，像《漢書・藝文志》指出的「咸非其本義」，都離詩的本義甚

---

57 王靜芝：《經學通論》（臺北市：環球書局，1972年），頁71-94。周予同：《周予同經學史論著選集》，頁1-39。莊雅州：《經學入門》，頁11-12。

遠。[58]相對之下，《毛詩故訓傳》則吸收了文字學和歷史學等學術研究成果，把文字和名物的訓詁，建立在比較切實的基礎上，其優點極多，如：訓詁淵源有自、多存古書逸典、不信神奇怪誕、作傳獨標興體、釋詞最為精當、注釋皆有義例。[59]所以雖然兩漢時期只在民間私相傳授，最後卻能取《三家詩》而代之，實非倖致。

（3）漢學與宋學

北宋慶曆以後，受到唐代經師趙匡、啖助、陸淳等的影響，疑經改經的風氣逐漸興盛，加上理學的推波助瀾，於是經學家們都將孔子視為哲學家，以《六經》為孔子載道的工具，重視義理方面心性、理氣、倫理等的研究，而忽略詞章、考據的探討，這就是所謂宋學。宋學又分為三派，即以朱熹為首的歸納派，以陸九淵為首的演繹派，和以陳亮、葉適為首的批評派（浙東學派）。元明時，朱學獨盛，後來演繹派的王守仁（姚江學派）崛起，也得到不少學者的信仰。到了明末清初，尊德性的陸王之學流於誕妄，道問學的朱子之學也難免空疏，顧炎武、黃宗羲等受了亡國的刺激，竭力排擊王學，提倡「經學即理學」、主張「通經致用」，學術風氣為之丕變。乾嘉年間，文網日密，學者轉而將研究的範圍侷限在故紙堆上，漢學的古文學派從而復興，最重要的有以惠棟為首的吳派和以戴震為首的皖派，他們都專心從事考證的工作，不再抱持經世的理想。由於吳皖二派聲勢太盛，且獨尊（東漢）馬、服、許、鄭之學，摒棄宋代五子之說，遂引起姚鼐、方東樹等桐城派的不滿，造成激烈的漢宋之爭，大抵漢學家偏重名物訓詁，詆宋學為空疏不學；宋學家偏重心性義理，詆漢學家為破碎害道。二派壁壘分明，形同水火。清代中葉以後，內憂外患交迫而

---

58 夏傳才：《詩經研究史概要》（臺北市：萬卷樓圖書公司，1993年），頁90-91。
59 洪湛侯：《詩經學史》（北京市：中華書局，2002年），頁178-194。

至，劉逢祿、魏源等漢學今文學派（常州學派、公羊學派）不滿於乾嘉學者之斷斷於章句文字，而借公羊大義以譏切時政，並將研究範圍擴及《三家詩》、今文《尚書》、《儀禮》等其他今文經。清末，廖平、康有為等更將今文學的研究風氣推展至最高潮，到了民國初年，才逐漸衰落。[60]

漢代《書經》學以伏生《大傳》、司馬遷《史記》、鄭玄、馬融之訓解為代表，他們長於文字意義的考釋，或名物制度之探求。宋儒之治《尚書》者，以蔡沈《書經集傳》為代表，他對於文字、名物、制度之訓解，皆取捨於漢世先儒之說，鮮有發明之功。但潛心古籍而能體驗於身，發明修己治人、內聖外王之道，雖西漢今文家發明大義微旨，亦未若其深切著明。[61]清儒或承漢風，或襲宋習，箋注之蘄向亦大不相同。宋學家如孫奇逢《書經近指》李光地、《尚書七篇解義》以及官修的《日講書經解義》也是重義理，輕考據。[62]而漢學家如江聲《尚書集注音疏》、王鳴盛《尚書後案》、孫星衍《尚書今古文注疏》都是以《史記》、《尚書大傳》為底本，再把唐以前的各種子書及箋注之類的書，以至《太平御覽》以前之各種類書，凡有徵引漢儒解釋《尚書》之文慢慢搜集起來，分綴每篇每句之下，再疏出注文來歷，加以引申，成為一部漢儒的新注。他們墨守漢學，非漢儒之說，一字不錄。[63]不同學派的著作，其學術面貌迥然不同，箋注態度影響之深有如此者。

---

60 鄺士元：《中國學術思想史》（臺北市：里仁書局，1980年），頁400-409。周予同：《周予同經學史論著選集・漢學與宋學》，頁322-337。莊雅州：《經學入門》，頁12-13。

61 宋鼎宗：〈漢宋書經學〉，《中國學術年刊》第1期（臺灣師範大學，1976年12月），頁112-113。

62 吳雁南：《清代經學史通論》（昆明市：雲南大學出版社，2001年二刷），頁38-66。

63 梁啟超：《中國近三百年學術史》（北京市：中國社會科學出版社，2008年），頁190。

2 經學發展規律

　　林慶彰專攻經學史，卓然有成，他曾主張中國經學史的發展，有幾種發展的規律，包括繁簡更替的詮釋形式和回歸原典的運動。[64]這些發展規律與經學箋注的思維，甚至經學派別的形成顯然也是息息相關。

（1）繁簡更替的詮釋形式

　　林慶彰在〈中國經學史上繁簡更替的詮釋形式〉指出歷代經典的注釋有繁有簡，繁是因為在注的下面作疏，簡是因為只取注而拋棄疏，而這種繁簡的注釋形式是相互更替進行著，形成了注釋傳統中的一種規律。[65]他認為在歷史上這種簡繁更替的形式可分為九個階段：在戰國至漢初，傳記體的著述只是以訓詁通大義，十分簡樸。到了西漢宣帝之後，逐漸被今文家繁瑣的章句所取代，其極端的例子，如秦延君說〈堯典〉篇目二字十餘萬言，說「曰若稽古」三萬餘言，在訓詁之外，牽引許多資料，真是瑣碎已極。東漢中葉，古文家恢復古代傳記的注經方式，箋注十分簡約，直至魏晉的集解仍然如此。南北朝義疏，到了唐代，演化為注疏，無論官修或私撰，都是既注經又疏注，反覆論辨，十分詳盡。從唐代中葉起，反對注疏之聲浪逐漸升高，全憑己意說經，開宋人疑經改經的風氣，逮理學興起，更使經學重義理，輕考據，注解十分簡約。元代至明初，學者為宋人之注作疏，尤以朱子之學為盛，永樂年間完成的《四書五經大全》堪為代表，經說

64　林慶彰：〈中國經學發展的幾種規律〉，《經學研究集刊》第7期（高雄師範大學，2009年），頁107-116。

65　林慶彰：〈中國經學史上繁簡更替的詮釋形式〉，《中國經學研究的新視野》（臺北市：萬卷樓圖書公司，2012年），頁65。

又趨於繁富。晚明到清初，為掃除官學繁冗之弊，注經的內容又逐漸走向簡約。清中葉至清末，漢學中的古文學、今文學相繼崛起，《十三經》皆有新疏，往往模仿唐、宋經、注、疏三個層次的注疏體例，內容又趨於繁富。物極必反，清末至現在，經、注、疏三層結構徹底打破，箋注又恢復簡約。至於將來發展如何，則難以逆料。[66]誠如林慶彰所言，這種簡繁交替的現象，背後有相當深沈的學術思想轉變的意味在內，所以與學派的更迭，甚至官學、私學的對峙息息相關。這種規律也的確多與注疏的結構有關，這就可以看出注釋的形式對經學的發展影響有多大了。

（2）回歸原典的運動

林慶彰受到孔恩（Thomas Kuhn）「新典範」理論及余英時〈清代學術思想史重要觀念通釋〉的啓發，在《清初的群經辨偽學》中印證清初學術思想史有回歸原典的現象，後來又撰寫〈中國經學史上的回歸原典運動〉，作了完整的論述。他指出所謂原典，指儒家經典《十三經》，具有神聖性、權威性。所謂回歸，包含以原典作為尊崇和效法的對象，以及以原典作為檢討的對象雙層意義。他認為中國經學史有過三次回歸原典運動，分別發生在唐中葉至宋初、明末清初、清末民初。[67]他的說法得到廣泛的迴響，唐中葉至宋初回歸原典運動催生了宋學，明末清初的回歸原典運動誘發了清代漢學的興起。此在上文學術派別及繁簡更替的詮釋形式言之已瞭，不贅。至於清末民初回歸原典運動是指新史學而言。清末今文學家王闓運、廖平、皮錫瑞、崔述、康有為、梁啟超等，以及古文學家俞樾、孫詒讓、章炳

---

66 同上註，頁66-81。唐、宋：《十三經注疏》經、注、疏三層結構，詳見張寶三：《五經正義研究》（上海市：華東師範大學出版社，2010年）。

67 林慶彰：〈中國經學史上回歸原典運動〉，《中國經學研究的新視野》，頁83-102。

麟、劉師培等，共同努力恢復經書本來面目，將經書視為古代歷史的原始資料。緊接著民國初年，顧頡剛、羅根澤、錢玄同等的《古史辨》運動，以疑古之風對經學起了極大的破壞力。此時地下文獻陸陸續續大量出現，王國維採取二重證據法，開啓以考古說經的篤實學風，影響至今，未曾稍衰。[68]這當然也是與經學箋注密切相關的。

四　近現代經學與語言文字學的互動

（一）地下文獻的出土

　　學術的突飛猛進，端賴新材料的出現、新方法的使用、新工具的發明。中國古代有幾次地下文獻的出土，都曾對傳統學術發生過重大的影響。第一次是西漢景帝末年孔子壁中經（包括《尚書》、《禮記》、《春秋》、《論語》、《孝經》）的出現，以及河間獻王所得民間藏書和河內女子發老屋所得書，引起了古文學的發達、小學的興起，乃至今古文之爭。第二次是西晉武帝太康元年（西元281年）汲郡戰國晚期魏王墓中出現了《竹書紀年》、《逸周書》、《師春》、《瑣記》、《易經》、《穆天子傳》等，促使史學脫離經學而獨立，同時也使得學術分類結構發生重大變化。第三次是宋代商周銅器及石刻大量出土，催生了金石學，也促進了名物學的研究。清代賡續其流風，金石學蓬勃發展，學者據以研究語言文字、名物訓詁，以及經史考證，也卓有成就。[69]

　　而談到範圍之廣，內容之豐，研究之熱烈，影響之深遠，至今仍

---

68 葉國良、夏長樸、李隆獻：《經學通論》，頁614-620。

69 朱淵清：《中國出土文獻與傳統學術》（上海市：華東師範大學，2003年三版），頁17-43。魏慈德：〈古文字資料對先秦古籍的補正舉例〉，林慶彰、蔣秋華主編《經典的形成、流傳與詮釋》（臺北市：臺灣學生書局，2007年），頁29-33。

方興未艾者，莫過於近現代出土的文獻，今就其與經學及小學相關者分類簡介於下：[70]

1 甲骨

清光緒二十五年（1899）在河南安陽小屯村發現殷商甲骨，一九七七年在陝西周原岐山鳳雛村也發現西周甲骨，經過大規模開採，所得甲骨估計有十萬片以上，分藏在世界各地。這些材料涉及商周社會生活的許多方面，具有極高的史料價值，除了補古史外，還可以正經傳、考文字。甲骨四堂——羅振玉、王國維、郭沫若、董作賓之後研究者甚眾，蔚為顯學，研究重點有斷代學、年曆學、文字學、歷史學、綴合學，成果極其豐碩。郭沫若、胡厚宣《甲骨文合集》（北京市：中華書局，1978-1982年）十三冊收錄四一九五六片，最為豐富。

2 紙卷

甲骨出土的同年，在甘肅敦煌莫高窟藏經洞也意外發現了塵封七百餘年的五萬多卷六朝、隋唐、宋代的紙卷，內容廣泛，以佛教古籍最多，其餘如四部要籍、韻書、變文、印本、拓本也都是十分珍貴的學術史料，今亦分藏世界各地，黃永武的《敦煌寶藏》（臺北市：新文豐出版公司，1981-1986年）一四○冊，圖片二十萬張，收錄最豐，另有《敦煌叢刊初集》（臺北市：新文豐出版公司，1985年）收研究專書二十種，亦方便參考。在經部文獻方面，《易經》、《尚書》、

---

70 杜澤遜：《文獻學概要》（北京市：中華書局，2001年）。朱淵清：《中國出土文獻與傳統學術》，頁47-156。楊昶、陳蔚松等：《出土文獻探賾》（武漢市：崇文書局，2005年），頁4-11，245-280。踪凡：《中國古文獻概論》（北京市：北京大學出版社，2010年），頁284-365。駢宇騫：《簡帛文獻綱要》（北京市：北京大學出版社，2015年），頁202-330。

《詩經》、《禮記》、《左傳》、《穀梁傳》、《孝經》、《論語》、《爾雅》均有抄本，總數在百卷以上。[71]張涌泉編成《敦煌經部文獻合集》（北京市：中華書局，2008年）十一冊。聲韻學有音義類和《切韻》系韻書，文字學有《字樣》、《正名要錄》、《時要字樣》，訓詁學有《字寶》、《俗務要名林》等。

3 鐘鼎

宋、清兩代青銅器大量出土，研究成果十分豐碩。近代在安陽殷墟、周原遺址、河北平山中山王墓、湖北隨縣曾侯乙墓、安徽壽縣蔡侯墓等地也都發現了許多商周青銅器，有銘文者估計在一萬兩千件以上，收錄於中國社會科學院考古研究所的《殷周金文集成》（北京市：中華書局，1984-2008年）者有一一〇八三件。其內容多記祭祀、賜命、征伐、契約等，甚至有鑄法律條文者，在語言文字學及古史研究上都提供了很豐富的資料，對釋讀及考訂傳世文獻方面也深具佐證價值，尤其在《尚書》方面，銘文長者將近五百字，可抵〈周誥〉一篇。其無字的禮樂器等對名物訓詁的研究亦大有助益。

4 石刻

石刻由來已久，漢代、南北朝、唐、宋、清代乃至現代都有大量發現，研究之風鼎盛，與鐘鼎彝器合稱「金石學」，在歷史、文學、文字學、書法、經學、宗教等方面都很有研究價值。北京圖書館金石組編選《北京圖書館中國歷代石刻拓本彙編》（鄭州市：中州古籍出版社，1988年）收拓本二萬種，最為豐富。就經學而言，以歷代石經

---

71 王重民：《敦煌古籍敍錄》（京都：中文出版社，1978年），頁1-75。又，李威熊：《中國經學發展史論》，頁18-24。

最有版本校勘價值，許東方有《石經叢刊初編》（臺北市：信誼書局），收錄漢熹平石經、魏正始三體石經、唐開成石經、蜀石經、北宋嘉祐石經、南宋紹興石經、清乾隆石經，共六十四塊石碑，二〇〇九一一字（《十三經》共六二八四一四字）。張國淦有《歷代石經考》（臺北市：鼎文書局，1972年），可以參閱。

5 簡牘

簡牘指竹簡木片，在中國古代紙張尚未發明和推廣使用之前，作為主要的書寫材料，上起殷商，下迄魏晉，逐步完成簡冊制度，是後世書籍制度的濫觴。漢代壁中書、晉代汲冢書都是以簡牘書寫。近代出土的簡牘有經學及小學資料的為：

- 1907年甘肅敦煌漢晉簡牘：有〈蒼頡篇〉、〈急就章〉。
- 1959年甘肅武威漢簡：主要為漢末抄本《儀禮》，存27298字，約當今本之半。為今存最早的《儀禮》寫本，可探討禮學演變。
- 1973-1974年內蒙古居延新漢簡：有《論語》、〈蒼頡篇〉、〈急就章〉。
- 1973年河北定縣漢簡：有《魯論》、《齊論》、《古論》三種《論語》的並行本。另有戰國時的《儒家者言》，可能是《孔子家語》的祖本。
- 1977年安徽阜陽雙古堆漢簡：有《詩經・國風》65篇、〈小雅・鹿鳴、伐木〉，與四家詩不同，《周易》40多卦，3119字，比帛書《周易》更為原始，〈倉頡篇〉540字。
- 1993年湖北荊州郭店楚簡：共804枚，有字者730枚，13000字，其中有《禮記・緇衣》，其餘與儒家有關者為〈五行〉、

〈性自命出〉、〈成之聞之〉、〈尊德義〉、〈六德〉、〈魯穆公問子思〉、〈窮達以時〉，可能是《禮記》成書前的幾個原始文本，或者屬子思學派。〈唐虞之道〉、〈忠信之道〉，近孟子一系。〈語叢〉可能是孔子到孟子之間的一些佚文。

- 1993年湖北江陵王家臺秦簡：有《易占》，與前人徵引《歸藏》大部分吻合。

- 1994年上海博物館藏戰國楚簡：購自香港市場，共1200餘枚，總字數35000字，包含80多種戰國古籍，有儒、道、兵、雜各家。其要者有《易經》58簡，35卦，約1800字，可看到先秦時期《周易》文本的基本面貌。《孔子詩論》31簡，次序為訟（頌）、大夏（大雅）、小夏（小雅）、邦風（國風），與今本《詩經》相反，有佚詩6篇，可以呈現中國現存最早的詩學形態和批評模式。《詩樂》標記了當時演奏的詩篇名稱和各種音高，可以推知古代的詩樂關係。此外還有〈緇衣〉1000字，〈子羔〉、〈孔子閑居〉、〈武王踐阼〉、〈曾子立孝〉、〈顏淵〉、〈子路〉、〈性情論〉等。

- 2008年清華大學藏戰國楚簡：與上博簡一樣，這也是流入香港市場，搶購回大陸地區的楚地竹簡。清華簡主要是經史類書籍，一共2100枚，60多篇，大多是《尚書》類《詩經》類的文獻。在已公布的七輯中，《清華簡（壹）》的〈周武王有疾周公所自以代王之志〉相當於今文《尚書‧金縢》，《說命》三篇為真正的古文《尚書》，〈尹至〉、〈尹誥〉、〈程寤〉、〈保訓〉、〈皇門〉、〈祭公〉為《尚書》、《逸周書》類別的文獻，《清華簡（伍）》又公布了〈厚父〉、〈封許之命〉、〈命訓〉三篇，亦屬之；〈耆夜〉、〈蟋蟀〉、〈周公之琴舞〉、

〈簡良夫愆〉則為類似雅、頌的逸詩。此外,〈繫年〉、〈良臣〉內容許多方面能與《左傳》相印證。[72]

・2009年浙江大學藏戰國楚簡:亦是流落海外,搶救回國者。綴合復原後得竹簡160枚,其中120枚,3100多字為《左傳》,除個別異文外,內容與今本《左傳》幾乎完全一致。

6 帛書

簡牘較為笨重,每簡能寫字數有限,且容易散亂,造成脫簡、錯簡。所以有時改用絹帛,較為輕巧,又能書寫長篇大論、或繪製圖版,簡帛因而同時並行。由於縑貴而簡重,到了晉以後,遂被紙取代。帛書不如竹簡普遍,埋在地下又易腐爛,以致近代出土者為數不多,其與經學、小學較有關係者為:

・1942年湖南長沙子彈庫楚帛書:有十二月神像圖,附記神名及其職司,全文1000餘字,神名與《爾雅・釋天》的十二月名一致。

・1973年湖南長沙馬王堆漢墓帛書:大批帛書經拼湊復原,得12萬字,28篇古籍,包含天文、曆法、地理、歷史、醫學、軍事、哲學等古典文獻。經學方面,有《周易》,存4900餘字,卦序與今本大有不同,〈繫辭〉存3000餘字,另有〈易之義〉2000字,通論《周易》大義,〈要〉、〈繆和〉、〈昭力〉也是討論《周易》的資料。《春秋事語》2000餘字,重記言,所記史事上起魯隱公被殺,下至三家滅智氏,是早期《左傳》學的正宗作品。〈五行〉一篇講「仁、義、禮、

---

72 李學勤:《初識清華簡》(上海市:中西書局,2013年),所舉各篇,散見全書。

智、聖」五行，是子思、孟子一派儒家作品，可與《尚書・洪範》五行參照研究。[73]

(二) 二重證據法的運用

地下文獻入藏之後，要利用碳十四、紅外線等儀器，醇醚法結合真空冷凍乾燥等技術，經過清理、保護和鑒定、拍照、試讀等過程，進行綴合、分篇，並逐篇隸定、釋讀，[74]然後轉成紙面資料，才正式公布出版。

這些地下文獻有些與現代通行的典籍文字、次序、內容有所差異，有些是現代通行典籍所無的佚書，大大擴充與典籍對勘、互補、訂正的空間，也提供了考證古籍時代與真偽的條件，但要進行研究時，首先須面對的是與傳統小學迥然不同、奧衍詰屈的文字，這就有賴於語言文字學的鼎力協助了。

從另一個角度看，也正因為這些地下經典的出土，使得語言文字學有轉型升級的機會。甲骨文、鐘鼎文、戰國文字的出現，文字學家以《說文》為基礎，利用對照法（比較法）、推勘法、偏旁分析法、歷史考證法等，產生了古文字學。[75]聲韻學家在清代古音學的基礎上，聲紐、韻部的分析更為精密，同時也引進西方語言學理論，加入方音材料，運用國際音標的構擬、不同音系的探討，使觀念更為清晰。訓詁學家在形訓、音訓、義訓的基礎上，建立了以形索義、因聲求義、比較互證的縝密理論，同時引進語義學，重視同源詞研究，轉

---

73 《馬王堆漢墓》（臺北市：弘文館出版社，1985年），何介鈞：《馬王堆漢墓》（北京市：文物出版社，2004年）。

74 李學勤：〈清華簡的文獻特色與學術價值〉，姚小鷗主編：《清華簡與先秦經學文獻研究》（北京市：生活・讀書・新知三聯書店，2016年），頁1。

75 唐蘭：《古文字學導論》（臺北市：樂天出版社，1973年再版），頁162-222。

成所謂「新訓詁學」。[76]語法學家受到西洋文法的影響，無論詞類的辨識、虛字的解說、語法成分的分析，都有突飛猛進的發展。而詞彙學更從訓詁學脫穎而出。[77]

在「工欲善其事，必先利其器」之後，接著要講求的是方法，也就是二重證據法的運用了。近代首先提出二重證據法的是王國維，他在《古史新證》中說：

> 吾輩生於今日，幸於紙上材料外，更得地下之新材料。由於此種材料，我輩固得據以補正紙上之材料，亦得證明古書之某部分全為實錄。即百家不雅馴之言亦不無表示一面之事實，此二重證據法惟在今日始得為之。[78]

到了〈宋代之金石學〉，他又補充：「既據史傳以考遺刻，復以遺刻還正史傳。」[79]他的說法著重考古，著重共時，與《古史辨》派之側重疑古，側重歷時者大有不同。[80]汪啓明在《考據學論稿》中有近百頁詳考二重證據法自漢代以來便一直在使用，並非始於王國維。又說：二重證據法是雙向考據，其本質特色為多學科綜合互證。[81]其說誠然無可置疑。但王國維生值地下文獻不斷出土之際，本身倡導甲骨學、金石學、敦煌學、簡牘學都卓然有成，加上口號簡短有力，方法具體

---

76 陸宗達、王寧：《訓詁方法論》（北京市：中國社會科學出版社，1983年）。王力：〈新訓詁學〉，《王力文集》（濟南市：山東教育出版社，1990年），卷19，頁166-181，又《龍蟲並雕齋文集》（北京市：中華書局，1982年）。

77 何九盈：《中國現代語言學史》（廣州市：廣東教育出版社，1995年）。

78 王國維：《古史新證》，《海寧王靜安先生遺書》，第6冊，頁2708。

79 王國維：〈宋代之金石學〉，《海寧王靜安先生遺書》，第5冊，頁1933。

80 葉國良：〈二重證據法的省思〉，《出土文獻研究方法論文集初集》（臺北市：臺灣大學出版中心，2005年），頁2-3。

81 汪啓明：《考據學論稿》（成都市：巴蜀書社，2010年），頁576-644。

可行，所以影響之廣泛深遠，絕非古代的學者所能望其項背。

　　于師長卿（大成）曾列舉古物資料之關係於學術研究者十二事：

> 一曰證古史之可信也。
>
> 二曰正載籍之譌誤也。
>
> 三曰斠傳本之譌文也。
>
> 四曰補舊史之闕漏也。
>
> 五曰辨傳聞之誣枉也。
>
> 六曰辨作品之真偽也。
>
> 七曰考古書之時代也。
>
> 八曰覈篇卷之異同也。
>
> 九曰考古書之形式也。
>
> 十曰得故書之真解也。
>
> 十一曰輯故書之佚文也。
>
> 十二曰明文字之源流也。[82]

由此可見，二重證據法交叉運用傳統典籍、語言文字學與地下文獻，涉及目錄學、版本學、校勘學、辨偽學、輯佚學、年代學等，範圍十分寬廣，功用非常深鉅，前修及時賢拜此法之賜而大有成就者為數甚多，以下僅就《五經》部分的經學與語言文字學舉例言之。

1　《周易》

　　《周易》的地下文獻，除敦煌的《周易》王弼注、《釋文》寫本八卷外，主要為馬王堆漢墓帛書（1973）、阜陽漢簡（1977）、上博簡

82　于大成：〈二重證據〉，《理學樓論學稿》（臺北市：臺灣學生書局，1979年），頁501-561。

（1993）。《周易》向稱群經之首，歷代研究者踵相接，自簡帛經傳出
土之後，更成為研究熱點，單以海峽兩岸專書及學位論文而言，即不
下二十本，在概論、校理、注釋、疏證、思想、綜考各方面都有著
作，而以帛書研究居多。如廖名春曾寫過《馬王堆帛書周易經傳釋
文》（成都市：四川大學，1998年）、《帛書易傳初探》（臺北市：文史
哲出版社，1998年）等書及帛《易》論文數十篇，後來選了《易
經》、《易傳》（包含〈二三子〉、〈繫辭〉、〈衷〉、〈要〉、〈繆和〉、〈昭
力〉）釋文及論文三十一篇輯成《帛書周易論集》，[83]從象數說、孔子
《易》學觀、先天卦說、〈繫辭〉學派性質等各種不同環節和角度進
行考察，內容既廣泛又深入，而其基礎則在釋文、校釋及異文考，可
見語言文字學的解讀在研究上是何等重要。又如丁四新原本專攻郭店
楚墓竹簡思想，他也曾標點《馬王堆漢墓帛書周易》，收入《儒藏》
精華篇（北京市：北京大學出版社，2007年），後來修正擴充為《楚
竹書與漢帛書周易校注》，[84]對於簡、帛二種資料作了嚴格的校勘與注
釋。在校勘方面，除簡、帛對勘外，又用漢石經、《說文》引經、陸
德明《經典釋文》、李鼎祚《周易集解》、阮元《周易校勘記》、黃焯
《經典釋文彙校》。在注釋方面，以漢唐注疏為主導，同時吸納清人
及時賢的研究成果，採取現代古文字學及古語言學方法，功夫紮實，
成果可觀。張岱年的《中國古代哲學史方法論發凡》（北京市：中華
書局）有一半是在講文獻學及語言文字學的方法，丁四新的研究就是
很好的範例。

2 《尚書》

群經之中，《尚書》最為詰屈聱牙，爭議亦最多。在金文學正

---

83 廖名春：《帛書周易論集》（上海市：上海古籍出版社，2008年）。
84 丁四新：《楚竹書與漢帛書周易校注》（上海市：上海古籍出版社，2011年）。

盛、甲骨文剛出土的清末，吳大澂、孫詒讓已開展出利用與《尚書》同時代的古文字學進行研究的方向，成為現代《尚書》學的主流。大體上，甲骨文促進了《尚書》前半部〈虞書〉、〈夏書〉、〈商書〉各篇的研究，金文則促進了《尚書》後半部〈周書〉各篇的研究。[85]如王國維《觀堂集林》卷一、二，利用甲、金文材料來通讀《尚書》。于省吾在《雙劍誃尚書新證》中也以甲、金文，加上漢魏石經、傳記百家所引異文及敦煌石室所出隸古定本等，進行校訂與詮釋。[86]屈萬里的《尚書集釋》、《漢石經尚書殘字集證》、《尚書異文彙錄》、《書傭論學集》等，往往運用甲金文資料，對於前人爭辯不休的議題，提出新佐證，重作論斷。由於考辨精審，迭出新見，甚受學界重視。[87]

敦煌石室中，有古文《尚書》、今文《尚書》、《尚書釋文》殘卷二十三卷，或為唐寫隸古定，或為真衛包以後之古文，或為中唐以前之寫本，百年來海峽兩岸研究論文不下五十餘篇，敘錄、提要、校注、考辨、討論一應俱全，成果也相當豐碩。[88]

到了簡帛出土，才有先秦的《尚書》古本出現。主要為二〇〇八年入藏的清華簡有《尚書》和與《尚書》體裁類似的文獻二十餘篇，已公布七批，其中《清華簡（壹）》有〈尹至〉等八篇，《清華簡（伍）》有〈厚父〉等三篇，皆為秦始皇焚書坑儒之前的寫本，為真正的古文《尚書》，對今文《尚書》有訂定與補充的作用。討論的論文臧克和《簡帛與學術》有四篇，李學勤《初識清華簡》有十篇，

---

85 劉起釪：《尚書研究要論》（濟南市：齊魯書社，2007年），頁72-113。

86 于省吾：《雙劍誃尚書新證》（大業印刷廠，1934年，又，北京市：中華書局，2009年）。

87 蔣秋華：〈尚書研究〉林慶彰主編《五十年來的經學研究》（臺北市：臺灣學生書局，2003年），頁78。

88 鄭阿財、朱鳳玉：《敦煌學研究論著目錄》1908-1997（臺北市：漢學研究中心，2000年），又，1998-2005（臺北市：樂學書局，2006年）。

《清華簡與先秦經學文獻研究》有五篇。[89]學位論文則有馬嘉賢、李雅萍、周宴生等博碩士論文。其餘散見於研討會、期刊、網站的論文為數不少。高佑仁《清華簡（伍）‧書類文獻研究》（臺北市：萬卷樓圖書公司，2018年）係針對〈厚父〉等三篇進行探討，每篇除考釋外，還有題解、總釋文，相當詳細。

3 《詩經》

夏傳才提到二十世紀與《詩經》有關的考古發現有甲骨卜辭、敦煌卷子，金文和平山三器、《魯詩》石經和《魯詩》鏡、吐魯番《毛詩》殘本、阜陽漢簡《詩經》、郭店楚簡、戰國楚竹書《詩論》[90]這裡面最重要的應該是甲金文、敦煌卷子、先秦兩漢的竹簡，當然還得加上近年才發現的清華簡。

敦煌卷子《詩經》殘卷有《毛詩故訓傳》、《毛詩音》、《毛詩》白文、《毛詩正義》十三卷。這些寫本正如洪湛侯所說：可窺探六朝、唐代《詩》學的風氣、推知六朝、唐代《詩經》的舊式、探究六朝唐人抄寫的字體、解決《詩經》以「隱」名書的難題、考訂今本《詩經》文字的訛誤，深具研究價值。[91]百年來，研究論著不下五十餘種，如羅振玉、劉師培、周祖謨、王利器、姜亮夫、夏傳才、蘇瑩輝、潘師石禪（重規）、陳師鐵凡、林平和、鄭阿財等，不乏名家。潘師石禪的《敦煌詩經卷子論文集》（香港：新亞研究所，1970年），持論精核、考證詳明，尤為時人所重。許建平的《敦煌經部文獻合集‧群經類詩經之屬》（北京市：中華書局，2008年8月）為《詩經》

---

89 臧克和：《簡帛與學術》（鄭州市：大象出版社，2010年），頁27-74。李學勤：《初識清華簡》。姚小鷗主編：《清華簡與先秦經學文獻研究》。

90 夏傳才：《二十世紀詩經學》（北京市：學苑出版社，2005年），頁331-352。

91 洪湛侯：《詩經學史》（北京市：中華書局，2002年），頁249-259。

寫卷之資料淵藪，洪國樑曾對其校錄部分詳加評議，[92]亦可參閱。

　　王國維的《觀堂集林》根據甲、金文對《詩經》的語言、頌詩、樂詩都有深刻的研究。聞一多的《詩經新義》（臺北市：里仁書局，1993年）、林義光的《詩經通解》（臺北市：中華書局，1971年）、于省吾的《澤螺居詩經新證》（北京市：中華書局，1982年）也都將古文字學、考古學應用在《詩經》研究上而有成就。今人著作，如季旭昇《詩經古義新證》繼續在這個路線上研究《詩經》的字句訓詁、名物制度及部分篇章，[93]對先秦《詩經》真面目的探討也有所助益。

　　阜陽《詩經》是漢初的地下文獻，整理者胡平生、韓自強編成《阜陽漢簡詩經研究》（上海市：上海古籍出版社，1988年），斷定這是不同於四家詩，甚至不屬於傳統習知的經學系統，有〈詩序〉，有近百處異文，由於殘缺不全，有待研究之處不少。上博簡的《孔子詩論》九八〇餘字，是內容更為豐富的地下文獻，馬承源主編的《上海博物館藏戰國楚竹書研究》（上海市：上海古籍出版社，2001年）提供了很寬廣的空間，可藉以考察「詩序」、「刪詩」、「編聯分章」、「詩樂關係」、「詩經傳本的演變」等問題。研究論著不少，專書有劉信芳《孔子詩論述學》（合肥市：安徽大學出版社，2002年）、蕭兵《孔子詩論的文化推繹》（武漢市：湖北人民出版社，2006年）、文幸福《孔子詩學研究》（臺北市：學生書局，2007年）、晁福林《上博簡詩論研究》（北京市：商務印書館，2013年），學位論文，臺灣地區至少有五篇，大陸地區至少有九篇。[94]研討會、期刊、網站論文為數更多。最新出土的《清華簡》有〈耆夜〉、〈蟋蟀〉、〈周公之琴舞〉、〈簡良夫毖〉四

---

92 洪國樑：《詩經訓詁與史學》（臺北市：國家出版社，2015年），頁241-303。

93 季旭昇：《詩經古義新證》》（臺北市：文史哲出版社，1995年增訂版）。

94 林慶彰、蔣秋華主編：《中國經學相關博碩士論文目錄（1978-2007）》（臺北市：萬卷樓圖書公司，2009年），頁110-111。

首類似雅頌的逸詩，正掀起研究的熱潮，單是李學勤《初識清華簡》就有五篇論文，《清華簡與先秦經學文獻研究》更有十四篇論文。

4 《三禮》

三禮中，《儀禮》方面，有武威漢簡（1959）甲乙丙三本九篇二七二九八字，《禮記》方面有敦煌卷子鄭玄注、《禮記音》、《唐明皇御刊刪定禮記月令》，共六卷，郭店楚簡（1993）及上博簡（1994）中有〈緇衣〉，另外有些楚簡的論述與〈曲禮〉相關。

在甘肅博物館所編《武威漢簡》（北京市：文物出版社，1969年）中，《儀禮》分量最重。原書分敘論、釋文、校記、摹本、影圖五部分，敘論考述綦詳，而異文考證多付闕如，校記時欠允當，釋文及摹本亦間有疏誤，王關仕因而據以譔寫《儀禮漢簡本考證》[95]。全書除前言外，分校箋、簡本家法考辨、簡本成篇考略、餘論。對漢簡本與阮元刊本之異同校勘綦詳；對今古文、異文、異辭、章句之區別，底本之根據、簡本之削改等問題考辨頗當，於《儀禮》之研究大有裨益。

百年來研究《禮記》敦煌寫本之論文僅有十餘篇，或敘錄、或書後，或論鄭玄注之版本及學術特點，或考《禮記音》之唐音與方音，成果有限，尚有繼續探討的空間。

〈緇衣〉一篇之地下文獻分見於郭店楚簡及上博簡。虞萬里《上博館藏楚竹書緇衣綜合研究》一書，以上博本為主，郭店本為副，綜合傳本、石經〈緇衣〉及唐宋之前經史子集中所引錄之字詞、章句，進行綜合比勘，探索〈緇衣〉文字、章節由簡本到傳本發展過程中之特點與變化，追蹤傳本形態之來源，兼及篇章結構、引《詩》引

---

95 王關仕：《儀禮漢簡本考證》，《臺灣省立師範大學國文研究所集刊》第11期（1967年6月），頁153-312。

《書》和作者等問題，是該書主要內容。[96]以十一章五百多頁探討單篇之殘簡，可謂尺幅千里，宏觀與微觀兼具，考據與義理並重，透過語言文字學的運用，不僅深化對簡冊內涵的認識，也強化為傳統典籍的理解。〈曲禮〉一篇在地下文獻中並無寫本出現，但相類似的資料則散見楚簡。葉國良〈戰國楚簡中的曲禮論述〉，用心鉤稽，巧妙彌綸，仿照《論語》分成格言式、通則式、述評式三種表達模式詳加論述。[97]文外求文，擴大二重證據法的運用，增進對先秦「經禮三百，曲禮三千」的認識，頗有可取。

　　林素英的《禮記之先秦儒家思想──經解連續八篇結合相關傳世與出土文獻之研究》則是以宏觀的角度，囊括《禮記》的〈經解〉、〈哀公問〉、〈仲尼燕居〉、〈孔子閒居〉、〈坊記〉、〈中庸〉、〈表記〉、〈緇衣〉等八篇，結合《禮記》其他篇章以及《大戴禮記》之有關資料，並且與郭店簡、上博簡之新出土資料相對照，也參照《孔子家語》、《孔叢子》以及河北定縣出土之《儒家者言》等資料，具體討論儒家經典中有關「以禮為治」的思想之形成與流傳。以期達到三大研究目的：（1）凸顯《禮記》因先秦儒者之努力而得以匯通《三禮》，（2）借重出土資料可以補充傳統文獻之失落環節，（3）結合先秦儒典說明《禮記‧經解》連續八篇之形成與流傳[98]。這是繼《從郭店簡探究其倫常觀念──以服喪思想為討論基點》（臺北市：萬卷樓圖書公司，2003年）之後又一力作。全書五百頁，分成上下兩篇，十五

---

96 虞萬里：《上博館藏楚竹書緇衣綜合研究》（武漢市：武漢大學出版社，2010年），頁1。

97 葉國良：《禮記研究的新面向‧戰國楚簡中的曲禮論述》（新竹市：清華大學出版中心，2010年），頁148-159。

98 林素英：《禮記之先秦儒家思想──經解連續八篇結合相關傳世與出土文獻之研究》（臺北市：臺灣師範大學出版中心，2017年），頁1-25。

章，研究成果對《禮記》學、地下文獻、先秦儒家思想之探討都具有啟迪作用，同時也印證了二重證據法不僅與考據息息相關，與義理甚至詞章也大有關係。

5 《春秋三傳》

敦煌卷子有范寧《穀梁傳集解》兩卷、佚名《春秋穀梁傳解釋》一卷，杜預《春秋經傳集解》七卷，《春秋左氏抄》兩卷。馬王堆漢墓（1973）有《春秋事語》殘簡，浙江大學藏戰國楚簡（2009）有《左傳》殘簡。

敦煌卷子《穀梁傳》方面，研究專書有韓天雍主編《敦煌寫經——春秋穀梁經傳》（杭州市：西泠印社，2004年），《左傳》方面有李索《敦煌寫卷春秋經傳集解校證》（北京市：中國社會科學出版社，2005年），其餘多為研究《左傳》杜預注殘卷的單篇論文，二十篇左右，成果不彰。

馬王堆漢墓帛書的《春秋事語》，可能是楚漢交爭時期的抄本，記述春秋史事及有關議論，所載史實基本與《左傳》相合，但議論有所不同，共十六章，兩千餘字，每章自為起迄。李學勤〈春秋事語與左傳的流傳〉以為該書應為早期《左傳》學的正宗作品，蓋本於《左傳》，而兼及《穀梁》，頗似荀子學風，可以澄清《左傳》的真偽問題。[99]

浙江大學所藏戰國楚簡《左傳》，是現在所見《左傳》的最早寫本，全文三千一百多字，除少數異文外，與今本《左傳》內容幾乎一致，可以更有力的反證今文家《左傳》為向壁虛造說的誣妄。[100]可惜出土時間不長，研究論著不多。

99　李學勤：《簡帛佚籍與學術史》（臺北市：時報文化出版公司，1994年），頁276-287。

100　駢宇騫：《簡帛文獻綱要》，頁222。

　　除《五經》（含《三禮》、《三傳》）之外，經學的地下文獻還有《論語》、《孝經》、《爾雅》。

6　《論語》、《孝經》、《爾雅》

　　在《論語》方面有敦煌寫本《論語鄭氏注》、《論語集解》、皇侃《論語疏》五卷，居延新漢簡（1973）、定縣漢簡（1973）也都有《論語》殘簡。研究專書有宮崎市定《論語的新研究》（東京：岩波書店，1974年）、金谷治《唐抄本鄭氏注論語集成》（東京：平凡社，1978年）、鄭靜若《論語鄭氏注輯述》（臺北市：學海出版社，1981年）、王素《唐寫本論語鄭氏注及其研究》（北京市：文物出版社，1991年），陳金木《唐寫本鄭氏注研究──以考據、復原、詮釋為中心的考察》（臺北市：文津出版社，1996年）、李方《敦煌論語集解校證》（南京市：江蘇古籍出版社，1998年），單篇論文不下六十餘篇，成果相當豐碩。

　　《孝經》方面，敦煌寫本遺書保存各類《孝經》殘卷三十種，內有鄭注《孝經》十一種，另有元行沖《御注孝經疏》一卷。研究專書陳師鐵凡有《敦煌本孝經類纂》（臺北市：燕京文化公司，1977年）、《孝經鄭氏解抉微、孝經鄭氏解斠詮》（臺北市：燕京文化公司，1977年）、《孝經鄭注校證》（臺北市：國立編譯館，1987年）等書，單篇論文不下四十篇，成果亦十分可觀。

　　《爾雅》方面，敦煌寫本有《爾雅》白文、郭璞《爾雅注》三卷，研究論文有諫侯〈唐寫本郭璞注爾雅校記〉（臺灣圖書館：《圖書月刊》第1卷第5期，1946年12月，頁1-6）、莊雅州〈論二重證據法在爾雅研究上之運用〉（臺灣師範大學《國科會中文學門小學類92-97年研究成果發表會論文集》，臺北市：新文豐出版公司，2011年4月，頁275-296）等，不足十篇。

　　限於篇幅，不贅。

五 結論

經過以上析論，對於經學與小學的關係可得到以下結論：

（一）自《漢書·藝文志》著錄小學於經學之末，小學遂長期成為經學的附庸。這是因為小學本為解經而作，古文經的出現，催生了小學。同時，經學豐富的內涵、獨特的地位，也擴大了小學運用的場域，使其在考據、義理、經世、詞章的領域都有參與的機會。

（二）相對的，小學對經學也多所回饋，首先是經學的記傳體在小學出現後，演變為名目繁多的箋注，蔚然成為經學著作的主流，並影響到其他學術領域，幾乎成為傳統學術的代稱。其次，經學的派別（如齊學與魯學、今文學與古文學、漢學與宋學）、經學發展的規律（如繁簡更替的詮釋形式、回歸原典的運動）往往也受到小學箋注的影響而產生變化。

（三）到了近現代，小學注入了許多新血，早已脫離經學而獨立，易名為語言文字學。但地下文獻的出土，使得語言文字學得到轉型與升級的機會，而奧衍難識的地下經學文獻也使得語言文字學得以發揮所長，成為研究甲骨、鐘鼎、簡帛、石刻、紙卷的利器。經學典籍、語言文字學、地下文獻三者交叉為用，二重證據法因而得以充分運用，而開創了中國學術前所未有的新局。可見經學與小學的關係是越來越密不可分了。

—— 原載於佛光大學中國文學與應用學系主辦：「經學跨域研究學術研討會會議論文」（2018年5月），頁1-31。

語言文字學與文獻學關係析論

一　前言

　　語言文字是人類表達情意的工具，透過甲骨、金石、簡帛、紙本等載體，人們陸續寫出無以計數的文字，有的流布人間，有的長埋地下。為了便於解讀流布人間的傳統文獻，於是有了小學的產生。傳統小學固然有文字、聲韻、訓詁的區別，但在使用時，三者總是通力合作，共同為文獻資料的解讀而努力。而文獻資料則以經、史、子、集等不同形式出現，為了整理和研究這些材料，於是陸續產生了目錄、版本、校勘、辨偽、輯佚等學問，合在一起，也就是所謂的文獻學。語言文字學和文獻學兩者相輔相成，關係密切，尤其是自漢代古文經、鐘鼎，晉代汲冢書乃至於近代甲骨、金石、卷子、簡帛等地下文獻陸續出土之後，更是依賴這兩個學科的通力合作，人們才能解讀與研究這些資料，並且發揮二重證據法的功用，使學術研究突飛猛進。在講求科際整合的今日，如何釐清並加強認識兩者的關係，使兩者更進一步的分工合作，應該也是有其必要，因而在此綜合許多專家學者的研究成果，略加分析與討論，希望對有志從事學術研究的年輕朋友有所助益。

二　材料方面

（一）語言文字學材料之運用奠定文獻學研究之基礎

1 文字學

　　許慎的《說文解字》是中國第一本字典，也是文字學的經典著作，其書首創部首編排的體例，將一○五一六個文字歸納為五四○部，字體以小篆為主，古籀為輔，每字先釋義，次說形，間有注音與引證。字形之分析以六書為根據，字義之解說以本義為主，雖號為形書，實則合形、音、義為一體。在古典文獻中，有許多字詞使用本義，與後代的用法迥然不同，但這些本義多可從《說文》檢索而得，例如：

　　　《易・屯卦・六二》：「女子貞不字，十年乃字。」《說文・子部》：「字，乳也。从子在宀下，子亦聲。」

　　　《詩・豳風・七月》：「穹窒熏鼠，塞向墐戶。」《說文・宀部》：「向，北出牖也。从宀、从口。」

　　　《詩・豳風・七月》：「九月叔苴，采荼薪樗，食我農夫。」《說文・又部》：「叔，拾也。从又，尗聲。」

　　　《禮記・曲禮》：「凡為長者糞之禮。」《說文・華部》：「糞，棄除也。从廾推華棄釆也。」

　　　《史記・項羽本紀》：「猛如虎，很如羊。」《說文・彳部》：「很，不聽從也。一曰：行難也。从彳，艮聲。」

　　　李密〈陳情表〉：「生孩六月，慈父見背。」《說文・口部》：「咳，小兒笑也。从口，亥聲。孩，古文咳，从子。」[1]

1　〈屯卦〉見（魏）王弼、（晉）韓康伯注，（唐）孔穎達正義：《周易正義》，《十三經注疏》本（臺北市：藝文印書館，1981年，頁22）。〈七月〉見（漢）毛亨傳，鄭

上舉諸例，如依後世常用義解釋，則扞格不通，如依《說文》本義解釋則怡然理順。當然古書中有許多詞義是使用引申義或叚借義的，但引申義與本義之字義相關，叚借字與本字之字音相關，我們若能先確定本義，則不啻找到一個正確的出發點，去探求引申義與叚借義也就不那麼困難了。

漢代古文經書、晉代汲冢書、宋清兩代鐘鼎、石刻陸續出土，尤其清末以降，殷虛甲骨文、敦煌卷子及散見各地的竹簡、帛書及各種地下文物大量發現，更是大大充實地下文獻的內容，正如王國維所提倡的二重證據：「既據史傳以考遺刻，復以遺刻還正史傳。」[2]使學術研究進入嶄新的紀元。不過，地下文獻的解讀，首在辨認古文字的形、音、義，這就須以《說文解字》之類為橋梁了。像吳大澂、孫詒讓之研究金文，羅振玉、王國維之研究卜辭，都是創闢新徑，前無古人。而他們成功的最大原因便在於通貫群書，湛深許學，一部《說文解字》爛熟於胸，取材既左右逢源，檢字也毫不費力。後來楊樹達將考釋文字的方法歸納為十四條目，第一條便是「據《說文》釋字」；唐蘭考釋古文字的四種方法中的「對照法」、「偏旁的分析」也都是借重於《說文解字》[3]。例如甲骨文的 米（未）象木重枝葉，凸象鼻

玄箋，（唐）孔穎達正義：《毛詩正義》，《十三經注疏》本，頁284-285。〈曲禮〉見（漢）鄭玄注，（唐）孔穎達正義：《禮記正義》，《十三經注疏》本，頁34。〈項羽本紀〉見瀧川龜太郎：《史記會注考證》（臺北市：藝文印書館，1972年），頁138。〈陳情表〉見（梁）蕭統編，（唐）李善注：《文選》（臺北市：藝文印書館，1998年），頁533。字、向、叔、糞、很、孩分別見於（漢）許慎撰，（清）段玉裁注：《說文解字注》（臺北市：洪葉文化事業公司，2005年），頁750、341、119、160、77、55。

2 王國維：〈古史新證〉、〈宋代之金石學〉，《王觀堂先生全集》（臺北市：文華出版公司，1968年），第6冊，頁2078，第5冊，頁1933。

3 張舜徽：〈說文解字在古文字研究工作中的地位和作用〉，《許慎與說文解字研究》（鄭州市：河南人民出版社，1994年），頁19-20。

子，𠦜（兵）象手持斧斤，都與《說文》相合；又如⊕（冊）象貫串寶貨之形，𣅳（春）從日從屯，表示春日融融，草木萌生之意，𧄹（萬）象蠍子之形，雖字形與《說文》有移位或繁簡之異，但根據《說文》加以解讀，也都不難迎刃而解。[4]至於其他形義與《說文》遠隔者，也常須以《說文》為基礎，用心鑽研，較易有所收穫。王初慶〈談治說文學與治古文學之關係〉一文，強調《說文》闡明古今文字之變，《說文》所誌形義未必等於今形、今義，卻為求本形、本義之宗，古文字可以補正《說文》形義之闕，但古文字學不得取《說文》而代之，[5]都是相當中肯而合理的。

2 聲韻學

　　佛教在東漢傳入中國，拼音文字的梵文啟發了反切的發明，類聚反語以成韻書也就成為自然趨勢。在現存的韻書中，以《廣韻》為代表的《切韻》系韻書最為重要。其書兼顧南北是非，古今通塞，不僅集中古音之大成，而且上考上古音，下開等韻及後代音之法門。千數百年來，文人學士所作韻文，以及政府考試之功令，莫不以之為標準。今即以古典詩歌文獻中的近體詩為例，無論創作或賞析近體詩，都須借助於《切韻》系韻書（包含《廣韻》以後的《集韻》及平水韻），才能了解節奏和諧的抑揚美、異音相從的錯綜美、同聲相應的迴環美，[6]也才能掌握詩律的平仄、叶韻、對仗、拗救、失對、失

4　未、自、兵、冊、春、萬，甲骨文見李圃《甲骨文文字學》（上海市：學林出版社，1995年），頁239、241、248、233、259、274，段玉裁：《說文解字注》，同注1，頁753、138、105、319、48、746。

5　王初慶：《曙青文字論叢》（臺北市：洪葉文化事業公司，2009年），頁41-64。

6　莊雅州：〈論漢字與中國文學美感的關係〉，中國文字學會《第二十一屆中國文字學會國際學術研討會論文集》（臺北市：東吳大學，2010年），頁435-438。

黏、上尾等各種格式，[7] 例如李白五言律詩〈送友人〉：

青山橫北郭，白水繞東城。	平平平仄仄，仄仄仄平平。
此地一為別，孤蓬萬里征。	仄仄仄平仄，平平仄仄平。
浮雲游子意，落日故人情。	平平平仄仄，仄仄仄平平。
揮手自茲去，蕭蕭班馬鳴。[8]	平仄仄平仄，平平平仄平。

此詩首句平起不入韻，首聯對起，頷聯為流水對，「一」應為平而用仄，「萬」字仍用仄，是拗而不救，尾聯「自」應為平而用仄，「班」應為仄而用平，是有拗有救。郭、白、一、別都是入聲，如果用現代國音唸，就會產生「平入混」的錯誤判斷，全詩押平聲庚韻，聲情響亮，表現李白爽朗的個性與飄逸的風格。如果用擬測的中古音朗誦或吟唱，應更能發思古之幽情。

古典文獻的解讀是語言文字學的重要任務，除韻書之外，與聲韻有關的許多材料都有助於古典文獻的詮釋，例如：

（1）韻文

《詩·民勞》：「無縱詭隨」，毛傳：「詭隨，詭人之善，隨人之惡者。」王引之根據《淮南子·說林》中「詭」與「波」、「差」押韻，《易林·未濟之家人》中「詭」與「坐」、「禍」押韻，判斷「詭」是古音歌部字，讀若「戈」，因而證明「詭隨」是疊韻聯綿詞，不可分訓，而否定毛傳之說[9]。

---

7 王力：《漢語詩律學》（上海市：上海教育出版社，2002年），頁74-85、94-135。

8 喻守真：《唐詩三百首詳析》（臺北市：中華書局，1963年），頁169。

9 （清）王引之：《經義述聞》（臺北市：廣文書局，1963年），頁166。

（2）讀若

　　《尚書‧堯典》:「平章百姓。」王引之據《說文》:「米，辨別也。讀若辨。」古文作𠔌，與平相似，因而證明孔氏襲古文作平，訓為平和都是錯誤的。[10]

（3）聲訓

　　《說文‧一部》:「天，顛也。至高無上，从一大。」天、顛同屬真部，聲紐端、透為旁紐雙聲。顛是頂的意思，大本象人，此謂天之所以稱之為天，是取義於人頭頂上無窮寬廣的空間。在甲骨文中天作𠁥，从大、从口，正象頭頂，可見許慎所言是有道理的。[11]

　　此外，如形聲字、聯綿詞、破音字、叚借字、同源字、轉注字等也都與聲韻有關，有助於經典詮釋，不贅。

3　訓詁學

　　在古代典籍中，《爾雅》是最為特殊的一本，它原本是語言文字學方面的專書，在小學長期附庸於經學的古代，卻始終列為經書，享有無與倫比的崇高地位。它不僅是訓詁學的始祖，而且是詞彙學的淵藪、詞典學的先河、百科全書的雛型、文化學的寶庫[12]。後來幾部語言文字學的經典，包括方言學的《方言》、文字學的《說文解字》、語源學的《釋名》，都是在它的影響下產生的，而雅學書與類書更是它的流裔。單以訓詁學而言，無論訓詁材料、方法、條例，它都開了無

10　（清）王引之:《經義述聞》，頁67。

11　段玉裁:《說文解字注》，頁1，同注1。馬如森:《殷墟甲骨學》（上海市：上海大學出版社，2007年），頁209。

12　莊雅州:〈爾雅的時代價值及其在現當代的傳播〉，《2010年海峽兩岸儒學交流研討會論文集》（臺北市：孔孟學會），頁339-350。

數法門，對於古籍的訓解，起了極重要的作用。例如〈釋詁〉：

> 初、哉、首、基、肈、祖、元、胎、俶落、權輿，始也。

郝懿行《爾雅義疏》云：

> 初者，裁衣之始；哉者，草木之始；基者，築牆之始；肈者，開戶之始；祖者，人之始也；胎者，生之始也。每字皆有本義，但俱訓始，例得兼通，不必與本義相關也。[13]

在古書中，如《老子・三十八章》：「夫禮者，忠信之薄，而亂之首也。」[14]《國語・晉語・九》：「失趙氏之典刑，而去其師保，基于其身，以克復其所。」[15]《公羊傳・隱公元年》：「元年者何？君之始年也。」[16]其中的首，本義是頭；基，本義是地基；元，本義也是頭，引申都有始義，依《爾雅》解釋都不難理解。又如《尚書・康誥》：「哉生魄。」[17]哉為才之叚借，才為草木初生，故有始義；《大戴禮記・誥志篇》：「百草權輿。」[18]權輿為虇蕍之叚借，虇蕍為百草始生，故亦有始義。依《爾雅》解釋也都可以文從字順。

《爾雅》十九篇，除了〈釋詁〉、〈釋言〉、〈釋訓〉三篇為普通語詞外，其他十六篇為涉及社會科學、應用科學、自然科學的百科名詞。這些名詞往往散見於各種典籍，《爾雅》的編者將它們依類編輯

13　（清）郝懿行：《爾雅義疏》（臺北市：中華書局，1966年），上之一，頁1。
14　（晉）王弼注：《老子注》（臺北市：大安出版社，1999年），頁32。
15　（吳）韋昭注：《國語》第二冊（臺北市：臺灣商務印書館，1956年），頁51。
16　（漢）何休解詁，（唐）徐彥疏：《春秋公羊傳注疏》，《十三經注疏》本，頁8。
17　（漢）孔安國傳，（唐）孔穎達正義：《尚書正義》，《十三經注疏》本，頁200。
18　（清）王聘珍：《大戴禮記解詁》（臺北市：文史哲出版社，1986年），頁181。

在一起，簡直就像古代的小百科詞典，對我們閱讀古書也大有裨益。例如〈釋天〉云：「四氣和謂之玉燭。」[19]可以窺知杜臺卿《玉燭寶典》命名的由來；又：「太歲在寅曰攝提格。」可以了解〈離騷〉：「攝提貞于孟陬兮，惟庚寅吾以降。」紀年的含義；[20]又：「明星謂之啟明。」既解釋了《詩‧鄭風‧女曰雞鳴》的「明星有爛」，也解釋了〈小雅‧大東〉：「東有啟明，西有長庚。」[21]由於《爾雅》對於古籍訓解如此重要，所以郭璞稱讚《爾雅》：「所以通訓詁之指歸，敘詩人之興詠，總絕代之離詞，辯同實而殊號者也。誠九流之津涉，六藝之鈐鍵。」[22]是一點兒也不錯的。

（三）文獻學材料之運用充實語言文字學研究之內容

1 傳統文獻

　　語言文字學的典籍，無論是《爾雅》、《方言》、《說文解字》、《釋名》、《切韻》，無不是廣泛蒐集傳統文獻中的義訓、方言、文字、聲訓、反切……等語料加以整理歸納，用心編輯出來的，可以說沒有傳統文獻，就沒有語言文字學。在語言文字學中，許多後代新興的領域，也必須資取於傳統文獻。舉例而言，韻書濫觴於魏晉，先秦的詩人、辭客從事韻文創作完全仰賴自然的韻律，而清人研究上古音，就不能不以《詩經》的韻腳作為最重要的研究依據，例如：

　　　　〈周南‧漢廣〉一章：廣、泳、永、方。

---

19 《爾雅義疏》，中之四，頁1。

20 《爾雅義疏》，中之四，頁4。宋洪興祖：《楚辭補注》（臺北市：長安出版社，1991年），頁3。

21 《爾雅義疏》，中之四，頁14。《毛詩正義》，頁169、440。

22 （晉）郭璞注，（宋）邢昺疏：《爾雅注疏》，《十三經注疏》本，頁4。

〈魏風・汾沮洳〉二章：方、桑、英、英、行。

〈秦風・蒹葭〉一章：蒼、霜、方、長、央。

〈小雅・六月〉四章：方、陽、章、央、行。[23]

這些韻腳雖然後代語音有尢、ㄥ的不同，但透過方、行、央的系聯，就可以把方、廣、泳、永、桑、英、行、蒼、霜、長、央、陽、章等字都歸納到古韻陽部來；同時，有許多後代也唸尢、ㄥ的字，在《詩經》當中，並不與陽部的字押韻，於是勢必不能不獨立出來，這就是顧炎武《音學五書》分上古音分為十部，而且東、陽、耕、蒸分為四部的理由。後來的江永、段玉裁等人也都是使用這種方法，並且在材料上加入了群經韻、《說文》諧聲、經籍異文……等，在韻例上更求精密，所以在今日，我們對於先秦、兩漢的韻部才能有較清楚而有系統的了解。相同地，錢大昕研究上古聲類，也是整理歸納了大量的傳統文獻，才能在《十駕齋養新錄》中提出「古無輕脣音」、「舌音類隔之說不可信」兩個顛撲不破的定論。[24]

　　傳統文獻中，凡是同一書的不同版本，或不同的書記載同一事物，字句互異，包括通叚字和異體字，都叫作異文。異文可應用到校勘、訓詁、音韻、語法、文字、修辭甚至文史哲方面的研究[25]，是相當重要的材料。今即以《說文・土部》堋字為例：

　　堋，喪葬下土也，从土，朋聲。《春秋傳》曰：「朝而堋」，
　　《禮》謂之封，《周官》謂之窆，〈虞書〉曰：「堋淫于家」亦
　　如是。

---

23 《毛詩正義》，頁42、208、241、359。

24 （清）錢大昕：《十駕齋養新錄》，《錢大昕讀書筆記廿九種》本（臺北市：鼎文書局，1979年），頁101-117。

25 王彥坤：《古籍異文研究》（廣州市：廣東高等教育出版社，1993年），頁73-96。

段玉裁注云：

> 蒸、侵、東三韻相為通轉，故三字音相近。
>
> 上稱《春秋傳》、《禮》、《周官》，說轉注也，堋、封、窆異字同義也。惟封略近叚借，此稱〈皋陶謨〉說叚借也，謂叚堋為朋，其義本不同，而形亦如是作也。[26]

喪葬下土之字，在《左傳・昭公十二年》作堋，《儀禮・既夕禮》古文作窆，今文作封，《周禮・遂人》作窆，這些都是經籍異文，許慎在《說文解字》中將它們撮抄在一起。其中堋古音屬幫紐、蒸部，封屬幫紐、東部，窆屬幫紐、盍部，朋屬並紐、蒸部。堋、窆本義相同，聲母同屬幫紐，故為雙聲轉注。封本義為「爵諸侯之土」，朋本義為「神鳥」，引申為朋友，《儀禮・既夕禮》今文封作喪葬下土解，〈皋陶謨〉堋作友朋解，均屬叚借。段玉裁已發現這幾個異文形體雖然不同，音義卻有密切關係，所言雖未盡精密，方向則大致不差，異文之功用由此可見一斑。

2 地下文獻

　　學術的突飛猛進，除了人才的因素外，往往有賴於新材料的出現、新方法的使用及新工具的發明，而此三者之間又常互為因素。早在漢代，即有古文經書及鐘鼎的出現，引起了今古文之爭及小學的發達。許慎之編撰《說文解字》，即是以小篆為主，以古籀為輔，其中注明古文的有五一〇個，有的當重文（如古文禮作礼、古文御作馭），有的當字頭（如**斦**、斀），甚至有擔任部首的（如二部、大

部）。這不僅使得《說文》收錄的文字提前到戰國時代，而且充實了
《說文》的內容，加強了許慎立論的佐證，也方便於讀者理解字形、
字義。這些古文或見於《甲骨文編》，如辛、㝬、㝱，或見於《金文
編》，如趯、趠、趨，[27]足見其來有自，而且對甲金文之研究有所助
益。近百年來甲骨文陸續出土，總片數在十萬以上，單字數則不下四
千，其中見於《說文》的有千餘個，不見於《說文》的為數更多。
《說文》已有之字，可加強對照研究，因為它提供了許多未經訛變之
字形，如甲文𨱗（長）象長髮，不从兀从匕，亡聲，𭒲（射）从弓从
矢，不从矢从身；更糾正了許多許慎說解的錯誤，如𤇾（為）从爪从
象，是役象以助勞動，《說文》釋為母猴，是誤以他義為本義，𠚺
（子）象嬰兒之形，《說文》解為干支之子，乃是無本字之叚借，不
是本義。[28]至於近數十年出土的簡帛文字，正如甲金文一般，補苴了
不少《說文》失收之字，像洪燕梅《說文未收錄之秦文字研究——以
睡虎地秦簡為例》考釋了四十字，張顯成〈馬王堆漢墓簡帛中說文未
收之秦漢字〉也著錄了六五七個秦漢字，[29]對於秦漢文字的研究都提
供了許多寶貴的資料。

　　在清末以前，流傳於世的《切韻》系韻書只有《廣韻》，百年前
敦煌文獻中發現了三種《切韻》殘卷，大家才曉得原來《切韻》只有
一九三個韻，比《廣韻》少十三個韻，再加上王仁煦《刊謬補闕切
韻》、孫愐《唐韻》等資料的發現，劉復、羅常培、魏建功等據以編

---

27 裘錫圭：〈說文解字與出土古文字〉，《說文解字研究》第一輯（開封市：河南大學
　　出版社，1991年），頁67。

28 莊雅州：〈論說文解字之疏失〉，《中正大學中文學術年刊》第四期（嘉義縣：中正
　　大學，2001年），頁146、159。

29 洪燕梅：《說文未收錄之秦文字研究——以睡虎地秦簡為例》（臺北市：文津出版
　　社，2006年）。張顯成：〈馬王堆漢墓簡帛中說文未收之秦漢字〉，《說文學研究》第
　　二輯（武漢市：崇文書局，2006年），頁82-108。

纂《十韻彙編》，周祖謨據以撰寫《唐五代韻書集存》、《廣韻校本》，
[30]使《切韻》系韻書的沿革大白於世，而《廣韻》的不少錯誤也得到
訂正的機會。在等韻學方面，敦煌寫本〈守溫韻學殘卷〉有「三十字
母」及「歸三十字母例」使得三十六字母可以進行溯源的研究；而
「四等輕重例」依一、二、三、四等歸字，轉的觀念也依稀可見，韻
母系統化的排比可說已在此發軔，有助於等韻圖起源的了解[31]。此外，
由於甲骨文的出現，不少學者透過同音借代字、諧聲關係等材料，將
上古音的研究由周秦上推到殷商時代，如管燮初、趙誠、郭錫良、陳
振寰等都各有所見，由於時代綿邈，材料有限，迄無定論。[32]

　　地下文物的出現，使得《爾雅》的研究也突破邵晉涵《爾雅正
義》、郝懿行《爾雅義疏》的格局，而有豐碩的成果。如敦煌唐寫本
《爾雅》殘卷校正了傳本之譌誤衍奪；甲文證明了〈釋天〉「殷之年
曰祀」、「商之又祭曰肜」、〈釋魚〉解釋了「乙丙丁之古義」；曾侯乙
墓青龍白虎二十八宿圖顯示了〈釋天〉二十八宿的異稱，甲文四方風
名、楚帛書十二月名也與《爾雅》有所異同。出土青銅器之鐘鼎彝
卣、玉器之圭璋璧瑗、樂器之琴瑟磬鼓以及古建築遺址為數甚多，更
補足了《爾雅》形制解說之疏漏，拙作〈論二重證據法在爾雅研究上
之運用〉言之已詳，不贅。[33]

---

30 楊薇、張志雲：《中國傳統語言文獻學》（武漢市：崇文書局，2006年），頁404-
　　407。

31 董同龢：《漢語音韻學》（臺北市：廣文書局，1968年），頁114-120。

32 鄒曉麗、李彤、馮麗萍：《甲骨文字學述要》（長沙市：嶽麓書社，1999年），頁88-
　　99。

33 莊雅州：〈論二重證據法在爾雅研究上之運用〉，國科會中文學門小學類92-97研究成
　　果發表會論文（臺北市：臺灣師範大學，2010年），頁1-19。

三 方法方面

（一）語言文字學方法之運用對文獻學研究的助益

1 文字學

讀書必先識字，識字首先接觸到的是字形，漢字是表意文字，不是拼音文字，形與意的關係特別密切，有時看到字形就可識其意義，有時稍加分析就可以察知其意涵，所以早在先秦，《左傳‧宣公十二年》就說「止戈為武」，《韓非子‧五蠹篇》也說「自環者謂之私，背私謂之公。」[34]這種分析文字的方法就叫作以形索義。到了漢代，許慎就是利用它編撰了《說文解字》，每個文字都根據六書加以分析，以探討其本義，而這樣的分析，對於閱讀古典文獻是相當有助益的，例如：

> 《說文‧而部》：「而，須也，象形。」《周禮‧考工記‧梓人》：「作其鱗之而。」
>
> 《說文‧乃部》：「乃，曳詞之難也，象气之出難也。」《公羊傳‧宣公八年》：「乃者何？難也。……乃難乎而也。」
>
> 《說文‧犬部》：「臭，禽走臭而知其迹者犬也，从犬、自。」《詩‧大雅‧文王》：「上天之載，無聲無臭。」
>
> 《說文‧頁部》：「題，額也。从頁，是聲。」《楚辭‧招魂》：「彫題黑齒。」[35]

---

34 （晉）杜預注、（唐）孔穎達正義：《左傳正義》，《十三經注疏》本，頁397。陳奇猷：《韓非子集釋》（臺北市：粹文堂，1974年），頁1058。

35 《說文解字注》，頁458、205、480、42。漢鄭玄注、唐賈公彥疏：《周禮注疏》，頁638。《春秋公羊傳注疏》，頁196。《毛詩正義》，頁537，同注1。《楚辭補注》，頁199。

而是象形字，象鬍鬚之形，〈考工記〉用以形容水族的顋毛。乃是指事字，象氣不能直出之狀，《公羊傳》當作困難之意的語詞。臭從犬從自會意，指中性氣味，是嗅字的初文，並非惡臭，《詩‧文王》正用其本義，而不是反訓。題從頁，是聲，形聲字，凡頁部之字如顛、頂、頌、頓、頗皆與頭有關，故《說文》釋為額，與〈招魂〉正相合。從東漢到明代，以形索義成了文字學與訓詁學最重要的方法，清代轉而採用因聲求義，才較少使用形訓，如高郵王氏父子在訓詁實踐中用到的只有六、七處。[36]但近代，甲骨文、鐘鼎文、簡帛等古文字陸續出土後，以形索義又重新獲得高度重視，像孫詒讓所擅場，唐蘭所提倡的偏旁分析法就是一種以形索義的方法。所謂偏旁分析法是「把已認識的古文字分析做若干單體——就是偏旁，再把每一個單體的各種不同的形式集合起來，看牠們的變化，……認識那一個字。」[37]例如屈萬里《尚書集釋‧堯典》「格于上下」云：

> 格，甲骨文、金文通作各。……各，甲金文俱作（圖），小篆亦然。（圖）為倒止（古趾字但作止），示有足（意謂神靈之足）自上降臨之狀，口則示祝禱以祈神降臨之意。由神降臨之意引申，故格有「至」、「來」等義；由祝禱之意引申，故格有告義。神之降臨，由於祭祀者之精誠所感召，故格有感動、感召之義。[38]

屈氏先因聲求義，找出格之字根為各，各，《說文》釋為：「異辭也，

---

36 薛正興：《王念孫‧王引之評傳》（南京市：南京大學出版社，2008年），頁369。
37 唐蘭：《古文字學導論》（臺北市：樂天出版社，1973年），頁185。
38 屈萬里：《尚書集釋》（臺北市：聯經出版公司，1986年），頁7-8。

從口、夊，夊者有行而止之，不相聽意。」[39]與此所言並不相應，而卜辭從止之字有武、步、涉等，從倒止之字有各、降、降等，因釋各為從倒止，從口，有降臨、祝禱之意，引申為至、來、告、感動、感召。然則不僅此處「格于上下」，格釋為感動可以確定，下文之「乂不格姦」、〈君奭〉之「格于皇天」、「格于上帝」可以舉一反三[40]，甚至〈堯典〉之「格汝舜」、〈湯誓〉之「格爾眾庶」、〈高宗肜日〉之「惟先格王正厥事」，格訓告、訓來亦不難推知[41]。古文字之分析有助於經典之解讀，其功用之恢宏由此可見。

2 聲韻學

聲韻學對傳統文獻研究影響最大的，莫過於訓詁學家所提倡的因聲求義，所謂因聲求義，就是突破字形的限制，掌握語言的核心——音義關係，透過語音去探求或證明語義的一種方法。它濫觴於漢代聲訓，發展於宋代的右文說，到清代的音近義通漸趨成熟。清代王念孫、王引之父子就是充分運用「就古音以求古義，引伸觸類，不限形體」[42]的原則，所以能登上訓詁學的最高峰。王氏父子因聲求義的運用範圍十分廣泛，例如：

> 防風氏為漆姓，《史記‧孔子世家》漆作釐，《索隱》曰：「釐音僖，《家語》云：『姓漆』，蓋誤，《世本》無漆姓。」引之謹案：漆當為來，古字來與釐通，故《史記》作釐也。來與桼字形相似，因誤為桼，後人又加水旁耳。

---

39 《說文解字注》，頁61。

40 屈萬里：《尚書集釋》，頁15、205。

41 同上註，頁17、78、100。

42 王念孫：《廣雅疏證‧序》（臺北：新興書局，1965年，頁1）

《邶風‧柏舟篇》:「耿耿不寐,如有隱憂。」《毛傳》曰:
「隱,痛也。」《正義》曰:「如人有痛疾之憂。」引之謹
案:……隱即「憂心慇慇」之慇,字或作殷。《淮南‧說山
篇》注引《詩》作「如有殷憂」。……《說文》曰:「慇,痛
也。」《廣雅》曰:「殷,痛也。」此傳曰:「隱,痛
也。」……皆其證。

蕃、繁古字通,繁者,白色也,讀若老人髮白曰皤。……繁與
皤同義,白蒿謂之蘩,白鼠謂之䶅,馬之白䰅謂之繁鬣,其義
一也。[43]

這些例子透過聲韻關係,訂正了《國語》漆為來字之誤,找出了
《詩‧柏舟》隱為慇之叚借,系聯了《爾雅》繁、蘩、蕃、䶅、皤等
同源詞。此外,因聲求義還可以明連語、考物名、通轉語、釋虛詞,
解決許多以形索義所無法解決的問題,怪不得周予同要稱讚說:「誇
大點講,清代樸學的最高成就恐怕就是『不拘形體,以音求義』這個
原則的發現吧!」[44]詳見拙作〈論高郵王氏父子經學著述中的因聲求
義〉[45],茲不贅。

　　聲韻學之研究方法極多,如耿振生《20世紀漢語音韻學方法論》
提到的就有:韻腳字歸納法、反切系聯法和音注類比法、諧聲推演
法、異文通叚聲訓集證法、統計法、審音法、歷史比較法、內部擬測
法、譯音對勘法,共九種。[46]這些大部分是屬於聲韻學本身的研究方

---

43 王引之:《經義述聞》,頁500、123、689。

44 周予同:《周予同經學史論著選集》(上海市:上海人民出版社,1995年),頁781。

45 莊雅州:〈論高郵王氏父子經學著述中的因聲求義〉,《乾嘉學者治經方法》(臺北
　市:中央研究院文哲研究所,2000年),頁360-377。

46 耿振生:《20世紀漢語音韻學方法論》(北京市:北京大學出版社,2004年),頁9-
　292。

法，但其研究成果卻可提供古典文獻研究參考。像王了一先生就曾對
《詩經》、《楚辭》的韻腳、韻例作了全面而深入的研究，並且詳細地
擬測了音值，例如《楚辭・離騷》：

> 汩余若將不及兮，恐年歲之不吾與（jia）。
> 朝搴阰之木蘭兮，夕攬洲之宿莽（ma）。（魚部）
> 日月忽其不淹兮，春與秋其代序（zia）。
> 惟草木之零落兮，恐美人之遲暮（mak）。（魚鐸通韻）[47]

現代音「與」唸ㄩˇ，「莽」唸ㄇㄤˇ，不叶，但上古音同屬魚部a韻，
故可叶韻。現代音「序」唸ㄒㄩˋ，「暮」唸ㄇㄨˋ，亦不叶，上古音
序屬陰聲魚部a韻，暮屬入聲鐸部ak韻，雖不同部，但主要元音a相同，
故可通韻。儘管這種擬測永遠是一種假設，卻可以很具體地顯示每一
個韻腳的特色與異同，對我們欣賞古典文學的韻律之美大有裨益。

3 訓詁學

談到訓詁方法，最被世人廣泛採用的，是陸宗達所提倡的以形索
義、因聲求義、比較互證。[48]其實前二者是資取於文字學、聲韻學的
形訓、音訓，只有比較互證是純粹就義訓立論的。所謂比較互證是運
用詞義本身的內在規律，通過詞與詞之間意的關係和多義詞諸義項的
關係對比，較其異，證其同，達到探求和判定詞義的目的。[49]早在先
秦，《爾雅》就是廣採古典文獻中含有同義、近義、相關義成分的不
同語言材料，進行比較尋繹，互相證發，編輯而成的。例如〈釋詁〉

---

47 王力：《詩經韻讀、楚辭韻讀》（北京市：中國人民大學出版社，2004年），頁407。
48 陸宗達、王寧：《訓詁方法論》（北京市：中國社會科學出版社，1993年），頁20-28。
49 同上註，頁131。

上：「怡、懌、悅、欣、衎、喜、愉、豫、愷、康、妉、般，樂也。」又：「黎、庶、烝、多、醜、師、旅，眾也。」郭璞注都說：「皆見《詩》。」[50] 這都是取材於同一本書的。至於〈釋詁上〉：「如、適、之、嫁、徂、逝，往也。」則係分別取自：

> 《左傳・僖公四年》：「楚子使屈完如師。」
> 《詩・魏風・碩鼠》：「逝將去女，適彼樂土。」
> 《孟子・梁惠王上》：「牛何之？」
> 《列子・天瑞》：「子列子居鄭圃四十年，人無識者，……將嫁於衛。」
> 《詩・衛風・氓》：「自我徂爾，三歲食貧。」
> 《詩・邶風・二子乘舟》：「二子乘舟，汎汎其逝。」[51]

《爾雅》所呈現的只是寥寥數字的一個同義詞訓列，而其蒐集、整理、歸納的功夫無疑是十分艱鉅的。如何找出《爾雅》取材的來源，是歷代注家的重點工作之一；而如何廣泛蒐集文獻資料，仔細甄別，來為古書作注，也就成為訓詁學家最主要的任務。清代段玉裁之訓解古書，無不是旁徵博引古籍群書，細密、深入、全面地說明訓義，並對文獻語言先有正確的了解而後得出正確的訓詁，故其注釋往往確切難以移易，例如《古文尚書撰異・湯誓》云：

〈殷本紀〉云：「女其曰有罪其奈何？」此以「奈何」訓「如

50　《爾雅義疏》上之一，頁9、40。

51　《爾雅義疏》上之一，頁6。《左傳正義》，頁202。《毛詩正義》，頁211。（漢）趙岐注，（宋）孫奭疏：《孟子注疏》，《十三經注疏》本，頁21。《列子》，《諸子薈要》本（臺北市：廣文書局，1965年），頁1。《毛詩正義》，頁135、107。

台」也。〈高宗肜日篇〉「乃曰其如台」,〈西伯戡黎篇〉「今王其如台」,〈殷本紀〉亦皆作「其奈何」,然則今文說「台」不訓「我」。《偽孔傳》三處說皆不順,不如《史記》為長也。《法言・問道篇》:「莊周、申、韓不乖寡聖人而漸諸篇,則顏氏之子、閔氏之孫其如台?」謂顏、閔其奈之何,言不能勝之也,正用《尚書》句法。班固《典引》曰:「作者七十有四人,今其如台而獨闕也?」謂如何而不封禪也。[52]

除引〈高宗肜日〉、〈西伯戡黎〉,以本經證本經外,又引《史記・殷本紀》太史公翻譯改寫的文字以及揚雄《法言》、班固《典引》來駁斥《偽孔傳》訓「台」為「我」之非,證明「如台」應作「奈何」、「如何」解。其說理證俱足,後來楊樹達〈詩于以采蘩解〉,除同樣採取〈殷本紀〉之說外,又云:

金文「台」、「呂(以)」二字多通作:〈陳侯午錞〉云:「台夆台嘗」,即以蒸以嘗也。〈齊大宰歸父盤〉云:「台斷釁壽」,即以祈眉壽也。《說文二篇上・口部》云:「台,說也。從口、呂聲。」呂今隸變為以,台從呂聲,故得假「以」為「台」,而有「何」義矣![53]

以金文及《說文》證明「台」從口、呂聲,故《尚書》得以假「以」為「台」,而有「何」義,由於善用地下文獻,進一步補強了段氏的

52　(清)段玉裁:《古文尚書撰異》,《皇清經解》本(臺北市:復興書局,1961年),頁6536。

53　楊樹達:《積微居小學金石論叢》增訂本(北京市:中華書局,1983年),頁209-210。

證據，使「台」當作「何」解之說更無懈可擊。在今日，從事比較互證的資料，除了原書意義相關的上下文、版本和引書的異文、結構相類內容相近的文句外，也應注意到方言俗語、古人名字及甲骨文金文的運用，如能此，才有可能在前人的成果上續求精進。[54]近代有些訓詁學家提倡目驗與統計，此二種方法符合客觀、實證的科學精神，用以研究名物訓詁和語言文字現象，確實可以開闢一條新途徑。但其本身仍有侷限性，只能作為訓詁的輔助方法，還須與傳統訓詁學的其他方法結合起來使用，才可望得到比較正確的結論。[55]

（二）文獻學方法之運用對語言文字學研究的影響

1 目錄學

目錄學是詳分類例以部次群書，而推闡其大旨，辨學術之源流本末，誌版本之異同優劣，俾讀者即類以知學，因學以求書，索書知擇本之專門學術。[56]其功用極多，包含：檢尋圖書的鑰匙，研究學問的嚮導，指示讀書的門徑，考證學術的源流，鑒別書籍的真偽，考證書籍的存亡。[57]目錄學與板本、校勘、辨偽、輯佚等密切相關，可以說是一切文獻研究的基礎，也是讀書治學的敲門磚，語言文字學的研究自然也不例外。

圖書目錄的類型主要分為公藏目錄、私藏目錄、史志目錄、專科目錄及特種目錄。[58]其中專科目錄將同一學科的論著資料網羅薈聚在

---

54 程俊英、梁永昌：《應用訓詁學》（上海市：華東師範大學出版社，1989年），頁132-146。

55 同上註，頁149-158。

56 昌彼得：《中國目錄學講義》（臺北市：文史哲出版社，1973年），頁21。

57 高路明：〈古籍目錄及其功用〉，《中國圖書文獻學論集》增訂本（臺北市：明文書局，1986年），頁119-120。

58 杜澤遜：《文獻學概要》增訂本（北京市：中華書局，2008年），頁168-175。

一起，讀者可以按圖索驥，省時省事，對於學術專門研究而言，最為
方便。早在清代乾嘉年間，謝啟昆得胡虔、陳鱣協助，就編了《小學
考》五十卷（北京市：漢語大詞典出版社，1997年），體例一仍朱彝
尊《經義考》，全書分四大類：訓詁類收一五三種，文字類收四一九
種，聲韻類收三三二種，音義類收二六八種，總計收書一一八〇種，
每書首列撰人姓氏名字、書名卷數，次標存、佚、闕、未見，次列原
書序跋、諸家論說；凡史傳、筆記、方志有著者之爵里、生平者亦輯
錄於後，謝氏有所考證者，以案語形式附於末。[59]搜羅宏富，引徵浩
博，頗為學林所稱道。唯其書搜輯辨證未盡精當，訂補別撰者不乏其
人，如林師明波的《唐以前小學書之分類與考證》（臺北市：東吳大
學中國學術著作獎助委員會，1975年），採擷詳盡，考證精審，唐以
前小學書之舊說已略備於是，可補謝書之不足。陽海清、褚佩瑜、蘭
秀英的《文字音韻訓詁知見書目》（武漢市：湖北人民出版社，2002
年）收四八一三種，一二〇六七部，尤為詳備。

　　由於小學可再細分為文字學、聲韻學、訓詁學，故語言文字學之
專科目錄亦可細分為三，茲各略舉數本如下：

（1）文字學

　　　　清黎經誥：《許學考》，臺北市：華文書局，1970年。
　　　　林師明波：《清代許學考》，臺北市：嘉新水泥公司文化基金
　　　　會，1964年。
　　　　蔡信發：《1949年以來臺灣地區說文論著專題研究》，臺北市：
　　　　文津出版社，2005年。
　　　　胡厚宣：《五十年甲骨學論著目》，上海市：中華書局，1952
　　　　年。

---

59 楊薇、張志雲：《中國傳統語言文獻學》，頁545-548。

宋鎮豪、常耀華：《百年甲骨學論著目》，北京市：語文出版社，1999年。

容媛：《金石書錄目》，上海市：商務印書館，1936年。

張懋鎔、張仲立：《青銅器論文索引（1983-2001）》，香港：明石文化國際出版公司，2005年。

駢宇騫、段書安：《本世紀以來出土簡帛概述》，臺北市：萬卷樓圖書公司，1999年。

（2）聲韻學

林炯陽、董忠司：《臺灣五十年來聲韻學暨漢語方音學術論著目錄初稿（1945-1995）》（臺北市：文史哲出版社，1996年）

李無未：《音韻學論著指要與總目》（北京市：作家出版社，2007年）

（3）訓詁學

劉文清、李隆獻：《中韓訓詁學研究論著目錄初編》，臺北市：臺灣大學出版中心，2005年。

（清）胡元玉：《雅學考》，北京市：北京大學出版組，1936年。

汪中文：《爾雅論著目錄》，臺北市：洪葉文化事業公司，2000年。

竇秀艷：〈歷代雅學著述考目〉、〈1950年以來雅學研究著作論文舉要〉，《中國雅學史》，濟南市：齊魯書社，2004年。

林師明波：《清代雅學考》（《爾雅》類），《慶祝高郵高仲華先生六秩誕辰論文集》，臺北市：臺灣師範大學國文研究所，1968年。

林師明波：《清代雅學考》（《小爾雅》、《廣雅》、《方言》、《釋

名》類），《慶祝瑞安林景伊先生六秩誕辰論文集》，臺北市：
政治大學中國文學研究所，1969年。

胡楚生：《釋名考》，《臺灣師範大學國文研究所集刊》第8期，
臺北市：臺灣師範大學，1964年。

丁介民：《方言考》，《臺灣師範大學研究所集刊》第10期，臺
北市：臺灣師範大學，1966年。

此外，近代國學或語言文字學著述中也有許多分門別類的專科目錄，
如程師旨雲（發軔）主編的《六十年來之國學》第二冊（臺北市：正
中書局，1972年）、高小方的《中國語言文字學史料學》（南京市：南
京大學出版社，1998年）、楊薇，張志雲的《中國傳統語言文獻學》
（武漢市：崇文書局，2006年）、竺家寧主編的《五十年來的中國語
言學研究》（臺北市：臺灣學生書局，2006年）均可參閱。當然，其
他目錄也不可忽略，如上海圖書館編的《中國叢書綜錄》（上海市：
上海古籍出版社，1993年），所收小學類書目將近千種，也是令人挹
之不盡的資料庫。

2 版本學

版本學是研究圖書版本的特徵和差異，鑒別其真偽和優劣，並進
而探求版本發展的源流的一門學問。其功用有：載明各本特點，廣搜
眾本比勘，用以識別真偽，考訂書史源流，顯示多種價值[60]。所以我
們要研究包含語言文字學在內的古典文獻都不能不講求版本，尤其是
精校細勘的足本、精本、舊本，也就是够得上稱為善本的圖書，更是
從事學術研究的最重要根據。今分別就《爾雅》、《說文》、《廣韻》舉
要言之：

---

60 洪湛侯：《中國文獻學新編》（杭州市：杭州大學出版社，2006年），頁126-130。

（1）《爾雅》

顧廷龍為目錄版本學名家，其《爾雅導讀》一書提及的《爾雅》版本有六類二十餘種：

    a. 單經本：唐開成石經《爾雅》三卷、敦煌唐寫本《爾雅》白文殘卷。

    b. 單注本：唐寫本《爾雅注》殘卷、南宋刊十行本《爾雅》三卷、南宋監本《爾雅》三卷、影宋蜀大字本《爾雅》三卷、元刊巾箱本《爾雅》三卷、元雪窗書院刊《爾雅注》三卷、明吳元恭刊仿宋本《爾雅》三卷。

    c. 單疏本：宋刊《爾雅疏》三卷。

    d. 注疏本：元刊明修本《爾雅注疏》十一卷、明閩本《爾雅注疏》十一卷、明監本《爾雅注疏》十一卷、明汲古閣毛本《爾雅注疏》十一卷。

    e. 音義本：徐乾學《通志堂經解》本、盧文弨抱經堂刊本、清內府藏宋本。

    f. 注、音義本：清湖南書局刊《爾雅》三卷、清山東書局刊《爾雅》三卷、清湖北官書處重刊《爾雅》三卷。[61]

（2）《說文解字》

唐代最早對《說文》作全面整理的是大曆年間的李陽冰，其刊本盛行一時，惜至宋失傳。現在能見到的兩種唐寫本，一為木部存一八八字，一為口部存十二字，皆非完帙。五代徐鍇有《說文解字繫傳》（小徐本），宋初，徐鉉有校刊本《說文解字》（大徐本），現在通行

---

61 顧廷龍、王世偉：《爾雅導讀》（成都市：巴蜀書社，1990年），頁135-147。

的《說文》全本，都是由大、小徐本流傳下來的。小徐本清祁寯藻校勘本較精，《四部叢刊》影宋抄本則頗有訛誤。大徐本版本極多：宋本不下十種，元代有翻刻宋本一種，明代有毛晉汲古閣刻本，清代有翻刻汲古閣本、孫星衍平津館本、粵東書局《小學彙函》本及石印本、浦氏修補重印平津館本、朱記榮重刻平津館本、陳昌治刻一篆一行本、長白額氏藤花榭本、《續古逸叢書》本、《四部叢刊》本，近代有掃葉山房影印仿宋監本、文化圖書公司影印汲古閣本、藝文印書館影印北宋小字本。周師一田（何）考之極詳，見〈大徐說文版本源流考〉，《慶祝高郵高仲華先生六秩誕辰論文集》。

（3）《廣韻》

《廣韻》全名為《大宋重修廣韻》，今世所傳版本凡三，陳師伯元（新雄）《音略證補》所言最為簡要：

> a. 詳本：行世者有張士俊澤存堂本、黎氏《古逸叢書》覆宋本、《四部叢刊》覆宋刊巾箱本。凡26194字，注文191692言。
> b. 略本：行世者有黎氏《古逸叢書》覆元泰定本、《小學彙函》明內府刊本、明德堂刊麻沙小字本、顧炎武翻刻明經廠本。凡25902字，153421言。
> c. 前詳後略本：行世者有《曹棟亭五種》本。[62]

3 校勘學

古典文獻之流傳端賴傳鈔、刻印、排印等，每經過一手，輒出現

---

62 陳新雄：《重校增訂音略證補》（臺北市：文史哲出版社，1981年），頁2。

若干訛誤、衍奪、錯亂,甚至魯魚亥豕,難以卒讀,所以校勘工作就顯得特別重要。不過古書並無原稿可據,要從事校勘工作,除了慎選底本,廣羅輔本及相關資料外,還須精研所校之書,精通古代語言文字,然後以客觀的精神、嚴謹的態度、敏銳的眼光著手為之,才可望有所成就。當然,方法的講求也是不可忽略的。自古以來,名家校勘的方法大抵不出陳垣所提倡的校勘法四例[63],今即以語言文字學各舉一例以明之:

(1) 對校法 (板本校)

以同書之祖本或別本對讀,遇不同之處,則注於其旁。如李榮《切韻音系‧流攝》附注云:

> 謀,莫浮反○敦煌本、項跋本、《廣韻》同,切三「莫侯反」,亦在尤韻。[64]

李書以故宮本王仁昫《刊謬補缺切韻》為底本,參校《敦煌掇瑣》本、內府藏唐寫本及《廣韻》均無不同,唯《切韻》殘卷第三種作「莫侯反」,然仍在尤韻,讀音並無不同,此只校異同,不校是非,卻是最基本的校法,有時也可發現一些有意義的現象。

(2) 本校法

以本書前後互證,而抉摘其異同,則知其中之謬誤,如周祖謨《爾雅校箋‧釋山》云:

---

63 陳垣:〈校勘法四例〉,《中國圖書文獻學論集》,頁428-433。

64 李榮:《切韻音系》(臺北市:鼎文書局,1973年),頁64。

> 山小而高岑○唐寫本「小」上無「山」字。案此處及下文「銳
> 而高嶠」、「卑而大扈」、「小而眾巋」等皆與上文「山大而高
> 崧」相連，此處不煩重出「山」字也。邵氏《正義》及郝氏
> 《義疏》不以此與上文「山大而高崧」相屬，非是。[65]

同一本書如果出自一手，則記載同一事物的前後文、上下文意、語言
風格、用詞慣例、用韻情況等理應具有一致性，仔細參校，可以發現
和改正錯誤。周氏即以此訂正邵晉涵、郝懿行之錯誤。

（3）他校法

根據其他文獻與本書內容有關的記載，如引文、述文、釋文，與
本書互相參證，可以發現和改正錯誤，如阮元《爾雅校勘記・釋天》
云：

> 娵觜之口○唐石經、雪牕本、注疏本同，《釋文》亦作「娵
> 訾」，單疏本及元本疏引經作「娵訾之口」。按《左傳・襄三十
> 年》作「娵訾之口」，十二辰之次，字作訾，與二十八宿之觜
> 不同。《釋文》及唐石經作觜，蓋用假借字。[66]

阮氏以單疏本及元本疏引經作「娵訾之口」，《左傳》並同，與〈釋
天〉上文十二次之名正相符合，故斷定底本唐開成石經作「娵觜」為
叚借。

---

65 周祖謨：《爾雅校箋》（昆明市：雲南人民出版社，2004年），頁248。
66 阮元：《爾雅注疏・校勘記》，頁106。

（4）理校法

　　不是根據版本異文改字，而是根據常識、邏輯事理，推論以定正誤，如段玉裁《說文解字注》云：

> 梳，所以理髮也。○「所以」二字，今補。器曰梳，用以理髮，因亦曰梳，凡字之體用同稱如此。[67]

段注以大徐本為主，參以小徐本，然各本皆作「理髮也」，於理不通。段氏以為言其物體固為梳，言其功用亦為梳，此即體用同稱。在沒有任何版本根據的情況，據文意增「所以」兩字，後來莫友芝所得木部唐寫本作「理髮者也」，文字略有出入，文意則正相合，足證段氏判斷十分正確。此法最為高明，亦最為危險，必須具有豐富的學養，過人的眼光，靈活運用文字、聲韻、訓詁、語法、修辭、文例、歷史、典章制度，審慎判斷，才足以取信於人。

　　清代以來，考據之學極其發達，語言文字學校勘成果十分豐碩，例如校勘《爾雅》者有沈廷芳《爾雅注疏正字》三卷、錢坫《爾雅古義》二卷、阮元《爾雅注疏‧校勘記》六卷、嚴元照《爾雅匡名》二十卷、王樹枏《爾雅郭注佚存訂補》二十卷、周祖謨《爾雅校箋》三卷。校勘《說文》者有錢坫《說文斠詮》十四卷、段玉裁《汲古閣說文訂》一卷、鈕樹玉《說文校錄》三十卷、嚴可均、姚文田《說文校議》三十卷、汪憲《說文繫傳考異》四卷、王筠《說文繫傳校錄》三十卷。校勘《切韻》系韻書者有黃侃先生《黃侃手批廣韻》、周祖謨《廣韻校本‧校勘記》、龍宇純《唐寫全本王仁昫刊謬補切韻校箋》、李榮《切韻音系》、余迺永《互註宋本廣韻》，皆精審足以名家。

---

67 段玉裁：《說文解字注》，頁261。

四　結論

綜觀上述析論，可以發現：

（一）在材料方面，語言文字學有文字、聲韻、訓詁的不同，文獻學也有甲骨、金石、簡帛、紙本的區別。語言文字學材料之運用可奠定文獻學研究之基礎，而文獻學材料之運用亦可充實語言文字學研究的內容。

（二）在方法方面，語言文字學可分為以形索義、因聲求義、比較互證，文獻學則可分為目錄、版本、校勘、辨偽、輯佚。語言文字學方法之運用，對文獻學研究有所助益，而文獻學方法之運用，對語言文字學研究亦有所影響。

（三）語言文字學與文獻學兩者交叉為用，相輔相成，過去長期的通力合作，已締造了輝煌的學術成果，在講求科際整合的今日，允宜更進一步充分運用兩者的密切關係，發揮二重證據法的功用，俾開創學術研究的新紀元。

——原載於中國訓詁學會主辦、輔仁大學承辦：《第10屆中國訓詁學會國際學術研討會論文》（2011年5月），頁337-356。

論漢字之特質及其與
文學體裁之關係

一 前言

在師大紅樓追隨林師景伊探討國學，倏爾已是四十年前往事了。猶記得昔日修習的課程有「治學方法」、「說文研究」、「廣韻研究」、「古音研究」、「中國文字綜合研究」、「文選學」、「中國學術流變史」等，可說是秉承章、黃真傳，以小學奠定研究基礎，進而上窺文學、思想之美，而略盡中國文化之大觀。當時同窗硯友，各得一體，自成孤恉，皆能舉翮青雲，揚芬四海。如今景伊師音容早已邈若山河，而同門諸友，或歸返道山，或退隱林泉，迄今仍然振鐸上庠，講述不輟的已寥寥無幾。今值景伊師百歲冥誕，追惟前塵，不勝感慨，因而草撰此篇論文，聊表追念之意。

二 漢語與漢字的特質

文字是語言的記錄，胚胎於語言，與語言的關係自然密不可分。所以在了解漢字的特質之前，必先了解漢語的特質。

就譜系分類而言，漢語屬於漢藏語系；就類型分類而言，漢語屬

於詞根語，又稱分析語或孤立語。[1]所謂詞根語，是指構詞時，詞的核心部分不起變化，詞在句中的各種語法關係主要是靠詞序和虛詞來表達。[2]在西洋人看來，漢語的詞是光禿禿的、孤零零的，和他們的詞根差不多。[3]例如同是「希臘」一詞，在「他是一個希臘人」中，「希臘」前面為數量詞，後面為名詞，所以當名詞用；但在「星空非常希臘」（余光中〈重上大度山〉）中，「希臘」前面為限制詞，所以當形容詞用。詞語的意義因詞序而異，詞語的形式並無任何變化。反觀屬於屈折語的印歐語系就大不相同，他們廣泛使用詞形變化的手段來表達格位、數目、人稱、性別、時間等各種不同的語法意義，亦即依靠內部曲折與外部曲折來形成語法形式。[4]例如同是「腳」，單數用foot，複數用feet，又如同樣是「他們」，主格用they，賓格用them，所有格用their。這樣的區別，使得漢語的每一個詞都是隨時可以改變詞性，而不改變詞形，因而顯得相當靈活。

從另一個角度來看，漢語屬於單音節語言，與印歐語系之屬於多音節語言者亦大不相同。分析開來，每一個漢語具有聲、韻、調三個成分，聲母相同的為雙聲，如拉、撈、哩、嚕同為〔l〕聲母；韻相同的為疊韻，如寒、前、歡、淵同為〔an〕韻。由於單音節語的聲母、韻母為數有限，同音字極多，為了避免混淆，所以用聲調來協助語義的區別。[5]如同樣是〔mau〕音，貓、茅、昂、帽的意思就有所不

1　譜系分類法係根據語言的歷史來源，按照語言的親屬關係進行分類；類型分類法係根據語言結構上的共同性進行語言分類。詳見馬學良：《語言學概論》（武昌市：華中工學院出版社，1985年二版），頁244-251。

2　同上注，頁245。

3　同上注，頁245-246。

4　王振昆、謝文慶、劉振鐸：《語言學基礎》（北京市：中央廣播電視大學出版社，1985年二刷），頁330-331。

5　高本漢（B. Karlgren）著，張世祿譯：《中國語與中國文》（臺北市：文史哲出版社，1985年二版），頁34。

同。漢語每一個詞語可能有不同的語音，其聲、韻、調可能相同，也可能不相同，這就使得在運用時，異同離合具有更大的彈性空間。不像多音節的印歐語系，每一個詞語少則一、二個音節，如tea、engine，多則十幾個音節，如antixerophthalmic vitamin（抗乾眼病維他命）。不同的詞語，在音節方面固然也可能有同有異，但由於音節長短參差不齊，使用時自然受到許多限制。

　　一般人類語言，可能濫觴於幾十萬年以前，現存的各種具體語言的歷史，最長的不過一萬年左右，漢字的起源，更是近幾千年的事。[6]漢語用漢字記錄，呈現為單音節的方塊字；而印歐語用文字記錄，則成為多音節的拼音文字。在幾千年前，無論中國、埃及或美索伯達米亞，本來都人同此心，心同此理，創造了象形文字，後來也陸續發明了指事、會意，甚至有了叚借與形聲。[7]但由於印歐語系是多音節語，所以就用圖形表示語音，加以拼合，再由語音表意，這就是所謂「圖繪標音文字」，後來又由圖繪標音文字向前發展，就成為字母標音文字。[8]而漢語由於是單音節語，所以就繼續保留象形的本質、表義的功能，然後以既可表示事物類別，又可標識讀音，兼含會意功能的形聲，大量造字，既適應了漢語單音節的特性，也解決了造字的困難。中西文字就因語言的不同，分道揚鑣，成為兩種截然不同的文字了。

　　漢字的特性，林師景伊曾歸納為四點：

（一）完整性

　　每個漢字各有其完整的形體，具體的代表一個語言、一個印象、

6　濮之珍：〈語言〉，見《漢語知識講話》第2冊（上海市：上海教育出版社，1988年二刷），頁47-48。

7　林尹：《文字學概說》（臺北市：正中書局，2007年二版），頁61-62。

8　杜學知：《文字學綱目》（臺北市：臺灣商務印書館，1970年），頁41-46。

一件事物，就像IC版，資訊貯藏量較拼音文字為大，結構平衡，辨識容易。

（二）統覺性

漢字的基礎是五百個左右的初文，由初文進而去認識合體字，由單音詞去認識複音詞，都符合利用舊觀念造成新觀念的歷程，學習上十分便利。

（三）穩定性

漢字是表意文字，即形存義，與語言的關係較為疏遠，超越了時空的限制，兩千年前古書仍不難讀懂，不同方言也可透過漢字進行溝通。不像拼音文字，文字純為語音的記錄，語言不同或語音發生變化之後，文字的意義就難以知曉了。

（四）藝術性

在形體上，漢字字字如畫，可由推論性符號變為表象性符號，成為一種美觀的空間藝術——書法。在聲音上，漢字可以平仄相間，排比對仗，成為具有音樂性的時間藝術——文學。在意義上，漢字隱藏著許多高深的哲學，代表古老民族的智慧，成為一種綜合藝術——人生藝術。[9]

這些漢字的特性涵蓋了形、音、義三方面，單音獨體，相對相反，可聯可配，加上字詞的騰挪，修辭的變化，縱橫交錯，自然產生了中國文學特有的要素。利用這些要素，寫作時因字生句，積句成章，累章為篇，由於作家的巧思，現實的需求，風氣的推蕩，於是產生了許多不同的文體，實乃自然之事。

9　同注6，頁25-29。

三 影響中國文學體裁的語文要素

《文心雕龍・情采篇》云：「故立文之道，其理有三：一曰形文，五色是也；二曰聲文，五音是也；三曰情文，五性是也。五色雜而成黼黻，五音比而成韶夏，五情發而為辭章，神理之數也。」[10]漢字既然是文學作品的最基本單位，而且包含形、音、義三要素，則構成中國文學的基本要素，當然可以依劉彥和之說先分成形文、聲文、情文三大類，再各分為若干小類：

（一）形文

1 字句

漢字是方塊字，一字一形體，一字一音節。每個字的形體都不一樣，結構有平衡，有對稱，有和諧，宛如一個個小建築物，又如一幅幅圖案，不但形象優美，而且表義性強，清晰度高，信息量豐。散則單兵，合則百萬雄師，十分靈活。當字詞組成句子時，可以一字成句，也可以八、九個字甚至十幾個字詞成為一句。句式可以長短參差不齊，充滿變化；也可以各句字數相同，橫看、直看都十分對稱整齊。句子的結構可以是簡句、繁句或複句，也可以是敘述句、表態句、判斷句或有無句；可以主語、述語、賓語完整無缺，也可以有所省略。各種不同的文學形式，往往是字句的長短，句式、句型的不同所形成的。如同樣是詩，有四言詩、五言詩、七言詩、自由詩；同樣是文，有駢文，有散文，都是因字句處理方式的不同而產生的。

---

10 劉勰著，范文瀾注：《文心雕龍注》（臺北市：文光出版社，1973年），頁537。

2 詞藻

　　字詞是形成一篇作品的最基本單位，字與詞相關而不相同，字是聲音單位，也是書寫單位，詞是意義單位。由一個字構成的叫單音詞，由兩個以上的字構成的叫複音詞。複音詞的構成或以詞根為主，採取合成方式，於是有聯合式（如布帛）、偏正式（如青山）、後補式（如擴大）、動賓式（如稽首）、主謂式（如鳥瞰）、綜合式（如牛皮紙）等合義複詞，有疊字（如旦旦），有附加詞頭、詞尾的複詞（如老鷹、忽然）；或以兩個以上音節表示一個單純的詞素，於是有聯綿詞（如玻璃），有象聲詞（如唏里嘩啦），有譯音詞（如烏托邦）。[11]透過這些方法，常用的幾千個漢字就可以產生幾十萬個不同的詞彙。這些詞彙，或為一般通用詞（如燦爛），或為新造詞（如電腦），或為古語詞（如烏紗帽），或為方言詞（如地瓜），或為行業話（如光年），或為外來語（如芭蕾舞），或為熟語（如四面楚歌）。[12]不同的詞彙，詞義、色彩、風格各有異同，內容豐富，變化萬千，足供任何文學作品取用而不虞匱乏。不同的作品，對於詞彙的需求各有區別，如散文大抵詞彙較為樸素、簡潔，駢文則詞藻華麗，雕繪滿眼，極盡藻飾之能事，形成兩種截然不同的文體。

3 對偶

　　舉世文學，唯有中國文學最適合講對偶。良以印歐語系的拼音文字，長短參差不齊，即使有意排成平行的句子，也很難做到音節相同，而使用方塊字的中國，則以單音節為主，即使是兩個字以上的單純複音詞，也是由單音節的詞素構成。只要注意到字數、詞性、意

---

11 宋均芬：《漢語詞匯學》（北京市：知識出版社，2002年），頁81-101。
12 同上注，頁183-213。

義、音律都能相對，如「無邊落木蕭蕭下，不盡長江滾滾來」（杜甫〈登高〉），就能寫成工整的對聯，進而成為駢文、詩詞等文學作品中的重要成分了。如《文心雕龍・麗辭篇》曾提到對偶有言對、事對、反對、正對四種。[13]後來迭有增衍，如唐上官儀有六對之說、皎然有八對之論，而空海《文鏡祕府論》且擴為二十九種，洋洋大觀，足炫人目。[14]莫道才《駢文通論》分為四種十六類，即：

> （1）從語言句法的表面形式看，分為當句對、單句對、隔句對、長聯對四類。
> （2）從語言詞法形式上看，分為正名對、異名對、虛字對、疊字對和數字對五類。
> （3）從音韻技巧上看，分為雙聲對、疊韻對、雙聲疊韻交互對三類。
> （4）從描寫角度上看，分為方位對、顏色對、人名對、典事對四類。[15]

其說可謂綱舉目張，繁簡適中，可供參考。

（二）聲文

1 錯綜

《文心雕龍・聲律篇》云：「異音相從謂之和。」[16]高師仲華稱之

---

13 同注9，頁588。
14 張仁青：《中國駢文析論》（臺北市：東昇出版公司，1980年），頁59-60。
15 莫道才：《駢文通論》（南寧市：廣西教育出版社，1994年），頁83-93。
16 同注9，頁553。

為「錯綜」。[17]也就是在文學作品中，上下文之間，無論聲母的發音部位（喉、牙、舌、齒、脣）、發音方法（清、濁、發、送、收），韻母的韻頭（開、齊、合、撮）、韻尾（陰、陽、入），聲調的平仄，儘量有變化。平仄的變化，主要是運用「長短律」及「高低律」，[18]使平聲與仄聲有規律的相互交替或上下句語段平仄相對出現。散文及古詩之類讀來只要口吻調利，清濁通流即可。韻文及駢文則特別講求平仄，「仄仄平平仄，平平仄仄平」之類，唸來抑揚頓挫，十分和諧，如果改為「仄仄仄仄平，平平平平仄」，或「仄平仄平仄，平仄平仄平」，那就極其拗口。「老來漸於詩律細」的杜甫，律詩出句末字上去入三聲俱全，如果首句入韻，那就是平上去入四聲俱全。[19]元曲中有所謂「務頭」，也要求曲中平、上、去三聲錯綜，甚至連聲調的陰陽也要不同，對聲律的要求格外精細，怪不得能成為一曲中最動聽之處。至於聲母或韻母也是同樣宜力求錯綜，像沈約的「偏眠船舷邊」、王融的〈雙聲詩〉或蘇軾的〈口吃詩〉，聲母或韻母缺乏變化，那就只能炫博，甚至淪為文字遊戲了。

2　協韻

　　《文心雕龍‧聲律篇》又云：「同聲相應謂之韻。」[20]這是一般所謂的「協韻」。錯綜求其異，協韻求其同，只求異則不能和諧，只求同則難免單調，兩者似相反而實相成。協韻主要是運用「音色律」，把同一個音色的音節，亦即同一個韻（主要元音及韻尾相同）的字每

17　高明：〈治聲韻學應具有的一些基本觀念〉，《高明文輯》中冊（臺北市：黎明文化公司，1978年），頁189。仲華師謂文章節奏美的規律有三，即：錯綜、重疊、呼應。

18　謝雲飛：《文學與聲律》（臺北市：東大圖書公司，1978年），頁15、20。

19　王力：〈中國古典文論中談到的語言形式美〉，《龍蟲並雕齋文集》第1冊（北京市：中華書局，1982年二刷），頁459。

20　同注9，頁553。

隔若干字之後重複出現，就是押韻。押韻宛如跳圓舞曲或跳芭蕾舞，
相當規律，能使作品產生一種迴環的音樂美，同時也便於誦讀，易於
記憶，所以全世界各民族的文學作品都有押韻的詩歌。在中國，押韻
所產生的作品種類更是繁多。不僅韻文樂此不疲，甚至連散文偶爾也
會興之所至，夾雜韻語，呈現韻散兼行的現象。韻腳隨著時空的轉
移，會有不同的讀音；作品隨著情感的變化，篇幅的需要，也常有換
韻、通押等情形，可說十分複雜。除此之外，構成聯綿詞的兩個音節
常有聲韻關係，或雙聲，或疊韻，在很短的時間內就重複出現相同的
聲母或韻母，也是一種同聲相應的迴環之美，甚至連以義相合的合義
複詞，也常有雙聲或疊韻的關係（如灑掃、剛強）。雙聲、疊韻在中
國文學中可說多方面發揮其作用。

3 節奏

正如對偶源自於宇宙自然，節奏也普遍存在於萬事萬物之中，日
月循環、春秋遞嬗、潮起潮落、蟲鳴鳥叫，乃至於人的呼吸、心跳、
鐘的左右擺動，莫不有其自然規律的重複。節奏是各種藝術共有的要
素，作為語言藝術的文學自然也不例外。語言節奏是語音的高低、輕
重、長短、快慢、停延、音質變化以及基調所營造的音樂美。[21]漢語
節奏由於自身的語音特點產生了七種形式，即：音頓律、平仄律、聲
韻律、長短律、快慢律、重輕律和抑揚律。在作品中，依音節、音
步、氣群、句子、句群、段落、篇章，由低到高，以不同的層次組
成。[22]所以在中國文學中，節奏幾乎無所不在。各種節奏形式裡，平
仄可說最為顯而易見，也是韻文及駢文最為強調的。至於字句之長

---

21 雷淑娟：《文學語言美學修辭》（上海市：學林出版社，2004年），頁59。

22 吳潔敏、朱宏達著：《漢語節律學》（北京市：語文出版社，2007年二刷），頁92-
114。

短、聲調之高低、語氣之輕重緩急，則任何文體幾乎都須講求，唯隨
變適會，毫無定準，運用之妙，只能存乎一心。朱光潛說：「從前文
學批評家常用的『氣勢』、『神韻』、『骨力』、『姿態』等詞，看來好像
有些玄虛，其實他們所指的，只是種種不同的聲音節奏。」[23]可見隨
著語言文字學的發達，我們對節奏已經有較清晰的認識，而且也還有
很寬廣的空間可以去探索。

（三）情文

1 意象

　　意與象相提並論，首見於《周易‧繫辭傳》，意象連為一詞，首
見於王充《論衡‧亂龍篇》，而在文學範疇中，首先論及意象概念的
則為劉勰《文心雕龍‧神思篇》。[24]所謂意象，是作家內在之意，訴之
於外在之象，讀者再根據這外在之象試圖還原為作家當初的內在之
意。[25]意，包含主觀的、內在的思想、情感、想象；象則指客觀的、
外在的物象、景象、事象。兩者透過形象思維融而為一。意象，一方
面具有多義性、豐富性和模糊性，另一方面又具有直覺性、獨創性和
情感性，所以成為抒情文學，尤其是詩中獨立運用的基本單位。審美
意象的種類頗多，有列錦意象（如馬致遠〈天淨沙‧秋思〉：「枯藤、
老樹、昏鴉。」）、通感意象（如柳中庸〈聽箏〉：「似逐春風知柳態，
如隨啼鳥知花情。」）、對比意象（如〈小雅‧采薇〉：「昔我往矣，楊
柳依依；今我來思，雨雪霏霏。」）、比喻意象（如秦觀〈浣溪沙〉：

23　朱光潛：《藝文雜談》（合肥市：安徽人民出版社，1981年），頁80。
24　胡雪岡：《意象範疇的流變》（南昌市：百花洲文藝出版社，2002年），頁26、53、
　　63。
25　余光中：《掌上雨‧論意象》（臺北市：文星書店，1964年），頁9。

「自在飛花輕似夢，無邊絲雨細如愁。」)。[26]詩文透過節奏來組織、銜接和展開意象，同時也利用象徵、用典、出處、雙關、比喻、借代、暗示等手法來表現意象。[27]節奏使詩文具有音樂性，意象使詩文具有繪畫性。文學作品就是依靠繁複的意象來抒發情感、烘托主題、呈現意境，所以意象在文學作品中是極重要的要素。

2 典故

　　用典源自於引用，即莊子所謂的「重言」。人在寫作時，為了表示自己的言論不是空穴來風，常引用古人的言語或事實來作為論斷或敘述的依據，久而久之，就成為行文的習慣，這就是典故。典故可分為二類：其一為事典，如王勃〈滕王閣序〉：「馮唐易老，李廣難封。」典出《史記》〈馮唐傳〉及〈李將軍列傳〉，寫出作者對人生易逝，功名難就的感觸；其二為語典，如江淹〈恨賦〉：「或有孤臣危涕，孽子墜心。」語出《孟子・盡心篇》：「獨孤臣孽子，其操心也危，其慮患也深，故達。」表示身處逆境者應居危思變。[28]成師楚望認為在文學作品中，用典有幾個理由，即：（1）可以減少文字上的累贅，（2）為議論找根據，（3）便於比況和寄託，（4）用以充足文氣。[29]由於這些理由，使得詩文能夠文詞簡潔，意蘊豐富，情意委婉，體製典雅，所以不但敘事、議論常資取為用，就連抒情之作也常有所依託；不僅駢文家及騷人墨客在這方面功夫下得特別深，就連古文家也不會完全廢棄不用。雖然胡適「八不主義」中曾將不用典、不講對仗懸為厲

---

26 同注20，頁137-183。

27 同注20，頁45。

28 同注14，頁109-114。

29 成惕軒：〈中國文學裡的用典問題〉，《東方雜誌》復刊1卷11期（1968年5月），頁92-93。

禁，[30]但是在白話文學中，典故仍然是難以避免的，只要是不生僻、不堆砌，善於融化剪裁，推陳出新，典故還是有其存在價值的。

四　漢字語文要素對文學體裁發展的影響

文學體裁簡稱文體，是指表達文學作品內容的具體樣式，是組成文學作品形式的重要因素之一，也是作品不同的語言特點、表現手法和獨特結構的綜合體現。[31]在從事文學創作時，首應辨明文體，因為不同的文學形式對於文學內容具有重大的支配作用，擇體不當，則內容與形式可能會彼此衝突，甚至完全悖反，其結果縱使未導致創作的全盤失敗，至少也是一大瑕疵。所以從曹丕《典論・論文》、陸機〈文賦〉之後，歷代文論家就開始講求文體之辨。六朝時流行將文體區分為文、筆兩大類，《文心雕龍・總術篇》云：「今之常言，有文有筆。以為無韻者筆也，有韻者文也。」[32]其書五十篇中有二十篇在探討各種文體，其中卷二、卷三，也就是〈明詩、樂府、詮賦、頌讚、祝盟、銘箴、誄碑、哀弔、雜文、諧隱〉十篇講的是有韻的文；卷四、卷五，也就是〈史傳、諸子、論說、詔策、檄移、封禪、章表、奏啟、議對、書記〉十篇講的是無韻的筆。[33]由於《文心雕龍》是古代最重要的文學批評鉅著，其分類影響後代自然十分深遠。晉宋以後，講究對仗、用典、敷藻，以四六句型為主的駢文出現，於是文體又有駢散之分。到了五四之後，語體文崛起，更與古文、駢文鼎足而

---

30 胡適：〈文學改良芻議〉，《胡適文存》第1集（臺北市：遠東圖書公司，1983年），頁10-15。

31 姚鶴鳴：《文學概論精講》（北京市：北京大學出版社，2001年），頁87。

32 同注9，頁655。

33 王更生：《文心雕龍研究》（臺北市：文史哲出版社，1979年增訂初版），頁311-312。

三。所以文論家對文體的研究，又可分為駢文派（如《昭明文選》）、散文派（如《古文辭類纂》、《經史百家雜鈔》）、駢散兼宗派（如《文心雕龍》、章太炎先生《國故論衡·文學論略》）及新派（如劉永濟《文學論》）四派。[34]綜而觀之，有韻、無韻是根據聲文而分，駢、散、白話是根據形文而分，可說完全取決於漢字的特質及其語文要素。在實際的創作當中，隨著時空的轉移、主客觀條件的變化，以及作者對寫作用途的考量、對寫作題材的取捨，以及創作態度上求新求變的努力，於是在各種文體之下，又不斷衍生出許多層次不同的文類，大抵上可說也是制約於漢字的特質及其語文要素，茲擇要分述如下：

（一）韻文

1 詩

（1）詩經

《詩經》是中國第一本文學總集，也是韻文的鼻祖。共收三〇五首詩，除了七首〈周頌〉無韻之外，其餘各首都叶韻，由於當時尚無韻書，所以韻律純出自然，十分靈活，也十分複雜，基本格式為句句用韻、隔句用韻、一二四句用韻三種，此外還有抱韻（一、四押韻或二、三押韻）、疏韻（隔兩句用韻）、遙韻（這一章的某句與下一章相應部位的某句押韻）[35]。在字句方面，有九成詩篇是四言詩，其餘從一言到九言都有。[36]詞彙豐富，章法多變，為後代韻文開了無數法門。

---

34 蔣伯潛：《文體論纂要》（臺北市：正中書局，1959年臺一版），頁13-68。

35 夏傳才：《詩經語言藝術》（臺北市：雲龍出版社，1995年臺一版二刷），頁51-58。
王力：《詩經韻讀·詩經韻例》（北京市：中國人民大學出版社，2005年二刷），頁35-99言之尤詳。

36 同上注，頁11-19。

（2）樂府詩

漢武帝設立樂府，一面製作郊廟宴會的樂章，一面廣徵民間歌辭入樂。由於配合音樂，往往重聲不重辭，除了正曲本身以外，前後還有所謂「豔」、「趨」、「亂」等，在記錄時，歌辭與襯聲常混淆為一，命題多用歌、行、曲、引、吟、謠等來名篇。在句式方面，三言、四言、五言、七言都有，完整的五言體已不少見，一般多為雜言。[37]南北朝的吳聲歌、神弦曲、西曲歌，唐代的新樂府皆為其流裔。

（3）古詩

漢魏之際，除樂府詩外，另有以五言、七言為主的古詩興起。由於四言詩詞約義質，每苦文繁而意少，增為五言、七言之後，文字增加回轉周旋的空間，詩之情韻與作者之個性都更能充分發揮，所以成為詩壇主流達數百年之久。古詩文字自然樸質，除了字句整齊，講求叶韻外，不受句數、平仄、對仗之拘束。可押平聲韻，也可押仄聲韻；可一韻到底，也可中途換韻，可說是一種自由體或半自由體。[38]到了六朝，四聲八病之說盛行，齊梁體的古詩已漸向律詩過渡了。

（4）近體詩

近體詩又名今體詩，興起於唐代，以五言、七言為主，有絕句、律詩、排律之別。受到南北朝聲律之說及對偶之風影響，結構益工整，色彩益妍麗，聲律也更加精細。字句均有限制（除排律外，律詩八句，絕句四句），平仄並有定則，多用平韻，且一韻到底，概不轉韻，

---

37 褚斌杰：《中國古代文體學》（臺北市：臺灣學生書局，1991年修訂增補一刷），頁116-124。

38 同上注，頁141-142。

組織之篇式，平仄之調譜皆有嚴格限制。[39]又有拗救、失對、失黏、上尾等種種理論。[40]從唐宋流行至今，是詩體當中通行時間最久者。

2 辭賦

（1）楚辭

《楚辭》導源於《詩經》，就其體製而言，固有與《詩》相同之處，若詳加比較，則頗有異致。李師建光《中國文學流變史》曾比較二者，有三同六異。三同者，《楚辭》合樂可歌，隱具六義，且所用語助詞多見於〈風·雅〉，與三百篇之體製實息息相通。六異者，在字句上，《詩經》多用短句，《楚辭》則多用長句；在辭采上，《詩經》多用重字複句，以質樸婉約勝，《楚辭》則多用偶詞駢語，以閎博富麗勝；在章法上，《詩經》多重章疊詠，《楚辭》則多單篇直陳；在篇局上，《詩經》之章句組織近於平實，《楚辭》之篇什結構較為圓活；在思想上，《詩經》所表現者為現實之社會人生，充滿勤勞實踐之精神，《楚辭》所表現者則多超現實之玄想與神話，富於憂鬱傷感之色彩；在情感上，《詩經》多慷慨激昂之懷，《楚辭》則多悱惻纏綿之致。[41]於此不難略窺南北文學之異趨，而《楚辭》之特質也可以思過半了。

（2）賦

賦受命於詩人，拓宇於《楚辭》，加上君王之獎勵，小學鑽研之影響，蔚然成為漢代文體之代表。其特色正如《文心雕龍·詮賦篇》

---

39 李曰剛：〈詩歌編〉，《中國文學流變史》（三）（臺北市：聯貫出版社，1974年），頁4-14。

40 王力《漢語詩律學》（上海市：上海教育出版社，2002年），頁94-135。

41 同注38，（二）〈辭賦編〉（臺北市：聯貫出版社，1971年），頁56-62。

所云：「鋪采摛文，體物寫志。」[42]漢之古賦，篇幅長，結構完整，前有序，中有正文，後有結尾，常採假設問答方式，講究押韻，句式以四、六言居多，間有三、五言抑或七言及長句，多用聯綿詞和僻字。[43]其後賦體屢經演變，並深受當時其他文體影響，如駢文之於六朝的俳賦（駢賦），律詩之於唐宋的律賦，古文之於宋代的文賦，八股文之於明清的股賦，都使其各具特色，唯已不足以像漢代那樣獨領風騷了。除此之外，箴銘頌贊，或用以規勸勉勵，或用於頌揚讚美，字句整齊，韻腳和諧，與辭賦有相近之處，宜乎《經史百家雜鈔》將之與辭賦合併為詞賦類。

3 詞曲

（1）詞

　　詞由詩蛻變而成，濫觴於唐，發達於宋。字句長短參差不齊，從一字句到十一字句都有，字數最短者十四字（〈竹枝〉），最長者二四〇字（〈鶯啼序〉），故又名「詩餘」或「長短句」。原本是配合器樂的歌詞，故不僅分平仄，還要講四聲，押韻、對仗亦一以詞譜為準。《欽定詞譜》所列凡八二六調，二三〇六體，萬樹《詞律》所列亦有六六〇調，一一八〇體，可說十分繁複。詞體依字數多少可分小令、中調、長調，依合樂的節拍可分令、引、近、慢，依詞的結構可分單調、雙調、三疊、四疊。詞牌只是填詞時所依據的樂調，來源各有不同，剛開始時，調名和詞的內容尚能一致，到了後來，兩者漸脫離關係，真正的作意，反而要從詞牌下的序文去了解。[44]詞由於聲情動

---

42 同注9，頁134。

43 沈祥源：《文藝音韻學》（武漢市：武漢大學出版社，2000年二刷），頁179-180。

44 同注36，頁269-310。

人，風格高雅，極適於抒發細膩之情，宋之士人往往用以述懷紀興，
故成為宋代之代表性文體。

（2）曲

曲為繼詞而起，融合胡漢的新聲，又稱「詞餘」，有散曲、劇曲
之分。散曲指分散的單支曲詞，又分小令和套數。格律主要表現在每
一曲調典型曲文中所包含的字數、句式、平仄、用韻和對仗上。在字
句上，每一曲調有幾句，每句有幾字，各調皆有規定，但可增加襯
字，具有彈性。平仄要求甚嚴，平聲分陰、陽，仄聲分上、去，入聲
則已改讀其他三聲。用韻較詩詞為寬，可以平、上、去三聲通押，還
可以鄰韻通押、押重韻、贅韻、暗韻。對仗有雙句對、三句對、扇面
對、流水對等。[45]可見曲與詞的體製頗有異同。劇曲包含雜劇（北
曲）與傳奇（南曲），已屬戲劇範疇。

（二）非韻文

1 散文

散文指無韻而句式不整齊的文章，與韻文、駢文相對而言。廣義
的散文，包含經、史、子與集部中的部分作品；狹義的散文，指詩
歌、戲劇、小說以外，散體單行，符合文學特徵的作品而言。[46]散文
的特徵為題材廣泛，感情真摯，體式結構不拘一格，寫法靈活自由，
形散而神不散。不受一切聲律、句法、對偶形式之羈束，無論抒情、
敘事、描寫、議論，無施而不可，發而為文，哲理、史傳、書簡、日

---

45 楊仲義、梁葆莉：《漢語詩體學》（北京市：學苑出版社，2000年），頁142-148。
46 王更生：〈簡論我國散文的立體、命名與定義〉，《孔孟月刊》第25卷11期（1987年7
　月），頁43。

記、遊記、知識小品、遊戲文章，亦皆悉隨尊便，長短不拘，莊諧兩宜。可以說是最自由、最方便、最富於變化、最能展現個人才情個性的文體，所以從古以來就深受一般人鍾愛。先秦兩漢的史傳散文、哲理散文固然早已成為文學史上的最高典範，魏晉以後，風神瀟灑的《世說》、《水經》，雅正嚴謹的唐宋八大家，乃至於妙趣橫生的晚明小品，有物有序的桐城古文，也都各有特色，令人味之亹亹不倦。姚鼐《古文辭類纂》將古代散文分為十三類，曾國藩修正為三門十一類，[47]將詩化的散文，亦即半詩半文的辭賦也容納進去。《古文觀止》、《古文析義》之類，更將散文詩化的駢文也加以擷取，可見古代散文的範圍恢廓無比，而古人對文體的分辨也不像今人這麼嚴謹。五四運動以來，白話散文解放文字形骸，注重創造精神，不僅在散文領域盡取文言而代之，就連詩、小說、戲劇，乃至一切著作幾乎也都改以語體為之，在文學史上，可說已進入一個新的紀元。不過這只是語言形式的改變，至於漢字語文的本質，中國文學的精神則是亙古長新的。就語言與文學之關係而言，「我手寫我口」的白話文學在今日固然可以暢通無阻，但數百年後，語言發生變遷，後人讀之，安知不會如今人之讀莎士比亞時代的古英文那樣難以索解？此種情況，較諸今之稍具文學素養者不難讀懂千百年前一般古文，誠不可相提並論。屆時，只有留待後世子孫未雨綢繆，或靠解釋、改寫甚至翻譯以濟其窮了。

2 駢文

先秦文章純任自然，常有駢散相間，偶雜韻語的現象。厥後，西

---

47 姚氏十三類為論辨、序跋、奏議、書說、贈序、詔令、傳狀、碑誌、雜記、箴銘、頌贊、辭賦、哀祭，見姚鼐《古文辭類纂》，臺北市：中華書局《四部備要》本，〈序目〉，頁1-9。曾氏三門十一類，著述門分論著、詞賦、序跋三類，告語門分詔令、奏議、書牘、哀祭四類，記載門分傳誌、敘記、典志、雜記四類，見曾國藩《經史百家雜鈔》（臺北市：國際書局，1957年），〈序例〉，頁1-3。

漢之文渾樸雅健，散多於駢；東漢之文則整齊華贍，駢多於散。到了
魏晉，唯美風氣盛極一時，於是駢文一體乃蓬勃發展，獨霸於六朝，
流風餘韻，綿延千餘年。駢文之異於散文，主要表現在三方面：（1）
在詞句方面，兩兩相對，直至篇末，如兩馬並駕，故稱「駢文」。句
式以四字句、六字句為主，偶雜五字句和七字句，故又稱「四六
文」。（2）在語音方面，平仄相對，四字句的節奏一般是二二，六字
句的節奏主要有三三、二四兩種，五字句、七字句的節奏也與詩句有
別。（3）在用詞方面，重視用典和藻飾。用典往往不指明出處，最講
究剪裁融化；藻飾則大量使用顏色、金玉、靈禽、奇獸、香花、異草
等詞，琳瑯滿目，美不勝收。[48]在各種文體之中，除了詩詞、辭賦之
外，從來沒有像駢文那樣講究對仗與平仄的，而駢文對典故和辭藻的
重視，又在詩詞、辭賦之上，所缺者只是不用韻而已。所以駢文聲色
之美，與任何文體相較，都不遜色。在駢文盛行的時代，如宋代，其
用途非常廣泛，凡是散文可以用得上的地方，無論朝廷的詔誥、臣下
的奏疏、考試的賦策、官衙的公文以及私人往來的書札，幾乎都可用
駢文來寫作，雖然在外形上好像多了層束縛，內容方面反而更見開
闊。[49]當然，在今日，這種文體發展到了極點，已成強弩之末，而且
與白話文學的潮流背道而馳，所以在欣賞上雖然很有價值，在創作上
卻已難以為繼。唯有與駢文密切相關的對聯，目前還是十分盛行。

3 小說

　　小說是透過故事情節，綜合運用語言藝術的各種表現方法，來塑
造人物形象，反映社會生活，俾引起讀者興趣，而表達某種思想的一

---

48 王力：《古代漢語》（北京市：中華書局，2005年39刷），頁1232-1248。

49 洪炎秋：《文學概論》（臺北市：中國文化大學出版部，1995年新一版六刷），頁204-
　　208。

種文學體裁。通常把人物、情節、環境稱為小說的三要素，[50]而語言文字的功能，就是如何細緻地刻畫人物，表現其言行、心理；生動而完整地敘述故事情節，揭示主題；具體地描寫人物活動的環境。一般小說除了少數穿插的詩詞歌賦外，都是以散文來作為表達的工具。為了展現複雜、矛盾、緊張的情節，其文字必須格外生動、緊湊，而不能像普通散文那樣灑脫自由，無羈無束。在古代，小說起源於神話、故事與寓言，都是薄物短篇。到了六朝，受了佛、道二教影響，志怪小說異軍突起，而幽默雋永的筆記小說也很能表現魏晉風度。唐代的傳奇，或志神怪，或寫情愛，或傳豪俠，情節曲折，描寫深刻，已具備短篇小說的要件。宋代的「話本」，包含說史事的「講史」，講述普通故事的「平話」，都是出自民間，採取通俗易懂的口語，成為明清章回體白話小說的濫觴。章回小說技巧更為精湛，內容更為多元，結構更為緊湊，篇幅更為加長，是中國小說史上的高峰。至於五四運動以後的現代小說，受到西方文藝的影響，格局又迥然不同於以往。《漢書‧藝文志》說：「小說家者流，蓋出於稗官。街談巷語，道聽塗說者之所造也。孔子曰：『雖小道，必有可觀者焉，致遠恐泥，是以君子弗為也。』」[51]過去幾千年，小說是君子弗為，毫無文學地位的，所以一般文學選集不以入選，許多作者也不敢以真姓名面世，但在今日，卻是風靡讀者，影響群治最深的一種文體，炎涼之別，真是不可同日而語。

4 戲劇

　　戲劇是一種綜合藝術，除了文學之外，還包含繪畫、雕塑、音樂、舞蹈等藝術成分，但其中唯有文學部分，也就是腳本（劇本）具

---

50 同注30，頁95。

51 班固：《漢書‧藝文志》（臺北市：藝文印書館，1955年），頁899。

有獨立的藝術價值。戲劇文學的主要特徵為：（1）以人物語言為塑造人物、展開情節、表現主題的基本手段。（2）人物、事件、時間、場景高度集中。（3）具有尖銳的藝術衝突。[52]其組成要素包含結構、人物、活動的時間和場所、對話和作者的人生觀，都與小說大同小異，但處理的方式卻迥然不同。在先秦，戲劇起源於巫覡倡優，漢代改為滑稽表演，而角觝戲也由西域傳入中國。南北朝出現了參軍戲，盛行於唐代。宋代樂曲十分發達，是元代戲劇的前身；另有戲文，則為明代傳奇之所自來。元代雜劇（北曲）是中國真正戲曲的開始，廣納前代各種舞曲歌詞，轉而為代言體的扮演，結合歌唱、言語、動作三者而成。歌曲部分以散曲中之套曲組成之，臺詞則有獨白的白，對話的賓，歌唱、動作亦各有名目。其時人才輩出，佳作如林，是中國戲劇的黃金時代。到了明代，適合南方樂調音韻的傳奇（南曲）應運而生。組織嚴密，情節曲折，篇幅也增長不少。清代戲曲衰落，包羅廣泛，名目繁多的亂彈起而代之，但流行二百餘年也日趨沒落。[53]民國以後，除傳統戲曲外，西洋話劇、歌劇、電影、電視劇等相繼傳入，極聲光之娛，觀眾的選擇就更加多元了。

五　結論

　　綜觀上述析論，可以發現：

　　（一）漢語屬於詞根孤立的分析語，漢字是單音獨體的方塊字，具有完整性、統覺性、穩定性、藝術性，相對相反，可聯可配，十分靈活，與印歐語系的屈折語、拼音文字迥然不同，故文學發展亦大異其趣。

---

52 同注30，頁102-104。
53 同注38，（一）（臺北市：白雲書屋，1973年），頁118-148。

　　（二）漢字構成的文學要素包含形文（又分字句、詞藻、對偶）、聲文（又分錯綜、協韻、節奏）、情文（又分意象、典故），這些要素對中國文學體裁的形成具有決定性的作用。

　　（三）漢字語文要素所產生的文學類別不勝枚舉，可概括為韻文與非韻文兩大類。韻文又分詩、辭賦、詞曲三類，非韻文又分散文、駢文、小說、戲劇四類。每類若再細分，那真是更僕難數。而各種文體可說都是根據中國語文的特色，採擷語文的要素所釀成的。加上古今無數作家努力創作，又能求新求變，各盡其美，故形成高師仲華所云：中國文字使中國文學構成的字句特別整齊，意象特別深刻，聲律特別和諧，情趣特別蘊藉，詞義特別明確，辭語特別簡潔等幾種特色，[54]並造成獨有的民族風格與多彩多姿的文學成就，這可說都是拜漢字特質之所賜。

　　——原發表於臺灣師範大學國文學系主辦「紀念瑞安林尹教授百歲誕辰學術研討會」。收錄於《紀念瑞安林尹教授百歲誕辰學術研討會論文集》（臺北市：文史哲出版社，2009年），頁203-225。

---

54 高明：〈論中國文字與中國文學的關係〉，收入教育部、文復會、孔孟學會主編：《中國文字與中國文化論文集》（臺北市：文史哲出版社，1985年），頁21-49。

論漢字與中國文學美感的關係

一 前言

中國文學源遠流長，波瀾壯闊，其體類之繁、作家之眾、作品之美，與世界任何民族相較，都毫無遜色。正如高師仲華所說，中國文學的價值有三：一為中國民族生活的反映，二為中國民族智慧的表現，三為民族精神的寄託。[1]幾千年來，所以能累積這麼豐富的文化產業，固然有賴於千千萬萬的文人雅士，以博大精深的文化為創作的動力，以多彩多姿的生活為創作的材料，殫精竭慮，嘔心瀝血，始有以致之。但使用獨具特色的漢字作為表達情意的媒介，實亦為重要的關鍵。鄙人不久前甫發表〈論漢字之特質及其與文學體裁之關係〉一文，[2]稍作淺探，深感對於漢字與中國文學的關係只不過照其隅隙而已，所以賡續以此文探討漢字與中國文學美感的關係。藉以顯示漢字的特質不僅決定了中國文學體裁的發展，也深深影響中國文學美感的發揮。由於有關漢語與漢字的特質在前文已有所論述，所以在此就直接依照《文心雕龍·情采篇》所說的立文之道有三——形文、聲文、

1 　高明：〈中國文學的價值與體類〉，《高明文輯》下冊（臺北市：黎明文化事業公司，1978年），頁9-13。

2 　莊雅州：〈論漢字之特質及其與文學體裁之關係〉，《紀念林尹教授百年誕辰論文集》（臺北市：文史哲出版社，2009年），頁203-225。

情文，[3]逐一分項論述，如此安排，與漢字形、音、義三要素正好相互呼應，而三要素的特質對各項文學美感的影響，也隨文分別有所介紹。

二　形文方面的美感

（一）字詞錘鍊的藻飾美

　　字詞是語文中能獨立自由運用的最小單位，漢字單音獨體，純就數量而言，遠不如印歐語系的文字豐富，東漢《說文解字》只有九三五三字，現代的《漢語大字典》也不過五四六七八字，與西方三十餘萬字的《牛津大字典》相較，真是瞠乎其後。但漢字的豐富性卻絕不遜於印歐文字，這首先是由於漢字詞類不嚴，名詞當動詞、形容詞、限制詞皆無不可，動詞當名詞、形容詞、限制詞亦無不可，[4]一個字不啻可以當兩三個字用。其次，是漢字的單詞可以組成複音詞，複音詞無窮增加，單字則不過此數，不似西洋之多一音即須造一字。[5]這麼豐富的詞彙，形體不同，意義各殊，正如張萬有云：

> 同義詞的選用，表意精確；反義詞的調遣，對照鮮明；同音詞的使用，幽默含蓄；多義詞的安排，深刻雋永；色彩詞的巧用，鮮豔明麗；模糊詞的奇用，委婉曲折；口語詞的配合，通俗樸實；書面語詞的調動，規範嚴密；方言詞的選擇，親切自然；古語詞的穿插，莊重典雅；外來詞的點綴，新穎別致；諺語的設置，形象生動；成語的妙用，言簡意賅；歇後語的調

3　（梁）劉勰撰，范文瀾注：《文心雕龍注》（臺北市：明倫出版社，1973年），頁537。
4　黃慶萱：《修辭學》（臺北市：三民書局，1975年），頁178-181。
5　呂思勉：《字例略說》，頁98。

配，活潑風趣。[6]

可說是取之不盡的寶藏。不過，文學是高度講究審美的語言藝術，為了找到最適當的表達方式，字詞的錘鍊還是非常重要的。早在梁代，劉勰《文心雕龍‧練字篇》就曾提到練字四法：

是以綴字屬篇，必須練擇：一避詭異，二省聯邊，三權重出，四調單複。[7]

也就是要避免生冷奇僻的字（如曹攄詩：「煏心惡呦呶」），刪除偏旁相同或聲符相同的文字（如陸機〈日出東南隅〉：「璚珮結瑤璠」），斟酌相同的字不斷出現於同句之中（如《孟子‧梁惠王章》：「獨樂樂，與人樂樂，孰樂？」），調節字形的繁簡，使其均衡（如蘇頲〈扈從鄠杜間〉：「雲山一一看皆美，竹樹蕭蕭畫不成」）。這四個方法側重於文字外在形式的均衡，也就是在追求文章整個畫面的視覺美感，王更生以為它與今日修辭學上所謂抽換、錯綜、跳脫，以及意味、聲調、形貌各種修辭手法暗相吻合。[8]不僅提醒後人注意字詞的錘鍊，同時也有相當的啟發性。今之學者觸類旁通，所見更為寬廣，如莫道才以為駢文藻飾的方法有六：

1. 色彩藻飾：如庾信〈燈賦〉：「輝輝朱爐，焰焰紅榮。」
2. 形態藻飾：如謝莊〈月賦〉：「綠苔生閣，芳塵凝榭。」
3. 數量藻飾：如江淹〈別賦〉：「暫遊萬里，少別千年。」

6　張萬有：《文學語言審美論析》（香港：新世紀出版社，1992年），頁57。

7　同注3，頁624。

8　王更生：《文心雕龍研究》（臺北市：文史哲出版社，1979年增訂初版），頁383-386。

4. 比擬藻飾：如鮑照〈飛白書勢銘〉：「輕如游霧，重似崩雲。」

5. 摹狀藻飾：如王勃〈三月上巳祓禊序〉：「或昂昂騏驥，或泛泛飛鳧。」

6. 鋪排藻飾：如徐陵〈玉臺新詠序〉：「本號嬌娥，曾名巧笑。楚王宮內，無不推其細腰；魏國佳人，俱言訝其纖手。」[9]

前三者為修飾的角度，後三者為修飾的手段，對內容與形式的藻飾都注意到了。當然，純就修辭而言，陳望道《修辭學發凡》將三十八種修辭格分為材料、意境、詞語、章句四方面，其中析字、藏詞、飛白、鑲嵌、複疊、節縮、省略、警策、折繞、轉品、回文十一類屬於詞語上的詞格，[10]皆與鍊字大有關係，如能善加利用，對字詞的美化當大有裨益。至於黃永武《字句鍛鍊法》將鍊字的方法分為運字十二法，代字二十三法，增字八法，減字五法，[11]更是襄積入裡，綿密異常，為文時多據以切磋琢磨，則無論巧拙、奇常、濃淡、雅俗、剛柔、藏露都各有其美，[12]一定可以使讀者充分感受到百花齊放的辭采之美。

（二）形式對稱的整齊美

對偶是以漢字為書寫媒介的中國文學特有的形式美。良以印歐語系的多音節文字，每個字長短參差不齊，縱使有意排成整齊的句子，也很難做到音節相同；而漢字以單音節為主，即使有兩個字以上的複

9　莫道才：《駢文通論》（南寧市：廣西教育出版社，1994年），頁129-134。

10　陳望道：《修辭學發凡》（臺北市：臺灣學生書局，1963年再版），頁75-76。

11　黃永武：《字句鍛鍊法》（臺北市：洪範書店，1986），頁173-315。

12　黃永武：《中國詩學‧鑑賞篇》（臺北市：巨流圖書公司，1993年十一刷），頁139-163。

音詞，也是由單音節的詞素構成，各個詞素仍有其獨立性，而且語法上有相當大的彈性，音節上有抑揚頓挫的變化，只要注意到字數、詞性、音律、意義都能相對，就能寫成工整的對聯，進而成為駢文、詩詞、辭賦等文學作品中的重要成分了。其他的文學體裁如散文、小說，甚至日常生活的諺語、門聯也少不了對偶，其運用可說十分廣泛。對偶的產生，來自宇宙自然，《文心雕龍・麗辭篇》說：「造化賦形，支體必雙，神理為用，事不孤立。」[13]我們只要看到天上的日月疊璧、植物的花葉、動物的眼睛、礦物的晶體，甚至我們自己的形體，就曉得對稱之美普遍存在於萬事萬物之中。就幾何學而言，它們或合於中心對稱，或合於軸對稱，或合於平面對稱。[14]就文學而言，它們是二元對稱觀點、平衡心理的產物，不僅注意到字詞的整齊，還須講究音韻之和諧、藻飾之繁富、典故之鋪排。個別的組成分子同中有異，異中有同，寓變化於整齊之中，兩者相反相成，才能得到平衡對稱的美感。對偶的技巧從古以來就為人們所講求，《文心雕龍・麗辭篇》曾提到言對、事對、反對、正對四種，[15]後來唐上官儀有六對之說、皎然有八對之論，而釋空海《文鏡秘府論》擴為二十九種對，尤為炫人耳目。[16]現代莫道才《駢文通論》從語言句法、語言詞法、音韻技巧、描寫角度四方面歸納十六種對，[17]更是綱舉目張，繁簡適中。而最為簡明者則數沈謙《修辭學》中依句型所列的四種對偶：

　　1.當句對（句中對）：同一句中，上下兩個短語，自為對偶。
　　　如李商隱〈當句有對〉：「秦樓鴛瓦漢宮盤」。

---

13 同注3，頁588。
14 于培杰：《論藝術形式美》（上海市：華東師範大學出版社，1990年），頁144。
15 同注3，頁588。
16 張仁青：《中國駢文析論》（臺北市：東昇出版事業公司，1980年），頁59-70。
17 同注9，頁83-93。

2. 單句對：上下兩句，字數相等，詞性相同，平仄相對。如杜
　甫〈登高〉：「萬里悲秋常作客，百年多病獨登臺。」

3. 隔句對（扇對）：第一句與第三句對，第二句與第四句對。
　如劉禹錫〈陋室銘〉：「山不在高，有仙則名；水不在深，有
　龍則靈。」

4. 長偶對（長對）：奇句對奇句，偶句對偶句，至少三組，多
　則數十組的對偶。如顧憲成〈無錫東林書院楹聯〉：「風聲、
　雨聲、讀書聲，聲聲入耳；家事、國事、天下事，事事關
　心。」[18]

誠能以此四種對為基礎，巧加變化，則亦可以運用無窮。當然，詩文
對仗如果處理不當，則會有重出、不均、孤立、庸冗等流弊，[19]不僅
形式僵化，違反自然，而且內容呆滯，言之無物，那就得不到整齊均
衡的和諧美了。

（三）句式多樣的變化美

　　句子是意念表達的最小單位，下以統攝句中的詞語，上以開展段
落、篇章的發展。《文心雕龍‧章句篇》云：

　　夫人之立言，因字而生句，積句而成章，積章而成篇。篇之彪
　　炳，章無疵也；章之明靡，句無玷也；句之清英，字不妄也；
　　振本而末從，知一而萬畢矣！[20]

---

18 沈謙：《修辭學》（蘆洲市：國立空中大學，2000年二版），頁451-473。
19 同注3，頁589，張仁青：《駢文學》（臺北市：文史哲出版社，2003年二刷），頁116-
　117。
20 同注3，頁570。

可見字句之安置十分重要。就句中的字數而言，少則一字，多則十餘字。《詩經》雖以四言為主體，但一字句至九字句也佔了百分之八左右，[21]確實可當後世韻文之始祖而無愧。〈章句篇〉又說：「四字密而不促，六字格而非緩，或變之以三、五，蓋應機之權節也。」[22]他認為一句之中，以三、四、五、六字數的組合最合乎脣吻之自然。這也反映出當時詩以五言為主，駢文以四、六為宗，而七言猶未大盛的景況。同樣是五言詩，其字數可以有二二一、一二二、二一二、一一三、一三一、二三、四一、一四等的變化；同樣是七言詩，字數可以有一六、二五、五二、三四等的變化。[23]至於駢文的句式，據張仁青的統計，二至八句的組合，有五十五種句型，其中六朝人習用者九種，初唐以後駢文家所習用者十八種，其餘三十七種則多見於宋四六中，[24]其句式的變化，較之詩體也不遑多讓。以長短句、詩餘號稱的詞，以詞餘號稱的曲，其格式也有一定。只有散文，字句長短相間，駢散兼行，最為自由。字句的長短，除了有複雜與單純、纖柔與響亮、耐人尋思與簡潔有力的區別外，還可以摹情寫物，表現意義，例如李白的〈蜀道難〉，詩中句型長短的安排，完全是有意的，試將詩句分行排列，長長短短，一看就像高低不平的山路，象徵蜀道的高峻、危險、難以攀援。[25]當然，古代文體句式雖有許多變化，但經常使用的，為數終屬有限，最重要的還是對於文句的鍛鍊，黃永武的《字句鍛鍊法》曾列舉五類三十五種鍛句的方法：

---

21 夏傳才：《詩經語言藝術》（中和市：雲龍版社，1995年二刷），頁14。

22 同注3，頁571。

23 蔣紹愚：《唐詩語言研究》（北京市：語文出版社，2008年），頁136-140。

24 同注19，《駢文學》，頁261-280。

25 黃永武：《中國詩學・設計篇》（臺北市：巨流圖書公司，1992年十刷），頁168-174。

1. 怎樣使文句靈動：示現、比擬、取譬、存真、曲折、微辭、吞吐、含蓄、往復、翻疊。
2. 怎樣使文句華美：協律、儷辭、襯映、回文、用典。
3. 怎樣使文句有力：誇飾、呼告、疊敘、重複、排比、直陳、節短、凝鍊、層遞、聯鎖。
4. 怎樣使文句緊湊：頂真、跳脫、突接、截斷。
5. 怎樣使文句變化：倒裝、參差、變換、錯綜、互文、省筆。[26]

將大部分的修辭方法都網羅其中，可說是鉅細靡遺。誠能善加利用，則不僅可使文句靈活生動，充滿變化，而且可使全篇增色生輝，令人味之亹亹而不倦。

三　聲文方面的美感

（一）節奏和諧的抑揚美

節奏普遍存在於客觀的自然環境之中，日月循環、春秋遞嬗、潮起潮落，蟲鳴鳥叫，乃至人的呼吸、心跳、鐘的左右擺動、引擎的快速旋轉，莫不有其自然規律的重複。人沒有呼吸、心跳，就沒有生命，同樣地，在音樂、舞蹈、文學甚至繪畫、書法、建築等各種藝術中也不能沒有節奏。文學作品是語言藝術，所謂語言節奏是指語音的疾徐、高低、長短、輕重及音色的異同在一定時間內有規律地相間交替、迴環往復，成周期性組合的結果。[27]在西洋，重視的是輕重，而中國強調的則是長短，也就是聲調的平仄。平仄的變化，主要是運用

---

26 同注11，頁3-171。
27 吳潔敏、朱宏達：《漢語節律學》（北京市：語文出版社，2007年二刷），頁89。

長短律和高低律。在中國文學作品中，最講求節奏的莫過於詩詞和駢文，所以平仄就成為詩詞、駢文格律的核心。先秦漢魏只講求自然音律，也就是鍾嶸《詩品・序》所說的：「文製本須諷讀，不可蹇礙，但令清濁通流，口吻調利，斯為足矣！」[28]到了梁朝沈約主張四聲八病的人為音律，影響所及，不僅確立了語文美化的標準，也開拓了文藝作品的領域，四六文、律詩、絕句、聯語、詞、曲皆由此應運而生。近體詩無論律詩、絕句，無論五言、七言，無論平起、仄起，皆有定式，又有拗救、失對、失黏、上尾等規定。[29]駢文從三字句到八字句，平仄對應也成了最基本的聲律規則。[30]文學作品講求聲律之後，平仄相對，抑揚相反，形成一種錯落有致，迴環往復，能曲盡其妙的音樂美。另一方面，由於聲義同源，人們習慣於聽音思義，高而緩的節奏容易引起歡欣鼓舞的心情，低而急的節奏容易引起抑鬱淒惻的情緒，所以節奏又有極大的感染力。例如李商隱的名詩〈錦瑟〉：

> 錦瑟無端五十絃，一絃一柱思華年。
> 莊生曉夢迷蝴蝶，望帝春心託杜鵑。
> 滄海月明珠有淚，藍田日暖玉生煙。
> 此情可待成追憶，只是當時已惘然。

全詩除次句首字「一」以外，其他各字都合律，讀來聲情迷離，纏綿悱惻。「一絃一柱」的意義有調協之感，似乎讓人在意識裡聽到淒涼的瑟音；而「思華年」三個平調，給人一種緜長久遠的感覺，彷彿多年

28　（梁）鍾嶸撰，汪師履安（中）注：《詩品注》（臺北市：正中書局，1969年），頁32。

29　王力：《漢語詩律學》（上海市：上海世紀出版集團上海教育出版社，2002年），頁74-85、94-135。

30　同注9，頁96-103。

的往事都在這一瞬間回到眼前。[31]節奏就是在這種內外兼工，雙美駢
臻的情況下，很自然地影響到各種文體的發展。即使最自由的散文，
也要講求神、理、氣、味、格、律、聲、色，透過抑揚頓挫的聲調，
去追求充沛的文氣。[32]現代，對節奏的探討更為深化與廣化，在節奏
的形式方面，分成音頓律、平仄律、聲韻律、長短律、快慢律、重輕
律和抑揚律；在節奏的層次方面，由音節、音步、氣群、句子、句
群、段落到篇章。相套疊的層次越多，節奏感越強；相套疊的形式越
多，聲音就越優美，[33]由此觀之，節奏的研究又進入一個新的紀元了。

（二）異音相從的錯綜美

《文心雕龍‧聲律篇》云：

> 異音相從謂之和，同聲相應謂之韻。韻氣一定，故餘聲易遣；
> 和體抑揚，故遺響難契。屬筆易巧，選和至難；綴文難精，而
> 作韻甚易。雖纖意曲變，非可縷言，然振其大綱，不出茲論。[34]

漢字在字母方面有聲母、韻母、聲調三個成分。在文學作品中，上下
文之間，無論聲母的發音部位（喉、牙、舌、齒、脣）、發音方法
（清、濁、發、送、收），韻母的韻頭（開、齊、合、撮）、韻尾
（陰、陽、入），聲調的平仄，儘量有變化，這就是所謂的「異音相
從謂之和」，高師仲華稱之為「錯綜」。[35]蓋字音有異有同，缺乏同，

---

31 丁邦新：〈從聲韻學看文學〉，《中外文學》第4卷第1期（1975年6月），頁140-141。

32 （清）姚鼐：《古文辭類纂‧序目》（臺北市：新陸書局，1963年），頁8。

33 同注27，頁92-134。

34 同注3，頁553。

35 同注1，〈治聲韻學應具有的一些基本觀念〉，《高明文輯》中冊，頁189。

就顯示不出整齊和一律；缺乏異，就不會產生平衡和對稱。正由於這種既整齊又有變化，才使得在形式上，顯得不那麼單調板滯，這種變化，給人們帶來了新奇的刺激。[36]例如崔顥的〈黃鶴樓詩〉：「晴川歷歷漢陽樹」，「晴川」是齒音字，「歷歷」是舌音字，「漢陽」則是喉音字，不同的五音乃是兩兩相連地錯綜著，讀起來有一種愈來愈響的聲勢。因為齒音不如舌音宏大，舌音又不如喉音宏大，聯著讀下，使那歷歷的漢陽樹，隨著愈來愈響的聲勢，有一種愈來愈清晰、愈來愈逼臨眼睫的感覺。[37]這是善用錯綜的佳例。相反地，像沈約的「偏眠船舷邊」，五字韻母都屬平聲先、仙韻，蘇軾的〈口吃詩〉：「笳鼓過軍雞狗驚」，七字聲母都屬見母字，則是違反錯綜的例子。[38]讀來十分拗口，不是出於炫博，就是淪為文字遊戲了。沈約所倡導的「四聲八病」，就是針對「選和至難」而來的，其中前四病——平頭、上尾、蜂腰、鶴膝都屬聲調相犯；後四病——大韻、小韻、旁紐、正紐，則屬於疊韻相犯、雙聲相犯。[39]這些聲病雖然分析得十分細微，難免失之瑣碎，多所拘忌，傷害到自然之美，所以在為文時只要能多注意聲、韻、調的重要格律也就可以了。

（三）同聲相應的迴環美

《文心雕龍·聲律篇》所謂的「同聲相應謂之韻」，就是一般人熟悉的「協韻」。主要是運用「音色律」，把同一個音色的音節，亦即同一個韻（主要元音及韻尾都相同）的字每隔若干字之後重複出現就

---

36 王占福：《古代漢語修辭學》（石家莊市：河北教育出版社，2001年），頁306。

37 同注25，頁179。

38 同注1，〈談中國文學的形式美〉，頁100。

39 王力：〈略論語言的形式美〉，《龍蟲並雕齋文集》（北京市：中華書局，1982年二版），頁476-477。

是協韻。錯綜求其異，協韻求其同，兩者似相反而實相成，都是聲律
中最重要的規律。六朝時，流行將文體區分為文、筆兩大類。《文心
雕龍‧總術篇》云：「今之常言，有文有筆。以為無韻者筆也；有韻
者文也。」[40]所以韻文就成為中國文學的大宗，從《詩經》、《楚辭》、
漢賦、樂府、古詩、近體詩到詞、曲，都成為文學史上重要的體裁。
韻文押韻的位置有一定的規定，大多數都在句末，稱為「韻腳」，也
有在句中，稱為「句中韻」，在句首，稱為「句頭韻」，切忌出韻、湊
韻。《詩經》的押韻純依天籟，十分自由，其韻例多達二十餘種。[41]古
詩既可押平聲韻，也可押仄聲韻，而且允許通押、換韻。律詩、絕句
則格律嚴謹，一般只能押平聲韻，必須一韻到底，不能換韻，也不許
用鄰韻的字。詞曲的字數、句式、平仄、用韻、對仗都以詞譜、曲譜
為準，每調不同，更是繁複。散文雖然不用韻，但偶爾也會興之所
至，夾雜韻語，呈現韻散兼行的現象。詩文之所以協韻，實源自古代
詩、樂、舞合一，用韻腳可以表現節奏的段落，情感的變化，也便於
誦讀與記憶。協韻宛如跳圓舞曲或跳芭蕾舞，相當規律，在一定的時
間內，韻母相同的字詞接二連三出現，不但一唱三歎，鏗鏘悅耳，而
且可以起強化感情、前呼後應的效果，具有高度的迴環之美。例如項
羽的〈垓下歌〉：「力拔山兮氣蓋世，時不利兮騅不逝，騅不逝兮可奈
何？虞兮虞兮奈若何？」用短促的陰聲去聲韻開頭，營造一種低沉、
傷懷的氛圍，充滿英雄失路之悲；而劉邦的〈大風歌〉：「大風起兮雲
飛揚，威加海內兮歸故鄉，安得猛士兮守四方。」則以洪亮的陽聲江
陽韻，烘托一種慷慨激昂的場合，洋溢英雄得意之喜。[42]韻文具有這

---

40 同注3，頁655。

41 孔廣森：〈詩聲分例〉一卷，分為二十七例，見陳師伯元（新雄）：《古音學發微》
　　（臺北市：嘉新文化基金會，1972年），頁283。

42 竺家寧：《語言風格與文學韻律》（臺北市：五南圖書出版公司，2001年），頁31。

麼感人的力量，怪不得廣為人們所喜愛，成為全世界各民族共有的文學體式。除此之外，構成聯綿字的兩個音節常有聲韻關係，如參差、栗烈、磅礴為雙聲，慘淡、爛漫、依稀為疊韻，在很短的時間內就重複出現相同的聲母或韻母，音節和諧，悅耳動聽，也是一種同聲相應的迴環之美。甚至連以義相合的合義複詞，如想像、灑掃、聆聽，也常有雙聲或疊韻的關係，在中國文學的大花園裡，迴環之美可說俯拾皆是。

四　情文方面的美感

(一) 深刻感人的情意美

　　漢字是一種表意文字，其外殼是字形，核心則為語言；而語言的外殼是語音，其核心則為語義。語義的內容主要為思想與情感，而其發揮則有賴於想像，所以思想、情感、想像這三種心理作用就成為文學的主要內容。《尚書・堯典》云：「詩言志」，[43]講的就是思想；陸機〈文賦〉云：「詩緣情而綺靡」，[44]講的就是情感；《文心雕龍・神思篇》云：「夫神思方運，萬塗競萌，規矩虛位，刻鏤無形。登山則情滿於山，觀海則意溢於海。我才之多少，將與風雲而並驅矣！」[45]講的就是想像，可見這三個文學內容的要素從古以來就為人們所重視。人不能沒有思想，否則就是行屍走肉；同樣的，文學作品也不能沒有思想，否則不是膚淺可笑，就是莫知所云。《文心雕龍・宗經篇》主

43　屈萬里：《尚書集釋・堯典》（臺北市：聯經出版事業公司，1986年二版），頁28。
44　（梁）蕭統編，（唐）李善注：《文選注》（臺北市：藝文印書館，1967年五版），頁246。
45　同注3，頁493。

張的「文能宗經，體有六義。」[46]古文家所強調的「文以載道」、理學家所倡導的「文以明理」，無非都是在期望文學不但有充實的內容、清晰的理路，而且有正確的趨向，也就是以善對美起一種過濾與規範作用。所以優秀的文學作品雖然不必像哲學、科學那樣充滿理性，但也不能不以思想作為表述的材料，組織的工具，導引的南針，否則就無法言之有物，言之有序了。例如山西永濟縣的鸛雀樓，原是登臨勝地，有不少詩人登臨詠唱，大家總是推崇王之渙的〈登鸛雀樓〉：「白日依山盡，黃河入海流，欲窮千里目，更上一層樓。」認為足以傲視群雄，這是由於他所站者高，所見者遠，所懷者大，一派盛唐之音，時空意識強烈，蘊含的哲理崇高深邃的緣故。[47]當然，除了思想之外，文學更是情感的產物。人心本是靜止不動的，受到環境的影響，或感於時，或感於物，或感於事，或感於身世，或感於情思，於是有了七情六慾，要讓這些自然的、原始的人情昇華為審美的情感，就必須透過移情作用，使我之情感外射於物，或者透過內模仿作用，使外物也影響到我的情感，[48]如此則物我同一，情景交融，雲飛泉躍，山鳴谷應，外界成為有情世界，我的內心也包羅了整個世界，這種審美的情感，可以改造空間，改造時間，改造理性，改造事物，自然成為創作的主要泉源了。例如李白〈秋浦歌〉：「白髮三千丈，緣愁似箇長。不知明鏡裡，何處得秋霜。」這三千丈不是現實空間中的長度，是「愁」的空間中，創造出來的長度，這是情感改造空間。《詩‧王風‧采葛》：「彼采葛兮，一日不見，如三月兮！」在懼怕的心理下，很少的時間變成了「最長的一日」，這就是情感改造時間。李賀〈秦王飲酒詩〉：「羲和敲日玻璃聲」，把原本訴諸視覺的印象，恍惚錯綜

46　同注3，頁23。

47　李元洛：《詩美學》（臺北市：東大圖書公司，2007年二版），頁59-60。

48　朱光潛：《文藝心理學》（香港：鴻儒書坊，1967年八版），頁33-70。

地訴諸聽覺，這就是情感改造理性。金聖嘆〈清明〉：「清明正是落花時，百舌聲中折一枝，惱煞東風太無賴，公然來我手中吹！」春風公然來我手中吹走落花，將春風寫得十分蠻橫無理，這就是情感改造事物。[49]這些作品，情感真摯、深刻而強烈，雖時有與現實情況不符之處，卻正是詩文美妙感人之處，因為詩文要求的是情感的真，而不必是現實的真，所以才顯得無理而妙。任何一篇文學作品有了深刻的思想、動人的情感，那就具備充滿美感的內容了。

（二）具體生動的意象美

與印歐拼音文字相較，漢字的形與意關係特別密切，雖然字形屢經演變，往往不再像初文那樣象物維肖，但每個字都有其特性，也有其群性，在視覺上具有形象之美。當文人雅士將這種具有形象之美的文字組合成詞藻，綴輯成篇章，來表達他們內心的意思時，那就更令人有意象繽紛，美不勝收的感覺。所謂意象，就是在主觀之意和客觀之象相互作用下，以直覺思維的方式，在瞬間生成的藝術表象。[50]意，包含主觀的、內在的思想、情感、想像；象則指客觀的、外在的物象、景象、事象。兩者透過形象思維，融而為一。意象，一方面具有多義性、豐富性和模糊性，另一方面又具有直覺性、獨創性和情感性，所以成為抒情文學，尤其是詩中獨立運用的基本單位。人的資訊來源百分之八十三來自視覺，具體生動的意象表現了事物的形狀、動態、線條、色彩等，栩栩如生，給人如在眼前的感覺，所以是文學美感的最重要來源之一。尤有進者，文學作品往往靠繁複的意象來抒發情感、烘托主題、呈現意境，其重要性真是無與倫比。在古書中，意與象相提並論，首見於《周易・繫辭傳》，意象連為一詞，首見於王

---

49 同注12，頁93-120。
50 雷淑娟：《文學語言美學修辭》（上海市：學林出版社，2004年），頁121。

充《論衡・亂龍篇》，而在文學範疇中，首先論及意象概念的則為劉
勰的《文心雕龍・神思篇》。[51]在文學中，對於意象的分類，各家多有
不同，李元洛《詩美學》共分八類：

1. 比喻式意象：如曾卓〈我遙望〉：「當我年輕的時候／在生活
   的海洋中，偶爾擡頭／遙望六十歲，像遙望／一個遠在異國
   的港口。」

2. 象徵式意象：如羅智成〈觀音〉：「柔美的觀音已沉睡稀落的
   燭群裡／她的睡姿是夢的黑屏風；／我偷偷到她髮下垂釣/
   每顆遠方的星上都大雪紛飛。」

3. 通感式意象：如顧城〈生命幻想曲〉：「讓陽光的瀑布／洗黑
   我的皮膚／太陽是我的縴夫/它拉著我／用強光的繩
   索……」

4. 交替式意象：如杜甫〈自京赴奉先縣詠懷五百字〉：「朱門酒
   肉臭，路有凍死骨。」

5. 疊映式意象：如龐德（Ezra Pound）〈地鐵站上〉：「出現在
   人群裡這一張張面孔／濕的黑樹枝上的一片片花瓣。」

6. 並列式意象：如孟浩然〈春曉〉：「春眠不覺曉，處處聞啼
   鳥，夜來風雨聲，花落知多少。」

7. 輻輳式意象：如漢樂府〈江南〉：「江南可採蓮，蓮葉何田
   田，魚戲蓮葉間。魚戲蓮葉東，魚戲蓮葉西，魚戲蓮葉南，
   魚戲蓮葉北。」

8. 輻射式意象：如蓉子〈傘〉，以傘為中心意象，反之覆之地描

51　胡雪岡：《意象範疇的流變》（南昌市：百花洲文藝出版社，2002年），頁26、53、
　　63。

繪和比喻，如同傘本身一樣，呈現的是輻射狀的意象結構。[52]

其說融合多家之長，最為詳細。當然，要塑造美妙的意象，除了運用各種修辭手段外，還得透過節奏來組織、銜接和展開。黃永武《中國詩學・設計篇》曾列舉八種具體方法：

1. 具體的圖畫：將抽象的理論觀念改作具體的圖畫的視覺意象。
2. 動態的演示：將靜態敘述的形象，改作動態演示的動作意象。
3. 感官的輔助：加強各種感官意象的輔助，使意象鮮明逼真。
4. 感官的移就：故意將接納感官交綜運用，造成印象與感官間的錯綜移屬，使意象更活潑生新。
5. 意象的縮合：將二個以上時空不同的獨立意象，用縮合、疊映，轉位等手法，連鎖起來，誕生新的風韻。
6. 極大的特寫：集中心力去凝視細小的景物，予以極大的特寫，使景物因純淨孤立而變成突出的意象。
7. 特徵的誇大：把握物象的特徵，窮形盡相地誇大其特徵，可以使意象躍現出來。
8. 對比的陪襯：用各種陪襯的手法，烘托出懸殊的比例，使意象交相映發，倍加明顯。[53]

透過這些具體的方法，必可使意象清晰地浮現出來，以鮮明生動、韻味十足的姿態，吸引讀者的注意，不僅悅目動聽，更進而引起審美的愉悅、心靈的共鳴。

---

52 同注47，頁152-167。
53 同注25，頁3-42。

（三）超越時空的想像美

　　想像正如感知、記憶、注意、情意、興趣、意志、理解、思維一般，是人的一種心理機能，但如談到藝術創作，它卻是關係最密切，影響最深遠的一種心理活動。缺乏它，則思想、情感皆平淡無奇，意象的創造也黯然無光，甚至連比興、夸飾等各種文學技巧都無所施其所長。所以文人雅士如果想讓自己的作品成為遨遊九天的神龍，而不淪為在泥地裡爬行的龜蛇，則不能不多發揮豐富的想像力，而讀者要深入體會作者的創作成果，也不能不以想像為入場券。所謂想像，是通過自覺的表象運動，借助原有的表象和經驗，以創造新形象的心理過程。[54]狹義的想像指再造想像與創造想像，廣義的想像則包含聯想和幻想。它具有自由性、差異性、情感性、形象性、創造性、審美性、新穎性等特色。和藝術創作關係尤為密切，舉凡創作才能的構成、創作動力的維持、創作情感的激發、創作靈感的醞釀、創作技巧的引導都脫離不了它。[55]可說是藝術作品成敗的關鍵，創作者才華的標竿。《文心雕龍‧神思篇》云：

> 文之思也，其神遠矣！故寂然凝慮，思接千載；悄焉動容，視通萬里。吟詠之間，吐納珠玉之聲；眉睫之前，卷舒風雲之色，其思理之致乎？[56]

把作者專精構思的神情，想像不受時間、空間限制的特色，以及想像具有聽覺美感、視覺美感的藝術效果都談到了，例如李白的〈望廬山

---

54 金開誠：《文藝心理學概論》（北京市：北京大學出版社，1999年），頁72。

55 張蕙慧：〈想像的本質及其在音樂審美活動中的效用探析〉，《新竹師院學報》第14期（2001年2月），頁283-290。

56 同注3，頁493。

瀑布〉:「日照香爐生紫煙,遙看瀑布掛前川。飛流直下三千丈,疑是
銀河落九天。」真是落想天外,匪夷所思。詩人以雄奇之筆,狀雄奇
之景,那「反常合道,奇趣橫生」的審美想像與審美境界,給予讀者
以強烈的美的震撼,這種美的境界和效果,的確是後來者所難以企及
的。[57]又如李頎的〈聽董大彈胡笳〉:「言遲更速皆應手,將往復旋如
有情。空山百鳥散還合,萬里浮雲陰且晴。嘶酸雛雁失群夜,斷絕胡
兒戀母聲。」這六句寫董大彈胡笳的技術與音律之妙,用風景來描繪
聲音,將聽覺的感受轉移為視覺的感受,將時間的藝術轉移成空間的
藝術,將音樂畫成圖畫,這種聯想是十分特殊的,所以在全詩中非常
突出。[58]至於創造想像力的由來,未必全為先天稟賦,更不是守株待
兔就能得到,而是如《文心雕龍·神思篇》所云:

> 是以陶鈞文思,貴在虛靜,疏瀹五藏,澡雪精神;積學以儲
> 寶,酌理以富才,研閱以窮照,馴致以繹辭。然後使玄解之
> 宰,尋聲律而定墨;獨照之匠,窺意象而運斤,此蓋馭文之首
> 術,謀篇之大端。[59]

除了為文構思之時,要摒除環境的干擾,用志不分,使精神處於虛一
而靜的最佳狀態之外,平時的功夫更不可忽略,那就是要累積學問以
儲蓄想像的材料,酌參事理以強化才力,免得想像違反自然,沒有法
則。還要充實自己的人生閱歷,以加強想像的廣度與深度,這樣才能
順著靈感所展現的思路,順利而完美地以文辭表現出來。劉彥和所
說,雖然已是超過千年的故言,至今仍深具啟發性。

---

57 同注47,頁248。
58 同注25,頁259。
59 同注3,頁493。

五 中國文學美感的特色

（一）聲色爭妍

文學欣賞的過程分成審美感知和審美判斷兩個階段，欣賞者首先接觸的是語言文字，然後借助想像和聯想把文學語言轉化為具體可感的形貌，在頭腦中，「再造」出作品所描繪的生活圖畫，從而獲得對藝術形象的具體感受和體驗。[60]由於人類大腦的資訊百分之八十三來自視覺，百分之十一來自聽覺，所以視覺及聽覺形象就成為審美感知的兩個主要對象，也是文學欣賞活動的重要基礎。正如高師仲華所云：

> 說修辭的理想，最具體的是「聲律」和「色采」。因為「聲律」是可以用耳聽得出來的，「色采」是可以用眼看得出來的，是可以直接驗之於天賦的、官能的，這和上面六種理想——風神、氣骨、情韻、意境、體性、格調——非心領神會不能理解的不同。[61]

在形文方面，透過錘鍊的字詞、對稱的形式、多樣的句式，加上思想、情感的融入，意象的塑造，想像的發揮，就可以將事物的形狀、動態、線條、色彩等表現得具體生動、栩栩如生，使得藝術形象觸手可及，呼之欲出，這就是文學的具象美。在聲文方面，透過抑揚的節奏、錯綜的音節、迴環的協韻，也可以將語言抑揚頓挫、迴環往復的外在韻律表現無遺，加上作者思想、情感的狀態和律動所形成的內在

---

60 向錦江、張建業：《文學概論》（北京市：北京師範學院出版社，1988年），頁241-242。

61 同注1，〈論聲律〉，頁129。

韻律，這就構成文學的音樂美。具象美與音樂美決不是單獨發生作用，產生視覺美感與聽覺美感而已。它們是互相角勝，互相滲透，互相感通，互相輔成，在審美主體的心靈融合成為一種有密度、有彈性、和諧、典雅的藝術美感，可以進一步去講求風神、氣骨、情韻、意境、體性、格調，造成形、情、理三者兼具的審美判斷，如此才能全面地、深入地、正確地理解作品，進入欣賞的最高境界。這就是姚鼐所講的：

> 神理氣味者，文之精也。格律聲色者，文之粗也。然苟舍其粗，則精者亦胡以寓焉？學者之於古人，必始而遇其粗，中而遇其精，終則御其精者，而遺其粗者。[62]

所以聲色之美雖是詩文之粗者，卻是進入審美殿堂必不可缺的條件，也是中國文學美感的一大特色，宜特別講求。

（二）情采均衡

　　近代少數美學家如克羅齊（Bencdetto Croce）、貝爾（Clive Bell）、波山奎（Bernard Bosanquet）等可能受到音樂自律論的影響，[63]主張藝術作品是完整的有機體，內容與形式不能分，除了形式以外，不應再有內容的存在，亦即以形式概括內容。[64]不過，絕大多數的學者還是認為包含文學在內的藝術作品應該有內容與形式之分。所謂內容，

---

62 同注32，頁8。

63 自律論與他律論相對，認為制約音樂的法則和規律並非來自音樂之外，而是在音樂本身，音樂結構既是音樂的內容，也是音樂的形式，音樂之中完全沒有情感存在的空間，因而反對內容和形式的二元性。詳見于潤洋：〈對一種自律論音樂美學的剖析〉，《音樂美學史學論稿》（北京市：人民音樂出版社，2004年二版），頁10-11。

64 涂公遂：《文學概論》（臺北市：華聯出版社，1969年），頁50。

是指通過形象的塑造，生動地再現在作品中的現實生活，以及這一現實生活所體現的作家的思想、感情，它是由題材、主題、思想感情、人物形象等因素所組成。所謂形式，則指文學整體意象的存在方式或外在表現，它是由語言、體裁、結構和表現手法等因素構成。[65]在劉彥和的眼中，內容就是情文，包含上文所提及的思想情感、意象、想像，他簡稱為「情」；形式就是形文和聲文，包含上文所提及的詞藻、對偶、句式、節奏、錯綜、協韻，他簡稱為「采」。《文心雕龍‧情采篇》云：

> 夫水性虛而淪漪結，木體實而花萼振，文附質也；虎豹無文，則鞹同犬羊，犀兕有皮，而色資丹漆，質待文也。[66]

劉彥和認為文學作品不僅須有鮮明、華麗、鏗鏘的語言文字之美，也須有深刻、感人、靈活的情意之美。形式必須以內容為根本，不能脫離內容而獨立；同樣地，內容也有待於形式的表現，不能拋棄形式而不顧。兩者互相依賴，互相制約，能有機統一，所呈現出來的才是完美的文藝審美整體。如果繁采寡情，會令讀者生厭；如果質樸無文，也無法通行久遠。在〈宗經篇〉中，他對文學作品進一步提出了六種規範，那就是：

> 文能宗經，體有六義，一則情深而不詭，二則風清而不雜，三則事信而不誕，四則義直而不回，五則體約而不蕪，六則文麗而不淫。[67]

65　同注60，頁73、75。

66　同注3，頁537。

67　同注3，頁23。

前四種屬於內容方面，後二種屬於形式方面。誠能六義兼顧，則可望
得到情采均衡、文質彬彬的效果。近代藝術符號學專家蘇珊·朗格
（Susanne K. Langer）一方面極端重視音樂的形式，不憚詞費地稱它
為「運動形式」、「生命形式」、「邏輯形式」、「有意味形式」；另一方
面又非常強調音樂情感，認為它是藝術符號的內容，而藝術則是提煉
和加深情感的最有力工具。[68]其強調內容與形式統一的精神，與劉彥和
並無二致。不過，一般而言，外國文學雖然也重視內容與形式之關係，
但像中國文學這樣講求情采均衡、文質彬彬的情況，倒是不多見，這
的確是中國文學美感的一大特色，即使在今日，仍無落伍之虞。

（三）意境深遠

所謂意境是指文學作品中和諧、廣闊的自然和生活圖景，滲透
著作者含蓄、豐富的情思而形成的能誘發讀者想像和思索的藝術境
界。[69]它是中國所獨有，最具特色的美學範疇之一。濫觴於先秦老
莊、《易傳》，又受到玄學、佛學的影響，在魏晉開始發展。劉勰的
「思表纖旨，文外曲致。」（《文心雕龍·情思篇》）、鍾嶸的「文已盡
而意有餘」、「味之者無極」（《詩品·序》）都已為意境理論做了奠基
工作。到了唐宋以後，王昌齡《詩格》詩有三境之說，釋皎然《詩
式》「取境」之說，司空圖《詩品》強調的「韻外之致」、「味外之
旨」、「象外之象，景外之景」、「不著一字，盡得風流」，嚴羽《滄浪
詩話》主張的「透徹玲瓏，不可湊泊，如空中之音，相中之色，水中
之月，鏡中之象，言有盡而意無窮」，都使境界理論臻於成熟。後來
再經謝榛、陸時雍、王夫之、梁啟超、王國維等人的推闡，意境的理

---

68 張蕙慧：〈從情感與形式論蘇珊朗格的音樂本體論〉，《新竹師院學報》第20期
（2005年6月），頁191。
69 姚鶴鳴：《文學概論精講》（北京市：北京大學出版社，2001年），頁135。

論更跨入新的世紀。[70]意境與意象兩者密切相關，但又有區別，大抵意象小而意境大，意象單純而意境繁複，意象具體而意境虛幻。例如馬致遠〈天淨沙〉：「枯藤、老樹、昏鴉，小橋、流水、人家，古道、西風、瘦馬，夕陽西下，斷腸人在天涯。」枯藤、小橋、古道等十幾個單一的事物形象都是意象，但這些意象組成的和諧而蘊藉的藝術妙境，以及飄零異鄉的愁苦之情，則是意境。意境是物象與物象之間多重複合聯繫所構成的一種耐人尋味的圖景、場景、氛圍、情調、韻味。但它必須以意象為基礎，缺乏一個個單純的意象，也就無從構成更廣闊、更豐富、更含蓄、更有立體感和空間感的意境。[71]所以為文時，必須以情文中的意象為基本元素，儘量以形文、聲文去渲染它、烘托它，以思想、情感、想像去使其飛揚，虛實結合，情景交融，才有可能營造具有獨創美、想像美、綜合美的意境。深邃的意境，給予讀者回味無窮的美感，是中國文學追求的最高境界，也是中國文學美感的一大特色。

（四）風格多元

風格也是文藝美學的一個重要範疇，它是作家藝術成熟的標誌，讀者欣賞的橋樑，批評家評論的標準。所謂風格，就是風貌格調，亦即事物給我們的整體印象或感覺。在文學方面，風格可分為作品風格、作家風格、文體風格、語言風格、流派風格、時代風格、地域風格，其中最重要的是作品風格與作家風格。作品風格主要是表現在題材的選擇、主題的提煉、形象的創造和藝術表現的手段、方法（包括語言的運用、情節結構的安排、創作原則和藝術技巧的採用）等方

---

70 韓林德：《境生象外》（北京市：生活‧讀書‧新知三聯書店，1995年），頁58-66；
　　古風：《意境探微》（南昌市：百花洲文藝出版社，2001年），頁33-143。

71 同注69，頁136。

面，亦即作品內容與形式諸因素的統一。[72]作家風格則受到主、客觀因素的影響，主觀因素包括作家的世界觀、生活經歷、藝術修養、藝術才能和個性特徵等；客觀因素包括社會政治經濟狀況、風俗習慣、學術思想、文藝風尚、民族文化傳統以及群眾的審美需要和欣賞習慣等。[73]作品是作家所創造的，其風格當然是由作家決定的；而另一方面，有作品風格的累積，才有作家風格的形成。每一個作家都有其風格，如司馬遷雄奇，劉向淵懿，李白飄逸，杜甫沉鬱。但風格雖有獨特性，也有其多樣性，像李賀詩除了詭麗之外，還有纏綿、明朗、勁健、古樸等各種色彩；李後主亡國前後的風格也大不相同。甚至同一篇作品有時也會有各種不同風格，如方玉潤《詩經原始》就評論〈豳風‧七月〉說：

> 今玩其辭，有樸拙處，有疏落處，有風華處，有典核處，有蕭散處，有精微處，有淒婉處，有山野處，有真誠處，有華貴處，有悠揚處，有莊重處，無體不備，有美必臻。晉唐後陶、謝、王、孟、韋、柳田家諸詩，從未臻此境界。[74]

足見風格的探析是相當複雜的事。《文心雕龍‧體性篇》曾把風格分為八類，即典雅、遠奧、精約、顯附、繁縟、壯麗、新奇、輕靡，[75]對後世影響極大。後來（唐）司空圖《詩品》分風格為二十四，皎然《詩式》分為十九，（宋）嚴羽《滄浪詩話》以九品定詩風高下，白石道人姜夔《詩說》立有四種高妙，（明）周履靖《騷壇秘語》有辨

---

72 同注69，頁157。

73 同注69，頁157、160。

74 （清）方玉潤：《詩經原始》（北京市：中華書局，1986年），頁306-307。

75 同注3，頁505。

體十九字，（清）袁枚《小倉山房續詩品》有三十六品，[76]所分更為細密。但系統井然，綱舉目張的則當數蔣伯潛所說：

> 文章底風格……文辭之繁縟與簡約，筆法之隱曲與直爽，章句之整齊與錯綜，格調之謹嚴與疏放，意境之動蕩與恬靜；……是從具體方面辨別的。至於以聲調論，則有曼聲與促節，宏壯與纖細；以色味論，則有濃厚與平淡；以神態論，則有嚴肅與輕鬆；以氣象論，則有陽剛與陰柔，正大與精巧……是從抽象方面辨別的。[77]

這些風格，在文辭、章句、聲調、色味方面都由形文、聲文決定，其餘亦與情文密切相關，足見風格的確是文學內容與形式的整體表現。全世界從來沒有哪一個國家對風格如此講求，這也是中國文學美感的一大特色。

六　結論

綜合以上論述，可以發現：

（一）漢字單音獨體，形義關係密切，又有聲調變化，宜於講對偶，務聲律，故能產生許多形式獨特、格律謹嚴的文學體裁，在世界文壇中大放異彩。

（二）漢字的形、音、義三要素各有其文采，在形文方面，有字詞錘鍊的藻飾美、形式對稱的整齊美、句式多樣的變化美；在聲文方面，有節奏和諧的抑揚美、異音相從的錯綜美、同聲相應的迴環美；

76　同注8，頁366。
77　蔣伯潛：《文體論纂要》（臺北市：正中書局，1959年臺一版），頁218。

在情文方面，有深刻感人的情意美、具體生動的意象美、超越時空的想像美，這些文采皆造成優異的審美效果。

（三）歷代文人雅士嘔心瀝血，將這些深具審美效果的文采，以各種不同的體裁組合成篇章，綴輯成詩文，至少產生聲色爭妍、情采均衡、意境深遠、風格多元等特色，使中國文學蔚為世界文化的重要產業。我們不但要善加保存，更要好好加以發揚光大。

——原載於中國文字學會主辦、東吳大學承辦：「第二十一屆中國文字學國際學術研討會論文」（2010年4月），頁431-446。

聲韻學與散文鑒賞

一 引言

「聲韻學枯燥而艱深，學習它有什麼用處？」這是不少中文系學生常有的牢騷。任課教師當然可以告訴他們：「聲韻學是語言文字學重要的一環，可以幫助我們分析文字、研究訓詁、運用校勘，進行辨偽……。」這些功用的確都相當重要而顯著，可惜不離考據範疇，也許還不易引起一般學生的興趣。但若進一步告訴他們：「聲韻學可以幫助我們從事文學的創作與欣賞。」則反應可能會截然不同。

在傳統觀念裡，聲韻學屬於考據，文學屬於詞章，兩者性質迥然不同，怎麼會有密切的關係呢？其實，只要我們稍想一下，這疑惑就不難迎刃而解。因為文學是用文字來記錄思想、情感的藝術，它牽涉到文字三要素中的字音，而聲韻學正是研究字音的原理與流變的學問，兩者當然脫離不了關係。任何一篇動人的文學作品，總是意義新穎、辭藻精鍊、聲韻和諧，特別是詩、詞、曲之類的韻文，對平仄、聲調、押韻等聲律無不特別別講究。我們只要隨便翻翻有關這方面的作品或論著，就可以了解，如果把聲韻之美從詩、詞、曲抽離，那麼，這些感人肺腑的作品頓時就會大為失色了。

文學作品當中，不受聲律束縛的散文是否就與聲韻無關呢？答案是否定的。因為無論是文言散文或白話散文，也都是用文字撰寫的，

也一樣需要聲韻和諧，只是它的聲律完全由內容來決定，隱而不顯，變化多端，較不機械，較不嚴格而已。加上歷來有關這方面的著述寥若晨星，所以容易造成一般人的錯覺。事實上，不僅創作散文必須講究無形的聲律，就是鑒賞散文，也很需要以聲韻學作為利器，來使我們看得更廣、更深、更細。我以為聲韻學對散文鑑賞的功用起碼有六點，即：明通叚、辨韻語、察詞彙、鑒修辭、析音節、審文氣。下面就是我的分析。

二　本論

（一）明通叚

　　古代的散文作者因字而生句，積句而成章，積章而成篇，往往文辭炳蔚，義蘊精深。後世讀者若想領會其豐富之內容，勢必非以文字為之津梁不可。唯文字具有形音義三個要素，其構造雖然是形符的變化，其運用則多賴聲韻的流轉。特別是在先秦兩漢，有許多文字還未構造成功，又缺乏像《說文解字》這樣明辨本字、本義的字書，一般人寫作時，往往在理解不深或記憶不明的情況下，以同音或音近的字來代替。甚至因受書寫工具的限制，常用筆劃較簡的同音字去代替筆劃較繁的本字，難怪同音通叚的現象在古籍中俯拾皆是。如果我們不能打破這種文字上的障礙，那就可能望文生訓，鬧出許多笑話，遑論確切把握作者的本意，鑒賞行文的美妙了。例如：

　　　　《左傳・宣公十二年》：「前茅慮無。」杜預注：「或曰：時楚
　　　　以茅為旌識。」

茅為野草，楚縱無文，也不致以之為旗章。茅的正字應該是旄（見王引之《經義述聞》卷二十四）。又如：

> 《莊子・逍遙遊》：「野馬也，塵埃也，生物之以息相吹也。」
> 崔譔注：「天地閒氣如野馬馳也。」（陸德明《經典釋文》卷二十六引。）

陸宗達以為這種解釋是典型的望文生義，馬應讀為《楚辭》「愈霧其如塵。」（劉向〈九嘆・惜賢〉）之塵，也是塵埃之義（見《訓詁學簡論》三・（二））。又如：

> 《史記・刺客列傳》：「此臣之日夜切齒腐心也。」司馬貞《索隱》：「腐，音輔，亦爛也。」

齒固能切磨，心而熬煎得腐爛，未免夸飾過度。腐應是拊之叚借，《戰國策・燕策》正作「切齒拊心」。又如：

> 《漢書・元帝紀》：「建昭元年……秋八月，有白蛾群飛蔽日。」顏師古注：「蛾，若今之蠶蛾類也。」

白蛾蔽日，恐為古今所未見，蛾應為蟻之叚借。《禮記・學記》：「蛾子時術之。」鄭玄注：「蛾，蚍蜉也。」正是其證。諸如此類，我們若膠著於字面，往往以文害辭，若讀以本字，則怡然理順了。

中國文字何止萬千，要從茫茫字海中，辨認通叚，尋求本字，絕非易事。古代的學者經過長期探索，終於發現一條捷徑，那就是王念孫所說的「以聲求義」。不過，大家都曉得語音每每隨時間空間轉

移，我們絕對不可以根據現代讀音濫用通叚。而應具備相當的聲韻學知識，對歷代字音的演變瞭然於胸，對本字與借字的聲韻關係考察得十分清楚，並找出許多證據與例子，然後結論才可以確立無疑。例如上文所舉的茅，中古反切為莫交切，屬明母肴韻，上古音屬明紐幽部；旄，中古反切為莫袍切，屬明母豪韻，上古音屬明紐宵部。二者上古時代為雙聲關係，而韻部幽宵旁轉相通，所以可以叚借。同理，在上古音中，馬、塺聲母同屬明紐，韻部則為魚歌旁轉，也是雙聲叚借。腐屬並紐侯部，柎屬滂紐侯部，韻部完全相同，聲母也有旁紐關係，是疊韻叚借。蛾、蟻同屬疑紐歌部，則為同音叚借。唯中古時代，蛾有五何切、魚倚切兩個讀音，所以顏師古才會誤解為蟲蛾。黃季剛先生曾說：

> 大氐見一字而不了本義，須先就《切韻》同音之字求之。不得，則就古韻同音求之。不得者蓋已尠。如更不能得，更就異韻同聲之字求之。更不能得，更就同韻、同類或異韻、同類之字求之。終不能得，乃校此字母所衍之字衍為幾聲，如有轉入他類之音，可就同韻異類之字求之，若乃異韻異類，非有至切至明之證據，不可率爾妄說。（《黃侃論學雜著‧求本字捷術》）

這種篤實謹慎的功夫，正是明通叚的不二法門。

（二）辨韻語

　　韻語就是劉勰所謂的「同聲相應謂之韻。」（《文心雕‧龍聲律篇》）王了一曾進一步解釋說：

> 韻就是韻腳，是在同一位置上同一元音的重複，這就形成聲音

的迴環，產生音樂美。(《龍蟲並雕齋文集·中國古典文論中談到的語言形式美》)

我國的文體，依韻語的使用，可粗略劃分為韻文與散文兩大類。但這種分別並非是絕對的，尤其在先秦散文中往往夾雜了一部分韻語，形成散韻兼行的現象。江有誥的《群經韻讀》(見江氏《音學十書》)所列的即有《易經》、《書經》、《儀禮》、〈考工記〉、《禮記》、《左傳》、《論語》、《孟子》、《爾雅》等九種。《先秦韻讀》(亦見江氏《音學十書》)所列的更有《國語》、《老子》、《管子》、《孫武子》、《晏子春秋》、《家語》、《莊子》、《列子》、《吳子》、《山海經》、《穆天子傳》、《逸周書》、《六韜》、《三略》、《戰國策》、《墨子》、《文子》、《荀子》、《韓非子》、《呂氏春秋》、《鶡冠子》、《素問》、《靈樞》、《鬼谷子》、秦文等二十五種。雖然其中的《家語》、《列子》、《六韜》、《三略》、《文子》、《鬼谷子》、《鶡冠子》時代的認定上不無問題(詳見屈萬里《先秦文史資料考辨》)，而韻語的採擷也常有失收、誤收之處，但仍然稱得上網羅宏富、價值不凡。龍宇純的〈先秦散文中的韻文〉詳加補苴訂正，尤便於參考。兩漢以後，散韻兼行的文章也是所在多有，如司馬談〈論六家要旨〉、枚乘〈上書諫吳王〉、柳宗元〈愚溪詩序〉、范仲淹〈岳陽樓記〉、歐陽修〈祭石曼卿文〉、王安石〈祭歐陽文忠公文〉、蘇軾〈祭歐陽文忠公文〉、余光中〈蒲公英的歲月〉等皆是，可惜乏人加以蒐羅整理而已。

散文行文自由，字句長短不拘，間有韻語，也不受格律羈絆，所以韻語的辨認較為困難。龍宇純曾舉出幾個尺度標準，即：1. 句數的長短，2. 文意的斷連，3. 言句結構的相同或文句的平行相當，4. 上下文或他篇類似文句的比較。(詳見〈先秦散文中的韻文〉。)當然，除了這些圭臬外，還得對聲韻學的研究有相當的基礎，否則，一切尺度標準都無法施展開來。

　　古人所以在散文中夾雜韻語，主要是提醒讀者注意，並取便記憶。但由於韻語使用了文學音律中的音色律（詳見謝雲飛《文學與音律‧語言音律與文學音律的分析研究》），顯得音韻和諧，具有迴環往復、一唱三嘆的效果，所以無形中也使散文增添了不少藝術價值。唯讀者亦須對韻的陰陽、開合、洪細等都有明確的了解，對古音系統乃至音值擬測也有所認識，才能欣賞這種聲律之美。近代學者更注意到聲韻與文情的關係。如王易云：

> 韻與文情關係至切；平韻和暢，上去韻纏綿，入韻迫切，此四聲之別也。東董寬洪，江講爽朗，支紙縝密，魚語幽咽，佳蟹開展，真軫凝重，元阮清新，蕭篠飄灑，歌哿端莊，麻馬放縱，庚梗振厲，尤有盤旋，侵寢沈靜，覃感蕭瑟，屋沃突兀，覺藥活潑，質術急驟，勿月跳脫，合盍頓落，此韻部之別也。此雖未必切定，然韻近者情亦相近，其大較可審辨得之。（《詞曲史‧構律第六‧（二）韻協》）

劉師培曾歸納出各古韻部中共同的含義（詳見《劉申叔先生遺書‧左盦外集‧正名隅論》），王了一先生也曾舉例說明同源詞往往具有相同的概念（詳見《漢語史稿‧同類詞和同源詞》）。今即以《左傳‧鄭伯克段於鄢》為例，說明散文中韻語的妙用。《左傳‧隱公元年》云：

> 公入而賦：「大隧之中，其樂也融融。」姜出而賦：「大隧之外，其樂也洩洩。」

鄭莊公所賦，以中、融為韻，二字在古韻中屬冬部（oŋ），聲音寬洪，正表現出莊公解脫不孝罪名，重享天倫之樂的暢快。武姜所賦，

以外、洩為韻，二字屬月部（at），聲音短促，與武姜餘悷猶存，又掛念愛子共叔段長年放逐在外的忐忑心情亦相符合。在這方面如想繼續作進一步深究，正如黃永武所云：

> 一面固可憑藉詞曲的樂理，一面也可以乞靈於訓詁學家對字音、字義的研析。（《中國詩學・設計篇・談詩的音響》）

可見也是非從聲韻入手不為功的。

（三）察詞彙

文章的基本構成分子是字詞。我國的文字是單音綴，有時候一個字就是一個詞，有時候兩個以上的文字組合為複詞。站在文法的觀點，複詞可分為合義複詞及衍聲複詞兩大類。前者姑且置之不論，後者無論是雙音節衍聲複詞、疊字衍聲複詞、帶詞頭的衍聲複詞或帶詞尾的衍聲複詞，其構成都是以聲不以義（詳見許詩英師《中國文法講話》第二章第二節）。而其中又以雙音節衍聲複詞運用最為廣泛，不但在韻文中俯拾皆是，即使在散文中也是屢見不鮮。

雙音節衍聲複詞就是古人所謂的聯綿字，又稱連語。它合兩個音節成為一個詞，只有單一的意義，性質卻十分複雜，如果對聲韻學茫然毫無所知，則寫作或閱讀時常會有格格不入之嘆。此可分幾方面言之：1. 雙音節衍聲複詞又可分為雙聲雙音節衍聲複詞（如崎嶇、參差、蒹葭）、疊韻雙音節衍聲複詞（如徘徊、窈窕、崔嵬）、非雙聲疊韻的雙音節衍聲複詞（如滂沱、芙蓉、科斗）。其歸類應以當時語音為準，而不能用現代音判斷，如蕭瑟、邂逅、蟋蟀在上古都是雙聲雙音節衍聲複詞，棲遲、茉莒、蜉蝣在上古都是疊韻雙音節衍聲複詞，但在國語中已無法發現其雙聲或疊韻的關係了。2. 雙音節衍聲複詞以

聲音為主，字隨音轉，字形常不固定，如委蛇有八十三形、崔嵬有十五體。我們應將它們當作標音符號看待，若還拘守表意文字的藩籬，強加分析，只會求之愈深，失之愈遠。如猶豫，孔穎達解為「猶，獷屬；豫，象屬。此二獸皆進退多疑。」（《禮記‧曲禮疏》）狼狽，段成式釋為「狽前足絕短，每行，常駕兩狼。」（《酉陽雜俎》卷十六）都曾見笑於方家。3. 雙音節衍聲複詞可以摹擬聲音、圖寫形象、描繪動作（見胡楚生《訓詁學大綱》第四章第五節），對於文學創作頗有裨益。而在文學欣賞方面，我們也應特別注意到它使音節更為和諧、辭藻更為華美、感情更為深入的效果。例如韓愈〈送李愿歸盤谷序〉：「足將進而趑趄，口將言而囁嚅。」中古音趑趄同屬清母，囁嚅同屬日母，由於都是雙聲雙音節衍聲複詞，讀來有一種迴環之美。而且用辭典雅，如果易以較平凡的複詞，如「不前」、「難開」，那就頓成俗筆了。更難得的是，趑趄同屬齒音，給人細小纖弱的感覺（見黃永武《中國詩學‧鑑賞篇‧聲律美的欣賞》）；囁嚅同屬半齒音，有表示柔弱、軟弱的概念（見王了一先生《漢語史稿》‧〈同類詞〉和〈同源詞〉）。攀附權貴者那種患得患失、躊躇難安的心情，靠這兩個聯綿字可說表現得十分傳神。

　　不僅雙音節衍聲複詞與聲韻有密切關係，就是以義相合的合義複詞往往也有雙聲、疊韻的關係（如灑掃、親戚、貪婪、剛強），甚至連隔字之詞有時也免不了聲韻、疊韻（如優哉游哉、暴虎馮河、翻雲覆雨）。郭紹虞云：

　　　雙聲疊韻是單音語孳乳演化最重要而又最方便的法門，……故用以入文，當然也能很巧妙地、很自然地成為一種天籟了。（《語文通論續集‧中國詩歌中雙聲疊韻》）

這種妙用，一直到白話散文盛行的現代仍未稍減，鄭明娳云：

> 中國文字的雙聲疊韻最富音樂性，現成的連綿字已是取之不盡。而非連綿字造成的雙聲疊韻，作者更應用在不經意處來強化效果。鑑賞者便要從這些不經意處尋得蛛絲馬迹。（《現代散文欣賞‧代序》）

當然，唯有通曉聲韻的人，才能深刻地去體會雙聲、疊韻的美妙。

（四）鑒修辭

文章寫作時，除慎用字詞外，尚須講究修辭手法，才能使材料生動、意境清新、詞語靈活、章句遒勁，也才能使欣賞者味之亹亹不倦。我國的修辭格無慮三、四十種（詳陳望道《修辭學發凡》、黃慶萱《修辭學》），其中與聲韻有直接關係的，至少有下列數種：

1 摹寫

對事物的各種感受加以形容描述，叫作摹寫。所謂感受，包含視覺、聽覺、嗅覺、味覺、觸覺等。在文學作品裡，摹寫聽覺的最為常見，因而有人索性就稱之為摹聲格。例如：

> 舟回至兩山間，將入港口，有大石當中流，可坐百人。空中而多竅，與風水相吞吐，有窾坎鏜鞳之聲，與向之噌吰者相應，如樂作焉。（蘇軾〈石鐘山記〉）
> 先是料料峭峭，繼而雨季開始，時而淋淋漓漓，時而淅淅瀝瀝，天潮潮，地濕濕。（余光中〈聽聽那冷雨〉）

以最適當的聯綿詞或疊字描摹鐘鼓聲之洪亮、風雨聲之多變，讀來如聞其聲，如履其境。如果不是對聲韻詳加揣摹，曷克臻此？

2　雙關

　　雙關是一語詞同時關顧到兩種事物的修辭方式。也就是劉勰所謂「意生於權譎，而事出於沈急。」（《文心雕龍·諧讔篇》）的隱語。包括字義的兼指、字音的諧聲、語意的暗示。其中字音雙關的，例如：

> 秦失其鹿，天下共逐之。（《史記·淮陰侯列傳》）
> 然而儘管夢斗塔湖美得那麼令人心折，心裡總覺得有層「隔」。每次我與友人通訊，下筆總不是寫「寄自梅廸生城」，而是「寄自陌地生城」。（鍾玲〈夢斗塔湖畔〉）

「鹿」除鹿獸之意外，還兼含「天祿」之「祿」；「陌地生城」除了譯音之外，還表現出作客他鄉的無奈。這些都是使用了同音或音近的字詞，而使得文章顯得更為蘊藉、風趣而鮮活。

3　感嘆

　　以呼聲表露喜怒哀樂等強烈的感情，便是感嘆。除寓感歎的意思於設問的句式或倒裝的句法外，最常見的形式是在直示句的前後添加「呵」、「呀」、「嗚呼」、「噫嘻」等感歎，例如：

> 夥頤！涉之為王沈沈者！（《史記·陳涉世家》）
> 嗚呼！其信然邪？其夢邪？（韓愈〈祭十二郎文〉）

司馬遷以鄉下人的土話，將陳涉小同鄉驚奇艷羨之情表現得神情畢

露；韓愈以深沈的哀號、半信半疑的語氣，將喪姪的悲慟表現得十分深刻。如果我們將「夥頤」改為「噫嘻」，「嗚呼」改為「嗟乎」，那就韻味全失了。黃慶萱云：

> 於、吁、烏乎等屬於魚虞模的字，古音為ㄚ。又古韻之、咍同部，段玉裁皆歸之於第一部。所以之韻字如噫、已、嘻、矣等字，古讀如今咍韻，元音為ㄞ或ㄝ。這樣一來，知道古人歎聲原不異於今，對於古人的感歎，我們也就能夠如聞其聲，進而依其發音來領略他們的喜怒哀樂了。（《修辭學·上篇·第一章》）

這樣深刻的聲情鑑賞，當然只有精通聲韻的人才能做到。

4 析字

析字是在講話行文時，故意就文字的形體、聲音、意義加以分析的修辭格。是構成廋辭（又稱隱語）的重要方法。計有化形、諧音、衍義三類。其中的諧音析字又分為借音、切腳、雙反三式。例如：

> 南京的風俗，但凡新媳婦進門，三天就要到廚下收拾一樣菜，發個利市。這菜一定是魚，取「富貴有餘」的意思。（《儒林外史》第二十七回）
> 若以本題而論，豈非吳郡大老倚閭滿盈嗎？（《鏡花緣》第十七回）
> 或言後主名叔寶，反語為少福，亦敗亡之徵云。（《南史·陳後主紀》）

「魚」、「餘」單純諧音，一般人都可以懂。至於「吳郡大老倚閭滿盈」為「問道於盲」的切腳語，「叔寶」順反為「少」，倒反「寶叔」為「福」，則須對反切的原理與方法有所了解，才能欣賞。

5　藏詞

要用的詞已見於熟悉的成語或俗語中，便把本詞隱藏，單講成語俗語中另一部分，以代替本詞的，叫作藏詞。歇後語、藏頭語皆屬之。歇後語往往兼帶諧音，流行尤其廣泛。例如：俗語「豬頭三」之下隱藏「牲」字，再音轉為「生」；「豬八戒的脊梁」之下隱藏「悟能之背」四字，再音轉為「無能之輩」。都是利用析字的諧音方法，轉彎抹角來表達幽默的情趣，頗為新穎。

以上所舉各種修辭實例僅是窺豹一斑，但聲韻與修辭的關係也就不難想見了。

（五）析音節

王了一先生云：

> 語言的形式之所以能是美的，因為它有整齊的美、抑揚的美、迴環的美。這些美都是音樂所具備的，所以語言的形式也可以說是語言的音樂美。（《龍蟲並雕齋文集・略論語言形式美》）

整齊美指對偶而言，迴環美指押韻及雙聲疊韻而言，這些都是駢文或韻文所刻意經營，而散文不甚在意的。至於抑揚美，主要是平仄、節奏等的變化，也就是劉勰所謂的「異音相從謂之和。」（《文心雕龍・聲律篇》），這是散文音節之美的主要寄托。郭紹虞云：

異音相從雖取其異，然於節奏之間，有時有雙聲疊韻的連綴，
有時有同調的連綴，有時有應響的連綴。那麼，即於異音相從
之中也到處寓有同聲相應之實。（《語文通論續編·論中國文學
中的音節問題》）

又云：

利用同聲相應以求其重複，利用異音相從以見其變化，一經一
緯而後音節以成。（同上）

足見它與同聲相應是相反相成的。

1 平仄

平仄是音節之顯而易見者，它是由聲調決定的，而聲調正是中國
語言與西洋語言最重要的分水嶺。在具有入聲的古代語言或現代南方
方言裡，聲調的差異，除了音高的不同外，還牽涉到音長及韻尾的區
別，性質頗為複雜，故異說亦多。如顧炎武、王光祈主張輕重說，王
了一先生、周法高主張長短說，梅祖麟主張高低說，丁邦新則截斷眾
流，提倡平為平調仄為非平調的說法，並云：

平仄律就是平調與非平調的組合，平調能夠曼聲吟詠，仄聲的
非平調，由於調型不平或特別短促，無法拉長。（《從聲韻學看
文學》）

在韻文中，平仄較有規律可循，尤其是律詩、絕句更有定式為據。而
在散文中，則平仄十分自由，參差多變，但這並不表示散文可以不重
視平仄。江永云：

散文亦必平仄相關，音始和諧。(《音學辨微‧辨平仄》)

劉大櫆亦云：

> 一句之中或多一字，或少一字；一字之中，或用平聲，或用仄
> 聲；同一平字、仄字，或用陰平、陽平、上聲、去聲、入聲，
> 則音節迥異。(〈論文偶記〉)

平仄不同，所表現的情感往往就有區別，音響效果也隨之而有所差
異。所以自古以來，名家無不講究平仄。像啟功《詩文聲律論稿》所
舉的賈誼〈過秦論〉、韓愈〈柳子厚墓誌銘〉都是平仄和諧，擲地作
金石聲的佳作。我們不妨另外看兩段例子：

> 六國破滅，非兵不利，戰不善，弊在賂秦，賂秦而力虧，破滅
> 之道也。(蘇洵〈六國論〉)

> 世皆稱孟嘗君能得士，士以故歸之，而卒賴其力，以脫於虎豹
> 之秦。嗟乎！孟嘗君特雞鳴狗盜之雄耳，豈足以言得士？(王
> 安石〈讀孟嘗君傳〉)

前者仄多平少，尤其首句四字全為仄聲，讀來沈重異常，正足以表露
蘇洵對六國破滅的痛心，對趙宋退縮政策的憤激。後者平仄交替十分
均衡，極盡聲調之美，也能把王安石竭力為歷史翻案的豪情壯志表現
得淋漓盡致。這兩段文字平仄迥殊，而都能曲盡其妙，這正是散文音
韻天成之處。

2 節奏

節奏是音節之隱而難定者。舉凡字句之長短、聲調之高低、語氣之輕重緩急皆與之息息相關。散文不斤斤於律、韻,所以節奏不似韻文那樣容易把握。劉大櫆云:

> 凡行文多寡、短長、抑揚、高下,無一定之律而有一定之妙,可以意會而不可以言傳。學者求神氣而得之於音節,求音節而得之於字句,則思過半矣!(〈論文偶記〉)

有時一字之增減或更易,節奏就為之立異,例如:

> 武帝下車,曰:「嚄!大姊,何藏之深也!」(《史記・外戚世家》)

《漢書・外戚傳》去一「嚄」字,聲情索然;

> 仕宦至將相,富貴歸故鄉。(歐陽修〈晝錦堂記〉)

永叔自添二「而」字,氣脈大暢:

> 雲山蒼蒼,江水泱泱,先生之德,山高水長。(范仲淹〈嚴先生祠堂記〉)

李泰伯改「德」為「風」,聲調頓時響亮,都是有名的例子。有時字句的長短也會影響音節的變化,例如:

故大路越席、皮弁布裳、朱弦洞越、大羹玄酒，所以防其淫
侈，救其凋敝。(《史記‧禮書》)

字句漫長，顯得雍容閒雅；

未至身，秦王驚，自引而起，袖絕。拔劍，劍長，操其室，時
惶急，劍堅，故不可立拔。(《史記‧刺客列傳》)

詞語簡短，令人緊張萬分，都是筆墨與聲情相副的佳例。有時同一篇
章之中，節奏因段而異，例如柳宗元〈始得西山宴遊記〉，正如黃慶萱
所評：

簡短的句法與登山時短促的呼吸相配合，頂真的句法與登山時
緊湊的步伐相配合，駢散錯綜的句法與登山所見之自然景觀相
配合。(《中國文學鑑賞舉隅‧始得西山宴遊記新探》)

有時同一作家之不同作品，聲響亦往往不同，例如：

韓退之〈原道〉、〈與孟尚書書〉，固然聲大以宏，就五音而
言，屬於黃鐘宮聲。〈祭十二郎文〉，其聲哀以思，纏綿悱惻，
就五音而言，屬於夷則之商聲。(馮書耕、金仞千:《古文通
論》第十八章)

至於不同的作家，文章聲響自然更有差異，例如：

韓退之〈再與鄂州柳中丞書〉，其聲宏而揚；歐陽修〈豐樂亭

記〉，其聲清以抑。就韓與歐生平所為比較，亦可以此視之。
（同上）

由此觀之，散文的節奏是一種自然的語調，最重要的是要做到清濁通流，口吻調利，要與思想、情感的變化密切配合，其餘儘可以隨變適會，毫無定準。唯若想領略各家的音節之美，除了要在朗誦方面多下功夫外，對聲韻知識的充實也是不可忽略的。

（六）審文氣

散文家特別講求文氣，猶之乎駢文家之特別講究聲律。蘇轍云：

文者氣之所形。（〈上樞密韓太尉書〉）

曾國藩也說：

古文之法，全在氣字上用功夫。（〈辛酉十一月日記〉）

所不同者，聲律是人為的矩矱，通常可以按圖索驥；文氣則是抽象的存在，有時簡直難以捉摸。

以氣論文，始於曹丕，他說：

文以氣為主，氣之清濁有體，不可力強而致。（《典論・論文》）

所謂「氣」，究竟何所指？自古以來，眾說紛紜，莫衷一是，約而言之，可分五派：1.才性派：劉勰、陳鍾凡、朱東潤等主之。2.氣勢

派：李德裕、吳曾祺等主之。3.音律派：羅根澤等主之。4.風骨派：
陳延傑、劉永濟等主之。5.折衷派：郭紹虞等主之（詳見張仁青《魏
晉南北朝文學思想史》第六章第一節），其中以郭紹虞之說較為圓
融，他說：

> 蓄於內者為才性，宣諸文者為語勢，蓋本是一件事的兩方面，
> 故亦不妨混而言之。（《中國文學批評史》第四篇第一章）

才有庸儁，氣有剛柔，作者的才性如何，讀者難以直接領略，通常都
是透過作品加以體會，而最方便、最有效的鑒賞方法就是因聲求氣。
劉大櫆云：

> 神氣不可見，于音節見之；音節無可準，以字句準之。音節高
> 則神氣必高，音節下則神氣必下，故音節為神氣之迹。（〈論文
> 偶記〉）

音節的高下，不僅是節奏變化的表現，更可以覘見作者氣勢的盛衰，
乃至作品風格的剛柔。例如孟子之文直截俊拔，令人不敢攖其鋒，就
是由於有浩然之氣為其後盾的緣故；歸有光之文清真雅澹有餘，波瀾
意度不足，就是由於病虛聲下的緣故。韓愈之文渾灝流轉，絕無纖薄
之響，所以深得陽剛之美；歐陽修之文情韻不匱，頗有雍容之度，所
以深得陰柔之美。諸如此類，皆可以令人一讀其文，即如見其人，徐
復觀所云：

> 文之個性、藝術性，由氣而見；氣則由聲而顯。（《中國文學論
> 集・中國文學中的氣的問題》）

洵非虛言。

因聲求氣最重要的手段莫過於朗誦，姚鼐云：

> 大抵學古文者，必要放聲疾讀，又緩讀，只久之自悟，若但能
> 默看，即終身作外行也。(《惜抱軒尺牘‧與陳碩士書》)

又云：

> 急讀以求其體勢，緩讀以求其神味，以彼之長，悟吾之短。
> (同上)

他所說的只是大原則而已，朗誦時，如何審辨音讀，以求字正腔圓；如何揣摩聲情，以求語勢中節；如何運用聲律原則，以求抑揚頓挫……，在在需對聲韻有相當的了解，才能得到美讀的效果。無懈可擊的朗誦，不僅可以體會音節、體勢之美，而且可以得其神味，直探作者心靈深處，盡得散文藝術的奧秘，文學鑑賞臻此境界，才能算是了無缺憾。

三　結語

看了上面的例證，我們不難了解聲韻學對散文鑑賞的確大有裨益。丁邦新云：

> 把中國聲韻學應用到中國文學研究方面，不僅是科際的研
> 究……，它們都跟語言有關，根本上有一體的意味。(〈從聲韻
> 學看文學〉)

能從這種宏觀的角度來看問題，那就可以使得聲韻學的效用更加恢宏、文學的鑒賞更加深入，同時，也不會再有本位主義、排斥異己之類的現象，何樂而不為呢？

參考書目

一　專書

唐　鉞　《國故新探》　臺北市　臺灣商務印書館　1969年

王　力　《古漢語通論》　臺北市　泰順書局　1970年

王　力　《漢語史稿》　臺北市　泰順書局　1970年

江有誥　《江氏音學十書》　臺北市　廣文書局　1966年

陸宗達　《訓詁學簡論》　臺北市　新文豐出版公司　1984年

胡楚生　《訓詁學大綱》　臺北市　華正書局　2012年

許世瑛　《中國文法講話》　臺北市　開明書店　1985年

陳望道　《修辭學發凡》　臺北市　文史哲出版社　1989年

黃慶萱　《修辭學》　臺北市　三民書局　1985年

徐復觀　《中國文學論集》　臺北市　臺灣學生書局　1974年

郭紹虞　《語文通論》　上海市　開明書店　1941年

郭紹虞　《中國文學批評史》　臺北市　文史哲出版社　1982年

張仁青　《魏晉南北朝文學思想史》　臺北市　文史哲出版社　1978年

《中國歷代文論選》　臺北市　木鐸出版社　1980年

范文瀾　《文心雕龍注》　臺北市　開明書店　1980年

謝雲飛　《文學與音律》　臺北市　東大圖書公司　1988年

王忠林　《中國文學之聲律研究》　臺北市　臺灣師範大學國文研究
　　　　　所博士論文　1963年

啟　功　《詩文聲律論稿》　香港　華中書局　1982年

王　力　《漢語詩律學》　上海市　上海教育出版社　2002年

朱光潛　《詩論》　臺北市　正中書局　1967年

黃永武　《中國詩學》　臺北市　巨流圖書公司　1980年

王　易　《詞曲史》　廣文書局　1960年

王葆心　《古文詞通義》　臺北市　中華書局據《晦堂叢書》本景印
　　　　1965年

金仍千、馮書耕　《古文通論》　臺北市　中華叢書委員會　1967年

周振甫　《文章例話》　臺北市　蒲公英出版社　出版年不詳

鮑善淳　《怎樣閱讀古文》　臺北市　學海出版社　1988年

黃慶萱　《中國文學鑑賞舉隅》　臺北市　東大圖書公司　1979年

沈　謙　《案頭山水之勝境》　高雄市　尚友出版社　1981年

鄭明娳　《現代散文欣賞》　臺北市　東大圖書公司　1978年

張高評　《左傳文章義法撢微》　臺北市　文史哲出版社　1982年

李長之　《司馬遷之人格與風格》　臺北市　開明書店　1979年

劉師培　《漢魏六朝專家文研究》　臺北市　中華書局　1969年

黃　侃　《黃侃論學雜著》　臺北市　學藝出版社　1969年

王　力　《龍蟲並雕齋文集》　北京市　中華書局　1980年

林文寶　《朗誦研究》　臺北市　文史哲出版社　1989年

二　期刊

丁邦新　〈從聲韻學看文學〉　《中外文學月刊》第4卷第1期（1975
　　　　年6月）　頁128-145

龍宇純　〈先秦散文中的韻文（上）〉　《崇基學報》第2卷第2期
　　　　頁137-168

龍宇純　〈先秦散文中的韻文（下）〉　《崇基學報》第3卷第1期
　　　　頁55-87

淦克超　〈散文與聲律〉　《東方雜誌（復刊）》第3卷第2期（1969
　　年8月）　頁91-97

　　　　——原發表於輔仁大學主辦「第八屆全國聲韻學研討會」
　　　　　（1990年3月），頁1-22。收錄於《聲韻論叢》第三輯
　　　　　（臺北市：臺灣學生書局，1991年），頁41-63。

楚望樓駢體文語言風格析論

一 前言

　　先師成惕軒教授畢生以憐才好善為職志，以著述為名山事業，詩、文、聯語皆足以名家，尤以駢文更是獨步當時，揚芬後代。其裒輯成書者計有《楚望樓駢體文》內編一一八篇、外編二十五篇、續編七十二篇，合計二一五篇。[1]頌辭、賀辭、記、傳、序、跋、書、啟、碑、箴、銘、壽序、雜文，各體皆工，美不勝收。故友張仁青學長，專攻駢文，得先師衣缽，其〈成楚望先生之駢文〉云：

> 成氏之文，雖係鎔鑄百家，不宗一派，但講求寫作之技巧，重視時代之精神，無論形式、內容，並皆充實。加以舊學湛深，海涵地負，所作多清新純懿，而有儒者風，故能於新潮陵蕩之時，文苑塵霾之會，潤色鴻業，振藻揭葩，使此最足以表現中國文字優美之駢文，不致作廣陵之絕，厥功偉矣。趙甌北詩云：「江山代有才人出，各領風騷數十年。」真不啻為成氏詠也。[2]

1　成惕軒：《楚望樓駢體文》內編（臺北市：中華書局，1973年），外編（臺北市：中華書局，1973年），續編（臺北市：臺灣商務印書館，1984年）。大陸有龔鵬程編，劉夢芙審訂的《楚望樓詩文集》（合肥市：黃山書社，2014年），收錄駢文一六四篇，主要是壽序四十一篇，只取五篇，刪去三十六篇，並芟除所有注腳。

2　張仁青：〈成楚望先生之駢文〉，《慶祝陽新成楚望先生七秩誕辰論文集》（臺北市：

雖推崇備至，尚無虛諛之嫌。所憾者，在舊學陵夷之今日，駢文術業
專精，幾成絕學。知音罕覯，闡其遺芬者更是屈指可數。筆者有幸忝
列門牆，渥承噓植，[3]平日篤好經學、語言文字學、古代科技史，於
古文理論略有涉獵，於駢文則素乏究心，本無妄贊一辭之資格，祇以
語言風格學近年崛起於語言學領域之中，以新知闡發舊學，頗有發展
空間，用敢不辭譾陋，持以蠡測先師之高文，藉以報答師恩於萬一云
爾。二〇〇九年六月適值先師百年誕辰，淡江大學臺北校區舉辦「中
國語文表達學術研討會——以成惕軒先生之詩文為主題」，本論文因
迫於時日，曾以節略方式發表，雖項目完整，例證粗備，而有骨無
肉，終非全璧，今全文完成，亦足以稍贖昔日之愆尤。

二　語言風格與文學風格

（一）語言風格學概說

1 語言三要素

　　符號論學者蘇珊‧朗格（Susan K. Langer）認為人是最會發明符
號的動物，而語言是人類所發明的最驚人的推論性符號。[4]語言是音
義結合的體系，對內可以讓人的大腦起思維作用，對外可以表達情

文史哲出版社，1981年），頁694。張仁青：〈六十年來之駢文〉，程發軔主編《六十
年來之國學》（臺北市：正中書局，1975年）第5冊，介紹近代駢文名家有李詳、樊
增祥、陳含光、戴培之、楚望師、謝鴻軒、李猷等二、三十人。但在《駢文學》
（臺北市：文史哲出版社，1984年），頁457-563，則獨推楚望師與徐陵、庾信、陸
贄、蘇軾、汪中、洪亮吉並列為「駢林七子」，足見其備極推崇。

3　莊雅州：〈高山仰止憶恩師〉，《成惕軒先生逝世十周年紀念集》（臺北市：文史哲出
　　版社，1999年），頁219-222。

4　蘇珊‧朗格著，劉大基等譯：《情感與形式》（臺北市：商鼎文化出版社，1991
　　年），頁40。

意，與他人交際、溝通，展現人作為社會動物的特性。[5]將語言分析開來，主要有三個要素：

（1）語音

語音由發音器官發出，是語言的物質材料，也是語言的外部形式，又包含音高、音強、音長和音質（音色）四個要素。[6]

（2）詞彙

詞包含音義，是最小的可以獨立運用的造句單位，一種語言中所有的詞和成語等固定用語的總匯就叫作詞彙。[7]詞彙在語言中具有建築材料的作用，詞彙越豐富，語言就越繁雜，越發達。

（3）語法

語法是詞形變化法和用詞造句法規則的總和。詞彙必須接受語法規則的支配，才能使語言清晰地、完整地表達人類的思想。[8]

以上這三個要素，相互協調，相互制約，合乎規律地共處在一個整體之中，人類的語言始得以發揮實際的功用。

2 語言風格的涵義

風格是內容與形式統一所顯現的獨特個性，亦即特殊的風貌和格調。人有風格，語言與文學作品也有其風格。語言的風格是指語言體

5　葉蜚聲、徐通鏘：《語言學綱要》（北京市：北京大學出版社，1997年三版），頁7、24。

6　馬慶良：《語言學概論》（武漢市：華中工學院出版社，1981年），頁26。

7　葉蜚聲、徐通鏘：《語言學綱要》，頁126。

8　王振昆、謝文慶、劉振鐸：《語言學基礎》（北京市：中央廣播電視大學出版社，1983年），頁19。

系本身的特點和語言運用中各種特點的綜合表現。其種類既包括語言的民族風格、功能風格及語體風格，也包括語言的時代風格、流派風格、個人風格和表現風格等。[9]

至於語言風格學的內涵，宋振華、王今錚《語言學概論》說：

> 風格學的任務，是研究語言風格的本質、語言風格的構成、語言風格產生和變化的規律、語言風格的類型和風格學的研究方法及歷史經歷。[10]

所談雖側重語言風格學的任務，但對其研究重點幾乎已涵蓋無遺了。

由於語言具有三要素，所以語言風格的內涵分析開來也就包含三個方面：

（1）語音風格

例如平仄的變化、用韻的講求、疊音的結構，乃至於擬聲、雙聲、疊韻、諧音、節奏和停頓的配合等都可增強語言的音樂性和生動性。[11]

（2）詞彙風格

不同的詞彙會形成不同的風格，例如成語、諺語、歇後語、反映特有習俗、時代的詞語、具有褒貶色彩的用語、不同語體的專門詞彙，甚至經過修飾的詞藻、詞類活用、反義詞和模糊詞語等都會產生

9　張德明：《語言風格學》（長春市：東北大學出版社，1990年），頁25。

10　宋振華、王今錚：《語言學概論》（長春市：吉林人民出版社，1979年修訂版）。

11　黎運漢：《漢語風格探索》（北京市：商務印書館，1990年），頁56-57。

不同的效果。[12]

（3）語法風格

例如短句和長句、常式句和變式句、不同的語氣形式、靈活的虛詞，都可表現不同的風格特點。[13]

3 語言風格學的功用

語言學是古老的學門，語言風格學則是新興的學科，由於學者們不斷的努力，它不僅回過頭來影響語言的發展，甚至也影響到其他的領域：

（1）有助於語言的表達

語言風格學講求的是語言風格的類型與規律，不同的風格類型有其不同的適用場合，也會影響到語言表達的良窳。如果能了解其本質，掌握其規律，必然可以使語言的表達得體而有效。

（2）有助於文學的鑑賞

文字是語言的記錄，文學是文字的奇葩、語言的藝術。閱讀文學作品，首先接觸到的是語言記錄的文字，必須了解語言風格，才能具體了解作品的語音、詞彙、語法，進而去鑑賞作品的形式與內容，以及兩者統一所呈現的文學風格。

（3）有助於語文的教育

語文水準的高下，決定個人前途的發展、國民素質的優劣。使學

12　同上註，頁57-58。

13　同上註，頁58-61。

生正確認識語言風格，可以提升他們對於語言的了解與運用，也可以增進文學的欣賞與寫作的能力。至於對語言與文學研究的裨益，更不在話下。

(二) 文學風格學概說

1 文學的要素

　　文學是什麼呢？徐志平、黃錦珠《文學概論》說：

> 文學是透過創造性的想像，藉由語言文字的組織安排，以含蓄的方式，在達到審美效果的同時，傳達了作者以當時文化的環境為基礎所蘊涵的思想與情感的一門藝術。[14]

可見文學是以語言文字表達思想、情感、想像的藝術。在藝術分類裡屬語言藝術。[15]正如其他藝術一樣，文學也可具有內容與形式兩大要素：

(1) 文學的內容

　　所謂內容，是指構成事物的內在諸因素的總和。文學作品中的題材、主題、意象、情節皆屬之。[16]

---

14 徐志平、黃錦珠：《文學概論》（臺北市：洪葉文化公司，2009年），頁41-42。
15 藝術的種類分為實用藝術（如建築、工藝）、造型藝術（如繪畫、雕塑）、表情藝術（如音樂、舞蹈）、語言藝術（如詩歌、散文、小說）、綜合藝術（如戲劇、電影），見彭吉象：《藝術學概論》（北京市：北京大學出版社，1984年），頁269-393。
16 姚鶴鳴：《文學概論精講》（北京市：北京大學出版社，2001年），頁59、65-75。

（2）文學的形式

　　所謂形式是指事物外在諸要素的組織、結構和表現形態。文學作品中的結構、文學語言、表現手法、體裁皆屬之。[17]

2 文學風格的涵義

　　向錦江、張建業《文學概論新編》說：

　　　文學風格是內容與形式有機統一中所呈現的總的藝術特色。[18]

廣義的文學風格包含作品風格、作家風格、流派風格、時代風格、地域風格、民族風格、階級風格和文體風格等。在這許多風格中，最重要的是作品風格和作家風格。尤其作品風格是研究其他各種風格的基礎，缺乏它，其餘風格都無從談起。[19]

　　作品風格又稱表現風格，可從作品的內容與形式去探討。不僅表現在語言上，而且還表現在題材的選擇和處理、主題的開掘、人物的塑造、情節結構的安排等各個方面，但是它又不是各方面特點的簡單相加，而是一個統一的表現。[20]

　　《文心雕龍・體性篇》云：

　　　才有庸儁，氣有剛柔，學有淺深，習有雅鄭。並情性所鑠，陶

---

17 同上註，頁59、74-85。

18 向錦江、張建業：《文學概論新編》（北京市：北京師範學院出版社，1988年），頁220。

19 同上註，頁217。又，周振甫：《文學風格例話》（南京市：江蘇教育出版社，2006年），頁1-234。

20 吳中杰：《文藝學導論》（上海市：復旦大學出版社，2007年三版六刷），頁193-194。

　　染所凝，是以筆區雲譎，文苑波詭者矣。[21]

很明確指出作家個人內在的才華、氣質、個性，外在的學識、習染、興趣，鑄成作家的風格，這些風格表現在作品上，就形成他與其他作家不同的指標，李白飄逸，杜甫沈鬱，岑參雄渾，王維閒適，就是因為他們的創作個性不同的緣故。

3　文學風格學的功用

　　文學風格是文藝美學的重要範疇，從文學的創作與接受的角度來看，文學風格功用可以分三個層面言之：

（1）作家藝術成熟的標誌

　　人之不同，各如其面，文壇上不乏風格相似的作家，但絕無風格完全相同的作家。一個作家累積相當數量的作品後，能自成一格，產生獨特的藝術魅力，才表示他的作品已經成熟，可以歸然成家，甚至引領風騷，蔚為一個流派的宗師。

（2）讀者欣賞的橋樑

　　讀者欣賞文學作品，嗜好各有不同，往往是與其性向相近的作品，較具有吸引力。等到深入作品的內容與形式之後，涵泳漸廣，體會日深，心得也就與日俱增，更能了解作家的作品風格。所以文學風格往往是引導讀者欣賞文學作品的重要媒介。

21　（梁）劉勰撰，范文瀾注：《文心雕龍注》（臺北市：文光出版社，1973年），頁505。

（3）批評家評論的標準

比起一般讀者，文學批評家是更客觀、更專業的人士。他們對作品評論的標準與態度十分嚴謹，從內容到形式，從體裁到風格，從審美感知到審美判斷，都有其具體的原則與精密的方法，等到他們對作品作出整體的評價時，意境是否深遠，風格是否獨特，往往是重要的圭臬。

（三）語言風格與文學風格異同

由於文學作品是語言的藝術，語言風格與文學風格自然同中有異，異中有同，具有不可分割的關係：

1 就範疇言

語言風格學屬於語言學，文學風格學屬於文藝學。語言應用的範圍極廣，文學僅是其中一端，因此，語言風格表現的領域要比文學風格表現的領域寬廣。但就文學作品而言，語言風格只是文學風格的一部分，文學風格的容量又比語言風格大。[22]

2 就位階言

語言是文學的原始材料，文學是語言的精美產品；語言風格是文學風格的基礎，文學風格是語言風格的高層建築。宮殿之美，百官之富，沒有堅實的地基，是不可能憑空出現的。

3 就特色言

語言風格具有整體性、穩定性、交錯性，是具體的，可以看得

---

22 黎運漢：《語言風格探索》，頁5-6。

到，摸得著，可以分析，可以認識的。文學風格具有形象性、美感性、多樣性、獨特性，是抽象的，看不到，摸不著，只能意會，難以言傳。[23]

4 就表現言

語言風格學是客觀的，求真的，將語言材料——語音、詞彙、語法進行理性的分析，以期得出個人風格的特色。文學風格是主觀的，求美的，分析內容與形式的特色之後，往往以高度抽象的形容詞，如雅正、綺靡、瀏亮、纏綿等加以描述，以期表達概括的印象、綜合的評價。[24]

三　楚望樓駢體文語言風格的內涵

王了一（力）先生《古漢語通論‧駢體文的構成》以為：

> 駢文的語言有三方面的特點：第一是語句方面的特點，即駢偶和「四六」；第二是語音方面的特點，即平仄相對；第三是用詞方面的特點，即用典和藻飾。[25]

張仁青《駢文學》也認為駢文的構成要件有五，即：對偶精工，典故繁夥，辭藻華麗，聲律諧美，句法靈動。[26]所言均屬語言的範疇，今即分語音、詞彙、語法三項析論《楚望樓駢體文》的語言風格：

---

23 同上註，頁7-14、163-168。

24 程祥徽：《語言風格初探》（臺北市：書林出版公司，1991年），頁17-20。竺家寧：《語言風格與文學韻律》（臺北市：五南圖書出版公司，2001年），頁13-15

25 王力：《古漢語通論》（臺北市：泰順書局，出版年不詳），頁294-295。

26 張仁青：《駢文學》，頁91-306。

（一）音韻風格

1 平仄

　　聲調是漢語的一大特色，這是由音律中的高低律決定的，與長短律也有關係。[27]古代漢語聲調分平上去入四聲，平聲包含今日的陰平、陽平，上去入聲合稱仄聲，在國語中，入聲已變為其他聲調，叫「入派三聲」。平仄相對是駢文和詩詞曲的核心，其主要的規則是以平對仄，以仄對平，一三五不論，二四六分明。看似機械而刻板，實則在規律中有變化，聲調起伏，抑揚有致，具有音律之美。

　　駢文又稱「四六文」，因其句式以四字句、六字句為主，在四字句有兩種平仄格式，[28]《楚望樓駢體文》屢見，如：

　　　　甲式：平平仄仄，仄仄平平。

　　　　　　　箋裁蜀錦，洪度飄零。（內編〈薛玉松遺詩序〉）

　　　　乙式：仄仄平平，平平仄仄。

　　　　　　　百里攀轅，口碑不絕。（續編〈寧鄉叢稿序〉）

六字句有四種平仄格式，[29]《楚望樓駢體文》亦屢見，如：

　　　　二四甲式：平平仄仄平平，仄仄平平仄仄。

　　　　　　　　　劉公一紙之書，漢祖三章之法。（外編〈于右任先生八秩壽序〉）

---

27 謝雲飛：《文學與音律》（臺北市：東大圖書公司，1978年），頁14-16，20-22。

28 王力：《古漢語通論》，頁304。

29 同上註，頁305。

　　　二四乙式：仄仄平平仄仄，平平仄仄平平。

　　　　　　　寧有空空妙手，能題臥雪之碑。（內編〈楚望樓詩
　　　　　　　自序〉）

　　　三三甲式：平仄仄仄平平，仄平平平仄仄。

　　　　　　　仗大雅以扶將，紀嘉賓之戾止。（內編〈贈日本小
　　　　　　　野秀雄教授序〉）

　　　三三乙式：仄平平平仄仄，平仄仄仄平平。

　　　　　　　患厄言之曼衍，申大義於時中。（續編〈孔孟學會
　　　　　　　褒賢贈語〉）

大抵嚴守平仄，然偶亦有不甚符合正格者，如續編〈不足畏齋詩
序〉：「瑤池雞犬，……青燈蟾蜍。」屬四字句甲式，但「春燈蟾蜍」
四字皆平，「春燈」本應為仄仄，而作平平，遂與「瑤池」平仄不
諧。又如續編〈紅竝樓詩序〉：「哀樂迫於中年，間關極其萬里。」屬
三三甲式，節奏點在第三、第六字，故「間關極其萬里」，極本應為
平，而作仄，則拗矣！這是因為早期駢文只求口吻調利，固不斤斤於
繩墨，梁陳以後，四六平仄始成定型，但大家亦難免有自然變化，不
拘常格，在體裁風格之外，見其個人風格者，此不僅駢文為然，近體
詩之拗救，亦有類似現象。

2 節奏

　　節奏是事物在一定時間內的重複運動。在自然環境中，日月循
環，春秋遞嬗，潮起潮落，蟲鳴鳥叫，乃至人的呼吸、心跳，鐘的左
右擺動，引擎的快速旋轉，無不有節奏存在。節奏是音樂、文學、舞
蹈、繪畫、書法、建築等各種藝術的共同要素，也是生命力的泉源。
作為語言藝術的文學，語音的高低、輕重、長短、快慢、停延、音質

變化以及基調所營造的音樂美，就是節奏。[30]由此可見，字句的長短、聲調的高低、語氣的輕重緩急，都與節奏息息相關。而最顯明而易見的，莫過於平仄。王了一先生《古漢語通論》說：

> 節奏點的平仄是最嚴格的，四字句的第二字、第四字是節奏點；六字句如果是二四式，第二、第四、第六字是節奏點，如果是三三式，第三、第六字是節奏點。五字句和七字句也可由此類推。[31]

駢文的節奏點是按文句的不同而變化著，在朗誦這些作品時，特別注意平仄及其節奏點，並配合語音的輕重緩急、高低變化、停頓間歇，則自然產生抑揚頓挫、美妙和諧的音樂美。例如上文的「百里攀轅，口碑不絕」，里、轅、碑、絕是節奏點；「寧有空空妙手，能題臥雪之碑」，有、空、手、題、雪、碑是節奏點。朱光潛說：

> 從前文學批評家常用的「氣勢」、「神韻」、「骨力」、「姿態」等詞，看起來好像有些玄虛，其實他們所指，只是種種不同的聲音節奏。[32]

節奏在文學上的重要性，可以思過半了。

3 押韻

詩歌是韻文，古代稱之為「文」，駢文、散文是非韻文，古代稱之

---

30 雷淑娟：《文學語言美學修辭》（上海市：學林出版社，2004年），頁59。
31 王力：《古漢語通論》，頁305。
32 朱光潛：《藝文雜談》（合肥市：安徽人民出版社，1981年），頁80。

為「筆」。但文學體裁往往互相影響，當以駢體寫作介於半詩半文的辭賦，以及箴、銘、頌、贊、哀祭等文時往往講求押韻。[33]在《楚望樓駢體文》三冊中，除外編無韻語外，內編的〈金門頌〉、〈五養箴〉、〈四維箴〉、〈思過室銘〉、〈祀孔文〉等五篇，續編的〈嚴靜波先生八秩壽頌〉、〈許靜仁先生九秩壽頌〉、〈尹母石太夫人壽頌並序〉、〈黃達雲先生八秩壽頌〉等四篇，都夾有韻語，僅占全部駢體文的百分之四而已。續編四篇有韻之駢文，其標題皆為「壽頌」，以示與其他無韻語之壽序有所區隔。而內編卷一收頌四篇，獨〈金門頌〉有韻，其他〈還都賦〉、〈介壽堂頌〉、〈嵩海頌〉三篇則無韻，續編的〈慈庵頌〉亦然，是其有韻與否，又不可徒以標目求之。其押韻有二類：

（1）一韻到底

如內篇〈五養箴‧養望〉：

飭躬脩己，日就月將。匪求聞達，其聲自揚。渙散無序，龐雜無章。大而靡當，疏而不詳。泄泄沓沓，矯飾虛張。凡茲六病，必革必匡。集思廣益，挈領提綱。勞謙是寶，歷久彌光。

所押純屬上平聲陽韻，〈五養箴〉其餘各箴、〈金門頌〉也都是一韻到底。

（2）換韻

如內編〈祀孔文〉：

---

33 褚斌杰：《中國古代文體學》（臺北市：臺灣學生書局，1991年），頁201。沈祥源：
　《文藝音韻學》（武漢市：武漢大學出版社，1998年），頁196。

道纘黃虞，澤流洙泗。（去聲寘韻）光昭四方，儀範千世。（去聲霽韻）

至仁周物，始於親親。（平聲真韻）貴德尚齒，以明人倫。（平聲真韻）

善教因材，本於無類。（去聲寘韻）順時執中，以袪群蔽。（去聲霽韻）

敬事節用，足食足兵。（平聲庚韻）半部《論語》，克臻治平。（平聲唐韻）

尊王攘夷，毋僭毋越。（入聲月韻）一字千秋，實懼亂賊。（入聲職韻）

每兩句押韻，每隔四句就換另一個韻。平仄韻交替出現，而且所叶之韻往往是音近相通，而非同韻。除了〈祀孔文〉外，〈四維箴〉、〈思過室銘〉及〈嚴靜波先生八秩壽頌〉等四篇壽頌也是如此。

《文心雕龍‧聲律篇》云：

> 異音相從謂之和，同聲相應謂之韻。[34]

平仄、節奏主要是異音相從，叶韻則是同聲相應，兩者似相反而實相成。叶韻主要是應用文學音律中的音色律，[35]把同一個韻（主要元音及韻尾都相同）的字每隔若干字之後重複出現，宛如跳圓舞曲或芭蕾舞，相當規律，使作品產生一種迴環往復的音樂美，可表現節奏的段落、情感的變化，同時也便於誦讀，易於記憶。如〈五養箴〉是為張

34　（梁）劉勰撰，范文瀾注：《文心雕龍注》，頁553。
35　謝雲飛：《文學與音律》，頁23-26。

群〈談修養〉而撰寫，養身、養心、養慧、養量、養望，重點各有不同，情感亦異，故所押之韻各有差別。〈養望〉綜合各種修養，匡正六病之後的表現，不求聞達，其聲自揚，故以聲響洪亮的陽韻來表達內心的光明磊落。〈祀孔文〉是告於孔子的祭祀文，孔子不僅為儒家的至聖先師，也是中國文化的大宗師，其道廣大，影響深遠，而遭逢亂世，悵觸多端，故經常換韻、通用，以見其情感之起伏變化。

（二）詞彙風格

1 遣詞

　　人之寫作，是因字而生句，積句而成章，積章而成篇。可見詞彙是構成文章的基本單位，選詞用字，十分重要。漢語詞彙的類型不下數十種，每種詞彙都各有其特性，也各有其功用。張萬有《文學語言審美論析》云：

> 同義詞的選用，表意精確；反義詞的調遣，對照鮮明；同音詞的使用，幽默含蓄；多義詞的安排，深刻雋永；色彩詞的巧用，鮮豔明麗；模糊詞的奇用，委婉曲折；口語詞的配合，通俗樸實；書面語詞的調動，規範嚴密；方言詞的選擇，親切自然；古語詞的穿插，莊重典雅；外來詞的點綴，新穎別致；諺語的設置，形象生動；成語的妙用，言簡意賅；歇後語的搭配，活潑風趣。36

駢文是唯美文學之一，自然更重辭藻。今即以內編〈美槎探月記〉為例，以見《楚望樓駢體文》辭藻之繁富。該文第三段云：

---

36 張萬有：《文學語言審美論析》（香港：新世紀出版社，1992年），頁57。

　　西元一九六九年七月十六日上午，阿姆斯壯與其同僚艾德林、柯林斯二君，自佛羅里達州甘迺迪角，乘阿波羅十一號太空船，假農神五號火箭升空，歷航程二十五萬英里，於二十日下午四時十七分，阿姆斯壯步下登月小艇，遂以人類第一人，踏入月球表面之寧靜海。

此段以古文翔實交代美槎探月的始末，以及本文寫作的緣由，並納入「阿姆斯壯」、「艾德林」、「柯林斯」、「佛羅里達州甘迺迪角」、「阿波羅」、「農神」、「寧靜海」等許多譯音、譯義的外來語，可見駢文不僅可以打破駢散界限，也可運用外來語甚至新造詞，如「美槎」、「太空船」、「火箭」、「英里」、「登月小艇」、「月球」，俾順應時代潮流，發揮與時俱進的紀事功能。

　　除此段外，前面二段、後面三段都是純粹的駢體文，詞彙當然以同義詞、反義詞、書面語、古語詞、成語、色彩詞、聯綿詞、疊字、虛詞為大宗，如：

　　「二者攝境有判，持義攸殊。」此為同義詞相對，以強調其內外皆有區別。

　　「一謂熙熙相屬之人寰，一謂浩浩無垠之域表也。」此以反義詞襯托天上人間之迥殊。

　　「奮精神之大無畏，開歷史之新紀元」，此用書面語，雖未雕琢，而較白話文凝練。

　　「璿璣察微，土圭立準。」古語詞典出《尚書・堯典》、《周禮・地官・大司徒》，比書面語更為典雅。

　　「壯哉斯人，前無古人。」應用成語，達到言簡意賅之效果。

　　「玉宇瓊樓之詠，青天碧海之吟。」典出蘇軾〈水調歌頭〉

詞、李商隱〈嫦娥〉詩，命意深切，寄託遙遠。而顏色詞之運用，使文字多彩多姿。

「一輪皎潔，千里嬋娟。」嬋娟為聯綿詞，由美女借代為明月，益添月光之明媚。

「空空玉斧，伐丹桂以何從？穆穆金波，問素娥其安在？」疊字「空空」擬聲、「穆穆」狀物，皆有助於聲色之美。

「雲泥靡隔，縞紵相歡，亦云盛已。」「亦云盛已」多用虛字，以致其贊歎。

可見除了方言、俚語、俗諺、歇後語等少數詞語不宜入於美文外，其他各種詞彙幾已粲然大備。

2　藻飾

在選擇詞語之後，還要對詞語進行加工，使其精鍊華美，這就是藻飾。對有美文之稱的駢文而言，藻飾的功夫特別重要。藻飾之道多端，如張仁青《駢文學》論及辭藻華麗，有「駢文修辭十要」，[37]顯示最符合時代潮流者莫過於從修辭學入手，莫道才《駢文通論》言駢文藻飾的方式有六，即分別從修辭角度及修辭手段言之，[38]可援以析論《楚望樓駢體文》之藻飾：

（1）顏色藻飾

自然界充滿五彩繽紛的事物，故駢文家每以青、紅、皂、白、藍、綠、紫、黃等色彩詞，使豔彩紛呈，鮮明相襯，如：

---

37 張仁青：《駢文學》，頁221-236。十要即：鍛鍊字句、奇詭、代字、誇飾、善用虛字、潛氣內轉、遒逸、奇偶迭運、先模擬後變化、新變。

38 莫道才：《駢文通論》（南寧市：廣西教育出版社，1994年），頁129-134。

湖鄰青草，圍接黃花。（正編〈蕭寺秋游記〉）

很有技巧地交代了郊遊地點在新竹青草湖，季節是菊花盛開的秋天。畫面淡雅，令人悠然意遠。

（2）形態藻飾

或狀人之外貌，服飾、動作、心理，或寫景物之性狀、外觀、動止，皆力求具體生動。如：

勤披縹帙，博涉藝文。詩摹詠絮之篇，字仿簪花之格。（正編〈孟都中山學院記〉）

此寫烏拉圭愛蘭娜篤愛東土文物，師事蕭子昇，勤於研習中國文學藝術，傳播於異邦，其手揮口誦，令人佩服。

（3）數量藻飾

或以一、三、千、萬等具體數字極言大小、多少、廣狹；或以盡、滿、并、咸等抽象字眼收其夸飾、映襯之效。如：

蒼天四圍，赤地千里。（外編〈吳忠信先生七秩壽序〉）

一九四六年吳忠信入疆主持省政，但見「蒼天四圍，赤地千里」，寥寥八字，而新疆天高野闊，荒漠無垠的景象，如在眼前。

（4）比擬藻飾

以譬喻、轉化的修辭格加強文字的張力，包含明喻、隱喻、借

喻、擬人、擬物等。如：

> 地錯犬牙，峙北軍之壁壘；天留鶉首，遲上將之旌旗。（外編
> 〈于右任先生八秩壽序〉）

「地錯犬牙」，謂陝西地形複雜，如犬牙之相錯；「天留鶉首」，謂周
天十二次有鶉首，代表秦地的分野，以喻二十世紀初，清廷既傾，于
右任被推為西北靖國軍總司令。都是以相類似的事物來作譬，顯得十
分貼切。

（5）摹狀藻飾

　　摹狀是摹寫視覺、聽覺、嗅覺、觸覺等感覺的辭格，透過各種感
覺的描摹，自然可以增添文章的聲色之美。如：

> 五劇車喧，萬燈宵霽。雞鳴而起，儘多攘利之徒；龍門一登，
> 便成釣譽之藪。（續編〈九歌圖序〉）

「五劇車喧」、「雞鳴而起」寫聽覺；「萬燈宵霽」、「龍門一登」寫視
覺，而徵逐名利之徒的醜態，也就躍然紙上了。

（6）鋪排藻飾

　　鋪排又稱誇張、夸飾，是張皇鋪敘超過客觀事實的修辭格。漢賦
以鋪張揚厲為尚，駢文受其影響，故麗詞雅義，美不勝收。如：

> 觀夫篇目粲陳，匠心潛注。廣徵四庫，博涉九流。或紬陶杜之
> 遺編，兼志老莊之要籍。地不圉夫東海西海，學無歧於今人古

人。豹全貌以皆窺，鳳一毛而必採。是其涵攝之豐也。（續編
〈談藝雜錄序〉）

此為旅美雲麓居士之書作序，分涵攝之豐、銓品之公、撰述之勤且篤
三端，此處所引，僅其一隅。蓋為人作序，與人為善，所謂廣徵四
庫，博涉古今，難免有溢美之處，不足為奇。

以上六種藻飾，前三者就修辭角度言之，後三者就修辭手段言
之。修辭之學，是研究如何調整語文表意的方式，設計語文優美的形
式，使精確而生動地表達出說者和作者的意象，期能引起讀者共鳴的
一種藝術。[39]其範圍極廣，在研究路線上，可從小到大，掌握語音、
詞語、修辭格，考察其修辭功能；也可從大到小，分析語體和風格的
構成方式及其對各種語言材料選擇的影響。[40]單就修辭格而言，即不
下數十種，幾乎都有助於藻飾。此處所言的比擬、摹狀、鋪排，不過
是其運用較廣的幾種而已。但窺豹一斑，已可知修辭之重要。

3 用典

繁用典故為駢文的一個要件。凡是引證歷史中事實及前人言語入
於文者，皆曰典故，前者謂之「用事」（事典），後者謂之「用詞」
（語典）。[41]楚望師〈中國文學裏的用典問題〉以為文學作品所以必須
用典，其故有四：用典可以減少文字上的累贅，為議論找根據，便於
比況和寄託，用以充足文氣。[42]由於這些理由，使得詩文能夠文詞簡

---

39 黃慶萱：《修辭學》（臺北市：三民書局，1975年），頁9。

40 王希杰：《修辭學通論》（南京市：南京大學出版社，1996年），頁53。

41 張仁青：《中國駢文析論》（臺北市：東昇出版公司，1980年），頁71。又張仁青：
　　《駢文學》，頁137。

42 成惕軒：〈中國文學裏的用典問題〉，《東方雜誌》復刊1卷11期（1968年5月），頁92-
　　93。

潔，意蘊豐富，情意委婉，體製典雅，因而駢文家及騷人墨客皆用力甚深。駢文之用典依張仁青《駢文學》、莫道才《駢文通論》所言，至少有六種方式：[43]

（1）明用

　　徵引典故或明言其人，或明引其事，最簡單，亦最普遍，又稱「實用」。如：

> 且徵諸前志，康衢之謠，小兒可歌；香山之作，老嫗都解。又烏得以其為語體而少之哉？（正編〈樂章集序〉）

「康衢之謠，小兒可歌」，見《列子‧仲尼篇》，「香山之作，老嫗都解」，見《唐書‧白居易傳》，稍加檢索，即不難得之。

（2）暗用

　　用典痕跡不甚明顯，不作用典解釋亦可理解，又稱「虛用」。如：

> 彌天騰鼓角之聲，大地碎山河之影。（正編〈山房對月記〉）

此二句自杜甫〈閣夜〉詩：「五更鼓角聲悲壯，三峽星河影動搖。」蛻化而出，而渾然天成，莫見其跡，可謂運典之最高境界。

（3）正用

　　指用典的目的與典源文獻中表示的意義彼此一致，這是最常見的

---

43 張仁青：《駢文學》，頁153-161。莫道才：《駢文通論》，頁115-118。

用典方式。如：

> 柳侯乃河東之望，文學炳於甲科。晉國則天下莫強，山川鬱其
> 佳氣。（外編〈賈景德先生八秩壽序〉）

賈景德，山西沁水人，前清進士，曾主持壇坫，總縮試政。可謂地靈
人傑，以河東柳宗元為譬，堪稱貼切。所用典故，皆合史實。

（4）反用

指用典的內容與典源文獻的內容意思相反，可收襯托、對比之
效，這種方法較為罕用。如：

> 權因分屬，則馬首靡瞻。（外編〈徐柏園先生六秩壽序〉）

《左傳・襄公十四年》：「唯余馬首是瞻。」此言「馬首靡瞻」，謂進
退無所依從，與典源之意適得其反。

（5）借用

用典時表達的意思與典源原義僅是借用關係，作者往往在使用時
賦與新意，此法亦不常用。如：

> 莽莽兵塵，紀櫻都之噩夢。（續編〈蓬海集跋〉）

櫻都指東京。「櫻都噩夢」，字面為日本東京之惡夢，實則借指日本侵
華八年，帶給華夏民族的苦難，寄慨遙深。

（6）活用

根據行文環境的特別情況，把典源的內容加以靈活變化，或將使用範圍加以擴大。可極盡出神入化之能事，而達到雅俗共賞之目的。如：

> 換同縑素，幸籠曇礦之鵝；鏤以苕華，定寶趙家之燕。（續編〈王止庵篆刻啓〉）

此四句謂王羲之嘗以手書〈黃庭經〉換取山陰道士白鵝；漢成帝曾以玉印賜與愛妃趙飛燕。「趙家之燕」指趙飛燕，為與「曇礦之鵝」相對，故加以靈活改寫，事為我使，融合無間，已臻化境。

此外，莫道才《駢文通論》論用典的手法，有人名引帶法、地名（物名）引帶法、中心概括法、以偏帶全法、原文照錄法、局部改動法。[44]可以參考，不贅。

（三）語法風格

1 句式

字詞是語言中可以獨立運用的最小符號；句子則是語言中最大的語法單位，又是交際中最基本的表述單位。[45]句子的結構格式，就叫句式，是語法學的中心。[46]不同的文體有不同的句式，如散文極為自由，近體詩最為固定，駢文則句式繁雜，在常式中有變化，從整齊中求參差。莫道才《駢文通論》將駢文基本句式分為騷體句、詩體句、

---

44 莫道才：《駢文通論》，頁118-122。

45 葉蜚聲、徐通鏘：《語言學綱要》，頁126、90。

46 張萬有：《文學語言審美論析》，頁63。

疊字句、虛詞句、箴體句、散體句。[47]種類繁多，且較側重駢文與其他文體的關係。駢文的句式誠然多來自其他文體，如四字句脫胎於《詩經》，六字句源出《楚辭》，四六句肇端於漢賦，五、七言句取之於古詩，再以單行的散句穿插其間。[48]但由於駢文向稱四六，從句中字數的多少，更能見其特色，所以一般學者多就此言其句式，如張仁青《駢文學》述其習用者五五句式，未免過繁。[49]王了一先生《古漢語通論》則將四六句基本結構分為五種，這是由對仗來決定的。再加上五字句、七字句、三字句、八字句，[50]可說最為簡要，茲依其說，臚舉《楚望樓駢體文》之例以實之：

（1）四四

魏晉時代的駢文以四字句為多，節奏一般為二二，意義單位和節奏單位是一致的，如：

鐵鎖已沈，金甌待補。（內編〈還都頌〉）

平仄為「仄仄仄平，平平仄仄」，字句簡短，讀來鏗鏘有力。

（2）六六

節奏分為三三、二四兩種。三三的句式，一般是第四字用虛詞，也可以劃分為三一二。二四的句式，是以二字為基礎，也可畫分為二二二，如：

---

47 莫道才：《駢文通論》，頁60。
48 王力：《古漢語通論》，頁312、313、336。
49 張仁青：《駢文學》，頁261-280。
50 王力：《古漢語通論》，頁301-304。

> 嗟古道之寖亡，問橫流其安屆。（內編〈憐才好善篇〉）

節奏為三三中的三一二，第四字「之」、「其」為虛詞。身逢亂世，感慨良深。用二虛詞，便與五言詩有別，又能妙達語氣。

（3）四四四四

連用四個四字句，接近於《詩經》句式，如：

> 孝友型家，勳華照國；望隆三事，聲溢九區。（外編〈張群先生八秩壽序〉）

張群，功高望隆，聲華夙著。故全文以推崇其功業作起，讀之有金石聲。

（4）四六四六

連用兩個四六句，在駢文句式中最有代表性，肇始於劉宋，齊梁後完全成形。如：

> 白袷青春，猶及江南之盛。紅蕖綠水，倍添邗上之華。（外編〈宗孝忱先生七秩壽序〉）

宗師敬之（孝忱），江蘇如皋人。以小篆、古文馳名南溟。此言其早年參江蘇省長幕時事。以「白袷青春」、「江南之盛」、「紅蕖綠水」、「邗上之華」切其時地，令人想見其公餘優遊之風姿。

（5）六四六四

此倒四六句而疊用之，在整齊中有變化。如：

視宋廣平之賦，別具新裁。儓何水部之吟，定多佳製。（續編〈梅花詩專輯序〉）

為中國《詩經》研究會會友《梅花詩專輯》作序，以唐朝宋璟〈梅花賦〉、梁朝何遜梅花詩作結，十分貼切。兩六字句節奏皆為上一下五，與一般上三下三、上二下四常式有所不同，饒有變化。

（6）其他

a. 五字句

詩句一般節奏為二三，是在四言詩的二二當中插入一個音或在後面加添一個音。駢文則為二一二或一四。如：

運思如轉圜，用字若鑄鼎。（續編〈菁華書屋詩文集序〉）

此謂陳贊昕運思順暢，用字凝鍊。出之以五言對句，不甚講究平仄，有五古之風。

b. 七字句

詩句一般節奏為四三，是由五言詩擴展而來。駢文則為三四、三一三、二五、四一二、二三二等。如：

鬖齡儓老鳳之聲，暮齒篤慈烏之愛。（內編〈儀孝堂詩跋〉）

張默君為西安事變烈士邵元沖夫人，曾任考試委員，擅詩文及章草。久侍其母儀孝老人膝下，刊母作問世。此言其少作如雛鳳繼老鳳之聲，暮年篤慈烏反哺之恩。七言對句連用兩「之」字，見其似詩而實文。

c. 三字句

節奏一般為一二或二一，音節短促，與駢文溫文爾雅之文風不甚相符，故使用不多。如：

> 峙芻束，繕甲兵。撫流亡，宣威德。（內編〈黃杰先生七秩壽序〉）

此連用四個三字句，推許北宋韓琦、范仲淹以儒臣遞為邊帥，整軍撫民，西夏聞之破膽，以況黃杰南征北討，戰功彪炳。為充足文氣，《楚望樓駢體文》之三字句每連用四個，是其特色。

d. 八字句

節奏有一二一四或一二三二，五代及宋代駢文常用之。如：

> 披晏嬰三十年之裘，入崔儦五千卷之室。（外編〈告皇考皇妣文〉）

此言節儉如先秦晏嬰，好學如隋朝崔儦，堪慰雙親於九泉之下。兩個八字句顯得紆徐不迫。

2 句法

文學作品由無數字句組合而成，句子千變萬化，多彩多姿，而歸

納其類別,不過單句與複句兩大類。

(1) 單句

由一個詞或一個短語構成,其結構可分為五種,[51]由於駢文多對句,為求完整計,所舉之例多在兩句以上,就複句見其單句結構:

a. 主謂結構

是表述關係,由主語和謂語構成。主語是陳述的對象,謂語是陳述的內容。如:

> 青衿色壞,翠袖塵汙。(內編〈重印五種遺規序〉)

兩句言青年男女沈溺聲色,多越軌行為。「色壞」形容青青子衿,「塵汙」形容翠袖紅顏,都是主謂結構。

b. 偏正結構

是修飾關係。修飾語在前,較次要;中心語在後,較主要,一偏一正,故謂之偏正結構。如:

> 浩浩鄴侯之架,已蛻仙蟬。迢迢衡嶽之雲,不迴征雁。(內編〈哭李漁叔教授文〉)

李師漁叔,湖南湘潭人,以詩文名家,精研《墨子》。此言李教授仙逝,返鄉無期。以唐鄴侯李泌切其姓、其學,以衡山切其故鄉,不僅

---

51 葉寶奎:《語言學概論》(廈門市:廈門大學出版社,2003年修訂四刷),頁258-260。葉蜚聲、徐通鏘:《語言學綱要》,頁95-98。

十分妥貼，且清氣往來，令人迴腸盪氣，「浩浩」、「迢迢」二句皆屬偏正結構。

c. 述賓結構

是關涉關係，述語在前，表示動作；賓語在後，表示受動作支配的事物，如：

> 先生親提義旅，迅掃妖氛。（外編〈何應欽先生八秩壽序〉）

何應欽為一代名將，功勳彪炳，此二句言其北伐之英勇，「提」、「掃」是動詞，簡潔有力，「義旅」、「妖氛」是賓語，相襯益彰。

d. 述補結構

是補充關係，述語在前，表示動作或行為；補語在後，是補充說明動作或行為發生的有關情況的詞或短語，其種類極多，包含受事、關切、交與、憑藉、處所、時間、原因、目的等。[52]如：

> 辭家雁埔，負笈羊城。（外編〈闕漢騫先生七秩壽序〉）

闕漢騫，少時離鄉背井，遠赴廣州黃浦陸軍軍官學校就讀。報國壯志，不同凡響。「辭」、「負」是述詞，「家」、「笈」為賓語，「雁埔」、「羊城」則是補充說明其處所的補語。

---

52 許世瑛：《中國文法講話》（臺北市：開明書店，1969年修訂三版），頁91-137。

e.聯合結構

是並列關係，兩個或兩個以上的構成成分在語法上的地位是平等的。如：

> 若夫繁文縟詞，諛墓媚竈。一以弋名，一以網利。（續編〈論
> 文德〉）

「繁文」與「縟詞」，「諛墓」與「媚竈」，都是聯合結構，以其有傷文德，無益著述，非壯夫所為，故相提並論。

（2）複句

複句是由兩個或兩個以上的單句結合而成，它們之間在意義上有聯繫，而互不充當句子成分。單句成為複句的組成成分，就失去獨立性，稱為分句。[53]分句之間可能具有聯合、加合、平行、補充、對待、轉折、交替、排除、比較，時間、因果、目的、假設、條件、推論、擒縱、襯托、逼進等關係。[54]以其關係複雜，以下僅舉五種以概其餘。

a. 轉折關係

上下兩句所敘述的兩件事不諧和，或兩小句的句意相違背。通常用關係詞「而」或「然」，間亦有不用關係詞者。如：

> 余維楹帖雖曰小道，而妝點湖山，酬應人事，每周於用，殊有
> 可觀。（續編〈神鼎山房聯語序〉）

---

53 左松超：《漢語語法（文言篇）》（臺北市：五南圖書出版公司，2003年），頁206。
54 許世瑛：《中國文法講話》，頁191-277。

對聯多薄物小篇,屬雕蟲小技,然應用甚廣,無施不可。此為聯語名家伏嘉謨《神鼎山房聯語》作序,故由對聯功用作起,一波三折,跌宕有致。

b. 時間關係

　　兩件事時間有先後。常用關係詞「比」、「及」、「則」、「已」、「即」、「既而」、「始」、「然後」、「且」等,亦有不用者。如:

> 東塾讀書,志程朱之正學。西湖游宦,挹蘇白之清芳。(內編〈靜園聯草序〉)

此謂李靜園少年讀書,頗有大志,厥後游宦西湖,不廢吟詠。不用關係詞,而一先一後,了無可疑。

c. 因果關係

　　表示事情的原因及其結果。原因小句在前,後果小句在後。關係詞用「以」、「為」、「故」、「是以」、以此」等。如:

> 漢置五經之博士,民德於焉歸厚,人文以之化成。(外編〈鄧萃英先生八秩壽序〉)

鄧萃英歷任北平師範大學、廈門大學、河南大學校長,為教育名家,故以漢置五經博士,教博士弟子員,漢代因而蔚為盛世,極言教育之重要。兩個後果小句連用「於焉」、「以之」為關係詞,強調其功用之宏。

d. 假設關係

假設某種情況，可能會發生某種後果。由假設小句和後果小句構成。假設小句關係詞為「若」、「如」、「苟」、「即」、「果」、「誠」、「倘」、「使」、「令」，後果小句關係詞為「即」、「則」、「斯」等。如：

> 儻自封其故步，不借鏡於他山，其將何以匯眾長，資攻錯乎？
> （續編〈臺中圖書館落成紀念碑〉）

在知識爆炸的今日，如果束書不讀，則絕無與時俱進之理。以假設關係複句，極言讀書求知之重要，正切合圖書館之特性。

e. 逼進關係

乙尚且如此，別說是甲，有由淺入深，更進一層之意。關係詞為「況」、「而況」。如：

> 陽邑山川鍾秀，霓詠代賡，後之眎前，應無多讓。況運際中興，宏開雲路，英甍奮起，茲正其時。（內編〈南都典試與人書〉）

此為抗戰勝利之後，楚望師典試南京，鼓勵鄉人踴躍報考高普考之書函。謂湖北陽新，人才輩出，文風甚盛，況國家中興，廣開巍科，更是有志青年奮起之時。用一「況」字，期勉之意彌殷。

3 對偶

駢文之得名，取義於通篇多作偶句，如二馬之並馳。如無對偶，則與散文無以異，也就不成其為駢文了。由於漢字係單音節方塊文

字，古代詩文家據此特點，常將字數相等結構相同的文句兩兩相對，構成對偶句格以表達相類、相關或相反的語意。[55]在語法上，對偶不僅須詞性相對，意義相對，而且句法結構也須相互對稱，如主語對主語、謂語對謂語、述語對述語、賓語對賓語、定語對定語，觀乎上文句法各例，可以思過半了。對偶的方式，《文心雕龍・麗辭篇》提到言對、事對、反對、正對四種。[56]後來迭有增衍，如唐代上官儀有六對之說，皎然有八對之論。空海《文鏡秘府論》擴為二十九種對，張仁青《駢文學》更參酌眾家之說，臚列其重要者三十種。[57]洋洋大觀，炫人耳目。莫道才《駢文通論》從語言句法、語言詞法、音韻技巧、描寫角度四方面歸納十六種對，[58]可說綱舉目張，繁簡適中，茲就《楚望樓駢體文》舉例以明之：

（1）從語言句法看

a. 當句對

　　字句內部自身成對。又名「本句對」、「連環對」。如：

> 不知韓潮蘇海，才固難齊。島瘦郊寒，詣多獨造。（內編〈楚望樓詩自序〉）

「韓潮」對「蘇海」，「島瘦」對「郊寒」皆句中自相為對，而唐宋幾位名家的異同也略可一窺。

55　戴錫琦、戴金波：《古詩文修辭藝術概觀》（北京市：首都師範大學出版社，1991年），頁138。

56　（梁）劉勰撰，范文瀾注：《文心雕龍注》，頁588。

57　張仁青：《駢文學》，頁95-136。

58　莫道才：《駢文通論》，頁84-93。

b. **單句對**

　　只有兩句組成的對仗形式，又稱「單對」。此為對仗之基礎，十分重要。如：

　　　　冰壺無點於垢氛，金鑑特輸其忠悃。（外編〈張維翰先生八秩壽序〉）

張維翰久司諫職，柏臺風範，以玉潔冰清、公忠體國為尚，「冰壺」、「金鑑」二句正見其特色。

c. **隔句對**

　　間隔一句與前一句為對，亦即一、三句對，二、四句對。又稱「偶對」、「偶句對」、「雙句對」。此為駢文最普遍的對仗方式。如：

　　　　無滯於物，直空明鏡之臺。允執厥中，庶弭恆河之劫。（續編〈藝海微瀾序〉）

巴壺天，臺灣師大教授，其學涵茹佛、儒，造詣精湛，以之入詩，頗得禪趣，亦不失中庸之道。此四句隔句相對，直將儒、佛打成一片。

d. **長聯對**

　　出句和對句分別由三個以上的單句組成。又稱「長偶對」。因其有散體疏朗活潑之美，唐以後頗受歡迎。尤以三聯對、四聯對最為常見。如：

　　　　溯史跡，則業開箕子，早為先哲之遺。

論國情，則侮禦周原，要在同仇之列。（正編〈議設中韓文化
協會啓〉）

中韓比鄰，歷史淵源深厚。值日寇侵華之際，更是脣齒相依，同仇敵
愾，故有成立中韓文化協會之必要。剴切之言，出之以三聯對，更能
暢其情。

（2）從語言詞法看：

a. 正名對

指類別屬性相同的事物，彼此對仗的方式。又稱「同類對」、「的
名對」、「正對」、「切對」、「合璧對」。如：

選士之制，上踵於漢唐。官人之方，旁稽夫歐美。（續編〈莫
德惠先生七秩晉五壽序〉）

莫德惠，曾總綰試政。所轄考選主管選士，銓敘主管官人，皆屬要
政，而能上踵漢唐，旁稽歐美，正見眼光之遠，績效之彰。「選士」
對「官人」，「制」對「方」，「上踵」對「旁稽」，「漢唐」對「歐
美」，屬性、詞類相同，平仄相反，對仗十分工整。

b. 異名對

指不同類事物的對仗，與正名對相反，而較為寬鬆。又名「平頭
對」、「普通平對」。如：

桓景遘災，竟乏囊萸之效。山陽重過，但聞隣笛之聲。（續編
〈悼盧聲伯教授〉）

盧元駿，政治大學教授。夙工詞曲，妙解宮商，不幸因病逝世。此言
先生如漢朝桓景重陽遇災，竟然藥石罔效；己則如晉朝向秀之過山陽
故廬，聞鄰人笛聲而思舊。哀傷之情，溢於言表。「桓景」為人名，
「山陽」為地名，「囊萸」為藥名，「鄰笛」為樂器名，皆屬異名而
相對。

c. 虛字對

　　運用虛字以相對仗，又名「虛詞對」。虛字包含關係詞（如之、
與、於、雖、故），語氣詞（如夫、豈、也、哉、嗚呼），雖無具體意
義，而既可增字衍聲，舒緩語氣，又可貫通文脈，表達情感，妙用無
窮，為詩文所不可或缺。如：

> 憔悴經霜之柳，生也何堪？纏綿作繭之蠶，死而後已。（內編
> 〈薛玉松遺詩序〉）

女詩人薛玉松，才命相妨，福慧難並，廿年違難，萬里辭親，其境遇
可謂既窮且酷。「憔悴」四句，暗用晉朝顧悅之、唐朝李商隱典故，
寫其蒲柳早衰，情絲難斷，真是悽婉欲絕。用一「也」字，一「而」
字，而生何堪，死後已，更見其綿綿無窮期。善用虛字，通體俱貫，
其妙用有如此者。

d. 疊字對

　　以重疊詞相對，又名「連珠對」。疊字有疊音，有疊義，可以狀
物擬聲，有時亦可充當動詞與名詞，為漢語構詞一大特色。如：

> 橄移凜凜，直癒頭風。書記翩翩，爭傳手筆。（外編〈黃伯度
> 先生八秩壽序〉）

黃伯度，夙掌層峰記室。此言其文筆佳妙，足與建安七子陳琳、阮瑀相媲美。「凜凜」狀其檄文正氣凜然，「翩翩」寫其書記豪邁不拘，疊同字而用之，比用單字生動有力。

e. 數字對

　　以數字一、二、三、十、百、千、萬、億等相對，又名「數目對」。數字有實數，有虛數，可以顯示事物之多少、大小、高下、強弱等。如：

> 纖雲乍捲，一點兩點之螢。清風徐來，千竿萬竿之竹。（續編〈螢橋納涼記〉）

螢橋在臺北汀州路，今日已淪塵囂，昔時則為市郊消暑勝地。此處所寫纖雲螢光，清風徐來，正是夏日景象。「一點兩點之螢」對「千竿萬竿之竹」，多少懸殊，掩映成趣。

（3）從音響技巧看

a. 雙聲對

　　對句中連用同聲母之複詞。如：

> 依違牛李之間，寥落龍雲之外。（正編〈李商隱評論序〉）

世之詆義山者眾矣，此言其處牛李黨爭之時，仕途坎壈，實屬無可奈何，不宜多所苛責。「依違」為喻母字，無聲母，「寥落」為來母字，音l，皆雙聲。

b. 疊韻對

對句中連用同韻母之複詞，如：

> 翳維藍篳經營之會，風雲溷洞之秋。（外編〈余漢謀先生六秩
> 壽序〉）

余漢謀，干城負重，勳華久昭。起首言創業維艱之際，世局混亂之
時，必有應運崛起如先生者。「經營」為青庚韻，音〔iŋ〕，「溷洞」
為董送韻，音〔uŋ〕。

c. 雙聲疊韻交互對

在對仗中雙聲複詞對疊韻複詞，或疊韻複詞對雙聲複詞屬之，如：

> 巢鳥殷孺慕之情，原鴒篤友于之愛。（續編〈菁華書屋詩文集
> 序〉）

陳贊昕隱於花蓮，工詩文。此言其作品多有赤子孺慕之情，兄弟脊令
之愛。「孺慕」為遇韻字，音〔u〕，「友于」為喻母字，無聲母。在雙
音節複詞中，雙聲、疊韻的分布相當廣泛。王了一先生說：

> 押韻是一種迴環往復之美，雙聲、疊韻也是一種迴環之美。這
> 種形式美在對仗中才能顯示出來。[59]

信然。但在對偶中，雙聲對、疊韻對較常見，雙聲疊韻對則較為罕覯。

---

[59] 王力：〈略論語言形式美〉，《龍蟲並雕齋文集》（北京市：中華書局，1982年），頁
471-478。

（4）從描寫角度看

a. 方位對

運用東西南北、上下左右、內外前後等方位詞作對。如：

> 然其愛才若渴，說士能甘。收瑰奇於巖穴之中，振滯屈於繩樞
> 之下。（內編〈憐才好善篇〉）

楚望師任考試委員二十四年，公餘都講上庠，傳播中華文化。畢生以憐才好善為職志，提攜後進，不計其數。此篇自言初衷，至為懇切，謂韓退之，歐陽修愛才若渴，得士心悅，甘於食肉，拔擢賢才，不問出身。「巖穴之中」、「繩樞之外」，以方位詞點出求賢不辭辛苦，無遠弗屆。

b. 顏色對

以青、紅、皂、白、藍、綠、紫、黃等顏色為對，又稱「彩色對」。如：

> 丹砂玉札，囊括靡遺。絳雪玄霜，舶來堪擬。（外編〈許曉初
> 先生七秩壽序〉）

許曉初為著名實業家，旅滬期間，先後創設企業公司四十餘家，來臺後從事社會工作與國民外交，頗有貢獻。此言其早年主持中法大藥房時，擘畫維勤，纖微必謹，丹砂、玉札、絳雪、玄霜無不具備。以四種帶有顏色詞之藥材與丹藥，代表所有醫藥，而字面驟然亮麗許多。

c. 人名對

以古今人物之姓名、字號為對。如：

> 銜華佩實，牧齋許貽上以代興。逸藻清源，荀慈視仲則為少
> 友。（續編〈師橘堂詩序〉）

故友張夢機，曾任高雄師範大學、中央大學教授。工詩詞，為李師漁叔入室弟子，並時髦俊，罕有其匹。此以清代錢謙益期許王士禎代己而興，邵齊燾視黃景仁為少友，兩組人名對，寄託自己對後學期望之殷，亦憐才好善之意。

d. 典事對

出句與對句皆有典故。如：

> 願吾仁青毋忘肱之三折，毋詡手之八叉，博采眾長，以自成其
> 馨逸焉耳。（內編〈歷代駢文選序〉）

故友張仁青，曾任中山大學、文化大學教授，工駢文，為楚望師之傳人。肄業於臺灣師範大學國文系四年級時，即廣蒐歷代駢文，由晉朝劉琨〈勸進表〉迄清朝王闓運〈秋醒詞序〉，凡一百篇，為之作注，集結成書。[60]楚望師期許其毋忘三折肱知為良醫，毋自詡有唐朝溫庭筠八次叉手輒成八韻小賦之才，唯有博采眾長，方可名家。此二典故，一出《左傳·定公十三年》，一出宋朝尤袤《全唐詩話》，期勉之餘，不忘殷殷告誡，誠善為人師。

---

60 張仁青：《歷代駢文選》（臺北市：中華書局，1984年四版）。

四　楚望樓騈體文的語言美感

　　針對不同的研究對象，不同的學門有不同的研究方法，方法運用愈精密，則析論愈深入，特色愈顯著。語言風格學的研究方法，專家學者多認為最重要的有三種：分析綜合法、比較法、統計法。[61]受限於篇幅與時力，上文採取的是分析綜合法，對《楚望樓騈體文》的音韻、詞彙、語法三方面進行分析描寫，因而在此有必要對其他方法略加補苴，唯僅屬於片面舉例性質，窺豹一斑，猶不足以見其全貌，故僅探討其語言美感，而不敢侈言總括其語言風格之特色。

　　在此所以將焦點集中在語言美感，乃是因為騈文又稱美文，以語言文字為重要手段，以追求美感為首要目標，而語音、詞彙、語法是語言的三大要素，掌握這三大要素的風格，自然也就得到探索其文學美感的鑰匙，也就是由語言風格進入文學風格的領域。誠如竺家寧所言：

　　　　文學作品的賞析，可以從兩個方向切入，一個是文學的角度，一個是語言的角度。前者是綜合的、印象的、直覺的、求美的；後者是分析的、理性的、客觀的、求真的。正如一棟建築，你必須由不同的視角，才能看到、看清它的全貌。對認識作品而言，文學的角度、語言的角度，二者是相輔相成的，惟有兩者的合作，才能全面的看清楚作品的面貌，也才能真正談文學賞析。[62]

61　張德明：《語言風格學》，同注9，頁290-304。黎運漢：《漢語風格探索》，頁26-32。
　　竺家寧：《語言風格與文學韻律》，頁15-18。
62　竺家寧：《語言風格與文學韻律》，頁89。

只有透過語言風格的分析，才能達成文學賞析的目標，這正是本文寫作的動機。

（一）迴環跌宕的音韻美

漢字是單音節的孤立語，林師景伊認為具有完整性（完形）、統整性、穩定性、藝術性等特性。[63] 獨則單兵獨鬥，合則併肩作戰，甚至組成百萬雄師，十分靈活，極適合中國產生特有的詩詞曲、辭賦、駢文、對聯等務聲律、講對偶的文體。[64]

音韻之美主要來自於平仄、節奏與押韻。駢文中的平仄，是指相對各節的聲調交替有其規律。例如內編的〈薛玉松遺詩序〉共二十七對句，其平仄分布如下：

- 四字句甲式：平平仄仄、仄仄平平，如「編蒲學早，詠絮思清」，有11對。
- 四字句乙式：仄仄平平，平平仄仄，如「處境弗侔，得天差厚」，有9對。
- 六字句二四甲式：平平仄仄平平，仄仄平平仄仄，如「定滋謝砌之蘭……儻認湘妃之竹」，有2對。
- 六字句二四乙式：仄仄平平仄仄，平平仄仄平平，如「憔悴經霜之柳，……纏綿作繭之蠶」，有1對。
- 六字句三三甲式：平仄仄仄平平，仄平平平仄仄，如「文史足於三冬，嘯歌出於斗室」，有2對。

---

63 林尹：《文字學概說》（臺北市：正中書局，1971年），頁23-27。
64 莊雅州：〈論漢字之特質及其與文學體裁之關係〉，《紀念瑞安林尹教授百年誕辰學術研討會論文集》（臺北市：文史哲出版社，2009年），頁203-225。

・五字句甲式：仄仄仄平平，平平平仄仄，如「才命之相妨，
　福慧之難並」，有2對，但「慧」為拗字。
・五字句乙式：平平平仄仄，仄仄仄平平則未見。

　　此文四字句共二十對，占百分之七十四，六字句共五對，占百分之十
八點五，四六句合計二十五對，高達百分之九十二點五，是嚴守平仄
的四六文。句中平仄各節間隔勻稱，各組（一聯或一段）句腳平仄排
列也合乎抑揚規律，屬於啟功所謂的律調而非古調。[65]

　　節奏是事物在一定時間內的重複運動，這是一種自然規律，也是
各種藝術共同要素。沒有節奏，就沒有生命，萬事萬物如此，文學藝
術也不例外。平仄是文學節奏中最重要的骨幹，平仄雖有定式，但根
據往復型（如〈薛玉松遺詩序〉「廿年違難……萬里辭親」）、對立型
（如同上「生也何堪，死而後已」）、迴環型（如續編〈告皇考皇妣
文〉：「夫損而又損者；豈待多求；顧材與不材之間，端須自擇。」）
三種節奏型的運用，音頓律、平仄律、聲韻律、長短律、快慢律、重
輕律和抑揚律七種節奏形式的變化，[66]再配合字句的長短、聲調的高
低、語氣的輕重緩急、停頓間歇，自然就產生千變萬化的規律運動，
宛如潮水之起伏澎湃，鐘聲之遠近交響，如果我們在讀《楚望樓駢體
文》時，能聲由情發，因聲求氣，重視朗誦、吟哦的技巧，相信不難
體會到其中迴環往復、跌宕多姿的節奏美感。

　　最擅於表現文學迴環往復的莫過於押韻。駢文與韻文常有交叉，
可以押韻，可以不押韻，而以不押韻者居多。《楚望樓駢體文》中，
押韻者僅九篇，占全部二一五篇的百分之四，此九篇除〈四維箴〉間
雜雜言外，均採四字句。句數不等，少則十六句，多則九十六句，或

---

65 啟功：《詩文聲律論稿》（香港：華中書局，出版年不詳），頁111。
66 吳潔敏、朱宏達：《漢語節律學》（北京市：語文出版社，2007年），頁90-105。

用平聲韻，或用仄聲韻；或一韻到底，或換用他韻，在嚴整中饒有變化。楚望師著有《藏山閣詩》、《楚望樓詩》，在近代詩學亦為名家，而似有意儘量使文、筆分流，呈顯其個人獨特的風格。比起五、七言詩，這些四言詩整齊簡鍊，易於對仗，有古樸肅穆之美，與一般無韻的駢文較為接近。但因韻腳的迴環往復，更易使人有一唱三歎，迴腸盪氣之感，在全書滿眼四六之餘，亦自有其特色。

（二）典雅精鍊的辭藻美

辭藻之美主要來自於遣辭、藻飾及用典，宋均芬說：「文藝作品以形象生動的描寫，豐富感情的渲染，來反映社會生活。文藝詞彙的特點，是形象化、表情化和色彩化。」[67]在各種文學作品中，駢文是最講究辭藻美感的。除了詞彙本身之外，還要考慮平仄或押韻，用典及對偶，對遣詞更不能不特別用心。上文曾舉〈美槎探月記〉為例，以見《楚望樓駢體文》辭藻之豐富，以下再從該文摘錄一些字詞，來證明其遣詞之精當：

> 璿璣、土圭。星鳥、田龍。仙舸、晶盤。
> 騷壇、藝苑。玉宇、瓊樓。青天、碧海。
> 黃姑、青鳥。丹桂、素娥。銀蟾、綠螘。

就結構而言，漢字的特質是象形的本質、表意的功能、衍聲的趨勢。例如第一組六個詞十二個字，土、鳥、田、晶是象形，圭是會意，璿、璣、星、龍、仙、舸、盤是形聲，字體形象生動，色彩清新，比起其他文字，更富於藝術美感。第二組「騷壇藝苑」平平仄仄，用於

---

67 宋均芬：《漢語詞彙學》（北京市：知識出版社，2002年），頁127。

當句對,「玉宇、瓊樓」仄仄平平與「青天、碧海」平平仄仄也都是當句對,但彼此又構成單句對,音韻鏗鏘,屬對精工。第三組「黃姑」典出〈古樂府〉,指牛郎星,「青鳥」典出〈漢武故事〉,為西王母所豢仙禽。「丹桂」典出段成式《酉陽雜俎》,指吳剛所伐之桂,「素娥」典出謝莊〈月賦〉,指月宮嫦娥,以顏色詞渲染神話色彩。「銀蟾」典出白居易〈中秋月詩〉,借代明月,「綠螘」典出謝朓〈在郡臥病呈沈尚書詩〉,借代新釀之酒,也使用顏色詞。這些典故都是援古證今,義蘊深婉。而綜觀詞藻,一言以蔽之,曰:摭拾鴻采,典雅華美。

　　精選辭藻之後,還須貫串鋪寫,才能臻至劉勰所說的:「情必極貌以寫物,辭必窮力而追新。」[68]以華麗的辭藻來感人動人。上文曾依莫道才之說,舉例析論《楚望樓駢體文》的藻飾,茲再聚焦於〈美槎探月記〉,並統計其使用的次數:

　　　　色彩藻飾:如「幽黃姑於銀漢,豢青鳥於瑤池。」共16次。
　　　　形態藻飾:如「翹首層霄,但遙見其蒼蒼之色而已。」共11次。
　　　　數量藻飾:如「一輪皎潔,千里嬋娟。」共17次。
　　　　比擬藻飾:如「夔足一投,鴻爪初動。」共8次。
　　　　摹狀藻飾:如「空空玉斧,伐丹桂以何從?穆穆金波,問素娥
　　　　其安在?」共11次。
　　　　鋪排藻飾:如「挈南箕使簸揚,與帝座通呼吸。」共7次。

不僅各種敷藻技巧都用到了,而且次數至少在七十次以上,可說雕繢滿眼,美不勝收。但這六種技巧只是幾十種修辭格的一小部分而已,《楚望樓駢體文》對於其他修辭格也往往有所涉獵,例如:

68　(梁)劉勰撰,范文瀾注:《文心雕龍注》,頁67。

「如哥倫布之登新陸，如武陵人之履仙源，如七寶樓臺，彈指
而即現；如九天閶闔，因風而洞開。」此為排比，共1次。

「梯雲上界。」此為轉品，共1次。

「一謂熙熙相屬之人寰，一謂浩浩無垠之域表也。」此為映
襯，共2次。

「攜將片石，儻容天補媧皇；拾得丸泥，豈但關封函谷？」此
為倒裝，共2次。

「壯哉斯舉！前無古人。可謂瀛表希聞，天荒獨破者矣！」此
為感嘆，共2次。

「影移仙舸，光漾晶盤。」此為借代，共7次。

足見楚望師嫻熟各種修辭技巧，故信手拈來，無不合度。自陳望道之
後，修辭學專書如雨後春筍，陳氏《修辭學發凡》分材料、意境、詞
語、章句四類三十八格，是承先啟後的經典。此外，如黃永武《字句
鍛鍊法》臚列鍛句的方法五綱三十五目，鍊字的方法四綱四十八目，
條例甚密，剖析綦詳，對字句的鍛鍊，更是大有助益。[69]楚望師是否
曾經寓目這些著作，不得而知，但行文之際相合者不可勝數，這是因
為這些書實例多取自古詩文，而楚望師博極群書，故而下筆靈活異
常，不求圭臬而自然合轍，不贅。

　　用典隸事是駢文修辭的另一突出形態，運用得當，可以使文章委
婉含蓄、典雅精煉，也可以顯示作者的才學功力，所以成為駢文的構
成要件之一。典故主要分為事典與語典，言必有據，語不空出，不知
其來源，則難以理解其所指。《楚望樓駢體文》內、外編有張仁青

---

69 陳望道：《修辭學發凡》（臺北市：臺灣學生書局，1961年），頁74-222。黃永武：
　《字句鍛練法》（臺北市：洪範書店，1986年）。

注，續編有陳弘治、張仁青、李周龍、莊雅州、陳慶煌、林茂雄合注，主要在交代典源，皆經楚望師悉心校正，其目的即在使讀者得以正確解讀而無疑滯。以內編而言，注解最多者〈還都頌〉一二一則、〈憐才好善篇〉一一三則、〈胡康民先生傳〉一一一則，最少者〈南冥集跋〉六則、〈致克難英雄大會啓〉九則、〈翁著紀事詩題句小序〉十則，可見用典之必不可無。張仁青熟精先師詩文，曾撰〈成惕軒先生駢文之用典與借代〉，臚舉用典實例十則，詳加剖析。[70] 茲自〈美槎探月記〉四十六個注解中別取六例以概其餘：

> 市號華鬘，宮名兜率。
>
> 邁九萬里之鵬摶，睨百二城如蟻聚。
>
> 夔足一投，鴻爪初印。

首聯謂想像中的月世界有佛教傳說忉利天七市的華鬘市，及彌勒菩薩所居的兜率宮。次聯謂阿波羅十一號太空船如大鵬扶搖直上，俯瞰地球眾多城池，宛如群蟻聚集。末聯謂登月小艇如夔獸投足於寧靜海，太空人阿姆斯壯如鴻爪初印足跡於月球表面，在個人固為一小步，在人類則為一大步。運用《法苑珠林》、《普曜經》、《莊子‧逍遙遊》、吳融詩、任昉〈奏彈曹景宗文〉、《韓非子‧外儲說》、蘇軾〈和子由澠池懷舊詩〉七個典故藉以形容人類對月宮的神奇想像及首次登月之歷史壯舉，剪裁妥貼，融化雋妙，意在言外，聯想無窮。宜乎張仁青盛讚：「以古典駢四儷六之美文，記述現代尖端科技之盛事，振古以來，一人而已，而舉目斯世，亦一人而已。」[71]

---

70 張仁青：《張仁青學術論文集：揚芬樓文集‧成惕軒先生駢文之用典與借代》（臺北市：文史哲出版社，2012年再版），頁611-629。

71 同上註，頁628。

（三）對稱平衡的形式美

　　駢文的駢，取義於兩馬並馳，以其通體字句對偶整齊，與散文有別。王了一先生謂漢語的形式美有三，即：整齊的美，指對偶而言；抑揚的美，指平仄、節奏而言；迴環的美，指押韻、雙聲疊韻而言。[72]駢文重對偶，對偶中的句式、句法自然也就整齊，所以整齊美實際上是兼指句式、句法而言。《楚望樓駢體文》內編〈山房對月記〉，望月興感，實不啻自敘平生，內容多感發憂思之痛，寄家國興衰之嘆，被推為代表作。[73]今即以聯為單位，依王了一先生之說，將其句式格律歸納統計如下：

　　四四：如「試稽弦望，用志滄桑。」共24聯。

　　六六：如「亟人事之蕭條，嗟江山之搖落。」共4聯。

　　四四四四：如「氛埃掃卻，桂魄增瑩。笑語迎來，柳梢無恙。」共1聯。

　　四六四六：如「綿綿遠道，東西南北之人。黯黯流光，離合悲歡之迹。」共9聯。

　　六四六四：如「迴日馭於瀛邊，扶桑半萎。湧冰輪於劍外，爆竹齊喧。」共4聯。

　　四七四七：如「錦帆去也，三聲啼巫峽之猿。玉宇紛然，萬貫舞揚州之鶴。」共3聯。

　　五六五六：如「羨閒鷗物外，直忘黍谷暄寒。問皎兔天邊，幾閱蓬瀛清淺。」共1聯。

　　七七：如「渥螢與墜露爭飛，澤雁共寒蘆一色。」共5聯。

---

72 王力：〈略論語言形式美〉，頁461-483。
73 莫道才：《駢文通論》，頁291-292。

七四七四：如「雖胡馬之牧臨洮，難踰跬步。而火牛之扦即
墨，罔及層空。」共2聯。

以上前五種駢四儷六，為基本格式，共四十二聯，佔全文五十三聯中
的百分之七十九點二四。以此為基調，加上其他句型及散句、連詞、
句末語氣詞，往復穿串，寓變化於整齊之中，平仄、節奏無不合度。
與六朝以降淵懿純粹的駢文名篇相較，亦不遑多讓。

　　句式是句子外在的固定形式，形塑了文體的特色；句法是句子內
在的動態方法，推動了詩文敘事、抒情、議論的功能。句法的研究，
其道多方，說法紛歧。在臺灣，中文教學及早年語法學界影響最大的
學者應首推許師詩英，他是王了一先生的高足，撰有《論語二十篇句
法分析》、〈詩經句法研究兼論用韻〉[74]，根據呂叔湘《中國文法要
略》的理論架構，詳細分析整本《論語》、半部《詩經》的句法，每
句是敘述句、表態句、有無句或判斷句？是簡句、繁句或複句？每一
個詞的詞類、作用與結構是什麼？每一個句子的關係如何？都追根究
柢，鉅細靡遺。如果駢文也如此分析，相信對解讀與欣賞都大有裨
益。但語法學的功用僅止於使說話或寫文章符合邏輯與習慣，最多只
能做到陳望道《修辭學發凡》所說的意義明確、倫次通順、詞句平
允、安排穩密，也就是消極修辭。[75]如果要使文章寫得華美遒勁、凝
鍊靈動，則非乞靈於積極修辭不可，此在上文言之已詳，不贅。許師
詩英聲韻及語法之學造詣精湛，常說：「文字、聲韻、訓詁、文法、
修辭，五者缺一不可。」可見修辭與文法同等重要。

---

74 許世瑛：《論語二十篇句法研究》（臺北市：臺灣開明書店，1984年）。又：〈詩經句
　　法研究兼論用韻〉，《許世瑛先生論文集》第3冊（臺北市：弘道文化事業公司，
　　1974年），頁1-526。
75 陳望道：《修辭學發凡》，頁56-73。

　　對偶來自於宇宙自然，我們只要看到天上的日月疊璧、植物的花葉、動物的眼睛，礦物的晶體，甚至我們自己的形體，就曉得對稱之美普遍存在於萬事萬物之中。就幾何學而言，它們或合於中心對稱，或合於軸對稱，或合於平面對稱。就文學而言，它們是二元對稱觀點、平衡心理的產物，不僅注意到字詞的整齊，還須講究音韻之和諧、藻飾之繁富、典故之鋪排，個別的組成分子同中有異，異中有同，寓變化於整齊之中，兩者相反相成，才能得到平衡對稱的美感。[76]在各種文體之中，駢文特別講究對偶，茲就〈山房對月記〉略舉數例以證之：

　　　龍蟠虎踞，盛開一代風雲。草長鶯飛，消盡六朝金粉。

此剪裁張敦頤《六朝事跡》、《後漢書・耿純傳、朱佑等傳論》、丘遲〈與陳伯之書〉、洪亮吉〈冬青樹樂府序〉四個典故，融化無跡，十分貼切。而六朝帝王都——南京的景色、氣勢直逼眼前。平仄和諧，聲調鏗鏘，詞氣從容不迫，故讀來有金石聲。又如：

　　　俄而港陷珍珠，島焚玉石。彊弩朝挫，降幡夕張。

首聯謂日本偷襲珍珠港，美國因而參戰，四年之後，美國在廣島投擲原子彈，導致玉石俱焚。下邊使用《尚書・胤征》：「火炎崑岡，玉石俱焚。」典故，故上邊自撰「港陷珍珠」以成對，而皆用倒裝句。四年之事，濃縮於兩句之中，何等精簡？何等含蓄？次聯謂日本如彊弩之末，一朝受挫，旋即宣布無條件投降。典出《漢書・韓安國傳》及

---

76 莊雅州：〈論漢字與中國文學美感的關係〉，《第二十一屆中國文字學國際學術研討會論文集》（臺北市：東吳大學，2010年4月），頁433-434。

劉禹錫〈西塞山懷古〉詩，以其習見，故未加注。楚望師自言：「不使僻典，不屏新詞，期無悖於『文貴因時』之義。」[77]可以略窺其特色。又如：

　　彌天騰鼓角之聲，大地碎山河之影。

注腳僅交代「鼓角」典源《魏公兵法》，其實二句自杜甫〈閣夜詩〉：「五更鼓角聲悲壯，三峽星河影動搖。」蛻化而出。[78]而文辭華美，氣勢雄渾，對仗精工，有聲有色，不啻如自其口出。

五　結論

綜合以上論述，可以發現：

（一）楚望師的駢文為近代臺灣翹楚，學界評價甚高。如張仁青譽以「海負地涵，清新純懿」，莫道才推為「有庾信之遺風，得王勃之神韻」，二氏精研駢文理論，所言自然不虛。但評語偏重文學風格，正如傳統詩話式批評，較為主觀而抽象。如果以新興的語言風格學進行研究，或許可以較為客觀而具體。

（二）文學作品以語言為載體，語言有音韻、詞彙、語法三要素，所以語言風格學也可分為三個範疇：一為音韻風格，包含平仄、節奏、押韻。二為詞彙風格，包含遣辭、藻飾、用典。三為語法風格，包含句式、句法、對偶。內容繁富，綱目甚細，而《楚望樓駢體文》無論平仄格式、節奏規律、用韻準則，詞彙類型、藻飾方法、用

77　成惕軒：《楚望樓駢體文》續編，卷末。

78　張仁青：《駢文學》，頁155-156。

典方式、句式結構、句法關係、對偶類別，皆吻合無間。這一方面顯示楚望師規矩森嚴，罕有疏漏；另一方面是許多駢文學及語言學的範例皆取之於古代詩文，楚望師博極群書，下筆之際雖不求圭臬而自然合轍。

（三）語言風格學的研究方法最重要的有三種：分析綜合法、比較法、統計法。本論文受限於篇幅與時力，主要採取分析綜合法，對《楚望樓駢體文》的音韻、詞彙、語法三方面進行分析描寫。間採統計法，僅屬片面舉例性質，窺豹一斑，猶不足以見其全貌。故僅探討其語言美感有三：迴環跌宕的音韻美、典雅精鍊的詞藻美、對稱平衡的形式美，而不敢侈言總括其語言風格的特色。進一步較詳細的探討，工程浩大，還有賴於有志之士的參與。

（四）理想的論文宜重視高度、深度、廣度、密度四度空間的追求，但限於選題、材料、組織、思維方式、研究方法等條件限制，畸重畸輕，勢所難免。本論文自忖在廣度、密度方面較為合度，在高度、深度方面則有待加強。將來的研究，如能縮小研究範圍，集中焦點，進行專篇或專題的研究，應該可較為深入；如能重視縱向與橫向的比較，應可讓研究對象得到更適當的定位，諸如此類，皆有待於來日的努力。

（五）文學風格以語言風格為基礎，語言風格以文學風格為目標，兩者相輔相成，始克圓滿。希望本文的寫作對兩者的研究都能略有助益。

——原載於《廈門大學中文學報》第7輯（2019年12月）。

附錄

高山仰止憶恩師

　　時間是變幻莫測的魔術師，可以讓人度日如年，也可以使百年如白駒過隙；記憶是難以掌握的精靈，可以讓人刻骨銘心，也可以使萬事化為雲煙。楚望師逝世倏爾十年，但他在我心版中的印象永遠是那麼鮮明。

　　記得三十幾年前，還在師大國文系就讀時，就聽汪師雨盦提起楚望師是當代駢文的巨擘，當時就默默期盼著有朝一日能接受他的教誨，到了大四，這個願望果然實現了。在駢文選的課堂上，楚望師淵博的學識、謙和的態度，真讓我們有如坐春風的感覺。尤其令人興奮的是，我那篇不成熟的期末報告竟然得到謬賞，課後，他特別召見，除了殷殷垂詢生活狀態外，還特別關心我的興趣專長。他說文章無所謂古今，只有好壞的區別，一般人的稟賦各有所偏，只要順著自己的性向去發展，多讀多寫，時日一久，自然會有所成就。後來，他常指點我讀些重要的典籍，並且鼓勵我繼續深造。雖然往往只是藉著下課後短短幾分鐘來表達他的關懷，但我已能充分體會他老人家誠摯的期許，同時更加黽勉，以圖報稱。

　　上了母校研究所之後，楚望師擔任我的論文指導教授，請益的機會更多了。我用心擬了三個論文題目，向他請示，他略加考慮之後，就圈定「曾國藩文學理論述評」，因為他認為曾文正公不僅是古文大家，而且修養深湛，見識閎通，可以學習的地方很多，與我的興趣及

專長也較為接近。厥後，無論是資料的整理、章節的確立、論點的發揮，只要一有疑義，他都會詳盡地給予指點。特別是文字的斧正，他更是字斟句酌，十分用心，儘管修改不多，但所有異動之處，都可以看出他的細心與功力，這些對於我的學習生涯真有莫大的助益。論文口試時，擔任校外委員的是高才博學的于師長卿，當時我難免有些忐忑，直到考完試，他向楚望師道賀「名師出高徒」，我才慶幸沒有辜負老師的栽培。後來，長卿師每次見到我，都稱讚我的古文寫得不錯，鼓勵我多向楚望師學習。其實，我曉得以我那非駢非散、含筆腐毫的文字，想追隨老師典贍高華的椽筆，那真是「汗流籍湜走且僵」呢！只是老師具有汪汪千頃的胸襟、憐才好善的美德，才會順應我的性向，來協助我的成長罷了。一九七三年，楚望師曾書贈「七鯤靈秀鍾嘉士，萬象鎔裁入雅篇」乙聯，顯示他對人才的栽培是毫無畛域之分的。

　　一九七一年夏，當我修完碩士班學分，正在進行論文寫作之際，前中央銀行總裁俞國華先生方主持中央文化經濟事業管理委員會，會中亟需覓人擔任文書、機要工作，他委請楚望師代為物色，楚望師馬上就推薦了我。長達七年之久的案牘生涯雖非志趣所在，卻是鍛鍊文筆、磨鍊處世之道的最好機會。更重要的是，先父在我到職後不久就不幸病逝，我能一面維持家計，一面繼續撰寫論文，甚至進入博士班深造，而毫無後顧之憂，完全是拜這份工作之賜，如果說每一個人生命中常會有一些「貴人」相助，那麼楚望師的確可以說是我的「貴人」。

　　楚望師為了主持掄才大典，拔擢了不少衡文的人才。在我獲得碩士學位，具備兼任講師資格後，他馬上推薦我擔任高普考襄試委員，協助龔嘉英教授閱卷，並且再三叮嚀閱卷的原則。每當看到楚望師那樣專心致志在評點試卷，我就不敢掉以輕心，同時，直至今日，除非

實在忙不過來，我對試院的閱卷工作總是不會加以推辭，這大概是為了報答楚望師的知遇之恩吧！印象特別深刻的是，有一年，他在官舍宴請高師仲華、潘師石禪、華師仲麐、蕭繼宗教授等幾位典試委員，特別找我去陪侍，在座只有我一個後生晚輩，既不勝酒力，也不擅斟酒，真是惶恐之至。不過，楚望師還是談笑風生地在客人面前揄揚我的優點，他對弟子的愛護真是無微不至。

七十年獲得國家文學博士，不久由新竹師專移帳淡江大學，楚望師都給衷心的祝福。七十二年元旦，我與內子結婚，請他擔任證婚人，他很高興，一口就答應了，並且親書賀聯乙對，寫的是「雅士才高，方州上選；蕙蘭質美，福慧雙全。」將愚夫婦的名字都鑲嵌其上，祝福之意特別深刻。只是當天正值吉日良辰，禮車遲遲未能進入西門鬧區，讓滿堂賓客久候。楚望師殷殷致了賀詞之後旋即趕往他處酬酢。我想他當時內心一定非常著急，卻依然表現得那麼從容，不能不令人敬佩。

每當逢年過節，常偕同幾位學長向楚望師和師母賀節，老師不是回贈禮物，就訂期邀宴，真讓人過意不去。他老人家給予學生的是無限的關愛，但我們所能回饋的實在十分有限。例如民國七十三年，陳弘治、張仁青、李周龍、林茂雄、陳慶煌等學長和我為老師的《楚望樓駢體文續編》作注。雖然花費了一些時間，但除了有機會拜讀鴻文，檢索典故之外，也從老師的批改中學到了不少箋注的要訣，收穫其實更大。平時，偶爾還偕同周龍兄前往請安，或獨自趨前請益。有一次，我正在聆聽老師的教誨，突然有人打電話進來，原來是某君有事請託，楚望師雖然盡心盡力去幫忙，事情並未成功，因而特地來電話「問罪」。老師再三道歉，委婉解釋，足足有十幾分鐘，某君似乎還是憤氣難消。遇到這樣難以理喻的事，老師只是一臉無奈，十分遺憾的樣子，卻沒有絲毫慍色，如此的涵養，絕不是一般人所能企及。

　　楚望師退休之後，體氣漸衰，尤其是逝世前幾年，更是形神憔悴，令人心惻，但每次去向他請安，他還是打起精神，向我們噓寒問暖。不意一九八九年夏至，他終究不堪二豎折磨，而撒手人寰。我和周龍兄前往靈前跪奠，不禁痛哭失聲，久久不能自已，因為山頹木壞之慟，是永遠無法彌補的損失。

　　十年了，北海墓園的草木早已成蔭，楚望師的高文典冊也成為文化遺產的一部分，他的高風亮節更成為我們效法的典範。我在楚望師逝世後一個多月即應聘前往中正大學任教，並先後擔任了四年中文系主任、三年文學院長，還兩度兼代文學院長及歷史系、外文系主任。見識過形形色色的臉孔，遭逢過盤根錯節的事務，我總是秉承楚望師「至誠至謙，唯勤唯慎」的典範，盡力去做溝通服務的工作。即使不能盡如人意，至少也不曾有所隕越，更不曾與人有過激烈的磨擦，老師的身教、言教真是讓我受益無窮。只是楚望師在公私兩忙之餘，還著述不輟，巍然成為文苑宗師，我則心餘力絀，乏善可陳。如今我剛卸下行政瑣務，可以專心從事教學研究之工作，希望將來也能有些許成果，可以告慰老師在天之靈。

　　　　——原載於《成惕軒先生逝世十週年紀念集》（臺北市：
　　　　　　文史哲出版社，1999年），頁219-222。

私淑艾者的悲歌

八月初在考試院閱卷期間，有一天，朱榮智兄突然走過來說：「剛收到美國傳來的簡訊，伯元師走了。」雖然近來伯元師睽隔遠洋，健康情形每況愈下，在心理上多少有準備，但乍聞噩耗，還是難免為之一驚，繼而是一片茫然與淒然。

認識伯元師已四十二、三年了，當時我還在臺灣師大國文研究所碩士班唸書，伯元師則剛榮獲國家文學博士，在母校大學部專任，校園中常有邂逅的機會，最多也是行個禮而已。不久，伯元師擔任同窗林炯陽、鍾克昌等兄的論文指導教授，見了面很自然就以師禮事之，而因為幾位老師的謬賞，伯元師對我也另眼相看，但彼此之間的交情還是其淡如水。

一九九二年，碩士班剛畢業，依當時的規定，不能馬上報考博士班。這時左師松超找我說：他正在趕撰博士論文，無暇兼課，文化大學夜間部的聲韻學希望我先去代課，將來再推薦我正式兼任。我回答：「一般課程還可以濫竽充數，但聲韻學則恐怕未能勝任愉快。」松超師鼓勵我說：既然修過許師詩英、林師景伊多門聲韻學課程，已有相當基礎，只要趁著這一年較為閒暇，多充實自己，應該就不成問題了。何況教學可以相長，何樂而不為呢？就這樣，我半路出家，第一門在大學教的科目竟然是一般人視為天書的聲韻學。但是我也不敢怠慢，大量閱讀有關聲韻學的著作。幾乎每教一個鐘頭的課，就要備

課五、六個鐘頭。其中尤以伯元師的著作《古音學發微》、《音略證補》、《等韻述要》，兼顧傳統與現代，內容充實，立論精闢，更是令我獲益良多。不僅使我日後常擔任聲韻學課程，更為我的學術研究奠定紮實的基礎。所以後來我在中正大學、玄奘大學擔任行政工作，邀請伯元師到校演講時，都會對聽講的同學特別提到這段私淑艾的因緣，伯元師也很高興有我這位從來沒有聽過課的學生，每有新著出版，常會惠賜一本。這是伯元師對我第一個重要影響。

其次，伯元師除講學上庠，黽勉著述外，還熱心推動學術發展，先後擔任「中國經學會」、「文字學會」、「聲韻學會」、「訓詁學會」的理事長，主持壇坫，鼓舞群倫，發揮了深遠的影響力。在他的感召下，我也都先後入會，甚至擔任理事之類，所以經常有機會聆聽伯元師的教益，也逐漸養成在學術研討會發表論文的習慣。而在香港、大陸有適當的研討會，他也會鼓勵我去參加，像香港的聲韻學研討會、桂林的詩經學研討會、杭州的訓詁學研討會，我都應邀與會，甚至發表論文，對學術研究視野的拓展，頗有助益。不過，在我發表的研討會論文當中，只有〈聲韻學與散文鑑賞〉是伯元師親自擔任特約討論，他發表的評論意見雖然不多，但都十分中肯，至今仍然印象深刻。這是伯元師對我的另一項重要影響。

繼汪師履安、黃師天成之後，伯元師又從學術的星空隕落，真是令人感傷。不過，伯元師雖然離開我們，他的著作將流傳後世；他的典範將永遠保存在我們心中。在感傷之餘，不免對生死之學有些感觸，於是重拾拋棄幾十年的詩筆，寫了一首〈寂滅〉：

縮小、縮小、縮小
　　摺疊於秋扇一線
黑暗、黑暗、黑暗

　　聚焦於圓心一點

　寂靜、寂靜、寂靜

　　沉寂於鏗然一葉

　浴火的鳳凰

　解散五行

　然後

　縷縷游絲

　復歸於昊昊元氣

　復歸於一陰一陽之道

　復歸於太極

　復歸於無

前半寫寂，後半寫滅，雖然題目用的是佛家的詞彙，但內容則融合了老莊、《易傳》、陰陽五行家的生死觀，既符合現代科學新知，與宗教鬼神思想亦不相妨。寫得平靜恬淡，願伯元師，履安師，天成師乃至於一切亡者，永遠安息於大自然的懷抱。

　　——原載於《陳新雄伯元教授哀思錄》（臺北市：文史哲出版社，
　　　　　2103年），頁81-84。

君子之交淡如水

──敬悼鎵公學長

　　君子之交，或如廉藺焦孟，肝膽相照；或其淡如水，歷久彌甘。許錟輝教授在學界的交游，像蔡信發學長，屬於前者，早已傳為美談；像在下，屬於後者，則不計其數。無論是哪種類型的人，對於許教授之道德學問無不交相讚譽，故多尊稱為錟公而不名。

　　何時認識錟公學長已記不清楚，只知道在臺灣師範大學大學部唸書時，他已在研究所深造，一九七〇年我唸碩士班時，他以《先秦典籍引尚書考》榮膺第十二位國家文學博士，當時國家文學博士十分稀貴，每年只有一、二位，所以他自然成為我們這些有志求上進的後生的標竿人物之一。

　　隨著年歲的增長，我也忝為國家文學博士，在教學研究方面，經學、語言文字學是主要研究領域，錟公的許多著作，如：《六十年來的尚書學》、《說文重文形體考》、《說文解字重文諧聲考》以及不少單篇論文，如〈尚書與文學〉、〈書經導讀〉、〈說文訓詁釋例〉、〈段玉裁引申叚借說平議〉等都成為常須參考的資料，尤其是《文字學簡編──基礎篇》更曾當作文字學課程的教科書。其治學之嚴謹，見解之獨到，俯拾皆是，令人深為折服。

　　學長長期在臺灣師大、東吳大學專任，作育英才無數，以其學術聲望之崇隆，更歷任經學、文字學、訓詁學、章法學等學會理事長，

引領風騷，沾溉深廣。多年來，我在這些學會研討會發表的論文不下十餘篇，可以說是受到這種風氣的影響。偶爾有幸承蒙學長擔任特約討論，他總是在中肯評騭之餘，不忘溫煦鼓勵。至於平時以拙作呈請教正時，他的謬獎更不在話下。

翁敏修、許舒絜、邱永祺等博士論文口試時，承學長噓植，要我擔任口試委員，他指導之用心，在論文中展現無遺，對於我提供的一些淺見，他總是交代這些新科博士，儘量加以採納。

還記得五年前，在嘉南藥理大學召開訓詁學學術研討會，我發表論文後，因事匆匆北返。上海交通大學虞萬里教授回招待所拿了幾套《榆枋齋學術論集》（兩冊）分贈給與會的學者，其中有一套是簽名贈送給我的，卻找不到人，錟公、信發兩位學長熱心答應代為攜回轉送。那麼重的書加上會議資料，真是難為他們兩位。這雖然只是一椿小事，卻讓我銘感難忘。

二、三年前，學長意外跌傷，一向愛好乒乓球技，精氣過人的他，從此體力日衰，終至臥床不起。在許多學術活動的場合，許多人都會探聽他的病況，並給予衷心的祝福。但是，最後大家得到的卻是噩聞，雖在意料之中，卻是令人百般不捨。像他這樣粹然學者，溫厚長者，上天應該多給一些時間，讓他多發光發熱。可惜天不假年，我們只能禱祝他安息，並且從他留下的著作與典範繼續汲取啟發。

—— 原載於《悼許教授錟輝逝世紀念文集》

（臺北市：萬卷樓圖書公司，2018年6月），頁34。

著作集叢書‧會通養新樓學術研究論集　1603002

會通養新樓學術研究論集　卷二‧語言文字學編

作　　者　莊雅州
主　　編　吳智雄
責任編輯　呂玉姍
特約校對　林秋芬

發 行 人　林慶彰
總 經 理　梁錦興
總 編 輯　張晏瑞
編 輯 所　萬卷樓圖書股份有限公司
　　　　　臺北市羅斯福路二段 41 號 6 樓之 3
　　　　　電話 (02)23216565
　　　　　傳真 (02)23218698

發　　行　萬卷樓圖書股份有限公司
　　　　　臺北市羅斯福路二段 41 號 6 樓之 3
　　　　　電話 (02)23216565
　　　　　傳真 (02)23218698
　　　　　電郵 SERVICE@WANJUAN.COM.TW
香港經銷　香港聯合書刊物流有限公司
　　　　　電話 (852)21502100
　　　　　傳真 (852)23560735

ISBN 978-986-478-416-5
2021 年 5 月初版
定價：新臺幣 820 元

如何購買本書：

1. 劃撥購書，請透過以下郵政劃撥帳號：
　　帳號：15624015
　　戶名：萬卷樓圖書股份有限公司
2. 轉帳購書，請透過以下帳戶
　　合作金庫銀行　古亭分行
　　戶名：萬卷樓圖書股份有限公司
　　帳號：0877717092596
3. 網路購書，請透過萬卷樓網站
　　網址 WWW.WANJUAN.COM.TW

大量購書，請直接聯繫我們，將有專人為
您服務。客服：(02)23216565 分機 610

如有缺頁、破損或裝訂錯誤，請寄回更換
版權所有‧翻印必究
Copyright©2021 by WanJuanLou Books CO., Ltd.
All Right Reserved　　　　　Printed in Taiwan

國家圖書館出版品預行編目資料

會通養新樓學術研究論集 卷二‧語言文字學
編/莊雅州著.吳智雄主編 -- 初版. -- 臺北市：
萬卷樓圖書股份有限公司, 2021.05
　　面；　公分. -- (著作集叢書. 會通養新樓學
術研究論集；1603002)
ISBN 978-986-478-416-5(平裝)

1.漢語文字學 2.語言學 3.訓詁 4.研究考訂
802　　　　　　　　　　　　　109018259